国家社科基金
GUOJIA SHEKE JIJIN HOUQI ZIZHU XIANGMU
后期资助项目

黄侃文学研究

Huangkan's Literature Studies

李婧 著

中国社会科学出版社

图书在版编目(CIP)数据

黄侃文学研究/李婧著.—北京:中国社会科学出版社,2016.6
ISBN 978-7-5161-8302-1

Ⅰ.①黄… Ⅱ.①李… Ⅲ.①黄侃(1886—1935)—文学研究
Ⅳ.①I206.6

中国版本图书馆 CIP 数据核字(2016)第 124040 号

出 版 人 赵剑英
责任编辑 吴丽平
责任校对 闫 萃
责任印制 李寡寡

出 版 中国社会科学出版社
社 址 北京鼓楼西大街甲 158 号
邮 编 100720
网 址 http://www.csspw.cn
发 行 部 010-84083685
门 市 部 010-84029450
经 销 新华书店及其他书店

印刷装订 北京君升印刷有限公司
版 次 2016 年 6 月第 1 版
印 次 2016 年 6 月第 1 次印刷

开 本 710×1000 1/16
印 张 24
字 数 430 千字
定 价 86.00 元

凡购买中国社会科学出版社图书,如有质量问题请与本社营销中心联系调换
电话:010-84083683

国家社科基金后期资助项目

出 版 说 明

后期资助项目是国家社科基金设立的一类重要项目，旨在鼓励广大社科研究者潜心治学，支持基础研究多出优秀成果。它是经过严格评审，从接近完成的科研成果中遴选立项的。为扩大后期资助项目的影响，更好地推动学术发展，促进成果转化，全国哲学社会科学规划办公室按照"统一设计、统一标识、统一版式、形成系列"的总体要求，组织出版国家社科基金后期资助项目成果。

全国哲学社会科学规划办公室

序

杨　明

　　李婧博士的《黄侃文学研究》即将面世，令人欣喜。这本著作对黄季刚先生从事文学创作、文学批评和整理研究文学典籍等方面的业绩进行了全面的考察和论述，具有学术创新的意义。我想它的出版，对于黄侃研究的深入，是很有意义的。

　　黄侃先生的学术研究，有一特点，即多从校勘等文献工作入手，然后一字一句，细读文本，由词句到段落再到全篇，力求准确深入地吃透古人原意。例如他的《文选平点》，便全是对《文选》各篇加以校读点评。他的《文心雕龙札记》，开《文心》理论研究的先河，在《文心雕龙》研究史上具有重要意义，其也是从字句校读、词语解释入手的。凡研究一文一书，必先从文献学角度着手，必精细地研读文本，这样的途径、方法，是前辈学者给我们的宝贵启示。如今李婧作《黄侃文学研究》，要对先生的工作有所了解，加以分析、概括、总结，当然也就必须踏踏实实地循着先生的路径走，那绝不是高谈阔论一通所能济事的。李婧博士在这方面做得好，值得称赞。

　　就拿书中关于《文选平点》的论述来说。黄先生既然用的是评点的形式，当然都是片言只语，颇为零散，而数量既多，牵涉面又很广。《文选》中的作品，对今日的读者而言，本来就显得艰深，而黄先生的研究，又往往就其缴绕之处发论，涉及许多典籍文献，故欲对《文选平点》加以论述，自有其特殊的困难。若是心浮气粗，只怕读之都不能终卷，遑论深入理解、抉发精义？而李婧不惮繁杂，对《文选平点》书中的校语、评语一条一条地细心研读分析，并与清代、近代一些学者的研究成果进行对照，然后归纳整理，从而见出黄先生的治学特点、研究方法以至文学思想，以及先生对前人的承袭与超越，也能指出其若干不足之处。凡此都从大量艰苦踏实的工作而来，因而能得出合乎实际、颇为合理的结论。

例如关于《文选》的校勘。据李婧统计，《文选平点》的校勘共有1900多处，广泛吸取胡刻本《考异》（实出顾千里手）以及其他清代学者的成果。吸取顾千里者最多，1900多处中有1200余处是顾氏曾经论及者。但由于《文选平点》本非有意于发表，而是为教学所作札记，经后人整理而成，因此书中吸取顾校处绝大多数不曾加以说明。经过李婧细心比对，发现有1100余处校语大体与顾校相同，另有70余条与顾校意见不同，对顾校有所补充或辨正纠谬，此外还有一些结论虽与顾氏相同，但依据、方法并不一样。李婧对那有所辨正、意见不同的70余条当然特别重视，予以举例说明。下面我们就此略举数例。

张衡《东京赋》："招有道于侧陋，开敢谏之直言。"薛综注："招，明也。有道，言使郡国于侧陋之中举有道之士而用之也。"其注中"有道"云云颇似有脱误，顾千里《考异》云："此有误也。陈（景云）云'有'上似脱'明'。但'招'本不训明。……盖训为举。陈所说未是。今无以订之。"陈景云认为注中"有道"应作"明有道"，顾千里不同意，因为"招"字本不能解释为"明"的意思，他觉得这里应该是"举有道"之意。可是没有版本依据，因此"无以订之"。黄先生则推断正文和薛综注的"招"乃"昭"字之误，"昭"正训明，原文应是"昭有道于侧陋"（即显明有道者于疏远幽隐之中，亦即"明明扬侧陋"之"明"）。应该说，黄先生此说虽无版本依据，但相当合理。

贾谊《吊屈原赋》："彼寻常之汙渎兮，岂能容夫吞舟之巨鱼？横江湖之鳣鲸兮，固将制于蝼蚁。"蝼蚁，五臣注本作蚁蝼。顾氏《考异》认为"蝼"与"鱼"较为叶韵，故以"蚁蝼"为是。但黄先生指出"'鱼'与'蚁'韵不误"，否定了顾校。黄先生精于小学，这正是运用音韵学于校勘的一个显例。

潘岳《闲居赋》："张钧天之广乐，备千乘之万骑"，何焯、顾校都觉得下句中的"之"字可疑。（盖因"千乘""万骑"并列，一般而言，当中不应插入"之"字。）黄先生则说："下'之'字足句，古人多有之，不足疑。"黄先生主张调和骈散，对于六朝骈文极为精熟，他自己也写得一手漂亮的骈文，因此他对于骈体有非常敏锐的语感，对于骈赋的特殊句法深有会心。这一条校记便很好地体现了他的辞章修养。

再举一个颇为有趣的例子：谢朓《和王主簿怨情》云："掖庭聘绝国，长门失欢宴。相逢咏蘼芜，辞宠悲班扇。花丛乱数蝶，风帘入双燕。徒使春带赊，坐惜红妆变。生平一顾重，宿昔千金贱。故人心尚尔，故人心不见。""故人心不见"之句为李善注本所载，五臣注本则作"故心人不见"，二者孰是？一时不易裁断。顾氏《考异》主张后者，其言云："上句'故人心尚尔'，承'生平一顾重'言之，谓辞宠之未尝易操也。此句'故心人不见'，承'宿昔千金贱'言之，谓相逢之遽已贬价也，此情之所为怨也。传写下句涉上倒两字，绝不可通，非善如此。"他似将"生平一顾重""宿昔千金贱"分别理解为女子被宠爱和遭受轻视两件不同的事，而将"故人"解为"辞宠"（失宠）的女子，她因曾受宠爱，所以今虽失宠但"心"犹"不变"，可是既已被遗弃，因此其心毕竟不被人所见。这样解释也能勉强说通，但颇觉迂曲。黄先生则主张"故人心不见"，他说："'生平''宿昔'，一意；'一顾重''千金贱'，一意。此复语耳。"意谓两句说的是同一回事，即女子曾经备受宠爱，得其"一顾"被认为重于"千金"。揆之李善注所引《列女传》及曹植诗语，这样的理解无疑是正确的。黄先生又说："末二句（即'故人'二句）一问一答，云故人心岂当如生平宿昔乎？今则不见此心矣。或讹作'故心人不见'而妄说之。"黄先生的解释，贴切明白，颇解人颐。由此例很可以看出先生"精读文本"之精，也可以说是先生以文学词章修养与校勘相结合的一个好例。

从以上数例，可以窥见黄先生《文选平点》之一斑。它们都是李婧博士书中所抉发的。李婧不仅爬罗剔抉，举出许多类似的例子，而且在此基础上总结先生校理《文选》的方法以及每种方法的特点，特别强调黄先生兼具文学家和小学家之长，因而其治《选》具有自己的优势。她论述先生"选学"的地位与影响，认为是20世纪传统国学向现代学科转变的标志之一："黄侃具有非常鲜明的从《选》注向'选学'转变的意识。……在这一主导思想下，黄侃加重了对《文选》的文学研究，形成了熔文献研究与文学研究为一炉的整体性研究模式。其解评（指黄先生对《文选》中作品的解评）熔章句训诂、考证订误等文献研究和义理解析、文学批评、文论互证等文学研究于一炉，实虚结合。……体现出从'传统选学'向'现代新选学'转型的特点。"这些论述，都不是人云亦云的虚言，而是在一点一滴细致研读黄先生著作的基础上得出的结论。

对于黄侃先生"选学"的论述，只是李婧博士书中的一部分内容。其他还有不少值得注意和肯定之处。如论析黄先生的《文心雕龙札记》，本书也是先依循先生的思路和研究途径，细心研读，然后与其他学者的研究加以比较，并且结合先生的经历、思想、所处时代的文化背景，从而能更好地理解、阐释其研究成果，得出结论：黄侃在《文心雕龙》研究史上具有继往开来、实现从传统到现代之转变的重要地位。又如黄侃先生在五四时期，反对以提倡白话为中心的文学革命，这往往被斥为保守。本书则结合先生的生平与思想，认为这看似守旧，但实际上反映了坚守传统文化的热忱与苦心。这样的见解，不人云亦云，也是在全面掌握资料的基础上独立思考而得出的。

黄侃先生是一代宗师，正如本书所强调的，在学术研究的传统与现代的转换之间占有重要的地位。关于这一转换，当然是一个还应该进一步深入探讨的课题。而关于这一课题的研究，需要研究者本身对于新旧学术都有相当的了解和造诣，不然只怕所谓的研究也不过是浮光掠影、隔靴搔痒，难以对今天的学术有所裨益。人们有时多言其"新"，有意无意地忽视传统中的有益的东西，甚至以侈谈"新"来掩盖对于传统的无知、无能。笔者以为，重视文献工作和文本精读，乃是传统学术方法中很值得发扬的因素，然而要做好实在不易。今天借着写这篇小序的机会，与李婧共勉。而东隅已逝，不能不将希望更多地寄托在如李婧博士这样年轻奋发的学者身上。

2013 年夏日于欣然斋

目　　录

绪　　论

　　黄侃是近代著名学者，近现代学术史上赫赫有名的"章黄学派"的领军人物，一代国学大师，尤以小学、经学见长，其实，他在文学方面亦成就显著。黄侃自幼习文，一生创作了诗1500余首、词400余首、文150余篇，内容丰富，并达到了一定的艺术水准，在当时文坛享有盛誉。黄侃还参与了20世纪初两次重要的文学流派之争，一次是清末民初桐城派、《文选》派和朴学派间的三大文派之争，他坚决地反对桐城派，吸收章太炎朴学派学说，补正《文选》派理论，而在这过程中，也形成了自己的观点，即借重《文心雕龙》表达宏通的骈散观。另一次是在随后的北大新、旧文学之争中，黄侃坚决反对白话文、反对新文学，表现出对传统文化的坚守。可以说，黄侃的文学创作及文学思想是近代文学史及文论史上的重要一环，具有个案研究的价值。黄侃还对中国古代文学及文论深有研究，他点校抄阅了大量集部典籍，如《诗经》、阮籍《咏怀诗》、李商隐诗歌等，对《典论·论文》《文赋》《宋书·谢灵运传论》《诗品》等汉魏六朝文论也有较为详细的疏证，尤其是他著有《文心雕龙札记》，并多次评点《文选》，在现代龙学史、选学史上都具有重大影响。通过对黄侃文学方面成果的研究，不仅可以使我们对这位国学大师的理解更为全面，还可以丰富近代文学史及文论史、"选学""龙学"，以及对《诗经》、阮籍《咏怀诗》、李商隐诗歌、汉魏六朝文论等的研究。

　　自1935年黄侃去世之后，两年内就陆续有多篇纪念他的文章刊发，如章太炎《黄季刚墓志铭》《量守庐记》《中央大学文艺丛刊黄季刚先生遗著专号序》，汪辟疆《悼黄季刚先生》，武酉山《追悼黄季刚师》，章璠《黄先生论学别记》，尚笏、陆恩涌《季刚师得病始末》，游寿《敬业记学》，徐复《黄季刚先生遗著篇目举要初稿》，刘继宣《季刚先生手拟金陵大学国学研究班学程提要跋》，刘国钧《悼黄季刚先生》，胡小石《胡小石先生追悼季刚先生讲辞》，孙世扬《黄先生蓟游遗稿序》，汪东《蕲春黄君墓表》，等等，这些出自师友门生之手的文章，介绍了黄侃的生平事迹和治学精神，表达了深挚的怀念之情。由于黄侃特立独行，记载其奇闻逸事的文章在他逝世后一直不绝如缕，如楚民《黄季刚先生轶事》（1939年）、王森然《黄侃先生评传》（1940年）、武酉山《忆黄季刚先生》（1943年）、武酉山《关于黄季刚先生》（1944年）、萧人《关于黄季刚》（1946年）、卜一介《黄季刚种种》（1948年），等等。

新中国成立后，除了黄侃的逸闻趣事仍然令人津津乐道，刊发了如刘太希《黄季刚先生》（1957年）、虎思《记黄侃》（1959年）、易叔平《黄季刚挖苦胡适》（1967年）等文章外，黄侃的一些重要学术观点，逐渐引起学界的重视，如彭炌乾《清代古音学的殿后人——黄侃》（1958年）肯定了其在音韵学上取得的突出成绩，又如黄侃在《文心雕龙札记》中对刘勰一些理论概念的解释更是引发了龙学界的热议。

但对黄侃研究的全面升温还是始于20世纪80年代，他的著作相继被整理出版，纪念和研讨他的学术会议多次召开，研究他的论文和专著大量涌现。但令人遗憾的是，其中关于黄侃文学方面的研究甚少。中国知网收录了从20世纪80年代至今以"黄侃"为篇名的论文250多篇，其中逸闻趣事类就占了不少比例，而学术文章基本上都以探讨其文字学、音韵学、训诂学为主。可以说，对黄侃文学方面成就的研究还较为薄弱。

在已有的对黄侃文学方面成果的研究中，以对《文心雕龙札记》（下文简称《札记》）的研究最为充分，大体可分为三个研究角度：一是借助《札记》来研究《文心雕龙》；二是研究《札记》本身的成书版本、主要内容、理论特色、价值影响等；三是研究《札记》所体现出的黄侃文学思想。

随着新中国成立后龙学的升温，《文心雕龙札记》首先引起了龙学界的重视，由于黄侃对《文心雕龙》一些理论概念的阐释远较明清学者恰切，更为接近刘勰原意，因而受到学者们的关注。其中影响最大者莫过于黄侃对"风骨"这一概念作出的"风即文意，骨即文辞"的解释，引发了一场广泛而持久的论争，赞成者和反对者一时甚夥。早在新中国成立前，范文澜《文心雕龙注》称"风即文意，骨即文辞，黄先生论之详矣"[1]便对之深信不疑。曹冷泉《略谈黄季刚先生的〈文心雕龙札记〉及风骨问题》（1962年）则最早提出了批评，质疑黄侃对风骨的解释与《文心雕

---

[1]　范文澜：《文心雕龙注》，人民文学出版社1958年版，第516页。

龙》的原意没有共同之处，谓"骨即文辞""淆乱名实，莫此为甚"①。此后，无论赞成还是反对，论"风骨"者都是沿着黄侃的思路进一步展开的。正如曾晓明《〈文心雕龙札记〉论〈原道〉与〈风骨〉》（1992 年）总结的，这一论断"使风骨问题的研究大大向前迈进，真正进入了比较有理论有系统地考察风骨的内在意蕴和美学价值的阶段。所以，黄侃此论在《文心雕龙》的风骨问题研究中具有里程碑似的意义"②。时至今日，学者们对"风骨"概念的理解已经不断深入，但仍然要以黄侃的这一著名论断作为立论的基点，如牟颖《以〈文心雕龙札记·风骨〉篇论"风骨"》（2012 年）就是从黄侃的说法开始来总结 20 世纪对《文心雕龙·风骨》篇的研究。曹顺庆、李泉《为什么中国人读不懂中国文论？——从黄侃先生的"风即文意，骨即文辞"谈起》（2013 年）更是通过这场旷日持久的学术争议，来思考中国古代文论在当代的失语和重构问题。另外，黄侃在《原道》篇札记中第一次明确指出《文心雕龙》之道乃自然之道，这一观点也影响深远，受到不少龙学家如范文澜、郭绍虞、刘永济、陆侃如、牟世金等人的赞同。直到今天，黄侃对《文心雕龙》的阐释仍不过时，如杨明《黄侃先生补〈隐秀〉篇蠡测》（2012 年）就仔细分析黄侃的《隐秀》补篇，认为其对于刘勰的原意体会颇为真确，大大有助于我们揣摩刘勰的原意。

　　从 20 世纪 80 年代开始，学界不仅将《文心雕龙札记》作为解析《文心雕龙》的辅助，更把它当作独立的研究对象，出现多篇揭橥《札记》理论价值和学术地位的文章，黄侃弟子、台湾学者李曰刚于 1982 年最早揭示了《札记》的意义："令学术思想界对《文心雕龙》之实用价值、研究角度，均作革命性之调整。故季刚不仅是彦和之功臣，尤为我国近代文学批评之前驱。"③随后，张皓《黄侃〈文心雕龙札记〉简论》（1984 年）称"《文心雕龙札记》既是第一部系统研究《文心雕龙》的论著，又是近代文论的最后一部力作"④。1986 年吴调公撰文指出黄侃为"《文心雕龙》学的奠基人"⑤，1987 年牟世金进一步将黄侃撰写《札记》、把《文心雕

① 曹冷泉：《略谈黄季刚先生的〈文心雕龙札记〉及风骨问题》，《光明日报》1962 年 6 月 3 日。

② 《文心雕龙》学会编：《文心雕龙学刊》（第六辑），齐鲁书社 1992 年版，第 326 页。

③ 李曰刚：《文心雕龙斠诠·前言》，台湾"国立编译馆"中华丛书编审委员会 1982 年版。

④ 张皓：《黄侃〈文心雕龙札记〉简论》，《黄石师院学报》（哲学社会科学版）1984 年第 2 期。

⑤ 吴调公：《"文心雕龙学"的奠基人——黄季刚先生——读〈文心雕龙〉札记》，《南京师大学报》1986 年第 1 期。

龙》作为一门学科搬上大学讲坛，作为"龙学"这门独立学科的开始①。这些文章对《札记》的理论价值和学术史地位有恰当的概括，受到后来研究者的认同，也促进了对《札记》理论内容的深入研究。1986 年，李开金《读〈文心雕龙札记〉》对《札记》的内容做了基本的介绍。1987 年，周勋初发表的《论黄侃〈文心雕龙札记〉的学术渊源》是深入探讨《札记》理论的一篇力作。21 世纪以来，随着龙学史研究的深入，《札记》作为现代"龙学"的开山之作也越来越受到重视，张少康《文心雕龙研究史》②（2001 年）、李平《〈文心雕龙〉研究史论》（2009 年）均列有专章讨论。对《札记》的研究进入了另一个高峰期。戚良德、李婧《论范文澜〈文心雕龙注〉对黄侃〈文心雕龙札记〉的承袭》（2007 年）揭示了《札记》对范文澜《文心雕龙注》的影响。随后几年内，陆续出现若干篇对《札记》的具体篇章或个别观点进行疏证或商榷的文章，如梁祖萍《〈文心雕龙札记〉"章句"之解读》（2007 年）、郭鹏《试论黄侃补文与〈文心雕龙〉的"隐秀"》（2008 年）、巩亚男《辨析"辞赋并称"说的历史阶段性——读〈文心雕龙札记〉的札记》（2008 年）、刘玉秀《〈文心雕龙札记·宗经篇〉补证》（2009 年）等。学界对《札记》的重视，使得其被一版再版，加之民国时期和台湾地区发行的版本，《札记》的版本已不下十几个，李平《〈文心雕龙札记〉成书及版本述略》（2009 年）在梳理其成书过程的基础上，对其各种版本进行辨析，指明善本所在。李平还与金玉生合撰《〈文心雕龙札记〉自然思想与折衷法则略论》（2009 年）探讨《札记》的基本指导思想。在《札记》的整体研究方面，姚巧娥的硕士论文《黄侃〈文心雕龙札记〉研究》（华侨大学 2013 年）从黄侃研究《文心雕龙》的背景、黄侃以小学入手研究《文心雕龙》《札记》本身的理论体系、《札记》研究的影响四个部分进行论述，对《札记》进行较为全面审视。随着对《札记》研究无论宏观还是微观上的不断深入，学者们对于《札记》在现代学术史上的地位和影响有了更为清晰的认识。李平、金玉生《略论黄侃〈文心雕龙札记〉的学术地位和价值》（2011 年）认为《札记》不仅标志着现代"龙学"的诞生，更是传统文论研究向现代转型的一个承前启后的转折点。贺根民《〈文心雕龙札记〉：古代义论研究现代转型的一个典型文本》（2013 年）也认为《札记》新中夹旧的文论书写形态标举了古代文论研究转型的一个典型文本。

---

① 参见牟世金《"龙学"七十年概观（上、中）》，《社会科学战线》1987 年第 3、4 期。
② 关于黄侃《文心雕龙札记》部分由陈允锋撰写。

随着 20 世纪 80 年代黄侃研究的升温，将《札记》作为探究黄侃文学思想的资料，成为研究《札记》的另一条重要思路。周勋初 1987 年发表的《论黄侃〈文心雕龙札记〉的学术渊源》指出："《文心雕龙札记》一书乃是清末民初三大文学流派纷争中涌现出来的一部名著。季刚先生继承了《文选》派的传统，吸收了朴学派的成果，在批判桐城派的过程中，形成和发展了自己的学说。"①这就不仅是研究《札记》的学术渊源，也涉及了黄侃在《札记》中体现出的文学观念。项楚《〈文心雕龙札记〉的审美倾向》（1990 年）也主要是分析《札记》对以姚氏兄弟和林纾为代表的桐城派、以刘师培为代表的《文选》派和以章太炎为代表的朴学派的不同态度，不过理论的落脚点是黄侃在"文""质"两端中的审美倾向，他认为《札记》主观上力求站在"中道"的立场来评论文学，体现了古典主义美学对于"和谐美"的追求。1995 年，曾晓明的《黄侃〈文心雕龙札记〉与清代文论》更加细致地辨析了黄侃与三大文派的关系。直到近年来，汪春泓《论刘师培、黄侃与姚永朴之〈文选〉派与桐城派的纷争》（2002年）和赵文妮《姚永朴与黄侃论争的学术史意义》（2014 年），仍然在关注和深入这一论题。郑远汉《从〈文心雕龙札记〉看黄侃的文法观》（1995 年）侧重研究《札记》中体现的语言学方面的文法观。孔祥丽的硕士论文《〈文心雕龙札记〉中的"为文之术"研究》（内蒙古师范大学 2004 年）认为《札记》是黄氏从自身的创作经验出发，而著成的探讨"文章作法"的讲义，因而她侧重研究黄侃在《札记》中所论及的"为文之术"，又将之具体分为"命意修辞"论、"谋篇布局"论和"位体定势"论。此后她又相继发表了《黄侃作〈文心雕龙札记〉之渊源》（2011 年）、《黄侃〈文心雕龙札记〉之"命意修辞"论》（2011 年与李金秋合撰）、《黄侃〈文心雕龙札记〉之"谋篇布局"论》（2011 年）、《黄侃〈文心雕龙札记〉之"位体定势"论》（2012 年）进一步深入对《札记》中"为文之术"的研究。王魁伟《从〈文心雕龙札记〉看黄侃的章句观》（2011年）从黄侃对《文心雕龙·章句》篇的札记总结其章句观，并认为这是迄今为止最全面、最完整的章句观。彭有明《浅谈黄侃的修辞学成就——以〈文心雕龙札记〉对辞格的论述为视角》（2014 年）认为《札记》对比喻、比拟、夸张、对偶等重要辞格进行深入的探讨，体现了黄侃在修辞学方面的学术成就。孙慧娟的硕士学位论文《黄侃〈文心雕龙札记〉之文章学理论辨要》（2013 年）认为《札记》是文章学的典范之作，阐发了诸多

---

① 周勋初：《论黄侃〈文心雕龙札记〉的学术渊源》，《文学遗产》1987 年第 1 期。

文章学理论精义。该论文选取了《通变》《声律》《练字》三篇札记作为研究其文章学理论的主要内容，系统阐发了黄侃的文章学观。之后，她还相继发表了《黄侃论文章与通变》（2012 年）、《黄侃〈文心雕龙札记〉之文章声律论》（2013 年）具体阐发了黄侃对通变、声律等问题的独特见解。

除了《文心雕龙札记》，黄侃的《文选平点》也受到学者较多的关注：陈延嘉《黄侃——新文选学的伟大先驱者》（1985 年）、《继往开来的选学家黄侃（季刚）》（1993 年）将黄侃定位为"新选学"的先驱，即以文学批评为武器探讨选学的第一人。许嘉璐《〈文选〉黄氏学训诂探赜》（1985 年）是一篇将近 3 万字的长文，作者认为所谓"训诂"包含范围至广，句读、句意、句法、章法、章旨、修辞、表达都属于训诂学所应探讨的问题，因而文章对《文选》黄氏学训诂的研究，不仅仅局限在文字、音韵、训诂方面，而是从字词、句、章、修辞这几个层面，详述了黄侃对《文选》全方位的训诂成果，并总结了黄氏训诂的特点，无疑是研究黄侃文选学的一篇力作。此外，还有多篇文章从不同角度对《文选平点》进行具体研究。余国庆《阐幽释微画龙点睛——读〈文选平点〉札记》（2003 年）选评了黄侃多条评点。童岭《〈文选平点〉翼证一则》（2004 年）对黄侃关于《文赋》"因论作文之厉害所由，他日殆可谓曲尽其妙"中"'谓'字衍"的评点进一步予以佐证。王书才《黄季刚先生文选学成就述论——以〈文选平点〉为中心》（2010 年）着重论述了黄侃在《文选》篇章辨伪、作品讽谏微意发掘、借古评今倡言民族大义等方面的成就与特色。李婧《黄侃对〈文选〉的文学批评》探讨了黄侃对《选》文的遣词造句、篇章布局、艺术风格及文学源流等所作的文学批评。

对黄侃其他文学成就的研究多为一些零散的单篇论文，如论其文学创作者有：今朔《黄侃的〈缤华词〉》（1981 年），李一氓《关于黄侃的词》（1981 年），严迪昌《忧生悼世感无端——读黄季刚先生诗稿》（1985 年），王序平《〈黄季刚诗文钞〉读后》（1986 年），程翔章《爱国志才人笔——黄侃散文浅论》（1989 年）、《黄侃文学创作略论》（1993 年）、《爱国志民族魂才人笔——黄季刚先生诗歌创作简论》（1994 年）、《黄侃词论略》（1994 年），吴白匋《读蕲春先生遗词小记》（1993 年），沈祥源《黄侃诗文概谭》（1995 年），杨羽《一支缠绵的思乡曲——读黄侃的〈寿楼春〉》（1995 年）等，对黄侃的诗、词、文成就均有论及。张建伟《论黄侃〈咏怀诗补注〉——兼谈阮籍〈咏怀〉诗的注释》（2012 年）关注了黄侃的《咏怀诗补注》，评述其立足于诗句本身阐发诗意这一批评方法的利弊。这一论题是以往研究者尚未关注过的，足以说明对黄侃研究的不断扩展和深化。

相对于大陆学者的研究而言，台湾学者对黄侃文学方面成就的研究更为丰富。台湾是章黄学派的重镇，刘太希、林尹、高明、李曰刚、潘重规等台湾学界翘楚皆为黄门高足，致力于延续和发展黄侃学术，特别是潘重规、黄念容伉俪更是倾力于对黄侃著作的整理出版。潘氏还撰写过《黄季刚师和苏曼殊的文字因缘》（1976 年）、《蕲春黄季刚先生译拜伦诗稿读后记》（1989 年）等文。潘氏的学生柯淑龄也撰写了专门研究黄侃生平学术的博士论文——《黄季刚之生平及其学术》（1983 年）。进入 21 世纪，台湾学者继续把黄侃的研究发扬光大，更深细到对其文学成就的研究上，魏素足先后以《黄侃及其〈文心雕龙札记〉之研究》（1995 年）和《〈文选〉黄氏学研究》（2005 年）作为硕士和博士论文选题，对黄侃的"龙学"与"选学"成就进行了较为全面系统的论述。此外，还有一些单篇论文涉及黄侃的文学成就，如文守仁《黄季刚先生及其诗》（1972 年）、刘太希《记黄季刚先生文辞之美》（1985 年）、黎活仁《悲秋的词——黄侃词的时间意识研究（上、下）》（1991 年）、李剑亮《黄侃与民国词坛》（2012 年）等。

虽然对黄侃在文学方面的成就已有若干单篇论文及学位论文展开了较为精深的研究，但尚缺乏全面整体的审视。本书即欲在继承前人成果的基础上，深入研究黄侃的文学创作、文学思想、文学批评及其在"龙学"与"选学"上的成就，以期对黄侃在文学方面的成就有全面整体的把握。

第一章　黄侃的生平思想与文学活动

第一节　从激进的革命斗士到保守的国学大师

黄侃（1886—1935），谱名乔馨，早年字梅君，后更名侃，字季刚，晚自署量守居士①。湖北蕲春人，生于成都，六岁随父返里。其家族自称为江西分宁（今修水县）黄庭坚后裔。父黄云鹄（1819—1898），字祥人，一字祥云，又字翔云、缃云、藏云，室名实其文斋。咸丰三年（1853）二甲进士，以学行称于时，官至四川按察使，清风亮节，遗爱在民，被蜀人颂为"黄青天"。晚年致仕后任江宁尊经书院山长，继任湖北两湖、江汉、经心等书院山长。著述甚丰，于经、史、小学俱有研究，并以文章显名，有《学易浅说》十四卷、《群经引诗大旨》六卷、《实其文斋文钞》八卷、《诗钞》六卷、《祥人诗草》二卷、《祥人诗续钞》四卷等。黄侃十三而孤，但云鹄先生之学行对其一生都影响甚巨，黄侃性格上的刚正耿直，学行上的精勤刻苦，皆承自其父。

黄侃髫年颖异，从小便入私塾学习中国传统文化，先后师从江瀚、范晋卿等习四书、五经、制艺及文史诸书。他读书勤勉，特别是十三岁丧父早孤之后，益刻苦自励。1903 年，黄侃考入武昌文普通中学堂，其时清政府的统治已经岌岌可危，资产阶级民族民主革命思想兴起，湖北得风气之先，在黄侃所就读的武昌文普通中学堂里就先后聚集了一批革命思想活跃分子，如宋教仁、田桐、董必武等，议论时政，畅谈革命。黄侃十四岁读

---

① 另有信川、不佞、乔鼐、运甓、静婉、病禅、病蝉、旷处士、盛唐山民、奇谈、量守居士、寄勤闲室主人、禾子、禾、奇谈、季子侃等笔名、别名，参见潘重规《黄季刚先生之笔名》（《量守庐学记》，生活·读书·新知 三联书店 2006 年版，第 188 页），以及司马朝军、王文晖《黄侃笔名别名录》（《黄侃年谱》附录，湖北人民出版社 2005 年版，第 447 页）。

王夫之《黄书》，已识种族大义，此时更接受了资产阶级民族民主革命思想，走上了革命道路。

1905 年，黄侃因讥讽监学而被武昌文普通中学堂除名，在其父故友湖广总督张之洞的资助下，赴日本早稻田大学留学。自此至 1911 年的六年留日生活是黄侃人生最关键的成长时期。他得遇当时的革命先驱、学界巨擘章太炎。当时留日才俊追随章氏者众多，黄侃为其中翘楚，遂在革命思想和学术上都得到突飞猛进的成长。革命方面，他积极参加革命活动，加入中国同盟会，在章太炎主持的《民报》上先后发表《专一之驱满主义》《哀贫民》《释侠》《论立宪党人与中国国民道德前途之关系》《哀太平天国》《刘烈士道一像赞》等文章，激励民心，宣传反清民主革命。在学术上，他跟随章太炎学习小学、经说，并时与章氏作诗唱和，学业大有精进。

1908 年春，黄侃以生母周孺人病危，自日本驰归侍疾。于乡里宣传革命，"尝归集孝义会于蕲春，就深山废社说种族大义及中国危急状，听者累千人，环蕲春八县皆向之，众至数万。称曰黄十公子"①，正值清廷严捕革命党人，黄侃不得不再次潜走日本。

至 1910 年，中国国内的革命形势日趋成熟，湖北革命党人函促黄侃归举大事。黄侃归国后，积极投身革命活动，支持革命社团，后来辛亥革命的领导组织之一"文学社"的社章就是他和温楚珩共同审定的。② 1911 年 5 月，清政府悍然宣布实行"铁路国有"，欲将铁路的修筑权拱手出卖给帝国主义，由此激起了全国各地轰轰烈烈的保路运动。黄侃借机为汉口《大江报》撰写时评《大乱者，救中国之妙药也》一文，辞旨激切，号召人们武装反清。文出，引起强烈反响，清廷震恐，封闭报馆，逮捕主编，此种倒行逆施激起革命群众的强烈愤慨，民愤沸腾，使武昌起义一触即发。武昌首义后，黄侃积极参与到革命大潮中，见革命军兵力薄弱，便返回蕲春发动孝义会，无奈惨遭镇压。

---

① 章太炎：《黄季刚墓志铭》，载司马朝军、王文晖《黄侃年谱》，湖北人民出版社 2005 年版，第 19 页。关于黄侃集孝义会的时间，有三种说法：潘重规《黄季刚先生遗书影印记》、柯淑龄《黄季刚先生致力民族革命考》认为在黄侃 1905 年留日之前；章太炎《黄季刚墓志铭》意谓在留日期间返乡；黄焯《季刚先生生平及其著述》、陆敬《黄季刚先生革命事迹纪略》以为在 1910 年黄侃归国之后、辛亥革命爆发前夕。今从章太炎说。

② 参见温楚珩《辛亥革命实践记》，转引自陆敬《黄季刚先生革命事迹纪略》，载程千帆、唐文《量守庐学记》，第 12 页。

　　1912 年，南京临时国民政府成立，黄侃一度投入政治洪流中，在上海主办《民声日报》，为新政权欢呼。1913 年冬"尝一为直隶都督赵秉钧①所迫，强出任秘书长，非其好也"②。在国事日非，各派军阀政党争权夺利的情况下，黄侃彻底对政治失望，加之性不偶俗，不肯求仕宦，遂弃政从学。从 1914 年起，他相继执教于北京大学、武昌高等师范学校、山西大学、中华大学、北京师范大学、东北大学、中央大学、金陵大学等南北各大高校，"凡二十年，弟子至四五传"③。

　　黄侃在小学、经学、文学诸方面造诣皆深，曾言"年五十当著纸笔矣"④，惜其五十而殒，生前印行的著作仅有《文心雕龙札记》《音略》《汉唐玄学论》《三礼略说》（此三种为单篇论文）《日知录校记》《缥秋华室诗词》（此种非公开出版）等数种。其学术成果或批校笺识于所阅原典中，或笔载于日记里，或集中在教学讲义内，逝世后经后人搜集整理，陆续印行的有《文字声韵训诂笔记》《说文笺识四种》《说文略说》《尔雅略说》《声韵略说》《字正初编》《黄侃声韵学未刊稿》《古韵谱稿》《重订唐韵考》《集韵声类表》《广韵校录》《训诂学讲词》《尔雅音训》《诗经序传笺略例》《读〈汉书〉〈后汉书〉札记》《黄侃论学杂著》《量守庐群书笺识》《手批文始》《黄侃手批尔雅正名》《手批经籍旧音辨证》《手批十三经》，等等。其学术影响遍及国内外，与章太炎之学并称为"章黄之学"。

　　从激进的革命斗士转变为保守的国学大师，黄侃的一生颇富传奇色彩，加之他表现出来的极具个性特色的名士做派和学者性情，使之成为最被后人津津乐道的民国人物之一，其逸闻趣事流播坊间，治学方法盛传学林，论者已多，今仅就其性格思想中最突出的几点略述如下。

　　其一，拳拳赤子，爱国护种。黄侃生当中国内忧外患、风雨飘摇之际，毕生志行唯以兴国拯民为务。早年积极参加反对清政府封建专制的资产阶级民族民主革命，奔走呼号，为辛亥革命之元勋。民国建立后，他弃

---

① 赵秉钧（1865—1914），字智庵，河南临汝人，曾任内务部部长、国务总理。1913 年指使人将宋教仁杀害。案发后，袁世凯为掩人耳目，将其调任直隶都督，次年又被袁世凯毒死灭口。黄侃于 1913 年冬北上出任赵秉钧幕僚长。

② 章太炎：《黄季刚墓志铭》，载司马朝军、王文晖《黄侃年谱》，湖北人民出版社 2005 年版，第 19 页。

③ 同上。

④ 章太炎：《黄季刚墓志铭》，载司马朝军、王文晖《黄侃年谱》，第 20 页。

政从学，但仍然关心国事，对军阀混战、国民党的腐败统治都予以尖锐抨击，特别对日本帝国主义的入侵痛心疾首。闻九一八事变发生后，黄侃拍案而起，作《勉国人歌》"四百兆人宁斗而死兮，不忍见华夏之为墟……"①，号召中华民族奋起反抗。其后，他每与师友亲朋相谈，都念念不忘国事，督促学生"当时时以国家民族为念"②。据其学生徐复回忆说：

> 九一八事变后，日本侵略军加紧进攻，先生忧国颠危，心情十分沉重。每当上课时，先生面对日本领事馆"膏药旗"（先生以称日本国旗），不禁义形于色，语甚愤激。当即为诸生讲授《诗·小雅·苕之华》一篇，至毛传"治日少而乱日多"一语，即凄怆哽咽，听者无不动容。③

直至黄侃临终前所作的绝笔诗仍在忧心国事，诗中称"神方不救群生厄，独佩萸囊未足豪"④，"对于自己虽能安居治学却缺少救国的'神方'感到内疚"⑤。据黄侃夫人黄菊英女士回忆，黄侃临终前犹念念不忘国事，问家人"河北近况如何"？叹息"难道国事果真到了不可为的地步了吗？"⑥ 诚如汪辟疆《悼黄季刚先生》所总结的："盖先生本性情中人，气愤填膺，虽在弥留之际，犹未忘怀国事，即此一端已足见其生平矣！"

其二，保存国粹，刻苦为学。辛亥革命之后，黄侃毅然远离了直接的政治活动，走上学术研究之路，这除了因为对国事的失望，更缘于他认为保存传统学术文化才是维护民族生存发展的根本。据其婿潘重规《黄季刚先生遗书影印记》云：

> 未几，清亡。先师才高气盛，自度不能与世俗谐，不肯求仕进。又亲见革命之成，实由民气，民气发扬，实赖数千年姬汉学术典柯不绝，历代圣哲贤豪精神流注，俾人心不死，文字不灭，种姓不亡，是

---

① 黄侃：《黄侃日记》，第 427 页。
② 徐复：《师门忆语》，载程千帆、唐文《量守庐学记》，第 136 页。
③ 同上。
④ 黄侃：《黄侃日记》，中华书局 2006 年版，第 1111 页。关于此诗的异文及注解，参见程千帆《忆黄季刚老师》及黄坤尧《黄季刚〈登高〉绝笔遗墨研究》。
⑤ 程千帆：《忆黄季刚老师》，载程千帆、唐文《量守庐学记》，第 153 页。
⑥ 黄菊英：《我的丈夫——国学大师黄季刚》，载张晖《量守庐学记续编》，生活·读书·新知三联书店 2006 年版，第 18 页。

以国祚屡斩而不殊，民族屡危而复安。于时清廷虽覆而外患日深，人心日荡，民族前途隐忧未艾，将欲继绝学，明旧章，存国故，植邦本，固种姓者，匪异人任。故自光复后，遂不问政治，平生兴国爱族之心一寄于学术文辞。①

黄侃的这一思想，也是受到章太炎的影响，早在清亡之前，章氏居日期间，即开设讲席，为留东学生讲授国学，以之为爱国护种的根本。黄侃曾亲记其事曰："其授人国学也，谓国不幸衰亡，学术不绝，民犹有所观感，庶几收硕果之效，有复阳之望！故勤勤恳恳，不惮其劳。弟子至数百人。"② 辛亥革命之后，章氏更日益转向学术研究，曾与黄侃书曰"吾辈但当保存国故，作秦代之伏生耳"③，以民族文化的传承者自任。黄侃在课堂上也对他的学生说："余于中国学术，犹蜂腰也。其屑微已甚，然不可断。断，学术其亡乎！"④ 正是谨承太炎先生保存国故之志。

正是源于这种认识，在清末民初新旧文化交替的历史转捩点，黄侃才严守旧说，保存国粹，坚决站在了与中国现代化进程相反的一面。应该看到，与封建思想文化的抱残守缺者不同，黄侃保存国粹实出于爱国护种的目的。特别当日本帝国主义侵华日亟，中华民族面临亡国灭种危机之时，黄侃更是以治学来"存种姓，卫国族"⑤。他认为"今日国家，第一当保全匡廓；今日学术，第一当保全本来"⑥，"现今自救救人之法，曰刻苦为人，殷勤传学"⑦，"研究学术不是为研究而研究，而是为了国计民生的利益"⑧，因而他不惮于守旧之名，刻苦为学来保存国粹，确实具有维系民族文化的积极意义。陆宗达曾精辟地总结说，章、黄是"因为热爱自己的祖国，从而十分热爱祖国优秀的文化遗产"，所以要"努力地梳理它们的脉络，潜心地发掘它们的精华，深入地探讨它们的规律，细心地恢复它们的

---

① 潘重规：《黄季刚先生遗书影印记》，载程千帆、唐文《量守庐学记》，第33页。
② 黄侃：《黄季刚诗文钞》，湖北人民出版社1985年版，第30页。
③ 黄侃：《黄侃日记》，第757页。
④ 游寿：《敬业记学》，载程千帆、唐文《量守庐学记》，第101页。
⑤ 殷孟伦：《谈黄侃先生的治学态度和方法》，载程千帆、唐文《量守庐学记》，第39页。
⑥ 同上。
⑦ 同上。
⑧ 同上。

本来面貌"①。爱国护种、保存国粹正是章太炎、黄侃治学的根本动力与出发点，也是章、黄谨严学风形成的根本原因，更是章黄学派代代传承的最本质的精神所在。

黄侃为学极其刻苦，乃秉持"学问应从困苦中来，徒恃智慧无益也"②之精神，尝语晚辈："汝见有辛勤治学如我者否？人言我天资高，徒恃天资无益也！"③据章太炎回忆：

> （黄侃）为学务精习，诵四史及群经义疏皆十馀周，有所得，辄笺识其端，朱墨重沓，或涂剟至不可识。有馀财，必以购书，或仓猝不能具书籯，即举置革筩中，或委积几席皆满。得书，必字字读之，未尝跳脱。④

其好友汪东亦称：

> （黄侃）遇小事，弁急不能忍晷刻。然其为学，严定日程，贯彻条理。所治经、史、小学诸书，皆反复数十过，精博孰习，能举其篇叶行数，十九无差忒者。⑤

潘重规也说：

> （黄侃）尝言开卷读书时如一字不识人。而讥世之读书不能终卷者为"杀书头"。治学有定程，未尝以人事、疾病改恒度。民国初元，旅食沪渎，穷困特甚，举家赁居阁楼，几无容膝地。除夕爆竹声喧阗达旦，一灯荧然，研核钩稽，所定古声韵分部即成于此时者也。⑥

潘言绝非夸张，无独有偶，1922 年 1 月 27 日的《黄侃日记》又记载：

---

① 陆宗达：《在武汉纪念黄季刚先生诞生一百周年逝世五十周年大会上的发言》，载湖南省人民政府文史研究馆编《黄季刚先生逝世五十周年诞生一百周年纪念集》，华中师范大学出版社 1993 年版，第 8 页。

② 黄侃对黄焯语，转引自许嘉璐《黄侃先生的小学成就及治学精神》，载程千帆、唐文《量守庐学记》，第 72 页。

③ 黄焯：《季刚先生生平及其著述》，载程千帆、唐文《量守庐学记》，第 27 页。

④ 章太炎：《黄季刚墓志铭》，载司马朝军、王文晖《黄侃年谱》，第 20 页。

⑤ 汪东：《蕲春黄君墓表》，载司马朝军、王文晖《黄侃年谱》，第 21 页。

⑥ 潘重规：《季刚公传》，载司马朝军、王文晖《黄侃年谱》，第 11 页。

"除夕，令节人闲我未闲，对灯展卷更无眠。"① 据尚笏、陆恩涌《季刚师得病始末》记载，黄侃逝前"吐血盈盂，而读书不休。时阅《唐文粹补编》，尚馀末二卷未毕，犹力疾圈点讫，且记日记。甫搁笔，又大吐，遂卧床。晕眩少愈，适订购《宛委别藏》送至，又取《桐江集》五册披阅一过而医至"②，弥留之际"昏卧喃喃若梦呓，多涉学术语"③，其刻苦之至，令人感佩。

因而，黄侃一生圈点之书数量甚巨，据黄焯回忆："数当以千计，经、史、子、文诸专籍无论已，即以《四库全书总目提要》《清史稿》两书论之，即达七百余卷。"④ 并且黄侃读书务精习，自述：

> 余观书之捷，不让先师刘君，平生手加点识书，如《文选》盖已十过，《汉书》亦三过，注疏圈识，丹黄烂然。《新唐书》先读，后以朱点，复以墨点，亦是三过。《说文》《尔雅》《广韵》三书殆不能计遍数。⑤

至于能背诵之书，不止"《说文》《文选》数部而已，如《杜工部》《李义山全集》，几皆能上口，即词曲中能吟讽者亦多，博闻强记，盖兼具所长"⑥。黄侃读书之精博真让人望尘莫及。

其三，尊师重道，殷勤传教。黄侃格外尊师重道，自 1906 年从章太炎先生游，二十余年间执弟子礼，始终甚恭敬。特别在章太炎被袁世凯幽禁北京之时，"侃日夕相依同宿，复致书教育总长论救，辞甚哀切，其义笃师交，罔顾生死，有古烈士之风"⑦。另在师事刘师培上，也体现了黄侃尊师重道的精神。二人年纪相若，早在日本即相识，后同在北大任教数年，交谊本在师友之间。刘氏四代传经，于经学造诣极深，无奈品行有疵，早年曾参加同盟会，但不久就背叛革命，投靠权臣端方，后组织"筹安会"，拥护袁世凯称帝。在政治立场上，黄侃坚决斥责刘师

---

① 黄侃：《黄侃日记》，第 65 页。
② 尚笏、陆恩涌：《季刚师得病始末》，载程千帆、唐文《量守庐学记》，第 94 页。
③ 同上。
④ 黄焯：《季刚先生生平及其著述》，载程千帆、唐文《量守庐学记》，第 30 页。
⑤ 黄侃：《黄侃日记》，第 315 页。
⑥ 黄焯：《季刚先生生平及其著述》，载程千帆、唐文《量守庐学记》，第 30 页。
⑦ 潘重规：《季刚公传》，载司马朝军、王文晖《黄侃年谱》，第 11 页。

培，据章太炎回忆："民国四年秋，仪征刘师培以筹安会招学者称说帝制，季刚雅与师培善，阳应之，语及半，即嗔目曰：'如是，请先生一身任之！'遽引退，诸学士皆随之退。是时微季刚，众几不得脱。"① 但对刘氏之经学黄侃十分倾心，1919 年刘师培病危之际，黄侃毅然往执赞称弟子，刘氏逝后，黄侃写下《刘先生挽诗》《先师刘君小祥奠文》等诗文以为悼念，终身折节称弟子，每言及必称"本师"，坦言受教良多："夙好文字，经术诚疏，自值夫子，始辨津途。"② 凡此种种，足见黄侃尊师重道之真诚。

黄侃爱才似渴，诲人不倦，对有志学术的青年才俊多所提携。据其侄黄焯回忆：

> 先生在北京大学授课时，专讲文学。学生中如刘赜、孙世扬辈，知先生邃于小学，每夜造门请益，讲至深夜方散。居南京时，门人张文澍自平湖来谒，先生方病疟，即为讲年来心得，历半日不休，竟忘其病。万县有许仁者，曾未晤面，尝驰书问学，先生历告以治经为文及研究小学之术。其诲人不倦有如此。③

黄侃更常赠诗鼓励青年治学，对骆鸿凯、刘太希、潘重规、伍叔傥等门生皆有赠诗，字里行间表达了一片爱才之心。黄侃不仅在学问上育人，在生活上也与门人十分亲近，生前常携门生共游。黄侃逝后，其门人弟子莫不感念师恩，谨记师训，将黄侃的人格学风发扬光大，形成了著名的"章黄学派"。由此可见，"章黄学派"的形成绝非偶然，而是与黄侃的尊师重道、殷勤传教分不开的。

其四，耿介贞固，不慕权贵。黄侃晚岁筑室九华村，命之曰"量守庐"，取陶渊明《咏贫士诗》"量力守故辙，岂不寒与饥"饥寒相迫而不肯改变故辙之意。但黄侃衣食温饱，不至于受饥寒所困，为何还要取室名为"量守"呢？章太炎在《量守庐记》中对此做了知音之解，他指出要想在衰危之世得到富贵，"仕者非变其素节，教者非心知其不然，故出其昌狂妄言，则不得至此"④，或者变节求仕，或者妄言为教，才可富贵。而当

---

① 章太炎：《黄季刚墓志铭》，载司马朝军、王文晖《黄侃年谱》，第 20 页。
② 黄侃：《先师刘君小祥奠文》，载《黄季刚诗文钞》，第 61 页。
③ 黄焯：《季刚先生生平及其著述》，载程千帆、唐文《量守庐学记》，第 27 页。
④ 章太炎：《量守庐记》，载程千帆、唐文《量守庐学记》，第 5 页。

时，为求名利而妄言为教，是不少学者之所为，他们"寡得以自多，妄下笔以自伐，持之鲜故，言之不足以通大理，雷同为怪，以衒于鬠舍之间，以窃明星之号"①，为求显达而在学术上打折扣。章太炎说"此非吾季刚所不能也"②，而是黄侃"不欲以此乱真诬善"，因此章太炎不禁赞叹黄侃是陶渊明一样不为五斗米折腰的人物，"靖节不可见矣，如季刚者，所谓存豪末于马体者矣"③。胡小石在追悼黄侃的讲辞中，也说"他治学的取径，不为富贵所动，不因环境改变，确乎其不可拔"④，达到了"遁世无闷"的境界。这种不因饥寒而改变气节的精神，不为名利而乱真诬善的态度，正是"章黄学派"为人治学最可贵的品质，值得我们所有学人传承与发扬。

第二节　丰富的文学创作和文学研究活动

黄侃声名远播，他从事的革命活动广为传诵，其小学、经学成就也备受瞩目，但鲜有人注意到，其实黄侃一生还有非常丰富的文学创作和文学研究活动。

一　终身不辍的文学创作

黄侃聪敏早慧，被人呼为"圣童"，七岁时，一次家用匮乏，奉母命写信给在江宁尊经书院任山长的父亲黄云鹄，在信末写一诗云："父作盐梅令，家存淡泊风。调和天下计，杼轴任其空。"其父好友曾任山西布政使的王鼎丞见到此诗，诧为奇才，即日以幼女相许配⑤。仅此一事，便足以见出他的文学天赋。其父训导他："尔负圣童之誉，须时时策励自己，古人爱惜分阴，勿谓年少，转瞬即老矣。读经之外，或借诗文以治天趣，亦不可忽。"⑥ 黄侃谨遵父教，刻苦习文，到了弱冠之年，"所为文辞已渊懿异凡俗"⑦。留日期间，章太炎就是见到他的文章，而大加赞赏，许为天

① 章太炎：《量守庐记》，载程千帆、唐文《量守庐学记》，第 5 页。
② 同上。
③ 同上书，第 6 页。
④ 胡小石：《胡小石先生追悼黄季刚先生讲辞》，载张晖《量守庐学记续编》，第 22 页。
⑤ 司马朝军、王文晖：《黄侃年谱》，第 29 页。
⑥ 陆昕：《民国名人传记丛书·黄侃》，黄山书社 2013 年版，第 4 页。
⑦ 章太炎：《黄季刚墓志铭》，载司马朝军、王文晖《黄侃年谱》，第 19 页。

下奇才，遂结下了师生之缘①。

　　青年时期的黄侃正是利用手中的笔为武器，积极投身于反对清政府的革命运动中。他所从事的革命活动多是宣讲、撰文、办报等革命文学活动，口诛笔伐，鼓吹革命，激励民心。如 1905 年至 1911 年，在章太炎主持的《民报》上，先后发表过《专一之驱满主义》《哀贫民》《释侠》《论立宪党人与中国国民道德前途之关系》《哀太平天国》《刘烈士道一像赞》等一系列脍炙人口的战斗檄文，宣传反清民主革命思想。1911 年 5 月，为《大江报》撰写的时评《大乱者，救中国之妙药也》，号召人们武装反清，引起强烈反响，成为武昌起义间接的导火索。1912 年，黄侃还在上海主办《民声日报》，为新成立的南京临时国民政府政权欢呼。

　　黄侃还曾帮助苏曼殊译拜伦《哀希腊》《赞大海》《去国行》等爱国诗篇。苏曼殊以译借拜伦诗闻名于世，其中尤以翻译《哀希腊》《赞大海》《去国行》等爱国诗篇而负盛誉，但经很多学者考证，这几首诗的翻译也有黄侃的功劳。汪东云："苏曼殊译拜伦诗数章，一时传诵。其中实有太炎、季刚所润色者。"② 现代中国文学史专家钱基博先生也认为："苏玄瑛与黄侃同译拜伦诗，而意趣所寄，尤在《去国行》《赞大海》《哀希腊》三篇，则玄瑛与黄侃草创之，而章炳麟润色以成篇者也。"③ 后潘重规据所藏黄侃译诗手稿对此加以确证，著《蕲春黄季刚先生译拜伦诗稿读后记》专论译者问题，为黄译说提供了版本上的证据。还有学者又从黄苏二人诗歌创作和译诗风格之比较上加以补充论证。④ 另据潘重规考证，黄侃还以"盛唐山民"的笔名译过拜伦《留别雅典女郎》诗。⑤ 拜伦一生为民主、自由、民族解放的理想而斗争，苏、黄身处民族危亡之秋，正是通过翻译拜伦诗来表达对国家民族命运的忧虑，宣扬革命爱国主义精神。

　　黄侃还曾加入中国近代著名的革命文学团体南社，南社晚期成员郑逸

① 参见司马朝军、王文晖《黄侃年谱》，第 35 页。

② 汪东：《寄庵随笔》，上海书店出版社 1987 年版，第 7 页。

③ 钱基博：《中国现代文学史》，上海书店出版社 2004 年版，第 89 页。

④ 参见程翔章《拜伦〈赞大海〉、〈去国行〉、〈哀希腊〉三诗究竟为谁译》，《黄冈师专学报》1998 年第 3 期。

⑤ 参见潘重规《黄季刚师与苏曼殊的文字因缘》，载张晖《量守庐学记续编》，第 173 页。

梅编的《南社社友姓氏录》中著录黄侃①，由柳亚子主编、民国二十五年（1936）出版的《南社诗集》收入黄诗七题二十六首②。南社由柳亚子等人在清宣统元年（1909）发起，民国十二年（1923）解体，它提倡民族气节，鼓吹反清革命，这种主张与黄侃的思想是一致的。

文学除了是黄侃革命的武器，更是他抒发情感的工具。大到对国家民族命运的忧患，小到个人的悲愁感慨，一应发诸文辞。他经常在期刊杂志上发表诗词文章，也常与师友弟子进行赠答唱酬，日记记载的作品更为数不少。他还将部分诗词作品编辑成集，在师友间流传。黄侃在当时颇有文名，常有人求为记序碑传。1932 年 3 月，《国学丛编》第五册刊发了《黄季刚鬻文》的广告，由章太炎撰写，称赞黄侃："文章又自有师法，研精彦和《文心》，施之实事，为文单复兼施，简雅有法，不涉方、姚、恽、张之藩，亦与汪、李殊流。至其朴质条达，虽与之异趣，亦无间言。"并代订诗文润例：

碑铭墓志	二百元	传状	百五十元	序跋	百元
寿文	百五十元	代祭文	八十元	赞颂	五十元
律绝诗一首	十元	排律每十韵	二十元	古诗一首	二十元③

从此润例可以看出黄侃擅长多种文体。

黄侃一生从未间断过文学创作，很多作品生前遗失，现存诗 1500 余首，词 400 余首，文 150 余篇，不仅数量丰富，也达到了一定的艺术水准，在中国近代文学史上占有一席之地。

二　全方位的文学研究

从 1914 年起，黄侃弃政从学，先后任教于南北各大高校，开始了教学研究生涯。鲜有人注意到，黄侃虽以小学、经学名家，但在讲授小学、经学类课程之外，一直都担任多种文学方面的课程。今将其在各大学所任课程情况统计，见表 1 – 1。

---

① 参见郑逸梅《南社丛谈：历史与人物》，中华书局 2006 年版，第 404 页。
② 参见柳亚子《南社诗集》第五册，中华书局 1939 年版，第 260 页。
③ 司马朝军、王文晖：《黄侃年谱》，第 354 页。

表 1 - 1　　　　　　　　　　黄侃在各大学所任课程情况

时间	任教高校	所任课程	备注
1914—1919 年	北京大学	词章学① 中国文学史	徐一士《一士类稿》载："章氏民国三年夏末，由本司胡同迁入钱粮胡同新居（房租每月五十四元）后，眷属未至，甚感寂寞。未几，其门人黄季刚（侃）应北京大学教席之聘来京，所担任讲授之科目，为中国文学史及词章学，谒章之后，即请求借住章寓，盖词章学教材等在黄觉不甚费力，即可应付裕如，惟文学史一门，其时治者犹罕，编撰讲义，为创作之性质，有详审推求之必要。"② 黄焯《季刚先生生平及其著述》言："自甲寅秋，即受北京大学教授之聘（时年二十八岁），讲授词章学及中国文学史，讲义有《文心雕龙札记》《诗品疏》《咏怀诗补注》等。"③ 范文澜《文心雕龙讲疏序》"曩岁游京师，从蕲州黄季刚先生治词章之学。黄先生授以《文心雕龙札记》二十余篇，精义妙旨，启发无遗。"④ 据 1915 年 10 月 26 日《北京大学分科暨预科周年概况报告书》黄侃担任"词章学"⑤
		中国文学	据 1917 年 11 月 29 日《北京大学日刊》第十二号所载《文科本科现行课程》，黄侃该年开设课程为：本科一年级"中国文学"（与刘师培同开，一周六时，黄、刘各三时）、二年级"中国文学"（与刘师培同开，一周七时，黄四时，刘三时），三年级"中国文学"（与吴瞿安同开，一周九时，黄六时，吴三时)⑥

① 参见张晖《量守庐学记续编》，第 38 页。
② 徐一士：《一士类稿》，辽宁教育出版社 1997 年版，第 49 页。
③ 程千帆、唐文：《量守庐学记》，第 28 页。
④ 范文澜：《文心雕龙讲疏·自序》，《范文澜全集》（第 3 卷），河北教育出版社 2002 年版，第 5 页。
⑤ 据 1915 年 10 月 26 日《北京大学分科暨预科周年概况报告书》，载《北京大学史料》第 1855 页，黄侃担任"词章学"，朱希祖担任"中国文学史"。栗永清《知识生产与学科规训　晚清以来的中国文学学科史探微》中认为"黄侃或许因'中国文学史'并非所长，终辞讲席，而由朱希祖出任"。
⑥ 参见王学珍、郭建荣主编《北京大学史料》，北京大学出版社 2000 年版，第 1052 页。

续表

时间	任教高校	所任课程	备注
1914—1919 年	北京大学	中国文学概论 汉魏六朝文学 唐宋文学	据 1918 年 1 月 5 日《北京大学日刊》第 38 号所载《文本科第二学期课程表》，黄侃所开设课程为：第一年级"中国文学概论"、第二年级"汉魏六朝文学"、第三年级"汉魏六朝文学"和"唐宋文学"①
		文诗	据 1918 年 9 月 26 日《北京大学日刊》第 213 号所载《文本科本学年各门课程表》，黄侃所开课程为：第一学年"文一""诗一" 1919—1920 学年，据《国立北京大学文科课程一览（八至九年度）》，黄侃所开科目为本科第二年级"文二""诗二"②
			讲义有：《文心雕龙札记》《诗品讲疏》《阮籍咏怀诗补注》③《〈词辨〉选》④《文选平点》《文钞》《文式》⑤
1919 年	北京女子高等师范学校（兼课）	《文心雕龙》文字学	1919 年 3 月 23 日《致陈钟凡书》：兹寄上《文心雕龙札记》一篇，再请检江式《文字源流表》一篇（《经史百家杂抄》中有），可付缮印，备下星期二用⑥
1919 年 9 月	武昌高等师范学校⑦	讲义有：《说文略说》《声韵略说》《尔雅略说》三种⑧	
1921 年	山西大学⑨	所任课程不明	

① 参见王学珍、郭建荣主编《北京大学史料》，第 1065 页。
② 同上书，第 1085 页。
③ 据金毓黻辑录稿后按语云："往岁就学京师，蕲春黄季刚先生为讲阮嗣宗《咏怀诗》，复为此笺，以发其蕴。"（见司马朝军、王文晖《黄侃年谱》，第 112 页）
④ 俞平伯《清真词释序》："民国五年六年间方肄业于北京大学，黄季刚师在正课以外忽然高兴，讲了一点词，从周济《词辨》选录凡二十二首，称为'《词辨》选'，作为讲义发给学生。"参见俞平伯《读词偶得·清真词释》，人民文学出版社 2000 年版，第 69 页。
⑤ 据陈平原《在巴黎邂逅"老北大"》，《读书》2005 年第 3 期。两种讲义现藏于法兰西学院汉学研究所。均系作品选，其中《文钞》选文百三十五篇，《文式》包括赋颂第一、论说第二、告语第三、记志第四等。据油印本夹缝中注明使用教材的年级，《文式》为"中国文学"科目一、二、三年级的教材。
⑥ 转引自司马朝军、王文晖《黄侃年谱》，第 140 页。
⑦ 后更名为武昌师范大学，即为武汉大学前身。
⑧ 以上讲义，据黄焯《黄侃先生生平及其著述》，载程千帆、唐文《量守庐学记》，第 27 页。
⑨ 1921 年 11 月辞山西大学聘，返回武昌，见黄侃《黄侃日记》，第 30 页。

续表

时间	任教高校	所任课程	备注
1922—1926 年上半年	武昌师范大学	《尚书》《尔雅》文字声韵《文选》宋词	黄焯《黄季刚先生年谱》：以《尚书》《尔雅》、文字声韵及《文选》、宋词课诸生
	武昌中华大学	《尚书》国文	1922 年 4 月 16 日日记载：中华大学送来功课表如下：月曜日午后一时至三时预科国文；火曜日本科《尚书》；水曜日预科国文
		《庄子》	1922 年 4 月 24 日日记载：赴中华大学讲庄子
	湖北国学馆（兼职）	许氏《说文》《广韵》《文心雕龙》	徐复观《关于黄季刚先生》：应国学馆馆长王葆心（季芗）先生的聘请，所教的依然是"许氏说文"。在住国学馆的同时，我们约了七八个同学，私自请他教《广韵》和《文心雕龙》……时间大概都没有超过一年
1926 年	北京师范大学		所任课程不明
	中国大学①	《毛诗》《说文》	1926 年 10 月 15 日日记载：一时赴郑王府中国大学讲《毛诗》二时，《说文》一时
	北京民国大学②	《尔雅》诗词	堵述初《黄季刚先生教学轶事》：1925 年③，黄季刚先生在我的母校北京民国大学中国文学系教授《尔雅》和诗词两门功课④
1927 年10 月—1928 年 2 月1932 年 5 月	东北大学	《诗经》《易经》等	司马朝军、王文晖《黄侃年谱》：应东北大学校长张学良将军之邀，赴沈阳就东北大学聘，讲授《诗经》《易经》等课程⑤
		文学	1932 年 5 月 3 日日记载：东北大学延予讲学1932 年 5 月 6 日日记载：午诣东北大学讲文学

---

① 《黄侃年谱》云："是年（1926）秋，避难北上，授学于北京师范大学、中国大学。"见司马朝军、王文晖《黄侃年谱》，第 222 页。
② 参见堵述初《黄季刚先生教学轶事》，载张晖《量守庐学记续编》，第 26 页。
③ 按：黄侃于 1926 年避难北上，疑此误。
④ 参见张晖《量守庐学记续编》，第 26 页。
⑤ 见司马朝军、王文晖《黄侃年谱》，第 228 页。

续表

时间	任教高校	所任课程	备注
1928—1934 年	中央大学①	《荀子》《诗经》音韵学	1928 年 5 月 29 日日记载：即升堂讲孙卿子《正名》篇，次讲《诗》，次讲声母表
		骈文古韵学经学通论《尔雅》	潘重规《母校师恩》：1928 年秋季，季刚师改开骈文、古韵学及经学通论三科② 1928 年 6 月 5 日日记载：讲《尔雅》。至旭初处商下年所授课，予仍任音韵，又任经学及骈文
		小学纲要训诂学总集研究	1933 年 6 月 13 日日记载：午后旭初来商下年课事，予拟授小学纲要、训诂学，皆言必修，馀一门为总集研究云
		讲义有：《礼学略说》《唐七言诗式》③	
1928—1934 年	金陵大学	文学概论	1928 年 10 月 13 日日记载：得金陵大学加聘代课文学概论书
		训诂学《史记》	1929 年 2 月 25 日日记载：始诣金陵大学授训诂学四刻，《史记》四刻
		毛诗词选声韵学	1930 年 2 月 3 日日记载：刘崇本来商此学期课事，予语以可授《毛诗》、词选、声韵学三门
		赋训故学	1931 年 9 月 7 日日记载：初升堂为金陵校生说赋及训故之学
		乐府	1932 年 8 月补出乐府题，付金陵校
		说文声韵《毛诗》	1934 年 2 月 16 日日记载：始诣金陵校，讲《说文》、声韵、《毛诗》
		文赋	武酉山《关于黄季刚先生》：教学重质不重量，重条贯例证，不重泛滥无归……一篇陆机《文赋》，讲有一学期之久，若泛泛讲解，一句可尽，可见先生腹笥之博了

---

① 汪辟疆《悼黄季刚先生》云："迄民国十六年东南大学改组为第四中山大学，楼光来代文学院长，汪旭初任中文系主任，乃决议招先生南来。时军甫定金陵，北军负隅抗命，先生意颇犹夷，叠经函商，始允南下。自十七年春莅校。"见程千帆、唐文《量守庐学记》，第 87 页。

② 参见潘重规《母校师恩》，载张晖《量守庐学记续编》，第 67 页。

③ 见黄焯《黄侃先生生平及其著述》，载程千帆、唐文《量守庐学记》，第 27 页。

续表

时间	任教高校	所任课程	备注
1928—1934 年	金陵大学	拟为金陵大学国学研究班开设课程①	
		服经旧说集证	《仪礼》以丧服为最要最精，今取宋以前先儒之说悉为疏解，以求经文之真谊
		唐人经疏释诸经辞例辑述	唐疏解释经文极其精晰，所举词例汇而观之，可得古人修辞之法
		《说文》纂例	采先儒解说许书条例之精确者，详为阐发证成之。偶下己意，期于六书真谊无所疑滞
		《尔雅》名物求义	《尔雅》名物皆有得名之故，今取其可释者疏通其义类
		《史记》《汉书》文例	《史》《汉》修辞用字，记事记言，其例甚备。兹分条广证，期于其书章句，皆得明了
		《新唐书》列传评文	善学《汉书》者，无过宋景文。今取《新唐书》列传之文与《汉书》细为比勘，知其叙记之法
		樊南四六评	樊南四六，上承六代，而声律弥谐，下开宋体，而风骨独峻，流弊极少，轨辙易遵。今取其名篇，详疏其遣词用字征典述情之法
		声偶文学原流	声偶文学据中夏文学封域之泰半，今详叙其原流，陈其利病

　　从表 1-1 来看，文学科目一直是黄侃教学的重要方面，特别是在北大任教的五年期间，黄侃担任的都是文学课程，主要有词章学、中国文学史、中国文学、中国文学概论、汉魏六朝文学、唐宋文学、文、诗等。1917 年底陈独秀主持北大文科课程改革会议，效仿《癸丑学制》② 中诸外国文学门，而构架了以"文学""文学史""文学概论"三门并立的课程

---

① 参见刘继宣《季刚先生手拟金陵大学国学研究班学程提要跋》，载程千帆、唐文《量守庐学记》，第 36 页。

② 中华民国成立后，参照日本明治维新后新学制，于 1912 年公布并于次年修订而成的一个完整的学制系统。

体系①。黄侃所承担的课程即分属于这三个门类。

其中，"中国文学概论"，显然属于"文学概论"门类，相当于文学理论，在北大1918年《文科国文学门文学教授案》中，专门有一条言："文学概论'单位'当道贯古今中外，《文心雕龙》《诗品》等书虽取，截然不合于讲授之用，以另编为宜。"② 此条似乎针对黄侃而言，他在讲授词章学、文学研究法、文学概论一类课时，就是借重《文心雕龙》《诗品》等古代文论，这在1918年新文化运动兴起后成了被新文学革命者攻击的把柄。

"中国文学史"则属于"文学史"门类，据北大1918年《文科国文学门文学教授案》此门课"在述明文章各体之起源及各家之派别"，侧重史的梳理。

至于"中国文学""汉魏六朝文学""唐宋文学""文""诗"等几门课程则应该属于"文学"门类。它与"文学史"并不一样，据北大1918年《文科国文学门文学教授案》，"文科国文学门设有文学史及文学两科，其目的本截然不同，故教授方法不能不有所区别"③。具体说来："习文学史在使学者知各代文学之变迁及其派别；习文学则使学者研寻作文之妙用，有以窥见作者之用心，俾增进其文学之技术。"④ 可见，"文学史"侧重于历史演变，"文学"侧重于艺术分析⑤，并在艺术分析的基础上学习文学创作的方法。在1917年，陈独秀没有改革之前，带有指导创作性质的课程是"词章学"，黄侃选用的讲义就是《文心雕龙》。1918年《文科国文学门文学教授案》发布之后，对这类课程的教授方法有了新的要求："教授文学所注重者，则在各体技术之研究，只须就各代文学家著作中取其技能最高，足以代表一时或虽不足代表一时而有一二特长者，选择研究之。"⑥ 其思路是很明显的，即通过研析名家名作来学习文学创作的法门。具体又可按照文体分为文、诗赋和词曲，其中，文类"不论骈散，凡非诗赋歌曲之属皆属之"，诗赋类包括"《诗经》《楚辞》、汉赋以及近代诗歌

----

① 参见栗永清《知识生产与学科规训 晚清以来的中国文学学科史探微》，中国社会科学出版社2012年版，第179页。

② 王学珍、郭建荣主编：《北京大学史料》，第1710页。

③ 同上书，第1709页。

④ 同上。

⑤ 参见陈平原《知识、技能与情怀——新文化运动时期北大国文系的文学教育》，《北京大学学报》2009年第6期。

⑥ 王学珍、郭建荣主编：《北京大学史料》，第1709页。

皆属之"。① 黄侃分别担任过文及诗的教学。这样看来，《阮籍咏怀诗补注》《文选平点》《〈词辨〉选》②《文钞》《文式》③ 等以研究具体诗文为对象，增进创作能力为旨归的，应该都属于此类。

黄侃在北大所授课程门数繁多，涵盖了"文学""文学史""文学概论"三大门类，已然形成了一个完备的文学教学与研究的体系，这便为其后来的文学研究构筑了框架。之后黄侃在南北各大学虽然逐渐转向教授小学和经学，但文学类课程从未间断，而其所任的文学课程也未曾超出在北大所奠定的"文学""文学史""文学概论"三大范围。从具体内容来看，教学研究的重点尤其集中在汉魏六朝文学与文论上，如开设《史》《汉》文例、阮籍《咏怀诗》《文选》、骈文、声偶文学原流，及《文赋》《文心雕龙》《诗品》等课程；同时兼及唐宋文学，如唐诗宋词、李商隐诗歌及骈文、《新唐书》列传评文等。

除了教学活动，在平时的阅读研究中，黄侃对集部典籍也十分重视，几乎各种文体历代的代表作家作品均有研阅，并附以评点、校勘、抄录等各种中国传统的文学批评方式。今据黄侃现存 1921—1922 年、1928—1935 年日记统计，仅在这几年内，他所点校抄阅之集部典籍就达两百多部，其中不乏像《全上古三代秦汉三国六朝文》《全唐诗》《全唐文》这样大部头的著作，这为其文学研究奠定了坚实的基础。

黄侃在长期文学创作和教学研究中，逐渐形成了自己的文学思想，他曾拟撰《文志序论》一书，集中表达其文学思想，惜未成书，仅存纲领，但从中仍然可以约略窥探到他的文学思想体系。黄侃还在 1929 年《晨报》副刊发表过《中国文学概谈》《文学记微·标观篇》等探讨文学发展和文学批评的论文，在公开发表的论文之外，黄侃日记中亦时时表露其文学见解。

综上可见，黄侃对文学研究是非常看重的，文学研究是黄侃治学的重要方面。

---

① 王学珍、郭建荣主编：《北京大学史料》，第 1709 页。

② 参见俞平伯《清真词释序》："民国五年六年间方肆业于北京大学，黄季刚师在正课以外忽然高兴，讲了一点词，从周济《词辨》选录凡二十二首，称为'《词辨》选'，作为讲义发给学生。"参见俞平伯《读词偶得·清真词释》，人民文学出版社 2000 年版，第 69 页。

③ 参见陈平原《在巴黎邂逅"老北大"》，《读书》2005 年第 3 期。两种讲义现藏于法兰西学院汉学研究所。均系作品选，其中《文钞》选文百三十五篇，《文式》包括赋颂第一、论说第二、告语第三、记志第四等。据油印本夹缝中注明使用教材的年级，《文式》为"中国文学"科目一、二、三年级的教材。

第二章　黄侃的文学创作

黄侃生前曾屡次叮咛门生家人，在他殁后匆刻其所为诗词文笔，并以骨牌为喻："设时无天九，则地八未始不可以制胜，然终为地八而已。"或问："天九何在？"答："古人已取去矣。"① 黄侃自谦己作为"地八"，逊古人一筹，不足以传世。实际上，他一生创作了诗 1500 余首、词 400 余首、文 150 余篇，不仅数量丰富，也达到了一定的艺术水准，在中国近代文学史上理应占有一席之地。并且黄侃的诗文也是这位国学大师人格与精神的最好展现。

黄侃生前没有出版过完整的诗文集，少量诗文公开发表在期刊杂志上，大量作品的原稿散置，据汪辟疆回忆："（黄侃）平生杂文诗词，恒载之日记，亦有随手命笔，散置未及收录者。"② "特别是诗词，多随兴而作，顺手散失，更难见完整的原稿。"③ 黄焯曾说："季刚先生作诗，从来没有底稿，写好后就搓成纸团，丢到字纸篓里。现存遗著，有些是他儿子、儿媳或别人抄的。"④ 黄侃身后所留的诗文手抄本较多，"有《量守庐诗》《量守庐词钞》《量守庐文集》等十余种。其中既有作者自己的手迹，也有亲朋移录的。各种集子都零星杂乱，或诗词文赋混录，或某一作品重见错出，或各本文字互异，或排列次序杂乱，或字迹模糊不清"⑤。以各种手抄本为依据，黄侃诗文集共经过以下几次编辑整理：

（1）1974 年黄念容在香港编次出版《量守居士遗墨》，有黄念祥序，黄念容跋。此书收录黄侃部分诗、词手迹，而又杂以其家人及师友之作多

---

① 刘赜：《师门忆语》，载程千帆、唐文《量守庐学记》，第 105 页。
② 汪辟疆：《悼黄季刚先生》，载张晖《量守庐学记续编》，第 88 页。
③ 《黄季刚诗文钞校订说明》，载黄侃《黄季刚诗文钞》，湖北人民出版社 1985 年版，第 2 页。
④ 同上。
⑤ 沈祥源：《黄侃诗文概谭》，《武汉大学学报》1995 年第 6 期。

幅，颇为芜杂。其中有关黄侃研究之资料不少①。

（2）1985 年为纪念黄侃诞辰 100 周年暨逝世 50 周年，湖北人民出版社出版了湖北文史馆校订的《黄季刚诗文钞》，收录文 52 篇、诗 1017 首、词 376 首。乃据黄侃四子黄念祥的手抄本整理校订而成，分《量守碎金》和《劳者自歌》两部分，分录文和诗词。

（3）1988 年潘重规在台湾据黄侃旧稿整理出版《量守遗文合钞》上、下两册，收录数量较"鄂本"少，但注释略多。②

（4）1985 年由胡国瑞任指导，沈祥源任组长，王庆元、李中华、罗立乾组成的武汉大学黄侃诗文遗稿整理小组辑校《黄侃诗文集》。乃据"武汉大学中文系所收藏的黄侃诗文的各种抄本、手稿和排印本，并以黄焯先生所校录的抄本为底本，参照其他传抄本和排印本而编订"③，约 30 万字，凡诗 1552 首、词 418 首、文和赋 158 篇，是收录黄侃诗文数量最多的本子，可惜尚未出版面世。

第一节 忧生悼世感无端——黄侃的诗

黄侃的诗生前结集有：《北征集》（1914 年北京赵秉钧幕中作）、《云悲海思庐诗钞》（1915—1926 年寓北京、武昌作）、《缤秋华室诗钞》（1915—1926 年寓北京、武昌作）、《楚秀庵诗钞》（武昌作）、《庐山集》（1927 年游庐山作）、《石桥集》（1928 年春游南京近郊名胜作），另有《寄勤闲室诗钞》《量守庐诗钞》《撷英集》④，等等，但均未正式出版。身后由四子黄念祥辑录黄诗为《劳者自歌》，收诗 1017 首，湖北人民出版社《黄季刚诗文钞》即据以收录。据沈祥源撰文称，1985 年武汉大学黄侃诗文遗稿整理小组辑校的《黄侃诗文集》，广搜众本，收诗最富，达 1552 首，但此本未见出版。

---

① 参见程千帆《黄先生遗著目录补》，载程千帆、唐文《量守庐学记》，第 187 页。
② 参见沈祥源《黄侃诗文概谭》，《武汉大学学报》1995 年第 6 期。
③ 同上。
④ 常任侠《忆黄侃师》云："黄师曾将《撷英集》诗集交我录副，后来他又叫潘重规同学向我索回，说是诗多艳体，老师后悔，不要传出。我亦未尝一询，此谜终亦莫解。"见张晖《量守庐学记续编》，第 40 页。

一　黄侃诗的内容

黄侃诗词集题为《劳者自歌》，他曾言："不能哀艳不雄奇，一种劳人写恨诗。酒尽灯残那须说？君看吾鬓已成丝。"① 自谓劳人。又有诗云："诚知劳者心，周游泪沾轼。强聒虽不舍，听者称疲极。老向沧江旁，牢落无人识。"② 感叹无人识自己的"劳者心"，"劳者自歌"之名盖出于此，黄侃借此表明他作诗的目的在于抒发自己内心的情感，特别是愁苦之情。这在他 1920 年作的一首《题旧稿》中有更明确的表示：

> 鹃啼蛰唧任其天，有意惊人转足怜。忘相忘言惭我拙，心声心画倩谁宣？华胥梦到知无日，蠹简名留定几年。从此忏除犹未晚，一灯明处礼金仙。③

黄侃表明自己作诗无意"惊人"，不求留名，他以"鹃啼蛰唧"自比，声明自己作诗是为了抒发"心声心画"。至于 1920 年以后的诗作，更是如此，"老去心情百不宜，强思旧事以为嬉。不堪乐毕哀相继，蘸泪重题数首诗。"④ 可以说，黄侃的诗就是他蘸泪写下的恨诗，是他心声心画的宣泄，"是他心灵的自然倾吐，是他生活的真实记录"。⑤ 今观黄侃的诗，内容十分丰富，既饱含了对国家民族命运的忧患、对黎民百姓生存的关怀，又抒发了个人的悲愁感慨、亲情爱情，另外描绘山水风物和赠答唱酬也是黄诗的重要内容，当然也不乏咏史怀古、咏物、拟古及游戏之作。

（一）忧国忧民

"忧生悼世感无端，篇什原宜当史看"⑥，忧国忧民是贯穿在黄侃诗歌中最鲜明的主线。黄侃生当中国近现代历史上最战乱频仍的年代，其诗歌充满了对清朝腐朽统治、军阀混战和日本帝国主义入侵的强烈抗议，以及对贫苦大众的深切同情，展示了一位革命者的无畏和一名知识分子的正气。

---

① 黄侃：《丁巳杪秋追忆乙卯晦宿天津旅舍诗录示曾生因题其后》十首其一，载黄侃《黄季刚诗文钞》，第 274 页。

② 黄侃：《南望篇》，《黄季刚诗文钞》，第 102 页。

③ 黄侃：《黄季刚诗文钞》，第 212 页。

④ 同上书，第 274 页。

⑤ 沈祥源：《黄侃诗文概谭》，《武汉大学学报》1995 年第 6 期。

⑥ 黄侃：《黄季刚诗文钞》，第 278 页。

1. 宣传排满兴汉

青年黄侃是个激进的革命者，其早期诗文中充满了排满兴汉、宣传革命的呼声，如作于 1909 年的《上留田行》曰：

> 余年十四，始读《黄书》，由是以得《春秋》之大义，以为中夏虽衰，不遽剿绝，犹赖斯作。东游日本，所见哗世流宕之士，初或昌言卫族，及荣观在前，又不能终固执，相与拥护戎羯，假藉新法以为蠹于国。十稔以还，政令益繁，民生益散，谋士益众，民困益深。夫宗国既已沉沦，民生又复憔悴，是二痛也！驰说者方以救亡为言，不亦惧乎？自遭名捕，颇思括囊，一念同伦，日在水火，终不能噤而不言，因以幽忧之余，作为此曲。不敢比于国史之哀伤，亦庶几昔贤好吟《梁父》之意云尔。

> 宣尼叹道衰，春秋终获麟。钧天奏广乐，金策畀强秦。唐虞尽泛扫，仁义将安陈？九夷旷来仪，伊郁怀先民。先民骨已槁，董道终无归。齐州竞蝘蜓，载鬼占在睽。硕鼠亦已众，宁念烝人肌。黄神歇灵绪，黔首空悲欷。悲欷伤肺肝，慨然求息肩。篝火出丛祠，大泽揭长竿。鱼烂岂有心？择阴聊自完。宋钘信奇人，恑哉华山冠！①

在序中，黄侃表示他最早是受明末清初思想家王夫之严夷夏之防的影响，而萌生反满兴汉思想的。但他不仅仅出于狭隘的民族主义，更是反抗清朝的腐朽统治，不仅痛"宗国既已沉沦"，更痛在清朝的压迫使得"民生又复憔悴"。因此他在诗歌中大声疾呼"硕鼠亦已众"，号召人民"大泽揭长竿"，起来武装反抗，推翻清朝的腐朽统治。

2. 讽刺复辟帝制

通过辛亥革命的浴血奋战，清朝的腐朽政权终于被推翻，统治中国两千多年的君主专制宣告覆灭。作为革命功臣的黄侃，却在短暂的从政之后，选择弃政从学，在赠宋教仁的诗中他明确表示"嗟余遘幽忧，逍遥从所届。虽愧日月光，肯为尸祝代"②，但他的一颗忧国忧民之心不改，时刻关心着国政时局。当北洋军阀头子袁世凯窃取革命果实，并野心膨胀，欲壑难填，妄图冒天下之大不韪恢复帝制，开历史之倒车时，黄侃予以辛辣

---

① 黄侃：《黄季刚诗文钞》，第 83 页。
② 黄侃：《癸丑二月江行赠宋遯初》，载陆敬《黄季刚先生革命事迹纪略》，载程千帆、唐文《量守庐学记》，第 16 页。

的讽刺，其《感事》四首云：

> 九陌狂尘拂彩旗，受图应及奉郊时。宫邻金虎宁非数，荆棘铜驼
> 更有思。旷世黄农今日见，升坛禹舜后人知。凭谁为报灵修道，可惜
> 斜阳迫崦嵫。

> 闰位艰辛历四年，岂知舟壑一时迁。漫言骑虎难为势，真悔投龟
> 枉询天。建国黄孙新历数，神州赤县旧山川。生逢尧舜吾何恨，愧乏
> 陈崇颂德篇。

> 沧海匆匆又起尘，九州神鼎付何人？鱼书往日空张楚，鹑首今兹
> 已赐秦。梦里华胥非故国，眼前黔首是新民。申徒徐衍从君笑，障塞
> 狂澜赖此身。

> 鹬蚌争持汉与清，徒将水火困生灵。孤身转徙惭移橘，同好凋残
> 感散萍。尽藉南音思故土，漫将客泪洒新亭。何当洗尽昂藏气，一饮
> 狂泉不用醒。①

前二首黄侃讽刺袁世凯为"旷世黄农""升坛禹舜"，揭露他"漫言骑虎
难为势，真悔投龟枉询天"的虚伪与无耻，反语道"生逢尧舜吾何恨，愧
乏陈崇颂德篇"，可谓极尽嘲讽之能事。第三首表现了黄侃对革命果实被
袁贼窃取的无比沉痛之情。第四首更是抒发了一个曾经为革命奔走呼号的
志士，眼见同好凋零、人民仍然水深火热后的失望与痛苦，确实是"其身
经之变，痛苦之深，较之皋羽西台，阮籍穷途，歌哭之情，有未可等量齐
观者也"②。黄侃还讽刺了附庸袁世凯的爪牙们，其《杂兴》云：

> 弱固不胜强，寡岂能敌众？奈何举世人，多为一夫弄。肤敏皆裸
> 将，五庙能无恸。诸刘祭明堂，齐效陈崇颂。易代变虽小，廉耻无轻
> 重。狂泉一入喉，是非尽摇动。墨学方未衰，辨经无不讽。及其遭摈
> 斥，蠹简多俄空。浮屠道行时，然指不知痛。自从祆教来，瞿昙被排
> 靬。前恭未必诚，后倨理岂中。所以老聃言，众迷若长梦。群鸟空善

---

① 黄侃：《黄季刚诗文钞》，第 180 页。
② 谈瀛：《黄季刚赠平刚诗及其它》，载张晖《量守庐学记续编》，第 215 页。

飞，妄逐五方凤。苍蝇附骥尾，何尝不超纵。倮虫与凡虫，智亦相伯
仲。愿学屈大夫，荷衣堪自供。林宗折角巾，效之亦何用！①

诗中，黄侃不仅斥责袁世凯寡廉鲜耻地欺弄"举世人"，也讽刺了那些追
名逐利之辈，不坚持立场，毫无是非之心，如"群鸟空善飞，妄逐五方
凤"，如"苍蝇附骥尾，何尝不超纵"，黄侃表示自己要坚持屈原的节操，
坚决不同流合污。

　　3. 控诉军阀混战

　　辛亥革命之后，中国实际处于各派军阀的割据中，从此陷入了长达十
余年的军阀混战时期。黄侃切身体会到军阀混战给人民带来的痛苦，用他
的诗笔控诉军阀的暴行。1913 年 7 月孙中山兴兵讨伐袁世凯，发动"二次
革命"，然而，讨袁军与北洋军阀势力悬殊，不到两个月就全线失利。9 月
1 日讨袁军最紧要的阵地南京被封建军阀张勋攻陷，北洋军阀入城后，肆
意烧杀劫掠，繁华的南京下关烧为一片断垣焦土。黄侃适值北上京师，取
道南京，面对北洋军阀的暴行，悲愤地写下了《乱后始至南京作》：

　　　　征毂才停意已惊，疏灯淡柝石头城。道旁一望皆荒土，乱后重来
似隔生。
　　　　劫火经秋留烧迹，寒江入夜送潮声。纷纷成败何须数，犹为遗民
诉不平。②

哀叹黎民百姓成为军阀混战的无辜牺牲品。

　　黄侃在北京所作的《行路难》也是对军阀的控诉，其云：

　　　　长安城头落日黄，高树叶尽天欲霜。此时孤雁更难去，使我登楼
怀故乡。
　　　　旧乡只隔吴江水，江南蓟北三千里。十城荡荡九城空，大军过后
生荆杞。恸哭秋原一片声，谁人不起乱离情？已知杀掠成常事，终羞
共和是美名。游氛蔽天关塞黑，易京留滞归不得。谁令虎豹守天阍？
坐见豺狼满中国。酒尽歌阑无复陈，猿鸣鬼啸殊愁人！③

---

① 黄侃：《黄季刚诗文钞》，第 99 页。
② 同上书，第 176 页。
③ 同上书，第 128 页。

残酷的现实使黄侃冷静地认识到辛亥革命虽然成功了，但建立的所谓共和国体只是徒有美名，中国已然陷入了"杀掠成常事"的战场，在袁世凯这个头号军阀的纵容下，各派军阀就像豺狼一样在神州大地横行。

1921 年，湖北督军王占元为达既增兵又不增饷的目的，大量裁减在粮饷上比新兵多两倍的老兵，引起老兵的不满；同时王又私吞军饷，致使其手下部分军兵于 5 月 2 日晚突然哗变。一时武昌城内四处起火，很多房屋被烧毁，造币厂、钱庄、商号等被洗劫一空，数十名无辜平民死伤，数百户居民无家可归。而王占元则对此不加制止，纵兵殃民。黄侃此时正居于武昌，用诗笔记录下这场暴乱，其《五月五日作》云：

> 人好生，胡为发杀机？天好生，胡为降大戾？生斯国土为此民，无可如何但流泪！举家十口三过兵，所忧此世无宁岁！邻顾街衢十九空，令节良辰总虚置。暗雾愁云欲压城，此中冤气兼兵气。吁嗟乎！华山之冠空自高，天下安宁不可冀。①

又作《武昌乱》云：

> 武昌之名虽属楚，楚为客兮畴为主？城中民多兵亦多，民如羊今兵如虎！我亦羊群一跛牂，不知何幸逃吞咀。追怀磨牙吮血时，一一言之告羔羍。呜呼江汉称南纲，十载颠连非乐土，偶缘外貌夸雄富，谁识剥床以肤苦。更迎寇盗为渠率②，讴颂居然出肝腑。议郎几辈作义儿，其他黔首恶足数。廛市连绵来北客，只恐此邦是齐鲁。民虽易慑固有心，歼逐前规宜可取。谁知天心佑非类，一夕妖氛起伏莽。此际城中无数兵，尽傅两翼加长距。弹丸虻飞穿屋脊，天固无情不能雨。火热长街不计家，财帑空空妇遭侮。天明异物各归营，长吏叩门来煦姁。吁嗟吾人本易欺，不论威胁或恩抚！沐猴之诮君无惭，今日非猴直是鼠。③

二诗是黄侃代表人民对军阀的悲愤控诉和彻底揭露。特别是《武昌乱》一诗，将矛头直指王占元，他强占武昌，名为政府督军，实与寇盗无异。他

---

① 黄侃：《黄季刚诗文钞》，第 140 页。
② 《黄季刚诗文钞》此处附有编者按：指北洋军阀王占元之流。
③ 黄侃：《黄季刚诗文钞》，第 140 页。

纵兵殃民，变兵在武昌烧杀抢掠，致使"火热长街不计家，财帑空空妇遭侮"，一句"民如羊今兵如虎"，写尽了平民百姓面对军阀的无助与绝望。

4. 主张抗日救国

近现代的中国多灾多难，除了内部军阀混战，还饱受帝国主义的欺凌，特别是日本帝国主义一直对中国虎视眈眈。在 1928 年国民党北伐期间，日本唯恐中国一旦统一，将使其不能再肆意侵略，是以竭力阻挠北伐。1928 年，国民革命军于 5 月 1 日克复济南，日军遂于 5 月 3 日挑衅中国军队，肆意屠杀中国军民达一万七千余人，酿成济南惨案。黄侃闻讯十分激愤，认为这是中国政府一直对日本的妥协导致的，"弃辽以全关内，譬之犹割股以止饥，亦痛楚呼号以就毙而已"①，"倭寇干与，辽蒙用兵，济南皆悬倭旗。无故易徽帜白日，宜有今日，国亡在旦暮，而无奈何，求免于鲁连之讥，得乎"②。黄侃鼓励民人要奋起反抗，作《勉国人歌》一首：

> 嗟我兄弟邦人诸友兮，急起逐倭奴！前进有尺后却无寸兮，存亡决于此区。四百兆人宁斗而死兮，不忍见华夏之为墟。寒心孤立兮，谁助予？神道不足凭兮，公理亦已诬。雪我失琉球以来之深耻兮，舍力战岂有他途？赫赫先圣在天临睨兮，喜我众之若貔貅。行行各努力兮，一何壮乎！行行各努力兮！③

黄侃原注此诗曰："《吴越春秋》载勾践伐吴时，军士与父兄昆弟取决，国人作离别相去辞，今读之声极高壮，惜文多不适于今，故改焉以贻国人。"他取这样一首诗来改写，就是为了勉励国人奋起反抗日本帝国主义的暴行。④

1931 年，日本帝国主义悍然发动九一八事变，侵占中国东北三省。黄侃闻讯义愤填膺，1931 年 9 月 20 日日记载其"突闻十八夕十九晨辽东倭警，眦裂血沸，悲愤难宣"⑤，遂作《闻警》："早知国将亡，不谓身真遇。辽海云万重，无翼难飞赴。"⑥ 9 月 21 日黄侃闻天津、青岛又沦，悲痛废

---

① 司马朝军、王文晖：《黄侃年谱》，第 248 页。
② 同上书，第 247 页。
③ 同上书，第 248 页。
④ 同上。
⑤ 黄侃：《黄侃日记》，第 740 页。
⑥ 司马朝军、王文晖：《黄侃年谱》，第 341 页。

食。他相继在 9 月 28 日写下《八月十五夜月食》："江国冥冥水接天，关山处处起烽烟。秋光纵好知何益，明月多情不忍圆。"① 10 月 18 日作《寄居正》：

> 此番辽事真状有不能言者，思之痛恨
> 愁听哀鸣集泽鸿，又惊豺虎遍辽东。荐绅都有妻孥念，铸鼎难铭魍魉衷。沧海波涛真震盪，钟山云气益冥濛。残生忧国殊堪笑，君正居幽我转蓬。②

及《八日寄童第德》：

> 此岁秋怀倍不禁，佳辰黄菊未须簪。云山北望皆愁色，鸿雁南来无好音。匹士敢言匡国分，早年虚抱济时心。想君与我同寥寂，各对空庭倚树吟。③

12 月又写下《岁暮书感》：

> 杀节凋年惨惨过，惟将涕泪对关河。沧溟鳌抃移山疾，武库鱼飞弃甲多。
> 一国尽狂应及我，群儿相贵又由它。贤愚此日同蒿里，只恐无人作挽歌。④

黄侃接连写下这几首诗表达了对国家民族命运的担忧，对日寇占我河山的痛恨，以及甘愿为国赴难的大无畏精神。在九一八事变发生一年之后，黄侃又作《书愤》悲诉祖国人民所受的亡国劫难：

> 恸哭秋风忽一年，谁令辽海陷腥膻？力微难挽沉渊日，劫尽真逢倚杵天。此夜苍涛掀大地，今时碣石抵穷边。受生何苦依兹土，欲向蒲龛问宿缘。⑤

---

① 黄侃：《黄侃日记》，第 742 页。
② 黄侃：《黄侃日记》，第 746 页。此诗题目《黄季刚诗文钞》第 230 页作《寄某君》。
③ 同上。
④ 黄侃：《黄侃日记》，第 764 页。
⑤ 黄侃：《黄季刚诗文钞》，第 240 页。

在强烈谴责日本侵略者的同时，黄侃也对当时国民政府的种种妥协政策表示不满。辛亥革命之后，中国就处于军阀割据、四分五裂的局面，1928 年南京国民政府的建立，只是取得表面形式上的统一。其时中国内乱严重，"一种是国民党南京政府与国民党各派系之间的内讧，一种则是国民党对共产党的战争"①。面对日本帝国主义的入侵，国民党一味退让，妄图采取外交手段来拖延宁息，而将主要力量都放在打击国内异己势力上，实行"攘外必先安内"的政策。这无疑助长了日本的侵略气焰，遭到全国人民的激烈反对。素重国家民族大义的黄侃，自然坚决反对国民党的妥协政策，予以口诛笔伐。其在 1931 年 12 月 20 日日记论时政之弊云："倭又欲取锦州，而朔方亦危矣。国事坏烂至此，略有人心，能无愤痛？乃彼哉之徒，见敌则如犬羊之值屠伯，宛转畏避，冀延瞬息之命；而御民犹欲保其大风猘瘝之故常。"②

　　1933 年 1 月 3 日日军攻陷了山海关，但《中央日报》社评还在说："今后日人是否将由榆关而平津，由热河而察绥，吾皆不必问；榆关事发，长江及沿海是否将次第发生同样之事态，亦不必问。所欲问者，吾立国之大经与常道，全国人民所以助其政府坚守者至何程度而已。"黄侃闻此种论调，怒不可遏，悲愤作《牡亡》：

　　　　牡亡谁为守关门，激矢虹飞书亦昏。羞与深仇同日月，不妨孤注掷乾坤。狐裘谋国三公哄，鼠穴容身四海奔。太息神州倾覆后，犹持党局付儿孙。③

日本帝国主义已然将战火烧过了山海关，中国之形势岌岌可危，当此中华民族面临亡国灭种危机之时，国民政府犹不问外政，还在强调"吾立国之大经与常道，全国人民所以助其政府坚守者至何程度"，纠葛于打击异己，这是任何一个稍有爱国之心的人都无法容忍的。黄侃这首诗就是痛斥国民党政府不顾国家民族的生死存亡，犹汲汲于党派之争，所谓"太息神州倾覆后，犹持党局付儿孙"也。

　　日本越过山海关后，公然向华北入侵。而国民党军队犹不知抵抗，黄

---

① 杨奎松：《内战与危机》，《中国近代通史》第八卷，江苏人民出版社 2007 年版，第 292 页。
② 黄侃：《黄侃日记》，第 761 页。
③ 黄侃：《黄季刚诗文钞》，第 239 页。

侃于 1933 年 3 月 6 日作《兴州》诗："将逃师溃冀非真，谁遣兴州堕虏尘？目送塞寒犹北度，始知微物胜于人。"① 3 月 19 日作《寄北中故人》："敢向狙丘议是非，却疑玉貌亦重围。燕师十万真能退，甘效田巴掩喙归。"② 嘲讽国民党军队"将逃师溃"。

当日本悍然进逼我华北平津之时，国民党仍然全力剿共，而与日本委曲求和。黄侃对此悲愤不已，1933 年 3 月 20 日论时事曰："报果有与倭媾和之议，从此万劫沉沦矣，痛夫。"③ 面对汪精卫发表的求和言论："国难如此，言战则有丧师失地之虞；言和则有丧权辱国之虞；言不和不战，则两具可虞。所以政府中人，心中焦灼，无异投身火坑。"④ 黄侃强烈谴责曰：

> 　　和战二策，亦有可以兼用者也。言战则当问如何而可以不丧师失地，丧师失地后将如何？言和则当问如何而可以不丧权辱国，丧权辱国后将如何？今欲不战不和，亦战亦和，以求免二者之患，是终于误国而已。若曰此为言和而发，意谓我将言和，特不至丧权辱国耳。或实丧实辱而不居其名，或丧之于彼而易之于此。乃犹强颜而言不辱，则世人虽尽可欺，国民终不可欺也。亦见其永堕火坑而已矣。⑤

汪精卫还强辩："因为不能战，所以抵抗；因为不能和，所以交涉。政府不是不和不战，而是抵抗与交涉并行。"⑥ 黄侃更诘责道：

> 　　抵抗即难成交涉，交涉又何须抵抗？真抵抗即是战，真交涉即是和。政府欲避不战不和之名，而为且战且和之计；外不能欺强虏也，所欺未知为谁？有前死一尺、无退后一寸，愿以告言抵抗者；命之困极、亦云亡矣，愿以告言交涉者。⑦

1933 年 5 月 8 日作《行严以白门感事诗见示用原韵和》⑧ 诗云：

---

① 黄侃：《黄侃日记》，第 877 页。
② 同上书，第 880 页。
③ 同上。
④ 同上书，第 890 页。
⑤ 同上。
⑥ 同上书，第 895 页。
⑦ 同上。
⑧ 此诗题目《黄季刚诗文钞》第 235 页作《章君以白门感事诗见示用元韵和》。

　　　　蜀鹃啼血冈深冤，江燕操泥恋旧痕。敢谓邦人无父母，独看党局付儿孙。橘中观弈身何托？藕孔逃兵术漫论！知有泝江相续恨，青芜已满两东门。①

此诗讽刺了国民党当国家民族危亡之际仍汲汲于党派之争，不能为国人父母，保家护民，而是一味溃逃求和。5 月 22 日黄侃"闻张生说求和事，为之悲愤"曰："悠悠苍天，此何人哉！酒后忽记昔人词云：不知今夜月眉弯，谁佩同心双结倚阑干。想倭奴此际，举国上下，不知何等欢欣。真令人羡煞也！宁不痛乎？一夜无眠乱愁搅。"② 1933 年 5 月 24 日，国民党政府与日本帝国主义达成了丧权辱国的《塘沽停战协议》，黄侃闻此大痛："和局竟定矣！哀哉！"

　　两年之后，贪婪的日本帝国主义又寻衅滋事，向中国政府提出对华北统治权的无理要求。1935 年 6 月 9 日，日本华北驻屯军司令官梅津美治郎向何应钦提出备忘录，提出取消国民党在河北及平津的党部、撤退驻河北的军队、取缔河北省的反日团体和反日活动等无理要求。国民党再次屈服于日本帝国主义的淫威，在 6 月 10 日即发表了一道《国民政府令》：

　　　　我国当前自立之道，对内在修明政治，促进文化，以求国力之充实，对外在确守国际信义，共同维持国际和平，而睦邻尤为要著。中央已屡加申儆：凡我国民，对于友邦，务敦睦谊，不得有排斥及挑拨恶感之言论行为；尤不得以此目的，组织任何团体，以妨国交。兹特重申禁令，仰各切实遵守。如有违背，定予严惩。此令！

黄侃怒斥此令"此非世修降表李家不办"，讽刺国民政府正如软弱的南唐，为保个人私利，只会屈膝求降。黄侃对日本的野心有清醒的认识，在 6 月 13 日日记中云："闻东倭又有新要求，浸淫疽食，非囊括九州不止。群小保官位权势者，亦未必能终保也。哀哉！"指出国民党群小胆怯寡识，终不自保。事实不幸为黄侃言中，7 月 6 日中日双方签订了屈辱的"何梅协定"，导致中国丧失了华北主权，为 1937 年日寇发动全面侵华战争埋下了更大的隐患。

---

① 黄侃：《黄侃日记》，第 897 页。
② 同上书，第 900 页。

黄侃就是这样时刻关心着国家民族的命运，直至其绝笔诗《登高》（又题《乙亥九日》）仍在忧心国事，其诗曰：

> 秋气侵怀正郁陶，兹辰倍欲却登高。应将丛菊沾双泪，漫藉清樽慰二毛。青冢霜寒驱旅雁，蓬山风急拚灵鳌。神方不救群生厄，独佩萸囊未足豪。①

"悲哉，秋之为气也"，我国自古便有悲秋传统，"秋气侵怀"本来就令黄侃郁陶哀思了。他又想到南唐后主李煜因弟李从善被宋太祖扣留，悲恋不已，作《却登高文》言"怆家艰之如毁，萦离绪之郁陶"，再看1935年之中国，日寇侵略步步紧逼，真如李后主一样"怆家艰之如毁"，面临国破家亡之危，当然令人更加不愿登高！只能是对菊流泪，借酒消愁，黄侃此时内心的抑郁和苦痛可想而知！颈联用比喻的手法指斥日寇的侵略。"青冢"指内蒙古自治区呼和浩特市南的王昭君墓，被青草覆盖，黛色溟濛，此处或指占据了中国北方的日本侵略者，像青冢一样阴森恐怖，驱散了中国人民，使其如"旅雁"般流离失所。"蓬山"是海上神山"蓬莱山"，向来借指日本；而"灵鳌"典出《楚辞·天问》"鼇戴山抃，何以安之？"王逸注引《列仙传》曰"有巨灵之鼇，背负蓬莱之山而抃舞"，象征着历史上与日本渊源深厚的中国，而今日寇野心膨胀，欲吞灭中国。尾联"对于自己虽能安居治学却缺少救国的'神方'感到内疚"②，表达了黄侃兼济天下，不欲独善其身的博大胸襟境界。

5. 悯怀贫苦大众

黄侃不仅心系国家民族的命运，也关怀黎民百姓的生存，既忧国又忧民。他生性耿介，蔑视权贵，始终站在贫苦大众的立场上，对劳动人民有着深深的悯怀。其日记就记载了他曾多次亲身帮助贫苦人民：

> 1935年2月19日　晚归，有丐妇乳于墙外，见之恻然。急检小儿旧裤予之，并令傭姬饮以赤沙糖汤，暮为警卒驱去，思此见今世贫弱流离，已无复相生相养之人道已。③
>
> 1935年3月7日　有卖糕翁在门前触滑，碎其什器殆尽，仰天悲

---

① 据《章炳麟跋黄季刚登高绝笔遗墨》，学海出版社1978年版。此诗有初稿、定稿、抄本等不同版本，文字略有差异，详见黄坤尧《黄季刚〈登高〉绝笔遗墨研究》。

② 程千帆：《忆黄季刚老师》，载程千帆、唐文《量守庐学记》，第153页。

③ 黄侃：《黄侃日记》，第1055页。

号，意良不忍，假二元恤之。①

　　1928 年 12 月 25 日 暮见穷人卖子，其子甫数日，冻甚，以念惠遗衣施之，为之悲戚。②

但像这样处于水深火热中的贫苦百姓在当日中国实在太多了，"凶荒硕鼠苦未已，触耳何处非愁声！"③"极目中原万里昏，苍生辛苦向谁论？"④ 残酷的现实让黄侃清醒地认识到，虽然中国的政体从封建专制到国民政府，从异族压迫到汉族自治，但无论是清王朝、北洋军阀，还是国民党统治，受剥削受压迫的永远都是贫民。面对贫富不均的社会，黄侃悲愤地为贫民唱出不平之歌，如《秋日出郊书所见》：

　　襄衣适林野，始知天地秋。高柳渐欲黄，鸣蝉晚逾幽。暂憩田家旁，见闻亦已稠。农人荷锄归，与妇议西畴。今夏雨水好，亩当十倍收。谷价幸不低，余资置粗裘。持以奉老人，冀无皴瘃忧。小弟二十余，力能挟两辀。聘妇在西邻，貌良性温柔。昏期小阳月，日吉不须诹。豚鹅足供客，疏材充庶羞。床下一缿钱，事先早绸缪。昨自城中来，浮言满道周。或云南北争，一家如寇仇。或言执政非，不若旧君优。或言敌国来，其气吞齐州。吾侪本细人，安能为国谋？所愿常团栾，且无冻馁愁。耳不闻枪炮，身常随马牛。妇言诚复佳，厨中酒新篘。彻膳味尚鲜，子能小饮不？稚子自外来，村书背如流。稚女自外来，村花插满头，暝色下柴门，我亦难久留。顾彼反自伤，农牧之不犹。牢落悲风尘，天地徒悠悠。⑤

此诗借一位普通农民之口，道出在军阀混战、政治黑暗、外族入侵的近代中国，百姓们最大的愿望只是能够"所愿常团栾，且无冻馁愁。耳不闻枪炮，身常随马牛"，是何等的质朴而简单。这其实从侧面反映了虽然满清政府的腐朽统治被推翻了，但"不若旧君优"，贫苦大众的生活并没有得到改善。

　　黄侃还作有一首《钞票歌》，围绕钞票写来，指出这"一纸"乃是

---

① 黄侃：《黄侃日记》，第 1058 页。
② 同上书，第 406 页。
③ 黄侃：《黄季刚诗文钞》，第 146 页。
④ 同上书，第 203 页。
⑤ 同上书，第 99 页。

"暴君污吏"万端之弊中最大的腐败。黄侃的矛头直指袁世凯，揭露他窃国后，军费庞大，政府奢靡，故"遂以空券欺闾里"，并以向国外银行借巨款等方式来中饱私囊，其横征苛敛真是有过于《诗经》中所讽刺之硕鼠，"但令贪婪饱囊橐，岂顾穷闾有饿死"，受苦受难的只有平民百姓了。

袁世凯虽然很快就倒台了，但20世纪上半期的中国都是这样贫富不均，贫苦大众备受欺凌，面对这样残酷的社会现实，黄侃号召贫苦大众起来反抗，他在一首《偶感》中说：

> 民力凋残硕鼠多，哀鸿遍野欲如何？舆人尽解均贫富，岂独青神王小波？①

王小波是北宋初四川农民起义领袖，以"吾疾贫富不均，今为汝均之"号召群众。在贫富不均、民生凋残的现代中国，黄侃鼓励大家都来做勇于反抗的王小波。

　　6. 哀悼生灵涂炭

近代中国战乱频仍，战争使人民家破人亡，命在旦夕。黄侃认识到战争的本质，深切感到无论是满汉相争、军阀混战，还是日寇入侵，受苦受难的都是广大平民百姓，所谓"纷纷成败何须数，独为遗民诉不平"②，战争的胜负成败何必去计较，只有人民所受的苦让他痛心。黄侃怀着无限悲悯感叹战争造成的生灵涂炭："谁令蛮触日相争？应怪蚩尤作五兵。诸将未须夸首虏，虫沙猿鹤尽苍生。"③ 他所祈求的是人民能早日免除战争之苦，"蛇斗郑门君莫问，但求黔首免戈铤"，无奈各派军阀混战一直持续到1928年国民革命军北伐胜利，长达十余年之久，黄侃不禁感叹：

> 十年害气满神乡，祸乱相寻一国狂。栲漆檴樗尽相类，沙虫猿鹤总堪伤。运逢水火民何罪？星判参辰帝不臧。亦有登楼王粲恨，河清无日意旁皇。④

虽然国民党取得了北伐胜利，建立了南京国民政府，结束了北洋军阀的统治，但只是实现了表面上的统一，新的军阀战争还在继续。1934年黄侃作

---

① 黄侃：《黄季刚诗文钞》，第285页。
② 同上书，第176页。
③ 同上书，第276页。
④ 同上书，第218页。

《感朋党事》：

> 江右朔洛蜀，东林楚浙齐。是非真不定，功罪亦难稽。得势蒙皮马，临危秃角犀。君曹休内阋，堪吊是蒸黎。①

斥责无休止的军阀战争给人民带来的苦难。

黄侃曾给自己的书斋取名"六祝斋"，就是寄托了他对和平的渴望，对百姓的祝福：

> 《周礼》太祝，六祝：顺祝，顺丰年；年祝，求永贞；吉祝，祈福祥；化祝，弭灾兵；瑞祝，逆时雨、宁风旱；筴祝，远罪疾。侃遭逢衰乱，亲老身羸，方适四方，以营禄养。岁事之始，陈辞祷先，非唯善其一身，亦欲民命皆活，爰采吉祥之语，以榜侨旅云居。②

黄侃的诗就是这样始终贯注着诗史精神，陆宗达称赞他的诗文是"爱国志，民族魂，才人笔"③，良有以也。

（二）身世感慨

"白日遣忧唯故纸"，"一种劳人写恨诗"④，黄侃自叹自己的诗作是劳人恨诗，那么他到底有哪些忧愁苦痛？寄托着怎样的身世感慨呢？

1. 国愁身恨

"九域方颠蹇，一室何由安"⑤，国家的内忧外困，使人民生活在水深火热之中，黄侃也饱尝军阀夺权、战乱连年所带来的国愁身恨。他在《感兴》六首其六中无奈地感叹：

> 命者果何物，四围所遭值。胡为逢乱离？斯世多猜忮。胡为独厄穷？斯世多鸱义。胡为有札瘥？医术未为至。胡为有忧患？资生多所匮。不先复不后，生我于此际。不蛮复不貉，生我于斯地。伤哉蕞尔躯，举动多牵掣！姑妄归之命，明知理非皙。岂无聪明人，身世思两

---

① 黄侃：《黄侃日记》，第 991 页。
② 同上书，第 42 页。
③ 陆宗达：《黄季刚诗文钞序》，载黄侃《黄季刚诗文钞》，1985 年版，第 1 页。
④ 黄侃：《黄季刚诗文钞》，第 274 页。
⑤ 同上书，第 86 页。

济。功业未及展，夕阳已西逝。黄河何时清，独下哀时泪！①

黄侃身受多重痛苦，因"世多猜忮"而"逢乱离"，因"世多鸥义"而
"独厄穷"，因"医术未为至"而"有札瘥"，因"资生多所匮"而饱"忧
患"，可谓是贫病交加，漂泊孤独，黄侃不禁慨叹为何生当"内忧外患"
之"中国"，只能归之为命运了！

　　综观黄侃一生行迹，有多次直接卷入国难中的痛苦经历，如 1926 年
和 1931 年两次因逃避战乱而被迫流离，但尤以他 1913 年秋被迫出任赵秉
钧秘书长时所受的痛苦最深。章太炎《黄季刚墓志铭》："未几，清亡。季
刚自度不能与时俗谐，不肯求仕宦。尝一为直隶都督赵秉钧所迫，强出任
秘书长，非其好也。秉钧死，始专以教授自靖。"② 此指 1913 年冬黄侃出
任赵秉钧秘书长一事。赵秉钧是袁世凯心腹谋士，为袁设计篡夺革命果
实，宋教仁被刺案就与他有一定的关系，黄侃作为坚定的革命斗士何以屈
于其淫威？据潘重规考证，黄侃此举是为了保护其时被袁世凯软禁的太炎
先生：

　　　　袁赵要笼络章氏，自然也要笼络章氏最得意的学生。太炎先生提
　　出考文苑办事人才，季刚先生赫然居首，自然是赵秉钧争取的对象。
　　他必然卑辞厚礼，要季刚先生接受他的邀聘。季刚先生如加拒绝，太
　　炎先生遭害的危机必然加速加深。季刚先生如果接受，他们认为与太
　　炎先生间尚有转圜的余地，加害太炎先生的计划自然可以趋缓减轻。
　　因此，季刚先生才冒险接受赵秉钧的任命。③

黄侃为救尊师而陷入此不仁不义之境地，内心的痛苦是可想而知的。况
且，赵秉钧心狠手辣，常于宴客时置鸳鸯壶，一鸩一酒，季刚"每心震，
恐鸳鸯壶之错酌误伤也"④。黄侃只能借诗文以抒隐怀，在屈居赵幕的短短
几个月里，黄侃共写下一百四十九首诗，定名为《北征集》⑤，并郑重手自

---

① 黄侃：《黄季刚诗文钞》，第 102 页。
② 程千帆、唐文：《量守庐学记》，第 1 页。
③ 张晖：《量守庐学记续编》，第 156 页。
④ 刘成禺著，宁志荣点校：《洪宪纪事诗本事簿注》卷二，山西古籍出版社 1997 年版。
⑤ 参见潘重规《量守遗文合钞说明》："《北征集》为先师居直隶总督赵秉钧幕中时所作，
　　其时袁氏阴图帝制，诛戮异己，赵为袁氏心腹，太炎先生正被袁、赵拘縶燕京，欲加毒
　　害。先师屈居赵幕，欲对太炎先生阴加护持，实有不得已之苦衷。北征一集，即以宣泄
　　其难言之隐。"转引自司马朝军、王文晖《黄侃年谱》，第 98 页脚注。

缮写。其首为《十二月十四日至天津，居沽上一楼，壁间有华亭女子王惠纫所题诗十首，辞意凄绝，墨色犹新，因书二绝于其左》，云：

> 戎幕栖迟杜牧之，愁来长咏杜秋诗。美人红泪才人笔，飘泊情怀世岂知？
> 簪笔何殊挟瑟身，天涯同病得斯人。文才远愧汪容甫，也拟摛词吊守真！①

杜牧曾作长篇五古《杜秋娘诗》，叙写了杜秋娘从叛臣宠姬，到没籍入宫，一度受到皇帝宠幸，后为皇子傅母，因皇子得罪被废，而在老穷之年赐还归乡的坎坷一生，借以抒发世事沧桑、人生无常的感叹，并曲折地透露出对当时政治的强烈不满。汪中曾作《经旧苑吊马守真文》，对明末名妓马湘兰寄以同情，以自己困顿随人与马湘兰沦落风尘相类比，以抒内心的悲苦。黄侃倾慕汪中的才学，悲叹其身世，曾作《吊汪容甫文序》，文末慨叹其"引伎人为同类，斯可为潸焉出涕，愤懑难平者已！"黄侃"也拟摛词吊守真"，显然是要借用汪中此文的思路，抒发自己内心的愤懑难平，同时也是像杜牧那样借"美人红泪"以抒才人之笔。据潘重规揭示，"华亭女子王惠纫"实乃黄侃托词，十首题壁诗皆其自撰。这十首诗为：

> 城上清笳送晓寒，又随征毂去长安。当年娇养深闺里，那识人间行路难。
> 北来辛苦别慈帏，日日长途泪独挥。自恨柔躯无羽翼，不能随雁向南飞。
> 飘泊天涯只自伤，登栖何处望家乡。江南蓟北三千里，一寸关河一断肠。
> 翠裘貂帽犯严风，岁晚辞根似断蓬。省识红颜多薄命，怕持明镜照姿容。
> 拟将心事托哀弦，灯后樽前一惘然。不是江州白司马，纵教沦落有谁怜。
> 生小香闺镇自珍，岂知一旦落风尘。笑他市井屠沽辈，也掷金钱醉美人。
> 熏炉歇后对残灯，寒到高楼第几层。欲擘蛮笺写衷曲，泪花红化

---

① 黄侃：《黄季刚诗文钞》，第254页。

砚池冰。

　　春晓江南花发时，每添羸膺画新眉。即今宛转风尘里，减尽红颜不自知。

　　身似漂萍未有根，茫茫前路岂堪论。才人厮养原非偶，犹胜弹筝倚市门。

　　一从含涕别江乡，梦里萱帏道路长。春至愿随前社燕，衔泥还得上高堂。①

　　黄侃1913年9月所作《行路难》（长安城头落日黄）中也有"江南蓟北三千里"句，更可证此诗确系黄侃所作。迫于当时的政治压力，此组诗写得十分委婉隐晦，黄侃以沦落风尘的女子自比，表达了高贵品行被玷污的无奈、远离家乡亲人、栖迟戎幕的悲哀。而"笑他市井屠沽辈，也掷金钱醉美人"暗含对袁世凯、赵秉钧弄权的嘲讽，托意深远。当历史的尘埃落定，这样隐忍的述怀，更让我们体会到黄侃被迫屈服于赵秉钧的深深无奈与痛苦。

　　到1914年2月，多行不义的赵秉钧暴卒，黄侃终于得以脱离罗网。当其南归省亲时，又居此楼，不禁感叹："沽水回流尚绕阑，来时曾此卸征鞍。岂知两月朱门客，也当邯郸一梦看"（《还沽上楼》）②。他还在一首《归舟》中，表达逃脱罗网、得还自由的喜悦：

　　又作梁谣去，难为羿彀游。京尘沾客袖，海日映归舟。故国春常在，新诗韵益遒。北堂萱草茂，到墅便忘忧。③

2. 羁旅之感

　　黄侃一生漂泊，从1905年二十岁起，先后留日六年，"居上海三年，居京师五年，居武昌三年，避难者二，逢乱者二"，可以说，一生都在颠沛流离中度过，故在其诗集中抒发羁旅之情的句子屡见于篇端，诸如"客中时序每关心"（《正月十六夜作》）④、"孤游行迹太零丁"（《晚归》）⑤、

①　黄侃：《黄季刚诗文钞》，第254页。
②　张晖：《量守庐学记续编》，第163页。
③　黄侃：《黄季刚诗文钞》，第158页。
④　同上书，第181页。
⑤　同上书，第189页。

"身似冥鸿任所之，心如槁木欲无思"（《偶成》）①、"十载蓬飞忆故山"
（《辛酉生日述怀》）②、"飘零岁月去侵寻，正为崎岖忆故林"（《清明感
事》其二）③、"故乡千里远，别馆一灯摇"（《羁绪》其一）④、"酒岂销羁
恨？书难寄远心。空庭见枯树，愁绝失巢禽！"（《晓起》）⑤ 等不一而足，
表达羁愁的诗篇也为数不少。

　　黄侃最早离家是 1905—1911 年东渡日本，虽身在异国，但心系故土，
他在日本的诗作中很大部分是表达羁愁的。如《羁绪》其二云：

　　　　江上晚潮生，楼头落日明。秋来羁思重，岁暮壮怀惊。中国衰何
　　甚？斯民患未平。飞鸿天外去，犹有乱离情。⑥

又《谁信》云：

　　　　谁信迂生有远忧，飘零还自念神州。《七哀》每下伤时泪，《五
　　噫》终成避地游。短翼差池难再整，孤行却曲几曾休？独怜江上春如
　　许，落日清笳动客愁。⑦

在抒发羁旅之愁的同时，也表达了对祖国人民命运的关切。

　　归国之后的黄侃，为辛亥革命四处奔走呼号，至 1914 年应北京大学
之聘才稳定下来，开始了五年的京师生活。但黄侃似乎并不习惯北方的风
尚习俗，曾言"劲旅如棋布域中，南人应愧北人雄。黄流涤荡胡兵蹂，造
就幽燕尚武风"（《偶成》其一）⑧，所以屡屡表示思念故土，如《写
意》云：

　　　　梦里江南尚宛然，人归欲与燕争先。荒凉北土根难托，容易东风
　　岁又迁。流水多情怀旧浦，斜阳无力驻残年。羁愁春恨相兼至，岂待

---

①　黄侃：《黄季刚诗文钞》，第 190 页。
②　同上书，第 214 页。
③　同上书，第 242 页。
④　同上书，第 149 页。
⑤　同上书，第 154 页。
⑥　同上书，第 149 页。
⑦　同上书，第 171 页。
⑧　同上书，第 269 页。

花边与酒边。①

《杪秋寓意》云：

> 居然一世比孤蓬，惫矣匡床数暮钟。华发飘萧秋色里，故山重叠
> 夕阳中。风狂自振先枯叶，霜冷犹吟待蛰虫。也识浮生无住着，早宜
> 稽首礼真空。②

《故山》云：

> 远行亦似为饥驱，忽向江头忽海隅。若使故山松菊在，不从猗顿
> 访陶朱。③

特别是黄侃不忍令全家特别是年事已高的慈母旅居异乡。在戊午（1918
年）清明后三日，黄侃刚过了33岁时写下：

> 毁齿趋庭受一经，廿年孤露叹零丁。安仁头鬓先斑白，子政书篇
> 未杀青。
> 故国虞渊观落日，全家大海泛浮萍。商歌一室知何用，幸遇名醪
> 不拟醒。（《戊午清明后三日，三十三初度》其二）④

又《感遇》三首其三云：

> 登楼望故乡，天末断人肠。游子身无翼，慈亲鬓已霜。穷通原有
> 定，生义竟相妨。薇蕨空山好，归心此际长。⑤

经过了"五年京国三移宅"［《己未（1919年）正月廿四日自沙滩移居吉
安所夹道，赋诗四首》其四］⑥ 的生活，此时的黄侃真是"出林倦鸟久思

---

① 黄侃：《黄季刚诗文钞》，第 183 页。
② 同上书，第 178 页。
③ 同上书，第 267 页。
④ 同上书，第 190 页。
⑤ 同上书，第 148 页。
⑥ 同上书，第 281 页。

还"，加之 1919 年的北大成为胡适、陈独秀等宣传新文学运动的阵地，固守国学的黄侃，感到无立足之地，南还之心日深。1919 年，黄侃改就武昌高等师范学校之聘，终于回到了湖北老家，特作《始达武昌即事言怀》六首表达内心的喜悦，云：

> 朔野频年作旅人，屡劳皂荚浣黄尘。归车如箭过郧陌，到眼江山尽可亲。（其三）
> 回首风尘合息机，远游何事久忘归？归来百计皆须后，且向秋山看落晖。（其四）
> 菽水深惭义养人，关河转徙累衰亲。晨餐馨洁推乡味，从此南陔有好春。（其六）[1]

从诗中可见，对于黄侃来说，回到故乡不仅是终止了漂泊，更可以远离世事争端，更好地侍亲尽孝。黄侃言语间透露出来的欣喜，不亚于陶渊明的归园田居。

然而军阀混战下的中国，难有一处长期和平的土地。1926 年国民党北伐军攻到武昌，黄侃不得不举家北上避难，再次流落异乡。他先后在北京师范大学、中国大学等校兼职，1927 年 10 月又转赴东北大学。临行前友人陈映璜持扇索书，黄侃即兴书五言徘律诗一首：

> 故里成荒楚，微生任转蓬。无心来冀北，何意适辽东。豺构王犹叹，麟伤孔亦穷。望思新恨结，行迈旧忧重。身世黄尘内，关山夕照中。青山萦旅梦，华发对西风。哭彼唐生拙，遥怜赵至工。雄心如未戢，又复问昭融。[2]

此诗句句沉痛，愁苦哀伤，据陆宗达回忆，这都是黄侃心情凄怆的反映：

> 1927 年 9 月，北京中国大学哲学系教授陈映璜先生拿来一幅扇面，求季刚先生近作。当时我是知道季刚先生并无近作的，因为他的心情是很凄怆的。他在北京师范大学受到排挤，正准备辞别北京的朋友到东北去。加上那一年，他的长子念华因肺病夭亡，更使他无限哀

---

① 黄侃：《黄季刚诗文钞》，第 279 页。
② 陆宗达：《我所见到的黄季刚先生》，载程千帆、唐文《量守庐学记》，第 113 页。

伤。但朋友之请又不可却，遂于行箧齐备即将登程之际，令我研墨，先生构思，墨成，先生即将扇铺开，飞笔书成下面这首诗……①

1928 年，黄侃应第四中山大学（即中央大学）之聘，自此至 1935 年谢世，在南京执教八年，这是黄侃一生中最为安稳，相对舒适的时光。但 1931 年九一八事变后，日本大肆侵华，1932 年又发动"一·二八"事变，悍然进犯上海。2 月 1 日，日本军舰从长江上炮轰南京，黄侃匆忙携全家又一次避难北上，寓居北京数月。在避难途中他感慨地写道：

> 途穷历尽两非悲，只恨支天力已微。眇眇一身仍有累，恢恢六合竟无归。历艰却信知人易，访旧还怜识我稀。惟幸妻孥差解事，晨征夕宿总相依。(《辛未除夕和苏子瞻除夕野宿常州城外诗二首》)②

表达了飘蓬乱世的无助与艰难。

1934 年 4 月，黄侃在南京鸡笼山下筑量守庐成，以为终于可以结束漂泊生涯，故十分高兴，《将营一宅书示儿子》二首云：

> 早岁曾怀济物心，中年折节入书林。晚来忽有求田意，会遣元龙笑不禁。
> 政自低头就短辕，何曾有意慕华轩。山崩川竭应无日，愁绝兰成赋小园。③

无奈甫居经年，便与世长辞，山川有灵，岂不痛哉？

3. 贫病之苦

黄侃的谢世，看则偶然，实际上其病痛已久，这主要由于他忧愁过深，尝言"予之病乃忧愤所致，无忧则亦无病矣"，加之不慎摄卫、易怒好饮等各方面原因，使黄侃长期承受着病痛的折磨。《黄侃日记》中常有其抱病坚持读书的记载，如 1928 年 6 月 13 日"卧觉筋骨痛断，强兴，仍校《易》音"。有时病痛加剧会致使黄侃辍课，如 1928 年 6 月 2 日"作诗至亥正始就，心痛不可忍，早衰不能精思如此。虽欲效扬子云之赋《甘

---

① 陆宗达：《我所见到的黄季刚先生》，载程千帆、唐文《量守庐学记》，第 117 页。
② 黄侃：《黄侃日记》，第 774 页。
③ 黄侃：《黄季刚诗文钞》，第 293 页。

泉》，奈气力不能任何"！病痛的折磨在黄侃诗歌中也有所体现，有"身羸愁与病俱多"（《丁巳除夕和遗山除夕韵》）①、"春深还卧疾，抚化益心伤！"（《春深》）②、"病里独亲烧药灶，闲中频启看山窗"（《春感》）③ 等句。在《六月初三夕作》其二中黄侃写道：

> 灯微香静近三更，入户凉风为解醒。顿悟华年非旧日，偶因闲夜溯平生。贞松白水空相誓，大药黄金两未成。剩朋羸躯随梗泛，更垂衰泪听钟鸣！④

哀伤病体羸弱，凄凉之意已寓其中。

黄侃还曾一度饱受贫穷之苦，其有一诗云：

> 近日购米以一斗为齐，犹虞匮乏。因忆十馀年前先母犹在时，值六月米荒，恒兼旬啜粥，犹不能继，则质亡妻嫁衣以济之。今虽贫，尚未至是也。先母弃养已一星终，亡妻之没，亦五改火矣。病床追念，悲怆不胜，因成七言八韵。
>
> 追忆偕妻养母时，家无儋石更逢饥。难忘季夏三旬粥，尚仰闺中几袭衣。
> 天外飘蓬仍未定，坟前种树早成围。可怜报德嗟何及，莫叹傭书禄太微。索饭儿痴看冷灶，拔钗妇去对空帏。朱儒饱死还堪笑，靖节饥驱不自敧。戏彩久无莱氏乐，拾金真畏乐羊讥。惟馀一事夸畴昔，白板门前债主稀。⑤

黄生母周氏亡于1922年，发妻王氏亡于1918年，此诗作于"先母弃养已一星终，亡妻之没，亦五改火矣"，即1923年，回忆的是十余年前即民国初年的生活情景。时值黄侃一家最为贫穷之时，以至于"值六月米荒，恒兼旬啜粥，犹不能继，则质亡妻嫁衣以济之"，要靠典当妻子的嫁衣来换粥食。虽然十余年后，黄侃的生活已有很大好转，"今虽贫，尚未至是

---

① 黄侃：《黄季刚诗文钞》，第187页。
② 黄侃：《黄季刚诗文钞》，第164页。
③ 黄侃：《黄侃日记》，第156页。
④ 黄侃：《黄季刚诗文钞》，第211页。
⑤ 同上书，第137页。

也"，但也仅仅是相比以往负债减少而已，"惟馀一事夸畴昔，白板门前债主稀"。面对这样的贫困，黄侃泰然自若，以陶渊明自励，"贫贱原非我辈羞"，保持读书人的气节。只是对于慈母、亡妻和儿女，黄侃深感愧疚。

（三）亲情爱情

黄侃素性孝友，特重骨肉之情，上敬父母，下怜子女，这在他的诗歌中便可见一斑，如居武昌期间有一首《还寓作》：

> 寝兵救斗愿终虚，养母全生乐有馀。莫怨十年三避地，应欣屡徙复还居。笑看孺子捎蛛网，闲督门生检蠹书。炎暑如斯浑欲忘，曾从委巷寄藐庐。①

平实地道出了母亲的健康、子女的平安、门生的陪护，就是黄侃最大的幸福。黄侃13岁丧父，23岁丧生母，"哀毁几绝"②，之后奉慈母田太夫人如生母，诗言"老母康强儿黠慧，闲愁纵有也宜删"（《辛酉生日述怀》）③，"私心但祝衰亲健，长此羁栖亦晏然"（《壬戌除夕》）④，足见他的一片纯孝之心。

黄侃对子女也慈爱有加，每亲自教导。他共有十个子女，无奈乱世忧深，长子念华、三子念楚、幼女念惠相继夭折，给黄侃带来极大的创伤。他在1928年8月1日日记中说："今日为生妣周太夫人忌辰，十八日为亡儿念华殇后一周。上怀顾复深恩，下抱伤心奇痛，晨坐怅罔，悲涕自零。"⑤长子念华甫丧一年，幼女念惠又殇，在世甫十四月又二旬，黄侃引咎自责，认为是父母照顾不周所致，十分痛心。先后作诗多首以抒哀痛，他在《惠殇》二首中悲诉：

> 鸡笼山下石桥西，举室欢娱变惨悽。垂老日先伤短折，无情天亦解悲啼①。金环绣葆刑犹在，古陌荒涂事已迷，拼得微躯从尔去，不教鬼伯慑婴婗。

黄侃自注：①数月不雨，惠殇之夕忽雨，次夕乃大雷雨。

---

① 黄侃：《黄季刚诗文钞》，第215页。
② 章太炎：《黄季刚墓志铭》，载程千帆、唐文《量守庐学记》，第2页。
③ 黄侃：《黄季刚诗文钞》，第214页。
④ 同上书，第216页。
⑤ 黄侃：《黄侃日记》，第349页。

在母先怜畏死丧①。未孩却已历冰霜②。舟车屡徙偏无患，药饵
微疏即致亡。弱女慰情空昔咏，残生遗恨少良方。中宵啼哭声俱寂，
只剩孤灯照病床。①

黄侃自注：①去年七月十八日，长子念华殇于医院，八月四日
惠生。

②重九挈之赴沈阳。

痛悔之情溢于言表，以致要"拼得微躯从尔去，不教鬼伯慑婴婗"，读之
令人洒泪。后亡女下葬之时黄侃作《惠冢》，旋改葬于小仓山时又作《改
葬念惠于小仓山》，之后黄侃屡去惠冢省视，作《二日雨中省惠冢于随园
作》《小仓山哭念惠冢》等诗，足见其丧女之痛。

黄诗中还有不少对个人婚恋爱情的流露，他效法李商隐，创作《无
题》诗，计有24首之多，或取首二字为题亦有22首。黄侃的首任妻子为
王灵芳，在其留日返乡期间来归，婚后黄侃又流亡日本，独在异乡的他写
下不少怀内之作，寄书鸿雁，频传相思的心曲。如《感遇》三首其一：
"身似辞柯叶，飘零任疾风。心如深井水，长久照华容。涕泪春将尽，关
河梦不通。流波应解意，更莫羡朝东。"② 不幸的是，王氏于1918年就过
世了，留下三个年幼的儿女。黄侃心念亡妻，据其日记载，每逢亡妻生
日，都会设祭追念，悼亡之诗也屡见于篇端。如1919年11月28日为王夫
人生日，黄侃怀念故妻，爱怜儿女，相继作《己未十一月初六夕作示容
等》：

别已无期梦转疏，匡床一念自萦纡。蒙鸠挂苇身难恃，蟋蟀鸣堂
岁易除。萧寺孤棺归计滞，他生比翼誓言虚。唯将痴念怜儿女，鳏绪
盈怀不用书！③

和《亡妻生日设祭作》：

烛光寒不舒，穷庐迫昏暮。之子久归泉，兹辰溯初度。酒肴陈几
筵，儿女仲思慕。谁云情可忘？衰襟泪翻注。死别三改火，孤棺滞权

①　黄侃：《黄侃日记》，第392页。
②　黄侃：《黄季刚诗文钞》，第148页。
③　同上书，第217页。

厝。平生辛苦心，已矣更谁语。结发为弟兄，食贫非所恶。贱子好远游，春华竞驰骛。共处曾几何，忧患相撑拄。故山远辞别，蓬梗从遭遇。旅食向幽都，眷属幸团聚。僦舍东高房，车来喜迎晤。提挈三男儿，长女知礼数。偿君黾勉劳，弛我晨昏虑。薄命多咎灾，安居鬼能妒。肺疾一侵缠，仓卒行冥路。劳生本同梦，恨子独先瘏。世情多反侧，危国恒忧惧。锋镝纵横时，亦复羡朝露。回视诸藐孤，偶然得欢趣。稚子忽夭荡，肠断巫医误。所余两孩提，前后随趋步。一身兼父母，无恃犹堪怙。余年自矜惜，缠绵为群孺。少壮跌宕人，年来变衰臞。偕老既初心，寒盟嗟失据。灵台常薄责，尤悔笔难具。取醉托醇醪，何尝解愁苦？前月得乡书，兄子新物故。骨肉渐凋零，凄酸自回互。揽镜观鬓毛，几时杂以素？书卷纷陈前，神昏失章句。此心终郁抑，庶几为子诉。凄风飘帐帷，遗貌坐相顾。何能击缶歌，悲怀宜一赋。霜夜诚萧条，裴回候香炷。①

黄侃追怀了自己早年流亡日本，妻子与自己"共处曾几何"共处时短，在共处之时亦"忧患相撑拄"，每多忧患；与自己团聚北京后黾勉劬劳，"弛我晨昏虑"，夫妻情深，相濡以沫，同甘共苦。因此妻子的逝世才给了黄侃沉重的打击，凄风飘帐，坐顾遗像，无胜悲感。

1923 年，黄侃与黄菊英结合，重沐家庭温情的黄侃特作《无题》六首以记新婚之喜：

银钉不动衣迢迢，软语才通酒欲销。一样梧桐枝上雨，听来浑不似前宵。

已识华年付逝波，春蚕丝向老时多。不知絮乱花飞后，一种闲情更若何？

易升偏从未济终，晚花迟卉态尤工。黄昏拜罢西楼月，更待空庭半夜风。

不能解脱合缠绵，谁肯终依绣佛前？今世姻缘我已晓，他生还住戏忘天。

才思玲珑未便奇，灯残香烬一凝思。纵教爱我心如石，争奈相逢鬘已丝。

咏诗人去玉台空，枉遗脂痕落简中。从此丹铅直须废，任从蠹蚀

① 黄侃：《黄季刚诗文钞》，第 92 页。

与尘蒙。①

黄菊英在黄侃生前照料他的起居，支持他读书教学；在黄侃逝后，含辛茹苦养育几个子女成人，谱写了一段佳话。

另外，在1911—1923年间，黄侃还与女革命家黄绍兰有一段感情，并育有一女黄允中。1922年所作《寄上海》四首就是写给在上海办博文女校的黄绍兰的，其二云：

> 家计甘恬澹，年芳惜等闲。青芜思远道，明镜换衰颜。结爱千生上，伤离十载间。此愁无处说，暝色满江山。②

透露了二人"结爱千生上"的深刻感情，和"伤离十载间"的凄婉离合。

（四）山水游览

"要将松玉推灵运，颇有江山助屈平"③，黄侃生平喜好自然，每每游山玩水，呼朋唤侣，诗酒唱和，故集中留下了大量的山水诗，不下谢诗之富，可谓得江山之助也！

1. 京都胜迹

黄侃在1914—1919年居京期间，时常带领弟子出游，据刘赜《师门忆语》云：

> 每值良辰，则率众游豫。京华名胜，寻访殆遍。尝集宋人词句为联云："芳草游踪，春风词笔；落花心绪，流水年华。"可想见当时风趣。④

孙世扬《黄先生蓟游遗稿序》亦云：

> 丁巳、戊午间，扬与曾慎言同侍黄先生于北都。先生好游，而颇难其侣，唯扬及慎言无役不与。游踪殆遍郊圻，宴谈常至深夜。先生文思骏发，所至必有题咏，间令和作，亦乐为点窜焉。⑤

---

① 黄侃：《黄季刚诗文钞》，第271页。
② 黄侃：《黄侃日记》，第139页。
③ 刘太希：《记黄季刚师》，载张晖《量守庐学记续编》，第36页。
④ 程千帆、唐文：《量守庐学记》，第104页。
⑤ 同上书，第85页。

今可见黄侃游京之诗有《八月八日偕孙、曾二生由法源寺至崇效寺求观红杏青松卷子不得。遂出广安门，至天宁寺坐塔下，良久始归》《戊午清明后一日仍偕曾孙二生来此并挈儿女口占长句题前诗之后》《陪鹰若三贝子园晚坐》《秋日谐孙、曾二生自大通桥泛舟至二闸，饮村肆，看夕照，向暝始归，留题肆壁》等多篇。其中有的如谢诗一样细致清新，如《秋日谐孙、曾二生自大通桥泛舟至二闸，饮村肆，看夕照，向暝始归，留题肆壁》：

> 漕渠秋益清，野航可乘兴。芦花无远近，鳞波且余滕。浅洲凫个个，矮田姜棱棱。柁工贪水利，长缆佐急絙。小桥俄当前，湍鸣棹歌应。飞流堕窄塌，惊瀑悬危磴。觅坐看斜日，村醪初出甀。馀霞恋西山，此景不可赠。吾侪江海人，退想互能证。更待春水生，买舟续前胜。①

"芦花无远近，鳞波且余滕""飞流堕窄塌，惊瀑悬危磴"句摹写形象生动，确有谢诗韵味。有的近体如唐律一样富于韵致，如《八月八日偕孙、曾二生由法源寺至崇效寺求观红杏青松卷子不得。遂出广安门，至天宁寺坐塔下，良久始归》其一云：

> 清秋高兴发，相约叩禅关。寺古留残碣，松高碍远山。昔人嗟已去，遗躅倩谁攀？不尽成亏事，疏钟镇日闲。②

便颇具唐五律风采。

2. 庐山美景

1928 年 7 月 18—28 日黄侃应江西教育厅长陈礼江之邀，与汪东赴庐山讲学。此行往返 11 日，得诗 37 首，辑成《庐山游记及诗》，由章太炎作序，汪东作跋，并抄印装订成册。黄侃记其后曰：

> 古今游庐山有文咏者多已，益予一人何害。若夫记太空疏，羌无故实，诗本杂凑，不成一体，我岂不自知哉。既有此游，而有此作，

---

① 黄侃：《黄季刚诗文钞》，第 105 页。
② 同上书，第 160 页。

则姑存之，不期于慧远、李白矣。必欲挽银河以洗徐凝之恶诗，是苏
轼之隘也。

黄侃自谦"诗本杂凑，不成一体"，实则至少对其中一部分诗作是颇为自
信的，1928 年 7 月 23 日日记便云："作《后庐山谣》成，声情鸿畅，殊
自喜也。"故将诗稿先后分赠江瀚、汪旭初、王晓湘、汪辟疆、王伯沆、
胡小石等友好，并托寄章太炎。

　　黄侃庐山诗纯以写景，不杂以怀古兴怀，章太炎先生《游庐山诗序》
云："侃所观者，乃在山川之胜，往史之迹，于赁地略一道，盖鞏而语之，
非有流连荒亡之乐，斯所以异于俗士也。"① 庐山诗运用了五古、五律、七
律等不同的诗体，各具风味，章序总结道："侃为诗素慕谢公，及是篇什
多五言，犹近古。七言或时杂宋人唇吻。"② 其中慕谢灵运之五古如《再经
大林望天桥》：

　　　　群山忽然住，峭壁何岑崟。斜日晌红采，澄潭涵影深。苔斑织锦
　　石，松风奏琴音。幽风时一飞，惊起濯羽禽。险径不知极，佳游难续
　　寻。徘徊将暝暮，愁对薜萝阴。③

确有谢诗摹景精工的特点，"苔斑织锦石，松风奏琴音"一句十分新奇巧
妙，用"织""奏"字，将"苔斑""松风"拟人化了，似乎使诗加入色
彩与声音。而"幽风时一飞，惊起濯羽禽"，则表现了极静中的一动，又
带动了整个诗境。

　　七律如《历马当小孤见庐山作》：

　　　　修艎直遏马当前，天净遥贴五老颠。浪合江湖清浊水，风分吴楚
　　往来船。
　　　　小孤峭巘当斜日，敷浅高原出远烟。少壮经过知几度，闲中始见
　　好山川。④

所谓"闲中始见好山川"富于理趣，确如章太炎所言"七言或时杂宋人唇

---

① 司马朝军、王文晖：《黄侃年谱》，第 263 页。
② 同上。
③ 黄侃：《黄季刚诗文钞》，第 123 页
④ 同上书，第 234 页。

吻"，但颔、颈二联写景阔大，还是颇具唐诗风调的。

五律如《梁山》也是典型的唐律：

> 天门开訣荡，江水去悠悠。牛首同标阙，蛾眉独映流。浪花分两岸，松色落扁舟。前路烟涛远，茫然接暮愁！①

黄侃庐山诗的亮点在于写景，摹写景物精准传神。除上举各例，另如《天桥》用"散若盘倾珠，聚如风曳绡。一坠反寂然，始知地底遥"② 来描写瀑布，就非常形象。

3. 建康风物

1928 年，黄侃任教金陵，从此定居南京，直至谢世。金陵乃六朝古都，不仅风景宜人，更是古迹众多，黄侃十分钟爱，曾言："建康风物处处可以流连，况斜阳远水，平楚苍烟，高阁荒城，暮钟古寺，触目萧瑟，应会适情。"③ 此时他早已远退政坛，一心治学，所谓"寄情岩壑间，冀合卫生经"（《偕汪生自鼓楼冈步上翠微亭阯，降观石头城作》）④、"胜地藏人境，佳游却世情"（《偕汪刘二君游爱俪园》十首之五）⑤、"山中富水石，世上多豺虎"（《摄山纪游诗》其一）⑥，山水成为他遁世治学之外最重要的寄托。故此时期，黄侃咏叹建康风物的山水游览诗数量较多，可以百计。

据《黄侃日记》所载，黄侃游兴甚高，时常呼朋唤友，携妻挈子，带领门生，或登高临水，或泛湖赏荷。而每游必有酒，凡赏必赋诗。每逢春秋佳日，黄侃几乎无日不游，所谓"一春无日不遨游，历遍钟山复石头。花鸟云山俱有意，忍因才退废吟讴"（《石头归路》）⑦，"只恐馀寒占却春，晨窗日昳柳条新。年华未晏游情在，油壁青骢正待人"（《春分日作》）⑧，"兼旬真不负春光，最喜归车载夕阳。城外青山道旁柳，日来应觉送迎忙"（《神策门晚归》）⑨，一片惜春尚游之情跃然纸上。黄侃也十分钟爱秋景，

---

① 黄侃：《黄季刚诗文钞》，第 165 页。
② 同上书，第 122 页。
③ 黄侃：《黄侃日记》，第 618 页。
④ 黄侃：《黄季刚诗文钞》，第 119 页。
⑤ 同上书，第 150 页。
⑥ 同上书，第 117 页。
⑦ 同上书，第 291 页。
⑧ 黄侃：《黄侃日记》，第 691 页。
⑨ 黄侃：《黄季刚诗文钞》，第 290 页。

“且喜秋光到槛前”，尝云：“久处嚣尘，忽之郊野，新秋风物，处处娱人，暑气初消，纻衣无汗，儿童知乐，何况老夫。”①

南京的名胜古迹黄侃游玩殆遍，其中最为钟爱的：一是登高临远，至善庆寺登扫叶楼、游鸡鸣寺登豁蒙楼等；一是乘舟游湖，尽享湖光山色。如黄侃在1930年6月22日日记中记载了一次至善庆寺登扫叶楼的畅游：

> 至善庆寺，登扫叶楼久坐，雨后无尘，正见三山青翠在天际若可挹，南方诸山则环列如画屏，西门谯楼白壁映日，其下淮流一湾，倏为城堞所隐，帆樯过之，惟露其杪，徐绕石头城，而北楼下竹树蒙密，陗蒨蒽青。啜茗临风，悠然有会。旋命酒，饮至薄暝，题诗壁间而去。②

> 庚午漫书长句
>
> 五月癸卯，偕潘述钧、袭善叔侄，挈仲子田，游善庆寺，久坐扫叶楼，漫书长句。
>
> 高阁凭城草际天，三山云外最清妍。斜阳正欲依阑角，平野全教落几前。赖有观台供啸咏，不妨花鸟见流连。巾车将去休嫌晚，假日销忧足喟然。③

小序清新，诗句工丽，生动描绘出雨后登楼所眺望到的清丽美景，道尽诗人的悠然畅快与流连不舍。

而在1928年5月20日日记中，黄侃记录了一次与亲朋好友共游玄武湖，并诗酒唱和的雅集：“出诣旭初，晤同社，相偕游北湖……凭栏怅眺，钟阜葱茏，澄陂澹沱，邀诸人赋七言古诗，以‘斜阳正在烟柳断肠处’为韵，余得柳字。”④

> 四月二日玄武湖集分韵得柳字赋长句　戊辰
>
> 钞书渐欲胝生手，论事渐疑钳在口，惟应假日戒宾朋，相与寻盟适林薮。风光虽是过秉蕳，月节仍当吟折柳。西山朝来有爽气，北郭雨馀净浮垢。白纻初裁夏转清，朱樱未尽春依旧。野艇安便托画船，

---

① 黄侃：《黄侃日记》，第664页。

② 同上书，第653页。

③ 同上。

④ 同上书，第290页。

轻飔驰荡逾醇酒。岚影汀痕通上下，樯乌水鸟交先后。青蛉掠被空一栖，翠藻萦桡知几绺？已循侧径绕圆洲，更历清渠陟长皋。檀栾修竹隐丛祠，潋滟平湖对虚牖。兰亭往事又旬月，蕙带人来成九友。呵壁舒愁敢问天，移床就阴如旋斗。长烟远树引凭栏，斜日悲泉催鼓缶。人有同心齐结撰，韵逢独用无争斗。莫嫌蚓窍互赓酬，宁畏狙丘多谯诟。迟归只恐露沾衣，饱食毋忧星去雷。①

诗之前半，诗人随着他游走的路线，变换着观赏的镜头，西山、北郭、岚影、汀痕、樯乌、水鸟、青蛉、翠藻都被诗人细致地一一捕捉，既有远镜头，又有近特写，参错有致，尽展山色湖光。后半，诗人又将镜头转向了集会之人，展现了分韵赋诗、曲水流觞的雅致。

　　然而金陵风光虽好，怎奈祖国河山日危，中国此时正面临着日本帝国主义的入侵，国内军阀的混战，真是"人间春色还娱我，域内兵尘未息机"(《春晚漫成》)②，"万里云山限戎马，危邦登眺足酸辛"(《四月十四日与诸生游龙树院，观先公榜书，分韵赋诗，得也字》)③，况南京作为六朝古都，承载了很多历史兴亡、民族记忆，"六朝王气馀春草，一片残山对暮云"④，故黄侃每在流连山水之间时，常常会抚今追昔，忧虑国事，如《二月廿四日偕旭初挈弟四儿念祥游鸡鸣寺登豁蒙楼，久坐成咏》：

> 建康古名都，江山信雄秀。况当春物妍，适与良朋遘。信步陟精庐，牵裳有孩幼。初煊尚馀寒，冷风拂羔裘。开轩俯北湖，倒影涵钟岫。黄柳甫觊掌，川原已摘绣。故相名斯楼，匾榜黪非旧。废兴谅由人，张狄安能又？追维陆沈始，此责谁敢宥？苍生遂拘挛，日任蛙蟆斗。忧端纷未理，伊人竟蒙瞀。吾侪志寥廓，偶来送清昼。长怀雷次宗，高风如可就。⑤

"建康古名都，江山信雄秀。"黄侃开宗明义，盛赞古都山水，从"初煊尚馀寒"下三联铺写眼前实景，从"故相名斯楼"始则将视线从自然山水转

----

① 黄侃：《黄季刚诗文钞》，第 144 页。
② 黄侃：《黄侃日记》，第 705 页。
③ 同上书，第 805 页。
④ 同上书，第 236 页。
⑤ 黄侃：《黄季刚诗文钞》，第 116 页。

向了人文古迹，由此引发了他对历史兴亡的感慨，和对神州陆沉、军阀混战的痛心。

（五）赠答唱酬

赠答唱酬、怀念朋好亦是黄侃诗歌中的重要内容。其赠答的范围很广，或敬怀尊师，或奖掖后进，或与革命同仁互相勉励，或共亲朋好友风雅唱酬。

1. 与尊师章太炎、刘师培诗

黄侃与章太炎早在日本就"时亦赋诗相倡和"①，归国后也文字往还不断。而二人的唱答尤以 1913 年秋至 1914 年春章太炎被袁世凯软禁时最为深刻动人。1913 年宋教仁惨遭暗杀后，袁世凯的丑行暴露天下，激起举国之声讨。章太炎也在报端发表反袁文章，遭袁恨忌，遂授意共和党引章太炎入京，将其软禁。是年阴历八月十五章太炎写下《八月十五夜咏怀》予黄侃：

> 昔年行东塞，旋机始云周。京洛多零露，举酒增烦忧。灼灼此明月，皎皎当危楼。念我平生亲，忽如参与留。与子本同袍，含辛结绸缪。飞丸善自弹，迩室寻戈矛。蒿邪识麻直，弦急知韦柔。去矣拔山力，青骓羁长鞿。丈夫贵久要，焉念眦睚仇。知旧半凋落，忍此同倾辀。虞卿捐相印，蓬转随逋囚。魏网密凝脂，收骨知王修。寒燠变常度，彼哉曲如钩。惜无不死药，西上昆仑丘。后羿无灵气，嫦娥非仙俦。②

据潘重规解释，章诗中所谓"虞卿捐相印，蓬转随逋囚。魏网密凝脂，收骨知王修"，"即自述其去官反袁。以曹魏喻袁氏，故云魏网。谓其刑网严密，必致己于死地；而己死后，收骨之人必有急难如王修者，王修即暗指季刚先生"③。黄侃收到章太炎此诗后，即作《奉和章先生咏怀》云：

> 常闻至德人，秕糠铸尧舜。依物岂为生？避世亮无闷。神州昔未康，华裔尚纷溷。哲匠唱高言，金声而玉振。虽复夏王迹，未解斯民困。周服假援狙，毁裂固其分。菁华既先竭，褰裳复奚吝。易京大如

<hr>

① 章太炎：《黄季刚墓志铭》，载程千帆、唐文《量守庐学记》，第 1 页。
② 潘重规：《师门风义》，载张晖《量守庐学记续编》，第 150 页。
③ 同上。

砺，市廛何隐赈。适越思伯鸾，歌峤怀子晋。废兴宁由人，是非安可论。①

表达了对国事的担忧。不久，黄侃也急赴北京，在袁世凯及其心腹直隶都督赵秉钧的迫使下，出于保护章太炎考虑，不得不出任赵氏的秘书长。

黄侃的另一位老师是刘师培，黄侃对其政治立场上的反复不定坚决斥责，但对其经学十分倾心，在 1919 年刘氏逝后，黄侃相继写下《刘先生挽诗》《先师刘君小祥奠文》等诗文以为悼念。其《刘先生挽诗》曰：

> 阴堂梦东里，山石折西州。哲人一萎丧，区宇遂冥雺。夫子挺异质，运穷才则优。名都富文藻，华宗绍儒修。一门兴七业，经术超桓欧。析薪有负荷，堂构增涂塈。时命既参池，濡足非良谋。逡巡失初愿，审虑权图喉。利轻谤则重，高位祸之由。平生狎风波，今兹正首丘。夭枉良足哀，令终古所休。邦家欲沦灭，法术空探搜。帝典奋入棺，文献两悠悠。伤哉后死怀，悲罢空绸缪！肩随易北面，采获敢不周。温颜论文史，推挹殊恒俦。幽都居数年，何啻为君留？属疾经岁时，将护常思瘳。宁知绵缀辰，鲰生亦倦游。拜辞既歉阙，闻信翻疑犹。万恨讵易删，九京不可求。抚躬若槁木，泻泪因江流。哭寝礼既毕，奉手恩难酬。②

黄侃在诗中感慨刘师培的"运穷才则优"，赞叹他的经学超群，对他政治上的污点表示体谅。特别对刘氏的英年早逝无比痛心，这不仅因为师弟之谊和多年的同事之情，更是由于"帝典分入棺，文献两悠悠"，对中国学术失此英才的惋惜。

2. 与宋教仁、平刚等革命战友诗

黄侃早年参加革命，与很多著名的辛亥革命者都有交谊，并互有诗篇往来，其中最著名的为赠宋教仁之诗。黄侃 1903 年考入湖北文普通中学堂，与宋教仁为校友③，后两人又都留学日本，是并肩战斗的革命战友。辛亥革命后，政局混乱，袁世凯窃国，黄侃感到国事日非，渐有退政从学

---

① 黄侃：《黄季刚诗文钞》，第 103 页。
② 同上书，第 102 页。
③ 此据潘重规《黄季刚师与苏曼殊的文字因缘》所言，载张晖《量守庐学记续编》，第 170 页。

之想。而宋教仁仍然对袁世凯抱有幻想，他把和同盟会政治观点相同的几个政党合并成立为国民党，赴各地演说，积极鼓动通过议会选举，由国民党执政，来实现民主制度。1913 年 2 月，黄侃与赴沪演说的宋教仁在舟中相遇，赠以诗云：

> 春风动波涛，复此仙舟会。高眄空冀州，逸气陵江介。伊昔时未康，与子俱颠沛。海隅一相聚，绸缪历年岁。揭来鄂渚游，围城瞻壮概。兵祸既潜销，君名益光大。中国独分崩，荃宰责谁贷？闻有非常志，庶拯斯民害。嗟余遘幽忧，逍遥从所届。虽愧日月光，肯为尸祝代。缅怀庄惠交，志言亮为贵。（《癸丑二月江行赠宋遁初》）①

虽然政见不同，但黄侃仍赞赏宋教仁"庶拯斯民"的"非常志"。不想甫逾月，宋教仁就被袁世凯暗杀于上海车站，黄侃又挥泪写下《思旧辞》，以示悼念。

另外，黄侃赠平刚②的诗也格外具有代表性。平刚与黄侃是留日战友，同出章太炎门下，章氏被袁世凯软禁北京时，平刚常去探候，遭袁嫉视，被迫再次流亡日本。而黄侃此时也在袁世凯及其心腹直隶都督赵秉钧的迫使下，出于保护章太炎考虑，不得不出任赵氏的秘书长。师徒三人此时都身处袁世凯的迫害之下，故在平刚离京之时，黄侃写下一首低沉悲感的赠诗：

> 秦网犹悬世路艰，驿亭分手惨离颜。芦中伍员称穷士，庑下梁鸿去故山。旧日燕歌虚惋慨，今宵陇水各潺湲。与君敢作无期别，珍重藏名沛岱间。③

得到平刚于日本的答诗之后，黄侃难遣心中压抑，又赠以《初春得平君岛上见寄诗，感念今昔，因成长歌一首，还寄》，全诗长达 82 句，是黄诗中最长的一首，全然是黄侃真情之流露。诗中追述了与平刚亡命日本，同志

---

①　陆敬：《黄季刚先生革命事迹纪略》，载程千帆、唐文《量守庐学记》，第 16 页。

②　平刚（1878—1951 年），字少璜，贵州贵阳人。1905 年赴日本学习法律，加入同盟会，和张百麟等人一起筹划贵州革命。中华民国临时政府正式成立时，就任众议院秘书长。1913 年春，与陈奋飞女士结婚。陈奋飞常与秋瑾、武向梅、朱剑霞等交游，辛亥时曾组织女子北伐队，任队长。二人革命伉俪，志同道合。

③　黄侃：《黄季刚诗文钞》，第 171 页。

同师，入同盟会，围拢在章太炎身边，在《民报》上撰文，为革命奔走呼号。又写到辛亥革命的胜利果实被袁世凯窃取，革命战友纷纷遭到迫害，宋教仁被暗杀，章太炎遭软禁，平刚被迫再次流亡日本，而自己为维护尊师，不得不"诎身戎幕儒为戏"，身陷赵秉钧幕，负恩师门，谁又能知内心之隐衷呢？此诗道出了曾经为辛亥革命奔走呼号的志士，反遭袁世凯迫害的无奈与心痛，可补史书之遗。

3. 与苏曼殊等学友诗

黄侃旅日期间得识苏曼殊，潘重规曾撰有《黄季刚师与苏曼殊的文字因缘》一文，详考二人的赠答唱酬，潘先生认为二人"共同从事革命工作，交谊之深，往还之密，本应当有很多唱酬文字遗留下来"①，但由于黄侃写作多不留稿，使今日可见的黄侃赠苏曼殊之诗仅余以下几首：一为黄侃居东时所作《赠曼殊》：

> 万树樱花快绮筵，倭姬十五笑嫣然。东坡老去风情在，天女维摩总解禅。

又《忆曼殊》，或为归国后所作：

> 常忆弥天一曼公，小诗清绝画尤工。早梅飞瀑师齐己，远渚寒汀仿惠崇。
>
> 竖义偶超经卷外，逃禅多在酒杯中。阿难道力终坚定，未觉摩登梵咒功。

民国初年，黄侃居上海时，又作《曼殊为绣亚静女缋扇，东渡前一日，持示属题》云：

> 明月清霜鸿雁天，远汀疏树意凄然。不须苦忆潇湘景，且向江南系客船。

黄侃还为苏曼殊所作《东居杂诗》十九首题诗二首曰：

> 天女维摩不碍禅，求珠沧海是前缘。何须更谱《朝飞》操，学得

---

① 潘重规：《黄季刚师与苏曼殊的文字因缘》，载张晖《量守庐学记续编》，第170页。

鸳鸯即是仙。崎岖海外暂归来，旧事凄凉首重回。今日更无消遣法，只将离梦绕银台。①

黄侃这几首赠诗，既描写出苏曼殊的至性真情，赞叹其诗画之工，同时也表达了对曼殊的怀念，足见二人友情之笃。

另外，黄侃还有赠答汪东、吴承仕②等友人的诗作，如《遣兴》四首其四：

吾生倾倒者，独有一汪东。所异惟形骸，心同事则同。七年共辰晏，一别经春冬。再会恐未然，生死梦魂通。③

表达了和挚友汪旭初先生的深刻友谊。

4. 与南京友人联句

黄侃晚年任教于南京金陵大学和中央大学，其时两校教授多雅善辞章，一时同好常常禊集游，或分韵赋诗，或联句成章，当日风雅，不亚兰亭。其时经常参加联句的有：汪旭初（东）、王晓湘（易）、汪辟疆（国垣）、陈伯弢（汉章）、胡小石（光炜）、胡翔冬（俊）、王伯沆（瀣）、吴瞿安（梅）等先生。程千帆在回忆文章中记录了一份他所亲见的几位教授1929年联句诗手稿，此稿原由黄焯所藏，后移赠沈祖棻女士。据黄焯跋："己巳冬，先叔父季刚先生邀象山陈伯弢、南京王伯沆、胡翔冬、胡小石（帆案：伯沆先生是溧水人，翔冬先生是和县人，小石先生是嘉兴人，都久住南京，所以这里统称为南京人）、彭泽汪辟疆、南昌王晓湘诸先生，集南京鸡鸣寺豁蒙楼联句。"④ 其诗为：

蒙蔽久难豁（弢），风日寒愈美（沆）。隔年袖底湖（翔），近人城畔寺（侃）。筛廊落山影（辟），压酒潋波理（石）。霜林已齐髡（晓），冰花倏缬绮（弢）。旁眺时开屏（沆），烂嚼一伸纸（翔）。人

---

① 以上几诗俱转引自潘重规《黄季刚师与苏曼殊的文字因缘》，载张晖《量守庐学记续编》，第170—171页。

② 《黄侃日记》载其有《奉赠检斋》《酬检斋》《示检斋》《以易义为隐语仍用丁韵示检斋》《释莫日有感呈检斋》等作。1927年，黄侃避战乱寓居北京期间，与吴承仕多有唱和酬答，汇成《丁丁集》。后数月，二人关系决裂。

③ 黄侃：《黄季刚诗文钞》，第104页。

④ 程千帆：《忆黄季刚老师》，载程千帆、唐文《量守庐学记》，第160页。

间急换世（侃），高遁谢隐几（辟）。履屯情则泰（石），风变乱方始（晓）。南鸿飞鸣嗷（殁），汉腊岁月驶（沈）。易暴吾安放（翔），乘流今欲止（侃）。且尽尊前欢（辟），复探柱下旨（石）。群展异少年（晓），楼堞空往纪（殁）。浮眉挹晴翠（沈），接叶带霜紫（翔）。钟山龙已堕（侃），埘口鸡仍起（辟）。哀乐亦可齐（石），联吟动情此（晓）。①

此诗词意浑然，具有很高的艺术水准，使我们不得不敬佩几位先生的才情文采，艳羡这份曲水流觞的逸兴雅致。并且从诗中"人间急换世""风变乱方始"等句还可以看到几位先生随着国难日深，而体现出来的忧国忧民之情。

5. 与骆鸿凯、潘重规等弟子诗

"异才难得宜培护，祝汝终能绍往英"（黄侃赠刘太希诗）②，黄侃对有志学术的青年才俊多有提携，常赠诗鼓励，对骆鸿凯、刘太希、潘重规、伍叔傥等门生皆有赠诗。如《送骆生》称赞骆鸿凯"状貌温温兼肃肃""讶君磊落出侪辈，宛如白璧映泥滓"，并鼓励他"愿子屹然历岁寒，当世横流尚无底"③。赠潘重规诗云"俊拔如君似王悦，早应范宁誉风流"④，字里行间都表达了黄侃的爱才之心。

黄侃生平喜游览，但感"凡游览之事，自主而又得侣为最难也"⑤，故深以得意门生伴游为快。生前常携门生共游，在 1934 年《赠伍叔傥诗》二首中黄侃表达了能与门生共居一庄，唱酬游玩、解析疑义的快乐：

> 天涯师弟久相望，岂料移居共一庄。从此春朝与秋夕，倡酬应为看山忙。
> 筑馆鸡笼相次宗，吾贤素具晋贤风。他时诗礼多疑义，会觉名师在屋东。⑥

可叹的是，仅仅一年后黄侃就与世长辞了，但其门人弟子莫不追念师恩，

① 程千帆：《忆黄季刚老师》，载程千帆、唐文《量守庐学记》，第 160 页。
② 刘太希：《记黄季刚师》，载张晖《量守庐学记续编》，第 36 页。
③ 黄侃：《黄季刚诗文钞》，第 131 页。
④ 潘重规：《母校师恩》，载张晖《量守庐学记续编》，第 67 页。
⑤ 黄侃：《黄侃日记》，第 832 页。
⑥ 司马朝军、王文晖：《黄侃年谱》，第 397 页。

继承和发扬他的人格与学风，从而形成了著名的"章黄学派"。

二　黄侃诗的艺术特色

黄侃生平创作的诗歌逾千首，在诗体的选用上，呈现出各体兼善的特点，《黄季刚诗文钞》所载 1017 首诗计有：七言绝句 340 首、七言律诗 298 首、五言古诗 160 首、五言律诗 103 首、五言绝句 59 首、七言古诗 49 首、五言排律 8 首。从中可见，黄侃对五、七言古近体诗都有涉猎，而尤以七言绝句、七言律体及五言古体居多。

而在诗歌风格上，黄侃也明显呈现出不名一家、转益多师的特点，尤其推重汉魏六朝及唐代诗歌。他曾圈点过汉魏乐府和《玉台新咏》，《文选》更是反复批阅达十余次之多；阅读了《全唐诗》《河岳英灵集》《中兴间气集》等唐诗总集。① 黄侃钟爱陶渊明、庾信等六朝诗人，尽阅了李白、杜甫、孟浩然、王维、韩愈、白居易、李商隐等唐代名家诗集。具体到黄侃所推崇并吸收的诗人诗风，有以下几家。

第一，汉魏六朝诗。季刚诗初效选体，早年曾模拟《古诗十九首》、苏李诗、阮籍《咏怀诗》、庾信《拟咏怀诗》，创作了不少咏怀拟古之作，辞气清刚，颇得汉魏风骨。而其所创作的五言山水游览诗大有晋、宋遗韵。章太炎《游庐山诗序》云："侃为诗素慕谢公，及是篇什多五言，犹近古。"② 又在 1928 年 5 月 28 日《与黄季刚书》中云："得书并诗三首，山水之咏，虽未及谢公，乃于玄晖、隐侯几如伯仲，信子才之超也。"③ 在 1928 年 6 月 13 日《与黄季刚书》云："所寄诸诗，《清凉山》一首与前豁蒙楼作，正在二谢伯仲之间。"④ 给予了越来越高的评价。

第二，义山诗。在近体诗方面，对黄侃前期诗作影响最大的当属李商隐。辛亥革命之后，黄侃与汪东同居上海二年有余，当时所谈，非《玉溪诗》即《片玉词》⑤。曾作《李义山》赞其："剬诗谁及玉溪生，独运深思写至情。自有微辞同宋玉，何曾艳体比飞卿。华年锦瑟供长恨，别泪青袍负盛名。最悔读书求甲乙，空劳从事亚夫营。"⑥ 李商隐之所以打动黄侃是因为"独运深思写至情"，而其华年锦瑟、别泪青袍之恨与黄侃身世有共

---

① 关于黄侃所点校抄阅集部书籍之情况详见本论文第一章第二节《黄侃的文学活动》。

② 司马朝军、王文晖：《黄侃年谱》，第 263 页。

③ 章太炎著，马勇编：《章太炎书信集》，第 201 页。

④ 同上。

⑤ 黄侃：《黄侃日记》，第 143 页。

⑥ 黄侃：《黄季刚诗文钞》，第 183 页。

通之处，无怪乎黄侃如此钟爱义山，曾撰《李义山诗偶评》进行系统研究。这影响到创作上，使得黄侃律诗大有玉溪意格。他曾效法义山作《无题》者24首，取首二字为题者22首，以绮丽之句寄遥深之情，如《无题》："华年如水恨如烟，一度思君一惘然。明镜虚悬三五月，鬟云应隔几重天。玉床石阙还相似，渴凤鲲鱼总可怜！兰径佳期浑未定，愧将密意诉红笺。"① 不仅意旨相近，遣词造句也极似李商隐，"一度思君一惘然"显从"一寸相思一寸灰"化出。

第三，杜诗。杜甫对黄侃的影响也是比较明显的，他曾阅钱注杜诗，并用杜韵作《金陵秋兴》八章。黄侃不仅在律诗的沉郁顿挫上借鉴了杜诗的艺术技艺，更重要的是，他创作了大量忧国忧民的诗篇，继承了杜甫的诗史精神。黄侃对尊杜的元好问和钱谦益也十分推崇，曾"夜读遗山诗未终卷，泫然而罢"②"检遗山诗阅之，振触悲怀，久不成寐"③，盖因元好问的诗"国家不幸诗家幸，赋到沧桑句便工"，他在金朝灭亡前后所作的"丧乱诗"，抒发了国破家亡、山河破碎之恨，使身处乱世的黄侃感同身受，黄侃的诗歌继承了这种诗史精神。对明清诗人，黄侃较少关注，但对钱谦益例外，他曾仔细研阅过钱氏《初学集》《投笔集》等，盖缘钱谦益诗效老杜之故。

另外，黄侃的七言歌行如《行路难》（长安城头落日黄）等有李白的酣畅淋漓；早年又以杜牧自比，诗云："戎幕栖迟杜牧之，愁来长咏杜秋诗。美人红泪才人笔，飘泊情怀世岂知？"（《十二月十四至天津，居沽上一楼。壁间有华亭女子王蕙纫所题诗10首，辞意凄绝，墨色犹新，因书二绝于其左》二首其一）④ 不少七言绝句深得杜牧神韵。

除了浸润于汉魏六朝和唐诗之外，黄侃后期对宋诗也有所借鉴。黄侃虽然对宋诗的整体评价不若唐诗，但贬中有褒，对个别诗作不乏赞赏。如称黄庭坚《山谷外集诗注》"洵佳书"⑤；对王安石的诗作也有抄录；尤喜陆游七绝，不仅自己温剑南七绝，还选其佳者课儿，其集中很多七律七绝都富含理趣，如《嘲蠹鱼》"毕世书丛岂足贤？欺人只是解钻研。总饶三

---

① 黄侃：《黄季刚诗文钞》，第187页。
② 黄侃：《黄侃日记》，第747页。
③ 同上书，第860页。
④ 黄侃：《黄季刚诗文钞》，第254页。
⑤ 参见司马朝军、王文晖《黄侃年谱》，第396页。

食神仙字，著作何曾见一篇?"① 对于黄侃学宋，汪辟疆先生这样解释和评价："先生晚年涉览既多，悬鹄亦降，偶事吟咏，称心而言。惟涉览多，则蕴理富；惟悬鹄降，则取径宽。近年之诗，其真挚复绝之境，实高于规模晋宋者也。"② 认为黄侃后期学诗"取径宽"，学宋而至"真挚复绝"，所达到的艺术境界不次于效仿晋宋者，这显然比章太炎"诗奈何学宋人"③的评价更为中肯。

综上可见，汪辟疆在《光宣诗坛点将录》中谓："季刚诗初效选体，律诗有玉溪意格"，"至近体则出入于杜公、玉溪、临川、遗山、蒙叟之间，不名一家。盖以好之不专，又务求胜于人故也"④。不愧为相交多年的知音之言。

在融众家之长、总结古典诗歌艺术特点的基础上，黄侃形成了安雅之辞、清刚之气的特点。作为一位娴于音韵、事典的朴学家，黄诗音韵谐合"天机骏利纷自理，格律仍要夸精严"（《四月七日社集，约用咸韵连句为长律，余不能就。别为七言自嘲》)⑤；用典贴切"记诵之博，使事之雅，一时诗家，难与抗手"⑥，故文辞极为典丽安雅。同时，黄侃又是一个至情至性之人，注重诗的抒情性，因而诗篇能以真情至性运之，具有清刚之气，其启蒙塾师江瀚《寄怀黄侃诗》称其："万古奇情诗笔健，六朝残梦客心愁。"⑦

至于黄诗的弊端也是很明显的，即用字用典过于晦涩，多用古奥生僻的字眼和复杂难解的典故，致使诗意艰深，难以情测。汪辟疆《光宣诗坛点将录》就批评他"来金陵后，五言未变其体，惟喜堆书卷，反不如旧作清绮可诵"⑧。另外，模拟的习气太重，又"好之不专，务求胜于人"，也使黄侃没有形成鲜明独特的个人风格，正如钱仲联所批评的"诗故渊雅，然亦赝体八代，无真面目"⑨。

---

① 黄侃：《黄季刚诗文钞》，第 289 页。
② 汪辟疆：《悼黄季刚先生》，载程千帆、唐文《量守庐学记》，第 88 页。
③ 同上。
④ 汪辟疆：《光宣诗坛点将录》，《三百年来诗坛人物评点小传汇录》，中州古籍出版社 1986 年版，第 97 页。
⑤ 黄侃：《黄季刚诗文钞》，第 145 页。
⑥ 汪辟疆：《光宣诗坛点将录》，《三百年来诗坛人物评点小传汇录》，第 97 页。
⑦ 司马朝军、王文晖：《黄侃年谱》，第 282 页。
⑧ 汪辟疆：《光宣诗坛点将录》，《三百年来诗坛人物评点小传汇录》，第 97 页。
⑨ 钱仲联：《近百年诗坛点将录》，《三百年来诗坛人物评点小传汇录》，第 163 页。

第二节 缥缈缠绵一种情——黄侃的词

填词是黄侃于学术之外的消遣，曾言"虽览词章，只为涉猎"①，但其实黄侃在词学上也是颇有造诣的。他曾下过苦功通阅《宋六十名家词》《绝妙好词续钞》等词集，还曾向清季四大词人中的郑文焯、况周颐问学。1912 年向郑文焯请益词学②，今词集尚存一首和郑文焯的词《霜华腴》，其题记曰："大鹤词师（郑文焯号）以旧作怀梦窗杨柳阊门故居之作见示。遭乱飘泊，久有适吴之意。扳缠未遂，梦想徒劳！奉和一阕，用坚夙愿。"③ 1913 年居京期间与况周颐讨论词学，其 1913 年 6 月 28 日日记载："访禺生不遇，还登楼外楼，复至神州馆小坐，晤况夔老，谈词甚久。"④ 况周颐还曾为其《缥华词》题词，言二人的词学交谊："容易金风到海堧，蘯萍吹聚两词痴，玉箫声里识君迟"，"只为移情来海上，便须连句仿城南，人天慧业好同参"⑤。

黄侃还曾先后在北京大学⑥、武昌师范大学、武昌中华大学、北京民国大学讲授宋词⑦。对俞平伯、龙榆生等日后的词学大师有启蒙之功。《俞平伯年谱》云："俞平伯在北京大学教授黄侃的指导下，在正课以外开始读周邦彦的《清真词》，这为他后来研究《清真词》打下了良好的基础。"⑧ 龙榆生也回忆说："（先生）除声韵文字之学致力最深外，对于做诗填词，也是喜欢的，他替我特地评点过一本《梦窗四稿》。我后来到上海，得着朱彊村先生的鼓励，专从词的一方面去努力，这动机还是由黄先生触发的。"⑨

黄侃一生共创作了四百多首词，经过几次整理出版，情况如下。

---

① 黄侃：《黄侃日记》，第 144 页。

② 参见司马朝军、王文晖《黄侃年谱》，第 67 页。

③ 黄侃：《黄季刚诗文钞》，第 400 页。

④ 黄侃：《黄侃日记》，第 2 页。

⑤ 司马朝军、王文晖：《黄侃年谱》，第 63 页。

⑥ 参见俞平伯《清真词释序》"民国五年六年间方肄业于北京大学，黄季刚师在正课以外忽然高兴，讲了一点词，从周济《词辨》选录凡二十二首，称为'《词辨》选'，作为讲义发给学生。"参见俞平伯《读词偶得·清真词释》，第 69 页。

⑦ 参见堵述初《黄季刚先生教学轶事》，载司马朝军、王文晖《黄侃年谱》，第 26 页。

⑧ 孙玉蓉：《俞平伯年谱》，天津人民出版社 2001 年版，第 8 页。

⑨ 张晖：《龙榆生先生年谱》，学林出版社 2001 年版，第 14 页。

（1）1912 年铅印《繻华词》。系黄侃刚由日本游学归国时所印，有编成自记曰："右词一卷，一百六十五首，起丁未（一九〇七）迄辛亥（一九一一）五岁间所得。华年易去，密誓虚存。深恨遥情，于焉寄托。茧牵丝而自缚，烛有泪而难灰。聊为怊怅之词，但以缠绵为主。作无益之事，自遣劳生；续已断之缘，犹期来世。壬子六月，编成自记。"① 卷前有先生好友王邕、汪东的序文各一篇，另有况周颐题词《减字木兰花》四首。此集均系情词，除分赠友好外，仅在武昌少量发售。

（2）1944 年由次子黄念田在成都编汇印行《量守庐词钞》，有曾缄序、黄念田跋。此集计收词作四种：1912 年铅印之《繻华词》一卷；《揽蕙词》二卷，收清宣统末至民国元年间的词作 29 首；《繻秋华室词》一卷，1906—1919 年间所作，收《繻华》《揽蕙》《楚秀庵》三稿之外的词作 21 首；《楚秀庵词》一卷，绝大多数是其 1920 年以后的作品，收词 78 首。上述四种总计收词 290 首②。

（3）1974 年黄念容在香港出版《量守庐居士遗墨》，含部分词作手迹。

（4）1985 年湖北人民出版社出版的《黄季刚诗文钞》收录词 376 首，为目前收录较全的黄侃词集。

（5）1988 年潘重规在台湾印行的《量守遗文合钞》含词作乃据 1944 年《量守庐词钞》缮录。

一 黄侃词的内容

（一）黄侃的爱情词

黄侃严守"词是艳科"的文体观念，其词绝大多数为抒写爱情之作，占总词作数的三分之二以上。个别作品伤于侧艳，如描绘女子体貌《临江仙》"罗衫薄薄映冰肌。桃应妆半面，柳要学双眉"③；《清平乐》"一枝片玉，柳似垂髫花似肉，正是秦娥十六"④ 等，至于《浣溪沙》：

> 楼阁微寒昨夜风，起来梳洗意犹慵，对郎羞怯又惺忪。照影波光如眼媚，透帘山色比眉浓，今宵应不在愁中。⑤

---

① 李一氓：《关于黄侃的词》，《读书》1981 年第 1 期。
② 李一氓：《关于黄侃的词》作"二百九十三首"，《读书》1981 年第 1 期。
③ 黄侃：《黄季刚诗文钞》，第 320 页。
④ 同上书，第 395 页。
⑤ 同上书，第 413 页。

更是轻艳露骨。但这样的作品在黄词中数量很小，黄词从根本上讲不是艳词而是情词，作为一个至情至性之人，黄侃用他的词记述了男女爱情中种种的喜与笑、悲与痛、怨与愁。如《生查子》："江上采珠还，初见秋波瞥。问得莫愁名，便是愁时节！默默又依依，罗带频拈结。无限此时情，后日和伊说。"① 描写的是初相见时的喜悦与心动。《浣溪沙》："清晓妆成蜡烛啼，伤心第一是潜离，从今魂梦互难知。岂有错刀酬远道？更无青雀寄微词，不成相见枉相思！"② 倾诉的是离别的伤心与痛苦。

所谓"一卷新词，半得相思助"③（《蝶恋花》），黄侃爱情词着重抒发的是离愁别绪、相思之苦，并且多与羁旅之愁相结合，使词作更为哀怨。如《念奴娇》"已自羁旅无聊，飘零有恨，况被柔情绕"④；《高阳台》"最伤心，旅病而今，密约从前"⑤；《还京乐》"拟淹留，愁梦逐飞花，情随逝水！可惜天涯客，无人长伴憔悴"⑥ 等词句都是如此。1909 年在日本东京所作的《浪淘沙》，正是融合了黄侃独在异国的羁旅之愁和远离妻子的相思之苦：

> 桂树满空山，秋思漫漫。玉关人老不生还！莫道此楼难望远，轻倚危栏。流水自潺湲，重见应难。谁将尺素报平安？惟愿夕阳无限好，长照红颜。⑦

可以说羁旅之愁与爱情之苦乃是黄侃痛苦的两个源头，正是二者的交错纠结，奠定了黄词无尽哀婉的基调。

黄侃的结发妻子王灵芳不幸于 1918 年逝世，花凋玉殒，令其十分悲痛，除了写下悼亡诗篇，黄侃也在词中表达了他的哀思。如在《齐天乐·庚申除夕》中悲叹："西窗旧侣。记亲擘黄柑，为添尊俎。短鬓如今，祭诗徒有断肠句。"⑧ 又在《霓裳中序第一》中痛感："愁极！旧盟难忆。早羽迅流光过隙，悲怀何计自释。拂箦尘多，展卷笺蚀。寄情无使觅，算断

① 黄侃：《黄季刚诗文钞》，第 326 页。
② 同上书，第 346 页。
③ 同上书，第 324 页。
④ 同上书，第 345 页。
⑤ 同上书，第 360 页。
⑥ 同上书，第 414 页。
⑦ 同上书，第 412 页。
⑧ 同上书，第 354 页。

了人天信息。钟鸣矣，铜盘残苣，泪共冷灰积！"① 人天已永隔，黄侃也只能用诗词来倾诉对妻子的思念了。还有一首《八声甘州》更是情深义重，词云：

> 听幽窗暗雨冷侵魂，凄然感凉秋！又昏灯笼影，轻飙翦骨，辞梦高楼。正苦愁恨不去，争道怯愁休。愁有能消处，残泪仍流！却情徐丝相绕，怕断时缥渺一去难收。怆沧波寒汐，潲恨又教留。拟他生蓬山重见，奈紫氛高处不通舟！梁间燕，正双栖处，料惹凝眸。②

从"拟他生蓬山重见"，可以断定这也应是一首悼亡词。在幽窗暗雨的秋夜，想起亡妻，令黄侃不禁"残泪仍流"。今生既已缘尽，聊寄希望于他生相会蓬山仙境，怎奈"紫氛高处不通舟"，只能是徒然望着梁间双燕，黯然神伤罢了。此词情真意切，一股无奈而深沉的悲痛直逼人心，大有苏轼"十年生死两茫茫"的风调。

在发妻去世后，黄侃先后经历过几段感情，但多无果而终。在黄词中有大量的笔墨是在记述聚少离多的无望之恋：

> 《荷叶杯》"从今多是断肠时，相见也无期"，"他生长住有情天，只是暂无缘！"③
> 《虞美人》"天长路远无消息，惟有长相忆！"④
> 《虞美人》"如今相见已无缘，赢得一回追忆一凄然！"⑤
> 《高阳台》"玉阶携手当时事，甚流年易换，佳会终稀！"⑥
> 《蝶恋花》"两意循环何日断？秋眸一窗难重见！"⑦
> 《鹧鸪天》"佳人一去难重见，夜夜相寻惟梦魂。"⑧
> 《减字木兰花》"轻颦微叹，当时知有无穷怨，一度分携，直到他生是见时。"⑨

---

① 黄侃：《黄季刚诗文钞》，第 358 页。
② 同上书，第 351 页。
③ 同上书，第 334 页。
④ 同上书，第 336 页。
⑤ 同上书，第 337 页。
⑥ 同上书，第 362 页。
⑦ 同上书，第 364 页。
⑧ 同上书，第 379 页。
⑨ 同上书，第 380 页。

这样无奈与无望的感情给黄侃带来了不尽的愁情哀怨，给他的词作抹上了浓重的哀婉凄凉的调色。因而黄侃的词中满是"愁""飘零""凄凉"之类的字眼。如《采桑子》：

> 青鸾漫报愁消息，侬已多愁，侬已多愁，分得愁多更不休！帘垂枕冷遥相忆，心上成秋，心上成秋，暗雨微灯共一楼。①

"侬已多愁"，"心上成秋"也成愁，满纸都是一个"愁"字。

再如《采桑子》：

> 今生未必重相见，遥计他生，谁信他生？缥渺缠绵一种情！当时留恋曾何济？知有飘零，毕竟飘零，便是飘零也感卿！②

又有《太常引》自题小像云：

> 仙心侠意两难平，一例化幽情。尘海任飘零，更休问他生此生！浓香引梦，寒花伴影，到处总凄清！虚愿慰伶俜，莫轻遣愁醒恨醒！③

"侬比啼鹃一倍痴"（《采桑子》）的黄侃，终逃不过一个"飘零"，到处总是"凄清"，悲凉之感弥漫了整个词章。

在慢词中，黄侃将这般愁怀表现得更为缠绵悱恻，如《念奴娇》：

> 海山兜率，算相逢较易，劳生已了。密怨潜离俱不误，误在当初一笑。花落经春，萍浮甚处，鱼雁又沉杳。誓言虽在，冬雷夏雪难保！一任肺疾缠绵，泪珠零乱，转觉销磨好。万种凄凉无可说，只待心灰形槁。幕里微容，扇头诗句，见即添薅恼。夙缘千劫，忏情今日还早。④

从"花落经春，萍浮甚处，鱼雁又沉杳"，可见恋人别离已久而音信杳无，

---

① 黄侃：《黄季刚诗文钞》，第377页。
② 同上。
③ 同上书，第333页。
④ 同上书，第348页。

以至于当初"冬雷震震夏雨雪，乃敢与君绝"的誓言，今日也成了无望的空语。在这样"万种凄凉无可说"的情况下，黄侃宁愿任病体消磨，心灰形槁来麻木自己。

那么这样聚少离多的无望之恋到底指射黄侃的哪一段感情呢？追索黄词的本事，应该是记叙了生命中几段不同的感情，很难一一落实。如上述《采桑子》"今生未必重相见，遥计他生，谁信他生？缥渺缠绵一种情！当时留恋曾何济？知有飘零，毕竟飘零，便是飘零也感卿！"乃黄词中流传甚广颇为人称道的代表作，坊间盛传是他任教武昌高等师范学校时，与武昌女师学生黄菊英自由恋爱，受到女方家长的阻碍和社会舆论的攻击，遂写给黄菊英以表深情的。但是也有学者指出，黄侃青年时曾爱恋一名字为"秋华"的女子，可惜未能如愿婚配，专为其创作词集《繻华词》一卷，抒发凄婉缠绵之情，此首《采桑子》正在其中[1]。可见，没有确凿的根据，很难落实黄词的本事。

目前仅可以明显判断出，黄侃的爱情词中有他身在异国他乡写给妻子的怀内词，及发妻去世后所写的悼亡词，另外，很多情词是写给一位名"梅"的女士。黄侃有多首咏梅的词，《浣溪沙·题画梅》道出这是"暗因幽卉忆嘉名"[2]。在一首《点绛唇》的小序中，黄侃追忆"检匣得旧扇，尚未书字。扇为蟳蝐骨，痴梅所赠也。感赋一阕，即题扇上"[3]，而这首写给痴梅的词，哀怨动人：

> 蟳甲玲珑，几年匣里愁轻展。聚头人远，辛苦知谁见？浓笑书空，曾傍柔荑腕。音尘断，忍吟班扇，泪与残蝉泫！[4]

另一首《摊破采桑子》"题旧藏时辰表中所嵌小象"云：

> 梅妆矾色无人学，只伴冰霜，合受凄凉，晚节还堪殿众芳。也啰！真个是意难忘！兰情蕙性谁能绍？种向都梁，恨满潇湘，好续离

---

①　参见王芸孙《诗艺丛谈》，新华出版社 1996 年版，第 190 页；傅德生：《宋元明清诗词曲佳偶》，华夏出版社 2011 年版，第 178 页。从此词所表露的一种无奈无望的情绪来看，似以此说为胜。

②　黄侃：《黄季刚诗文钞》，第 404 页。

③　同上书，第 408 页。

④　同上。

骚咏国香。也啰！真个是意难忘！①

也提到"梅"，不难想到，黄侃所珍藏相片中的心上人，正是这位名梅的女士。而且黄侃对她的感情十分深刻，"真个是意难忘"。黄侃还作有《南乡子》"重赞小象"：

> 见影已知愁，憔悴丰神镜里收。独立雕栏应有恨，迟留，只恐罗衣不耐秋。相对久凝眸，翻信离魂解见投。却买沉香熏小象，绸缪，也算重逢在画楼。②

将伊人的小像熏香设供，想象这"也算重逢在画楼"，可见黄侃的痴情和这段感情的无望。

从有关黄侃的各种史传及回忆资料来看，这位名梅的女士，很可能是黄绍兰，她早字学梅。值得注意的是，在"题旧藏时辰表中所嵌小象"词中，除了上阕首句"梅妆矾色无人学"，下阕首句为"兰情蕙性谁能绍"，正和黄绍兰名字，黄侃应该是以藏头的形式在词中暗嵌意中人的名字。"兰"也是黄侃词中常咏之物，《木兰花慢》就是一首咏兰之词，其题记云："因怜芳草，复忆嘉名。悱恻之怀，庶斯能喻。"③ 并且"梅""兰"共现的情况不止上举一处。《江神子》题记曰："案头以瓶供黄梅，幽兰伴之，水仙亦将花矣。晴日欣然为赋。"④《声声慢》题记曰："友人画梅兰共一幅属题，用梦窗赋四香韵。"⑤《山花子》也云：

> 林际疏梅谷底兰，多情长是耐清寒。化作优昙何处觅？太无缘！彩缕那长能续命？琼楼端合小游仙。萝带桂旗皆寂寞，下空山。⑥

这些细节都印证了黄词中的女主角应该正是黄绍兰。二人的情感经历也正像黄词中所写的《蝶恋花》"水远山长从间阻，人间遥作伤心侣"⑦，虽然

---

① 黄侃：《黄季刚诗文钞》，第 383 页。
② 同上书，第 394 页。
③ 同上书，第 352 页。
④ 同上书，第 338 页。
⑤ 同上书，第 399 页。
⑥ 同上书，第 392 页。
⑦ 同上书，第 387 页。

海誓山盟，心心相印，却由于现实的原因而充满了无奈与无望。

黄侃的爱情词既是他本身真情实感的流露，同时也体现了他那一个时代知识分子某个侧面的精神状态。汪东在撰《繘华词序》中提到黄侃创作情词有更深层的动因：

> 尝谓词原于《国风》，而与《离骚》尤近。夫诗以言志，志者与物相应者也。世变既繁，感慨纷集，仁人君子，怀菀结之情，抱难言之痛。罗网甚密，则庄语或以召危；芳菲弥章，而奇文因之益肆。自屈原之作以为诗者，结体四言……黄君凤离幽忧，回翔异域，又复生三闾之祖土，袭往哲之修能，宜其所述有《哀郢》之志，《思美》之遗也。[①]

汪东指出由于清末民初世变纷繁，当时的知识分子"感慨纷集""怀竟结之情"，但苦于罗网甚密而不得直言，故以"芳菲弥章"的奇文发之，正如同屈原以香草美人抒忠君爱国之情一样。黄侃也是如此，"凤离幽忧，回翔异域"，他所创作的爱情词正是他内心苦闷的抒发，"有《哀郢》之志，《思美》之遗也"。

汪东的剖析在刘仲蘧赠黄侃《瑞龙吟》词的题记中得到了进一步证实：

> 右词一首为瑗近作。自经丧乱，意思萧瑟，海滨飘泊，时感前游。自惟情怀不深，材智庸下，执操浩荡，见弃知音。时命既乖，凤心终左，纵复微吟咏叹，只以自怜。惟是劳苦之生，必须排遣之术。托想于绮罗香泽，未必遂为大雅所讥也。季刚先生天性耿介，不受世羁，投契以来，相忘形表。昨见此作，亦复击节称叹，矜我愚情。不图多感之辰，乃得同心之友。欢然以喜，愀然以悲，固知俗士讥评，必以吾两人为狂佚。然深隐之怀，既经共喻，世议琐琐，又何计焉。壬子（1912 年）三月 刘瑗记[②]

刘仲蘧所作的是一首爱情词，他自谓创作的动因是为了排遣丧乱以来内心

---

① 转引自司马朝军、王文晖《黄侃年谱》，第 63 页。
② 黄侃：《黄季刚诗文钞》，第 369 页。

的萧瑟、痛苦，而"托想于绮罗香泽"。而黄侃对刘氏的这种想法颇感"同心"，以至"击节称叹"。

黄侃在《繻华词序》中说"作无益之事，自遣劳生"，刘仲遽在《瑞龙吟》题记中言"惟是劳苦之生，必须排遣之术。托想于绮罗香泽，未必遂为大雅所讥也"，汪东在《和清真词序》中引"不为无益之事，何以遣有涯之生"，三人异口同词，都将爱情词的创作视为对内心苦恼、郁闷、感伤情绪的一种发抒和排遣。可见，这种文学思想是近代知识分子普遍具有的。① 郭延礼在《中国近代文学发展史》中分析苏曼殊爱情诗的意义时指出："如果要说这部分诗的意义，除了审美价值外，则反映了近代知识分子在黑暗势力面前出世与入世、反抗与动摇、追求自由与自造藩篱的矛盾心态。对于考察20世纪初那个特定时代的一种畸形性格形态当有一定的认识价值。"② 黄侃的爱情诗词亦当作如是观。

（二）其他词作

除了爱情词，黄侃另有一小部分表达忧国忧民之情、羁旅思乡之恨，及记游咏物、赠答唱和的词作，展现了与缠绵悱恻的爱情词完全不同的风格。

黄侃有大量爱国诗篇，在词作中也不乏表达忧国忧民之情的作品，如《摸鱼儿》（长春观度重午作，用去年夏日忆十刹海旧游韵）：

> 度凄凉此番重午，巢禽归已迷树。沉阴几夕天如梦，鸣镝惊飘愁雨。云外路，想火照玄颜、神鬼悲号去。虽晨似暮。正万户伤心，群凶得意，歌哭隔氛雾。
>
> 牛车计，深悔因循自误！眠薪肌灼何遽？荒江一望无津济，十口飘蓬何处？卿漫诉，卿试念遗黎甚日能安住？人生最苦。纵姹属团栾，生涯散漫，还羡渚边鹭！③

据此词小序云"用去年夏日忆十刹海旧游韵"作，而这首忆十刹海旧游的《摸鱼儿》亦有一段小序云：

> 去年六月三日，风雨中独上十刹海酒楼观荷，行柳绿添，丛蕖红

---

① 程翔章：《黄侃词论略》，《黄冈师专学报》1994年4月第14卷第2期。
② 郭延礼：《中国近代文学发展史》，山东教育出版社1993年版，第1846页。畸形，原作"畸"，疑误。
③ 黄侃：《黄季刚诗文钞》，第350页。

湿，景山琼岛，烟树葱茏。今兹追忆，始知春物娱人，故乡无此也。
寓斋苦热，赋此追摹，清景已逋，远怀弥轸。

从此小序不难推断出此首"忆十刹海旧游"词，是黄侃回到故乡武昌后，
怀念"去年"在北京十刹海消夏时作。黄侃离开北京是在 1919 年秋，则
此首"忆十刹海旧游"应是在 1920 年作。而黄侃在"长春观度重午作"
的《摸鱼儿》"用去年夏日忆十刹海旧游韵"，则创作时间应为 1921 年，
时值武昌发生王占元部兵变不久。从词作的具体内容来看，"长春观度重
午作"的《摸鱼儿》词正是对武昌兵变的描述。上阕写群凶得意，万户伤
心，整个武昌城兵火四起，暗无天日，鬼号歌哭的悲惨场景。下阕则是黄
侃携全家十口避兵逃难至走投无路之际的悲诉，遗黎百姓在兵火交加的年
月不得安生，这样悲苦的人生真是连渚边之鹭都不如啊！

黄侃早岁遁走异国，后辗转任教于南北各大学，故抒发羁旅之苦成为
他诗词的一项重要内容。而这类词作相比诗而言，表达更为凄婉，如《清
平乐》：

> 愁花恨叶，秋尽成萧瑟。帘外清霜阑角月，更有无边凄切！前身
> 悔作春花，年年飞向天涯。化作秋花耐冷，一般损尽年华![1]

将自己比作飘飞天涯的春花，和损尽年华的秋花，读之令人洒泪。而另一
首《西江月》则几近沉痛：

> 忧国惟能痛哭，思乡无计遄归。一身多累遁难肥，垂老堪伤琐
> 尾。病里醇醪乏味，愁中好景都非。任从万事与心违，一眠不须
> 辞费。[2]

当然，上文已经提到黄侃的羁旅之愁更多是融合在了他的爱情词作中。

黄侃晚年任教南京后，生活相对稳定，不再承受漂泊之苦，又与黄菊
英女士结为连理，往日的愁情烦绪都渐渐淡却，热爱山水的他此时频繁地
携侣出游，自足于青山绿水间。黄侃晚年很少作词，览胜记游多用诗体，
记游词为数不多，但仅存的几首都格调轻快朗畅，在哀婉的黄词中别具一

---

① 黄侃：《黄季刚诗文钞》，第 319 页。
② 同上书，第 341 页。

格，如《高阳台》：

> 深巷饧箫，连村社鼓，禊游节物天涯。南国旌旗，未妨春到人家。崇桃积李看难倦，又轻飔吹绽桐花。问几人曲水浮觞，新水煎茶？韶光在处都堪赏，况红楼翠幕，紫陌钿车。怎得双鸳，相携细履平沙？流莺劝酒休辞醉，更徘徊淡日残霞。醉归来，插帽繁枝，一任横斜。①

黄侃又喜与同好共游，一时诗词名家如汪旭初（东）、王晓湘（易）、汪辟疆（国垣）、陈伯弢（汉章）、胡小石（光炜）、胡翔冬（俊）、王伯沆（瀣）、吴瞿安（梅）等常常曲水流觞，赋诗连句，留下不少佳作，偶有连句词，亦堪称精品，弥足珍贵。如黄侃在1929年9月8日记录的一首《霜花腴》：

霜花腴
　　重阳前一日，适值休沐，偕游北湖，用梦窗重阳前一日泛石湖韵连句

> 素秋纵目，笑紫萸、明朝又满危冠（侃）。隄柳全疏，篱英初绽（红藕香残，白苹风劲），伤高念远先难（吴梅）。暮天尽宽，共放歌清酌花前（王易），怅斜阳、渐落汀洲，断桥流水景荒寒（汪东）。江国胜游堪记，奈才酬怨鸠，便听凉蝉（侃）。哀乐中年，阴晴芳候，还劳倦客题笺（梅）。再无画船，只败荷相望娟娟（汪国垣）。趁归途，剩有销凝，远山扶醉看（易）②。

黄词中还有一些咏花之作，如咏梅、兰、柳、水仙、白莲、秋花等，如上文所指出的，有的咏花词乃寄寓着黄侃的情思，但有的咏花词，确是出于黄侃对自然、对花草生命的热爱。《高阳台》题记就透露了此点："上巳日禊游昆明湖、湖上桃花尽放，折取数枝以归，供诸瓶中，珍惜甚至。病中每闻风雨，辄计湖上花飘零尽矣。为之悯然！因赋此解。"③

---

① 黄侃：《黄季刚诗文钞》，第367页。
② 黄侃：《黄侃日记》，第582页。
③ 黄侃：《黄季刚诗文钞》，第361页。

凭着这份对自然花草的怜惜，黄侃也创作出一些咏物佳作，如《一剪梅・水仙》：

瑶草端宜种玉田，叶已娟娟，花更仙仙。斑斑锦石弄清涟，尘态都捐，幽意谁怜？伴我丹黄曲几前，影比梅妍，香共芸鲜。清高才称百花先，且度寒年，同迓春天。[①]

文句正如水仙一般清新优雅，颇传神韵。

二　黄侃词的艺术特色

黄侃词属花间，追摹二李、二晏、柳永、周邦彦、姜夔、吴文英等婉约大家，词清句丽、韵美声和，并善于化用前人诗词中的警句、意境，体现出以学为词的特点。

黄侃词绝大多数为描写爱情的缠绵之作，且风格凄清哀婉，显然属于婉约派。正如况周颐《减字浣溪沙・精华词题词》云："彩笔能扶大雅轮，周情柳思更无伦，偶然疏处见苏辛。结习尽同成二我，多情不薄到令人，软红门外亦珠尘。"[②] 值得注意的是，所谓"偶然疏处见苏辛"，说明黄侃并非不能为豪放之作，如他1928年元日所作赠金毓黻的《金缕曲》就颇为豪迈：

丧乱何时了？叹无端羁栖辽海，新年又到。半世厄穷仍（一作曾）不悯，那有福祥堪祷。拼辛苦长餐虞蓼。何限故交。无酒酹，算（一作笑）菜根纵淡犹能咬。公自爱，锡难老。

百年（一作龄）毕竟分彭夭。喜芳春依然入眼，又宽怀抱。悼物哀时皆妄耳（一作悼俗忧天皆早计），鬓发几人能皓？又何贵苍蝇来吊。仰屋著书尤缪计（一作妄语），覆酱瓿，宁要（一作岂少）玄亭稿？料（一作算）唯有，醉吟好。[③]

黄侃之所以绝少豪放之作，专事婉约之体，其根源在于他对词体功能的认识上，黄侃坚持"词别是一体""诗庄词媚""词为艳科"的观念，因而

---

① 黄侃：《黄季刚诗文钞》，第373页。
② 司马朝军、王文晖：《黄侃年谱》，第36页。
③ 同上书，第235页。

多以词来表达男女之情。他所推崇的词选和词集就集中在婉约派上，俞平伯《清真词释序》录黄侃所推荐的词学著作有张惠言《词选》、董士锡《续词选》、周济《宋四家词选》及《词辨》、冯煦《唐五代词选》《花间集》《绝妙好词》、柳永《乐章集》、周邦彦《清真词》、姜夔《白石道人歌曲》、吴文英《梦窗甲乙丙丁稿》等①，多为婉约派。

　　黄侃词摹多家，小令以"和南唐中主""和同叔（晏殊）""和晏几道韵"为多，并曾和汪东"联句和李后主词"②。观黄侃的小令《太常引》自题小像：

> 仙心侠意两难平，一例化幽情。尘海任飘零，更休问他生此生！浓香引梦，寒花伴影，到处总凄清！虚愿慰伶俜，莫轻遣愁醒恨醒！③

风调确在二李、二晏之间。

　　黄侃的慢词有"和耆卿（柳永）""和白石（姜夔）""和梦窗（吴文英）"者，尤以"和清真（周邦彦）"为多。"忆辛亥后，与旭初同居上海二年有馀。当时所谈，非玉溪诗即片玉词（即《清真词》），故其本评校细字戬香。"④并曾指导俞平伯学习《清真词》，据俞平伯回忆：

> 他讲的《清真词》只《兰陵王》《六丑》《浪淘沙慢》三首，《六丑》还有些印象，其他两首都还给老师了。……他又把一本郑文焯校刊的《清真词》借给我读，即所谓"大鹤山人校本"也。这是我于《清真词》的初见。黄先生平常散散漫漫的，但对于这书似颇珍重，不久就要了回去，当时我还很有点舍不得似的……⑤

足见，黄侃不仅喜好周邦彦，对《清真词》也是下过一番苦功的。从其词作中也确实能看到清真风调，如他有一首《西子妆》就被同好称赏"直到清真"。其1929年4月3日日记载："午间成《西子妆》一首纪昨日之游，示同社诸人，皆称赏之。王伯沆以为梦窗、玉田之间，过片处直到清真

---

① 转引自司马朝军、王文晖《黄侃年谱》，第110页。
② 同上书，第68页。
③ 黄侃：《黄季刚诗文钞》，第333页。
④ 黄侃：《黄侃日记》，第143页。
⑤ 俞平伯：《清真词释序》，载俞平伯《读词偶得·清真词释》，第69页。

云"①，全词为：

西子妆

二月廿三日，同社集北湖祠楼，感会有作

汀草绿齐，井桃红嫩，共说寻春非晚。偶来高阁认前题，叹昔游岁华空换。沧波泪溅，算留得闲愁未断。凭曲阑，讶瘦杨如我，难招莺燕。

追欢宴，却恨东风，搅起花一片。酒痕惟解渍青衫。比当时醉情终浅，残阳看倦。倩谁慰天涯心眼？待重来，又怕平芜絮满。②

周邦彦被誉为"词中老杜"，以格律谨严，语言典丽著称，长调尤善铺叙。黄侃此词韵谐辞雅，特别是下阕铺叙愁情，哀怨而不伤清新，确有清真词风。

相对于诗，词有更强的音乐性，对韵律的要求更严格。由于黄侃有深厚的小学功底，故对词的韵律掌握尤精。据堵述初《黄季刚先生教学轶事》回忆："黄先生讲词时，是用京剧皮黄腔来朗诵词的，抑扬顿挫，别具一番风味。我记得他在课堂上这样朗读的词有晏几道的《临江仙》、苏轼的《洞仙歌》、周美成的《六丑》，等等。"③可见黄侃对词之音乐性的重视，在作词的时候他也就格外注意韵律和谐，读他的词，确能感到韵律和谐，富于音乐美。

黄侃博闻强识，其词作明显化用了很多前人成句以至意象，呈现出以学为词的特点，如：

《解连环》"最伤心一抹遥山，带疏树断烟，做成凄碧"④化用李白《菩萨蛮》"平林漠漠烟如织，寒山一带伤心碧"。

《鹧鸪天》"不如并付秋江水，直向天涯尽处流！"⑤化用李煜《虞美人》"恰似一江春水向东流"意。

《蝶恋花》"天上人间，一样无凭据"⑥用李煜《浪淘沙》"流水

---

① 黄侃：《黄侃日记》，第 539 页。
② 黄侃：《黄季刚诗文钞》，第 396 页。
③ 张晖：《量守庐学记续编》，第 27 页。
④ 黄侃：《黄季刚诗文钞》，第 375 页。
⑤ 同上书，第 317 页。
⑥ 同上书，第 363 页。

落花春去也，天上人间！"意。

《采桑子》"西风一夜凋庭树"① 化用晏殊《蝶恋花》"昨夜西风凋碧树"。

《恋绣衾》"梦不过横塘路，送芳尘肠断去萍"②、《蝶恋花》"锦瑟年华容易度"③、《蝶恋花》"彩笔空题肠断句"④ 化用贺铸《青玉案》"凌波不过横塘路，但目送、芳尘去""锦瑟华年谁与度""彩笔新题断肠句"等句。

《高阳台》"怎得又鸳，相携细履平沙"⑤ 化用秦观《望海潮》"新晴细履平沙"。

《捣练子》"燎沉香"⑥ 径用周邦彦《苏幕遮·燎沉香》"燎沉香"。

《秋千索》"奈人比幽花瘦"⑦ 化用李清照《醉花阴》"人比黄花瘦"。

《忆王孙》"罗帐灯昏倍惘然"⑧ 化用辛弃疾《祝英台近·晚春》"罗帐灯昏，哽咽梦中语"。

《浣溪沙》"莫遣秋风悲画扇"⑨ 径用纳兰性德《木兰花·拟古决绝词柬友》"何事秋风悲画扇"。

不仅化用前人词句，黄侃还将前人诗句化用到词作中，如《江南好》"沧波无际使人愁"⑩ 化用崔颢《黄鹤楼》"烟波江上使人愁"；《如梦令》"络纬秋啼金井"⑪ 径用李白《长相思》"络纬秋啼金井阑"；《莺啼序》"清秋燕子，信宿渔人，只今尚倦旅"⑫ 化用杜甫《秋兴》"信宿渔人还泛泛，清秋燕子故飞飞"。最为工巧的是黄侃化用陶渊明的诗文字句及意象而成的一首《水调歌头》，其词曰：

---

① 黄侃：《黄季刚诗文钞》，第 377 页。
② 同上书，第 392 页。
③ 同上书，第 342 页。
④ 同上书，第 323 页。
⑤ 同上书，第 367 页。
⑥ 同上书，第 309 页。
⑦ 同上书，第 385 页。
⑧ 同上书，第 370 页。
⑨ 同上书，第 375 页。
⑩ 同上书，第 309 页。
⑪ 同上书，第 371 页。
⑫ 同上书，第 416 页。

俯仰终宇宙，不乐复何如？得知千载盅事，况有古人书。不恨兰衰蕙替，只恐化为萧艾，容易众芳芜。三秀亦堪采，岁晏孰华予？旧山好，未归隐，欲谁须？江湖翻恋魏阙，公子岂非愚？何似西畴早获，闲便北窗高卧，绿树绕吾庐。邻好不烦买，二仲日相呼。①

词中"俯仰终宇宙，不乐复何如"径用《读山海经》句；"西畴早获"化用《庚戌岁九月中于西田获早稻》意；"北窗高卧"出于《与子俨等疏》之"尝言五六月中北窗下卧，遇凉风暂至，自谓是羲皇上人"；"绿树绕吾庐"亦化用《读山海经》中句；"邻好不烦买，二仲日相呼"反用《与子俨等疏》"但恨邻靡二仲"语意。全词可谓是无一句无出处，几乎句句不离陶渊明诗文，而最难能可贵的是，诗句间弥合得天衣无缝，形成了一首意境完整的词作。

但黄侃词也存在着明显的不足，主要是化用前人词句或意境过多，缺少创新。黄侃曾将宋词用字分为三类②，即"熟语"，指的是源于人们所熟习的典故和训诂的字词；"造语"，指词人独创的字词和句式；"时俗语"，指带有时代特色的口头俗语。黄侃在创作中承用熟语过多，个人造语较少，难以形成独特的个性风格。另外，表情达意过于直露浅白，有欠韵致。

第三节　简雅文辞法晋宋——黄侃的文

黄侃生平创作了政论、时评、序跋、书牍、传状、碑志、哀祭、颂赞、寿文、辞赋等各体文章，凡一百五十余篇。黄念祥辑抄的《量守碎金》收录了 52 篇，湖北人民出版社《黄季刚诗文钞》据以印行。1988 年潘重规整理的《量守遗文合钞》和 1978 年黄焯油印本《蕲春黄氏文存》中的《量守庐文选钞》也收录了一部分。③ 1985 年由武汉大学黄侃诗文遗稿整理小组辑校《黄侃诗文集》收录最多，共 158 篇，惜尚未面世。

---

① 黄侃：《黄季刚诗文钞》，第 344 页。
② 参见本书第三章第三节《黄侃的文学思想》。
③ 据沈祥源《黄侃诗文概谭》，《武汉大学学报》1995 年第 6 期。

一　黄侃文的内容

黄侃的文章，无论是序、跋等学术文章，碑、铭等实用文辞，书、启等应酬文字都写得情词芬芳，斐然有彩，其中最具文学性的当属革命政论、悼文哀辞、山水游记和抒情小赋。

（一）革命政论

黄侃于 1905—1911 年留学日本期间，参加了同盟会，积极为反清革命奔走呼号，常为章太炎主编的《民报》撰写革命檄文，其中以《专一之驱满主义》《哀贫民》《释侠》《论立宪党人与中国国民道德前途之关系》《哀太平天国》等文最为著名，在革命紧急关头起到了振聋发聩的作用。黄侃这一系列政论文针对当时清朝的腐朽统治而发，揭露清朝政府残酷的封建专制和民族压迫，批判君主立宪和无政府主义，鼓动以武装革命的方式来推翻清朝。具体说来是围绕以下几个论题展开的。

1. 宣扬民族主义革命

宣扬民族主义革命是黄侃政论文最核心的内容，《专一之驱满主义》①是这方面的代表，原载 1907 年《民报》第十七号，笔名运甓。当时立宪派、无政府主义等各政治派别关于国家政体的讨论日繁。黄侃作此文之目的是力倡"种为大，而政次之"，"处此晦盲否塞之世，所亟者固当在种类之兴衰，而不在政治之良恶"，宣扬将民族主义革命放在首位。文章首先以"生疡于头与发疽于背，等病也。以生命故，必将以医首为先。未尝言背可不治，顾治之有缓急耳"为喻，指出当时的主要矛盾是民族矛盾，"种之不保，何有于政？危亡之不遑救，何有于文致泰平"？"所以吾曹所急，唯在摧破之事，而不必遽谋建设之方。"

黄侃在文中条分缕析了帝王专制、立宪及无政府主义等政体的利弊，但其根本不在比较各政体之优劣，而是得出"建设之政治"并非当务之急，如此，又回到了中心观点："然则即言种种之美政，亦必以驱满为先。既以是为先，置他者为他图，未为大失也。"接着，黄侃打起排满大旗，揭露"豺虎之满人，方日以凌制吾族之命为策"，"借满汉平等之名，以阴行庇满人之实"，如实行"八旗改制"，借新政以练兵括财，又借立宪以集权于政府等。继而，黄侃对比了满、汉当前的军备情况，指出满清政府仍具有强大的军事势力，在分析当时形势之后，黄侃号召全民族团结起来专一驱满。文章最后，黄侃鼓吹暗杀活动，以为"夫暗杀之事，较之军旅为

---

① 　黄侃：《黄季刚诗文钞》，第 1 页。

优"，呼唤像吴樾、徐锡麟一样的刺客，"呜呼！予惟汉民四百兆人，其必有甘殉驱满主义而不悔者，则汉民之不亡，其在是乎！其在是乎！"

黄侃此文，围绕着"专一之驱满主义"，从各个方面进行论证，观点明确，论辩有力。其中不乏真知灼见，如论证帝王专制"自今以往，可以绝之天地之间。即有命世英材，假号如俊民以阴行天子之事，庶民弗忍，亦当不旋踵而败亡"，可为日后袁世凯称帝败亡之预言。再如黄侃担忧"义师初起，四方云合，如有不义，固为国民之灾；假其景从不多，狃于祸害，以孤军当强虏，又未必能善也"，辛亥革命借助各方军阀之力表面成功，但既没有给国家带来真正的统一，又使人民遭受无谓的战乱，都被黄侃所言中。可以说，黄侃是有一定的政治远见的，但是他屡屡强调"种为大，而政次之"，不免与其师章太炎一样陷入了狭隘的民族主义中，以为近现代中国的主要矛盾就在满清的腐朽统治，而看不到更深层的阶级矛盾、军阀割据、外国列强入侵等问题。其革命目标只限定在驱满上，而没有更远大明确的革命理论，不谋"摧破"后的"建设"。这种革命观上的严重局限使得在辛亥革命胜利、清朝政府被推翻后，章、黄的革命政治之路也就随之走到了尽头。另外，黄侃将革命之愿望寄于暗杀上，也是偏激的思想。

黄侃狭隘的民族主义和鼓吹暗杀的思想更鲜明地体现在《哀太平天国》和《释侠》两文上。《哀太平天国》① 是一篇专门赞颂太平天国运动的文章。文中盛赞："天王洪秀全，提挈英豪，乘时而起，威灵所被，罔不归心。"而对于太平天国最终失败的原因，黄侃进行了深入的思考分析，认为有：以西方天国之教发动群众不适合中国传统文化心理、内讧以成覆亡之祸、不兴文教、忽视人才、不晓笼络外国列强等方面。他希望后来的革命者，能够吸取这些太平天国失败的教训，继承太平天国的精神，从而成功完成推翻清朝的大业："有仁者起，杖太平之所志，而易太平之所为，斯乃轩辕氏之子孙所以托命者哉。"此文表明黄侃所宣扬的仍是民族主义革命，他之所以盛赞太平天国就是出于满汉之分，认为太平天国可使"皇汉绝绪，于是乎克绍"，他所鼓动的革命是"杖太平之所志"的民族主义革命，而不是资产阶级领导的民主革命。

《释侠》② 将"侠"推崇到救世主的高度："世宙晦塞，民生多艰，平均之象，俟兆而弗见，则怨讟之声，闻于九天。其谁拯之？时维侠乎。"

① 参见黄侃《黄季刚诗文钞》，第 26 页。原载 1907 年《民报》第十八号，笔名信川。
② 参见黄侃《黄季刚诗文钞》，第 13 页。原载 1907 年《民报》第十八号，笔名运甓。

推到与儒家仁义并重的地位："仁侠异名而有一德""儒者言仁义，仁义之大，舍侠者莫任矣"。并借用声训的方法，阐发"侠"字所蕴含四方面的精神内质：首先，"侠者，以夹辅群生为志者也"，但不是所有的群生，侠者都夹辅，而是当社会出现不公平的时候，侠者会挺身而出，夹辅处于弱势的群体，所谓"强弱判而无力者危；贫富悬而无赀者殆；贵贱分而无势者困；智愚辨而无知者伤。于斯时也，底厉锋锷，抑彼优者，而伸此烝民之屈，则侠者其人也"。因而侠者是在异种相残时"夹辅弱族"、在政治黑暗时"夹辅平民"、在贫民受苦时"夹辅劳人"，侠者的精神主要就是体现在这一点上。另外，黄侃还指出"侠者，有所挟持以行其意者也"，侠者要利用武器；"侠者，其途径狭隘者也"，侠者行事的方式限于暗杀；"侠者，其心宁静，其事爽捷，其自藏幽瘝者也"，侠者的心态意志要坚定，从这三个次要方面来补充"侠"的内涵。

黄侃所推崇的侠，其实就是指荆轲、聂政一样的古代侠士刺客，"荆轲、聂政之事，盖胜于陈涉、吴广。不杀无辜，不扰黎庶，而以一人之颈血，易同类之休祥，事孰有便于是者"。黄侃赞扬侠的精神，目的在于鼓吹革命暗杀活动，故他在篇末大声疾呼：

> 呜呼！光复之事，久不能集，凡我汉民，死丧无日，不平之气，充塞于禹甸之中。侠者其焉能忍此终古耶！俟河之清，人寿几何？誓捐一死，以少尽力于我同类，而剪除一仇敌，试权度之，当愈于沦为舆隶而死乎！封豕长蛇，荐食中土久矣！一其心，砺其器，以蕲一拯华域遗黎，予小子诚不敢不勉。诸友昆弟，未有不乐乎此也。

2. 批判立宪党人

立宪党人是指以康有为、梁启超等为代表的保皇派，主张君主立宪政体。章太炎曾作有《驳康有为论革命书》，有力地驳斥了立宪派的理论主张。黄侃1907年发表的《论立宪党人与中国国民道德前途之关系》①正是对章文的补充与申发，文章没有正面批判立宪党人的政治主张，而是从为人道德的角度，力数立宪党人在道德层面存在好名、慕势、竞利、畏死、狡伪、无耻、阴险七大罪状。黄侃指出以这样的"恶德"来领导国家，会给中国国民道德带来负面影响："其弊亦足使风俗日偷，而国维以隳"，"亦知无狷介高洁之风，不足以言救国乎？循是以往，不及五稔，将使天

---

① 参见黄侃《黄季刚诗文钞》，第16页。原载于《民报》第十八号，笔名不佞。

下无非小人，而中国事遂不可问。德不建而民无援，轩辕之祀忽诸，可哀
也哉！"黄侃此文避免了正面论战，从立宪党人与中国国民道德前途之关
系来论辩，角度新颖。但是黄侃言辞激进，对立宪党人的指责，有些切实
有据，有些则近于人身攻击，有似谩骂，如"相鼠有礼，汝则无耻。无耻
之人，生不如死"等。

3. 讨满檄文

在黄侃所有的革命文章中，影响最大的当属那篇著名的讨满檄文《大
乱者，救中国之妙药也》，曾对武昌起义的爆发起到了推进作用。据《黄
侃年谱》，黄侃于"1911 年 7 月 25 日自河南回到汉口。《大江报》社长詹
大悲设宴为之洗尘。酒后黄侃大骂立宪派，认为他们所提出的和平改革方
案纯属欺骗。当下提笔为《大江报》撰写时评《大乱者，救中国之妙药
也》"①。时值全国各地掀起了轰轰烈烈的保路运动，反对清政府实行"铁
路国有"、将铁路的修筑权拱手出卖给帝国主义。黄侃此文一出，民心震
动，清廷恐慌，下令查处《大江报》，永禁发行，逮捕社长詹大悲、总编
何海鸣。《大江报》是当时革命党人的机关报，非常受新军的欢迎。报社
被封，舆论哗然，更激起新军的愤慨，为武昌起义的导火索之一。

那么《大乱者，救中国之妙药也》到底是怎样一篇文章，能有如此大
的震撼力呢？其实此篇全文只有短短二百多字：

> 中国情势，事事皆现死机，处处皆成死境；膏肓之疾，已不可
> 为。然犹上下醉梦，不知死期之将至，长日如年，昏沉虚度；软痛一
> 朵，人人病夫。此时非有极大之震动，极烈之改革，唤醒四万万人之
> 沉梦，亡国奴之官衔，行见人人欢然自戴而不自知耳。和平改革，既
> 为事理所必无，次之则无规则之大乱，予人民以深创巨痛，使至于绝
> 地，而顿易其亡国之观念，是亦无可奈何之希望。故大乱者，实今日
> 救中国之妙药也。呜呼！爱国之志士乎！救国之健儿乎！和平已无可
> 望矣。国危如是，男儿死耳！好自为之，毋令黄祖呼佞而已。②

如此简短之文却具有如此巨大的影响力，盖缘三点：其一勇于揭露中国情
势、公然号召革命。黄侃一直对和平改革不抱希望，此文更以激进的语
言，公然指斥中国"膏肓之疾，已不可为"，"故大乱者，实今日救中国之

---

① 司马朝军、王文晖：《黄侃年谱》，第 57 页。
② 黄侃：《黄季刚诗文钞》，第 29 页。

妙药也”，毅然高举起革命大旗。其二以激烈的语词针砭国人痛处，“然犹上下醉梦，不知死期之将至，长日如年，昏沉虚度；软痈一朵，人人病夫”“亡国奴之官衔，行见人人欢然自戴而不自知耳”，可谓当头棒喝、醍醐灌顶，呼醒了国人的革命意识。其三以口号式标语鼓动民众，像“国危如是，男儿死耳！”这样悲壮的口号，怎能不令爱国志士热血沸腾！这样内容大胆、言语犀利的战斗宣言，道人所不敢道，无怪乎会令民心振奋，清廷恐慌了。

黄侃的讨满檄文除了这篇名作之外，另据有的学者考证，辛亥革命时期那篇历数清政府十四大罪状、产生了重大影响的章太炎名作《讨满洲檄》，实际上乃是黄侃代笔。①

4. 哀叹贫民疾苦

《哀贫民》② 是黄侃突破民族主义的局限，悲悯民生疾苦的一篇文章，颇具进步意义。黄侃打破了民族、国家的界域，将社会人群以占有财富的多少，分成贫富两类。贫苦的阶层包括：“山泽之农，浮游飘转之丐，通都大邑之稗贩，技苦窳而寓食于人之百工，其趣异，而困苦颠蹇一也。”富贵的阶层包括：“曳绮纨，吹笙竽”“高语仁义，讹言功利”“搢绅之流”“郡邑守令”“虎狼之税吏”等。黄侃指出20世纪初中国贫富的分化十分严重：“核民之数，富者寡而困苦者不可亿计也。相民之财，富者十取九焉。其散在众者，什一而已矣。”少数的富者占有了全国十分之九的财富。富人就是寄生在贫民中的“蠹群者”，是“贫者之蟊贼”，像盗贼一样盘剥着贫民。而最大的盗贼其实正是满清政府，所谓：“朝廷，盗薮也；富人，盗魁也。”黄侃还突破国别，指出西方国家也存在贫富分化，只是都不如中国严重，“民生之穷，未有甚于中国之今日也”。接下来，黄侃便以满含血泪的笔触详细描述了自己亲眼目睹的鄂东家乡平民百姓的种

① 潘重规《蕲春黄季刚先生译拜伦诗稿读后记》注十一：“《讨满洲檄》文载一九零七年四月《民报》增刊《天讨》，以‘军政府’名义刊布，未署作者姓名，张溥泉、刘禺生丈、汪旭初师均谓为先师手笔。先师《答平刚少璜诗》云：‘中原豪士何纷蔼，冥鸿各免置罗害。僦屋皆依新小川，占名咸入同盟会。曾云行远宜高文，一篇民报张吾军。老师为事诚殷勤（规案：谓太炎先生），二汪（原注：兆铭、东）刘（原注：师培）胡（原注：汉民）俱策勋。同时我草驱胡檄，珷玞亦与玙璠群。’刘禺生丈云：‘同时我草驱胡檄’，即指《讨满洲檄》文也。”见湖南省人民政府文史研究馆编《黄季刚先生逝世五十周年诞生一百周年纪念集》，华中师范大学出版社1993年版，第38页。柯淑龄《黄季刚先生致力民族革命考》、程翔章《拜伦〈赞大海〉〈去国行〉〈哀希腊〉三诗究竟为谁译》均赞同潘说。

② 黄侃：《黄季刚诗文钞》，第7页。

种困苦，他们"羹不盐，爨无薪，宵无灯火，冬夜无衾"，甚至卖妻与人，以至于"故乡人生女，甫娩未啼，即扼而毙之"。鄂东如此贫苦，其他地区可能更为严重，可见20世纪初全中国身处社会最底层的贫民是生活在怎样的水深火热之中。面对这样残酷的现实，黄侃严词批判了贫民"贫富贵贱罔弗由命"的思想，最后大声疾呼"命不必向，分不必守，我躬之贫，微我之旧，富人夺之，而我乃贫。非平之道，盍请命于天，殛此富人，复我仇雠，复平等之真，宁以求平等而死，毋汶汶以生也"，号召贫民起来反抗。

综观黄侃的革命政论文，不难发现具有以下几个特点：其一观点鲜明。黄侃常开宗明义，开篇就鲜明地提出自己的观点，如《释侠》首言："世宙晦塞，民生多艰，平均之象，俯兆而弗见，则怨讟之声，闻于九天。其谁拯之？时维侠乎。"《哀贫民》开篇："呜呼哀哉！民生之穷，未有甚于中国之今日也。"其二逻辑清晰。黄侃的政论多是四五千字的长篇，但他行文的逻辑十分清晰，常开篇即提出中心论点，再围绕中心论点展开，分成若干部分论述，层层深入，环环相扣，而在文章的结尾处又能呼应篇首，卒章显志，提炼升华，如上文分析的《专一之驱满主义》便是如此。其三语言犀利。黄侃为人耿介，文如其人，其政论文的语言也十分激进犀利。如《论立宪党人与中国国民道德前途之关系》一文痛斥立宪党人好名、慕势、竞利、畏死、狡伪、无耻、阴险七大罪状，语言便毫不留情，如谓"曰狡曰伪，为汝之德，首鼠两端，为民之贼""输心虏廷，代除反侧，豺虎不食，投畀有北"，等等。其四富于号召力。黄侃常使用口号式的语句，大声疾呼，特别是在文章结尾处，如《大乱者，救中国之妙药也》结尾号召："呜呼！爱国之志士乎！救国之健儿乎！和平已无可望矣。国危如是，男儿死耳！好自为之，毋令黄祖呼佞而已。"确实让人怒发冲冠、热血沸腾、甘心为国赴死。不怪乎此文一出，清廷震恐，就是与此类语句的强大号召力和煽动性有关系。

（二）悼文哀辞

黄侃身处的时代，正值中国战乱频仍，人民生活维艰，生命朝不保夕的年月，黄侃的生母、慈母、二子一女、尊师刘师培、挚友刘仲蘷相继都因病离世，给黄侃带来无尽的创伤，他发而为文，将心中的哀痛与思念化入悼文哀辞中。

黄侃以孝闻名，1908年生母周孺人病重，他从日本回乡侍疾。不久生母谢世，黄侃哀毁几绝，但由于遭到清廷追捕，不得不再次流亡日本，而不能为母亲守坟，黄侃深以为恨，故请苏曼殊绘《梦谒母坟图》而为之记，以慰孝心，是为《梦谒母坟图题记》，其全文如下：

> 乘筏橃逆蕲水而上，可百三十里，溪水清泊，平潭瀰望。有水自东来会，是为白水。其右有市，名曰包茅。对溪孤山，孳然高举，陗不可上，则螺堆也。山麓精庐，云洗心阁，寒泉步倚，所在深窈，渡此以上，隈绵半里，松桧蓁映，中有豫樟，缭以周垣，扶疏四布，干可十围，与溪西一树相直，悉是三百年物。隈内广陂，芙蕖满中，小渚二三，杂植槐栝。循池东走，得黄氏祠墓，前直螺堆，若树重表。黄氏始自江西，占籍斯地，有信甫者，是其初祖。乡人谣俗，以人表地，及其自署，乃云螺堆黄氏。盖山水清邃，错以腴壤，良宜聚族而居者矣。

> 先人相宅，在山之阴，前有三丘，駓騀相属，右为章丘，亡母周孺人墓在焉。面西背东，水出其北，白石为茔，碑崇三尺，陇首长松，高可二丈，下覆冢兆，有如羽盖，升虚反望，便见吾家。墓下田舍庳隘，藉以守冢，山田数亩，有圃有池，其前溪袤十里，璇环可睹。侠溪远皐，青苍摮天，临溪一面，重巘峻削，与螺堆齐。自尔向下，隈皆树柳，墓前单椒，斗入溪胁，隈则尽矣。

> 先时卜葬，神灵听从，意母之潜魂，眷怀旧地，茕茕孤子，可以朝夕顾守斯坟；曾不几时，违患远游，既流窜东夷，恐遂不得返乡里上先人冢墓，一旦溘死，复不能依母泉下。宵中魂梦，恒来是丘，既寤悲伤，至于旳旦。因请沙门曼公绘为是图，粗存较略，藉用寄思。但望之匪遥，远则万里。《诗》曰："岂不怀归，畏此罪罟。"每念斯言，所以零涕沾衣也！黄侃题记。①

《梦谒母坟图题记》是黄侃的一篇名作，自钱基博《现代中国文学史》选录，凡近代文选，几无遗此篇者。本文独特之处是与《梦谒母坟图》相合，曼殊此图幽邃清冷，黄侃亦使用白描笔法，由远及近，由蕲水风光转到黄氏聚族的螺堆，最后停到母坟，着重描绘母坟周围景物，以简约淡雅之笔，营造出深邃冷清之境。经过这样的铺垫，黄侃在末段将感情一泻而出，抒发了远游在外不得为母亲守坟唯能魂梦相系的惨痛。"岂不怀归，畏此罪罟"，满清政府设下罗网，使黄侃不能为母上坟，其心中的无奈与悲愤是可想而知的。章太炎书其后曰："昔阮籍不循礼教，而居丧有至性，

---

① 黄侃：《黄季刚诗文钞》，第59页。

一恸失血数升。侃之念母，若与阮公同符焉。"① 足见此文情感之真挚。而在艺术上正如金毓黻所总结的："先师黄君之文，远踪晋宋，体备文质之中，此文尤为冠绝，如《水经注》、如《伽蓝记》。描写如画，令人动绵邈无尽之思，甚矣，文章之能情文相生也。"②

除了生母，黄侃对其养母田太夫人也十分孝顺。黄侃任教北大时，即将慈母接到身边侍奉。后改教武昌后，田太夫人的身体渐衰，让黄侃时刻挂心，这在其日记中都有记载："家慈耄年，多气上疾，然往岁殊不如今之衰，万不能稍离左右，今岁内决不它行。若鄂中实无自存之计，当俟献岁后，视老亲起居之状，再定行止。若因此而致失馆地，亦无悔也。"③ 由于老母体衰，为了能让母亲在家乡休养身体，黄侃表示尽量不去外地就职，甚至为此失业也无怨无悔。当母亲的身体转好时，黄侃就会十分欣慰："侍母亲晚饭，进肴蔬颇多，明年即八十六矣。精神尚未甚衰，殊庆慰也。"④ 但田太夫人终在1922年仙逝，黄侃"初遭穷罚，三日忘食"⑤，痛彻心扉，挥泪写下《母太夫人田氏事略》，记录了田太夫人生前的懿德善行，特别追念了慈母对他的种种恩情，其云：

> 及侃既生，为夫人所覆育。断乳以后，遂不复能分别二母之恩我孰为少多。先公没时，侃年十三，逾年而叔兄没。侃以孺子当室，家道骤衰。夫人外御侵陵，内甘疴苦，于时年已六十，犹时执纍纺绩，忘其尊与老也。侃或荒惰不学，诲之每垂泣，曰："嗟乎！若父所望惟汝矣。"侃亦感哭，然从未被夫人扑责也。侃年十六，为诸生，夫人曰："僻乡不足以求学。"会卞氏姊侨居武昌，夫人遂挈侃来，令就先公执友、门人，时时请业。无几何，科举罢，乃命游学日本。周孺人病，侃归。戊申，周孺人卒。一妹年十五，夫人复取而养之，其怜侃又加于异时矣。
>
> 侃既葬周孺人，以前于报纸妄论国事触文法，遂见名捕，仓皇奔日本，留二年，私归。辛亥，湖北兵起，侃方居乡，俄而有戒心，遂走上海，友人陈敦复迎夫人于其家，从是出就侃，得以无患。自尔以来，居上海三年，居京师五年，居武昌三年，避难者再，逢乱者再，

---

① 司马朝军、王文晖：《黄侃年谱》，第50页。
② 同上。
③ 黄侃：《黄侃日记》，第39页。
④ 同上书，第65页。
⑤ 同上书，第170页。

幸而获全，而夫人亦以疲极矣。夫人平居常静默，有所咨白，辄为处其宜否。侃好直言忤牾人，夫人尝责之曰："汝观我何尝以恶声加诸斯贱？居乱世而不谨言行，汝犹不足以惩耶？"侃妇王氏，以丙辰没于京师，遗女一、子三，夫人痛伤诸孙无母，躬与李氏姊抚视之，频年迁徙崎区，略无怨尤之词。睹侃多病且贫，偶有不适，每不自言，亦未尝口索所欲服食。一衾易表，数请而后许。呜呼！此夫人之慈俭，而侃之不能供养，具见于此矣。……①

黄侃深情地追念慈母田太夫人在他丧父后如何激励他求学，在他生母卒后如何对他益加爱护，以及如何跟随自己频年迁徙而无怨尤，如何在自己丧妻后躬为照抚子女，如何体恤自己的贫困，等等，让我们看到一位慈爱伟大的母亲形象。

黄侃一生屡遭丧亲之痛，不仅两位母亲相继弃养，几个子女也不幸夭折，给他带来了极大的创伤。1917 年三子念楚夭折时，黄侃作《念楚哀辞》，文章回忆了幼儿念楚从初无疾病到淹困嘶绝的过程，语语沉痛压抑。特别是黄侃联想到妻子早亡，自己难于独立照料年幼的儿女，致使不足三岁的念楚不幸而亡，更是让他痛心疾首、疚愧难当，他不禁和泪悲诉道：

> 自亡妻之殁，余尝抚诸子而泣曰："人生早岁偏孤，无母之苦，剧于无父。我昔十三，即倾严荫，何尝不酸楚零丁？而形骸无丝毫不适，则有母之为也。何谓汝曹命更逊我，乃令汝母先我而亡！"由今思之，诸子中唯此儿最不幸耳。潘岳曰："赤子何辜，罪我之尤。"嗟乎，嗟乎，尚何言哉！②

让我们看到一位丧子的父亲撕心裂肺的痛苦。

黄侃尊师重道，师事刘师培的佳话久为学林传咏。刘氏逝后，黄侃曾写下《刘先生挽诗》一首（上文已经提到），另有《先师刘君小祥奠文》③一篇亦情真意切。黄侃怀着无比尊敬而哀伤的心情，追述了与刘师培从1907 年于日本章太炎座上订交到 1919 年北京定师弟之谊的过程。表示了对刘师培学术成就的衷心敬佩："夙好文字，经术诚疏，自值夫子，始辨

---

① 黄侃：《黄侃日记》，第 162 页。《黄侃年谱》所录与此有异。
② 黄侃：《黄季刚诗文钞》，第 63 页。
③ 参见黄侃《黄季刚诗文钞》，第 61 页。

津途"，和对刘英才早逝的无尽惋惜："呜呼哀哉！贤士夭年，可数而悉，颜回、韩非，贾谊、王弼，如我夫子，岂非其一"，"世则方乱，师则既亡，《尧典》入棺，文献俱丧"。文章用语十分恭敬，如"君之绝学，《春秋》《周礼》，纂述未竟，以属顽鄙""悲哉小子，得不面墙，手翻继简，涕泣浪浪"，令人不得不感动于黄侃尊师重道的真诚。

黄侃对待朋友也十分真诚，在其挚友刘仲蓬①逝世后，黄侃悼念知音，无比感伤，相继写下《仲蓬亡后十馀日夜坐悲伤杂成》四首、《送仲蓬丧归》《仲蓬亡后十余日夜坐悲伤杂成》等诗。又以骚体撰《刘仲蓬哀辞》一文，抒发了知音去后，黄侃独自面临纷杂乱世、群小的孤独忧愤和对逝去友人的无尽怀念，感情回环往复，哀婉悱恻，特别是篇终一段，情感浓烈："集芙蓉兮为君裳，屑琼蕊兮为君粮，驱飞龙兮为君骧；桂枝隙兮秋风凉，白日曚兮楚山苍，君归去兮为乐康；人间世兮长相忘，魂有情兮来我旁，独夷迟兮吟青黄。"② 大有子期一去，伯牙不复鼓琴之恸。

这几篇哀悼文章，形式不同，有骈有散，有骚体，有四言诗；文质各异，有华美如《刘仲蓬哀辞》，有质朴如《念楚哀辞》，但其悲伤感人则一样深刻，此盖因黄侃以至情至性出之，字里行间都散满了血泪，以情动人，故自然工妙。

（三）山水游记

黄侃热爱自然，钟情山水，不仅留下了很多歌咏山川的诗词，亦对撰写游记十分醉心，平日即爱读游记，曾阅《小方壶斋舆地丛钞》所收录的大量游记，对其中潘耒、李云麟等人的佳作赞叹不已。曾在读李云麟所著《旷游偶笔》上卷四五遍之后，发感慨曰："其云平生独造之境有三：巨峰观海，恒岳登峰，天柱刊崖也。……昔范石湖《吴船录》述其游峨眉、龙门之胜，又《徐霞客游记》述其升天都及雁湖之胜。此并人生难得之游，亦文人难得之文也。"③ 其实，黄侃一生亦经历了不少难得之游，所撰游记亦堪称文人难得之文也。

如《秋日泛舟大通河序》便是黄侃的一篇名作，广为近代文选收录。文章系 1917 年黄侃任教北大期间携学生畅游大通河时所作。以出城访胜、

---

① 刘仲蓬（？—1912 年），名瑗。同盟会会员、南社成员。曾协助黄侃编辑《民声》报。二人甚为相得，黄侃《仲蓬亡后十余日夜坐悲伤杂成》注曰："余寓舍在斜桥南，仲蓬编辑之暇，每从余深夜同归"，时有唱和"仲蓬有《瑞龙吟》，至凄婉，余尝为题词，仲蓬引为知音"。

② 黄侃：《黄季刚诗文钞》，第 62 页。

③ 黄侃：《黄侃日记》，第 554 页。

荡舟河上、墓场观碑、入村畅饮、赋诗助兴、夜归寻路的游踪为线索，描绘了大通河两岸的美好风光。尤以荡舟河上的一段描写最佳：

> 是日也，晴曦送煊，风尘不起，甫出阛阓，野色弥望。遂买小艇，泛平波，舟制朴陋，略施栏楯，漆赤凋剥，名为画舫，水浅渚多，榜人技窊，柁转屡胶，牵曳而后进。吾侪以所希为贵，以所悦为安，居然有江湖之想，舍尘事之劳矣。两岸丛芦，上平如翦，垂柳受日，诸色聚之。渔人鸣榔，则沙鸰跃网；柔橹乍摇，则凫雁鼓翼；棹讴发声，则群儿属和；晚墟初散，则人影满川。凡斯物色，故亦无殊泽国也。俄而长岸骤狭，石埸当前，涛门数尺，跨以略彴，水不受筏，夺途而奔，悬瀑一倾，汹涌成响，舟路至此穷矣。梁侧有庐，行者所荫，览跳珠之异，闻飞流之喧，有如置身深林，属望绝涧。僮竖数人，自言能泆于惊湍，取物如拾地芥。戏投以钱，应声跃入，灭没鲲桓之中，游行雾沫之里，乃知吕梁掉臂，未足称奇；忠信涉波，徒饰高论。变习生常，有自来矣。①

黄侃善于点染，寥寥数笔，即将岸边河面的场景如图画般展现在人的眼前，至写僮竖逞技于飞瀑之中，则又增添了动感和声音，营造了一幅动静结合、有声有色的图画。

　　1928 年 7 月 18—28 日黄侃应江西教育厅长陈礼江之邀，与汪东赴庐山讲学，此行往返 11 日，为黄侃生平难得之游，共得诗 37 首及多篇游记，辑成《庐山游记及诗》，由章太炎作序、汪东作跋，抄印装订成册。集内游记十分精彩，因难得之游而成难得之文，今仅举《登五老峰》及《看三叠泉瀑布》为例：

登五老峰

　　先阹西头一峰，所谓头峰。炎曦当空，正苦烦暍。俄而云气从山下起，挟风而度，始犹如乱缊，如釜蒸，继则天地山川悉藏云内。乘舆而行，如司马长卿《大人赋》中升天情状，盖由升山悟升天之情状耳。

　　云消日见，下视南康城正似一小村落，洲畔浮屠如石笋然，落星竟不可辨。唯彭蠡之水半黄半青，黄者映日作金光，此江涨入湖也。

---

①　黄侃：《黄季刚诗文钞》，第 45 页。

湖中洲渚联绵，南望不知其际，近贴原野，绣错绮交。山半白石寺，甍瓦尤历历可数，海会则丛篁中蜃壁偶露。五小峰惟蜡烛峰至肖，旧名幡竿，体物未工也。高岩峭陵，石率二三丈所断为一层，絫积而上，绝似人工剥岸划塘者。小峰林立，有似屋者，似台者，若丰碑者，若圆京者，苍松孤其颠者，枯树斜掌出其腹者，回称止五，殊未谛也。

下经二峰之腰未登，径上中峰顶，履石攀棘，岐岖已甚，幸杖履俱合寻山之用，始获造颠。予与旭初坐危石之上，其前一石横架两磐石上，予从隙中窥之，杳不见底。令人战栗。舍此而行，更升一石，此即中峰最高处，亦即五老最高处矣。西望大汉阳峰，东俯三叠瀑布，此实匡庐绝胜之境，宜太白之咏叹不已也。①

登五老峰头峰，始绘云中登山之妙。继写从山腰俯视村落、湖水、洲渚、原野、寺庙及其余小山峰之状，又重墨描摩林立小峰的千姿百态。再叙登顶之险，和登上五老峰最高处西望他峰、东俯瀑布之快。

看三叠泉瀑布

瀑从五老峰背来，至山半而坠，其始下也，喷射迸散，若弃澳濯之始倾于盆，争坠杂下，又似溃围越堑之军，可见者盖一二丈，所不知当其长之几分。其再下也，若缫丝出釜，崇绪纠纷；又如织缯之下轴，倾水以为缦，而嘘气以为文，云来掩瀑，云去而瀑还为云，其雄不及一叠，而其修则无与比伦。其最下也，若主客之拱揖于门，相让而出；同时逶奔，又如白虹之饮涧，雌雄拘绞而不分。至其将坠于地，则化为水绡雾縠，通明飞动，襄绉襞积，飘飘乎流飙，而照灼乎朝暾。悟文辞言语之果不逮物，则惟瞠目结舌而无所云。信山川之奇有如此者，孰宜简之而不珍。②

虽然黄侃面对三叠泉瀑布的美景自叹"悟文辞言语之果不逮物，则惟瞠目结舌而无所云"，但其实对三叠泉的摹写十分成功，这得力于他精准的描绘，如"喷射迸散""争坠杂下"之类；及恰当的比喻，如"若弃澳濯之始倾于盆""又似溃围越堑之军"之类；附以夸张和对比，如"可见者盖

---

① 黄侃：《黄侃日记》，第342页。
② 同上书，第346页。

一二丈所，不知当其长之几分""其雄不及一叠，而其修则无与比伦"之类，由是，给读者展现了一幅虚实结合、参错留白的瀑布图。

此外，《黄侃日记》中还保存了他随手创作的游览小记，虽大多是短札零句，未成规模，但清新可爱，自然有味，如：

> 1928 年 7 月 2 日　自高楼门向湖边小门。驰道旁偶逢丛竹，斜日穿漏，光景尤佳。至湖埂已戌初，天尚未暝。呼小舫，适容五人，荡入荷花多处，迎钟阜之夕岚，倚幕府之残照。群荷竞艳，万叶争高。掠菱洲而过，鹭鸶三两，惊起花间。游鯈群辈，喋唼波面。移舟入大漾，舟行花叶上。昔人云"花为四壁"，今直以花为平地。想七宝池中，风景亦不过如是尔。凉飙吹衣，反嫌绤薄。暝色渐合，唯虑掩阓，仅至洲边茅棚下一泊，垂杨映水，萧爽可爱。

> 1928 年 7 月 6 日　湖游正值雨后，游氛尽蠲，斜景在楼橹间，云物尽成金色，澄澜绿净，凉不待风，荷华千万，布列平陂，落日映之，绛艳难名，似更胜初日时也。后洲望钟山，正见其背，草树阡眠，遂成岚气，残虹可二丈所，适在山断处，回顾西颢，则光采晃耀，正似以文绫繁锦糊天。予顾谓二君曰：此即华蟊云也。莲叶翳水，时于无意中嗅其芳馥，鼻供养极奢侈矣。停桡荷中，久之乃还。暝色渐合，犹有翔燕，掠水槃旋，丛芦出汀，时碍舟路。迂绕久之，乃抵。

> 1928 年 6 月 3 日　云日晻蔼，烦热弥甚。惟长江在十里外，帆樯隐约可辨。城下淮流萦抱如带，石城桥甚整洁，行人往来其上，才可辨衣色耳。

> 1928 年 6 月 10 日　对岸高柳摇风，碧芜铺地，渔罾一二，瓜艇两三。燕掠水以般旋，鱼听歌而泼剌。

> 1928 年 6 月 24 日　雨亦霁。迎面晚风凄爽，云阴解驳，日光自罅隙出，物色桑榆，弥可耽恋也。

> 1928 年 9 月 23 日　还舟出后洲，至大漾。云阴不雨，西隅漏日，微风送爽，单衣不煊。残荷犹见一二花，莲房则丛立无数。水蒸争发，密若繁星，钟阜翠色，连波迤靡，芊绵未知所际。覆舟斑驳，映水弥明，遥堞笼烟，平芜暖夕，徘徊瞻眺，颇动秋悲矣。

> 1929 年 7 月 13 日　柳阴中时露蠡墙，皓如鲜缟，桥下草深荷小，时有流萤。虫声已凄，远笛忽起，相与以无言赏之。

> 1932 年 7 月 8 日　晴，偕鹰若、焊，挈子女泛舟后湖。云荟日，故不燠。钟山葱翠，倒映半陂，动影冲融，水风徐拂，泊可忘归，迫

暝乃返。

1934 年 10 月 21 日 茅蒿杂生，绝无人迹，山石见凿，转觉崚嶒，斜日映之，驳荦如缬，留连移晷乃去。归路明月始升，寒塘疏柳，弥为清迥，可谓佳游。

1935 年 3 月 8 日 遂至长洲，樱桃千树竞发，杏初破萼，流连其下，至于日曛，微波新柳，丽日浮岚，虽百游不厌也，况始得之乎？

1931 年 10 月 25 日 午后与田儿游农场。水潦后，百卉俱无。立小桥上良久，衰杨斜日，残荻寒塘，差足怜赏耳。

这些虽皆随手而记，但文辞优美，特别是能以寥寥数语勾画出山神水貌，且字字含情，将作者游玩时的心境完全展露于纸上，使人读之如临真境，味之无穷。

（四）抒情小赋

黄侃还撰有一些抒情小赋，有悯乱忧世的《伤乱赋》《悼俗赋》《南归赋》，抒发离愁别怨的《写怀赋》《别怨赋》，以及咏物的《牡丹赋》《桂花赋》《宫沟秋莲赋》《樱花赋》等。这些赋作均体制短小，最多不过三五百字，却内容充实，语言简美，富于韵味，篇篇皆是精品。

《伤乱赋》是体现黄侃忧国忧民思想的代表作，赋作于 1913 年的南京，适值孙中山发动讨伐袁世凯的"二次革命"期间。北洋军阀攻陷了讨袁军最紧要的阵地南京，将繁华的南京烧杀劫掠成一片焦土。黄侃恰过南京，面对北洋军阀的暴行，悲愤地写下《乱后始至南京作》《行路难》等诗作，《伤乱赋》也作于此时，赋云：

> 维癸丑之季秋兮，余有适乎江宁，既税驾于荒馆兮，访宿昔之所经。街衢易其新貌兮，廛里失去故形，崇墉颓而为坞兮，广厦垫而为阬；遗烧痕于柱质兮，散断锾于空庭。信兵战之终凶兮，慰荆棘之遂生，居人去而不返兮，鸡犬寂而无声。望严城之隐隐兮，映戍火之荧荧；听寒潮之夕上兮，答胡笳之夜鸣。癙成亏之无常兮，慨见闻之骤更，咏《苕华》之卒章兮，摅寄旅之悲情。重曰：蛙蟆之争，何足论兮。遗民无辜，遭此运兮。仰视青玄，诉冤愤兮。害气将究，庶同尽兮！①

---

① 黄侃：《黄季刚诗文钞》，第 68 页。

赋中痛述了战后南京断壁残垣、人去城空的惨状，黄侃特别在乱辞中谴责"蛙蟆之争，何足论兮。遗民无辜，遭此运兮"，表达了对军阀混战的厌恶和对惨遭祸乱的人民的同情。

《伤乱赋》已经显示出黄侃善于抒情的特点，这在以专门抒发离愁别怨的《别怨赋》中体现得更为明显，其云：

> 江文通云："有别必怨"，其言信矣。昔置怀而今弃渠，始同尘而终殊轨，参辰兮天上星，东西兮沟中水；会促兮离长，欢退兮恨迩；别之日兮三秋，别之途兮万里；恐营魂之失路，梦将行而复止；草后春兮不芳，花过时兮谁俟。苟曰有情，焉能自已也！惟交甫之初觌，谓汉广其可方，揽翔风之魅服，接环佩之晖光；指潜渊以誓予，必缱绻之勿忘；忽风波之危骇，乍漂荡而异乡；恨贝锦之易织，惧南箕之遂张；纵结诚之叩叩，终图会之茫茫；将运遇之有定，匪人意之难量；愿轻身以自疗，对孤影而凄惶；行怊怅以瞀惑，居徘徊以彷徨；何日月之愚促，而此恨之悠长。已矣哉！哭不如歌，言不如默，无情何以有怨，有知何如无识？盛年兮不留，佳人兮难即，收神虑兮勉自克，酒入唇矣泪沾臆，灯摇摇兮，风凄凄兮夜何极！①

此赋紧扣"别怨"来使事用典，铺陈抒情，感情浓烈，一唱三叹，回环往复，非有亲身经历者不能道也。因出之于真情，故哀婉动人，读之不能不为之动容，使人不得不佩服黄侃"苟曰有情，焉能自已也"，既是至情至性之人，又有抒情写性之妙笔。

相对这些感情浓烈的赋作来说，黄侃的几篇写物赋则要清新得多。黄侃为惜花之人，所赋以花为主，如《樱花赋》：

> 伊异荈之鲜冶，表下国而铺菜；岂受命之不迁？惟贡媚于东邻。等秉蕑之嘉会，荡士女之营魂；虽繁华之不久，亦敷荣于上春，览舜英之洵美，盖速化而逾珍。尔乃灵雨新霁，初阳乍喧，千柯竞艳，万蕊齐妍，葶半舒而缀绿，蘸毕坼而含丹，招绰约之仙人，纷游戏于林间，扬娥眉以微笑，似有意而无言；感微风之多情，飘浅绛之中单，对芳华以怊怅，增薄晕于朱颜；亮盛年之易去，亦何用于拳拳！至于白日既颓，春人未倦，代明月以华灯，晃重葩而霞灿，映奇采于澄

---

① 黄侃：《黄季刚诗文钞》，第70页。

川，接神光而目眩，结轻舟以水嬉，及仙云之未散，送归潮于前浦，惜流红而谁见？听艳歌之缠绵，亦徘徊以凄恋！

　　歌曰：樱花开兮情始谐，樱花落兮色始衰。愿欢心之无改兮，愿樱花之常开。①

舜英易逝，樱花速化，此赋的亮点就是不仅赞美"樱花开兮情始谐"，也直面"樱花落兮色始衰"，在花开花落、一盛一衰的对比中，更加突显了樱花盛开时的美丽，同时又为樱花的美抹上一层凄婉的色彩。而此赋文辞之美正如樱花一般让人叹赏，特别是"尔乃灵雨新霁，初阳乍喧"描绘樱花盛开的一段，笔法有似《洛神赋》描写洛神的经典段落，令人口齿嚼香，回味不已。

二　黄侃文的艺术特色

　　章太炎曾称赞黄侃"文辞淡雅，上法晋宋。……若其清通练要之学，幼眇安雅之辞，并世固难其比"②，"文章自有师法，研精彦和《文心》，施之实事。为文单复兼施，简雅有法"③，可谓中肯。黄侃文章确实呈现出骈散兼备、安雅典丽、简远有法的特点。

　　首先，黄侃的文章骈散兼备。一方面，他推重骈文，"是《文选》学的大师，恪守《文选序》中揭橥的宗旨而论文"④，将《文选》《文心雕龙》二书，终身奉为圭臬，圈点诵读不已。在创作上，身体力行，以《选》文为典范，以《文心》理论为指导，"研精彦和文心，施之实事"⑤，曾模拟《文心》典雅的骈文体式，作《补文心雕龙隐秀》篇，无论在结构句式、遣字用词上都肖似刘勰。另外，黄侃还注重吸收历代的骈文精华，曾圈点《唐骈体文钞》，研阅南宋著名骈文家李刘的《四六标准》、王先谦《骈文类纂》及钱振伦骈文⑥等，特别对李商隐的骈文评价很高："樊南四六，上承六代，而声律弥谐，下开宋体，而风骨独峻，流弊极少，轨辙易遵。今取其名篇，详疏其遣词用字征典述情之法。"⑦ 黄侃不止一次圈

　　① 黄侃：《黄季刚诗文钞》，第71页。
　　② 章太炎：《书梦谒母坟图后》，载司马朝军、王文晖《黄侃年谱》，第50页。
　　③ 章太炎：《黄季刚鬻文》，载《国学丛编》第五册。
　　④ 周勋初：《论黄侃〈文心雕龙札记〉的学术渊源》，《文学遗产》1987年第1期。
　　⑤ 章太炎：《黄季刚鬻文》，载《国学丛编》第五册。
　　⑥ 参见本书绪论部分。
　　⑦ 原载1935年11月4日《金陵大学校刊专号》，转引自司马朝军、王文晖《黄侃年谱》，第421页。

阅《樊南文补编》，用力甚深，在 1935 年为金陵大学国学研究班所开讲目中就有《樊南四六评》。黄侃还对清代骈文大家汪中十分倾慕，《弔汪容甫文》赞其："奇才博学，妙解辞条，情韵相宣，质文不掩，若云隐秀，罕见其侪。自文术之衰，于今千载，斯人既出，首翦榛芜，所谓暗合前修，俛贻来则，风声不泯，无待称扬。"① 曾拟汪中《述学自序》作《纕华室文存自序》，这是一篇精工典丽、情文并茂的骈文佳作。骈文讲求辞藻、声律、用典，作为一代朴学大家，黄侃在名物训诂、音韵、典故上都有深厚的功底，故其骈文也达到了很高的水准，如《补文心雕龙隐秀》：

> 又如先士茂制，讽高历赏，屈赋之青青秋兰，小山之萋萋春草，班姬之团团明月，嵇生之浩浩洪流，子荆《陟阳》之章，用晨风为高唱；兴公《天台》之赋，叙瀑布而擅场。彦伯《东征》，泝流风以尽写送之致；景纯《幽思》，述川林以寄萧瑟之怀。至若云横广阶，月照积雪，吴江枫落，池塘草生，并自昔胜言，至今莫及。

文辞华美，令人叹赏。另外，黄侃在政论文及学术文章中也时杂骈语，充分发挥骈文理乱条繁的优长。

但另一方面，黄侃的文学视野比较开阔，转益多师，少有门户之见，在骈散问题上，也主张二者并重。他在《文心雕龙札记》中就鲜明地表达了这一观点。对《史记》《汉书》《新唐书》等史家散体文，黄侃都十分欣赏，在 1935 年为金陵大学国学研究班所开之讲目中就有 "《史》《汉》文例。《史》《汉》修辞用字，记事记言，其例甚备。兹分条广证，期于其书章句，皆得明了"；"《新唐书》列传评文。善学《汉书》者，无过宋景文。今取《新唐书》列传之文与《汉书》细为比勘，知其叙记之法"②。对于 "文赋惟取古体，而四六之文不录；诗歌亦惟取古体，而五七言近体不录" "于欧、梅未出以前，毅然矫五代之弊，与穆修、柳开相应"③ 的《唐文粹》，临终前尚坚持圈点。在其作品中，散体的数量也与骈体并重，其革命政论文、碑铭墓志、祭文传状等都是以散体为主，而杂以骈句的。

其次，黄侃文章安雅典丽。黄侃浸润于唐以前文，曾谓："学文寝馈

---

① 黄侃：《黄季刚诗文钞》，第 60 页。

② 原载 1935 年 11 月 4 日《金陵大学校刊专号》，转引自司马朝军、王文晖《黄侃年谱》，第 421 页。

③ （清）永瑢等：《四库全书总目》卷 186，中华书局 1965 年版，第 1692 页。

唐以前书，方窥秘钥，《文选》《唐文粹》可终身诵习。"① 又云："唐以前文，高处在能制辞，宋后，则掇拾前人成句为文而已。上焉者气韵遒淳，下者侈衍叫嚣，何足言文？"② 他通阅了《全上古三代秦汉三国晋南北朝文》《文选》《唐文粹》，尤效晋宋文。从晋宋到唐代是中国声偶文学发展成熟期，黄侃充分吸取了中国声偶文学的精华，故文章辞藻华美、声律谐和、对偶精工、事典贴切，具有安雅典丽之美。在散文上，也以《史记》《汉书》，晋宋笔札为法，安雅妥帖，疏朗畅达。汪辟疆谓其"小赋可追魏晋，笔犹不失沈、任"③。

另外，黄侃文章还简远有法。黄侃崇尚简美，强调韵致，作文多短章，不喜长篇大论，除早期的几篇政论文较长外，几乎都是短篇，不少作品都不足五百字。其笔法也简洁凝练，游记常用白描，宛如六朝小品，韵味深远。黄侃尤擅于以寥寥数语抒百感毕陈，如其与友朋通信时，常聊书数句以抒己怀：或伤离乱，如1934年9月7日致章太炎信云："侃以故里榛芜，萍浮已久，爰谋环堵，以芘妻孥。不谓树蔽台南，有似隰斯之宅，潦经堂下，非邻子罕之家，即此蘧庐，尚虞侵夺，九域不靖，一室宁论。但令圭窬荜门，托尊文以见知来叶，斯厚幸也。"（《答谢太炎先生撰量守庐记书》）④ 或感离情如《复北京大学文科同学书》："涓流向海，竭于中途。转蓬离根，思其故处。况以观摩数月，论难一堂，蠹简共其辛勤，芳兰均其臭味。一朝违别，于邑何如！"或述为学喜忧，如1926年2月20日《与徐行可书》："岁月如流，新年又过八日。雨窗孤坐，念所业不知何日可成，殊自惘惘！世乱如麻，而吾与兄独邀天恩先泽，得以安心诵肄，岂可易得？"⑤ 皆词简意长，令人读罢随之惘惘，唏嘘不已。

黄侃文章的简远有法还表现在结构安排上的独具匠心。他对文章的结构苦心经营，尝谓："作文之法，其不可少者有二：一为重顿之笔，一为反正之笔。重顿之笔，可以唤起精神；反正之笔，可以舒张文势。否则平铺直叙，意态全无，疵病虽除，而阅者生厌矣。"⑥ 因而其文无论长短，均摇曳多姿，首句惊警，收尾有力，起承转合，浑然一体。

总体说来，黄侃的文章达到了很高的艺术水准，至于其僻字涩句、错

① 章璠：《黄先生论学别记》，载程千帆、唐文《量守庐学记》，第99页。
② 同上书，第100页。
③ 汪辟疆：《悼黄季刚先生》，载张晖《量守庐学记续编》，第88页。
④ 黄侃：《黄季刚诗文钞》，第75页。
⑤ 同上书，第77页。
⑥ 张晖：《量守庐学记续编》，第58页。

金铺彩之疵，可谓瑕不掩瑜也。

　　黄侃的诗、词、文在当时文坛即享有盛誉，尤以文的影响最大。他的不少作品被近代诗词文总集选录。如汪辟疆《光宣诗坛点将录》将黄侃列为"地走星飞天大圣李衮"①，其辞云："飞天大圣，运蒙则正。小南强，大北胜。"叶恭绰《全清词钞》录黄词四首，龙榆生《近三百年名家词选》中有他的多首词作，钱基博《中国现代文学史》录《梦谒母坟图》，等等，不一而足。这从一个侧面说明黄侃文学创作的影响，他在近代文学史上理应占有一席之地。

---

　　①　李衮，梁山第六十五条好汉，梁山十七名步军将校头领第四名。

第三章　黄侃的文学思想与文学批评

　　近代文学批评史著作很少提及黄侃，实际上，他参与了20世纪初两次重要的文学流派之争：一次是清末民初桐城派、《文选》派和朴学派间的三大文派之争，他坚决地反对桐城派，吸收章太炎朴学派学说，补正《文选》派理论，而在这一过程中，也形成了他自己的观点，即借重《文心雕龙》表达宏通的骈散观。在随后的北大新、旧文学之争中，他坚决反对白话文、反对新文学，表现出对传统文化的坚守。除此之外，黄侃还有更丰富的文学思想，他拟撰《文志序论》一书，从其纲领中可以窥探到其文学思想体系，他还撰作《漫成》六首论文学创作，发表过《中国文学概谈》论文学发展，以及《文学记微·标观篇》论文学批评。另外，黄侃还有很多文学批评实践，他阅读、评点、校勘、抄录了大量的集部典籍，特别是他对阮籍《咏怀诗》及李商隐诗歌的评点在批评方法上有所创新，值得注意。黄侃还对汉魏六朝文论有精深的研究。可以说，黄侃的文学思想与文学批评理应在近代文学批评史上占有一席之地。

第一节　清末民初三大文派之争与黄侃通达的骈散观

一　清末民初的三大文派之争

　　钱基博在《现代中国文学史》中将清末民初的文坛分成以王闿运、章炳麟为代表的魏晋文派，以刘师培、李详、孙德谦、黄孝纾为代表的骈文派，以及以王树枏、贺涛、马其昶、姚永朴、姚永概、林纾为代表的散文派。几大文派论文旨趣迥异，形成近代文学批评史上又一场骈散之争。周勋初先生对此有明晰的总结："民国初年的文坛上，有三个文学流派相争，一是以姚氏兄弟和林纾为代表的桐城派，提倡桐城散文；二是以刘师培为代表的《文选》派，提倡骈文；三是以章太炎为代表的朴学派，提倡骈散结合。"①

　　桐城派主盟清代文坛二百余年，到清末民初仍然有相当的势力，可以说是清政府封建统治在文学上的代表。随着清朝政权的岌岌可危，桐城派也成了文学上的众矢之的，成为革命文人共同反对的对象。

　　刘师培首先于《国粹学报》上发表文章反对桐城派。他援引了其乡先贤阮元《文选》派的理论。阮元在清代中期与桐城古文派的骈散之争中，借《易传》文言说、《文选序》，特别是六朝文笔说，为骈文正名，以比偶、音韵、辞藻之文为文，以散体为笔，从而尊骈文为正统，将散文逐出文苑。刘师培上承阮元，作《广阮氏文言说》，援引载籍，考之文字，以为"文章之必以彣彰为主"；又在《文章原始》中阐发阮氏之说，强调"骈文一体，实为文体之正宗"。从这个角度讲，刘师培批评桐城古文派不是文章之真源："宋代以降，学者习于空疏，以六朝之前为骈体，以昌黎诸辈为古文，文之体例莫复辨，而文之制作不复睹矣。近代文学之士，谓天下文章，莫大乎桐城，于方、姚之文，奉为文章之正轨，由斯而上，则以经为文，以子史为文。由斯以降，则枵腹蔑古之徒，亦得以文章自耀，而文章之真源失矣。"②

　　两派之说又引起了章太炎的反对，章氏于1906年在日本讲学时曾发表过论文之言，后收入其《国故论衡》中。当时正值《文选》、桐城两派余波盛行之际，黄侃在《国故论衡赞》中提到章太炎论文的背景是："伯元（阮元）所论，涤生（曾国藩）所钞（《经史百家杂钞》），彖侈殊涂，悉违律令。俗师末士，醒醉不分，以所知为秘妙。自非胡琏之器，卓尔之材，其孰不波荡者哉！"③ 出于对桐城、《文选》两派，特别是对阮、刘《文选》派理论的辨正，章太炎在《国故论衡·文学总略》中表达了一种泛文学观，他认为"文学者，以有文字著于竹帛，故谓之文。论其法式，谓之文学。凡文理、文字、文辞，皆称文"④，"凡彣者必皆成文，凡成文者不皆彣，是故榷论文学，以文字为准，不以彣彰为准"⑤，将文的范围扩大至包括所有文字，欲从根本上动摇《文选》派的立论之基。

　　其后，桐城派、章门弟子及刘师培于民初先后会集于北大，这场清末

①　周勋初：《论黄侃〈文心雕龙札记〉的学术渊源》，《文学遗产》1987年第1期。
②　刘师培：《文章学史序》，载《国粹学报》第1年第5期。
③　章太炎：《国故论衡》，上海古籍出版社2003年版，第1页。
④　同上书，第51页。
⑤　同上。

民初三大文派之争便集中呈现在了北大舞台上①。1914 年前，严复任北大校长，其时桐城派在北大占据着主要位置，马其昶、姚永朴、姚永概、林纾都在北大任教。1914 年后浙江籍的何燏时、胡仁源次第继任校长，章门弟子黄侃、朱希祖、马裕藻、沈兼士、沈尹默、钱玄同等便纷纷聚集北大。他们"大批涌进北大以后，对严复手下的旧人则采取一致立场，认为那些老朽应当让位，大学堂的阵地应当由我们来占领"②，故对桐城派群起而攻之。如朱希祖在讲授"中国文学史"时，便公然斥桐城派为"空疏之士"，又谓桐城祖师方苞、姚鼐与治朴学者为敌，乃是"掩其不知经术之耻"③。黄侃恰于此时进入北大国文门，也立即披挂上阵，加入到抨击桐城派的阵营中，他借重讲解《文心雕龙》，在其讲义《文心雕龙札记》中处处批评桐城派理论，表达自身的骈散观。1917 年刘师培也进入北大国文门，主讲"中国中古文学史"，宣扬《文选》派理论。这场骈散之争持续到 1917 年底，林纾、马其昶、姚永朴、姚永概等都相继辞职，桐城派的势力完全退出了北大。随后不久，新文化运动便如火如荼地开展起来，白话文盛行，中国古代文言文坛的最后一场骈散之争便戛然而止了。可见，1914—1917 年底是北大各大文派骈散之争最为激烈的时期，以林纾、姚永朴为代表的桐城派，朱希祖为代表的章门弟子及刘师培为代表的《文选》派齐集北大、互相交锋。朱希祖在日记中描绘当时的情景：

> 近来北京大学文科教授主持文学者，大略分为三派：黄君季刚与仪征刘君申叔主骈文。而刘与黄不同者：刘好以古文饬今文，古训代今义，其文虽骈，佶屈聱牙，颇难诵读；黄则以音节为主，间饬古字，不若刘之甚，此一派也。桐城姚君仲实，闽侯陈君石遗主散文，世所谓桐城派者也。今姚、陈二君已辞职矣。余则主骈散不分，与汪先生中、李先生兆洛、谭先生献，及章先生（太炎）议论相同，此又一派也。④

---

① 周勋初《黄季刚先生〈文心雕龙札记〉的学术渊源》、汪春泓《论刘师培、黄侃与姚永朴之〈文选〉派与桐城派的纷争》、吴微《桐城派与北大》、陈以爱《中国现代学术研究机构的兴起——以北大研究所国学门为中心的探讨》等都对当时北大的情形有所描述。

② 沈尹默：《我和北大》，载陈平原等编《北大旧事》，第 166—167 页。

③ 朱希祖：《中国文学史要略》，《朱希祖先生文集》第 1 册，（台北）九思出版公司 1979 年版，第 440 页。

④ 朱希祖：《朱希祖日记》1917 年 11 月 5 日条，转引自朱偰《五四运动前后的北京大学》，全国政协文史资料研究委员会编《文化史料》第 5 辑，文史资料出版社 1983 年版，第 162 页。

朱氏认为黄侃、刘师培同主骈文，并对比了二人创作上的不同。后周勋初对比了黄、刘理论上的异同，提出黄侃是“《文选》派的革新者”①。朱、周二先生都将黄侃归入骈文派，那么，黄侃真属于骈文派吗？他又对骈文派有何革新？朱氏还提到他自己继承了章太炎观点，为骈散不分派，黄侃与朱希祖同为章门弟子，黄侃是否也受到了章太炎文论的影响，而主张骈散不分呢？下面，本文便以黄侃的《文心雕龙札记》及其他论文之言为根据，考察黄侃与桐城派、《文选》派及章太炎朴学派观点的异同，并着力揭示黄侃自身理论的特质。

二 黄侃对桐城派的批判

黄侃是当时北大反对桐城派的主将，据章太炎回忆：“余弟子黄季刚初亦以阮（阮元）说为是，在北京时，与桐城姚仲实争，姚以老髦，不肯置辩。”② 黄侃其时撰写《文心雕龙札记》的一个重要学术目标就是反对桐城派，在《札记》的《题辞及略例》中明确表现了这层用意，其云：

> 自唐而下，文人踊多，论文者至有标橥门法，自成部区，然紃察其善言，无不本之故记。文气、文格、文德诸端，盖皆老生之常谈，而非一家之眇论。若其悟解殊术，持测异方，虽百喙争鸣，而要归无二。世人忽远而崇近，遗实而取名，则夫阳刚阴柔之说，起承转合之谈，吾侪所以为难循，而或者方矜为胜义。夫饮食之道，求其可口，是故咸酸大苦，味异而皆容于舌胎；文章之嗜好，亦类是矣，何必尽同？③

黄侃在此虽未提桐城派之名，但从他指摘的“文气、文格、文德诸端”及“阳刚阴柔之说，起承转合之谈”来看，显然矛头直指桐城派。他认为桐城派所遵从的唐代以来的“文气、文格、文德”诸说，“无不本之故记”，“皆老生之常谈”，不是其一家的专利；而桐城派“矜为胜义”的“阳刚阴柔”及“起承转合”等说实为“难循”，并不合理；对于世人“忽远而崇近”推崇桐城派，黄侃更深表不满。在《文心雕龙札记》中黄侃对桐城

① 周勋初：《论黄侃〈文心雕龙札记〉的学术渊源》，《文学遗产》1987 年第 1 期。

② 章太炎：《国学讲演录》，凤凰出版社 2008 年版，第 245 页。

③ 黄侃：《文心雕龙札记》，中国人民大学出版社 2004 年版，第 1 页。

派的各项理论要点进行了猛烈抨击。

第一，批判桐城派"文以载道"说。"文以载道"是桐城派文论的核心思想，上承韩愈的"道统"及周敦颐的"文以载道"说。清初，方苞开创桐城派，其核心理论即所谓"义法"说，"义"即《周易》所谓"言有物"，而只有宣扬儒家之道的文章始能称之为"有物"。王兆符在《望溪文集序》中称方苞"学行继程、朱之后，文章介韩、欧之间"，鲜明地体现了桐城派的理想就是创作唐宋古文来宣扬宋明理学。至民国初年，姚永朴在北大讲授《文学研究法》时，仍然将"文以载道"置于首位，反复申说，强调"是故为文章者，苟欲根本盛大，枝叶扶疏，首在于明道"①。这种陈腐的封建阶级卫道者言论遭到黄侃的严厉批判，他说：

> 今曰文以载道，则未知所载者即此万物之所由然乎？抑别有所谓一家之道乎？如前之说，本文章之公理，无庸标榜以自殊于人；如后之说，则亦道其所道而已。文章之事，不如此狭隘也。夫堪舆之内，号物之数曰万，其条理纷纭，人鬓蚕丝，犹将不足仿佛，今置一理以为道，而曰文非此不可作。非独昧于语言之本，其亦胶滞而罕通矣。察其表则为谩言，察其里初无胜义，使文章之事，愈猜愈削，浸成为一种枯槁之形，而世之为文者，亦不复撣究学术，研寻真知，而惟此窾言之尚，然则阶之厉者，非文以载道之说而又谁乎？②

黄侃将"文以载道"所载之"道"区分为两种：一是与《文心雕龙》相同的"所载者即此万物之所由然"，一是"别有所谓一家之道"。黄侃认为，如果是前者，则是文章之公理，不足以自标门户。如果是后者，则过于狭隘，因为世上事理纷纭，若"今置一理以为道，而曰文非此不可作"，这是非常"胶滞而罕通"的。基于对"文以载道"透彻全面的认识，黄侃指出桐城派的"文以载道"说不仅没有什么高深的理论，反而使文章创作越来越枯槁，并使文人不重学问，流于空泛，其弊极矣。

第二，批判桐城派"阴阳刚柔"说。姚鼐在《复鲁洁非书》中首倡阴阳刚柔说，将文学与阴阳刚柔相联系。后人不断推衍，曾国藩著《古文四象》一书，分太阳、太阴、少阳、少阴四象，以气势为太阳之类，趣味为少阳之类，识度为太阴之类，情韵为少阴之类，将古代名篇分列入"四

---

① 姚永朴：《文学研究法》，黄山书社1989年版，第9页。
② 黄侃：《文心雕龙札记》，第3页。

象"之中，丰富了姚鼐说。姚永朴在《文学研究法》中也专设《刚柔》《奇正》两篇大加申述。可见桐城派一直将阴阳刚柔说视为其论文精义并不断作出玄妙解释。黄侃在《文心雕龙·定势》篇札记中对阴阳刚柔说进行了严厉批判，他说：

> 其次以为势有纡急，有刚柔，有阴阳向背，此与徒崇慷慨者异撰矣。然执一而不通，则谓既受成形，不可变革；为春温者，必不能为秋肃，近强阳者，必不能为惨阴。为是取往世之文，分其条品，曰：此阳也，彼阴也，此纯刚而彼略柔也。一夫倡之，众人和之。噫！自文术之衰，窾言文势者，何其纷纷耶！①

黄侃指责桐城派妄分刚柔、阴阳，"执一而不通"，并以此来条品往世之文，是文术之衰的一种表现，不满之情溢于言表。但黄侃不是停留在简单的意气相争、言语相激上，而是从学理上分析阴阳刚柔说的不足。黄侃将古今言文势者分成三种：其一，"专标慷慨以为势"；其二，"以为势有纡急、有刚柔，有阴阳向背"；其三，刘勰体势相须的文势观。他认为只有弄清"势"这个字的释义，才能从根本上解决文势问题的争议，判定三种文势观的优劣。于是黄侃引证了《考工记》《说文》《上林赋》《尚书》及《左传》等有关"势"字的训诂，得出"势"通"埶""臬"。"埶"字义为"其形如柱，剸之平地，其长八尺以测日景"。"臬"字义为"射埻的"，都是与形不可分离的，"苟无其形，则臬无所加"。黄侃认为其假借为"势"字之后，这层含义仍然是"势"字的重要内涵，即"势不得离形而成用"；具体到文势，则"文势亦不能离体也""为文定势，一切率乎文体之自然，而不可横杂以成见也"。由此便可一目了然，刘勰的文势观才是最为恰切的，"惟彦和深明势之随体"，"善言文势者，孰有过于彦和者乎？"至于桐城派的文势观，黄侃不得不批评道：

> 为文者信喻乎此，则知定势之要，在乎随体，譬如水焉，槃圆则圆，盂方则方；譬如雪焉，因方为珪，遇圆成璧，焉有执一定之势，以御数多之体，趣捷狭之径，以偭往旧之规，而阳阳然自以为能得文势，妄引前修以自尉荐者乎！②

---

① 黄侃：《文心雕龙札记》，第106页。
② 同上。

黄侃从理论上指出"定势之要，在乎随体"，阴阳刚柔之势是随文章之形体自然形成的，不可强求，故写作时不应刻意去追求；同时阴阳刚柔是变化无恒的，不能拘执、不能简单化，桐城派阴阳刚柔说的毛病在于"拘一定之势，驭无穷之体"。最后，黄侃批评桐城派文理不通，而自持门户："要之文有坦涂而无门户，彼矜言文势，拘执虚名，而不究实义，以出于己为是，以守旧为非者，盍亦研掸彦和之说哉。"①

第三，批评桐城派学问空疏。桐城派讲求义理、崇尚宋学，朴学功底相对不足，这成为其受其他文派诟病之处。1919 年的《公言报》在《请看北京学界思潮变迁之近状》一文中，就表明黄侃、刘师培等对桐城派的不满，很大程度上指向其"学无所根"，文谓：

> 刘、黄之学，以研究音韵、《说文》、训诂为一切学问之根，以综博考据，讲究古代制（度）接迹汉代经史之轨，文章则重视八代而轻唐宋，目介甫、子瞻为浅陋寡学。其于清代所谓桐城派之古文家，则深致不满，谓彼辈学无所根，而徒斤斤于声调，更借文以载道之说，假义理为文章之面具，殊不值通人一笑。②

刘、黄都服膺汉学，出于汉宋学的分歧，特别不满于桐城派学无根底，而徒以文章宣扬义理。在北大三大文派之争平息后，黄侃在 1922 年 9 月 17 日日记中仍然批评了桐城派的学问空疏。他指出文章分内容与表达，两方面都资于学养："文有所为作，有所以作。所以作者，不过章句、事类之微；而所为作者，必待乎学问、识力之巨。"③ 黄侃首先讽刺桐城派没有学术根底，文章内容空洞，徒有其表而称不上是好文章："今使有人焉，信奉方氏所说之科条以为文，然而学术迂芜，体制乖迕，诵其音则欧、曾，视其字则韩、柳，举方氏之所禁无或存焉，是即得为古文矣乎？"④ 其次，黄侃又说在文章表达上，诸如章句、事类等修辞也要模范古人，资于学养，"若夫章句、事类之微，则又视其人所师范"。特别是文章修词用字要靠小学功夫："且文辞之本，存乎训故，使其人研精义解、妙审词条，则奇恒雅俗，文质古今，自能出以称诠，令其妥帖。故有质言而非俚，丽藻

---

① 黄侃：《文心雕龙札记》，第 107 页。
② 《请看北京学界思潮变迁之近状》，《公言报》1919 年 3 月 18 日。
③ 黄侃：《黄侃日记》，第 177 页。
④ 同上。

而非浮，古训而非奇，隽语而非艳。"① 因而黄侃指斥桐城派学问空疏必然造成修词用字上的捉襟见肘："岂必拘守数十篇选文旦夕陈几上者以为修词用字之洎臬哉！"②

第四，批评桐城派文采不足。桐城文雅洁有余而文采不足，他们竞称唐宋古文而排斥此前一切骈俪之作，黄侃在《丽辞》篇札记中指责其偏颇云：

> 近世褊隘者流，竞称唐宋古文，而于前此之文，类多讥诮，其所称述，至于晋宋而止。不悟唐人所不满意，止于大同已后轻艳之词，宋人所诋为俳优，亦裁上及徐、庾，下尽西昆，初非举自古丽辞一概废阁之也。③

《情采》篇札记亦云：

> 或者因彦和之言、遂谓南国之文，大抵侈艳居多，宜从屏弃，而别求所谓古者，此亦失当之论。盖侈艳诚不可宗，而文采则不宜去；清真固可为范，而朴陋则不足多。若引前修以自张，背文质之定律，目质野为淳古，以独造为高奇，则又堕入边见，未为合中。④

显然黄侃是在指斥桐城派"背文质之定律，目质野为淳古，以独造为高奇"的做法不合中道。黄侃认为当尊孔子所说"文质彬彬"，如刘勰所言"衔华佩实"，"审是，则文多者固孔子所讥，鄙略更非圣人所许，奈之何后人欲去华辞而专崇朴陋哉"⑤，对桐城派的执一偏颇做法予以严厉批评。

第五，批评桐城派以时文之法为古文。桐城作文讲求法度，而其所要求的法与八股时文有不少相通之处，钱大昕曾借王若霖言批评方苞"以古文为时文，却以时文为古文"，正中其弊。黄侃对钱氏此言深表赞同，多次引用。在《熔裁》篇札记中黄侃指责桐城派论文章命意谋篇之法多本于刘勰，但过于胶柱鼓瑟，以致认为文章格局皆宜有定，损害了文章的自然

---

① 黄侃：《黄侃日记》，第 177 页。
② 同上。
③ 黄侃：《文心雕龙札记》，第 161 页。
④ 同上书，第 109 页。
⑤ 同上书，第 12 页。

之美，其云：

> 近世有人论文章命意谋篇之法，大旨谓一篇之内，端绪不宜繁多，譬如万山旁薄，必有主峰，龙衮九章，但挈一领，否则首尾冲决，陈义芜杂，其言本于舍人而私据以为戒律。蔽者不察，则谓文章格局皆宜有定，譬如案谱着棋，依物写貌，戕贼自然以为美，而举世莫敢非之，斯未可假借舍人以自壮也。①

黄侃并引章学诚《古文十弊》篇论文无定格一节，反对桐城派以时文之法为古文。

第六，批判桐城派以文章正统自居。黄侃不仅批判桐城派的文学理论，更对其自标门户，以文章正统自居极度反感，"然而彼法中人，遂以为文章正宗在是，舍是则不成为古文，此又过也"②。《通变》篇札记云：

> 文有可变革者，有不可变革者。可变革者，遣辞捶字，宅句安章，随手之变，人各不同。不可变革者，规矩法律是也，虽历千载，而粲然如新，由之则成文，不由之而师心自用，苟作聪明，虽或要誉一时，徒党猥盛，曾不转瞬而为人唾弃矣。拘者规摹古人，不敢或失，放者又自立规则，自以为救患起衰。二者交讥，与不得已，拘者犹为上也。③

所谓"要誉一时，徒党猥盛""自立规则，自以为救患起衰"显然都是在讽刺桐城派。黄侃又在《通变》篇释"龌龊于偏解，矜激于一致"时说："彦和此言，为时人而发，后世有人高谈宗派，垄断文林，据其私心以为文章之要止此，合之则是，不合则非，虽士衡、蔚宗不免攻击，此亦彦和所讥也。嘉定钱君有《与人书》一首，足以解拘挛，攻顽顿，录之如左。"④ 钱大昕此文为批判桐城派的力作，黄侃借以批评桐城派"高谈宗派，垄断文林"。

值得注意的是，仅从文学角度而言，黄侃对于优秀的桐城文章是表示赞赏的，反对的只是桐城末流，如他在认真阅读桐城派晚期大师吴汝纶的

---

① 黄侃：《文心雕龙札记》，第 111 页。
② 黄侃：《黄侃日记》，第 177 页。
③ 黄侃：《文心雕龙札记》，第 101 页。
④ 同上书，第 104 页。

文章后评曰：

> 卧阅《深州风土记》，出臂衾外，亦不觉寒。此书信是奇作，即令章、洪、李、汪为之，亦不过如此。吴氏文笔雄厚，而无桐城末流单弱之弊。又生考证大精之世，史法、史例，甄明既多，故能承用以无失，而反痛詈考证，此为登枝而捐其本。要之，桐城习气如此，诚不足怪耳。①

称赞吴氏文笔雄厚，只是对吴氏"反痛詈考证"的桐城习气有所不满。又如，黄侃曾在阅钱大昕对方苞之批评后指出："平心论之，方氏之文在当时固自雅洁。钱君所为文，盖未能逾也。"② 认可单就文学而言，方苞成就应在钱大昕之上。

　　但对于那些效仿桐城的末流，黄侃则是毫不客气地加以辛辣嘲讽，如曾讥笑林纾之文不足传，其《日记》载："朱羲胄自武昌寄所刊林纾《文微》来，昔年为羲胄所娆，系一题辞，不谓羲胄竟刻之，此足为好弄笔者戒。妙在纾书必不足传，我虽无似，亦决不至荒陋与纾等。虽刻我文，亦无损我耳。"③ 又曾批评《湖北通志·艺文志》"文笔亦效所谓桐城，而毫无实义"④。

　　其实，黄侃之所以如此不遗余力地批判桐城派，不仅仅是出于文学观念的不同，更有复杂深刻的现实原因。桐城派由清康熙年间方苞创始，后经刘大櫆、姚鼐等人发扬，至乾、嘉声势日盛，甚至出现"天下文章独出桐城"的景象，主盟清代文坛二百余年。桐城派之所以能如此繁盛，乃因其以传承韩愈所谓"道统"自任，高举方苞所谓"义法"之说，强调文以载道，以唐宋古文宣孔孟之道、宋明理学，这些都有利于维护伦理纲常，巩固封建统治，所以才受到清朝封建统治者的青睐和支持，从某种程度上说，桐城派就是清政府封建统治在文学上的代表。随着清政府的腐化，封建制度的衰亡，桐城派必然成为资产阶级革命派文人的众矢之的。黄侃作为资产阶级革命派的激进分子，必然坚决与满清政府为代表的封建专制主义进行斗争，这一政治立场的不同，才是他批判桐城派的根本原因所在。另外，黄侃作为一名尊崇汉学的朴学家，汉宋学之争也是使其坚决反对桐

---

① 黄侃：《黄侃日记》，第50页。
② 同上书，第314页。
③ 同上。
④ 同上书，第50页。

城派的不可忽视的一大原因。

三　黄侃吸收章太炎泛文学观以纠正《文选》派

很多学者指出黄侃是站在《文选》派一边来反对桐城派的，章太炎说："余弟子黄季刚初亦以阮说为是，在北京时，与桐城姚仲实争。"①朱希祖谓："黄君季刚与仪征刘君申叔主骈文。"在桐城派与《文选》派之间，黄侃无疑更赞同《文选》派。《征圣》篇札记便暗指阮元之理论"持校空言理气，臆论典礼，以为明道，实殊圣心者，贯三光而洞九泉，曾何足以语其高下也"②，比桐城派要高明得多。但对于《文选》派的理论，黄侃也并非完全认同，认为尚有千虑之一失，在这一点上他赞同并吸收了章太炎在《国故论衡·文学总略》中对《文选》派理论的辨正，故被周勋初先生称为是"《文选》派的革新者"。

阮元在清代中期与桐城古文派的骈散之争中，借《易传》文言说、《文选序》，特别是六朝文笔说，为骈文正名，以比偶、音韵、辞藻之文为文，以散体为笔、为经史子，从而尊骈文为正统，将散文逐出文苑。章太炎则在《文学总论》中对其所借重的文言说、《文选序》等一一予以驳斥。黄侃称赞章太炎对阮元的驳斥正中其失："案阮氏之言，诚有见于文章之始，而不足以尽文辞之封域。本师章氏驳之（见《国故论衡·文学总略》篇），以为《文选》乃裒次总集，体例适然，非不易之定论；又谓文笔、文辞之分，皆足自陷，诚中其失矣。"③

尤其对阮元"不足以尽文辞之封域"这一最致命的理论缺陷，黄侃吸收了章太炎对文章封域的界定来加以修正，其《文心雕龙·原道》篇札记云：

> 窃谓文辞封域，本可弛张。推而广之，则凡书以文字，著之竹帛者，皆谓之文，非独不论有文饰与无文饰，抑且不论有句读与无句读，此至大之范围也。故《文心·书记》篇，杂文多品，悉可入录。再缩小之，则凡有句读者皆为文，而不论其文饰与否。纯任文饰，固谓之文矣，即朴质简拙，亦不得不谓之文。此类所包，稍小于前，而经传诸子，皆在其笼罩。

---

① 章太炎：《国学讲演录》，第245页。
② 黄侃：《文心雕龙札记》，第10页。
③ 同上书，第8页。

　　若夫文章之初，实先韵语，传久行远，实贵偶词；修饰润色，实
为文事，敷文摛采，实异质言，则阮氏之言，良有不可废者。即彦和
泛论文章，而《神思》篇已下之文，乃专有所属，非泛为著之竹帛者
而言，亦不能遍通于经传诸子。①

黄侃认为阮元对文之原始、文之本质的认识良有见地，但将文之封域认识
得过于狭窄，黄侃更认同章太炎"文学者，以有文字著于竹帛，故谓之
文"的观点，以之来补充阮说。黄侃吸收阮、刘二人的合理之处，而提出
折中观点："拓其疆宇，则文无所不包；揆其本原，则文实有专美。"黄侃
之所以能够调合二说，关键在于他认识到"文辞封域，本可弛张"，即文
的内涵与外延是可以弛张、有广狭之分的。若只以"凡书以文字，著之竹
帛者"为内涵，自然文的范围就至大至广，若以讲求比偶、音韵、辞藻才
称文，自然就大大缩小了封域，将经传诸子等都排除在外了。这样看来，
章、阮二说各为道理，并不矛盾。

　　在吸收了章太炎对阮元的辨正，从而确立了"拓其疆宇，则文无所不
包，揆其本原，则文实有专美"这一认识的基础上，黄侃在《文心雕龙札
记》中又对阮元的文言说和文笔说进行了理论辨析。

　　阮元在宣扬其骈文理论时，为了确立骈文的正统地位，借重了古代的
文论资源，首先借重了相传为孔子所作的《易传·文言》而撰《文言说》
一文，认为《文言》乃是"千古文章之祖"，而"孔子以用韵、比偶之
法，错综其言，而自名之曰文"②，这就最有力地证明了只有讲求用韵、对
偶、文采者才能称"文"。黄侃对阮元的《文言说》予以详细的评析，在
《征圣》篇的札记中云：

　　近代惟阮君伯元知尊奉《文言》，以为万世文章之祖，犹不悟经
史子集一概皆名为文，无一不本于圣，徒欲援引孔父，以自宠光，求
为隆高，先自减削，此固千虑之一失。③

对阮元"尊奉《文言》，以为万世文章之祖"表示赞赏，但认为他把
"文"的范围缩小了，这是其理论的不足。黄侃认为从征圣的角度看，文

---

① 黄侃：《文心雕龙札记》，第 8 页。
② 邹国平：《中国历代文论选新编·明清卷》，上海教育出版社 2007 年版，第 408 页。
③ 黄侃：《文心雕龙札记》，第 10 页。

的范围是包含至广的，他说：

> 详自古文章之名，所包至广，或以言治化，或以称政典，或以目学艺，或以表辞言，必若局促篇章，乃名文事，则圣言于此为隘，文术有所未宏。周监二代，郁郁乎文，此以文言治化也。文王既没，文不在兹，此以文称政典也。馀力学文，此以文目学艺也。文以足言，此以文表辞言也。论其经略，宏大如此，所以牢笼传记，亭毒百家，譬之溟渤之宽，众流所赴，玑衡之运，七政攸齐，征圣立言，固文章之上业也。①

黄侃征举了孔子论"文"之言，证明"文""或以言治化，或以称政典，或以目学艺，或以表辞言"，不仅仅局限于文学篇章，指出阮元"徒欲援引孔父，以自宠光，求为隆高，先自减削，此固千虑之一失"②。另外，黄侃还指出阮元既然谓经、史、子非文，但本身却征圣宗经"亦引《文言》成说，可谓矛盾自陷"③。

阮元还利用了六朝文笔之辨，借以指出有情辞藻韵者始得称文，这样就将笔（阮元等同于散文）摒于文外，独尊文（阮元等同于骈文）的地位，并结合《文选序》，谓昭明只选文不选笔，从而推崇骈文的正统地位。阮氏的文笔说，表面上看很有道理，实则有不小的问题，黄侃在《文心雕龙札记》中予以辨析道：

> 近世仪征阮君《文笔对》，综合蔚宗、二萧昭明、元帝之论，以立文笔之分，因谓无情辞藻韵者不得称文，此其说实有救弊之功，亦私心所喜好，但求之文体之真谛，与舍人之微旨，实不得如阮君所言；且彦和既目为今之常言，而《金楼子》亦云今人之学，则其判析，不自古初明矣。与其屏笔于文外，而文域狭隘，曷若合笔于文中，而文囿恢弘？④

指出阮元借六朝文笔之辨来抬高文的地位，有与古文相抗衡的救弊之功，但其对文笔的认识，与各体文章的实际情况以及刘勰的文笔观都是不符合

---

① 黄侃：《文心雕龙札记》，第10页。
② 同上。
③ 同上书，第210页。
④ 同上。

的。并且文笔之分是六朝之学，也不能代表文之源始。黄侃又指出阮元对《文选序》的解读也是牵强附会：

> 案此昭明自言选文之例，据此序观之，盖以"综缉辞采"，"错比文华"，事出沈思，义归翰藻为贵，所谓集其清英也，然未尝有文笔之别。阮君补苴以刘彦和、梁元帝二家之说，而强谓昭明所选是文非笔耳。①

黄侃指出昭明选文以"综缉辞采、错比文华、事出沈思、义归翰藻"为标准，未有文笔之别，阮元谓昭明所选是文非笔完全是一种曲解。黄侃对阮元论文笔之误辨析得如此明了，正如徐复观所称赞的"在《文心雕龙札记》中破除自阮元以来有关六朝文与笔问题的偏颇之见……表示了他卓越的成就"②。

四　黄侃借重《文心雕龙》表达宏通的骈散观

在清末民初的三大文派之争中，黄侃坚决地反对桐城派，吸收章太炎学说，补正《文选》派理论，而在这一过程中，黄侃也形成了其自己的观点，即借重《文心雕龙》表达宏通的骈散观。

第一，黄侃对文之范围、文言说、文笔之分等问题的认识借重《文心雕龙》，从而调和骈散。从上述黄侃对章、阮二派的调和中，有一点是非常明显的，即黄侃处处折中，表现出骈散并重的基本态度，而在这一过程中，黄侃充分地借重了《文心雕龙》。如关于文之范围，黄侃折中章、阮，得出"拓其疆宇，则文无所不包，揆其本原，则文实有专美"的认识，就是基于"《文心·书记》篇，杂文多品，悉可入录"③。《书记》篇收录各种杂文体，以及"彦和泛论文章，而《神思》篇已下之文，乃专有所属，非泛为著之竹帛者而言，亦不能遍通于经传诸子"④，《神思》篇专论美文，研究了这两种情况之后才得出的。正如周勋初先生所说："季刚先生讨论这一问题时，从《文心雕龙》这样一部'体大思精'的巨著中得到启示，作出了合适的结论。因此，他对文学特点的看法与刘勰相合，对文学

---

① 黄侃：《文心雕龙札记》，第210页。
② 徐复观：《关于黄季刚先生》，载张晖《量守庐学记续编》，第30页。
③ 黄侃：《文心雕龙札记》，第8页。
④ 同上。

领域的区划也与刘勰切合。"①

　　在辨析阮元文言说时，黄侃指出从征圣的角度看文的范围包含至广，征举了孔子论"文"之言，以证明"文""或以言治化，或以称政典，或以目学艺，或以表辞言"，不仅仅局限于文学篇章，这明显是本之《文心雕龙·征圣》篇"是以远称唐世，则焕乎为盛；近褒周代，则郁哉可从：此政化贵文之征也。郑伯入陈，以文辞为功；宋置折俎，以多文举礼：此事迹贵文之征也。褒美子产，则云'言以足志，文以足言'；泛论君子，则云'情欲信，辞欲巧'：此修身贵文之征也"一段。

　　在辨析阮元文笔说时，黄侃不仅指出了阮元理论上的漏洞，更不满其独尊骈文的理论目标，他认为：

　　　　屏笔于文外，则与之对垒而徒启斗争，合笔于文中，则驱于一途而可施鞭策；阮君之意诚善，而未为至懿也，救弊诚有心，而于古未尽合也。学者诚服习舍人之说，则宜兼习文笔之体，洞谙文笔之术，古今虽异，可以一理推，流派虽多，可以一术订，不亦足以张皇阮君之志事哉？②

指出阮元"屏笔于文外，而文域狭隘"不如"服习舍人之说"，"兼习文笔之体，洞谙文笔之术"。黄侃倡导应如刘勰那样文笔并重，从而"古今虽异，可以一理推，流派虽多，可以一术订"，就可以平息骈散之争。

　　第二，黄侃借重《文心雕龙》对声偶文学的折中态度，宣扬骈散并重。刘勰以《声律》第三十三篇至《练字》第三十九篇等七篇，分论声律、章句、对偶、比兴、夸饰、用典、用字等，可谓是对六朝声偶文学修辞技巧的一次全面总结。刘勰虽然反对六朝讹滥文风，但并没有因噎废食，对六朝一系列声偶文学之修辞技巧没有抹杀，而是抱着折中的态度，加以肯定赞扬和正确引导。黄侃对刘勰的这种折中态度有准确的把握，他在解析《序志》"古来文章，以雕缛成体"一段话时指出："此与后章'文绣鞶帨，离本弥甚'之说，似有差违，实则彦和之意，以为文章本贵修饰，特去甚去泰耳，全书皆此旨。"③黄侃正欲借重刘勰对声偶文学的折中态度，来支持自己在骈散之争里的调和立场，这集中表现在《情采》

---

①　周勋初：《文心雕龙札记的学术渊源》，《文学遗产》1987 年第 1 期。
②　黄侃：《文心雕龙札记》，第 210 页。
③　同上书，第 212 页。

《丽辞》等篇的札记中。

黄侃在《丽辞》篇札记中首先指出刘勰主张"奇偶适变""迭用奇偶",在奇偶骈散问题上"最合中道":"明缀文之士,于用奇用偶,勿师成心,或舍偶用奇,或专崇俪对,皆非为文之正轨也。舍人之言,明白如此,真可以息两家之纷难,总殊轨而齐归者矣。"① 继之,黄侃追溯了整个骈文发展史并下及近代骈散之争,表达了他自身的态度正与刘勰相同,其曰:

> 历考前文,差堪商榷:自汉魏以来,迄于两晋,雅俗所作,大半骈词为多。于时声病之说未起,对偶之法亦宽,又有文笔之分途,幸存文质之大介。降至齐梁以下,始染沈谢之风,致力宫商,研精对偶,文已驰于新巧,义又乖于典则,斯苏绰所以拟典谟,隋炀所以非轻侧,魏征所以讥流宕,子昂所以革浮侈。而退之于文,或至比之于武事,有摧陷廓清之功,则骈俪之末流,亦诚有以致讥召谤者乎。观彦和所言,气无奇类,文乏异采,碌碌丽辞,昏睡耳目,则骈文之弊,自彼时而已然。至刘子玄作《史通》,乃言史道陵夷,芜音累句,云蒸泉涌,其为史也,大抵编字不只,捶句皆双,修短取均,奇偶相配,故应以一言蔽之者,辄足为二言,应以三句成文者,必分为四句,弥漫重沓,不知所裁,此其弊又及于史矣。文质之介,漫汗不分,骈偶之词,用之已滥,然则丽辞之末流,不亦诚有当节止者乎?②

据此可见,黄侃并无偏袒骈文,他认为齐梁以下的骈文过于讲求形式,并举刘勰《文心雕龙》及刘知幾《史通》以证骈文末流之弊,认为骈文末流"亦诚有以致讥召谤者乎""诚有当节止者"。

但对于唐世反骈文的古文运动,黄侃也不以为然:

> 唐世复古之风,始于伯玉而大于昌黎,其后遂别有所谓古文者,其视骈文,以为衰敝之音。苏子瞻至谓昌黎起八代之衰,直举汉魏晋宋而一切抹杀之。宋子京修《唐书》,以为对偶之文,不可以入史策,斯又偏滞之见,不可以适变者也。③

---

① 黄侃:《文心雕龙札记》,第159页。
② 同上书,第160页。
③ 同上。

黄侃认为古文派将骈文一概抹杀是过于偏滞，不可适变。另一方面，他又指出唐代并非尽弃骈文。他举古文家裴度、李翱不废骈偶之论，指出尽弃骈偶只是一部分人的私见，不是代表普遍的观点："观唐世裴度、李翱之言，知彼时固未尝尽以对偶之文为非法而弃之，其以是自张标志者，特一方之私见，非举世之公谈也。"①

接着，黄侃举陆贽、韩愈、李商隐及宋代欧、苏、王等人之创作实例，以证唐宋的古文家并非尽废骈体：

> 今观唐世之文，大抵骈散皆有，若敬舆之《翰苑集》皆属骈体，而肧挚畅遂，后世诵法不衰；即退之集中，亦有骈文；樊南之文，别称四六；则为古文者亦不废斯体也。宋世欧、苏、王三子，皆为古文大家，其于四六，亦复脱去恒蹊，自出机轴，谓之变古则可，谓其竟废斯体则不可也。②

黄侃追溯中国古代的骈文发展史，是为了表明骈文弊在末流，不可尽废。即使唐宋古文运动亦只是反骈文末流，而非尽弃骈体。黄侃这番论述是有现实用意的，接下来他就将矛头对准了近代的骈散之争，他首先便指责推崇唐宋古文的桐城派尽弃骈文过于褊隘：

> 近世褊隘者流，竞称唐宋古文，而于前此之文，类多讥诮，其所称述，至于晋宋而止。不悟唐人所不满意，止于大同已后轻艳之词；宋人所诋为俳优，亦裁上及徐庾，下尽西昆，初非举自古丽辞一概废阁之也。③

不仅如此，黄侃对骈散两派都提出了批评：

> 自尔以后，骈散竟判若胡秦，为散文者力避对偶，为骈文者又自安于声韵对仗，而无复迭用奇偶之能。以愚意论之，彼以古文自标橥者，诚可无与诤难。独奈何以复古自命者，亦自安于骈文之号，而不一审究其名之不正乎。阮伯元云"沈思翰藻始得为文，而其余皆经史

---

① 黄侃：《文心雕龙札记》，第160页。
② 同上书，第161页。
③ 同上。

子"，是以骈文为文，而反尊散文为经史子也。李申耆选晚周之文以迄于隋，而名之曰《骈体文钞》，是以隋以前文为骈文，而唐以后反得为古文也。何其于彦和此篇所说通局相妨至于如是耶！①

黄侃认为褊隘之桐城派固然"诚可无与诤难"，以阮元为代表的骈文派"以骈文为文"也存在"名不正"之弊。黄侃以为骈散两派都不若刘勰通达，明确表示推崇刘勰"迭用奇偶"的中和之论。

在《情采》篇札记中，黄侃指出刘勰对文与质的关系持中和态度，"彦和之言文质之宜，亦甚明憭矣"②。黄侃借以宣扬文质并重，调和重文采之骈文派与崇质朴之散文派，曰："盖闻修辞立诚，大《易》之明训，无文不远，古志之嘉谟。称情立言，因理舒藻，亦庶几彬彬君子。孰谓中庸不可能哉？"③ 在《原道》篇札记中，黄侃也表达了同样的意思：

　　特雕饰逾甚，则质日以漓；浅露是崇，则文失其本。又况文辞之事，章采为要，尽去既不可法，太过亦足召讥，必也酌文质之宜而不偏，尽奇偶之变而不滞，复古以定则，裕学以立言，文章之宗，其在此乎？④

认为文质、奇偶并重才是文章之宗。

耐人寻味的是，黄侃对刘勰的《声律》篇提出了批评，刘勰在《声律》篇中基本肯定了永明声律论，而黄侃则不满于永明声律论，转而赞同钟嵘的自然声律观。之所以如此，乃因黄侃认为正是声律论导致了文笔之分，并成为古文派反对骈文的口实。他在评阮元《书梁昭明太子文选序后》"自齐梁以后，溺于声律"时云："案此语最为分明，骈体之革为古文，以此致之"，这是因为：

　　今案文笔以有韵无韵为分，盖始于声律论既兴之后，滥觞于范晔谢庄，而王融、谢朓、沈约扬其波，以公家之言，不须安排声韵，而当时又通谓公家之言为笔，因立无韵为笔之说，其实笔之名非从无韵得也。然则属辞为笔，自汉以来之通言；无韵为笔，自宋以后之新

---

① 黄侃：《文心雕龙札记》，第 161 页。
② 同上书，第 109 页。
③ 同上。
④ 同上书，第 8 页。

说，要之声律之说不起，文笔之别不明，故梁元帝谓古之文笔，今之文笔，其源又异也。①

黄侃指出永明声律论兴起之前，以公家之言为笔，永明声律论兴起之后，因"以公家之言，不须安排声韵，而当时又通谓公家之言为笔，因立无韵为笔之说"，故出现了以有韵无韵分文笔。而黄侃认为这一提法有很大的问题，最不合理之处是缩小了文的范围。这一点引起了唐人之不满，于是兴起古文运动反对骈体：

> 就永明以后而论，但以合声律者为文，不合声律为笔，则古今文章称笔不称文者太众，欲以尊文而反令文体狭隘，至使苏绰、韩愈之流起而为之改更，矫枉过直，而文体转趣于枯槁，磔裂章句，隳废声韵，而自以为贤。夫孰非"襞积细微，转相凌架，文多拘忌，伤其真美"者之有以召衅哉。故曰，中之为用，故未可远也。②

因而，黄侃认为过于讲求声律最易招到古文派的攻诘，故为平息骈散之争，当以中和为宜。而在声律问题上最守中道的，黄侃认为是钟嵘：

> 自声律之论兴，拘者则留情于四声八病，矫之者则务欲隳废之，至于佶屈聱吃而后已，斯皆未为中道。善乎钟记室之言曰："文制本须讽读，不可蹇碍，但令清浊通流，口吻调利，斯为足矣。"斯可谓晓音节之理，药声律之拘。《庄子》云："市南宜僚弄丸，而两家之难解。"惟钟君其足以与此哉。③

这样看来，黄侃在声律问题上的抑刘扬钟，不但不足为奇，反而更集中而明确地体现了黄侃欲调和骈散的折中态度。

但需要说明的是，黄侃虽然调和骈散，主张二者并重，但主要是取法唐前（含唐代）文章，对于唐宋之后的古文，特别是桐城古文，他是持激烈批评的，他曾将古今文学分为三流：

---

① 黄侃：《文心雕龙札记》，第207页。
② 同上。
③ 同上书，第116页。

　　然古今文学，当分三流：先唐所作，有名于世者为一流。古文家
或有所称誉，或横加诋讥。实则所誉者，彼固未易几；所诋者，彼亦
未能过。至于堕废疆畛，乱句度，夸言臆解，虚响误训，古之文固绝
焉。自唐以后，就彼法言，自有高卑，宁能以一概相量？故八家之
作，无害超出流辈。然而世犹奔走喘汗以冀为其后。世日困于其法则
而不知变，落首穿鼻，以人灭天，此三流也。或有卓尔之才，抗心希
古，而渐染俗见，不能摆脱，尚与委蛇；或见之已明，所师已得，而
才力年岁限之，成就卓绝者无几。所以时文虽废，典型未亡；积弊不
还，卒于白话也。①

黄侃以唐前文章为第一流，唐宋八大家为第二流，其他效仿唐宋八大家的
古文派为最末流，末流之积弊还使古文最终被白话所取代。这一区分鲜明
地表现了黄侃对唐前文章的推崇，他曾谓："学文寝馈唐以前书，方窥秘
钥，《文选》《唐文粹》可终身诵习。"② 又云："唐以前文，高处在能制
辞，宋后则掇拾前人成句为文而已。上焉者气韵漕淳，下焉者佻衍叫嚣，
何足言文？"③ 黄侃本人便浸润唐前，通阅《全上古三代秦汉三国晋南北朝
文》《文选》《唐文粹》等唐前及唐代总集；其具体创作也是取法唐前，
尤效晋宋文，骈散兼备，典雅简洁。结合这些，足以证明黄侃是强调以唐
前及唐代文章为典范的骈散兼备。

第二节　新文化运动与黄侃对旧文学传统的坚守

一　北大新旧文学之争

　　1917 年，陈独秀、胡适等文化革新者进入北大，掀起了轰轰烈烈的新
文化运动，一时桐城派与文选派同被列为批判对象，两派之争泯于无形，
而另一场更激烈的新旧文学之争在北大上演了。1916 年，蔡元培上任北大
校长，于次年聘请陈独秀为文科学长，《新青年》编辑部也由上海迁至北
京，北京大学由是成为新文化运动的中心，而一场新文学革命蓄势待发。
1917 年 1 月，《新青年》发表了胡适的《文学改良刍议》，提出"文学革

---

① 黄侃：《黄侃日记》，第 177 页。
② 章璠：《黄先生论学别记》，载程千帆、唐文《量守庐学记》，第 99 页。
③ 同上书，第 100 页。

命"的八条纲领，即"不用典；不用陈套语；不讲对仗（文当废骈，诗当废律）；不避俗字俗语（不嫌以白话作诗词）；须讲求文法之结构；不作无病之呻吟；不模仿古人，语语须有个我在；须言之有物。"① 此文成为提倡白话文，反对文言文；提倡新文学，反对旧文学的宣言书，正式向旧文学发难。同年 2 月，《新青年》又推出了陈独秀的《文学革命论》，陈氏高举"文学革命军"大旗，提出了文学革命的"三大主义"："曰推倒雕琢的、阿谀的贵族文学，建设平易的、抒情的国民文学；推倒陈腐的、铺张的古典文学，建设新鲜的、立诚的写实文学；推倒迂晦的、艰涩的山林文学，建设明了的、通俗的社会文学。"② 并将矛头直指旧文学，谓："今日吾国文学，悉承前代之弊：所谓'桐城派'者，八家与八股之混合体；所谓'骈体文'者，思绮堂与随园之四六。"③ 大有将包括桐城派、骈文派等在内的所有旧文学一概摧毁之势。章门弟子钱玄同也加入了新文学革命阵营，在 1917 年致胡适的信中，痛斥文选和桐城二派为"《选》学妖孽""桐城谬种"。

面对新文化人士之猛烈炮火，北大的旧派学者亦予以反击。1919 年，"以昌明中国固有之学术为宗旨"④ 的《国故》月刊成立，其虽由学生发起，但以刘师培、黄侃为总编辑，聚集大批旧派学者，与拥护新文化运动的《新潮》社相对立。1919 年 3 月 24 日的《公言报》刊出《请看北京学界思潮变迁之现况》一文就指出了《国故》杂志是刘师培、黄侃等旧派学者与新文学革命派相对立的阵地：

> 顷者刘、黄诸氏，以陈、胡等与学生结合，有种种印刷物发行也，乃亦组织一种杂志，曰《国故》。组织之名义出于学生，而主笔政之健将，教员实居其多数。盖学生中固亦分新旧两派，而各主其师说者也。二派杂志，旗鼓相当，互相争辩，当然有俾于文化；第不言志其辩论之范围，纯任意气，各以恶声相报复耳。⑤

---

① 陈寿立、胡钢：《中国现代文学简明教程》，中国广播电视出版社 1989 年版，第 17 页。
② 同上书，第 18 页。
③ 陈独秀：《文学革命论》，载《陈独秀著作选》第 1 卷，上海人民出版社 1993 年版，第262 页。
④ 王学珍、郭建荣主编：《北京大学史料》，第 2715 页。
⑤ 对于《公言报》此说，刘师培及《国故》月刊社分别发文表示非与新文化运动辩难，王枫《五四前后的刘师培》一文对此有精彩分析，见《文史知识》1999 年第 5 期。

而此《国故》月刊第一期的题词（1919 年 3 月）即为黄侃所撰写，其云：

> 昔者老聃，睹文胜之弊，著书示后，以为绝学无忧。原伯鲁之徒，盖习闻其说，遂曰可以不学，不学无害。闵马文忧之，著于传记，为世大戒。盖君子立言，不可不慎如此也。然学之兴废在人，世或云有命，则不谛周、秦之际，九流百家，蜂涌旁午。秦政、李斯一旦焚《诗》《书》而坑儒士，道术由是遂亡。惟伏生、张苍、浮丘伯三数人者，抱残守缺于人间，卒延古学之一缒，假使诸君子委废兴于天命，任典籍之散亡，则是文武之道终于坠地，六艺之传永绝萌芽。故曰人能弘道，岂虚言也。晚近三百年中，古学至盛，自顾、黄、惠、戴而还，辅弱扶微者多有，钩深致远者比肩。物盛则衰，以有今日，国乱俗坏，谗慝弘多。《诗》刺"具曰予圣"，《书》戒"侮昔无闻"，《传》讥"数典忘祖"，《孟子》诃"倍师变学"，此皆古人已知之矣。夫化之文野，不以强弱判也，道之非题，不以新旧殊也。或者伤国势之陵夷，见异物而思改，遂乃扫荡故言，诮为无用，虽意存矫枉，毋亦太过其直乎。《诗》曰："国虽靡止，或圣或否；民虽靡膴，或哲或谋。"诸夏虽衰，老成典型，未尽丧也。有志之士，诚能振颓纲以绍前载，鼓芳风以扇游尘，识大识小，各尽尔能。宁过而存，毋过而废，则可以免绝学之忧，可以收藏书之绩，硕果不食，其在兹乎。是编之作，聊欲以讲习之勤，图商兑之庆，邦人诸友，庶几比意同力，求得废遗。《传》不云乎，斯文未丧，乐亦在其中矣。[1]

此文对新文化运动的不满溢于言表，所谓"或者伤国势之陵夷，见异物而思改，遂乃扫荡故言，诮为无用，虽意存矫枉，毋亦太过其直乎"，显系讽刺新文化运动崇洋媚外、矫枉过正。黄侃以"振颓纲以绍前载，鼓芳风以扇游尘"鼓励有志之士，肯定保护传统文化具有继绝学、弘道术的历史意义。

但新文化运动如火如荼，国故派终究无法与之抗衡，不久，黄侃便辞离北大，行前作《将奉母还归武昌书怀》三首，其三云"论学由来贱纷争，解颐折角只虚荣，自伤遏地身终辱，只合骊驹早送行"，表明自己不愿陷入与新文学的纷争。

章太炎后于 1924 年 10 月 23 日致吴承仕信中提到，黄侃黯然退出与新

---

① 王学珍、郭建荣主编：《北京大学史料》，第 2718 页。

文学的论争也与其自身性格有关:"然揣季刚生平,敢于侮同类,而不敢排异己。昔年与桐城派人争骈散,然不骂新文化。"① 事实上,黄侃何尝不骂新文化? 有关黄侃讥讽胡适、钱玄同的逸闻不胜枚举,较为可靠的例证如:1925年《申报》发表胡适《五十年来中国之文学(七)——章炳麟》内云:"有一个黄侃学得他的一点形式,但没有他那'先豫之以学'的内容,故终究只成了一种假古董。"② 黄侃虽未作回应,在复弟子郑际旦信中言:

> 胡君起自孤生,以致盛誉,久游外国,尚知读中国书,仆固未尝不称道之;而品核古今,裁量人物,殆非所任。正使讥仆,亦何伤乎? 而以默默为病耶?
>
> 仆之为文,诚"不豫之以学",何可讳言! 抑胡君以文变天下之俗,其自视学问果居何等耶? 猥以"假古董"为诮,盖伪古伪新,其事均等。仆与胡君,分据两涂,各事百年,不亦可乎! 仆非不能以恶声反诸胡君,窃见今之学者,为学穷乎诟骂,博物止于斗争,故耻之不为也。③

正如陈子展分析的:"他写这封信,表面上似乎矜平躁释,不与人争;实则大有'心愤涌,笔手扰'之概。他说'伪古伪新,其事均等,分据两涂,各事百年',这是他与胡适不相菲薄不相师的一种表示。"④

二　黄侃对白话文的批判

黄侃确实极少公开地发表反对新文学的正式论文,但在其《日记》及其他著作中,时时有影射新文学之词。黄侃最不满新文学运动之处是其欲以白话取代文言,他有两篇《日记》集中反映了他对白话文的批判。一篇是1922年1月15日阅吴汝纶《深州风土记》所载明洪武学校格式碑的观后感,其云:

---

① 章太炎著,马勇编:《章太炎书信集》,第335—336页。
② 胡适:《五十年来中国之文学》,载《胡适古典文学研究论集》,上海古籍出版社1988年版,第94页。
③ 陈子展撰,徐志啸导读:《中国近代文学之变迁:最近三十年中国文学史》,上海古籍出版社2000年版,第202页。
④ 同上书,第204页。

《深州风土记·金石》下之上载明洪武学校格式碑，首云："洪武二年，十月廿五日，左丞相宣国公，钦奉圣旨。今后立学校，春秋休要祭祀（此语不解），设科分教礼、乐、射、书、数，恁每拟来。钦此。"又云："奉圣旨，节谅学校合行的勾当，教秀才每用心讲究着行。钦此。"又云："奉圣旨，准教定立罪名，同这格式，各处学校都镌在石碑上。钦此。"别行载学校格式。又云："钦奉圣旨，今后教各府州县儒学，好生训诲生徒，每日讲读文书，疲时于学后设一射圃，教学生习射。但遇朔望日子，要试演过；其有司官办事，闲暇时也与学官一体习射。若是有司官与那学官，不肯用心教学生习射，定问他每要罪过。钦此。"此专录洪武诏谕。至其格式，可笑者甚多，不具录。碑在今深州学及饶阳学，其碑首云："真定府晋州饶阳县，承奉晋州指挥、承奉真定府指挥、承奉北平等处行中书省劄付尚书吏部咨呈准。礼部关。洪武二年十月廿日，钦录到中书省案验"云云，皆明初官文书体式，吴挚父以为文辞不如宋大观碑远甚（大观碑亦载其书《金石》上）。是后公牍，尽沿此体。大氐皆出吏胥之手，视事者无复事文学矣。而所谓圣旨，则鄙俚尤甚。①

黄侃深感于明代圣旨的鄙俗浅俚，这引发了他对白话文的批判，他又专门分析了历代"王言"、国家诏策的用语情况，云：

自古王言，无不驯雅。虽前后五代，其君往往武人，而诏令必皆学士大夫所代撰，类有辞采可观诵；独元人起自塞外，其入中国，能习华语，已甚难得，于文辞义意，则故苦不能入，又虑润色者之失其本恉，故径用俚言俗语宣示臣僚。在元世盖不足深论。明太祖起自诸夏，乃亦因袭不改，是其失之尤甚者也。其后宦寺传宣，则尤以俚俗为纶綍矣。②

黄侃指出汉民族自古的诏令都是十分驯雅、词采可观的。以俚言俗语为诏令始于不谙熟汉文化的元代异族统治者。明朝虽匡复了华夏正统，却因袭了以俗语为诏令之习。接着，黄侃更推而广之，追溯整个中国白话文的历史：

① 黄侃：《黄侃日记》，第52页。
② 同上。

余十馀岁时，偶从书架翻阅宋明儒文录及六祖《坛经》，则惊其以语为文，有如《宣和遗事》《水浒传》之类。既见《元史·泰定帝纪》载当时一诏谕，原文俚鄙，又不可句读。至禅宗语录，则尤多俗言。稍长，流览晋六朝书，则文中往往杂以当时语。其长编，有如陆士衡、士龙兄弟往还书已多当时语。梁武口占《答贺琛诏》，周宇文护《与母书》，虽文而类演说。其短章零句，则诸史及书说尤数见不鲜。由元之后，明人文集中载皇言则仅见《熊襄愍公集》（唐《陆宣公集》已多载德宗口敕）及小说载张献忠《祭文昌文》，与其伪署某县知县诏书，尤可骇笑。今观此书载洪武圣旨，始知明代固以语为诏令。献贼亦师明祖尔。①

黄侃指出以语为文最早可追溯到西晋六朝书，之后在宋明儒文录、禅宗语录、元朝诏谕及明人诏令中都有。但与胡适对白话传统的推崇不同，黄侃贬斥此种"以语为文"可怪可笑。黄侃继而把矛头指向了新文学：

至吴氏深笑圣旨鄙俚，则不知其身没后不及廿年，自其乡人创作所谓新文学，方以此物为文。今世学校课诸生，率以白话文为懿。《儒林外史》，价值超乎方苞；徽州山歌，名誉高乎姚鼐。所尚未传染者，独官文书尚沿明、清之体式耳。一旦大总统之策令，国务院之呈文，悉变新文，而远与明祖争美，使恁每、那个之文盈于纸上，则未始非中华民国维新之治也。②

讥讽新文学颠倒雅俗，特别嘲讽若国家政令也用白话，则将同明代诏令一样鄙俗。黄侃还深入剖析了提倡白话的深层原因在于崇洋媚外：

至吴氏论胡元以俚言俗语宣示臣僚之故，则良吊当，不见今西人译其所谓圣书，纯用俗语而犹觉难于讲释乎？是故恶中书之难解，则喜观白话文；患中字之难识，则赞美注音字母，固异邦人所同然也。妄人小子，方且以得西人之一誉为荣，又宁愿如吴君者之悝诮哉！③

---

① 黄侃：《黄侃日记》，第52页。
② 同上。
③ 同上书，第53页。

以上黄侃是从纵向的历史的角度，论证白话之俗与文言之雅，从而崇雅抑俗，认定文言才是中国传统汉民族文化的正统、主流。

另外，黄侃还从横向的角度，对比书面之文言与口头之白话的优劣，从而认定二者理应有所区别，白话文不能取代文言文。具体说来，黄侃指出了四方面的原因：“言文之判：一由修饰，二由迁移，三由摹仿，四由齐同。”① 他进行了详细阐述。

其一，白话质朴鄙俗，文言修润华美。黄侃说：“言辞修润，即成文章，而文与言讫于分乖者亦有。故撰述之家，求其文之简当，或志在行远，亦必美其采章。简与美相乘，自与造次口谈不能同状。此即以语为文之民，亦必有其区别，非然者，谓之无文，无不可也。”② 认为文章是“言辞修润”的产物，讲求简与美，这是质朴鄙俗的口语所不能达到的。“文章本乎言语，言语非皆可入文”，并不是所有的口头白话都可以运用到文学作品里，黄侃特举诗歌的发展为例，他认为白话俗语就不适合入诗，专门批评了唐宋时期兴起的一股将民间白话俗语入诗的风气：

> 唐、宋文人，挟一新变代雄之成见，敢于创体。或创而诘诎难通，或创而鄙俚是贵。所以任华粗肆，火急寄诗；卢仝险怪，月蚀成咏。老妪能解，白傅自称；秦妇竞传，韦庄晚悔。至若寒山酬唱，本似伽陀；击壤讴吟，但如卜繇。子瞻、无己，时杂俚言；廷秀、潜夫，半皆俗调。诗道至此，真大坏矣。近世郑珍子尹，好以俚语琐事入诗，特多新变。适会匪采之世，不从有妖，浅夫妄生，奉为水臬。不悟文质之分，遂泯雅郑之别。③

黄侃指出唐代的任华、卢仝、白居易、韦庄等皆有俗作，宋代的苏轼、陈师道、杨万里、刘克庄的诗都时杂俚言，批评这是诗道大坏，特别对这股鄙俚诗风一直绵延到清代、近代表示出不满，批评的矛头直指近代白话文学。

其二，白话随时而变，文言相对固定。黄侃谓：“又言在唇吻，随世迁流；文著于书，其性凝固。故有《尔雅》解《诗》《书》之诂，《辀轩》记绝代之言，常语趋新，文章循旧。方圆异德，故雅俗殊形矣。”④

---

① 黄侃：《黄侃日记》，第203页。
② 同上。
③ 同上书，第185页。
④ 同上书，第203页。

指出白话作为口头语言，极易变化，但书面语则相对稳定。文章创作需要相对固定的语言，因为"及夫时序一更，则其所谓雅者依然，而所谓俗者都不复通用"①，白话俗语比文言词义的变化要快，随着"时代变而风尚变，方言变，习惯变"②，很多当时通俗易懂的俗语反而变得晦涩难通了。"时地一变，弥劳笺诂，是则当时取其滑易，后世病其聱牙"③，这样会影响文意的理解。黄侃特举出宋元时期言男女情事的白话俗语作为典型例证，云：

> 夫男女燕私，裳衣颠倒，古今情事不殊，而所以道之不能无异。"待来时扃上上与厮嗷个"，宋人之亵言也；"敢交点钢锹劈碎纸糊锹"，元人之亵言也，今日有能解者乎？④

黄侃还在日记中记录过另一例子：

> 向观抄本苏子瞻冬日牡丹诗"一朵妖红翠欲流"，疑翠为误字，加以直抹，今观注本引陆务观《老学庵笔记》谓成都有鲜翠红纸铺，问土人乃知鲜翠犹鲜明也（高似孙《纬略》亦云：翠，鲜明貌，非色也）。东坡盖用乡语。夫以乡语入诗，异地之人、百年之后，非注莫解。则何如纯用雅言反觉易解乎？⑤

苏轼咏牡丹有"一朵妖红翠欲流"的句子，其中的"翠"是宋代蜀中俗语，意思是"鲜明貌"，此句形容牡丹鲜红欲滴，但是随着时移世易，"翠"的这层通俗含义已经不复通用，致使人们无法再准确理解这个诗句。以上两例非常典型地说明了白话俗语的时代局限性，确实是文学作品运用白话俗语无法回避的一大弊端。

其三，白话以随世而俗，文章以师古而雅。黄侃认为文章资于模拟："且夫人之为事，类皆爻法于他，罕能自创。婴倪效语，庄岳教言，陶染所成，若出天性。而文章既有定体，美恶复有公评。举世名篇，嗟不盈

---

① 黄侃：《黄侃日记》，第221页。
② 同上。
③ 同上书，第193页。
④ 同上书，第221页。
⑤ 同上书，第69页。

掭。拟之作式，必是前代之文。"① 而经过长期的模拟，文章的语言便形成
"定规"："模放既久，与之同化，句度声辞，宛有定规。所以诗歌虽广，
常用者不逾乎四、五、七言；形体猥多，恒见者大都止三五千字。"② 基于
此，黄侃认为"语言以随世而俗，文章以师古而雅"，作文理当模仿前代
佳作才能规范典雅，那么自然当运用文言，通俗的白话文是无法传承古代
文章典范的。

其四，白话受时地之限，文言易统一齐同。黄侃指出："尝闻化声之
道，从地从时。从地则殊境不相通，从时则易代如异国。故越歌山木，待
楚译而始通；秦语素青，候郑言而方晓。况以近事，昆腔宾白，非吴侬则
厌其钩辀；元代王言，在今人必迷其句读。是则文兼常语，适使蛮胡，不
若一秉古先，反得齐同之律。"③ 黄侃认为口语具有空间性和时间性，不同
时间、地区的语言无法相通，不如使用文言便于突破时地之限，易于统一
齐同。

黄侃认为从修饰、迁移、模仿、齐同四个方面来讲，作为口头语言使
用的白话都不适宜代替文言成为书面语。他讥讽新文学革命的倡导者们
"钝拙之夫，自媿不能文事，竞创怪说，以愚世人"④，同时也揭露世人懒
惰好名，不辨菽麦，盲目跟风，遂使白话文大兴："人情懒惰者多，勤劬
者少，从彼之说，既省精力，又得声名，所以泮林桑葚，不变鸮音，乔木
友声，无非缺舌。"⑤

发生在北大的这场白话文与文言文、新文学与旧文学之争，早已超越
了不同文学流派间的争论，而是一场新文化与旧文化之争。黄侃之所以反
对白话新文学，坚守文言旧文学，究其根本是出于对传统文化的维护。他
斥新文化运动是"崇洋媚外"；斥白话文的兴盛是国人的懒惰好名、盲目
跟风等，说明了他确实有保守狭隘的一面。但耐人寻味的是，黄侃虽然自
己恪守文言传统，却曾恳切地劝导弟子陆宗达"你要学习白话文，将来白
话文要成为主要形式，不会作是不行的。我只能作文言，绝不改变，但你

---

① 黄侃：《黄侃日记》，第 203 页。
② 同上。
③ 同上。
④ 同上。
⑤ 同上。

一定要作白话文"①。这说明黄侃对于时代趋势有清醒认识，已经认识到了文言不敌白话，中国传统文化让位于西方"德先生""赛先生"的大势，只是黄侃出于对民族文化的热爱，甘为传统学术的捍卫传承者："余于中国学术，犹蜂腰也，其屑微已甚，然不可断。断，学术其亡乎!"② 因此，他才不惮为"《选》学妖孽"、为"假古董"，这一份对中国民族传统文化、传统文学的热忱坚守，就不再是守旧二字所能概括的。因此，虽然历史已经选择了白话文，但几千年的文言传统是否就可以捐弃，时至今日，黄侃等旧式文人对新文学革命所提的反对意见，应当得到重新的审视与关注。

第三节　黄侃的文学思想

　　黄侃在长期文学创作和教学研究中，逐渐形成了自己的文学思想，如在清末民初桐城派、《文选》派和朴学派间的三大文派之争中坚持的骈散并重，在北大新、旧文学之争中反对白话新文学等。黄侃所关心的文学问题远不止于此，他曾拟撰《文志序论》一书，集中表达其文学思想。可惜的是，这部著作并未成书，仅存纲领，但从中仍然可以窥探到其新旧杂陈的文学思想体系。除此之外，他还撰作若干首论诗诗，发表过《中国文学概谈》论文学发展及《文学记微·标观篇》论文学批评。

一　新旧杂陈的文学思想体系

　　黄侃在1922年9月29日日记中称，拟撰《文志序论》一书，并谈到撰作此书的动因，云：

　　　　大抵先唐评文之书，约分四类：一则详文士之生平；二则记文章之篇目；三则辨文章之体制；四则论文章之用心。始自荀勖，终于姚

---

① 陆宗达：《黄季刚先生诗文钞序》，载黄侃《黄季刚诗文钞》，湖北人民出版社1985年版，第4页。另据曾晓明《〈文心雕龙札记〉论〈原道〉与〈风骨〉》尾注［30］载："又笔者于1986年冬在山东大学撰此文时，曾就此事往访山大教授、师从黄侃时间最长的殷孟伦先生。时先生虽卧病榻，然思维清晰，亦颇能谈，谓其师黄侃虽恪守古文不用白话，但从不保守，亦不反对弟子用白话文。并强调其师对五四新文学运动尚能理解，认为是时代使然，从未听其说过什么激烈反对或不满的话。所说亦与陆宗达之回忆差同。"（《文心雕龙学刊》第六辑，第341页）

② 程千帆、唐文：《量守庐学记》，第101页。

察，纷纶蕴蕠，湮灭而不称。略可道者，刘、钟二子而已。自唐以后，论文之言，唯存书札及夫丛谈、小说、文话、评选之中，绝无能整齐洽通若《明儒学案》之记儒先、《文献通考》之载法制者。侃虽不敏，愿有事焉。兹事体大，姑先述其纲领，命曰《文志序论》云尔。①

可见，黄侃是不满于现存古代评文论文著作，而欲撰一部规模颇为宏大的《文志序论》，此书的性质应该属于中国传统学术分类体系中的诗文评类。

翌年，黄侃于武昌作《讲文心雕龙大旨》的演讲时，论及研究文学的材料与方法，讲述了一段大致相合的话，其中再次提到他想撰述一部论文学的著作，并指出在体制上欲仿黄宗羲《明儒学案》，"近代学史之作，有《明儒学案》，然其体制亦剽自释书，非由心获。若能依此制度以说文学，庶几苟、挚之学绝而不殊"②。《明儒学案》是我国最早的一部系统的学术史专著，取材宏富，谨严有法，黄侃正欲效仿其体例，撰著一部全面系统的论文著作。但这样的著作必然费时绵长，不能满足其讲课之急需，他只能先依据体大思精的《文心雕龙》来讲解"凡研究文学者所应知之义"，"凡此诸义，愚所解释，大抵因缘舍人旧义，加以推衍，其刘所未言，方下己义"③。至于"凡研究文学者所应知之义"包含哪些具体内容，黄侃开列了细目，值得注意的是，这一细目与其《文志序论》之纲领几无二致。

另据《黄侃年谱》编者按语，黄侃还曾拟撰《文学卮言》一书，也未成书，唯存纲目④，与《文志序论》的纲领亦相通。令人遗憾的是，在现存黄侃著作中，既未见设想宏大的《文志序论》，也没有《文学卮言》。虽然我们今天无法看到黄侃论文学的完整著作，但是仍然可以根据留存下来的著作大纲（表3-1）⑤，约略推测黄侃的文学思想体系。

---

① 黄侃：《黄侃日记》，第211页。

② 司马朝军、王文晖：《黄侃年谱》，第197页。

③ 同上。

④ 同上书，第305页。

⑤ 笔者按，为方便对比，几种著作大纲的顺序略有变更。

表 3 - 1 黄侃的文论著作大纲

文志序论纲领①	凡研究文学者所应知之义②	文学厄言③
文章之界限　文学之起原 文之根柢与质地	文学界限　文章起源 文之根柢及本质	
书籍制度与文章 成书与散篇	书籍制度 成书与单篇	
文章与文字　文章与声韵 文章与言语 文言质言之大别 词言通释 古书文法例 字书文法之整理	文章与文字　文章与声韵 文章与言语 文法古今之异	训诂第一 章句第二 法式第三 声调第七
文章与学术	文章与学术	问学第十
文章与利禄风尚	文章与私利风尚	
外国言语学术及于文章之利病　译文之优劣	外国言语学术及文章之利病	
公家文　日用文　俳俗文	公家文　日用文　俳俗文	
文章家之因创	文家之因创	师承第五
文章派别	文章派别	
历代论文者之旨趣	历代论文者旨趣不同	
文体起源及废兴 文体变迁之故	文体废兴 文体变迁之故	体制第四
摹拟述作之异　伪托	摹拟之伪托述作	
雅俗之标准	雅俗	
繁简之宜	繁简	
文章流传泯灭之理	流传与泯灭	
三种著作纲领不相对应的条目		
向后文学变化之预期	文章与政治人心风俗 文质	神思第六 材具第八 情理第九

从黄侃的著作纲领可见，其中很多论题仍不出传统诗文评范围，如流

① 参见黄侃《黄侃日记》，第 211 页。
② 参见司马朝军、王文晖《黄侃年谱》，第 197 页。
③ 同上书，第 305 页。

派、文体、雅俗、繁简等。但时移世易，黄侃观察文学的角度必然受到中西交融、新旧杂陈的时代风气之影响，如"外国言语学术及于文章之利病""译文之优劣""向后文学变化之预期"等论题，都是立足于时代。更重要的是，相比传统诗文评著作，黄侃的著作更具系统性，从"文章之界限""文学之起原"等根本问题谈起，所涉论题广泛，涵盖了现代文学理论体系中文学的本体论、文体论、创作论、发展论、批评论等各个方面，相当于一部文学概论。可以说，黄侃拟撰的《文志序论》《文学卮言》等论文学的专著明显带有从传统诗文评向现代文学概论过渡的性质，体现了其文学思想体系的新旧杂陈。

二　重视文学与小学的关系

在黄侃的《文志序论》中，所占篇幅最多的是对文章与语言、文字、声韵、章句、训诂、文法等传统小学之关系的研究。这是由其治学特色决定的，黄侃把小学看成治一切学问的基础，曾言"一切文辞学术，皆以章句为始基"①，"学问文章皆宜由章句训诂起"②，"小学之于群籍，由经史以至词曲，皆不能离之"③，研究文学时亦特重小学。语言文字是文章的表现载体，如何用字遣词、分章断句、依声押韵等，确实是文章创作中的重要问题，刘勰《文心雕龙》就专设了《声律》《章句》《炼字》等篇来讨论，黄侃在其《文心雕龙札记》中专门对这几篇进行了细致的分析，《章句》篇札记更是《文心雕龙札记》中篇幅最长者。在他研究文学的实践中，也重视文学与小学的关系，如在评点《文选》时，就特重章句训诂，是其评点《文选》最主要的内容。另据其《日记》所载，他在批点研阅集部典籍的过程中，也时时注意从语言文字着眼，其中，尤以对宋词用字及对文学作品中俗语的研究为代表。

（一）论宋词用字

黄侃有很高的词学造诣，不仅研阅过大量词集，还创作了不少优秀词作。基于阅读和创作的心得，他对宋词用字发表过一段非常精彩的论述，归纳出"宋词用字，盖有三例"，分别是：

> 一曰熟语（用典故训故皆属此类，如辛词《摸鱼儿》用长门事，

① 黄侃：《文心雕龙札记》，第 124 页。
② 黄侃：《致陆宗达信》，转引自司马朝军、王文晖《黄侃年谱》，第 271 页。
③ 转引自许嘉璐《黄侃先生的小学成就及治学精神》，载程千帆、唐文《量守庐学记》，第 62 页。

用千金买相如赋，曰玉环、飞燕，此用典故也。用恩恩脉脉、危阑之危，此用训诂也）。二曰造语（有造字造句之异。造字如姜词冰胶雪老、吹凉销酒、诸虚字之类。造句如"高柳晚蝉，说西风消息"之类）。三曰时俗语（有用时俗语为形容接续介系助句之词，如中加以熟语造语者。如刘翰词："怨得王孙老"，"得"字，时俗也。刘克庄词："蓦然作暖晴三日。""蓦然"字，时俗语也。韩疁词："待不眠还怕寒侵。""待"字，"还怕"字，时俗语也。余皆熟语也）。

基于黄侃列举的例证，我们不难理解，所谓"熟语"，指的是源于人们所熟习的典故和训诂的字词；所谓"造语"，指词人独创的字词和句式；所谓"时俗语"，指带有时代特色的口头俗语，多是在句中起形容、接续、介系、助句等作用的词。当然，这只是宋词用字的三种基本类型，在具体的运用中，还有复杂的变化，呈现出不同的形态。

黄侃特别针对时俗语在宋词中的具体运用，进行了更全面的分析，他指出了六种情况：

> 有用时俗语而天然工致、绝类文言者，如辛词"是他春带愁来，春归何处，却不解带将愁去"是也。有貌似文言，实从俗语翻出者，如谢懋词云"无寻处，只有少年心"是也。有纯用时俗语而杂以文言仍不掩俗者，如赵与镲词"有人嫌太清，又有人嫌太俗，都不是我知音"是也。有虽无时俗语虚字，而实时俗语之熟语者，如周晋词"薄幸东风，薄情游子，薄命佳人"是也。有不仅用时俗语，且用方言者，如吴词之"梦缘能短"，"能"作"如此"解，今苏州语也；陆词"你嚎早收心呵"，"嚎早"作"火速"解，亦今苏州语也。有用方音为韵者，如姜词"不会得青青如此"，与"语""虞""御""遇"韵中字同押；刘过词"泪痕凝脸"，与"铣""狝""轮""换""阮""愿"韵中字同押是也。[1]

以上除第六项"有用方音为韵者"是从声韵角度指出时俗语的方言读音押韵情况外，其他几项则分别指出了时俗语在词作中所呈现的或雅或俗的不同审美风貌和存在的几种形式，其中有的时俗语随着时代的迁移而变得难以分辨。如"梦缘能短"中的"能"字，在苏州语中作"如此"解，不

---

[1]　黄侃：《黄侃日记》，第124页。

仅是时俗语，而且是更具民间性口语化的方言。黄侃能准确地分辨出这类时俗语，有赖于他精深的小学功底。

鉴于宋词用字的复杂情形，黄侃"拟专取宋人选词辑《宋词用字举例》一书"，在其《文志序论》中有"字书文法之整理"一项，或许正是指此类著述。这样的著作显然对我们创作实践有指导作用，"一以示填词用字造句之法"，更重要的现实意义是，"二以告今之高举常语为诗者，知亦有矩蔓，非能率尔成章也"①，即纠正当时滥用"常语"作诗的现象。黄侃这里可能是影射新文学运动以来用白话创作新诗者，无怪乎他对宋词中时俗语的用法格外重视，他虽语含嘲讽，但认为应该吸收宋词运用白话俗语的经验，这一思路是值得重视的。以往论词者皆聚焦在词的旨义、格调、声律等问题，黄侃却能独辟蹊径，关注宋词用字问题，这是卓有识见的。

（二）对文学作品中俗语的研究

虽然黄侃反对在文学作品中运用白话俗语，但作为一位语言学家，他格外重视文学作品中出现的白话俗语材料，做了不少训诂、研究和整理工作。例如他训释了《文选》中任昉《奏弹刘整》一文里的俗语词。此文在开篇首先引录了控告刘整的刘寅妻范氏及家奴、婢女等人的口语列辞，历代鲜有注者，随着时代的变迁，而越发晦涩难通。黄侃虽然批评过此文："不知以此等文予今日法吏，不致瞠目结舌否，此俗语所以断断不可为文也。"②但具体评点的过程中，却对文中珍贵的白话俗语材料格外重视，特将文中的五十多条"可考当时语言风俗者以△识之"，对其中的十余条专门释以今语，并研究了其中几条的历史习用情况。再如黄侃在研究宋词用字时，就格外关注宋词中时俗语（即口头白话俗语）的使用情况，专门进行了分析。

黄侃还"尚拟遍征群籍，为《唐宋元文辞常语类考》"，并初步构拟其体例：

> 尚拟遍征群籍，为《唐宋元文辞常语类考》。今姑举其例：文非单篇不录；诗无主名不录；语虽当世，本自古常言不录；数见者举其朔；本于谚语小说者疏其原；无旧解自下意为之判释。大氐词曲常语

---

①　黄侃：《黄侃日记》，第 124 页。

②　同上书，第 467 页。

多于诗。曲不录白。诗之常语多于文。①

从黄侃的设想来看，这部专著旨在辑录唐宋元时代，诗、词、曲、文中的俗语，并追源溯流，解释词义。据其《感鞾庐日记》，他为这部专著进行了一系列材料的搜集工作。1922 年 9 月 22 日和 1922 年 9 月 23 日他移录钱大昕《恒言录》中运用了俗语的唐宋人诗。钱大昕《恒言录》是清代一部具有代表性的俗语辞典，辑录并解释了清代通行俗语凡十九类，计八百余条，每一辞条都追溯源流，列举书证，间有注疏，阐释词义，刊印时又经张鉴、阮常生补注，内容益发详密。黄侃对钱大昕《恒言录》十分重视，按照"钱、阮、张三君所采唐宋人诗，侃今悉以迻录"②的原则，有选择性地进行了摘抄，将《恒言录》中所征引的运用了俗语的唐宋诗词悉数摘出。

1922 年 9 月 25 日黄侃还节录了《东方杂志》载敦煌发现唐朝之通俗诗及通俗小说，摘录的篇目计有：

敦煌唐写本书为英国斯坦因博士携归伦敦者，有《秦妇吟》一卷，前后残缺，无书题及撰人姓名，中有内库一联，与《北梦琐言》载韦庄《秦妇吟》一联同，其为韦诗审矣。巴黎国民图书馆书目有《秦妇吟》一卷，右补缺韦庄撰，当较此为完好也。（笔者按：下录原诗）

伦敦博物馆有季布歌，前后皆缺，尚存三千余字，纪季布亡命事，以七言韵语述之，似后世七字唱本。

又有孝子董永传，亦七言，略曰。（笔者按：下节录原文）

江右某氏所藏敦煌书中有目连救母、李陵降虏二种，则纯粹七字唱本。

伦敦博物馆又藏唐人小说一种，全用俗语，前后皆缺。（笔者按：下节录原文）

伦敦所藏，尚有伍员入吴小说，亦用俗语。

太公家教。敦煌所出凡数本，英、法图书馆皆有之，上虞罗氏亦藏一本。……书全用韵语，多集当时俗谚、格言。（笔者按：下节录其要者十数条）

---

① 黄侃：《黄侃日记》，第 195 页。
② 同上。

　　敦煌所出《春秋后语》卷纸背有唐人词三首。（笔者按：下录词三首）

　　伦敦博物馆藏唐人书写《玄谣集》杂曲子三十首。（笔者按：下录词三首）①

此外，从1922年9月27日到1922年10月24日，黄侃还费时近一月摘录翟灏《通俗编》，是书采集了汉语中的各种俗语和方言，分为38类，计5456条。每条之下均列举书证，指明出处，间有按语，考辨词义，征引详赡，考释精审。黄侃选录了其中所征引的运用了俗语的唐宋诗词，计1500余条。

　　虽然在现存黄侃著作中，未见《唐宋元文辞常语类考》，恐怕是并未成书。但从黄侃对这部书体例的初步设想可以看出，这将是一部全面系统考释唐、宋、元时期文学作品俗语运用的著作。对于我们研究唐宋元时期的俗文学和俗语，乃至民俗都有帮助，不得不钦佩黄侃的学术眼光。而黄侃对《恒言录》、敦煌俗文学、《通俗编》等资料的选择摘抄，不仅为我们后学研究这一课题积累了材料，也指明了方法。

三　《漫成》六首等论诗绝句中的文学观

　　黄侃曾作若干首论诗诗，以《漫成》六首最为代表，这是一组论文学创作的绝句，诗曰：

　　寓目曾无得句心，奚囊何用苦搜寻？三年两句诗情窘，未解流泉是妙音。

　　江山云物古今同，比拟雕镂术已穷。要识胸情宜直举，后人何必怯争锋？

　　作奏诚宜去葛龚，矫情独造亦无功。侯人破斧沿前制，始识文章有至公。

　　忧生悼世感无端，篇什原宜当史看。汩没真情拟风雅，可怜余子羡邯郸！

　　文章何苦较崇卑，兰菊英蕤各一时。上采风骚下谣谚，果能真挚尽吾师。

　　歌咏终须本性情，三年刻楮费经营。杜韩同有文章在，只惜《南山》逊《北征》。①

从中表现出黄侃对文学创作有以下几点明确的要求。

第一，抒发真性情。《漫成》其二认为自然界的素材和人为的艺术表现手法已被古人开发殆尽，但只要能"胸情宜直举"，抒发内心真情，就不必惧怕再与古人争锋！其三指出文章风格各异，不必计较高下，无论是学习《诗经》《楚辞》之雅，还是效仿民间谣谚之俗，只要抒情真挚，便足为师表。最后一首绝句表述得就更加明确了，所谓"歌咏终须本性情"，韩愈《南山诗》连用51个"或"字句和14个叠句来形容群山态势，虽然极尽工巧，但终究不如表达深沉忧国忧民之情的杜甫《北征》更具价值。

第二，反映现实。《漫成》其四表达诗歌的内容要能忧患民生，哀悼世事，起到反映现实的诗史作用，要满怀真情地继承《诗经》的风、雅刺世精神，否则只能是邯郸学步。

第三，反对苦吟。《漫成》其一明确对苦吟派表示不满，称不必像李贺那样预备诗囊，苦心搜寻佳句，也不必像贾岛那样"两句三年得"，所谓"未解流泉是妙音"，创作需要自然工妙。

黄侃的这几点文学创作要求，也都落实到了他自己的文学创作实践中，他的诗、词、文均是抒发真性情，绝少苦心搜寻，"矫情独造"之作，特别是其表现民生疾苦、社会现实的诗作，如《乱后始至南京作》《武昌乱》《勉国人歌》《乙亥九日》《秋日出郊书所见》等，可谓"忧生悼世感无端，篇什原宜当史看"，确实具有诗史的意义。

除了《漫成》六首论文学创作之外，黄侃还有一些论作家作品的论诗诗，如：

读《诗》偶占

成均诗教首《周南》，冠冕诸华国十三。不待予朝携典籍，高文早已耀江潭。②

相如

相如逸气欲凌云，赋罢《长门》意转纷。寄语御沟呜咽水，可知消渴为文君？③

---

① 黄侃：《黄季刚诗文钞》，第278页。
② 同上书，第281页。
③ 同上书，第261页。

读司马相如传

论罢荆轲赋子虚，为人何似蔺相如。弄琴惆怅因窥户，赍酒归来却卖车。

好色未须辞痼疾，饶财应解慕闲居。武皇最是怜才主，临死空求一卷书。①

读扬雄传

老向承明校秘文，误将奇字授刘棻。美新献后终黄馘，至竟崇儒是巨君。

无妄逢占道尚存，谁知狱吏比儒尊？可怜巨鹿侯铺子，空抱玄文说感恩。②

祢正平

气比横秋鹗，相知只孔融。终劳赋鹦鹉，莫赋叩头虫。

魏武真人杰，铜台草已平。渔阳闻叠鼓，岂是昔年身？③

洛神赋

东路言归造感甄，寓辞惝恍反疑真。洛灵纵有惊鸿影，岂是君王梦里人。④

舟中闻汪生念洛神赋

莫怪陈思赋洛神，魏宫原有爱才人。明珰一献应惆怅，梦里君王不得亲。⑤

郭景纯

景纯颖索有由来，幽思游仙意并哀。未解简文称许掾，空将玄语助诗才。⑥

夜坐成五绝句

阮籍穷途有《咏怀》，偷生浊世最堪哀。卮言妙得庄生恉，千古诗人只此才。

春芜渐满两东门，去国哀时结泪痕。会得《远游》无限意，不须宋玉解《招魂》。

岂有微词托寒修？苦斅虚想瘵幽忧。景纯自觉区中狭，枉说仙才

---

① 黄侃：《黄季刚诗文钞》，第 194 页。

② 同上书，第 257 页。

③ 同上书，第 246 页。

④ 同上书，第 257 页。

⑤ 同上书，第 272 页。

⑥ 同上书，第 265 页。

不易求。

　　萧瑟兰成拟问天，闲居还赋《小园》篇。长松横石饶真兴，俗眼讥评转可怜。

　　微词托意有清音，风雨高楼感不禁。却为伤春怜杜牧，人间谁识此情深。①

杂感八首（其四）

　　楚骚读罢更挑灯，《哀郢》篇成恨岂胜！次有韩非是才士，独抒孤愤写亡征。

杂感八首（其五）

　　谁信陶潜是隐沦？荆轲一咏见天真。种桑未采山河改，聊傍东轩作醉人。②

读陈子昂诗

　　一篇《修竹》冀知音，才士求名有苦心。太息奇文赠行路，先输百万购胡琴。③

李义山

　　剗诗谁及玉溪生，独允深思写至情。自有微辞同宋玉，何曾艳态比飞卿？华年锦瑟供长恨，别泪青袍负盛名！最悔读书求甲乙，空劳从事亚夫营。④

从现存黄侃的这几首论诗诗可见，他对于才华卓著而命运坎坷的文人情有独钟，他在诗中对屈原、韩非、司马相如、扬雄、祢衡、曹植、阮籍、郭璞、陶渊明、庾信、陈子昂、杜牧、李商隐等人的身世表现出深切的同情，并认为正是由于他们的作品抒发了命运的悲苦而独具价值，如阮籍因为穷途末路、偷生浊世而创作《咏怀诗》，堪称"千古诗人只此才"，郭璞的身世"頿索"使其诗作"幽思游仙意并哀"，远高于被晋简文帝所称道的玄言诗人许询。而李商隐的诗"独允深思写至情"，更是无人可及的。黄侃称道这些坎坷文人的悲愤之作，与其在《漫成》六首中坚持的"歌咏终须本性情"，诗歌需要抒发真情实感的主张是一致的，并且说明他特别重视抒发悲愤感情的作品，符合他在另一首论诗诗中所言"诗为伤离有真

---

① 黄侃：《黄季刚诗文钞》，第 253 页。
② 同上书，第 276 页。
③ 同上书，第 281 页。
④ 同上书，第 183 页。

感，文能写恨是奇才"①。另外，黄侃独重悲愤诗人，也有借古伤今，哀悼自身的原因，他高才博学，却"闵乱忧生壮志空"②，故于往代觅知音，借他人酒杯浇自己块垒！

四 《中国文学概谈》论文学发展

1929 年，黄侃在《晨报》副刊上发表了《中国文学概谈》，这是一篇论中国文学发展的文章，举出了在中国文学中占永久势力者十种。所谓"永久势力"者，从黄侃的具体论述来看，即指从史的角度着眼，那些在中国文学发展史上具有开创性，或对后世产生重大影响，因而具有永久价值的作家作品。黄侃认为这十种作家作品及其永久价值，具体如下。

（1）《诗经》。《诗经》是中国文学的源头，在多方面沾溉后世文学的发展，而黄侃认为《诗经》最大的价值体现在关注现实的风雅精神上，"如《节彼南山》之类，吾人至今读之，觉有一种忧时之愤性，虽老杜诗，亦未能及之"③。《小雅·节南山》是一篇控诉执政者秉政不平，导致国危民困的怨刺诗。黄侃认为《诗经》中"大多至今尚为有价值之文学"，即是指此类变风变雅之作。程千帆先生在回忆黄侃最后一堂课时，提到：

> 这一天，他正讲《小雅·苕之华》，当他念完末章"牂羊坟首，三星在罶。人可以食，鲜可以饱"之后，又接着把《毛传》"牂羊坟首，言无是道也。三星在罶，言不可久也"，用非常低沉，几乎是哀伤的声音念了出来。既没有对汉宋诸儒训说此诗的异同加以讨论，也没有对经文和传文作进一步的解说，但我们这些青年人的心弦却深深地被触动了。④

这首诗之所以能触动黄侃，又进而触动青年学子。是因为据《毛传》此诗为："大夫闵时也。幽王之时，西戎、东夷交侵中国，师旅并起，因之以饥馑，君子闵周室之将亡，伤己逢之，故作是诗也。"1935 年，中国东北已经完全被日军占领，日军又侵占了华北的大片领土，国家岌岌可危，百姓水深火热，这样的国情与两千多年前是何其相似，睹文伤情，怎能不令人慨叹哀伤！可见，正是出于知识分子的爱国赤忱，黄侃对《诗经》的现

---

① 黄侃：《黄季刚诗文钞》，第 274 页。
② 同上书，第 276 页。
③ 黄侃：《中国文学概谈》，《文心雕龙札记》附录，中华书局 2006 年版，第 293 页。
④ 程千帆：《忆黄季刚老师》，载程千帆、唐文《量守庐学记》，第 151 页。

实主义精神有如此深切的认同，《诗经》现实主义精神的永久价值也在他的最后一课中得到了最好的说明。

（2）左丘明。"中国古代史书，推自孔子、左丘明之书始，而《左传》述事真实明晰，尤为古史第一"①，《左传》可谓史传文学的开山之作。

（3）屈宋。屈原、宋玉虽然不是楚辞的创造者，但作为楚辞创作的高峰，"屈宋之文于中国文学影响甚大，势力亦伟，后人词赋均不能脱其范围，仿作者亦多"②。

（4）蔡邕。"至《汉书》以下之文，陈陈相因，四字一句，此种体裁，实出于议碑。而议碑则以蔡邕为主"③，《汉书》之后的史书句法体裁实受碑文影响，而蔡邕是汉代碑文成就最高者，像范晔《后汉书》即受其影响，"其后范蔚宗以碑为史""盖范受蔡之碑版影响也"④。

（5）陆士衡。陆机文章叙述繁密细致，如《文赋》"细意之多，前之所无"，内涵丰富深刻，如《吊魏武帝文》"意之多杂精义坚深甚矣"，由于"自古之文，叙述简明者多，叙述细意者少"⑤，故陆机可谓独具特色。

（6）汉晋世绎经造经者。"汉、晋世绎经多以当时白话成之。是今之语体文当称此为鼻祖矣。"⑥汉代、晋代的翻译及自撰佛经，严格说来，并不属于文学范畴，只是由于译经所用的是当时的白话，从语言载体的角度讲，可谓近代白话语体文之鼻祖。

（7）声律论创造者。"自范晔、沈约出，始有声律严格之限制。而范、沈之后，始有纯粹之骈体文矣。"⑦范晔、沈约的声律论，为骈体文学的兴起创造了条件。

（8）苏绰至韩愈。"古文始自苏绰，成就于韩退之。"⑧北朝西魏的苏绰仿《尚书》作《大诰》奏响前奏，至韩愈正式倡导古文运动。

（9）唐宋间作平话者。"此虽为文学所不道，然在唐时社会，所谓流俗文学者也。元、明、清以后之小说，又多以此为酝酿导引。"⑨唐宋间的

---

① 程千帆：《忆黄季刚老师》，载程千帆、唐文《量守庐学记》，第151页。
② 同上。
③ 黄侃：《中国文学概谈》，《文心雕龙札记》附录，第294页。
④ 同上。
⑤ 同上。
⑥ 同上。
⑦ 同上。
⑧ 同上。
⑨ 同上书，第295页。

平话对元明清小说起到导引作用。

（10）宋元间作曲子者。"剧曲先为院本，由院本变为杂剧，由杂剧再变为传奇。其于文学中，实占有伟大之势力也。"① 宋元间的曲子是元明清杂剧和传奇的先导。

从上述黄侃所列举的在中国文学中占永久势力的十类作家作品来看，他具有史的眼光，把握住了中国文学发展的脉络。《诗经》《楚辞》《左传》之于中国文学，汉晋佛经翻译之于白话文，声律论之于骈体文学，苏绰、韩愈之于散体文，唐宋间作平话者之于小说，宋元间作曲子者之于戏剧，都具有开创性、源头性的价值，这已得到学界的一致认可。至于，黄侃特别举出了蔡邕、陆机两家，盖缘于黄侃精熟《文选》，喜好汉晋文章，故于蔡邕、陆机格外青睐。

五　《文学记微·标观篇》论文学批评

黄侃于1929年在《晨报》副刊发表《文学记微·标观篇》，文中开篇概括引述《文心雕龙·知音》篇的论点，称虽刘勰已详论了自古评文的偏畸之弊，并将文章的批判之道标为六观，但犹有未及，故补陈三弊，补述五观。所谓"标观"，是指为文学鉴赏、文学研究标志出观照的角度。

黄侃首先指出人们在评文时，容易出现的三种弊端，具体如下。

（1）今古之偏。好古者贵远贱近，荣古虐今；而好今者则表现为"辞言鄙俚，文彩不彰"②。黄侃之所以特别点出"辞言鄙俚"，盖因新文化运动倡导白话文，弃古从今者运用大量口语白话为文，黄侃认为这样的作品缺乏文采。

（2）雅俗之偏。崇雅者往往以难解为雅，或以古为雅，这是其弊端。而从俗者的弊端体现在"记事衡理，发抒中情，托之常言"③ 上，所谓"常言"，即指当时的口语白话，由于口语不如文言书面语简练，必然会造成"择语必不能甚精，遣调必不能过简，冗曼牵缀，阅者告劳"④ 的弊端。

（3）奇偶之偏。黄侃指出骈偶与散体文学皆渊源有自，影响深远，批评非骈偶莫尚和专隆古体都是不正确的态度，"两宗互诟，文术愈瘠"⑤，奇偶两派的长期争论，只能对中国学术造成损害。至五四新文学运动兴

---

① 黄侃：《中国文学概谈》，《文心雕龙札记》附录，第295页。
② 黄侃：《文学记微·标观篇》，《文心雕龙札记》附录，中华书局2006年版，第287页。
③ 同上书，第288页。
④ 同上。
⑤ 同上。

起，倡导白话语体文，骈文散文都逐渐退出历史舞台，中国文学的这一巨变，不禁让黄侃感到"吾国文章，至今日而二途俱尽，诚可叹息"①。

黄侃所指出的文学鉴赏、文学研究时的今古之偏、雅俗之偏、奇偶之偏三种弊端，在中国文学批评史上是长期以来存在的，而在民国初年表现得格外激烈。黄侃表面上虽持中和态度，主张不偏不倚地对待古今、雅俗、奇偶，但从他具体的论述来看，实对趋今从俗，运用白话的文学表示出不满。

接着，黄侃在刘勰"六观"的基础上，又补述了文学鉴赏、文学研究的五个观照角度，具体如下。

（1）观时会。指研究文学者要"静观世变，平情体察"②，关注时代发展，世运变化，因为"质文代变，浇淳异风。时会所趋，众莫能挽"③，文学的发展往往深受时会影响。

（2）观材性。所谓"观材性"，"是知一代必有文家之文，以章其专业；亦必有流俗之文，以写其恒情。二者并隆，乃可得文学之真状"④，盖指判断文章的体裁性质是属于文家之文还是流俗之文。

（3）观凭藉。"文章之用，无过论理、记事、抒情，而皆不能无所凭藉"⑤，而所谓"凭藉"，从黄侃所举例证来看，偏重于指学术基础。如谓"明人学问空疏，其文字亦从之纤诡。清人学问繁琐，其文字亦从之艰深"⑥，认为明代清代的文学风貌受到其所处时代学术特色的影响，所谓"所凭借者然，斯所发挥者亦不得不然"⑦。

（4）观质地。"文之质地，是曰意思，加以组织，斯为言语，言语善巧，即为文章。"⑧ 黄侃用"质地"来概括与文章外在语言表达相对的内在思想内容。他指出"自来文家，多袭外貌"⑨，"世之论文，多重词言，忽其旨意，既有买椟还珠之讥，焉有探骊得珠之望"⑩，论文者重视外在词言，忽略内在旨意，是舍本逐末、买椟还珠。他认为"故观文之法，不观

---

① 黄侃：《文学记微·标观篇》，《文心雕龙札记》附录，第288页。
② 同上书，第289页。
③ 同上。
④ 同上。
⑤ 同上。
⑥ 同上。
⑦ 同上。
⑧ 同上。
⑨ 同上。
⑩ 同上书，第290页。

其辞，而观其意；不观其表，而观其里"，"若命意已工，辞可张弛。命意已拙，虽复藻绘雕饰，仍为文术之疏"①，研究文学应将文章的思想内容放到首位。

（5）观效用。"文辞不苟，著述必须有益于人，效用之说也。"② "效用"指文学作品所起到的作用功效。黄侃认为文章的效用比艺术价值更重要，"今谓文章之用，泰半在乎喻人。苟其文效用未宏，则华藻皆无可取"③。

相对于《文心雕龙·知音》所提出的"一观位体，二观置辞，三观通变，四观奇正，五观事义，六观宫商"，黄侃补述的"五观"，更注重文学与外界的关系，如观时会、观凭藉、观效用等，是对刘勰的一种补充。

第四节　黄侃的文学批评

黄侃虽以经学、小学名家，但对集部典籍也一直研阅不辍，阅读量颇为惊人，并附以评点、校勘、抄录等各种中国传统的文学批评方式加以研读，为其文学研究提供了源头活水，打下了坚实基础。通过分析其对集部典籍的阅读情况，可以考察出他对历代文学的基本态度。对一些重要的作家作品黄侃还专门加以评点，其中现存最为完整、最具学术价值的要属对《诗经》的评点、《阮籍咏怀诗补注》及《李义山诗偶评》。

一　点校抄阅之集部典籍

黄侃研阅了大量的集部典籍，并常附以评点、校勘、抄录等，这些都详载于其日记中，可惜的是，其日记今已大量缺失，仅据黄侃现存1921—1922年、1928—1935年日记，录出他在这几年内所点校抄阅之集部典籍，从中窥探他对历代文学的基本态度。

> 1921年10月16日　翻太白七古。
> 1922年1月22日　阅王文诰见大《苏诗编注集成》，此注实嫌芜漫。

---

① 黄侃：《文学记微·标观篇》，《文心雕龙札记》附录，第290页。
② 同上。
③ 同上。

1922 年 1 月 22 日　批阅苏诗。

1922 年 1 月 26 日　卧看《樊南文补编》。

1922 年 2 月 2 日　阅苏诗。

1922 年 3 月　校《玉台新咏》。

1922 年 3 月 22 日　阅《绝妙好词续钞》。

1922 年 3 月 26 日　翻《文则》，其书取经句为范，颇为雅驯，惜不备耳。

1922 年 3 月 28 日　阅《六十家词》：《珠玉》《六一》《乐章》《东坡》诸集竟。

1922 年 3 月 29 日　阅《山谷》《淮海词》竟。

1922 年 3 月 30 日　阅《小山词》竟。

1922 年 3 月 31 日　阅毛滂《东堂词》。

1922 年 4 月 1 日　阅《铁桥漫稿》。

1922 年 4 月 3 日　阅《放翁词》竟。

1922 年 4 月 5 日　阅《稼轩词》。

1922 年 4 月 10 日　阅《片玉词》。

1922 年 4 月 11 日　阅《梅溪词》十六页，沉着旧绮，向来殊未细研，由胸中先有张惠言、周济诸人之说也。

1922 年 4 月 14 日　阅《梅溪词》，更绅绎一再，高处直逼周、柳，有如出水芙蕖，自然可爱，至若"西月澹窥楼角"（西江月），"花落池台静"（贺新郎），"绿障南城树"（贺新郎），"草脚青回细腻"（临江仙），"愁与西风应有约"（临江仙），"搭柳阑干倚伫频"（鹧鸪天）诸词，真不愧奇秀清逸之目也。

1922 年 4 月 15 日　阅《白石词》竟。

1922 年 4 月 16 日　阅叶少蕴《石林词》。

1922 年 4 月 17 日　阅杨无咎补之《逃禅词》，俳语过多，有枚皋之病，如《醉落魄·咏龙涎香》云："几回殢酒襟怀恶，莺舌偷传，低语教人嚼。"《瑞鹤仙》"渐娇慵不语，迷看带笑，柳柔花弱。难貌（即画貌字）扶鸳帐，不褪罗裳，要人来托。偷偷弄搦，好玉软暖香药"。《明月棹孤舟》咏园三五云："记得谯门相见处，禁不定飞魂飞去。掌托鞋儿，肩挑裙子，悔不做闲男女"，诸词直是淫哇，而明月棹孤舟后三语，尤为遁洗，虽壮士阅之，亦未免荡心也。至步蟾宫一词，所咏"一斑两点从初起，这手脚渐不灵利，背人只得暗搔爬，腥臭气熏天灸地。下梢管取好脓水，要洁净怎生堪洗，自身作坏，匹如闲更，和却旁人带累"则瘭疽花瘘亦入词，瞀矣。

　　1922 年 4 月 18 日　阅戴复古式之《石屏词》。阅洪瑹叔屿《空同词》。

　　1922 年 4 月 20 日　阅向子諲伯恭《酒边词》。

　　1922 年 4 月 21 日　阅谢无逸《溪堂词》。阅谢无逸《溪堂词》、阅毛晋平仲《樵隐词》、阅《竹山词》。

　　1922 年 4 月 22 日　阅毛晋平仲《樵隐词》。阅《竹山词》，其深至曲折处，真可千吟万讽，毛晋评其纤巧，则非也。效稼轩"招落梅魂"《水龙吟》一阕，殊为恶调，而世盛称之，失其真矣。其贺新郎秋晓、约友三月旦饮、感旧、瑞鹤仙乡城见月、木兰花慢冰、高阳台送翠英、南乡子塘门元宵、齐天乐元宵阅梦华录诸词，或追华年，或隐伤亡国，思表纤旨，文外曲致，正有咏味靡穷者已。

　　1922 年 4 月 22 日　阅《义门集》。

　　1922 年 5 月 3 日　阅赵师使介之《坦庵词》。

　　1922 年 9 月　为行可校彭元瑞选《南宋四家律诗》五卷。

　　1922 年 9 月　自校叶刻《沈下贤集》。

　　1922 年 9 月 12 日　为审伯校尤本《文选》注。

　　1922 年 9 月 14 日　过录《文选考异》（笔者按：尤袤《文选考异》）于林翻胡本。点《圣求词》。阅嘉定汪景龙、姚垻辑《宋诗略》十八卷，录所选蕲春人林敏功、林敏修诗。

　　1922 年 9 月 18 日　摘录《宋诗纪事》中蕲春人林敏修、夏倪、林敏功等条。

　　1922 年 10 月 6 日　阅虎林骚隐居士《吴骚合编》四卷、陈所闻《古今大雅北宫词纪》六卷（缺七八二卷）、《南宫词纪》四卷。将元曲先点读之。

　　1922 年 10 月 15 日　晨点郑珍诗二卷。

　　1922 年 10 月 16 日　点郑诗二卷，豪放粗险，虽云学韩，殆亦土风使之然欤？

　　1922 年 10 月 28 日　连日阅杜诗。点读彭甘亭选《南北朝文钞》，所选不甚允当。重读郑子尹诗。

　　1922 年 10 月 30 日　阅《南北朝文钞》，中有数篇，乃不完之作。如专就南北朝十史及《文苑英华》《通典》择录百篇，必较此为便于诵习。依之为式，宜胜于世俗所行《四六法海》《六朝文洁》诸书也。翻寒山、拾得诗。

1922 年 11 月 5 日　校《太平乐府》一过，尚须再校，讹字太多，俚言难解故也。

1922 年 11 月 7 日　阅《诗》疏。

1925 年 1 月 5 日　校《片玉词》，以方千里、杨泽民二家和词对看。

1927 年 11 月 24 日　阅《古文词通义》，纷粗固胶，文亦晦鄙。

1928 年 5 月 18 日　阅严辑《全上古文》。

1928 年 5 月 21 日　阅《全秦文》一卷，标识讫。

1928 年 5 月 23 日　循览陈叔齐《籁纪》。"其《景风》章之商均，《雷》章之狡童，《雪》章之玉树，《村唱》之淫，《宵春》章之亡人，《鸡》声章之牝晨，《蛙》声章之华林，皆刺后主也。其余无非悲怀故国之音。"

1928 年 5 月 24 日　钞纂《全上古三代文》稀见事语竟。

1928 年 5 月 25 日　钞《全秦文》一页，看《全汉文》五卷。略观竹垞诗，"斗靡夸多费览观"，此之谓也。

1928 年 5 月 26 日　翻《樊榭诗》。看《秦文》竟。此后阅全文，拟日尽十卷，竢阅毕再钞看。阅《声调谱》《玉台新咏》九、《文选》。

1928 年 6 月 8 日　翻《七言今体诗钞》，读且加圈。饭后又翻《七言古诗钞》。仍观七古钞至韩诗。退之一味排累，刚险太过，非中声也。李、杜之风，于焉不嗣，宋以后所谓大家皆趋此道，望若甚难，实捷径也。

1928 年 6 月 11 日　读宋人七律。唐今实有严界，不可溝合。杂粗效之，必不能成。大抵自宋入者有三弊宜防：一曰率易，二曰纤巧，三曰羸弱。而羸弱之弊尤易生，不能祛之，虽强效苏、黄、陆、元作豪语，犹之浅鲰耳（放翁诗真诣殊少，遗山尤苦凌乱）。

1928 年 6 月 14 日　略校《毛诗音义》。

1928 年 6 月 19 日　竟日以《诗经传笺》宋巾箱本与《毛诗音义》对看，分标经、传、笺至夜半始讫。卧看《舒艺室随笔》。

1928 年 6 月 20 日　看近人所辑《宋词钞》，欲合词律词选而一之，印甚精，书未善也。旭初述吴某语，柳耆卿词无全篇佳者，彼但知"天淡云闲，朝来翠袖凉"耳。柳词即其赤文绿字之秘纬，焉能悉其意惜乎。

1928 年 6 月 22 日　阅阮大铖诗。今日在伯沆处见《玉井山馆文集》，开卷即先公同治四年十月所作序，照手写稿樨刻。其文诗中涉及吾家者极鲜。海秋先生诗文皆安雅峻洁，其《哭杨汀鹭》诗，尤沈痛苍凉，自是咸、同间一名家。安人李慈铭顾深诮之。予观慈铭生平，大抵以汉学考据、骈文、唐诗为徽褚。……其骈文袭常州栓调，不古不今，诗本由鸿词人入，毕世无真诣，乃轻忽凌傲，无日不骂人，无人不被骂，而于咸、同朝士尤痛恨，则以慈铭时由诸生为赀郎，于当时科甲中人不胜妒愤也。因其于海秋先生有轻诋语，故于此辨之。

1928 年 6 月 25 日 点后汉文。读敬通（冯衍）文，悽怆伤怀，至如《与任武达书》《与宣孟书》，尤可愤悗也。

1928 年 6 月 28 日 宋薛田《成都书事》七言百韵诗，此七言诗之最长者，当求《宋诗纪事》翻抄之。阅王闿运日记……所作文词，皆摹虚调，非无古色，真宰不存焉。

1928 年 6 月 29 日 谛观马第伯《封禅仪记》，善序事状者不过数所……此诸文毋过常状，而序之甚真切，后之游记，刻画山川，曾不能如此适称也，可谓妙文矣。

令陆生至盍山图书馆，检《四川通志》卅九艺文一载宋人薛田《成都书事》七言一百韵，抄归。七言长律，未有长于此。诗不甚佳，实不能佳耳。然既有此体，不可不知。

看《七言诗歌行钞》中欧阳修诗，往复数过，实不知其佳处。所谓乱气狡愤，阴血周作，张脉偾兴，外强中干，诗家之异产也。

1928 年 7 月 3 日 阅七言诗歌行至八九两卷，荆公差胜于子瞻，然剽急峭劲，翻空易奇，非诗家中道也。

1928 年 7 月 5 日 点《后汉书》。自崔骃以至寔，累世有文学，子贡政论尤令人寻绎无厌，治乱兴亡，古今一轨，信夫！《四民月令》则《玉烛宝典》中载之尤详，严君（严可均）不得见之也。

1928 年 7 月 7 日 读十种唐诗选中《河岳英灵集》讫，诗至唐人，已臻无上，纵有别径，异乎九达之衢者矣。

1928 年 7 月 8 日 读唐诗选七种：《中兴间气集》《国秀集》《箧中集》《御览诗集》《搜玉集》《极玄集》《又玄集》。又读《才调集选》讫。

1928 年 7 月 9 日 点《唐文粹》。十种唐诗选阅竟。

1928 年 7 月 10 日 点《七言诗歌行钞》。

1928 年 7 月 9 日—16 日 拟唐诗。点阅《新唐书》，并拟作数篇。

1928 年 7 月 31 日　拟常建诗十章。

1928 年 8 月 2 日　翻《七言古诗》晁冲之、补之诗。

1928 年 8 月 5 日　点陆务观、元裕之、刘无党（迎）、虞伯生、刘梦吉、吴渊颖诸人七言，此皆宋玉《大言赋》耳，其句法则皆柏梁、急就也。卧翻钱珝《江行无题》百首。

1928 年 8 月 7 日　钞唐人七古三十首，未暇它事。计共钞得八十三首，唐七言诗歌行之式，略备于此矣。

1928 年 8 月 9 日　竟日钞唐人七言律绝。翻查夏重《云雾窟集》，亦未见远胜于我者。

1928 年 8 月 10 日　两日共钞七言八十五首，连前共百六十八首，依全唐诗目次第之（李、杜为一册），分装三册。

1928 年 8 月 15 日　翻《声调四谱》。

1928 年 8 月 17 日　旭初寻来，遂谈至暮，共翻《列朝诗集》竟。阅唐诗。长孙辅机新曲二首，首四句皆上七下三，字句殊类词。袁给事《饮马长城窟》，魏郑公之述怀（一作出关）并有风骨。

1928 年 8 月 18 日　始钞《古诗存目》（笔者按：杨守敬编）。

1928 年 8 月 19 日　读《河岳英灵集》。

1928 年 8 月 21 日　阅《全唐诗》。

1928 年 8 月 22 日　读王右丞诗。翻《全唐文》，随手检得柳子厚《乞巧文》，读罢，欣然自安于拙。

1928 年 8 月 23 日　翻《明诗纪事》辛编，悟论人文当宽，自为文宜严。凡持宗旨门法衡量昔人文者，未有不失者也。唐、宋、元、明各有所立，文、史、诗、赋皆取宣心，果能感人，即称真诣也。

1928 年 8 月 25 日　点《后汉文》。其孔文举一卷，真字字琳琅也，诵玩无斁。

1928 年 8 月 26 日　阅唐诗。四杰诗始是唐音之正，王士禛云："莫逐刀圭误后贤"乃妄论也。

1928 年 8 月 27 日　点《后汉文》仲长统《昌言》佚文，讽玩数番，《理乱》篇尤有感于余心。

1928 年 8 月 30 日　翻《元诗选》。阅《后汉文》，陈琳为曹洪作书亦非甚懿，自比家丘，何欤？

1928 年 9 月 2 日　翻《宋诗钞补》。村肆逆旅常喜以"布衣暖、菜羹香、诗书滋味长"三语作堂幅，向未知其出处，以为《增广经》之类，今日偶翻《宋诗钞补》，得之于《所南集》，题曰《隐居谣》，固知买书有益，开卷有益也。

1928 年 9 月 11 日　读遗山七律七绝。遗山诗虽非切切秋虫、灯前山鬼，而骗趷作态、婉弱取怜，谓之高华鸿朗亦非也。

1928 年 9 月 16 日　读《三国文》。文帝书记洵无前后，讽味靡穷。

1928 年 9 月 19 日—23 日　夜卧观京本小说《画中人》《一文钱》。

1928 年 9 月 29 日　点《魏文》，泰初（夏侯玄）文可玩。

1928 年 10 月 4 日　卧阅《粟香随笔》。

1928 年 10 月 6 日　点《魏文》，王子雍文，不似伪造《尚书》手笔。

1928 年 10 月 7 日　旭初来，遂谈至夕，共看《东郭记》，相与拊掌。点《唐书》百八十李卫公传，其赞直到孟坚，不止蔚宗，欧、曾辈岂能办此，讽味久之。

1928 年 10 月 14 日　夜观《滑疑集》。

1928 年 10 月 16 日　与旭初（六家）、晓湘（三家）分移录郑叔问校《六十家词》五本。黄移录竹屋及梦窗稿。

1928 年 10 月 17 日　移录叔问先生校语于《梦窗甲乙丙丁稿》讫，又移录和清真校语。

1928 年 11 月 11 日　寄黄念容笺，令寄《稗海》："求速将《稗海》赶速寄来，因我顷方研究宋人小说，非此不可。"①

1928 年 11 月 29 日　看《历代诗话》。

1928 年 12 月 9 日　旭初在此同看《说文》及唐文、《宋四六话》。

1928 年 12 月 27 日　读《彊村词》。

1928 年 12 月 29 日　编严辑全文所据书目，编严辑全文引逸书目录。

1929 年 1 月 3 日　编《古诗存》所据书目完。

1929 年 1 月 6 日　《新唐书》读毕，又几费一年矣。

1929 年 1 月 13 日　读《山中白云》。

1929 年 1 月 21 日　卧观《乐章集》，此当间里所行，无虑媒嬻之辞也。

---

① 此条据司马朝军、王文晖《黄侃年谱》，第 272 页。

1929 年 2 月 12 日　《史通·叙事篇》："应以一言蔽之者，辄足为二言，应以三句成文者，必分为四句。"此骈文之通病，非独史也。

1929 年 2 月 17 日　读《汉书·扬雄传》反覆数过。

1929 年 3 月 16 日　看《声画集》。

1929 年 5 月 11 日　看《文镜秘府论》。

1929 年 6 月 9 日　看张中炘《瞻园词》，殆无一首可取。卧看京本小说。读《后汉书·文苑传》毕。

1929 年 6 月 10 日　读李云麟同安著《旷游偶笔》上卷，读之四五过。

1929 年 6 月 11 日　晨翻《小方壶斋舆地丛钞》，读潘次耕《游天台山记》，为之心醉。

1929 年 6 月 12 日　读潘次耕《游雁荡山记》。

1929 年 6 月 15 日　读孟浩然诗。

1929 年 7 月 26 日　夜阅《曲海总目提要》，简要淹练，非今时人所能为也。

1929 年 7 月 27 日　夜阅《曲海》。

1929 年 8 月 9 日—14 日　读李商隐文，加圈。

1929 年 8 月 13 日　读《韩诗外传》。

1929 年 9 月 14 日　卧阅《简斋诗注》。

1929 年 9 月 20 日　阅《三家诗疏》，非良书也。

1929 年 12 月 13 日　与焯（笔者按：黄焯）、崇奎（笔者按：潘重规）看《瀛奎律髓》。

1929 年 12 月 19 日　阅《围炉诗话》。

1929 年 12 月 25 日　夜戏效唐章碣变体诗一首。章诗畔、天、岸、船、看、眠、算、边，一平一侧，相间为韵，乃后世词曲及近日俗调山歌之所祖。

1930 年 1 月 18 日　温李商隐诗。

1930 年 2 月 18 日　夜阅《左庵集》。

1930 年 2 月 4 日　夜读沈垚《落帆楼遗稿》。

1930 年 2 月 24 日　夜读"思以一毫挫于人"薛球时文，悟此体大要。盖全句题必须阐发言中之理，不全句题必须诠明言中之界，用心宜细，用笔宜灵，撷传、注、义疏之菁英，以经、传、子、史为根柢，亦非尽人所能焉，以为取士之具，诚可不必耳。

1930 年 3 月 31 日　读樊樹诗。

1930 年 4 月 8 日　读《文山集》。

1930 年 4 月 13 日　检双声叠韵诗竟日。

1930 年 4 月 14 日　仍钞双声叠韵诗。

1930 年 4 月 16 日　看《董西厢》。

1930 年 4 月 22 日　校《文心雕龙》。

1930 年 4 月 23 日　读《晚村集》数过。

1930 年 4 月 25 日　夜读《古谣谚》。

1930 年 5 月 6 日　夜读《秣陵集》。

1930 年 5 月 9 日　夜读制艺。

1930 年 5 月 19 日　翻《思馀堂稿》。

1930 年 5 月 20 日　《出师表》文势似乐毅《报燕惠王书》。

1930 年 6 月 9 日　始温《文选》。

1930 年 6 月 13 日　夜读陶渊明诗"苍苍谷中树""蔼蔼堂前林"二首，有所会，遂咏之至百十遍。

1930 年 6 月 19 日　夜雨凄然，灯下读词自遣。

1930 年 7 月 21 日　读《玉琴斋词》。

1930 年 8 月 6 日　读《夏炯集》。

1931 年 3 月 8 日　夜看《天崇百篇》，时有味，时文岂可悉非乎？

1931 年 3 月 19 日　检杨傅《九牧斋读梅村艳体诗有感书后四首笺》，因详诵《秋室集》及施北研、施均甫集，信吴兴之多才也。

1931 年 5 月 11 日—11 月　点《诗经》。

1931 年 7 月 2 日　读樊榭诗。

1931 年 8 月 27 日　读《青溪旧屋集》。

1931 年 8 月 28 日　温剑南七绝，选其佳者课儿。

1931 年 9 月 1 日　看《曲海》。

1931 年 9 月 7 日　授儿陶诗。

1931 年 9 月 13 日　连日圈汉乐府、圈魏乐府。

1931 年 9 月 14 日　看钱谦益诗。

1931 年 9 月 21 日　夜看《鲒埼亭集外编》，最爱卷九《吴霞舟事状》中《岁寒松柏集答客问》一文。

1931 年 9 月 22 日　卧读谢山文。

1931 年 9 月 24 日　卧看全祖望文，观其劝厉鹗就词科征书，夸诩乡邦，歆羡名位，一何鄙也！

1931 年 10 月 19 日　夜读遗山诗未终卷，泫然而罢。

1931 年 11 月 18 日　看《骈文类纂》完，此选不允不精。宋世自鼎臣、大年、子京后，直谓无骈文可；清世自其年后，骈文愈自振矜，愈不合古。

1931 年 11 月 20 日　看《黔游记》诸书。

1931 年 11 月 30 日　竟日看熙甫文。

1932 年 1 月 18 日　夜读陶诗，高歌遣闷。

1932 年 3 月 31 日　卧看惜翁诗。

1932 年 4 月 7 日　卧看《惜抱轩诗》，竟全部。

1932 年 6 月 6 日　晨翻《幽明录》。

1932 年 6 月 14 日　看《宋书》一卷，加点自今日始。

1932 年 6 月 18 日　读《宋书·历志下》，祖冲之驳戴法兴一文，洵大文也。

1932 年 7 月 14 日　竟日读《宋书·谢灵运传》《武二王传》。《谢传》最有趣。《山居赋自注》亦佳文也。

1932 年 7 月　启卷看《南齐书》，曾巩一序殊可厌。

1932 年 8 月　读《齐书·文学传》（文学传细读）。

1932 年 8 月　启卷看《魏书》，殊无味。

1932 年 5 月 11 日—8 月 27 日　读唐前三史（宋、齐、魏）卷。所得良不为少耳。

1932 年 9 月 11 日　卧看峚阳诗。

1932 年 9 月 17 日　夜看谭先生《复堂类集》，其文洵申耆之俦也。

1932 年 9 月 18 日　读《松雪斋诗》。读王安石诗。

1932 年 9 月 29 日　卧观《东涧诗》。

1932 年 10 月 14 日　《赤壁赋》吹洞箫第一段，似可以借评姚姬传先生之文："其声呜呜然"云云。

1933 年 1 月 5 日　检遗山诗阅之，振触悲怀，久不成寐。

1933 年 2 月 3 日　看杜、韩诗。

1933 年 2 月 4 日　看鲍、谢诗。

1933 年 2 月 5 日　看李白五古一卷。

1933 年 2 月 7 日　看韩愈五古数首。

1933 年 2 月　看韩诗，至齿落一首，令人怆恍。看韩诗至《寄崔立之》一首中数句，《庭楸》中数句，真如予今日所欲言也。看韩诗五言讫，其联句无味。

1933 年 2 月　看李太白七古，白居易七古。看白居易、苏轼七言。看苏诗。

1933 年 4 月　看《初学集笺注》一册。

1933 年 4 月　夜读《东涧诗》，晚以明妃、师师自比，伤哉！

1933 年 5 月　夜看和州戴重敬夫《河村集》两三过。

1933 年 6 月 18 日　读《清史·艺文志》，芜谬已极矣。

1933 年 6 月　评沈曾植《词荪》似太标揭门户也，小道可观，大言则妄矣。

1933 年 7 月　读《清史·文苑传》，其序可哂。

1933 年 9 月　看钱振伦骈文。

1933 年 10 月　卧看《南柯记》，有趣。

1933 年 11 月 17 日　卧看李云麟诸游记，洵奇士也。

1933 年 11 月 26 日　看太华诸游记，良有味。

1933 年 12 月 15 日　夜抄王荆公诗一叶。论古代诗歌代表人物："庾子山，五古。柳子厚，五古。李义山，七绝。王介甫，七古、七律。钱受之，七律、七绝。"

1933 年 12 月 21 日　卧看钱注杜诗。

1934 年 1 月 12 日　夜读杜诗。

1934 年 1 月 21 日　看《悦心集》。看《述书赋》。

1934 年 2 月　夜看《樊南文补编》，并圈点《樊南文补编》始竟。

1934 年 2 月 17 日　看《樊南文》。义山文实开宋四六之先。大抵宋人此体不过祖述翰苑、玉溪二家耳。

1934 年 2 月 19 日　夜看《投笔集》。

1934 年 2 月 23 日　看张光弻诗集，即《可闲老人集》。

1934 年 2 月 24 日　看谢枋得《叠山集》。

1934 年 3 月 2 日　卧看《山谷外集诗注》，洵佳书，当讽味无已。

1934 年 3 月 10 日　看梦窗词集。

1934 年 3 月 11 日　看《沧海遗音》，集中《郢中云词》，咸阳李孟符先生（岳瑞）撰，中有《六丑》一首，乃壬子岁和侃者，去今二十三年，先生下世，殆已十余年矣，追怀沪渎之游，曷胜怆恍。又示以《展堂自述》，其被幽、被逐二事之文，览之愧叹。但终有换汤不换药之恨耳。

1934 年 3 月 12 日　看山谷诗，其外集三《送吴彦归鄱阳》一诗，讽诵久而有味，盖与今有相类者。

1934 年 3 月 19 日　看梅亭《四六标准》。

1934 年 3 月 22 日　看《山谷内集》，别集粗竟。

1934 年 3 月 28 日　看《云仙杂记》，尚有味。看《石屏诗集》，殊无味。

1934 年 3 月 29 日　看《雍熙乐府》，无味。

1934 年 3 月 30 日　看山谷诗。

1934 年 4 月 1 日　《白云集》无可取，其故国之情，渐亡殆尽。

1934 年 4 月 2 日　看《存复斋集》，朱德润泽民先世数为降人，故无《小宛》诗人之意。其颂扬胡虏，宜也。

1934 年 4 月 4 日　看《东皋集》完。

1934 年 4 月 5 日　看吕本中《东莱诗集》略竟。

1934 年 4 月 6 日　看洪舜俞《平斋文集》。

1934 年 4 月 12 日　看白石、清真、文英词。

1934 年 4 月 30 日　得王念中书并其《古文词学史》一册，似修辞犹未十分妥帖也。

1934 年 5 月 2 日　看《韦斋集》。看《南园丛稿》。

1934 年 5 月 15 日　看张相文《南园丛稿》。

1934 年 5 月 25 日　看《续幽怪录》完。

1934 年 5 月 27 日　又看朱庆馀诗集。

1934 年 6 月 1 日　看余阙《青阳集》，余阙唐兀氏乃党项余孽，元，固其仇国也，为之效死，何哉？

1934 年 6 月 3 日　看里人张标《金陵逸老诗集》。

1934 年 7 月 9 日　温《文选》诗。

1934 年 7 月 22 日　《唐文粹补遗》卢升之《释疾文》，千载下诵之，犹为惋叹也。

1934 年 8 月 4 日　看《于湖词》完。看《洺水词》。

1934 年 8 月 23 日　看《唐文粹补》十九。宋之问《与吴兢书》，求表章其亡父，其文可钞。

1934 年 9 月 3 日　看《明史例案》，谢山之拟用土司传，微旨难知；稼书之争立道学传，私心易见。灵皋言明史不为任丘李少师作传一文，婉而多讽，此文真非望溪不办也。

1934 年 9 月 19 日　看张蒿诗。

1934 年 9 月 20 日　始临石淙诗。夜看杜诗。

1934 年 9 月 24 日—1935 年 8 月 30 日 夜看《唐骈体文钞》。《唐骈文钞》全书略点讫……此书岁馀始点完，此后不敢轻煞书头矣。

1934 年 12 月 14 日 卧看《香溪集》。

1934 年 12 月 23 日 翻《秣陵集》，陈文述之学识甚陋。

1935 年 1 月 4 日 读《唐文粹》九十五，与前十馀年所点者相接，然后此书首尾点讫。甚矣，点书之难，而读《唐文粹》之尤难也！欣慰之至，无言可宣。

1935 年 1 月 18 日 夜观《明诗钞》，七言律空腔居多。

1935 年 1 月 22 日 看《茗斋集》，有味。

1935 年 1 月 22 日 卧看俞理初文。

1935 年 3 月 1 日 夜看小说。

1935 年 3 月 6 日 卧看《癸巳类稿》，实有卓识，不仅博览而已。

1935 年 3 月 17 日 卧看张岱《陶庵梦忆》。

1935 年 3 月 18 日 再校《唐文粹》……予于此书，可云颇用苦心矣，惜尚有失字坏句耳。

1935 年 3 月 22 日 卧看《王苏州书》。李焕章《织斋文集》，李氏文极多可法。

1935 年 3 月 23 日 点《织斋文集》数篇。

1935 年 5 月 28 日 看《独漉堂诗》。

1935 年 6 月 2 日 暮与潘生读中唐人诗，因论诗至深夜。

1935 年 6 月 6 日 卧翻俞樾《春在堂随笔》。

1935 年 6 月 16 日 夜与潘生说陶、庾诗。

1935 年 8 月 17 日 标记《清史·文苑传》人籍贯于目上，此传尤近伧父所为。

1935 年 8 月 19 日 夜卧看《全唐诗·谐谑类》。

1935 年 8 月 20 日 夜看《全唐诗》第卅一册。

1935 年 9 月 4 日 逆温《唐文粹补遗》二卷。此选甚精，非率而抄撮也。

1935 年 10 月 2 日 录张燕公文一首讫。

1935 年 10 月 4 日 看《唐文粹》二卷，陆鲁望《登高文》，正如我今日所欲云云。

从表 3 - 1 可见，黄侃对各种文体历代的代表作家作品均有研阅，虽然他在1928年8月23日日记中宣称要秉持宽容宏通的批评态度，"凡持宗旨门法衡量昔人文者，未有不失者也。唐、宋、元、明各有所立，文、史、诗、赋皆取宣心，果能感人，即称真诣也"。但事实上，从其阅读，特别是评点、校勘、抄录中，仍然可以看出他的喜恶褒贬。

首先在诗方面，黄侃对历代诗歌的把握有以下几个特点。

第一，推重汉魏六朝及唐代诗歌。黄侃对汉魏六朝诗歌格外重视，曾圈点过汉、魏乐府和《玉台新咏》，《文选》更是反复批阅。具体到单个作家，黄侃常教授子侄陶渊明、庾信等人的诗，还曾"夜读陶诗，高歌遣闷"，足见对陶、庾等六朝大家的钟爱。对于唐诗，黄侃也十分喜爱，曾高度赞扬："诗至唐人，已臻无上，纵有别径，异乎九达之衢者矣。"[1] 他不仅阅完了卷帙浩繁的《全唐诗》，鉴裁精当的《唐文粹》，以及《河岳英灵集》《中兴间气集》等唐人选唐诗十种，还尽阅了李白、杜甫、孟浩然、王维、韩愈、白居易、朱庆馀、李商隐、钱珝、寒山、拾得、章碣等名家诗集，其中对杜诗、义山诗用力尤深，不仅读杜诗，还研读钱注杜诗等重要注本，义山诗也是反复温习。黄侃所下的功夫不仅流于表面的翻阅，更深入地去总结唐诗的体式。他曾点王士禛所编《七言诗歌行钞》、圈姚鼐所辑《七言今体诗钞》，受其启发，抄撮了唐人七言歌行83首，使"唐七言诗歌行之式，略备于此"，又抄撮七言律绝85首，并合两次抄撮共计168首，依《全唐诗》目编次成《唐七言诗式》，这就为学习唐诗体式提供了样本。

第二，对宋诗贬中有褒。对于与唐诗鼎足并立的宋诗，黄侃自然也十分重视，曾阅方回《瀛奎律髓》，抄录厉鹗《宋诗纪事》，批校彭元瑞选《南宋四家律诗》并有圈识、批语百余条，阅清汪景龙、姚埙辑《宋诗略》，翻清管庭芬抄、蒋光煦编《宋诗钞补》，至于具体作家，黄侃备阅了王安石、陆游、谢枋得等人诗作。并着重批阅了苏轼诗歌，曾阅王文诰《苏诗编注集成》，并提出"此注实嫌芜漫"的意见。对于宋诗的代表——江西诗派，黄侃进行过颇为认真系统的研读，先后阅读了黄庭坚、陈与义、晁冲之、吕本中等江西诗派代表人物的诗作。但黄侃对于宋诗的态度，总体说来是贬抑的，对宋诗的整体评价远低于唐诗，他曾谓："近人为诗，积典故、发议论二道耳，其弊由宋诗来，救之仍当用唐法。"[2] 宗唐抑宋的倾向极为明显。他明确指出学宋诗有三个弊端："读宋人七律，唐

---

① 司马朝军、王文晖：《黄侃年谱》，第257页。

② 同上。

今实有严界，不可沟合。杂糅效之，必不能成。大抵自宋入者有三弊宜防：一曰率易，二曰纤巧，三曰羸弱。而羸弱之弊尤易生，不能祛之。虽强效苏、黄、陆、元作豪语，犹之浅鲰耳（放翁诗真诣殊少，遗山尤苦凌乱）。"① 甚至对宋诗的大家，黄侃也颇有微词，除了上引材料中认为陆游诗真诣殊少，元好问（金代）诗尤苦凌乱外，他还曾贬斥欧阳修诗风："看《七言诗歌行抄》中欧阳修诗，往复数过，实不知其佳处。所谓乱气狨愤，阴血周作，张脉偾兴，外强中干，诗家之异产也。"② 论王安石诗非诗家中道："荆公差胜于子瞻，然剽急峭劲，翻空易奇，非诗家中道也。"③ 指责南宋著名江湖派诗人戴复古的《石屏诗集》殊无味。对与南宋并峙的金代代表诗人元好问，黄侃除批评其诗尤苦凌乱外，还斥其格调不高："遗山诗虽非切切秋虫，灯前山鬼，而翩跹作态，婉弱取怜，谓之高华鸿朗亦非也。"④ 但需要注意的是，黄侃虽然对宋诗整体评价不高，但贬中有褒，对于个别宋诗也表露出了赞赏之情。如元遗山的诗虽未尽美，却在内容上深深感染了他，黄侃甚至因为"检遗山诗阅之，振触悲怀，久不成寐"，以至于夜读遗山诗不能终卷，"泫然而罢"。他还称赏过黄庭坚的诗，认为"《山谷外集诗注》，洵佳书，当讽味无已"。

第三，对元、明、清诗歌评价较低。黄侃对元、明、清诗歌也有广泛阅读，曾翻保存元诗最丰富的清代顾嗣立编选的《元诗选》，以及保存有明一代文献的钱谦益所编《列朝诗集》。对于重要的代表诗人，如元代的赵孟頫、张昱、张翥等，明清之际的钱谦益、郑郧、阮大铖，以及清代的朱彝尊、陈恭尹、厉鹗、姚鼐、郑珍、李慈铭等人的诗作都有研阅。特别是钱谦益，黄侃曾在1931—1934年几年间反复翻阅钱集。但黄侃对元、明、清诗歌的总体评价是不高的，如指摘元代刘无党、虞集、刘梦吉、吴莱等人的七言诗浮夸空疏，"此皆宋玉大言赋耳，其句法则皆柏梁、急就也"；批评《明诗钞》"七言律空腔居多"；谓朱彝尊诗"斗靡夸多费览观"；认为清初大家查慎行《云雾窟集》中作品"亦未见远胜于我者"；斥责李慈铭"诗本由鸿词人入，毕世无真诣"。

其次，在文章方面，黄侃浸润于汉魏六朝及唐代文章，他通阅了严可均《全上古三代秦汉三国晋南北朝文》，并有圈点标识，并据《全后汉文》校《蔡中郎集》，还抄纂《全上古三代文》中的稀见事语。《文选》

---

① 司马朝军、王文晖：《黄侃年谱》，第252页。
② 同上书，第256页。
③ 同上书，第257页。
④ 同上书，第265页。

更是终身诵习，手批已十过。对于唐代文章也用功甚深，不仅翻阅了《全唐文》，还对《唐文粹》"颇用苦心"，逐卷点校。另外，对清郭麐《唐文粹补遗》评价很高，称"此选甚精，非率而抄撮也"，也予以逐篇圈点，并从中精选若干篇编为《唐文粹粹选》①，直到去世前一天，在大量呕血的情况下，还坚持把《唐文粹补遗》末二卷圈点读完。

　　从所阅文章的散骈类型来看，黄侃骈散兼顾。他一方面喜好骈文，曾圈点《唐骈体文钞》，研阅南宋著名骈文家李刘的《四六标准》、清代王先谦《骈文类纂》及清代钱振伦骈文②等，特别对李商隐的骈文用力甚深，不止一次圈阅《樊南文补编》，认为："义山文实开宋四六之先。大抵宋人此体不过祖述翰苑、玉溪二家耳。"③ 但另一方面，他还圈点了"文赋惟取古体，而四六之文不录"④的《唐文粹》，对明清古文家也十分重视，研阅了归有光文、全祖望《鲒埼亭集外编》等，还称赞过"精古文辞"的清代李焕章"文极多可法"。这些都足以证明，黄侃在喜好骈文的同时，亦不废散体。

　　除上述具有代表性的诗文总集和别集之外，黄侃还广泛阅读了历代文人的诗文别集或日记笔札，如朱松《韦斋集》、范浚《香溪集》、洪舜俞《平斋文集》、文天祥《文山集》、许谦《白云集》、朱德润《存复斋集》、戴重《河村集》、彭孙贻《茗斋集》、吕留良《晚村集》、张岱《陶庵梦忆》、何焯《义门集》、严可均《铁桥漫稿》、沈垚《落帆楼遗稿》、俞正燮《癸巳类稿》、刘文淇《青溪旧屋集》、许宗衡《玉井山馆文集》、谭献《复堂类集》、张相文《南园丛稿》、俞樾《春在堂随笔》、刘师培《左庵集》等。从黄侃对这些别集的选择中能看出两种倾向：一是义理、考据与辞章共赏。在黄侃所阅的众多别集中，有些并不以辞章名家，如南宋初一代理学大家范浚、由宋入元的著名理学家许谦等皆长于义理，而清代的何焯、严可均、沈垚、刘文淇、刘师培等均精于考据，黄侃阅读他们的诗文集，所看重的就不只是辞章上的价值了。二是道德、气节与文章并重。黄侃尤重体现民族气节的文人，从平日的阅读记录中可见，他对处于易代之际的作家作品格外留意，如1933年5月"夜看和州戴重敬夫《河村集》两三过"。戴重是抗清义士，在清军入关时，与王元震结太湖义族为一军，三失三复湖州，转战数月后潜居马鞍

---

① 王庆元：《黄季刚先生遗著知见录》，《武汉大学学报》（社会科学版）1986年第1期。

② 参见本书绪论部分。

③ 司马朝军、王文晖：《黄侃年谱》，第395页。

④ （清）永瑢等：《四库全书总目》卷186，第1692页。

寺庙内，作绝命词十五首，绝食而死。又如1935年1月22日黄侃"看《茗斋集》，觉有味"。《茗斋集》是明末清初学者彭孙贻的别集，彭氏入清后不仕，博览诸书，闭门著述。再如1930年4月23日"读《晚村集》数过"，《晚村集》是明末清初的思想家吕留良的集子，吕氏拒应清朝的鸿博之征，后削发为僧，隐居讲学，大倡华夷之防，死后被雍正皇帝剖棺戮尸，为清代文字狱之首。黄侃对戴重、彭孙贻、吕留良的集子如此垂青，至阅读数过，深觉有味，应是出于对他们严守民族气节的景仰。反之，对那些数典忘祖的文人，黄侃则颇有微词，如1934年4月1日读"《白云集》无可取，其故国之情，渐亡殆尽"。许谦的《白云集》无论就理学还是文学而言，都具有重要价值，但黄侃却斥为"无可取"，实因"其故国之情，渐亡殆尽"；许氏没有对宋元易代表明态度，故为黄侃所不喜。而对元代画家、诗人朱德润，黄侃的指责就更明显了，1934年4月2日看《存复斋集》后称："朱德润泽民先世数为降人，故无《小宛》诗人之意。其颂扬胡虏，宜也。"黄侃本有深厚的民族主义思想，加之他阅读这些文集在1930—1935年间，正值日本蠢蠢欲动，觊觎我中华大地之时，黄侃于此时在读书之际倡导民族气节，正是其拳拳爱国护种赤心的强烈表现。另外，黄侃还喜读游记，阅《小方壶斋舆地丛钞》，对潘耒、李云麟诸游记心折不已。

在词、曲、小说方面，黄侃也广泛涉猎，而尤好词，翻阅了明毛晋编刻的《宋六十家词》，清余集、徐楙辑的《绝妙好词续钞》，清朱祖谋辑的《沧海遗音集》等大量词集。还曾与汪旭初（东）、王晓湘（易）共同移录郑文焯校《六十家词》五本。黄侃也偶阅戏曲、小说以资消遣，如翻阅《太平乐府》《古今大雅北宫词纪》《南宫词纪》《曲海》《董西厢》《南柯记》《幽明录》《续幽明录》，等等。

最后，黄侃对历代的诗文评著作十分重视，曾阅日遍照金刚撰《文镜秘府论》、南宋陈骙《文则》、清代吴乔《围炉诗话》、赵执信《声调谱》、何文焕《历代诗话》、董文焕编《声调四谱》、朱祖谋《词莂》、王葆心《古文词通义》，等等，《文心雕龙》更是精熟于心。另对史书文苑传及文人传记也十分用心，《后汉书·文苑传》《宋书·谢灵运传》《齐书·文学传》《清史·文苑传》等备览无遗。

二 黄侃对《诗经》的评点

黄侃十分重视《诗经》，不仅熟读精思，并且时常温习。《诗经》是他教授的课程之一，1926—1934年，他先后在中国大学、东北大学、中央大学、金陵大学等校①开设《诗经》课。他还存有与《诗经》相关的著作，除了《手批白文十三经》中对《诗经》白文的批点外，尚存《诗笺缘情》② 一卷，揭示了《诗经》的主旨词句，系武昌藏书家徐行可录藏本，疑黄侃在 1919—1926 年间寓居武昌时所作。还有遗著《诗经序传笺略例》③ 经整理发表于《制言》1937 年 4 月第 39 期上，对《诗经》的经、序、传、笺之义例多有发覆，明白秩如。黄侃对《诗经》的研究以汉唐传注为依据，涉及了用韵句读、字词训诂、句法章法、比兴修辞等多个文学方面的评点。最可贵的是，他不流于对《诗经》形式的研究，更能传承《诗经》的现实主义文学精神。

（一）以汉唐传注为本

章太炎对弟子黄侃的治学特点有精准的把握，曾评价其"说经独本汉唐传注正义"④。黄侃研习《诗经》就是这样。今仅据其现存 1921—1922 年、1928—1935 年日记，他在这 8 年内数次温习《诗经》，兼顾到了传笺疏，如：于 1922 年 11 月 7 日阅《诗》疏，1928 年 6 月 14 日略校陆德明《毛诗音义》。1928 年 6 月 19 日竟日以《诗经传笺》宋巾箱本与《毛诗音义》对看，分标经、传、笺至夜半始讫。（笔者按：《毛诗音义》是《经典释文》中的一部分，为《毛诗》传、笺的字注音，兼收各家反切、注释。）1929 年 9 月 20 日阅《三家诗疏》⑤。可见，黄侃对毛亨传、郑玄笺、孔颖达疏乃至三家疏都有涉猎。

另外，《黄侃手批白文十三经》虽系对经文的批点，但不少地方都是依据传笺疏的，如黄侃标识出《诗经》中的"反问词"，"此系依毛传、郑笺或孔疏而定"。他还专门将"郑笺与毛传义异或字异""传笺补足经意"⑥ 之处点出。其《诗笺缘情》对于诗经主旨词句的解释也是多遵从郑玄笺。如《泽陂》"有美一人，伤如之何"句，就用郑玄笺："我思此美人，当如之何而得见之。"⑦《诗经序传笺略例》也是对经、序、传、笺义

---

① 参见本书第一章第二节"丰富的文学创作和文学研究活动"所列黄侃在各大学所任课程情况表。

② 参见阳海清主编《中南、西南地区省、市图书馆藏古籍稿本提要》，华中理工大学出版社 1998 年版，第 13 页。

③ 后经黄焯整理，又发表在《兰州大学学报》（哲学社会科学版）1982 年第 3 期。

④ 章太炎：《中央大学文艺丛刊黄季刚先生遗著专号序》，载程千帆、唐文《量守庐学记》，第 7 页。

⑤ 参见本节第一部分"校钞阅之集部典籍"。

⑥ 黄侃：《黄侃手批白文十三经》，上海古籍出版社 1983 年版，第 5 页。

⑦ 参见阳海清主编《中南、西南地区省、市图书馆藏古籍稿本提要》，第 13 页。

例的综合研究，不仅归纳出经例 55 条，另总结出序例 6 条、传例 24 条、笺例 15 条。

黄侃所处的清末民初，西学东渐，学术研究的方法多有革新，黄侃独守汉唐传注的研究方法是否过时呢？对此，章太炎先生有一段议论：

> 或病其执守泰笃者，余以为昔明清间说经者，人自为师，无所取正。元和惠氏出，独以汉儒为归，虽迂滞不可通者，犹顺之不改。非惠氏之戆，不如是不足以断倚魁之说也。自清末讫今几四十岁，学者好为傀异，又过于明清间，故季刚所守视惠氏弥笃焉。独取注疏，所谓犹愈于野者也。①

不可否认，章太炎称"独取注疏，所谓犹愈于野者也"的评价有为高足辩护之嫌，毋庸讳言，黄侃对汉唐传注确实有些"执守泰笃"，不过，无论研究方法如何创新，汉唐传注始终都是研习《诗经》不可忽视的根本，从这一点上说，黄侃以汉唐传注为本的原则是并不过时的。

（二）论《诗经》的用韵句读、字词训诂、句法章法与比兴修辞

1. 用韵句读

黄侃集乾嘉学派上古韵部研究之大成，将先秦古韵分为二十八部，此说采用者多，流行较广，影响很大。虽然黄说尚有纰漏，未臻尽善，后来王力提出的三十部说，要更为精密。但是，黄侃的二十八部说并不可废，仍然是研究《诗经》韵读的重要参借。

由于黄侃对上古音韵有精深的研究，以之作为基础，对《诗经》的理解和把握也可以更加恰切，他基于用韵情况，就解决了不少《诗经》句读的分歧，例如：

《魏风·陟岵》篇，朱熹的《诗集传》是这样句读的：

> 陟彼岵兮，瞻望父兮。父曰：嗟，予子行役，夙夜无已。上慎旃哉，犹来无止。
>
> 陟彼屺兮，瞻望母兮。母曰：嗟，予季行役，夙夜无寐。上慎旃哉，犹来无弃。
>
> 陟彼冈兮，瞻望兄兮。兄曰：嗟，予弟行役，夙夜必偕。上慎旃

---

① 章太炎：《中央大学文艺丛刊黄季刚先生遗著专号序》，载程千帆、唐文《量守庐学记》，第 7 页。

哉，犹来无死。①

今天的很多注本也从朱说。但是，黄侃的句读则不同，其手批《诗经》对此诗的句读是：

> 陟彼岵兮，瞻望父兮。父曰：嗟，予子！行役夙夜无已。上慎旃哉，犹来无止。
> 陟彼屺兮，瞻望母兮。母曰：嗟，予季！行役夙夜无寐。上慎旃哉，犹来无弃。
> 陟彼冈兮，瞻望兄兮。兄曰：嗟，予弟！行役夙夜必偕。上慎旃哉，犹来无死。②

两种句读的不同在于："予子""予季""予弟"后是否断开。从押韵的角度来看，"子""季""弟"与章末的"止""弃""死"协韵，并且，这样点断，是父、母、兄长在深情呼唤着诗人，使诗歌的情感更为充沛，黄侃的句读应该是更为合理的。

2. 字词训诂

黄侃从整体上考察《诗经》字词的训诂，在《诗经序传笺略例》中总结出《诗经》实词运用上的一些普遍性规律。他指出《诗经》中往往"一字数义"，即同是一个字，会在不同篇章的不同语境下，有不同的意义，如：

> 《陈风·东门之枌》："谷旦于差。"（《传》："谷，善也。"）《王风·大车》"谷则异室。"（《传》："谷，生也。"）《小雅·天保》："俾尔戬谷。"（《传》："谷，禄也。"）③

不仅是单音节词，《诗经》中大量使用的双音节的重言，也会在不同篇章的不同语境下，有不同的意义。这就是黄侃指出的"重言同字异义"，他举出两个具体的例证：

---

① （宋）朱熹：《诗集传》，中华书局 2011 年版，第 84 页。
② 黄侃：《黄侃手批诗经》，载黄侃《黄侃手批白文十三经》，第 45 页。
③ 黄侃：《诗经序传笺略例》，《兰州大学学报》（哲学社会科学版）1982 年第 3 期。

《豳风·七月》："二之日凿冰冲冲。"（《传》："凿冰之意。"）
《小雅·蓼萧》："鞗革冲冲。"（《传》："垂饰貌。"）

《魏风·十亩之间》："桑者闲闲兮。"（《传》："男女无别往来之貌。"）《大雅·皇矣》："临衡闲闲。"（《传》："动摇也。"）①

有趣的是，黄侃指出与"重言同字异义"相反，存在"重言异字同义"，即有的不同篇章不同语境下的不同重言词，其意义是相同的，如：

《周南·螽斯》："诜诜兮。"《大雅·桑柔》："牲牲其鹿。"《小雅·皇皇者华》："駪駪征夫。"（《传》并云"众多"。）

《郑风·有女同车》："佩玉将将。"（《传》："鸣玉而后行。"）《商颂·烈祖》："八鸾鸧鸧。"（《传》："言文德之有声。"）②

黄侃还对《诗经》中的状词（状物词）较为关注。所谓"状词"指的是：

状词（descriptive），包括一些叠字（如"明明"）、双声连语（如"怄怩"）、叠韵连语（如"觳觫"）及其他（如"郁陶"）；或后面加"然"（如"油然"）、"焉"（"洋洋焉"）、"如"（"蝭蝭如"）、"尔"（"仆仆尔"）之类语尾的词。它们经常可以作副词，可是和副词不同的，它们通常也可以做述语、形容语。③

黄侃注意到《诗经》中的叠字状词，常和单音节词联合使用，来状物摩态，具体分成"状物词上单下复"如《小雅·常棣》："鄂不韡韡。"（《传》："鄂犹鄂鄂然，言外发也。韡韡，光明也。"）和"上复下单"，如《邶风·终风》："曀曀其阴。"（《毛传》："如常阴曀曀然。"）④ 另外，黄侃着力研究了加词缀构成的状词，归纳了《诗经》中一些常用的状词词缀，计有：其、彼、有、斯、思、如、若、而、矣、兮、止、伊、然、焉等14种⑤。

---

① 黄侃：《诗经序传笺略例》，《兰州大学学报》（哲学社会科学版）1982 年第 3 期。
② 同上。
③ 周法高：《中国古代语法造句编（上）》，台湾"中央研究院"历史语言研究所出版 1961 年版，第 52 页。
④ 黄侃：《诗经序传笺略例》，《兰州大学学报》（哲学社会科学版）1982 年第 3 期。
⑤ 同上。

《诗经》中运用了大量的虚词，黄侃对此也很留意。他指出《诗经》中有用"语词足句"的现象，如《小雅·无羊》："众维鱼矣。""此与'旐维旟矣'不同。'旐''旟'是两物，'众鱼'是一事也。然'众'与'鱼'之间加一字，足明此'维'字为足句之词。"① 还有"语词无义"的情况，如《大雅·文王》："无念尔祖。"《毛传》："无念，念也。"② "无"就是没有意义的语助词。

3. 句法章法

黄侃《诗经序传笺略例》还归纳了《诗经》中的一些句法，并都举出了具体的诗句作为例证，主要有以下几项：倒文，指语法上的倒装，如《大雅·文王》："不显亦世。"《传》注："言不亦世显德乎？"变文，指为了避免和上下文用字重复，或者为了叶韵，而用同义词或近义词来代替，如《邶风·柏舟》："母也天只。"《传》曰："天谓父。"此叶韵而变。倒序，指句中的叙述语序倒置，如《豳风·七月》："七月在野，八月在宇，九月在户，十月蟋蟀入我床下。""蟋蟀"本应在句首，这里却放到了后面。省文，指句中存在省略，如《鲁颂·有驜》："岁其有。"《传》曰："岁其有丰年也。"互文，指在不同章中重叠的句子具有互文足义的作用，如《周南·关雎》"琴瑟友之""钟鼓乐之"，足成以琴瑟钟鼓友乐之义。反言，指一些句子是反义疑问句，如《郑风·扬之水》："不流束楚。"据《传》言："激扬之水，可谓不能流漂束楚乎？"③

重章是《诗经》篇章结构上的显著特点，但是章与章之间并非简单的重复，而是具有微妙的关系，黄侃归纳了两种章法，一是"上章语未尽而下章足其义"。他列举了《小雅·鹤鸣》"可以为错"，又"可以攻玉"④ 作为例证。案《小雅·鹤鸣》共两章，上章言"它山之石，可以为错"，利用其他山上的石头可以作为打磨用的砺石，语未尽，下章言"它山之石，可以攻玉"，谓将玉石琢磨成器，才补足了语义。一是"后章不与前章同义"。他列举了《王风·君子阳阳》："右招我由房。"（《传》："国君有房中之乐。"）又："右招我由敖。"（《鹿鸣传》："敖，游也。"）⑤可见，后章的"敖"与前章的"房"语义不同，因而也就造成了句义上的差别。

---

① 黄侃：《诗经序传笺略例》，《兰州大学学报》（哲学社会科学版）1982 年第 3 期。
② 同上。
③ 同上。
④ 同上。
⑤ 同上。

4. 比兴修辞

"赋""比""兴"是《诗经》运用的三种主要艺术手法，一直备受学者重视。黄侃在《文心雕龙·比兴》篇的札记中，对"比""兴"集中发表了意见，涉及了《诗经》运用"兴"的特点，后世用"比"忘"兴"的原因等几个关键性问题。

首先，他综观整部《诗经》对"兴"的运用，指出不同的诗篇中的"兴"存在两种情况，一是"物同而感异"，一是"事异而情同"。

> 原夫兴之为用，触物以起情，节取以托意，故有物同而感异者，亦有事异而情同者，循省六诗，可权举也。夫《柏舟》命篇，邶鄘两见。然《邶诗》以喻仁人之不用，《鄘诗》以譬女子之有常。《杕杜》之目，风雅兼存，而《小雅》以譬得时，《唐风》以哀孤立，此物同而感异也。九罭鳟鲂，鸿飞遵渚，二事绝殊，而皆以喻文公之失所。牂羊坟首，三星在罶，两言不类，而皆以伤周道之陵夷。此事异而情同也。①

接着，黄侃指出"兴"的旨意深隐，读者若以意逆志，反而会有穿凿之弊。正是由于兴义之难明，造成了后世文人用"比"而不用"兴"。

> 自汉以来，词人鲜用兴义，固缘诗道下衰；亦由文词之作，趣以喻人，苟览者恍惚难明，则感动之功不显。用比忘兴，势使之然，虽相如子云，末如之何也。②

有一些运用了"兴"的名篇，随着时世迁贸，而"解者只益纷纭，一卷之诗，不胜异说"。可见："用比者历久而不伤晦昧，用兴者说绝而立致辨争。"这就使得后来的作者"当其览古，知兴义之难明，及其自为，亦遂疏兴义而希用，此兴之所以浸微浸灭也"③。

虽然黄侃对"兴"这一艺术手法的必然衰落有清晰的认识，但他本身却是非常看重"兴"的："微子悲殷，实兴怀于禾黍，屈平哀郢，亦假助于江山，兴之于辞，又焉能遽废乎？"④认为像微子作《麦秀》、屈原作

---

① 黄侃：《文心雕龙札记》，第170页。
② 同上。
③ 同上。
④ 同上。

《哀郢》，诗人文士受到外在景物的触发感动，自然而然，托物造端，发之为辞，"兴"是最为原初自然的一种艺术手法，促成了很多名篇佳制，怎么能够忽视呢？

出于对"兴"的重视，黄侃在《手批白文诗经》中，专门批点每首诗中运用了"兴"的句子。在《诗经序传笺略例》中，他特别比较了毛传和郑笺对"兴"的注，得出了郑笺在笺注"兴"时，具有以下几种义例："解传兴与传同""传不言兴，笺亦不言""与传兴同而义异""传言兴，笺不言兴""传笺取兴似同实异""传不言兴，笺言兴"①。

（三）传承《诗经》的现实主义精神

黄侃认为《诗经》最大的价值体现在关注现实的风雅精神上，《诗经》中的篇章"大多至今尚为有价值之文学"②。程千帆先生在回忆黄侃最后一堂课时，提到：

> 这一天，他正讲《小雅·苕之华》，当他念完末章"牂羊坟首，三星在罶。人可以食，鲜可以饱"之后，又接着把《毛传》"牂羊坟首，言无是道也。三星在罶，言不可久也"，用非常低沉，几乎是哀伤的声音念了出来。既没有对汉宋诸儒训说此诗的异同加以讨论，也没有对经文和传文作进一步的解说，但我们这些青年人的心弦却深深地被触动了。③

这首诗之所以能触动黄侃，又进而触动青年学子。是因为据《毛传》此诗为："大夫闵时也。幽王之时，西戎、东夷交侵中国，师旅并起，因之以饥馑，君子闵周室之将亡，伤己逢之，故作是诗也。"④ 1935 年，中国东北已经完全被日军占领，日军又侵占了华北的大片领土，国家岌岌可危，百姓水深火热，这样的国情与两千多年前是何其相似，睹文伤情，怎能不令人慨叹哀伤！可见，正是出于知识分子的爱国赤忱，黄侃对《诗经》的风雅精神有如此深切的认同，《诗经》现实主义的永久价值也在他的最后一课中得到了最好的说明。黄侃的诗作"忧生悼世感无端"有很多忧国忧民之作，切实地传承了《诗经》的现实主义文学精神。

---

① 黄侃：《诗经序传笺略例》，《兰州大学学报》（哲学社会科学版）1982 年第 3 期。
② 黄侃：《中国文学概谈》，《文心雕龙札记》附录，第 293 页。
③ 程千帆：《忆黄季刚老师》，载程千帆、唐文《量守庐学记》，第 151 页。
④ 周振甫：《诗经译注》，中华书局 2013 年版，第 389 页。

三　《阮籍咏怀诗补注》

《阮籍咏怀诗补注》为黄侃 1914 年至 1919 年任教北大期间所撰写的讲义，其最大的亮点是在批评方法上有所创新，黄侃突破了以往政治美刺派对阮诗的政治比附，采取"依文立解"的批评方法对阮诗进行了全新的解读。

（一）坚持"依文立解"的批评方法

阮籍《咏怀诗》"厥旨渊放，归趣难求"①，"百代之下，难以情测"②，从南朝颜延之、沈约，到唐代李善，直至清代何焯等，解者频出，却众说纷纭。颜延之、沈约及李善在注解时"都还采取谨慎的态度，只说一个总的印象是'忧生之嗟'，并没有按某句去扣合"③。但从唐代五臣开始，直到清代何焯、蒋师瀹等，却多以政治比附的方法来解读阮诗。他们受儒家诗学观的影响，认定阮籍《咏怀诗》的主旨是政治美刺，特别是在儒家封建忠君观念的指导下，把阮籍设定为忠于曹魏政权、痛心司马氏篡权的志士仁人，以《咏怀诗》的主旨为愤怀禅代、刺司马文王（司马昭），穿凿附会，失之远甚。

黄侃在补注阮籍《咏怀诗》时，开宗明义，首先表明了自己反对这种政治比附的批评方法。

> 阮公深通玄理，妙达物情。咏怀之作，固将包罗万态，岂仅厝心曹马兴衰之际乎！迹其痛哭穷路，沉醉连旬，盖已等南郭之仰天，类子舆之鉴井。大哀在怀，非恒言所能尽，故一发之于诗歌。颜沈以后，解者众矣。类皆摭字以求事、改文以就己，固哉高叟，余其病之！今辑录颜、沈之说，补其未备云尔。④

黄侃认为阮籍《咏怀诗》在内涵上"包罗万态"，特别表达了阮籍的"大哀"，远不止"厝心曹马兴衰之际"所能概括。黄侃指责颜、沈之后解读阮诗者为比附政治史实的需要，多"摭字以求事、改文以就己"，对此表达强烈的不满。他表示要"辑录颜、沈之说，补其未备"。由此可知，其云"补注"乃是补颜、沈之注。颜延之、沈约的《咏怀诗》注保存在

① 周振甫：《诗品译注》，中华书局 1998 年版，第 41 页。
② （梁）萧统：《文选》，上海古籍出版社 1986 年版，第 1067 页。
③ 陈伯君：《阮籍集校注序》，中华书局 1987 年版，第 6 页。
④ 黄侃：《阮籍咏怀诗补注》，《文心雕龙札记》附录，第 296 页。

《文选》中，仅限于前十七首，黄侃着重对颜、沈未备者加以补注。

黄侃之所以在历代注阮诗众家中独重颜、沈，就是因为他们尚未沾染政治附会之弊："颜、沈二君，依文立解，尚无差谬，不撼字以求事，不改文以就己，斯其所长也。近人解《咏怀》者，类皆反之，余病之久矣。"① 黄侃在此提出了颜、沈运用的是"依文立解"的批评方法，那么何谓"依文立解"呢？颜延之在注阮诗时曾声明："嗣宗身仕乱朝，常恐罹谤遇祸，因兹发咏，故每有忧生之嗟。虽志在刺讥，而文多隐避。百代之下，难以情测，故粗明大意，略其幽旨也。"② 表明虽然明知阮诗"志在刺讥"，但由于其"文多隐避"，故只能是"粗明大意，略其幽旨"。钟嵘《诗品》也说："（阮诗）厥旨渊放，归趣难求，颜延之注解，怯言其志"③。正如有的学者指出：

> 这里的"志"和"意"显然是有区别的，"意"即指文意，文意可以由字而句、由句而章加以贯通，可以通过注典故、释名词而加以把握，所以是"粗明大意"；"志"乃其文意背后的"幽旨""归趣"，在阮诗也就是"刺讥"，这是当时人所不欲言、不必言的。④

据此可知，颜延之注解阮诗的方法集中在"粗明大意""怯言其志"八个字上，只贯通诗作的章句文意，而略言诗作背后的"刺讥"。这就是黄侃所谓的"依文立解"，即解释文本本身的意思，而不对诗作的背后本事做过度的附会索隐。这与他在评点李商隐诗歌时所坚持的原则是相通的，可以说是其解读诗文所秉持的一贯原则。

黄侃对《咏怀诗》的批评就是坚持了"依文立解"，仅对诗作表面字句进行纯文本的批评，而不去考索文本之外的影射。如他对《其五十一》："丹心失恩泽，重德丧所宜。善言焉可长，慈惠未易施。不见南飞燕，羽翼正差池。高子怨新诗，三闾悼乖离。何为混沌氏，倏忽体貌隳"是这样解读的：

> 人情至难预察，智力终于有穷。丹心宜于见恩而失恩，重德应无不宜而丧宜，善言宜可长而有时不可长，慈惠宜施而有时不易施。宜

---

① 转引自戴武军《中国古代文人人生方式与诗学特色》，广东人民出版社 2006 年版。
② （梁）萧统：《文选》，第 1067 页。
③ 周振甫：《诗品译注》，第 41 页。
④ 钟雪梅：《论"以意逆志"和西方解释学》，《语文学刊》2007 年第 1 期。

白之孝而见疏于父，屈原之忠而见疑于君，则世事何一足恃乎？混沌之隳，何能不归咎于鲦忽耶？①

可以看出，黄侃的批评方法是对此诗逐句释义（"不见南飞燕，羽翼正差池"未释），并总结其主旨是讲"人情至难预察，智力终于有穷。……则世事何一足恃乎？"而其他注家在解读此诗时多是考索比附背后史事，如黄节就认为此诗的主旨是讽刺司马氏篡魏，并逐句索隐，谓"重德丧所宜"句是指"齐王即位，以司马懿为太尉，诏曰：'太尉体道正直，尽忠之世。'此重德也，而丧所宜矣"②。"善言焉可长"句是暗用《论语》曰："人之将死，其言也善"典，指"文帝、明帝皆托孤于司马，此将死之言，阮诗所谓'焉可长'也"③。尾句"何为混沌氏，倏忽体貌隳"指"司马氏不知报恩而反行篡弑，亦犹倏、忽之凿混沌窍而已矣"④。两相比较，更可见出黄侃是解读诗作文本本身的含意，对言外之意、旨外之旨则不加索隐。

（二）对政治美刺派的突破

黄侃很清楚地表明了自己坚持"依文立解"的批评方法，就是因为对政治美刺的批评方法"病之久矣"，意欲纠正其弊。具体说来，黄侃在以下几个方面显示出了对政治美刺派的突破。

第一，黄侃认为阮诗中的意象是形象化抒情说理而不是政治"比兴"。政治美刺派之所以能够从阮诗中附会出政治美刺来，主要是通过将阮诗中的意象视为比兴。他们继承了汉儒以美刺比兴来解读《诗经》的传统，认为阮诗中所描写的意象都蕴含着政治美刺。而黄侃则认为阮诗中的意象只是一种形象化的抒情说理。例如政治美刺派认为阮诗中的"佳人"都兴喻君臣，《其十九》云：

　　西方有佳人，皎若白日光。被服纤罗衣，左右佩双璜。修容耀姿美，顺风振微芳。登高眺所思，举袂当朝阳。寄颜云霄间，挥袖凌虚翔。飘飖恍惚中，流眄顾我傍。悦怿未交接，晤言用感伤。

① 黄侃：《阮籍咏怀诗补注》，《文心雕龙札记》附录，第310页。
② 陈伯君：《阮籍集校注》，第347页。
③ 同上。
④ 同上书，第348页。

方东树认为："此亦屈子《九歌》之意。"① 指出此诗上承《九歌》"美人香草"以喻君王的比兴模式。但这个"西方佳人"具体指的是哪个君王，注者各执一说，刘履曰："'西方佳人'托言圣贤如西周之王者。"② 此诗的意思是"此嗣宗思见圣贤之君而不可得，中心切至，若有人于云霄间恍惚顾盼而未获际遇，故特为之感伤焉。"朱嘉徵也是此意，曰："'西方有佳人'伤明王不作，世莫宗余也。"③ 吴汝纶则将"佳人"具体到指司马氏："此首似言司马之于己也。"④ 黄节又提出了"曹爽说"："《晋书》本传云：'曹爽辅政，召为参军，籍因以疾辞，屏于田里，岁馀而爽诛，时人服其远识'或即诗中所指欤？"⑤ 黄侃则认为阮籍所描绘的"西方有佳人"没有政治上的比附，阮籍只是通过描述"西方佳人，陵云远上，虽相悦怿，而不复晤言"的意象，来表达"故知爱憎之情自我，离合之理自天，命之所无奈何，虽神仙竟何裨于感伤也"⑥ 的感慨而已。

阮籍《咏怀诗》中描绘最多的是草木鸟兽、朝晖夕阴等自然意象，政治美刺派一律认定这类自然意象是触发并寄托诗人政治联想的比兴。像阮诗中常有"日月有浮沈""朱华忽西倾"等类句子，政治美刺派认为兴喻魏晋易代。如《其十八》："悬车在西南，羲和将欲倾。流光耀四海。忽忽至夕冥。"刘履曰："此篇因悼世变思以自保之诗。言魏之将亡，犹日之将倾也。何盛衰若此其速！国祚且移于晋矣。"⑦ 陈祚明云："日光西倾，大命遒尽，馀光所被，岂乏沾荣。夏侯之属云亡。"⑧ 蒋师瀹曰："夕冥、朝晖，易代之象也。"曾国藩曰："首四句言魏祚将倾。"⑨ 几家都将日落视为易代之喻。而黄侃则认为："日入当再旦，岂若人死不复生。春华有零落，正类含灵之殂谢。先民已往，吾谁与归！必寿如凌云之松，乃足以慰吾志也。穷达虽殊，终尽则一，故相絜为言。"⑩ 以为日落只是形象化地表达一种哲理。

第二，黄侃以老庄玄理而不是政治史实来解阮诗。政治美刺派认为

---

① 陈伯君：《阮籍集校注》，第281页。
② 同上。
③ 同上。
④ 同上。
⑤ 陈伯君：《阮籍集校注》，第282页。
⑥ 黄侃：《阮籍咏怀诗补注》，《文心雕龙札记》附录，第302页。
⑦ 陈伯君：《阮籍集校注》，第278页。
⑧ 同上。
⑨ 同上书，第279页。
⑩ 黄侃：《阮籍咏怀诗补注》，《文心雕龙札记》附录，第302页。

阮籍《咏怀诗》的主旨是政治美刺，处处以政治史实相附会。黄侃则结合"阮公深通玄理，妙达物情"，指出其诗的主旨不是政治讽喻，而是老庄玄理，特别是庄子的理论，黄侃曾作诗云："阮籍穷途有《怀咏》，偷生浊世最堪哀。卮言妙得庄生旨，千古诗人只此才。"（《夜坐成五绝句》）① 如《其五十二》"十日出旸谷"，黄侃认为乃言："理无久存，人无不死，正当顺时待尽，忘情毁誉。"② 又以为《其七十》"有悲则有情"言："既已忘情世事，粪土形骸，则不屑为人间姿态。"③ 以《其七十二》"修涂驰轩车"言："惟超然于世表者，乃可以无累也。"④ 谓《其七十四》"猗欤上世士"言："不能合于道真，而驰骛于尘俗者，虽如宁戚之讴歌，求用于世，栖栖皇皇，犹羞与偶。必若巢、由抗节，乃获我心也。"⑤ 黄侃都是以老庄玄理和高蹈出世的人生态度来解阮籍这些诗句的。

特别值得注意的是，对于那些描写自然物象的阮诗，政治美刺派以为阮诗中的自然物象是比兴，读出的是政治美刺；而黄侃以为阮诗中自然物象是写实，故从中读出的是老庄玄理。如《其二十六》：

> 朝登洪坡颠，日夕望西山。荆棘被原野，群鸟飞翩翩。鸾鷖时栖宿，性命有自然。建木谁能近，射干复婵娟。不见林中葛，延蔓相勾连。

政治美刺派认为诗中"荆棘喻危乱"⑥，以群鸟、葛蔓喻群小，以鸾鷖、建木自喻。朱嘉徵认为此诗："伤时之什。群小攀附，其势成焉；至人独立，曾不改乎其度也。"⑦ 王闿运以为："言己处乱世，委命全身。"⑧ 而黄侃则认为阮籍是通过这些自然意象来表达庄子《逍遥游》的思想："性命皆有自然，非能自立。鸾鷖之比飞鸟，建木之比葛藟，虽高下、荣枯不能无异，而受形大造，不能相为。所以羡傲之情两捐，大小之生俱适，庄生

---

① 黄侃：《黄季刚诗文钞》，第 253 页。
② 黄侃：《阮籍咏怀诗补注》，《文心雕龙札记》附录，第 311 页。
③ 同上书，第 315 页。
④ 同上书，第 316 页。
⑤ 同上。
⑥ 陈伯君：《阮籍集校注》，第 296 页。
⑦ 同上。
⑧ 同上书，第 297 页。

《逍遥》，此近之矣。"① 又如《其四十五》：

> 幽兰不可佩，朱草为谁荣。修竹隐山阴，射干临增城。葛藟延幽
> 谷，绵绵瓜瓞生。乐极消灵神，哀深伤人情。竟知忧无益，岂若归
> 太清。

黄侃解读得更为明确："言幽兰未必见佩，朱草竟为谁荣，修竹、射干产
于荒僻，葛藟、瓜瓞反得繁荣。既命之所无奈何，斯忧乐皆为无谓，'归
之太清'，《齐物》《逍遥》之旨也。"② 将阮诗中的自然景物理解成一种形
象化的说理，表达的正是庄子的"《齐物》《逍遥》之旨"。阮诗描写自然
物象者不少，黄侃几乎都是按照这种思路来解读的，这就与政治美刺派以
比兴美刺解阮诗判然有别。

　　第三，黄侃抓阮诗大旨而不是"句求字测"。政治美刺派为了附会政
治史实，常常"句求字测"，"摭字以求事、改文以就己"，如《其六十
八》：

> 北临乾昧谿，西行游少任。遥顾望天津，驰荡乐我心。绮靡存亡
> 门，一游不再寻。倘遇晨风鸟，飞驾出南林。漭漾瑶光中，忽忽肆荒
> 淫。休息晏清都，超世又谁禁。

蒋师瀹曰："此嗣宗拜东平相旬日后所作也。'西行'者，自东平归也。
'游少任'谓不胜其游。"③ 就是抓住了"西行""游少任"等字眼，而将
此诗比附为阮籍拜东平相后所作。而黄节更是句求字测读出了忠魏反晋之
旨，他认为"遥顾望天津"句，用"天津"一词"盖指秦墟言之，喻魏
都也"④；而"绮靡存亡门，一游不再寻"句，"言无意于君门（笔者按：
君门指晋）也"⑤；"倘遇晨风鸟，飞驾出南林"句，正是"以晨风喻从晋
诸臣，彼出北林而我出南林，不与之同途也"⑥。而黄侃对此诗的解读是

---

① 黄侃：《阮籍咏怀诗补注》，《文心雕龙札记》附录，第304页。
② 同上书，第309页。
③ 陈伯君：《阮籍集校注》，第380页。
④ 同上书，第381页。
⑤ 同上。
⑥ 同上。

"此亦远游肆志之语"①，乃是从整体上理解诗意的。

事实上，正如方东树所云阮籍诗具有"诗意接而语不接"②的特点，字字落实，则难免牵强附会；提炼主旨，才更为稳妥恰切，颜延之、沈约就是采取括其大旨的方法。黄侃正是继承了这种抓主旨的方法，除了归纳出老庄玄理是《咏怀诗》的核心思想之外，黄侃还提炼出《咏怀诗》具有"游仙长生"的主题。他指出《其十八》"悬车在西南"、《其二十三》"东南有射山"、《其三十二》"朝阳不再盛"、《其三十五》"世务何缤纷"、《其四十》"混元生两仪"、《其四十一》"天网弥四野"、《其四十九》"步游三衢旁"、《其五十》"清露为凝霜"等都是表现阮籍游仙长生思想的。而《其五十四》"夸谈快愤懑"、《其五十五》"人言愿延年"、《其六十五》"王子十五年"、《其六十六》"寒门不可出"、《其七十八》"昔有神仙士"、《其八十》"出门望佳人"等，则表达了"神仙竟无可信"，游仙长生而不得的哀伤无望。

黄侃摒斥政治美刺说、坚持文本批评的方法，有利有弊。一方面，黄侃力图使诗回归其文学意义，从文学欣赏而不是政治图解的角度理解阮诗，这体现了一种或可称为"文学本位"的阐释态度。基于此，黄侃突破了陈腐的封建诗学，避免了政治美刺派对阮籍《咏怀诗》的种种政治附会，而挖掘出了阮诗丰富的文学意蕴，还原了阮诗的文学本质。但另一方面，政治美刺批评方法也有其合理之处，正如陈伯君在《阮籍集校注序》中所指出的，结合历史政治背景来解读阮诗"这本来是对的。以阮籍的思想和他所遭遇的世变，他的这些抒怀诗决不会无端兴起，而必定是有个端的。从当时的政事去探索他的这个端，当然是一个最可取的研究方法。"③黄侃从纯文本出发，而不结合阮籍身处时代的政治背景，也使其只能解释阮诗的字面意思，而不可能历史地具体地深入理解阮诗。例《其三十一》：

> 驾言发魏都，南向望吹台。箫管有遗音，梁王安在哉。战士食糟糠，贤者处蒿莱。歌舞曲未终，秦兵已复来。夹林非吾有，朱宫生尘埃。军败华阳下，身竟为土灰。

黄侃对此诗的解释是："梁王筑台自乐，而轻战士，简贤者。岂意高台未

---

① 黄侃：《阮籍咏怀诗补注》，《文心雕龙札记》附录，第315页。
② 陈伯君：《阮籍集校注》，第396页。
③ 同上书，第6页。

倾，箫音犹在，而身已死，国已亡也！"① 简明地概括了文本本身的意思，但很明显此诗不可能只是单独地咏史，而应具有更深层的含义。陈祚明曰："借吊古以忧时，故语极哀切。"蒋师瀹曰："此借战国之魏喻曹氏之亡也。"② 陈沆曰："借古以喻今也。"③ 方东树曰："借梁王以陈殷鉴……此言魏将亡于司马氏耳。文义最为明白。"黄节曰："魏都，大梁也。此借战国之魏以喻曹氏。"④ 这些注家都指出此诗是借古咏今，讽喻时政。正如曹道衡所言"这首诗确实写出了当时统治集团的贪图享乐和荒淫"⑤，黄侃仅视为咏史是不够的。

（三）黄侃对《咏怀诗》的批评带有自身经历的影子

值得注意的是，黄侃对阮诗的解读可能与其个人的经历思想有关。辛亥革命之后，清朝的封建腐朽统治被推翻，各派政治势力都在钩心斗角，争夺权力。曾经反清的革命党人面临着政治上的分化，有的主张将革命进行到底，有的投靠了袁世凯，有的远离政坛。黄侃此时也面临着政治上的抉择，他是早期同盟会会员、革命元老章太炎的弟子，曾发表过一系列振聋发聩的革命文章，可谓辛亥革命的功臣，黄侃完全有资本求取仕进。但他生性耿直不阿，具有魏晋名士风度，痛心于国事日非，不满于权力相争，在短期被迫入赵秉钧幕后，便毅然选择退政从学，于1914年任教北大，这样政治上的退隐，正如同庄子的逍遥游。可以看出，黄侃在辛亥革命之后的处境与选择，与处于魏晋易代时的阮籍是何其相似。无怪乎黄侃与阮籍如此相契，不仅补注《咏怀诗》，还有拟《咏怀》之作。观黄侃的补注，某些解读确带有自己思想经历的影子，如评《其五十九》云："枯者，对荣之名，不荣何枯？穷者，对达之名，不达何穷？此所以甘为河上丈人，而不乐为衢路之客也。"⑥ 评《其五十七》云："明达者能决弃毁誉。"⑦ 评《其二十五》云："所以深戒骄盈，安其恬淡者也。"⑧ 即是对阮籍思想的概括，同时也是自身心志的折射。

---

① 黄侃：《阮籍咏怀诗补注》，《文心雕龙札记》附录，第305页。
② 陈伯君：《阮籍集校注》，第310页。
③ 同上。
④ 同上。
⑤ 曹道衡：《魏晋文学》，安徽教育出版社2001年版，第106页。
⑥ 黄侃：《阮籍咏怀诗补注》，《文心雕龙札记》附录，第313页。
⑦ 同上书，第312页。
⑧ 同上书，第304页。

四　《李义山诗偶评》

《李义山诗偶评》作于辛亥革命后黄侃旅居上海期间，其时他"与旭初（汪东）同居上海二年有馀，当时所谈，非玉溪诗即《片玉词》"①。李商隐诗向以难解著称，尤以无题、咏物、咏史为最，黄侃便针对四十五首这样主旨隐晦之诗予以评论。其评以程梦星《李义山诗集笺注》为底本，对程氏的笺注间或吸收，如评《碧城》三首、《泪》《七月二十九日崇让宅谦作》等诗就吸收了程注，同时也辨正了程氏有关《闻歌》《中元作》《宋玉》《银河吹笙》等诗的笺注。另外，黄侃还较为重视纪昀对李商隐诗歌的评点，在《杜工部蜀中离席》《隋宫》《牡丹》等的评点中吸收了纪说，而在《马嵬》《中元作》等诗的评点中对纪评有所辨正。

　　黄侃对李商隐诗的评点包含字词训诂、顺释句意、揭示篇旨、艺术赏析等多方面的内容，而尤以揭示篇旨为主。在揭示篇旨过程中，他主要解释文本本身的意思，而不对诗作的背后本事作过度的附会索隐。黄侃曾谓"读李太白、杜子美、李义山诗，须玩味白文，若泥于注家之说，则多失其义"②，就是强调解读李商隐诗要立足于文本本身。这一思路集中贯彻在其对李商隐《无题》诗的解读上，黄侃认为：

> 　　案义山《无题》诗，十九皆为寄意之作。既云"无题"，则当时必有深隐之意，不能直陈者。此在读者以意逆志，会心处正不在远也。必概目为艳语，其失则拘；一一求其时地，其失则凿。③

黄侃在此揭示了解读李商隐《无题》诗的三种思路：其一视为单纯的艳情诗；其二一一求其时地，即索隐诗作背后的本事；其三以意逆志，会心处正不在远也。黄侃明确表示反对"必概目为艳语"的解读方法，以为过于拘泥字面。他认为义山《无题》诗绝不是简单的艳诗，而是"十九皆为寄意之作"，"既云'无题'，则当时必有深隐之意，不能直陈者"。黄侃曾作《李义山》一诗云："刜诗谁及玉溪生，独运深思写至情。自有微辞同宋玉，何曾艳体比飞卿。华年锦瑟供长恨，别泪青袍负盛名。最悔读书求甲乙，空劳从事亚夫营。"④ 以为义山诗"自有微辞""写至情"，非艳体

---

①　黄侃：《黄侃日记》，第 143 页。
②　武酉山：《关于黄季刚先生》，载张晖《量守庐学记续编》，第 58 页。
③　黄侃：《李义山诗偶评》，《文心雕龙札记》附录，中华书局 2006 年版，第 321 页。
④　黄侃：《黄季刚诗文钞》，第 183 页。

所可概括。但是若要将李诗"深隐之意"考证落实，索隐本事，黄侃以为这种"一一求其时地"的做法又有穿凿附会之失。

那么怎样去解读李诗"深隐之意"才最为合适呢？黄侃提出了"此在读者以意逆志，会心处正不在远也"的方法。"以意逆志"本是要求读者尽量体会作者用心，但黄侃何以又加上"会心处正不在远"呢？这是因为，黄侃意识到在没有可靠解说为依据的情况下，一味地"以意逆志"反而会滋生穿凿之弊。他曾在《文心雕龙札记·比兴》篇中说："孟子云：学诗者以意逆志，此说施之说解已具之后，诚为谠言，若乃兴义深婉，不明诗人本所以作，而辄事探求，则穿凿之弊固将滋多于此矣。"① 因而他要求读者在以意逆志时"会心处正不在远"，乃是一种文学化的说法，为了防止过度地探求作者之用心而陷入索隐一派。黄侃在《文心雕龙札记·比兴》篇中曾言：

> 然自昔名篇，亦或兼存比兴，及时世迁贸，而解者只益纷坛，一卷之诗，不胜异说！九原不作，烟墨无言。是以解嗣宗之诗，则首首致讥禅代，笺杜陵之作，则篇篇系念朝廷，虽当时未必不托物以发端，而后世则不能离言而求象。
>
> 近世有人解李商隐诗，"虎过遥知阱"，以为刺时政。解温庭筠《菩萨蛮》词，以为与《感士不遇赋》同旨。解《咏怀诗》"天马出西北"以为马乃晋姓。解《洛神赋》君王，以为即文帝。此皆所谓强作解事，离其本真者已。②

强调虽然很多名篇都蕴含比兴，但代远难测，因而后世解诗者"不能离言而求象"脱离文本去一味比附本事。黄侃特别点出了几种这样"强作解事，离其本真"的例子，其中就包括了以往对李商隐诗的解读。由此可见，黄侃所谓的"会心处正不在远"就是指不要"强作解事，离其本真"过度比附本事，而应该立足文本来阐释诗义。

在具体解读李商隐《无题》及其他诗作时，黄侃便坚持"以意逆志，会心处正不在远"的原则，立足文本理解诗义，不无端猜测背后本事，如《无题》：

① 黄侃：《文心雕龙札记》，第169页。
② 同上书，第170页。

其一

凤尾香罗薄几重？碧文圆顶夜深缝。扇裁月魄羞难掩，车走雷声语未通。曾是寂寥金烬暗，断无消息石榴红。班骓只系垂杨岸，何处西南待好风？

其二

重帏深下莫愁堂，卧后清宵细细长。神女生涯元是梦，小姑居处本无郎。风波不信菱枝弱，月露谁教桂叶香？直道相思了无益，未妨惆怅是清狂。

不少注家都将这二首《无题》目为艳诗，黄周星曰："首章义山最工为情语。"① 姚培谦曰："首章此咏所思之人，可思而不可见也。"② 另有索隐派认为义山托男女之词寄讽谏之意，纷纷考其背后本事，陆昆曰："按本传：令狐绹作相，商隐屡启陈情，绹不之省。二诗疑为绹发。"③ 冯浩曰："将赴东川，往别令狐，留宿而有悲歌之作也。"④ 汪辟疆曰："此大中五年义山应柳仲郢辟，将赴东川，绝意令狐之诗也。"⑤ 黄侃与这两派的解读都完全不同，他认为：

> 义山诸《无题》，以此二首最得风人之旨。察其词，纯托之于守礼不佻之处子，与杜陵所谓空谷佳人，殆均不愧幽贞。而解者多以为有思而不得之词，失之甚矣！
> 其一，首二句正写寂寥时所以自遣："碧文圆顶"，谓帐也；"车走雷声"，言狂且之言无由入耳也；五句言幽居情况，日日如斯；六句言亲爱离居，永无消息；七八言纵有游人窥觑，闺中深邃，固非所得而知也。谓之词婉意俨，畴云不可？
> 其二，首二句极写其岑寂；三句言纵复怀人，只劳梦想；四句言独居幽地，不厌单栖；五句言狂暴相凌，徒困荏弱；六句言容华姣好，易召侵欺；七、八言终不弃礼而相从，虽见怀思，适成痴俖也。⑥

---

① 刘学锴、余恕诚：《李商隐诗歌集解》，中华书局1998年版，第1620页。
② 同上。
③ 同上。
④ 同上。
⑤ 同上。
⑥ 黄侃：《李义山诗偶评》，《文心雕龙札记》附录，第334页。

一方面，黄侃没有将此二诗视为简单的艳情诗，而是认为"义山诸《无题》，以此二首最得风人之旨"，认识到二诗寄托深意。他立足文本，逐句释义，得出此二诗"纯托之于守礼不佻之处子，与杜陵所谓空谷佳人，殆均不媿幽贞"，表现的是幽贞之旨。但另一方面，黄侃并没有"一一求其时地"，去落实李商隐表达幽贞之旨背后的本事。这种解诗法正是"以意逆志，会心处正不在远也。"

但也应看到，黄侃反对索隐派，是针对其牵强附会的弊端而言，并非对索隐派全盘否定，他在解诗中，也不乏对创作时间地点的考索，如评《昨夜星辰昨夜风》："此诗全为追忆之词，又有听鼓应官之语。其出为县尉，追想京华游宴之作乎？"①

另外需要注意的是，黄侃还十分注重对李商隐诗歌的艺术剖析，特别注重分析李诗的结构，如评《闻歌》的结构："此诗制格最奇。闻歌正面，首二句已写出，以下皆衬托之笔。七八句乃收到本意。"② 评《辛未七夕》"恐是仙家好别离，故教迢递作佳期。由来碧落银河畔，可要金风玉露时。清漏渐移相望久，微云未接过来迟。岂能无意酬乌鹊，惟与蜘蛛乞巧丝"一诗就更为深入：

> 此诗纯以气势取胜。首二句作疑词。三、四句申言致疑之理。五、六句与首句"好"字、次句"故"字相应。七、八句言佳会果然，则当酬鹊桥之力，今但与蜘蛛以巧，是知佳期之稀，本缘仙意，仍与首二句相应。用意之高，制格之密，即玉谿集中，亦罕见其比也。③

黄侃对李商隐诗歌艺术的深入分析，不仅为李氏之功臣，更直接在其自己的诗歌创作上开花结果。黄侃前期诗作深受李商隐影响，曾效法义山作《无题》诗24首，取首二字为题诗作22首，以绮丽之句寄遥深之情，深具玉溪意格，这都得益于其对义山诗的深入分析。

---

① 黄侃：《李义山诗偶评》，《文心雕龙札记》附录，第 321 页。
② 同上书，第 329 页。
③ 同上书，第 325 页。

第五节　黄侃对六朝文论的研究

综观黄侃一生的文学创作和文学研究，其贡献集中体现在两个方面，一是对近代文学与文论的发展具有一定的贡献，在近代文学与文论史上占有不可忽视的重要地位。一是对六朝文学与文论有精深的研究，在六朝文学与文论研究史上占有重要的地位、具有深远的影响。黄侃的"龙学"与"选学"成就已是有目共睹，另外他对《典论·论文》《文赋》《宋书·谢灵运传论》《诗品》等六朝文论也有较为详细的疏证。

曹丕在《典论·论文》中提出了"文以气为主"的重要观点，并将"气"分为"清浊"两体，根据今人的研究，"清是俊爽超迈的阳刚之气，浊是凝重沉郁的阴柔之气"①，但曹丕并未明说两者的优劣。黄侃通过曹丕对于"徐幹时有齐气，然粲之匹也"的评价，认识到"文帝论文主于遒健，故以齐气为嫌"②。根据李善注"齐俗文体舒缓"，齐气比较舒缓，属于柔浊一类，曹丕对此持贬抑态度，可见他所推崇的是清刚之气，遒健文风。

黄侃对《文赋》文本进行了深入细致的研读，他划分了层次段落，并归纳了每段意旨：

> "伫中区以玄览"至"聊宣之乎斯文"已上言作文之由。
>
> "其始也"至"抚四海于一瞬"　　　以上构思之状。
>
> "然后选义按部"至"或含毫而邈然"以上言命篇之始部署意。
> 辞之状
>
> "伊兹事之可乐"至"郁云起乎翰林"以上言文之深闳芳茂。
>
> "体有万殊"至"故无取乎冗长"　　已上辨体。
>
> "其为物也多姿"至"故淟涊而不鲜"已上言会意遣言而详论声调。
>
> "或仰逼于先条"至"固应绳其必当"以上言去取之术。

---

① 郭绍虞：《中国历代文论选》，上海古籍出版社 2001 年版，第 163 页。

② 黄侃：《文选平点》，中华书局 2006 年版，第 585 页。

"或文繁理富"至"故取足而不易"	以上言篇中必有主语。
"或藻思绮合"至"亦虽爱而必捐"	已上言不当剿袭。
"或苕发颖竖"至"吾亦济夫所伟"	以上言文中特有佳句，而全篇不称。
"或托言于短韵"至"含清唱而靡应"	以上言清而无应，此文小之故。
"或寄辞于瘁音"至"故虽应而不和"	以上言应而不和，此辞窳之故。
"或遗理以存异"至"故虽和而不悲"	以上言和而不悲，此理虚之故。
"或奔放以谐合"至"又虽悲而不雅"	以上言悲而不雅，此声俗之故。
"或清虚以婉约"至"固既雅而不艳"	以上言雅而不艳，此质多之故。
"若夫丰约之裁"至"故亦非华说之所能精"	以上总论文变，言随手之变，难以辞逮。
"普辞条与文律"至"病昌言之难属"	此上言古之佳文难得，故己作亦鲜有佳。即此见士衡之谦虚。前云："恒患意不称物，文不逮意，非知之难，能之难"此节与彼文相应。
"故踸踔于短垣"至"顾取笑乎鸣玉"	以上言自它之文佳者皆非易得，而己作亦愍有佳者。
"若夫应感之会"至"吾未识夫开塞之所由"	以上言文思开塞之殊。
"伊兹文之为用"至"流管弦而日新"	以上总叹文用。①

---

①　黄侃：《文选平点》，第158—162页。

黄侃对《文赋》段落划分与段意归纳是恰当可取的，后来的文论选，如郭绍虞主编的《中国历代文论选》等都与之相一致。在对《文赋》每段意旨进行归纳的过程中，黄侃也便指明了《文赋》所论及的主要理论问题有：作文之由、构思、命篇、部署意辞、辨体、会意遣言、声调、作文的利害关键、文病、文思之开塞、文章的功用等，对《文赋》的理论层次及理论内涵有清晰准确的把握。

　　黄侃对《宋书·谢灵运传论》也有深入研究的札记，其评《文选》中《宋书·谢灵运传论》篇言："此篇未易促了，侃考之至深，别具篇札。宜取省览。"① 可惜的是，据黄念宁注"疑此篇札存先姊处，亡佚"②。今《文选平点》中所存对《宋书·谢灵运传论》的评论较为简略，比较有价值的是黄侃对沈约声律论的态度。一方面，他认为沈约的声律论对中国文学的发展有深远影响。在评"欲使宫羽相变，低昂舛节，若前有浮声，则后须切响。一简之内，音韵尽殊；两句之中。轻重悉异。妙达此旨，始可言文"一段时，他指出：

　　　　声律论作，文变无穷，其所擢拔扬拢，不可胜数也，而此数语，实已总挈纲维。尝谓文士有二伟人，一则隐侯，一唯苏绰，骈文、律诗、小词、曲子皆自声律论出者也。陈张李杜之诗，韩柳李孙之文，皆自复古论出者也。工拙之数，不系于此，纷纷争论，只在形貌间耳。③

他认为沈约和苏绰是文士中的二伟人，原因是沈约倡导的声律论，使中国文学上产生了骈文、律诗、小词、曲子等讲求声律的文学体裁；而苏绰所提倡的复古也深刻影响了有唐一代诗文的发展轨迹。可见，黄侃是从文学史的角度，客观地评价沈约声律论对中国文学发展所产生的深远影响。

　　但另一方面，黄侃对沈约的声律论又不无微词，黄侃坚持自然声律观，对沈约过于强调声律表示疑义。沈约称赏曹植、王粲、孙楚、王赞等人的警句"正以音律调韵"而"取高前式"，黄侃就表示："此说未尽，亦须有意耳，宜云美辞而不讲音律则虽美而不章，不然，但调音律而意辞俱乖，宁足以取高前式哉。"④认为不宜过度强调音律，还是要以意、辞为先，再讲求音律。沈约又说到"自灵均以来，多历年代，虽文体稍精，而

---

　　① 黄侃：《文选平点》，第568页。
　　② 同上。
　　③ 同上书，第569页。
　　④ 同上。

此秘未睹。至于高言妙句，音韵天成，皆暗与理合，匪由思至"，认为此前文人对音律皆未有清晰的认识，以往音律和谐的句子皆是自然天成，暗合了音律理论，而不是作家自觉的追求。但是黄侃在评"高言妙句，音韵天成"时说"亦须高妙，而后贵音韵天成耳"①，还是强调先要有好句子，然后才讲求音律。在评"暗与理合，匪由思至"时，黄侃更质疑："暗与理合何也？音韵乃自然之物，不待教而解调也。"②显然，黄侃是秉持自然声律观，强调自然音韵，反对沈约以各种法则来调节音律。

　　黄侃对《诗品》也有专门的研究，在北京大学任教时曾撰写过《诗品讲疏》作为讲义。惜今不传，但在其《文心雕龙札记》、范文澜《文心雕龙注》及许文雨《文论讲疏》中并有征引。《诗品讲疏》最大的亮点是对五言诗起源问题的考证，徐复观曾称赞黄侃"在钟嵘《诗品讲疏》中谈到五言诗的起源，都表示了他卓越的成就"③。具体说来，黄侃在《讲疏》中援引了《汉书·艺文志》有关"孝武立乐府而采歌谣"、挚虞《文章流别论》有关五言诗"于俳谐倡乐多用之"等论述，并征举了《乐府诗集》和《诗纪》中西汉有主名的五言诗和无主名的五言乐府，提出了五言诗肇源于西汉乐府歌谣的观点。

　　黄侃不仅对六朝重要的文论都有深入的把握，更重要的是，他注重将六朝文论融会贯通。如他在研究《文心雕龙》时便联系了《文章流别论》《文赋》《诗品》等其他六朝文论④；他还比较《典论·论文》与《文赋》的文体风格论，称曹丕"铭诔尚实""可以补《文赋》"⑤，但又有所不同，因"然彼（《文赋》）于碑下见此义"⑥；黄侃又指出《文赋》"暨音声之迭代，若五色之相宣"是"后来范、沈声律之论，皆滥觞于此，实已尽其要妙也"⑦。同时，黄侃还注重将六朝文学与文论结合研究，互为参证，他在评点《文选》时便与《文心雕龙》并读，在研究《文心》理论时也引证六朝的文学作品。以上种种例证都表明了黄侃对六朝文学与文论有整体的、系统的钻研，不仅取得了不少重要的成果，其所秉持的融会贯通的整体研究法也值得我们借鉴和学习。

---

① 黄侃：《文选平点》，第569页。
② 同上。
③ 徐复观：《关于黄季刚先生》，载张晖《量守庐学记续编》，第30页。
④ 详见本书第四章第五节"《文心雕龙》研究方法探索者"。
⑤ 黄侃：《文选平点》，第585页。
⑥ 同上。
⑦ 同上书，第160页。

第四章　现代"龙学"的开创者

在《文心雕龙》研究史上，最富标志性的事件，莫过于 1914 年黄侃在任教北大时"把《文心雕龙》作为一门学科搬上大学讲坛"①，"这说明从黄侃开始，《文心雕龙》研究就是一门独立的学科：龙学"②，从此开始了现代"龙学"的百年历程。其讲义汇集为《文心雕龙札记》，在校注、义理、研究方法等方面均具有开创性意义，特别是"虽然黄书也有校注，却以阐发文论思想为主，这确是研究角度的一大转变，一个新的开始"③，"令学术思想界对《文心雕龙》之实用价值、研究角度，均作革命性之调整"④，由传统的校勘、注释转为现代意义上的理论研究，《札记》因此被誉为"现代科学的《文心雕龙》研究的奠基之作"⑤。黄侃作为《文心雕龙》明清旧注的突破者、《文心雕龙》理论研究第一人、《文心雕龙》研究方法的探索者，对大陆及台湾现代"龙学"产生了重大影响，在 20 世纪龙学史上占有重要的地位，可以毫不夸张地说，黄侃是现代"龙学"的开创者，百年"龙学"的奠基人。

第一节　《文心雕龙札记》应时代召唤而产生

黄侃之所以将《文心雕龙》搬上大学讲堂，《文心雕龙札记》⑥ 之所以能完成研究角度的重大转变，皆非偶然，背后蕴含着复杂的学术背景和

---

① 牟世金：《"龙学"七十年概观（上、中）》，《社会科学战线》1987 年第 3、4 期。

② 同上。

③ 同上。

④ 李曰刚：《文心雕龙斠诠》，台湾"国立"编译馆中华丛书编审委员会 1982 年版前言。

⑤ 张少康、汪春泓、陈允锋、陶礼天：《文心雕龙研究史》，北京大学出版社 2001 年版，第 148 页。

⑥ 《文心雕龙札记》最早印行于 1919 年黄侃任教武昌高等师范学校时，为油印本讲章，包括三十一篇。1927 年，北平文化学社刊印《神思》至《总术》及《序志》二十篇。1935 年，

现实原因。

一　针对清末民初三大文学流派纷争

其实，黄侃并非第一位在大学讲坛上讲授《文心雕龙》的学者①。清末民初，以姚永朴、林纾等为代表的桐城派，以刘师培为代表的《文选》派及以章太炎为代表的朴学派间的三大文派之争如火如荼地展开，这几派的代表人物于民国元年之后至五四之前，先后会集于北大②，并在各自的课堂上、讲义中宣扬各自文派的观点，而他们不约而同地都利用了中国古代文论的元典《文心雕龙》，直接间接地借助《文心雕龙》展开了一场没有硝烟的论争。

1910—1914 年，北大的讲坛被桐城派占据，其主将姚永朴教授"文学研究法"一课，并将讲稿刊行出版为《文学研究法》凡四卷二十五篇。其发凡起例，就仿之《文心雕龙》：卷一分《起原》《根本》《范围》《纲领》《门类》《功效》六篇，为文学总说，相当于《文心雕龙》的"文之枢纽"部分；卷二为《运会》《派别》《著述》《告语》《记载》《诗歌》六篇，总结了历代文学史与文学流派，辨析各体文章源流并确立各体文章之正宗，类似于《文心雕龙》的文体论；卷三的《性情》《状态》《神理》《气味》《格律》《声色》六篇，及卷四的《刚柔》《奇正》《雅俗》《繁简》《疵瑕》《工夫》六篇，主要探索文学创作问题，类似于《文心雕龙》的创作论。可见，姚永朴完全是遵照《文心雕龙》来构建其文章学体系的，另外他在论文时也征引了大量《文心》原文，可以说是间接利用了《文心雕龙》。

黄侃逝世于南京，前中央大学所办《文艺丛刊》据武昌高等师范所印讲章出版纪念专号，刊印《原道》以下十一篇。1948 年，成都华英书局发行四川大学刊全部三十一篇。1962 年，中华书局将北平文化学社本和《文艺丛刊》本汇成一集，成为大陆最通行的版本。此后，以此为底本，又相继出现了：1996 年华东师范大学 20 世纪《国学丛书》本、2000 年上海古籍出版社《蓬莱阁丛书》（周勋初导读）本、2004 年中国人民大学国学基础文库（吴方点校）本、2006 年上海世纪出版集团世纪文库本，以及 2006 年黄延祖重辑中华书局《黄侃文集》本等多个版本。台湾地区，《札记》的版本也不止一个，其中，1962 年潘重规取北平文化学社本和武昌本合编，由香港新亚书院出版，此本于 1973 年由台北文史哲出版社再版，成为台湾最通行的版本。

① 虽然在黄侃之前已有学者在大学讲坛上讲授《文心雕龙》，但是都没有作为一门独立的学科，"（黄侃）把《文心雕龙》作为一门学科搬上大学讲坛，这是有史以来的第一次"。（牟世金先生语）因而才将黄侃视为"龙学"的开创者。

② 周勋初《黄季刚先生〈文心雕龙札记〉的学术渊源》、汪春泓《论刘师培、黄侃与姚永朴之〈文选〉派与桐城派的纷争》、吴微《桐城派与北大》、陈以爱《中国现代学术研究机构的兴起——以北大研究所国学门为中心的探讨》等都对当时北大的情形有所描述。

1914 年后，章门弟子纷纷聚集北大，朱希祖作为章太炎文派的代表也在其课堂上讲授《文心雕龙》，据傅斯年回忆：

> 当年我在北大读书时，听朱蓬仙讲《文心雕龙》。大家不满意，有些地方讲错了，有些地方又讲不到。我和罗家伦、顾颉刚等同学商议，准备向蔡孑民校长上书，请求撤换朱蓬仙。于是我们就上书了。不久，这个课就由黄季刚先生来担任。①

章太炎于 1906 年 8 月在日本设立"国学讲习会"，期间曾讲授《文心雕龙》，朱希祖、黄侃都列席其间。朱氏曾谓"余则主骈散不分，与汪先生中、李先生兆洛、谭先生献，及章先生（太炎）议论相同，此又一派也"②，表示自身的文学观与乃师一派，则其所授《文心雕龙》亦当上承章氏，代表了章太炎一派的泛文学观。

1917 年，刘师培也进入北大国文门，主讲"中国中古文学史"，宣扬《文选》派理论。他也十分推崇《文心雕龙》，称"刘氏《文心雕龙》集论文之大成"③，可能做过《文心雕龙》的专题课程（或演讲）④。其论文多有祖述《文心》之处，特别是他在《中国中古文学史讲义》中列举了《文心雕龙》中言及文笔之分的篇章语句，分析了文体论的篇次安排，以证实刘勰主张文笔之分，从而为其尊崇骈文的正统地位提供有力依据。

黄侃自 1914 年至 1919 年在北大执教席，目睹三大文派借助《文心雕龙》展开论争，自然不甘示弱，故而也选择借讲授《文心雕龙》来宣扬自身观点，参与三大文派之争。正如周勋初先生所说"《文心雕龙札记》一书乃是清末民初三大文学流派纷争中涌现出来的一部名著"⑤，黄侃处处借重了《文心雕龙》的折中理论，以之作为批判桐城派，调和刘师培《文选》派与章太炎学说，表达自身宏通骈散观的有力武器。因此，《文心雕龙札记》的产生首先是清末民初三大文派之争这一时代文论思潮的展现。

值得注意的是，在新旧文化交替的 20 世纪初，这场三大文派之争，

---

① 王利器：《往日印痕》，山西人民出版社 1997 年版，第 95 页。
② 朱希祖：《朱希祖日记》1917 年 11 月 5 日条，转引自朱偰《五四运动前后的北京大学》，全国政协文史资料研究委员会编《文化史料》第 5 辑，文史资料出版社 1983 年版，第 162 页。
③ 刘师培：《中国中古文学史讲义》，上海古籍出版社 1999 年版，第 123 页。
④ 详见陈平原《知识、技能与情怀——新文化运动时期北大国文系的文学教育》，《北京大学学报》2009 年第 6 期。
⑤ 周勋初：《论黄侃〈文心雕龙札记〉的学术渊源》，《文学遗产》1987 年第 1 期。

一方面上承中国古代文论传统，是新文化运动来临之前的文言文坛上最后一场骈散之争；另一方面，三大文派之争是在西方新的学术体系涌入国门的背景下展开的，也透露出了新的学术动向，这集中体现在对"文学"的含义与范围的探讨上。"文学"一词原是日本对英文"literature"的翻译，清末民初又从日文译为中文。当西方的学科体系在中国早期大学中确立之时，文学成为和哲学、史学等并列的一门独立学科，那么，对"文学"的界定无疑成为此时学术界的当务之急。

在三大文派之争中，对"文学"的含义与范围的探讨便是一个争论的焦点，特别是刘师培和章太炎两人对此发表了针锋相对的意见。刘师培在《广阮氏文言说》中以为"文章之必以彣彰为主"①；章太炎《国故论衡·文学总略》则认为"文学者，以有文字著于竹帛，故谓之文。论其法式，谓之文学。凡文理、文字、文辞，皆称文"②，"凡彣者必皆成文，凡成文者不皆彣，是故椎论文学，以文字为准，不以彣彰为准"③。刘师培《广阮氏文言说》和章太炎《国故论衡·文学总略》作于二人在1906年流亡日本时，其时三大文派之争尚未全面展开，却正值"文学"这一概念从日本传入中国之始。因此，不得不说，刘、章二人此时对"文学"一词立足中国传统文论的辨析正是一种预演，为接下来的"文学"概念的大讨论做了理论准备。刘师培以为"文章之必以彣彰为主"是强调文学的美学特质，章太炎云"文学者，以有文字著于竹帛，故谓之文"是一种泛文学观，各有得失。黄侃在《文心雕龙札记》中也紧跟学术热点，着重探讨了"文学"的含义与范围问题，他继承了两位老师的观点，力主调停："拓其疆宇，则文无所不包；揆其本原，则文实有专美。"既抓住了文学的美的本质，也兼顾了中国文体纷杂的现实，这种对文学进行广义、狭义两种不同标准的界定，成为20世纪早期对"文学"界定上颇具代表性的观点。④

二　适应新的文学分科的需要

1910年，北大中国文学门成立，"文学"成了一个独立的学科，在文学学科下所开设的课程，既有与传统学术一脉相承者，同时更借鉴西方的

---

① 刘师培：《广阮氏文言说》，载《中国近代文论选》，人民文学出版社1959年版，第535页。
② 章太炎：《国故论衡》，第51页。
③ 同上。
④ 详见戴燕《文学·文学史·中国文学史——论本世纪初"中国文学史"学的发轫》，《文学遗产》1996年第6期。

学科分类，新增了很多中国传统学术体系所没有的课程。黄侃所任课程即是新旧杂陈，学者一般都津津乐道于黄侃第一个把《文心雕龙》搬上大学讲坛，却鲜有人追问，他到底是把《文心雕龙》搬上了什么课堂？其实，黄侃在北大任教的五年里，先后讲授过词章学、中国文学史、中国文学、中国文学概论、汉魏六朝文学、唐宋文学、文、诗等多门课程，但就是没有《文心雕龙》专题课。那么，他撰著《文心雕龙札记》到底是为哪一门课程准备的讲义呢？

据栗永清考证，"甚至在 1914 年 9 月开始在北京大学讲授'词章学'时，《文心雕龙》或已成为其授课内容。此后，1915—1918 年间，又在不同的课程名目下陆续讲授数次，应该更近于事实……而《文心雕龙札记》也当是在多次讲授的过程中，几经修订的结果"。①

由此可知，黄侃首先是借《文心雕龙》来讲解词章学的。黄侃入职北大之初，即承担词章学教学，这门课程以指导学生写作为目的，相当于中国古代的文章作法，但在中国传统的学术分类中，文章作法一类从属于诗文评，尚没有分划为一个独立的学术分支。但根据 1913 年国民政府颁布的《大学规程》，词章学与文学研究法、中国文学史成为中国文学门文学类的三科专业课程，这显然是现代文学分科趋于细化的结果。那么，面对一门中国传统学术体系所没有的课程，黄侃为什么选择借重《文心雕龙》来讲授呢？这是因为虽然词章学这门课程是新设立的，但是文章作法类专著向来不少，而其中最为突出的无疑当属具有丰富而系统之创作论的《文心雕龙》，最符合词章学的要求。这在《文心雕龙札记》的《题辞及略例》中解释得很明白，其曰：

> 论文之书，鲜有专籍。自桓谭《新论》、王充《论衡》，杂论篇章。继此以降，作者间出，然文或湮阙，有如《流别》《翰林》之类；语或简括，有如《典论》《文赋》之俦。其敷陈详核，征证丰多，枝叶扶疏，原流粲然者，惟刘氏《文心》一书耳。虽所引之文，今或亡佚，而三隅之反，政在达材。……今为讲说计，自宜依用刘氏成书，加之诠释；引申触类，既任学者之自为，曲畅旁推，亦缘版业而散见。如谓刘氏去今已远，不足诵说，则如刘子玄《史通》以后，亦罕嗣音，论史法者，未闻庋阁其作；故知滞于迹者，无向而不滞，通于理者，靡适而不通。自愧迂谨，不敢肆为论文之言，用是依傍旧文，

---

① 栗永清：《知识生产与学科规训 晚清以来的中国文学学科史探微》，第 186 页。

聊资启发，虽无卓尔之美，庶以免戾为贤。若夫补苴罅漏，张皇幽眇，是在吾党之有志者矣。①

黄侃指出刘勰的《文心雕龙》"敷陈详核，征证丰多，枝叶扶疏，原流粲然"，在中国古代论文著作中独一无二，后世论文者无不本此，其所阐发的理论也古今相通，因而他表示要"依用刘氏成书"作为讲义。

如果说词章学还带有中国传统文章作法类的痕迹，并不能算是全新的文学学科，那么，1917年底陈独秀主持北大文科课程改革会议，删除了"文学研究法""词章学"，效仿《癸丑学制》②中诸外国文学门，而构架了以"文学""文学史""文学概论"三门并立的课程体系③，则可以说是文学学科的创新了。据1918年4月30日北大国文教授会议决议《文科国文学门文学教授案》对三门课程的内容、目的的说明，"中国文学史""在述明文章各体之起源及各家之派别"，侧重史的梳理；"中国文学"注重"各体技术之研究""研寻作文之妙用"，显然是继续了"词章学"指导写作之目的；"文学概论"则"当道贯古今中外"侧重文学理论。三门之中，"文学概论"是此次新增的必修课。这一学科名目最早是从日本传来，1913年国民政府颁布的《大学规程》中，"文学概论"被列入外国文学门下，是参照西方的"文学理论"而设立的。1917年，北大为均衡文科理科，曾为理预科添开"文学概论"课，可见，此课程旨在讲授有关文学的一些理论常识，本是一门文学理论的普及课。在1917年底北大文科课程改革中，"文学概论"被确定为中国文学门的必修课。

据1918年北京大学《文本科第二学期课程表》（1917—1918学年第二学期）记录，此课肇端之初，即由黄侃承担。面对这样一门中国传统学术体系所无，完全是效仿西方"文学理论"而设立的全新课程，到底应该讲授什么内容呢？深谙国学的黄侃坚持了他的一贯思路，即从中国传统学术中寻找与新学科的契合点。《文心雕龙》以其对文学根本原理的深入认识，再次成为黄侃借重的讲义。据《北京大学廿周年纪念册》所录《1918年北京大学文理法科改定课程一览》，通科课程"文学概论"后有一说明

---

① 黄侃：《文心雕龙札记》，第1页。
② 中华民国成立后，参照日本明治维新后新学制，于1912年公布并于次年修订而成的一个完整的学制系统。
③ 参见栗永清《知识生产与学科规训 晚清以来的中国文学学科史探微》，中国社会科学出版社2012年版，第179页。

性质的括号：略如《文心雕龙》《文史通义》等类①，应该正是对此时黄侃以《文心雕龙》授文学概论课的实录。当时北大学生的回忆录，也为此增加了旁证，据国文门学生杨亮功回忆录称："黄季刚先生教文学概论，以《文心雕龙》为本，著有《文心雕龙札记》。"

当然，借重《文心雕龙》来讲授"文学概论"，对于"文学概论"这一课程的建设来说，只是暂时的权宜之计，故而在北大1918年《文科国文学门文学教授案》中，专门有一条言，"文学概论'单位'当道贯古今中外，《文心雕龙》《诗品》等书虽取，截然不合于讲授之用，以另编为宜"②，此条似乎是针对黄侃而做的批评。

但是，新旧学科体系的转型显然不是一蹴而就的。正如栗永清所指出的："与一般印象中文学理论是一门'西来'之学不同，现代意义上的'文学学科'的第一代学人们所尝试的其实是从中国古典的资源中去寻求这一学科架构的路径。"③ 从这个意义上说，黄侃借助《文心雕龙》这一古典资源来讲授文学概论，是符合时代学术发展需要的。

嗣后，黄侃虽然迫于新文化运动的压力于1919年离开北大，辗转任教于南北各高校，但《文心雕龙》一直是他不曾间断的教学重点，而他在讲授《文心雕龙》时，所印讲章全据北大原本，依旧保留当年在北大借重《文心雕龙》来讲授词章学、文学概论等课程的研究思路，这在1923年黄侃于武昌作《讲文心雕龙大旨》的演讲时，有详细的说明：

> 近代学史之作，有《明儒学案》，然其体裁亦剽自释书，非由心获。若能依此制度以说文学，庶几苟、挚之学绝而不殊，一在据正史为本，二在取论定之言。汗青之期，绵以岁月。苟取坊贾新编，率然陈说，谬种流播，贻误无穷，则又不如依傍旧籍之为愈也。

黄侃表示自己在"说文学"，讲授文学概论类课程时，有意"一在据正史为本""二在取论定之言"来自创新书，但"汗青之期，绵以岁月"，需要时日。而当时虽然已经产生了一些文学概论类的新作，但尚未成熟，黄侃大为不满，以为贻误后学。根据当时的学术环境，黄侃认为"不如依傍旧籍之为愈也"，还是借重古代文论著作来教授文学最为合适。对于古代

---

① 参见朱有瓛主编《中国近代学制史料》第三辑下册，第114—115 页。
② 王学珍、郭建荣主编：《北京大学史料》，第1710 页。
③ 栗永清：《知识生产与学科规训 晚清以来的中国文学学科史探微》，第164 页。

文论著作，黄侃进行了大致的梳理：

> 自唐以来，论文之言多存于书札及夫丛谈、小说、文话、评选之中，绝无能整齐洽通者，然唐以前此等书至众。案：《隋书·经籍志》史部杂传类有《文士传》，张隐撰；簿录类有《杂撰文章家集叙》，荀勖撰；《文章志》，挚虞撰；《续文章志》，傅亮撰；集部总集类有《文章流别集》及《志》及《论》，皆挚虞撰；《翰林论》，李充撰；《文心雕龙》，刘勰撰；《文章始》，任昉撰；《诗品》，钟嵘撰。大抵先唐评文之书，约分四类：一则评文士之生平，二则记文章之篇目，三则辨文章之体制，四则论文章之用心。始自荀勖，终于姚察，纷纶葳蕤，湮灭而不称。略可道者，刘、钟二子而已。详刘氏之为书，惟于文士生平不能悉见，至余三者，则囊括众说，得其会归。其所树精义，后人或标为门法，或矜为己宗，实则被其私牢，无能逾越。今故取为讲授之本，以杜野言。

他认为唐后论文之言比较零散，不若唐前评文之书整齐通洽，先唐评文之书分评文士之生平、记文章之篇目、辨文章之体制、论文章之用心等四类，但多湮灭无闻，今存最有价值者当属刘勰《文心雕龙》和钟嵘《诗品》。《文心》除不评文士生平外，包括了其他三项内容，其精义妙旨为后人所标举，正因如此，"今故取为讲授之本，以杜野言"。将《文心雕龙》作为教材，来讲授"凡研究文学者所应知之义"，具体包括：

> 文学界限，文章起源，文之根柢及本质，书籍制度，成书与单篇，文章与文字，文章与声韵，文章与言语，文法古今之异，文章与学术，文章与时利风尚，外国言语学术及文章之利病，公家文，日用文，诽俗文，文家之因创，文章派别，文章与政治人心风俗，历代论文者旨趣不同，文体废兴，文体变迁之故，摹拟之伪托述作，文质，雅俗，繁简，流传与泯灭。

黄侃所举内容涉及文学界限、文章起源、文之本质、文体分类、文章派别、文体变迁等，正相当于"文学概论"的范围。而黄侃在对这些问题的讲解"大抵因缘舍人旧义，加以推衍"，对于刘勰所未言"方下己意"①，

---

① 黄侃：《文心雕龙札记》，第3页。

黄侃是借重体大思精的《文心雕龙》来讲授"文学概论"类课程，适应新的文学分科的需要。

综上所述，在清末民初西方新的学术体系与中国传统学术体系交替之际，为适应新设立的文学科目，急需从中国已有的文论著作中寻找可用资源，《文心雕龙》以其体大思精的特质脱颖而出，包含了文学原理、文学创作等方面的基本问题，符合词章学和文学概论等课程的要求，故而黄侃能够将其搬上大学讲坛，正是为适应学术发展的时代需要。

三　在中西文化剧烈交绥下的研究转型

黄侃在新旧学术体系交替之际，适应学术发展的时代需要，借重《文心雕龙》来讲授词章学、文学概论这两类课程。这对此两门新课程的建设只是一种过渡，但客观上，却使《文心雕龙》这部文论元典在新的学术环境下焕发出异样的光彩。为了适应词章学、文学概论这两类课程的需要，黄侃在讲授《文心雕龙》时，从篇目内容到研究角度上均作出巨大的转变。

首先，在讲授《文心雕龙》时的篇目选择上，黄侃转向了枢纽论和创作论。有关《札记》篇数问题，有学者认为黄侃《札记》不止印行的三十一篇，"或疑《文心雕龙》全书为五十篇，而《札记》篇第止三十有一，意先君当日所撰，或有逸篇未经刊布者"[1]。如金毓黻就认为："黄先生《札记》只缺末四篇，然往曾取《神思》篇以下付刊，以上则弃不取，以非精心结撰也；厥后中大《文艺丛刊》乃取弃稿付印，然以先生谢世，缺已过半。"[2] 并认为他疏证《史传》一篇时所参考的范文澜《文心雕龙注》中就包含了黄侃对《史传》篇的札记。对此，黄念田在《札记·后记》中专门予以说明：

> 惟文化学社所刊之二十篇，为先君手自编校，《时序》至《程器》五篇如原有《札记》成稿，当不应删去。且骆君绍宾所补《物色》篇，《札记》即附刊二十篇之后，此可证知先君原未撰此五篇。至《祝盟》讫《奏启》十四篇是否撰有《札记》，尚疑莫能明。顷询之刘君博平，刘君固肄业北大时亲聆先君之讲授者，亦谓先君授《文心》时，原未逐篇撰写《札记》，且检视所藏北大讲章，讫无《祝

---

① 黄念田：《文心雕龙札记后记》，载《文心雕龙札记》，第 340 页。
② 金毓黻：《静晤室日记》，辽沈书社 1993 年版，第 5162 页。

盟》以下十四篇及《时序》下五篇。于是知武昌高等师范所印讲章全据北大原本，并未有所去取，而三十一篇实为先君原帙，固非别有逸篇未经刊布也。①

黄焯也说："《文心札记》共得三十一篇，盖当时所讲诸篇，撰有札记，未讲者则阙。或以《祝盟》以下十四篇及《时序》以下五篇无札记，疑有脱漏，非其实也。"② 另据祖保泉回忆川大本编印过程时云：

> 有人提出集资翻印黄侃《文心雕龙札记》，全班赞成，访求《札记》原文，得三十二篇（包括《物色》），疑为尚有逸佚。八月，佘雪曼先生到校，出其所藏《札记》三十二篇，并一再说："黄先生只写三十一篇。"于是决定付印…③

黄念田、黄焯为黄侃子侄，对其著述情况最为了然，其说当可信从。全部《文心雕龙札记》应仅包括《原道》至《辨骚》五篇枢纽论，《明诗》《乐府》《诠赋》《颂赞》《议对》《书记》六篇文体论及《神思》至《总术》等十九篇创作论，还有《序志》篇，共计三十一篇札记。

黄侃对这三十一篇的选择是很耐人寻味的，这其中包括了《原道》至《辨骚》全部五篇枢纽论，从《神思》到《总术》全部十九篇创作论，而仅有《文心》文体论二十篇中的六篇。很明显，其研究的重点聚集在阐述理论的枢纽论和文章作法的创作论。不难理解，这正是为了适应以文学基本知识为主的文学概论，和以指导写作为目的的词章学这两类课程的需要。但是，他对枢纽论、创作论的重视，特别是对创作论的重视超过文体论，确实是《文心雕龙》研究史上的新趋向。

更为重要的是，黄侃的研究角度由传统的校注转向现代意义上的理论研究。明清时期的《文心雕龙》都是以校勘、注释为主，但这显然是不能适应词章学、文学概论课的教学需要。因而，黄侃在《文心雕龙札记》中着力于阐发《文心》的精义妙旨。《札记》每篇皆设有题解，用以阐释篇章主旨、评析理论得失及发表黄氏对此理论问题的个人见解，此外，黄侃在解释《文心雕龙》原文字句时，也侧重于理论内涵的阐释，他还会征引

---

① 黄念田：《文心雕龙札记后记》，载《文心雕龙札记》，第 340 页。
② 黄侃：《黄侃日记》，第 29 页。
③ 李平：《文心雕龙研究史论》，黄山书社 2009 年版。

一些近人的理论文章。

黄侃的这种转变，在《文心雕龙》研究史上意义非常，"这确是研究角度的一大转变，一个新的开始"①，令学术界对《文心》的研究作出"革命性之调整"②，而促成这一转变的。直接原因是为了适应词章学、文学概论等新的文学科目的需要，根本上则因为"黄氏《札记》适完稿于人文荟萃之北大，复于中西文化剧烈交绥时"③，为了适应中西新旧学术体系的转型，他不得不在利用《文心雕龙》这种传统的文论资源时，在研究内容和研究角度上作出重大调整，从这个意义上说，黄侃的《文心雕龙札记》正是应时代召唤而产生的。

第二节 《文心雕龙札记》对传统"龙学"的吸收与辨正

基于上述《文心雕龙札记》成书的背景，《札记》的内容实可分为三类：对《文心雕龙》本身的校注及理论阐析；对文学原理、文学创作等问题的个人申发；针对三大文派之争的评论④。其中最为主要的内容当然是对《文心雕龙》本身的研究。

黄侃治学的一大特色是具有很强的"史"的意识，每治一书，必先明其研究史，从而继往开来，承上启下，他在治《文心雕龙》时也是如此。在黄侃之前，《文心雕龙》研究尚处于传统阶段，以校勘、注释、评点为主。其中，代表明清以来的《文心雕龙》研究最高成就的是黄叔琳辑注和纪昀评点。黄注集前人校注之大成，纪评发理论阐释之先声，自乾隆间问世，通行一百多年。至近代以来，才又出现了孙诒让的校勘、李详对黄注的补正以及章太炎的讲解等，但研究方式仍局限于传统的校注疏解。面对这些传统的研究成果，黄侃没有一味摒弃，而是积极地进行借鉴和辨正。

在《札记》的《题辞及略例》中他明确标明了如下几项体例：

> 《文心》旧有黄注，其书大抵成于宾客之手，故纰缪弘多，所引书往往为今世所无，展转取载而不著其出处，此是大病。今于黄注遗

---

① 牟世金：《"龙学"七十年概观（上、中）》，《社会科学战线》1987 年第 3、4 期。
② 张少康、汪春泓、陈允锋、陶礼天：《文心雕龙研究史》，第 148 页。
③ 李曰刚：《文心雕龙斠诠》，台湾"国立编译馆"中华丛书编审委员会 1982 年版前言。
④ 有关黄侃《文心雕龙札记》中论述文学原理、文学创作及针对三大文派之争的言论，本书另于第三章《黄侃的文学思想与诗歌批评》内加以讨论。

脱处偶加补苴，亦不能一一征举也。

瑞安孙君《札迻》有校《文心》之语，并皆精美，兹悉取以入录。

今人李详审言，有《黄注补正》，时有善言，间或疏漏，兹亦采取而别白之。①

黄侃表示要在《札记》中补苴黄注、入录孙诒让《札迻》校《文心雕龙》语、采录李详《补注》等。另外，从《札记》实际内容看，黄侃更对纪评及章太炎校注予以吸收与辨正。

一 补苴黄叔琳注评

黄叔琳的《文心雕龙辑注》充分吸收了明代校注成果，以考证作家作品、解释典故出处为特色，代表了清代《文心雕龙》校注的最高水平，成为有清一代《文心雕龙》的通行读本。但从纪昀开始，就对黄注颇有微词，到近代李详更是专门予以补正。黄侃也看到了黄叔琳注"纰缪弘多"，故"于黄注遗脱处偶加补苴"，在《札记》中共补苴黄注八处。

首先，黄侃指正了黄注在考证作家作品时的几处明显讹误。《文心雕龙·乐府》云："逮于晋世，则傅玄晓音，创定雅歌，以咏祖宗；张华新篇，亦充庭《万》。"黄叔琳在解释张华的亦充庭《万》之作时，注引《晋乐志》："使郭夏宋识等造正德大豫二舞，其乐章张华所作。"② 显然是将"亦充庭《万》"狭隘地理解为舞乐了。黄侃指斥其"但举舞歌，非也"③，他认为"张华作四厢乐歌十六首，晋凯歌二首"④ 等宫廷乐章，都应该是"亦充庭《万》"的代表。案"庭《万》"引自《诗·邶风·简兮》"硕人俣俣，公庭《万舞》"，《万舞》，这里作为贵族乐章的代表，不应仅此舞曲，当以黄侃之说为是。

无独有偶，《文心雕龙·书记》篇"陆机自理，情周而巧"，"自理"指陆机陷于赵王伦篡位事件，被疑参与了起草"九锡文及禅诏"，而进行自我申辩的文章。黄叔琳注引《谢平原内史表》："横为故齐王冏所见枉陷，诬臣与众人共作禅文，幽执囹圄，当为诛始。……臣乃岐岖自列。片

---

① 黄侃：《文心雕龙札记》，第2页。
② 黄叔琳：《文心雕龙辑注》，中华书局1957年版，第83页。
③ 黄侃：《文心雕龙札记》，第37页。
④ 同上。

言只字，不关其间，事踪笔迹，皆可推校"①，以此谢表为陆机自理之文。黄侃以为非是，他认为从此谢表中"岐岖自列，片言只字，不关其间，事踪笔迹，皆可推校，而一朝翻然，更以为罪"来看，"是士衡本先有自理之文"，②说明陆机在此之前就有自我申列之词。黄侃检得《全晋文》卷九十七载《与吴王表》佚文二条，分别为："臣以职在中书，诏命所出，臣本以笔札见知"和"禅文本草，见在中书，一字一迹，自可分别"③。黄侃认为这才是陆机的"自理之词"，特别是第二条佚文"与谢表所举踦岖自列之辞相应"④，和《谢平原内史表》中"片言只字，不关其间，事踪笔迹，皆可推校"明显相似，而写于谢表之前，更符合刘勰所谓的"陆机自理，情周而巧"。案《谢平原内史表》是陆机被成都王司马颖举荐为平原内史后的谢表，与被诬后的"自理"本非一事，黄侃所辨极是。

黄侃还指出黄注存在一个重大纰缪即所引书不注明出处："所引书往往为今世所无，展转取载而不著其出处，此是大病。"⑤如《文心雕龙·征圣》"丧服举轻以包重"，黄注曰："如举'缌不祭'，则重于缌之服其不祭不言可知，举'小功不税'，则重于小功者其税可知。皆语约而义该也。"⑥黄注虽然指出了《礼记》中以轻丧服的用法涵盖重丧服用法的具体例证是"缌不祭"和"小功不税"两处，但并未标明其具体篇名，黄侃补充道："黄注所谓'缌不祭'，《曾子问》篇文；'小功不税'，《檀弓》篇文。"⑦

另外，黄叔琳有些注望文释义，纰缪可笑，也受到黄侃的指责。如《文心雕龙·声律》篇有一段论声律云："凡声有飞沈，响有双叠；双声隔字而每舛，叠韵杂句而必睽；沈则响发而断，飞则声飏不还：并辘轳交往，逆鳞相比；迂其际会，则往蹇来连，其为疾病，亦文家之吃也。"黄侃精研音韵学，根据他的解析，这段话的理论内涵是：

> 此即隐侯所云前有浮声，后须切响，两句之中，轻重悉异者也。飞谓平清，沈谓仄浊。双声者二字同组，叠韵者二字同韵。一句之

---

① 黄叔琳：《文心雕龙辑注》，第 264 页。
② 黄侃：《文心雕龙札记》，第 87 页。
③ 同上。
④ 同上。
⑤ 黄侃：《文心雕龙札记》，第 1 页。
⑥ 黄叔琳：《文心雕龙辑注》，第 33 页。
⑦ 黄侃：《文心雕龙札记》，第 11 页。

内，如杂用两同声之字，或用二同韵之字，则读时不便，所谓双声隔字而每舛，叠韵杂句而必睽也。一句纯用仄浊，或一句纯用平清，则读时亦不便，所谓沈则响发而断，飞则声扬不还也。辚辂交往二语，言声势不顺。①

而黄叔琳在注释"辚辂"一词时，完全没有联系此段话的含义，他注引《诗评》曰："单辚辂韵者单出单入，两句换韵；双辚辂韵者双出双入，四句换韵。"② 显然，黄注望文释义，率然套用了一个"辚辂韵"的名词，而不悟此处"辚辂交往"二语只是一种对声势不顺的比喻，无怪乎黄侃斥其大谬。

黄叔琳除注释《文心雕龙》之外，还伴有少量眉批，其中也有望文释义之处。如《文心雕龙·总术》有一段云："视之则锦绘，听之则丝簧，味之则甘腴，佩之则芬芳：断章之功，于斯盛矣。"刘勰用这个比喻来形容掌握了创作方法后的佳作所达到的理想境界。黄叔琳评曰："四者兼之为难。可视可听而不可味，尤不可嗅者，品之下也。"③ 完全没有意识到刘勰只是一种比喻的说法，而真的以"可视""可听""可味""可嗅"当作品评文章的标准了，这显然是很可笑的。黄侃就尖锐地指出："此颂文之至工者，犹《文赋》末段所云配金石、流管弦耳。黄氏评四者兼之为难，直是呓语。"④

二　对纪评的吸收与辨正

纪昀评点《文心雕龙》在明清《文心雕龙》评点史上影响最大，自清中叶始，纪评便与黄叔琳辑注一起合刊通行，颇受后人推崇。黄侃在《札记》中也十分重视纪评，对其精义妙旨多有征引吸收，如关于《隐秀》篇补文的真伪问题，黄侃就赞同并吸收了纪昀的意见。但黄侃显然更着力于纠正纪评的谬误，整部《札记》对纪评的辨正近二十处之多。

首先，黄侃纠正了纪昀对某些字词、典故的训释。如《文心雕龙·书记》云："春秋聘繁，书介弥盛。绕朝赠士会以策……辞若对面。"所谓"绕朝赠士会以策"，"绕朝"指春秋时秦国大夫，"士会"指晋国大夫。士会奔秦，晋人又诱他归晋。据《左传·文公十三年》载："晋人患秦之

---

① 黄侃：《文心雕龙札记》，第117页。
② 黄叔琳：《文心雕龙辑注》，第310页。
③ 同上书，第314页。
④ 黄侃：《文心雕龙札记》，第211页。

用士会也，乃使魏寿馀伪以魏叛者以诱士会。士会行，绕朝赠之以策，曰：子无谓秦无人，吾谋适不用也。"对于其中的"绕朝赠之以策"，服虔注云："绕朝以策书赠士会。"以"策"为"策书"。杜预注曰："策，马挝，临别授之马挝，并示己所策以展情。"① 以"策"为马鞭。纪昀评此条曰："解作鞭策不谬。杜氏误解为书策耳。绕朝二语对面启齿即了，何必更题而增之。故知策是鞭策，寓使策马速行之意。"② 纪昀认为刘勰引此条《左传》文中的"策"应是"鞭策"（意即马挝、马策、马鞭），并以为杜预注《左传》误解策为"书策"。黄侃辨正纪昀此条评语之失曰：

> 此用服义也。《左传·文十三年正义》曰："服虔云：绕朝以策书赠士会。"若杜注则云：策，马挝，临别授之马挝，并示己所策以示情。《正义》曰："杜不然者，寿余请讫，士会即行，不暇书策为辞；且事既密，不宜以简赠人。传称以书相与，皆云与书，此独不宜云赠之以策，知是马挝。"据此，解作马策正是。而纪氏乃云杜氏误解为书策，毋亦劳于攻杜，而逸于检书乎！③

黄侃在此指正了纪评的两处谬误。一是刘勰原文用的是服虔注，以策为"书策"。纪氏以"策是鞭策"，误。二是纪氏以杜预注策为"书策"，误。黄侃举出孔颖达对杜预注的疏证，孔疏明白地解释了杜注是将策解作"马挝"。纪氏未观《正义》的疏证而妄下结论，故黄侃讽其"毋亦劳于攻杜，而逸于检书乎！"黄侃此段辨正清晰明了，但需要注意的是，李详在《文心雕龙黄注补正》中以相同的思路对纪氏纠谬在先，黄侃可能即吸收了李说。

其次，黄侃反驳了纪昀对《文心雕龙》的不少无故攻难。纪昀虽然在对《文心雕龙》的义理解析上取得了不少重要的成果，但他在评点中，常自持己见，对刘勰妄加裁断。黄侃深刻地意识到这一点，他揭示"纪氏于《文心》它篇，往往无故而加攻难"④，对这些地方，黄侃均抱以更为宽容中正的态度，从《文心雕龙》的理论实际出发来反驳纪评的不当之处。

比如，纪昀评《文心雕龙·征圣》篇"却是装点门面，推到究极仍是

---

① （晋）杜预：《春秋左传集解》，上海人民出版社 1977 年版，第 488 页。
② 黄叔琳：《文心雕龙辑注》，第 253 页。
③ 黄侃：《文心雕龙札记》，第 80 页。
④ 同上书，第 115 页。

宗经"①。诚然，相比《宗经》，《征圣》篇的理论含量稍逊，那么，是不是真的像纪昀所说，《征圣》篇就只是装点门面，说到底仍是宗经，而没有什么重要的独立价值呢？对此，黄侃给出了他的思考：

> 此篇所谓宗师仲尼以重其言。纪氏谓为装点门面，不悟宣尼赞《易》、序《诗》、制作《春秋》，所以继往开来，惟文是赖。后之人将欲隆文术于既颓，简群言而取正，微孔子复安归乎？②

黄侃认为，刘勰设置此篇的目的是"宗师仲尼以重其言"，特别是孔子之名乃"隆文术于既颓，简群言而取正"的利器，刘勰正可借重孔子之名来纠正宋齐以来的文风讹滥。纪昀认为刘勰征圣"推到究极仍是宗经"，是仔细研读《征圣》篇后的一个敏锐发现，但他据此就说《征圣》篇是"装点门面"，则未为妥当。《文心雕龙》体大思精，篇章设置独具匠心，《征圣》篇当然有其重要的独立价值。黄侃在这里，虽未能更全面深入地展开《征圣》篇的意义，但是他提供的"宗师仲尼以重其言"的思路却值得进一步深入探究。

另如，《文心雕龙·宗经》篇中将各种文体的源头都追溯到五经上，所谓：

> 故论、说、辞、序，则《易》统其首；诏、策、章、奏，则《书》发其源；赋、颂、歌、赞，则《诗》立其本；铭、诔、箴、祝，则《礼》总其端；纪、传、铭、檄，则《春秋》为根。并穷高以树表，极远以启疆；所以百家腾跃，终入环内者也。

纪昀对此不以为然，指斥刘勰："此亦强为分析，似钟嵘之论诗，动曰源出某某。"③ 黄侃则赞同刘勰，以为"杂文之类，名称繁穰，循名责实，则皆可得之于古"④。只是刘勰在将各种文体的源头上溯到五经时，没有标明自己的标准，故给人强为分析之感。对此，黄侃认为刘勰此处的溯源，只是一种举其大概而已，"彦和此篇所列，无过举其大端"，因而不必以过于严格的标准来苛责刘勰，所以他反驳纪昀对刘勰的批评："纪氏谓强为分

---

① 黄叔琳：《文心雕龙辑注》，第29页。
② 黄侃：《文心雕龙札记》，第10页。
③ 黄叔琳：《文心雕龙辑注》，第37页。
④ 黄侃：《文心雕龙札记》，第13页。

析，非是。"① 黄侃则是抱着更为宽容的态度，进一步探寻刘勰分类宗经的标准。

又如，《文心雕龙·神思》"是以秉心养术，无务苦虑；含章司契，不必劳情也"句，纪评曰："所谓自然之文也。而'无务苦虑'，'不必劳情'等字，反似教人不必冥搜力索，此结字未稳，词不达意之处，读者毋以词害意。"② 纪昀盖谓刘勰《神思》篇强调构思的重要，但"无务苦虑""不必劳情"等字似乎教人不要过于着力构思，这是刘勰语言表达上的词不达意。但是黄侃认为纪昀对原文的理解有偏差，具体说来："乃明于解下四字，而未遑细审上四字之过也。"③ 纪昀只注意到"无务苦虑""不必劳情"这两个下半句强调不要着力于构思，而没有细审刘勰还有"秉心养术"和"含章司契"等两个上半句在强调构思要做好充分的准备。黄侃认为像"积学以储宝，酌理以富才，研阅以穷照，驯致以怿辞"四语，就属于刘勰所谓的"秉心养术""含章司契"之范围。黄侃注解这四句云："言于此未尝致功，即徒思无益，故后文又曰：'秉心养术，无务苦虑，含章司契，不必劳情。'言诚能'秉心养术'，则思虑不至有困；诚能'含章司契'，则情志无用徒劳也。"④ 黄侃对此句的理解与现在学界的通行看法略有不同，但是他指出此句的重点在"秉心养术"和"含章司契"两半句上，而不在"无务苦虑""不必劳情"上，刘勰并无词不达意，是纪昀理解有误，这一看法应该是正确的。

再如，《文心雕龙·体性》篇有云："是以贾生俊发，故文洁而体清……触类以推，表里必符，岂非自然之恒资，才气之大略哉！"刘勰列举了贾谊、司马相如、扬雄、刘向、班固、张衡、王粲、刘桢、阮籍、嵇康、潘岳、陆机十二位名家，以明"表里必符"、文如其人。对此黄叔琳评："由文辞得其情性，虽并世犹难之。况异代乎。如此裁鉴，千古无两。"⑤ 盛赞刘勰的裁鉴。而纪昀则谓："此亦约略大概言之，不必皆确。百世以下何由得其性情？人与文绝不类者，况又不知其几耶。"⑥ 认为刘勰也只不过是"约略大概言之"，未必都确切，对刘勰此段裁鉴略有微词，至于言"人与文绝不类者，况又不知其几耶"，表明他对文如其人的观点

① 黄侃：《文心雕龙札记》，第 13 页。
② 黄叔琳：《文心雕龙辑注》，第 273 页。
③ 黄侃：《文心雕龙札记》，第 92 页。
④ 同上。
⑤ 黄叔琳：《文心雕龙辑注》，第 279 页。
⑥ 同上。

就不是很认可。

黄侃不同意纪昀的看法，他认为刘勰对各家的裁鉴是很认真的："中间较论前世文士情性，皆细觇其文辞而得之，非同影响之论。"① 至于纪氏谓不必皆确，黄侃认为这是纪昀"不悟因文见人，非必视其义理之当否，须综其意、言、气韵而察之也"②，也就是说，所谓"因文见人"，不是指文章的义理一定要符合作者，而是从文章的意、言、气韵等各方面综合来看是否符合作者风格。黄侃举了潘岳为例："安仁《闲居》《秋兴》，虽托词恬淡，迹其读史至司马，安废书而叹，称他人之已工，恨己事之过拙，躁竞之情，露于辞表矣。心声之语，夫岂失之于此乎？"③ 潘岳《闲居赋》和《秋兴赋》托词恬淡似与其急功近利的为人不合，但其实文中细节处已然透露出其躁竞的性情。黄侃意在说明"因文实可以窥测其性情"，确实是文如其人，"虽非若景之附形，响之随声，而其大齐不甚相远，庶几契中之论，合于彦和因内符外之旨者欤"④，虽然不能将文与人严丝合缝地对应起来，但是两者大体上是统一的。相比纪昀对刘勰的微词，黄侃对《体性》篇的理解是更为贴切的。

最后，黄侃还对纪昀在评点中所表现出来的封建诗学立场大加批判。纪昀作为封建王朝的文学侍从，在评点《文心雕龙》时处处显示出其正统的儒家文艺观。例如，他将刘勰的"原道"与"文以载道"说相附会，他在评《原道》篇题时说："文以载道，明其当然；文原于道，明其本然，识其本乃不逐其末，首揭文体之尊，所以截断众流。"⑤ 更在评《原道》"道沿圣以垂文，圣因文而明道"一段时，明确指出："此即载道之说。"⑥黄侃对纪昀这种以封建卫道者身份强解《文心雕龙》的思路非常反感，坚决予以批判。他仔细分析了《原道》篇原文，并将刘勰论道的渊源追溯到《淮南子·原道》篇、《韩非子·解老》篇和《庄子·天下》篇中有关"道"的学说，而指出刘勰并没有后世"文以载道"的观点，他所谓的"道"范围至广，"无乎不在"⑦，乃指万物生成的根源与规律。在此基础上，黄侃在解释"道沿圣以垂文，圣因文而明道"时明确辩驳了纪昀：

---

① 黄侃：《文心雕龙札记》，第 94 页。

② 同上。

③ 同上。

④ 同上。

⑤ 黄叔琳：《文心雕龙辑注》，第 23 页。

⑥ 同上书，第 26 页。

⑦ 黄侃：《文心雕龙札记》，第 9 页。

"物理无穷，非言不显，非文不传，故所传之道，即万物之情，人伦之传，无小无大，靡不并包。纪氏又傅会载道之言，殊为未谛。"① 黄侃说明了刘勰所原之道，不分儒、道、佛，而是"万物之情，人伦之传，无小无大，靡不并包"②。随着后世"龙学"的深入，学者们对《原道》篇的大量探讨，纪昀的"文以载道"说越来越遭到否定，而黄侃对刘勰之道的解释则得到了更多学者的赞同。

　　当然，黄侃对纪评的辨正亦非处处皆是，也有值得商榷的地方。黄侃主要是基于自己对《文心雕龙》的理论认识来辨正纪评，而黄侃的理解未必全都正确，故有些对纪评的辨正便值得商榷。如《文心雕龙·书记》篇除对书牍和笺记作了重点论述外，还对各种政务中运用的杂文共六类二十四种，都作了简要说明，纪昀在评此段时曰：

　　　　此种皆系杂文，缘第十四先列杂文不能更标此目，故附之《书记》之末，以备其目。然与《书记》颇不伦，未免失之牵合，况所列或不尽文章，入之论文之书亦为不类，若删此四十五行、而以"才冠鸿笔"句直接"笺记之分"句下，较为允协。③

认为此段与《书记》不伦，且"所列或不尽文章，入之论文之书亦为不类"，应删去。黄侃否定纪昀这种观点，认为他"有意狭小文辞之封域，乌足与知舍人之妙谊哉"。纪昀妄图以己见删改古人，这显然是不合适的，黄侃对他的批评是正确的。但是查黄侃批评纪昀的根据，则亦出于臆断，未能还原刘勰本意。黄侃曰：

　　　　案箸之竹帛谓之书，故《说文》曰：箸也。聿部。传其言语谓之书，故《说文》曰：如也。序。是则古代之文，一皆称之曰书。故外史称三皇五帝之书；又小史以书叙昭穆之俎簋。又小行人及其万民之利害为一书；其礼俗政事教治刑禁之逆顺为一书；其悖逆暴乱作慝犹与欲同犯顺者为一书；其札丧凶荒厄贫为一书；其康乐和亲安平为一书。据此诸文，知古代凡箸简策者，皆书之类。又记者，疏也。《说文》言部。㞢，记也。《说文》㞢部。知记之名，亦缘有文字箸之竹

---

① 黄侃：《文心雕龙札记》，第9页。
② 同上。
③ 黄叔琳：《文心雕龙辑注》，第256页。

帛，不限于告人，故书记之科，所包至广。彦和谓书记广大，衣被事体，笔札杂名，古今多品，是真能悉文章之原者。纪氏乃欲删其繁文，是则有意狭小文辞之封域，乌足与知舍人之妙谊哉？①

黄侃通过一大段的训诂考证，得出"是则古代之文，一皆称之曰书""据此诸文，知古代凡箸简策者，皆书之类"，而"记"之名"亦缘有文字箸之竹帛，不限于告人"。据此可知，黄侃认为"故书记之科，所包至广"，认为"书""记"两种文体包括了古代所有著之竹帛简策的文字。从这个意义上讲，纪昀删去此段，自然是狭小了文辞之封域。但实际上，刘勰并没有将"书""记"两体扩大到包含所有古代之文，而只是作为单独的两种文体而已。黄侃批评纪昀不宜随意删削刘勰原文是正确的，但其所持的理由则是与《文心雕龙》的事实相悖。

又如，黄侃在《风骨》篇中多次辨正纪评，《风骨》篇有论"气"的一段云：

> 故魏文称："文以气为主，气之清浊有体，不可力强而致。"故其论孔融，则云"体气高妙"，论徐干，则云"时有齐气"，论刘桢，则云"有逸气"。公干亦云："孔氏卓卓，信含异气；笔墨之性，殆不可胜。"

黄叔琳评此："气是风骨之本。"② 纪昀则谓："气即风骨，更无本末，此评未是。"③ 黄侃评析二人的观点谓：

> 案文帝所称气，皆气性之气，此随人而殊，不可力强者，惟为文命意，则可以学致。刘氏引此以见文因性气，发而为意，往往与气相符耳。黄氏谓气是风骨之本，未为大缪，盖专以性气立言也。纪氏驳之谓气即风骨，更无本末。今试释其辞曰：风骨即意与辞，气即风骨，故气即意与辞，斯不可通矣。④

黄侃指出曹丕所论之气为"气性之气"，刘勰引用曹丕语是为了说明"文

---

① 黄侃：《文心雕龙札记》，第80页。
② 黄叔琳：《文心雕龙辑注》，第282页。
③ 同上书，第283页。
④ 黄侃：《文心雕龙札记》，第99页。

因性气，发而为意，往往与气相符"，从这个意义上说，黄侃认为黄叔琳评差是，而纪评则非。纪昀将气与风骨相等同，其谬显然，黄侃对曹丕的理解和对纪氏的驳斥是大体正确的。只是黄侃又谓："今试释其辞曰：风骨即意与辞，气即风骨，故气即意与辞，斯不可通矣。"则是以自己"风即文意，骨即文辞"的观点为逻辑起点来推论纪昀之误，而不是以《文心雕龙》原文为根据，这自然是不足以服人的。

至于《风骨》篇"若风骨乏采，则鸷集翰林；采乏风骨，则雉窜文囿；唯藻耀而高翔，固文笔之鸣凤也"一段，纪昀评："是陪笔，开合以尽意耳。"① 认为此段不过是陪笔，没有什么实际的理论意义。黄侃对纪评表示赞同，他从自己"骨即文辞"的界定出发，以为："骨即指辞，选辞果当。焉有乏采之患乎？"事实上，《文心雕龙》体大思精，理论严密，不可能无故出现陪笔，纪、黄二氏对《风骨》篇的理解尚有未尽之处。对于《风骨》篇末段：

> 若夫熔铸经典之范，翔集子史之术，洞晓情变，曲昭文体，然后能孚甲新意，雕画奇辞。昭体，故意新而不乱；晓变，故辞奇而不黩。若骨采未圆，风辞未练，而跨略旧规，驰骛新作，虽获巧意，危败亦多，岂空结奇字，纰缪而成经矣？

纪昀评曰："才锋既隽，往往纵横逾法，故又补此段，以防其弊。"② 黄侃以纪氏为非，他指出"此乃研练风骨之正术，必如此而后意真辞雅，虽新非病。纪氏谓：补此一段以防纵横逾法之弊，非也"③。其实，刘勰提倡"风骨"特针对宋齐文风靡弱而发，此段表面上固述研练风骨之正术，实暗含纠弊之旨，纪评是有道理的，黄侃只见其一不见其二，未为正论。

又如对《文心雕龙·声律》篇，纪昀一反其无故攻难的态度，对刘勰《声律》篇大加赞赏："即沈休文《与陆厥书》而畅之，后世近体遂从此定制。齐梁文格卑靡，独此学独有千古。"纪昀还对比了钟嵘的自然声律说，称"钟记室以私憾排之，未为公论也"④，形成扬刘抑钟的态度。而黄侃则局于其自身的声律观，基于对永明声律论的反对，对刘勰《声律》篇

---

① 黄叔琳：《文心雕龙辑注》，第283页。
② 同上。
③ 黄侃：《文心雕龙札记》，第100页。
④ 同上书，第115页。

持否定态度，持扬钟抑刘观点。故而他大加批判纪昀对刘勰的称赞，斥其："盖以声韵之学与声律之文并为一谈，因以献谀于刘氏。元遗山诗云：少陵自有连城璧，争奈微之识珷玞。纪氏之于《文心》亦若此矣。"① 借元稹不识杜甫诗的真正好处来讽刺纪昀。不难看出，黄侃此处对纪昀的讥讽，完全是基于自己的自然声律观，而不是从刘勰《声律》论的理论实际出发，并非公允之论。

三　对李详补注的吸收与辨正

李详《文心雕龙黄注补正》是针对黄叔琳辑注的补充纠谬，虽然仅百余条，较为零星，但是民国初年较为重要的"龙学"成果。黄侃对李详补注十分看重，予以充分吸收，在《札记》中标明征引李详者计有十五处，另有与李注暗合者两处。

黄侃对李详补注也偶有补苴，如《书记》篇"公幹笺记，丽而规益"，李详举了刘桢《谏植书》及《答魏文帝书》，黄侃则又加举刘桢《与曹植书》。再如，对《辨骚》"《卜居》标放言之致"句中"放言"的解释，李详《补注》云：

> 详友丹徒陈祺寿云："《论语·微子》篇'隐居放言'，《集解》引包咸云：'放，置也，不复言世务。'案《卜居》有云：'吁嗟默默兮，谁知吾之廉贞。'故彦和以放言美之。"案此句下云"《渔父》寄独往之才，亦言渔父鼓枻而去，独往不返也。陈说甚确。"②

黄侃不同意李详的看法，他认为："《卜居》命龟之辞，繁多不絪，故曰放言。放言犹云纵言。陈解未谛。"③ 李详引陈祺寿语，以"放言"为"不复言世务"，这显然是从《卜居》篇的内容着眼的。而黄侃认为"放言"指"命龟之辞，繁多不絪"，犹云"纵言"，则是从《卜居》篇的艺术特点立论。观《辨骚》篇上下原文云：

> 故《骚经》《九章》，朗丽以哀志；《九歌》《九辩》，绮靡以伤情；《远游》《天问》，瑰诡而惠巧；《招魂》《招隐》，耀艳而深华；

---

① 黄侃：《文心雕龙札记》，第115页。
② 李详：《文心雕龙补注》，载《增订文心雕龙校注》，中华书局2000年版，第54页。
③ 黄侃：《文心雕龙札记》，第21页。

《卜居》标放言之致，《渔父》寄独往之才。故能气往轹古，辞来切今，惊采绝艳，难与并能矣。

可见，刘勰此处对《楚辞》中各篇都是从艺术风格的角度来评论，赞扬它们在艺术表现上"惊采绝艳"，从这个角度讲，黄侃从艺术特点来立论，似乎较李详更为合理。

另外，黄侃还在《总术》篇札记中，对李详有关文笔问题的注释进行驳正。《文心雕龙·总术》开篇有一段关于文笔的论述曰：

今之常言，有"文"有"笔"，以为无韵者"笔"也，有韵者"文"也。夫文以足言，理兼《诗》《书》，别目两名，自近代耳。颜延年以为："笔之为体，言之文也；经典则言而非笔，传记则笔而非言。"请夺彼矛，还攻其楯矣。

李详对此有颇长的注解，首先他针对颜延之言笔之分说道：

彦和言文笔别目两名自近代。而颜延年以为"笔之为体，言之文也"，案此尚言笔文未分，然《南史·颜延之传》言其诸子，竣得臣笔，测得臣文，又作首鼠两端之说，则无怪彦和诋之矣。①

认为颜延之"笔之为体，言之文也"一句是文笔未分之意，这与其本传中"竣得臣笔，测得臣文"是矛盾的。黄侃则指出颜延之"笔之为体，言之文也"一句是讲"言笔之分"，与"竣得臣笔，测得臣文之语，自为二事，未见其首鼠两端也。"

李详接下来指出对六朝文笔说辨析得最为精审的是阮元父子，他征引了阮氏父子关于文笔问题的策问：

惟南朝所言文笔界目，其理至微。阮文达《揅经室文集》有《学海堂文笔策问》，其子阮福《拟对》附后，即文达所修润也。今撮其要，以为彦和佐证。策问云，问六朝至唐，皆有长于文长于笔之称，如颜延之云：竣得臣笔，测得臣文是也。何者为文？何者为笔？福《拟对》引《金楼子·立言》篇云：屈原、宋玉、枚乘、长卿之徒，

---

① 李详：《文心雕龙补注》，载《增订文心雕龙校注》，第531页。

止于辞赋，则谓之文。至如不便为诗如阎纂，善为章奏如伯松，若此之流，泛谓之笔。吟咏风谣，流连哀思者谓之文。而学者率多不便属辞，守其章句，迟于通变，质于心用，徒能扬榷前言，抵掌多识，然而挹源知流，亦足可贵。笔退则非谓成篇，进则不云取义，神其巧惠，笔端而已。至如文者，惟须绮縠纷披，宫徵靡曼，唇吻遒会，情灵摇荡。福附案云，福读此篇呈家大人，大人曰，此足以明六朝文笔之分。福又引彦和无韵者笔，有韵者文，谓文笔之义，此最分明。盖文取乎沉思翰藻，吟咏哀思。故以有情辞声韵者为文。笔从聿，亦名不聿。聿，述也。故直言无文采者为笔。①

李详认为："阮氏父子所斫斫于文笔之别，最为精审。而以情辞声韵附会彦和之说，不使人疑专指用韵之文而言，则于六朝文笔之分豁然矣。"② 对阮氏父子的辨析极为称赞。黄侃则认为阮福论文笔不无问题。首先"阮福之引《金楼》，亦不达章句，中间论今之所谓学数语，引之何为？"在引《金楼子》论文笔之分时，引了"而学者率多不便属辞"乃是"论今之所谓学"，就没有必要引。更重要的是，李详认为阮氏父子"以情辞声韵附会彦和之说"，刘勰言"有韵者文"，阮氏父子又以"有情辞声韵者为文"来扩充文的内涵，"不使人疑专指用韵之文而言"，从而豁然明辨文笔之分。但黄侃则指出：其一，"文贵情辞声韵，本于梁元（指梁元帝萧绎），亦非阮氏独创"；其二，李详误解了刘勰对文的界定："至彦和之分文笔，实以押韵脚与否为断，并无有情采声韵为文之意。"③ 黄侃认为阮氏父子论文笔之分就有漏洞，可谓"阮氏不能辨于前"，李详不识，反赞精审，则是"李君亦不能辨于后"④ 了。

四　对章太炎"龙学"成果的吸收与辨正

黄侃在留日期间，曾跟随章太炎学习《文心雕龙》，据《钱玄同日记》1909 年 3 月 18 日载："是日《文心雕龙》讲了九篇，九至十八。……与季刚同行。"⑤ 在《文心雕龙札记》中可以明显看到黄侃吸收章太炎之处。

如在校注上，《声律》篇"南郭之吹竽"句，章太炎校云："当作南

① 李详：《文心雕龙补注》，载《增订文心雕龙校注》，第 531 页。
② 同上。
③ 黄侃：《文心雕龙札记》，第 210 页。
④ 同上。
⑤ 钱玄同：《钱玄同日记》，中国人民大学出版社 1999 年版，第 678 页。

郭之吹于耳，正与上文相连。《庄子》前者唱于而随者唱喁，此本南郭子綦语，而彦和遂以为南郭事，俪语之文，固多此类，后人不明吹于之义，遂误加竹耳。"① 认为"吹竽"当本《庄子》"前者唱于而随者唱喁"作"吹于"，黄侃认为章说可通，予以吸收。

更重要的是，黄侃在理论上受到了章氏的影响。如黄侃最重《章句》篇，认为"一切文辞学术，皆以章句为始基"②，而广征博引，不厌其烦地加以阐释，这显然打上了章太炎一派朴学家文论的烙印。对刘勰的文笔观，黄侃也继承了章氏的看法。章太炎认为刘勰兼论文笔，《国故论衡·文学总略》曰："自晋以降，初有文笔之分。《文心雕龙》云：'今之常言，有文有笔，有韵者文也，无韵者笔也。'然《雕龙》所论列者，艺文之部，一切并包。是则科分文笔，以存时论，故非以此为经界也。"③ 黄侃也认为刘勰只是从俗以分文笔，但"二者并重，未尝以笔非文而遂屏弃之，故其书广收众体"④。

黄侃还在《札记》中征引了章太炎其他相关的学术文章。在《诠赋》篇中，黄侃因"论赋原流，以本师所说为核"⑤，征引了章太炎《国故论衡·辨诗篇》一节。《夸饰》篇，黄侃征引了章太炎《征信论》上下两篇，并称赞"其于考案前文，求其谛实，言甚卓绝，远过王仲任《艺增》诸篇"⑥。

但黄侃对章太炎"龙学"成果乃是批判地吸收，在内容上加以辨正，在理论上有所超越。章太炎持泛文学观，并以之来解读《文心雕龙》，认为："《文心雕龙》于凡有字者，皆谓之文，故经、传、子、史、诗、赋、歌、谣，以至谐隐，皆称谓文，唯分其工拙而已，此彦和之见高出于他人者也。"⑦ 一方面，黄侃承认章太炎对刘勰论文范围的认识是正确的，最鲜明的例子是"《文心·书记》篇，杂文多品，悉可入录"⑧；但另一方面，黄侃认为刘勰对文之本质是有严格要求的："彦和泛论文章，而《神思》篇已下之文，乃专有所属，非泛为著之竹帛者而言，亦不能遍通于经传诸

---

① 黄侃：《文心雕龙札记》，第 118 页。
② 同上书，第 124 页。
③ 章太炎：《国故论衡》，第 50 页。
④ 黄侃：《文心雕龙札记》，第 204 页。
⑤ 同上书，第 58 页。
⑥ 同上书，第 173 页。
⑦ 章太炎：《章太炎讲授〈文心雕龙〉纪录稿两种》，载黄霖《文心雕龙汇评》，第 167 页。
⑧ 黄侃：《文心雕龙札记》，第 8 页。

子。"① 这就纠正了章太炎泛文学观之失，更符合刘勰本旨。至于黄侃重视创作论、对《文心》予以深入的理论阐析，相比章太炎侧重文体论、以校注为主来讲，更是一种在研究方法上从传统向现代转型的本质超越。

第三节 《文心雕龙》明清旧注突破者

黄侃《文心雕龙札记》素以对《文心雕龙》的理论研究而闻名。鲜有学者注意到，《札记》首先是继承了明清"龙学"的校注传统。在《札记》中不仅校勘注释占了很大的比重，其基本体例也是注释的形式。可以说，黄侃是在继承明清"龙学"校注传统的基础上，力图突破的。

《文心雕龙》研究在民国初年方兴未艾，尚处于对明清"龙学"的总结和突破阶段，不仅鲜有系统的理论研究，在校注方面也是沿着明清两代蹒跚前进。己酉年（1909 年）《国粹学报》发表的李详《文心雕龙黄注补正》序言就明白地透露了民初《文心雕龙》的校注情况：

> 《文心雕龙》有明一代校者十数家。朱郁仪、梅子庚、王损仲其尤也。梅氏本有注，取小遗大，琐琐不备。北平黄崑圃侍郎注本出，始有端绪。复经献县纪文达公点定，纠正甚多。卢敏肃刊于广州，即是本也。顾文达止举其凡，黄氏所待勘者，尚不可悉举。②

李详指出明清二代对《文心》的校注以黄叔琳辑注最胜，但黄注远未臻善，亟待勘正，因而他撰著了《文心雕龙黄注补正》。同时，李详还号召其他学者共治此业，"将复广求同志，共成此业，海内君子，有善治是书者，若能助余张目，则于瑞安孙氏之外（原注：孙氏《札迻》内有《文心雕龙》一种）研求字句，体准高邮王氏，与余书异未尝不可别树一帜云"③。这表明在现代"龙学"的起步阶段，勘正和突破明清旧注，形成更为完善的校注本乃是亟待加强的当务之急。

黄侃洞析"龙学"发展的脉络，他不仅吸收并辨正了黄叔琳辑注、纪昀评等传统校注，还对《文心雕龙》进行了新的校注，确实做到了助李详

---

① 黄侃：《文心雕龙札记》，第 8 页。
② 李详：《文心雕龙黄注补正》，《国粹学报》1909 年第 57 期。
③ 同上。

张目，在民初"龙坛"上别树一帜。

一 黄侃对《文心雕龙》的校勘

黄侃在吸收和辨正黄叔琳注、纪昀评、李详补注之外，尚有二百二十余处对《文心雕龙》独抒机杼的校注。其中属于文字校勘的计有二十余处，其校并无版本依据，多属理校，或联系上下文义，或利用小学知识，或考据史传。由于黄侃具有精深的小学造诣、扎实的考证功底，对《文心》的理论又有透彻的理解，故所校水平很高、价值很大。

黄侃的一部分理校已经得到了《文心雕龙》唐写本残卷、元至正本等古本的证实，如：

（1）《诠赋》"结言捉韵"。

黄校："捉"即"短"之讹别字。《逢盛碑》："命有悠捉"。悠捉即修短也。《广韵》上声二十四缓：短，都管切。捉同上。①

按：黄侃从文字学校此，唐写本正作"短"。

（2）《明诗》"至尧有《大唐》之歌"。

黄校：唐一作章。《尚书大传》云："报事还归，二年谈然，乃作《大唐之歌》。"郑注曰："《大唐之歌》，美尧之禅也。"据此文，是《大唐》乃舜作以美尧。则作大章者为是，《乐记》曰："大章，章之也。"郑注曰："尧乐名。"②

按：黄侃考证经传校此，唐写本正作"章"。

（3）《乐府》"陈思称李延年闲于增损古辞"。

黄校：按李延年当作左延年。左延年，魏时之擅郑声者，见《魏志·杜夔传》《晋书·乐志》。……《晋书·乐志》曰："魏《雅乐》四曲，《驺虞》《伐檀》《文王》皆左延年改其声。"③

按：黄侃据史传校此，唐写本正作"左"。

（4）《书记》"邹穆公云：'囊满储中'。"

黄校："满"当依汪本作"漏"。"储"，今《贾子》作"贮"，作"储"者当为"褚"，本字当为"𥶡"，《说文》曰："𩎟也，所以盛米也。"𩎟，载米𥶡也。《庄子》曰："褚小不可以怀大。"即此𥶡字。囊漏𥶡中者，遗小而存大也。作贮者亦借字。④

---

① 黄侃：《文心雕龙札记》，第62页。
② 同上书，第23页。
③ 同上书，第38页。
④ 同上书，第90页。

按：黄侃此处以训诂来校勘，据《贾子》《说文》《庄子》考证"储"的本字为"䰞"，是盛米器，故此处应为"囊漏䰞中"表示"遗小而存大也"。据牟世金先生注引贾谊《新书·春秋》："邹穆公有令：食凫雁者必以秕，毋敢以粟。于是仓无秕，而求易于民，二石粟而易一石秕。吏……请以粟食之。公曰：非，去，非而所知也。……汝知小计而不知大会。周谚曰'囊漏贮中'，而独弗闻与？"① 直接证明了作"漏"是，足见黄侃的考据之功。今考元至正本正作"漏"。

黄侃另有一部分校勘虽没有得到古本证实，但所指正的讹文十分明显，其校已广为众家所接受。如：

（1）《议对》"断理必纲，摛辞无懦"。

黄校：此句与下句一意相足，云"摛辞无懦"，则此"纲"字为"刚"字之讹。《檄移》篇赞："三驱弛刚。"彼文本作"纲"，讹为"纲"，又讹为"刚"；此则"刚"反讹"纲"矣。②

按：王惟俭《文心雕龙训故》正作"刚"，为黄侃的理校提供了版本依据。范文澜《文心雕龙注》、刘永济《文心雕龙校释》、王利器《文心雕龙校证》均援引并遵从黄校，其他注家也多从此校。

（2）《声律》"是以声画妍蚩，寄在吟咏，吟咏滋味，流于字句，气力穷于和、韵"。

黄校："案下吟咏二字衍。"③

按：吟咏二字衍，此为众家所共识，《文镜秘府论》天卷正引作"滋味流于下句"。

（3）《声律》"及张华论韵，谓士衡多楚，《文赋》亦称知楚不易，可谓衔灵均之声余，失黄钟之正响也"。

黄校："案《文赋》云：'亮功多而累寡，故取足而不易。'彦和盖引其言以明士衡多楚，不以张公之言而变。'知楚'二字乃涉上文而讹。"④

按："《文赋》亦称知楚不易"句，查《文赋》原文无"知楚不易"，只有"亮功多而累寡，故取足而不易"，意思是陆机虽然明知文中有楚音，但以功多累寡之故，取足于此（据许文雨《文赋讲疏》：指言以足志，文以足言）⑤，而不另作改易。刘勰此处引用的应该就是这句，用以证明"士

---

① 陆侃如、牟世金：《文心雕龙译注》，齐鲁书社1995年版，第353页。
② 黄侃：《文心雕龙札记》，《黄侃文集》，中华书局2006年版，第100页。
③ 同上书，第117页。
④ 同上。
⑤ 转引自詹锳《文心雕龙义证》，人民文学出版社1982年版，第1238页。

衡多楚"。故"知楚不易"应作"取足不易","知楚"二字是受上文"士衡多楚"句影响而讹误的。范注、王利器《校证》、詹锳《正义》均从黄说。

（4）《比兴》"纤综比义"。

黄校："'纤'当为'织'字之误。"①

按：范注、王利器《校证》、詹锳《正义》从黄说。《校证》并举《文心雕龙·正纬》篇亦有"织综"语为证。

（5）《比兴》"《关雎》有别，故后妃方德；尸鸠贞一，故夫人象义。义取其贞，无従于夷禽；德贵其别，不嫌于鸷鸟"。

黄校："'従'当为'疑'字之误。"②

按：此句言《诗经》用雎鸠雌雄情深而有别来兴"后妃之德"，用布谷鸟用情专一以兴"夫人之德"。因为着眼于"夫人之德"而取其用情专一的特点，也就不在乎它只是一般的鸟；着眼于"后妃之德"而取其雌雄有别的特点，也就不嫌弃它是凶猛的鸟。意思是清楚明白的，按照句意，则句中"无従于夷禽"就讲不通了。因此黄侃认为"'従'当为'疑'字之误"，因形近而讹，"无疑"正与下句"不嫌"相对，黄校合于文理，范注、牟世金《译注》均从。

（6）《练字》"赞曰：篆隶相熔，《苍》《雅》品训。古今殊迹，妍媸异分。字靡异流，文阻难运。声画昭精，墨采腾奋"。

黄校："'异'当作'易'。"③

按："易"与上句"异"字避免相犯，与下句"难"字对偶。范注、刘永济《校释》、牟世金《译注》均从黄说。

（7）《指瑕》"而晋末篇章，依希其旨，始有'赏际奇至'之言，终无'抚叩酬即'之语"。

黄校："'无'当作'有'。"④ 案：各家均从。

（8）《总术》"分经以典奥为不刊，非以'言''笔'为优劣也"。

黄校："'分'当作'六'。" 案：各家多从黄说。

《文心雕龙》中有不少字句舛讹难通，又缺乏有力的版本依据，而成为校勘上的难点，校家纷争不已，莫衷一是，黄侃为这些难点提供了宝贵

① 黄侃：《文心雕龙札记》，第 172 页。
② 同上书，第 171 页。
③ 同上书，第 190 页。
④ 同上书，第 196 页。

的校勘意见，足资参借，如：

（1）《定势》"刘桢云：'文之体指实强弱；使其辞已尽而势有余，天下一人耳，不可得也。'公幹所谈，颇亦兼气。然文之任势，势有刚柔；不必壮言慷慨，乃称势也"。

黄校："细审彦和语，疑此句当作'文之体指贵强'，下衍弱字。"①

按：范注作"文之体指，实殊强弱"；王利器《校证》、詹锳《义证》作"文之体指，虚实强弱"；杨明照《校注》作"文之体势，实有强弱"；郭晋稀《注译》作"文体之势，实殊强弱"；牟世金《译注》作"文之体势，指实强弱"，各家校都以刘桢原文乃"强弱"并举。但观《文心》原文，刘勰援引刘桢言后，评曰："公幹所谈，颇亦兼气。然文之任势，势有刚柔；不必壮言慷慨，乃称势也。"可见，刘桢必"壮言慷慨"，不兼顾刚柔，因而才遭到刘勰的批评。据此，则刘桢所言或为"文之体指贵强"，黄侃之校可能才是最符合《文心雕龙》原文的。

（2）《声律》"故言语者，文章神明枢机，吐纳律吕，唇吻而已"。

黄校："案彦和此数语之意，即云言语已具宫商。文章下当脱二字，者下一豆，神明枢机四字一豆，吐纳律吕四字一豆。"②

按：此句现有三种不同理解：第一，遵黄侃之断句，但对"文章"下所脱二字，各有说法：范注疑脱"关键"二字，王利器《校证》从；刘永济《校释》疑脱"管钥"二字；徐复《文心雕龙正字》疑脱"声气"二字。第二，杨明照校本以为不脱字，而重断此三句为："文章神明，枢机吐纳，律吕唇吻而已。"朱星撰文宣赞此说："不单歌声有音律，一般语言也有音律。所以说：'言语者，文章神明，枢机吐纳，律吕唇吻而已。'刘勰在此对言语作了一个全面的解释，除了文章神明（这是思想内容等）外，还有形式上的部分，就是枢机吐纳（这是字句的吐属），律吕唇吻（这是音韵问题）。不单诗歌讲韵律，一般的文章语言都要讲求。"③ 此解割裂词句，了不成文。第三，戚良德《文心雕龙校注通译》："文章神明枢机：疑'神明'二字为衍文。"④ 三种思路相较，黄侃的校理思路最为合理，被多家遵循。

（3）《声律》"商徵响高，宫羽声下"。

黄校："案此两句有讹字。当云'宫商响高，徵羽声下'。《周语》

---

① 黄侃：《文心雕龙札记》，第108页。
② 同上书，第116页。
③ 朱星：《〈文心雕龙·声律篇〉诠解》，《天津师范学院学报》1979年第1期。
④ 戚良德：《文心雕龙校注通译》，上海古籍出版社2008年版，第382页。

曰：'大不逾宫，细不逾羽。'《礼记·月令》郑注云：'凡声尊卑，取象五行，数多者浊，数少者清。'案宫数八十一，商数七十二，角数六十四，徵数五十四，羽数四十八（详见《律历志》）。是宫商为浊，徵羽为清，角清浊中，彦和此文为误无疑。"①

　　按：刘永济《校释》云："按黄引经典及郑注证原文有误，是也。其所改之句，非也。当作'徵羽响高，宫商声下'。"② 认为黄侃引证经传而得出"宫商为浊，徵羽为清"是对的，但在清、浊与响高、声下的对应上有误。据程千帆《文论十笺·南北文学不同论》具体解释曰："按揆之音理，发声大而浊者必低下，细而清者必高亢，则诸说当以刘丈为最谛。"③ 知刘永济认为"宫商为浊"当对应"声下"，"徵羽为清"当对应"响高"。此说得到大多数校家的认可，王利器《校证》、詹锳《义证》均从。宫、商、角、徵、羽按从低到高的顺序排列分别对应简谱中的1、2、3、5、6④。据此，刘永济对黄侃的补正为是，然首发之功当推黄侃。

　　毋庸讳言，由于黄侃完全运用的是理校法，有些校勘纯属推断，缺乏依据，值得商榷，如：

　　（1）《乐府》"朱马以骚体制歌"。

　　黄校："案'朱马'为字之误。《汉书·礼乐志》云：'以李延年为协律都尉，多举司马相如等数十人，造为歌赋。'《佞幸传》亦云：'是时上欲造乐，令司马相如等作诗颂，延年辄承意弦歌所造诗，谓之新声曲。'据此，朱马乃司马之误。"⑤

　　按：范文澜《文心雕龙注·乐府》篇注引陈汉章说："朱马或疑为司马之误，非是。案朱或是朱买臣。《汉书》本传言买臣疾歌讴道中，后召见，言《楚辞》，帝甚说之。又《艺文志》有买臣赋三篇，盖亦有歌诗，志不详耳。"⑥ 范文澜尊陈说，并补充："买臣善言《楚辞》，彦和谓以骚体制歌，必有所见而云然。唐写本亦作'朱马'，明'朱'非误字也。"⑦ 陈、范详考史传，并有唐写本为依据，应该说在没有更为充分证据的情况

---

①　黄侃：《文心雕龙札记》，第116页。

②　刘永济：《文心雕龙校释》，中华书局1962年版，第123页。

③　程千帆：《文论十笺》，黑龙江人民出版社1983年版，第82页。

④　参见伍国栋《中国古代音乐》，商务印书馆1997年版，第49页。

⑤　黄侃：《文心雕龙札记》，第35页。

⑥　范文澜：《文心雕龙注》，人民文学出版社1958年版，第108页。

⑦　同上。

下，不宜轻改"朱马"。另外，《文心》凡引司马相如处，都称"相如"或"长卿"，与人并举则简称"马"，如《辨骚》"马扬沿波而得奇"、《明诗》"严马之徒属辞无方"等，"司马"之称似乎也不符合刘勰的用语习惯。

（2）《通变》"黄歌《断竹》，质之至也；唐歌《在昔》，则广于黄世；虞歌《卿云》，则文于唐时；夏歌《雕墙》，缛于虞代"。

黄校："案上文黄歌《断竹》，下文虞歌《卿云》，夏歌《雕墙》。《断竹》《卿云》《雕墙》，皆歌中字，此云'在昔'，独无所征，倘'昔'为'蜡'之讹与？《礼记》载伊耆氏蜡辞。伊耆氏，或云尧也。"①

按：《汉书·郊祀志》："伊耆氏始蜡……其辞云：'土反其宅，水归其壑，昆虫毋作，草木归其泽'。"范文澜《文心雕龙注》："窃案蜡辞非歌，在蜡亦非句中语，或彦和时有此歌尔。"②范氏辨正是。目前各校注本仍阙疑。

（3）《序志》"夫有肖貌天地"。

黄校："此数语本《汉书·刑法志》。彼文曰：'夫人肖天地之貌，怀五常之性。'则此'有'字当作'人'字。"③

按：《梁书·刘勰传》作"夫肖貌天地"，黄校恐非。

黄侃校《文心雕龙》多以理校法，或因其撰写时资料不足所限，而并非他不注重版本依据，实际上黄侃非常看重用古本来校《文心雕龙》。1926年铃木虎雄的《敦煌本文心雕龙校勘记》及赵万里《唐写本文心雕龙残卷校勘记》相继发表，黄侃便极力寻来以资校勘，据其1930年4月22日日记载：

> 小石④以所过录赵万里校唐写残本《文心雕龙》（起《征圣》讫《杂文》）见示。因誊之纪评黄注本上，至《明诗》篇。《辨骚》篇"才高者菀其鸿裁，中巧者猎其艳辞"，向于"菀其鸿裁"句不甚了了。今见唐写本乃是"苑"字，始悟苑、猎对言。言才高之人能全取《楚辞》以为模范；心巧之人亦能于篇中择其艳辞以助文采也。书贵

---

① 黄侃：《文心雕龙札记》，第102页。
② 范文澜：《文心雕龙注》，第524页。
③ 黄侃：《文心雕龙札记》，第212页。
④ 即指胡小石。

　　古本，信然。①

可知，黄侃利用唐写本残卷，明确了《辨骚》篇："才高者菀其鸿裁"之"菀"当作"苑"，因此对唐写本的价值十分看重，并曾亲自对校唐写本，《日记》载其4月23日仍校《雕龙》。4月24日"因嘱石禅寄银买内藤湖南《支那学论丛》，以其中有铃木氏《敦煌本文心雕龙校勘记》也"②，更添置铃木虎雄的《敦煌本文心雕龙校勘记》，又加对校，至4月25日校讫。直至1934年，黄侃逝世的前一年，4月15日黄建中来访，黄侃"因问彼所影钞敦煌《文心雕龙》"，③ 4月19日"借黄建中敦煌本《文心雕龙》影片二十二纸"④。可见，黄侃终身关注着《文心雕龙》的校勘。

二　黄侃对《文心雕龙》的注释

　　黄侃对《文心雕龙》有二百余处独抒机杼的注释，在内容上很丰富。首先包括传统意义上对疑难字词的训诂、对事典语典的考据，以及对《文心》所举之作家作品的钩沉。明清时期对《文心雕龙》的注释几乎都是训诂考据，黄侃的一部分注释继承了这一传统。如注《原道》"和若球锽"曰："《书·皋陶谟》曰：戛击鸣球。球，玉磬也。锽，《说文》曰：钟声。《广韵》作镤，云大钟，户盲切。"⑤ 乃是对字词的训诂。注《原道》"观天文以极变"曰："《易·贲·彖》传曰：观乎天文，以察时变；观乎人文，以化成天下。"⑥ 标明了语典来源。注《明诗》"五子咸怨"："伪《五子之歌》文。"⑦ 考证了作品出处。

　　但更重要的是，黄侃不仅停留在对《文心》语词的训诂考据上，而是进一步深入阐释其内在的理论意义，这是对明清旧注的重大突破。如注"杼轴献功"曰"此言文贵修饰润色"⑧，这类注释在《札记》中占有相当的比重。黄侃还加强对理论术语的诠释，如注"神与物游"曰"此言内心

---

① 黄侃：《黄侃日记》，第638页。
② 黄侃：《黄侃日记》，第639页。
③ 同上书，第980页。
④ 同上书，第981页。
⑤ 黄侃：《文心雕龙札记》，第4页。
⑥ 同上书，第9页。
⑦ 同上书，第24页。
⑧ 同上书，第93页。

与外境相接也"①。对篇章的主旨句也特加标示，如谓"衔华佩实""此彦和《征圣》篇之本意"②，谓"若禀经以制式，酌雅以富言""此二句为《宗经》篇正意"③ 等。需要注意的是，这不仅仅是注释内容上的转变，还形成了以注释来解析义理的体例，这一"以注为释"的体例对后来范文澜《文心雕龙注》产生了很大的影响。

另外，《札记》在体例上对明清旧注的突破，还体现在其征引文章上。《文心雕龙》基于作品立论，特别是文体论，刘勰"选文以定篇"，论及了大量的文学作品。注释这些作品成为历来注家的重点，明代杨慎评《杂文》篇时云："八篇皆见于史，惟崔寔《客讥》一篇不传。"④ 就已对《文心》论及作品的存佚出处进行考证。梅庆生《文心雕龙音注》、王惟俭《文心雕龙训故》、黄叔琳《文心雕龙辑注》均着力于考录作品。特别是梅庆生《音注》不仅注重考录作品，还首开引录文章之例："又因篇中之事有难通晓者，诸书之文有多秀伟者，释名、释义有便初学者，遂并载其文而注成焉。"⑤ 共引录文章不下数十篇。

黄侃上承梅注之例，而在范围和数量上大为突破，他在《札记》的《题辞及略例》中特别表明引录的体例及标准。

> 《序志》篇云：选文以定篇。然则诸篇所举旧文，悉是彦和所取以为程式者，惜多有残佚，今凡可见者，并皆缮录，以备稽考。惟除《楚辞》《文选》《史记》《汉书》所载。其未举篇名，但举人名者，亦择其佳篇，随宜逐写。若有彦和所不载，而私意以为可作楷樊者，偶为抄撮，以便讲说，非敢谓愚所去取尽当也。⑥

根据黄氏自叙，其引录标准是很宽泛的，凡是与《文心》相关的文学作品，不管是否被《文心》提及都予收录。事实上，《札记》征引的文章远不止于文学作品，另有很多与《文心》相发明的理论文章，如章学诚、钱大昕、阮元、章太炎等人的一些论文之篇，也予以引录。今将《文心雕龙

---

① 黄侃：《文心雕龙札记》，第91页。
② 同上书，第12页。
③ 同上书，第15页。
④ 黄霖：《文心雕龙汇评》，第53页。
⑤ 梅庆生音注：《杨升庵先生批点文心雕龙》，复旦大学图书馆藏明万历己酉年刻本。
⑥ 黄侃：《文心雕龙札记》，第2页。

札记》所征引的文学作品及学术文章分别列表如下。

表4－1　　　　　　　《文心雕龙札记》所征引的文学作品

《明诗》	孔融《离合作郡姓名字诗》
《乐府》	《陈思王植七哀诗原文》（《文选》） 《晋乐府所奏楚调怨诗明月篇东阿王词七解》 《齐书乐志载公莫辞》
《诠赋》	荀卿《礼赋》 荀卿《知赋》 宋玉《钓赋》 魏文帝《柳赋》 枚乘《梁王菟园赋》
《议对》	张敏之断轻侮文（《后汉书·张敏传》） 郭躬之议擅诛文（《后汉书·郭躬传》） 程晓之驳校事文［《三国志·魏书·程昱（附晓）传》］ 司马芝之议货钱文（《晋书·食货志》） 何曾蠲出女之科文（《晋书·刑法志》） 秦秀定贾充之谥文（《晋书·秦秀传》） 鲁丕《举贤良方正对策》（袁宏《后汉纪》卷十六）
《书记》	刘歆《刘子骏与扬雄书从取方言》（《方言》） 扬雄《扬子云答刘歆书》（《方言》） 刘桢《与曹植书》（《全后汉文》六十五） 刘桢《谏曹植书》（《全后汉文》六十五） 刘桢《答魏太子丕借廓落带书》（《典略》） 刘廙谢恩文（《魏志·刘廙传》） 王褒《僮约》（《全汉文》四十二）
《比兴》	潘岳《萤火赋》（《全晋文》九十二）

表4－2　　　　　　　《文心雕龙札记》所征引的学术文章

《原道》	阮元《文言说》（《揅经室三集》二） 阮元《书梁昭明太子〈文选序〉后》（节录自《揅经室三集》二） 阮元《与友人论古文书》（节录自《揅经室三集》二）（《札记·丽辞》篇录全文）

续表

《明诗》	黄侃《诗品讲疏》
《乐府》 《诠赋》	郭茂倩《乐府诗集》类叙十二篇 章太炎《国故论衡·辨诗篇》一节 张皋文氏惠言《七十家赋钞序》
《通变》	钱大昕《钱晓徵与友人书》(《潜研堂文集》三十五)
《熔裁》	章学诚《古文十弊》论文无定格一节
《声律》	沈约《宋书·谢灵运传论》 陆厥《与沈约书》(《全齐文》二十四) 沈约《答陆厥书》(《全梁文》三十八) 钟嵘《诗品序》论声律一节 《诗纪》别集二所说释八病
《章句》	俞樾《古书疑义举例》(节录) 黄以周《离经辨志说》
《丽辞》	阮元《四六丛话序》 阮元《文韵说》 李兆洛《骈体文钞序》
《夸饰》	章太炎《征信论》上下两篇
《总术》	范晔《在狱与甥侄书》 萧统《文选序》 萧绎《金楼子·立言》篇下
《序志》	应玚《文质论》(《全后汉文》四十二) 李充《翰林论》(《全晋文》五十三) 桓谭《新论》论文语(《全后汉文》卷十三) 陆云《与兄平原书》一节(《全晋文》一百二)

　　表4-1、表4-2表明黄侃引录的学术文章的数量要远大于文学作品，他征引的学术文章涵盖了从汉魏六朝到近代学人的论文之作，目的就是为了更深入地理解《文心雕龙》的理论。可见，不论是"以注为释"还是征引学术文章，都是以注解《文心雕龙》的义理为旨归的。正是在这一点上，黄侃突破了明清时期对《文心雕龙》训诂考据的注释模式，从释事而忘义，转向释事与义理并重。

第四节　《文心雕龙》理论研究第一人

黄侃《文心雕龙札记》虽然也有校注，但毋庸置疑，《札记》更重要的意义体现在对《文心雕龙》的理论研究上。台湾学者李曰刚在其《文心雕龙斠诠》中说：

> 民国鼎革以前，清代学士大夫多以读经之法读《文心》，大则不外校勘、评解两途，于彦和之文论思想甚少阐发，黄氏《札记》适完稿于人文荟萃之北大，复于中西文化剧烈交绥时，因此《札记》初出，震惊文坛，从而令学术思想界对《文心雕龙》之实用价值、研究角度，均作革命性之调整。故季刚不仅是彦和之功臣，尤为我国近代文学批评之前驱。①

这段话言简意赅地道出了《札记》的价值所在，即突破了明清时期专于《文心》校勘、注释的传统，开始转向阐发《文心》之义理，将重点转向了理论研究。《文心雕龙札记》每篇皆设有题解，用以阐释篇章主旨、评析理论得失及发表黄氏个人对此理论问题的见解。此外，黄侃在解释《文心雕龙》原文字句时，也侧重于理论内涵的阐释。正如牟世金先生指出："虽然黄书也有校注，却以阐发文论思想为主，这确是研究角度的一大转变，一个新的开始。"②而这一研究角度的转变适应了现代"龙学"发展的需要，令学术界对《文心》的研究作出"革命性之调整"，由传统的校勘、注释转为现代意义上的理论研究。正是从这个意义上讲，《札记》被誉为"现代科学的《文心雕龙》研究的奠基之作"③，黄侃堪称是《文心雕龙》理论研究第一人。

一　黄侃对《文心雕龙》创作论的理论研究

刘勰在《序志》篇自述《文心雕龙》分上下两篇，黄侃认识到上下两篇具有不同的特点，故需要运用不同的研究方法。上篇文体论部分"为辨

---

① 李曰刚：《文心雕龙斠诠》，台湾"国立编译馆"中华丛书编审委员会1982年版前言。
② 牟世金：《"龙学"七十年概观（上、中）》，《社会科学战线》1987年第3、4期。
③ 张少康、汪春泓、陈允锋、陶礼天：《文心雕龙研究史》，第148页。

章众体之论"，"诠解上篇，惟在探明征证，榷举规绳而已"①。下篇"为提挈纲维之言"，"选辞简练而含理闳深"②，对于下篇的研究"若非反复疏通，广为引喻，诚恐精义等于常理，长义屈于短词"③，因而黄侃"不避骈枝，为之销解，如有献替，必细加思虑，不敢以瓶蠡之见，轻量古贤也"④，明确表示要加强对包括创作论在内的下篇的理论研究。事实正是如此，《文心雕龙札记》共三十一篇，其中包括了《文心》从《神思》到《总术》全部十九篇创作论，而《文心》二十篇文体论仅有六篇。《札记》所表现出的对创作论的重视，是之前"龙学"从未曾出现的新趋向。

（一）黄侃对创作论前七篇的理论研究

刘勰在《序志》篇中自述其创作论包括"至于割情析采，笼圈条贯：摛神、性，图风、势，苞会、通，阅声、字"等几块内容，其中，有关于神、性、风、势、会、通等问题基本都集中在《神思》《体性》《风骨》《通变》《定势》《情采》《熔裁》等创作论前七篇中。这七篇可以说是《文心雕龙》创作论中理论性最强的篇章。黄侃在研究创作论时，也是将重点放在这七篇上，除《神思》一篇以外，都有长篇解题，提出不少有代表性的观点，对后世"龙学"产生了很大影响，当然其中难免也有值得商榷之处。今将黄侃对创作论前七篇的理论研究逐篇评述如下。

1.《神思》篇

黄侃对《神思》篇的研究有五点较有价值。

第一，揭示了神思"心物交融"的本质。黄侃指出《神思》篇中"故思理为妙，神与物游"一句，实际上就是在讲"心物交融"："此言内心与外境相接也。"黄侃并指出了心物交融是双向互动的过程："以心求境，境足以役心；取境赴心，心难于照境。必令心境相得，见相交融，斯则成连所以移情，庖丁所以满志也。"⑤ 这正是刘勰在赞词中所谓"神用象通，情变所孕。物以貌求，心以理应"所包含的意思。

第二，揭示《神思》篇暗含了一个如何解决"文思利钝"⑥ 的问题。黄侃在解释"神居胸臆，而志气统其关键；物沿耳目，而辞令管其枢机。枢机方通，则物无隐貌；关键将塞，则神有遁心"一句话时曰："内心与

---

①　黄侃：《文心雕龙札记》，第91页。

②　同上。

③　同上。

④　同上。

⑤　同上。

⑥　参见黄侃《文心雕龙札记》，第198页。

外境，非能一往相符会，当其窒塞，则耳目之近，神有不周；及其怡怪，则八极之外，理无不浃。"① 初步揭示了刘勰言语间涉及了一个文思利钝的问题。而在《养气》篇中，黄侃更明确地指出刘勰《神思》篇上承陆机《文赋》"应感之会，通塞之纪，来不可遏，去不可止，或竭情而多悔，或率意而寡尤，虽兹物之在我，非余力之所勠"一段，暗含了"文思利钝，至无定准"②，即如何解决文思通塞的问题。

第三，涉及神思的想象本质。《神思》有一句"文之思也，其神远矣"，黄侃解释为："此言思心之用，不限于身观，或感物而造端，或凭心而构象，无有幽深远近，皆思理之所行也。"③ 所谓"感物而造端""凭心而构象"实际上已经涉及了神思的想象本质，只是黄侃没有以明确的语言予以说明。

第四，以老庄之言为"虚静"作注。黄侃在注解"陶钧文思，贵在虚静"一句时，引用《庄子》曰"惟道集虚"，以及《老子》之言曰："三十辐共一毂，当其无，有车之用。"④ 指出刘勰的虚静理论渊源老庄。

第五，解"杼轴献功"为修饰润色。《神思》末段曰："若情数诡杂，体变迁贸；拙辞或孕于巧义，庸事或萌于新意。视布于麻，虽云未费；杼轴献功，焕然乃珍。"此处"杼轴献功"的确切含义成为学界争论的一个焦点，黄侃是最早对此提出明确看法者，他认为：

> 此言文贵修饰润色。拙辞孕巧义，修饰则巧义显；庸事萌新意，润色则新意出。凡言文不加点，文如宿构者，其刊改之功，已用之平日，练术既熟，斯疵累渐除，非生而能然者也。⑤

黄侃的观点得到后世很多学者的赞同，范文澜《文心雕龙注》，刘永济《文心雕龙校释》，陆侃如、牟世金《文心雕龙选译》，周振甫《文心雕龙注释》，滕咸惠《读〈文心雕龙·神思〉札记》，李逸津《〈文心雕龙〉"抒轴献功"说辨正》均主此论，是目前关于"杼轴献功"影响最大的一种解释。

2.《体性》篇

《体性》篇是创作论中理论最为明晰的一篇，黄侃对《体性》篇的主

① 黄侃：《文心雕龙札记》，第 91 页。
② 同上书，第 198 页。
③ 同上书，第 91 页。
④ 同上。
⑤ 同上书，第 93 页。

旨有准确的把握，云："体斥文章形状，性谓人性气有殊，缘性气之殊而所为之文异状。然性由天定，亦可以人力辅助之，是故慎于所习。此篇大旨在斯。"①而他对《体性》篇的研究主要集中在对"八体"问题的多方探讨上。

首先，黄侃提出"八体不分轩轾"，他认为：

> 彦和之意，八体并陈，文状不同，而皆能成体，了无轻重之见存于其间。下文云：雅与奇反，奥与显殊，繁与约舛，壮与轻乖。然此处文例，未尝依其次第，故知涂辙虽异，枢机实同，略举畛封，本无轩轾也。②

黄侃此说是关于刘勰对"八体"高下问题具有代表性的一种看法。但此说也遭到了很多学者的反对，范文澜《文心雕龙注》专门辨析曰："案彦和于新奇、轻靡二体，稍有贬意，大抵指当时文风而言。"③ 后来注家多宗范注，如牟世金《文心雕龙译注》认为："在这八种中，刘勰对'新奇'和'轻靡'两种比较不满。"④ 刘勰对"新奇"的界定是"摈古竞今，危侧趣诡"，对"轻靡"的界定是"浮文弱植，缥缈附俗"，结合整部《文心雕龙》来看，这些正是刘勰所深致不满的齐梁以来的讹滥文风，因而范文澜言"稍有贬意，大抵指当时文风而言"，似较黄侃八体"本无轩轾"说更确。

其次，黄侃结合具体作品来解释八体。黄侃在阐释"八体"时，结合了汉魏六朝的具体作品：

> 典雅者，熔式经诰，方轨儒门者也。义归正直，辞取雅驯，皆入此类。若班固《幽通赋》，刘歆《让太常博士》之流是也。
>
> 远奥者，馥采典文，经理玄宗者也。理致渊深，辞采微妙，皆入此类。若贾谊《鹏鸟赋》，李康《运命论》之流是也。
>
> 精约者，核字省句，剖析豪厘者也。断义务明，练辞务简，皆入此类。若陆机之《文赋》，范晔《后汉书》诸论之流是也。
>
> 显附者，辞直义畅，切理厌心者也。语贵丁宁，义求周浃，皆入

---

① 黄侃：《文心雕龙札记》，第94页。
② 同上书，第95页。
③ 范文澜：《文心雕龙注》，第507页。
④ 陆侃如、牟世金：《文心雕龙译注》，第367页。

此类。若诸葛亮《出师表》，曹冏《六代论》之类是也。

繁缛者，博喻酿采，炜烨枝派者也。辞采纷披，意义稠复，皆入此类。若枚乘《七发》，刘峻《辨命论》之流是也。

壮丽者，高论宏裁，卓烁异采者也。陈义俊伟，措辞雄瑰，皆入此类。扬雄《河东赋》，班固《典引》之流是也。

新奇者，摈古竞今，危侧趣诡者也。词必研新，意必矜创，皆入此类。潘岳《射雉赋》，颜延之《曲水诗序》之流是也。

轻靡者，浮文弱植，缥渺附俗者也。辞须茜秀，意取柔靡，皆入此类。江淹《恨赋》，孔稚圭《北山移文》之流是也。①

结合具体作品，无疑可使抽象的"八体"直观可感，黄侃此处的思路是正确并值得研究者借鉴的。但是黄侃所列举的都是《文选》中的作品，其中很多篇章是刘勰未曾论及的，因而就不能确保这些作品都符合刘勰对"八体"的界定。范文澜就不同意黄侃所列举的作品，他按照黄侃联系具体作品的思路，又重新列举了另外一批作品。若研究者不根据刘勰的论述，而各是所是，则对理解"八体"的内涵是帮助不大的。

最后，黄侃对"若夫八体屡迁，功以学成，才力居中，肇自血气；气以实志，志以定言，吐纳英华，莫非情性"一句有恰切的解释。刘勰说过"若总其归涂，则数穷八体"，所有的文章归根结底不过八种风格，在此又提出作家具有哪种"体"根源于作家的情性。黄侃指出刘勰这句话易让人产生误解，"此语甚为明懂"，似乎每位作家只能根源其情性呈现出一种"体"，但黄侃认为："人之为文，难拘一体，非谓工为典雅者，遂不能为新奇，能为精约者，遂不能为繁缛。"所以，黄侃感到此句应该结合"下文云：八体虽殊，会通合数，得其环中，则辐辏相成"一句共观，也就是说"八体"不是单一不变的，而是可以"辐辏相成"、融合交叉的，这样一个作家的风格就不局限于一种"体"了。黄侃认为这才是刘勰的真意："此则掸本之谈，通变之术，异夫胶柱锲舟之见者矣。"②黄侃结合《体性》篇原文，对"八体屡迁"作出了切合原文的解释。

3. 《风骨》篇

《风骨》篇可谓是《文心雕龙》中理论最为复杂、争议最多的篇章之

---

① 黄侃：《文心雕龙札记》，第95—96页。
② 同上书，第96页。

一。最早对风骨内涵进行全面深入探讨的就是黄侃，他专有一长篇题解来阐述"风骨"内涵。他开宗明义，首先提出对风、骨的基本看法：

> 二者皆假于物以为喻。文之有意，所以宣达思理，纲维全篇，譬之于物，则犹风也。文之有辞，所以摅写中怀，显明条贯，譬之于物，则犹骨也。必知风即文意，骨即文辞，然后不蹈空虚之弊。或者舍辞意而别求风骨，言之愈高，即之愈渺，彦和本意不如此也。①

黄侃认为风、骨就是意、辞的比喻说法，"风即文意，骨即文辞"，更直接地说，黄侃认为风、骨就是意、辞本身，而没有超越意辞之外的深远空虚含义。接着，黄侃将《风骨》篇所有带有风、骨的字句逐条枚举分析：

> 其曰"怊怅述情，必始于风，沈吟铺辞，莫先于骨"者，明风缘情显，辞缘骨立也。
> 其曰"辞之待骨，如体之树骸，情之含风，犹形之包气"者，明体恃骸以立，形恃气以生；辞之于文，必如骨之于身，不然则不成为辞也，意之于文，必若气之于形，不然则不成为意也。
> 其曰"结言端直，则文骨成焉，意气骏爽，则文风清焉"者，明言外无骨，结言之端直者，即文骨也；意外无风，意气之骏爽者，即文风也。
> 其曰"丰藻克赡，风骨不飞"者，即徒有华辞，不关实义者也。
> 其曰"缀虑裁篇，务盈守气"者，即谓文以命意为主也。
> 其曰"练于骨者，析辞必精，深乎风者，述情必显"者，即谓辞精则文骨成，情显则文风生也。
> 其云"瘠义肥辞，无骨之征，思不环周，无气之征"者，明治文气以运思为要，植文骨以修辞为要也。
> 其曰"情与气偕，辞共体并"者，明气不能自显，情显则气具其中，骨不能独章，辞章则骨在其中也。②

通过对《风骨》原文的仔细分析，黄侃认为："综览刘氏之论，风骨与意

---

① 黄侃：《文心雕龙札记》，第98页。
② 同上。

辞，初非有二。然则察前文者，欲求其风骨，不能舍意与辞也；自为文者，欲健其风骨，不能无注意于命意与修辞也。风骨之名，比也；意辞之实，所比也。"以《风骨》原文为证又一次重申了他的基本观点，即"风骨与意辞，初非有二""风骨之名，比也；意辞之实，所比也"。

最后，黄侃对将风骨概念虚化、"舍意与辞而别求风骨者"提出批评曰："今舍其实而求其名，则适令人迷罔而不得所归宿。海气之楼台，可以践历乎？病眼之空花，可以把玩乎？彼舍意与辞而别求风骨者，其亦海气、空花之类也。"① 并指出刘勰对正确的研炼风骨之术是有所说明的，那就是：

> 彦和既明言风骨即辞意，复恐学者失命意修辞之本而以奇巧为务也，故更揭示其术曰："熔铸经典之范，翔集子史之术，洞晓情变，曲昭文体，然后能孚甲新意，雕画奇辞。昭体故意新而不乱，晓变故辞奇而不黩。"明命意修辞，皆有法式，合于法式者，以新为美，不合法式者，以新为病。推此言之，风藉意显，骨缘辞章，意显辞章，皆遵轨辙，非夫弄虚响以为风，结奇辞以为骨者矣。②

黄侃推衍刘勰之意，认为正确研炼风骨的原则是："风藉意显，骨缘辞章，意显辞章，皆遵轨辙。"

黄侃是最早对风骨作如此精细之理论分析者，综合他对风骨的认识，可以一言以蔽之为："风即文意，骨即文辞。"这一说法存在的问题是很明显的，那就是"风即文意，骨即文辞""风骨与意辞，初非有二""风骨之名，比也；意辞之实，所比也"等提法，将风等同于文意、骨等同于文辞，在表述上有缺陷。正如蒋祖怡在《文心雕龙论丛·读风骨篇》中云："'骨'与文章的形式有关，'风'与文章的内容有关。但'风骨'决不是内容和形式的本身。"③ 但更应看到，黄侃用一直截了当的"即"字，是为了力破"海气""空花"般的空洞玄虚理解，将风、骨落在实处。其说指明了一条风关乎文意、骨关乎文辞的研究思路，对后来的研究影响很大，此后论者大多沿着黄说展开讨论。近年来，开始有学者指出刘勰论风与论骨是互文足义，风骨是一个不可分割的整体概念，这又是在黄侃思路

---

① 黄侃：《文心雕龙札记》，第99页。
② 同上。
③ 蒋祖怡：《文心雕龙论丛》，上海古籍出版社1985年版，第127页。

上有了全新的突破。

4.《通变》篇

黄侃在《通变》篇的札记中主要提出了以下两个看法。

第一，认为所谓"通变"要区分为"文有可变革者，有不可变革者"。
《通变》开篇言：

> 夫设文之体有常，变文之数无方，何以明其然耶？凡诗赋书记，名理相因，此有常之体也；文辞气力，通变则久，此无方之数也。名理有常，体必资于故实；通变无方，数必酌于新声；故能骋无穷之路，饮不竭之源。

提出了"文体"不可变，"文辞气力"可变的区分。黄侃抓住这点，将此扩而大之，认为《通变》全篇所论都有"可变革者"与"不可变革者"的区分，他发挥说：

> 文有可变革者，有不可变革者。可变革者，遣辞捶字，宅句安章，随手之变，人各不同。不可变革者，规矩法律是也，虽历千载，而粲然如新，由之则成文，不由之而师心自用，苟作聪明，虽或要誉一时，徒党猥盛，曾不转瞬而为人唾弃矣。……所谓变者，变世俗之文，非变古昔之法也。……究之，美自我成，术由前授，以此求新，人不厌其新，以此率旧，人不厌其旧。天动星回，辰极无改；机旋轮转，衡轴常中；振垂弛之文统，而常为世师者，其在斯乎？①

在解释"参伍因革，通变之数也"一语时，黄侃也说："彦和此言，非教人直录古作，盖谓古人之文，有能变者，有不能变者，有须因袭者，有不可因袭者，在人斟酌用之。"②

黄侃认定刘勰所谓的"通变"，是有"可变革者"与"不可变革者"之区分，"可变革者"是文辞气力，"不可变革者"是规矩法律。这一思路对后世影响很大，后来的研究者也都沿着这种二分的思路，认为"通"即讲继承（不变），"变"即讲发展、创新。近来的学者打破了这一思维局限，开始从"通乎其变"角度来理解"通变"，更符合刘勰

---

① 黄侃：《文心雕龙札记》，第101—102页。
② 同上书，第103页。

原意。

第二，认为刘勰的通变即复古。纪昀在评《通变》篇中指出"复古而名以通变"①，黄侃继承了纪昀的思路，认为《通变》篇的大旨是："示人勿为循俗之文，宜反之于古。其要语曰：矫讹翻浅，还宗经诰，斯斟酌乎质文之间，而隐括乎雅俗之际，可与言通变矣。此则彦和之言通变，犹补偏救弊云尔。"② 黄侃根据"矫讹翻浅"一段，认为刘勰言通变蕴含了"补偏救弊"之意，这一看法是正确的。

接下来黄侃认为刘勰言通变的具体做法就是"反之于古"，他举出"夫夸张声貌，汉初已极"一段作为例证，认为"彦和此篇，既以通变为旨，而章内乃历举古人转相因袭之文，可知通变之道，惟在师古"，"彦和云：'夸张声貌，汉初已极，自兹厥后，循环相因，虽轩翥出辙，而终入笼内。'明古有善作，虽工变者不能越其范围，知此，则通变之为复古，更无疑义矣"③。《通变》批评时人"师范宋集，多略汉篇"，"近附而远疏"，确有批判近世文风，要求以古为范的意图。从这个角度讲，黄侃认为刘勰的"通变之为复古"是有一定道理的。

5.《定势》篇

黄侃在《定势》篇札记中将古今言文势者分成三种：一是"专标慷慨以为势"；二是"以为势有纡急、有刚柔、有阴阳向背"；三是刘勰的文势观。当然，黄侃的重点在阐释刘勰的文势观。他立足于《定势》篇原文，从篇题分析到赞词，仔细审思了每一段落乃至字词的含义。

> 彼标其篇曰《定势》——而篇中所言，则皆言势之无定也。
>
> 其开宗也，曰：因情立体，即体成势——明势不自成，随体而成也。
>
> 申之曰：机发矢直，涧曲湍回，自然之趣；激水不漪，槁木无阴，自然之势。——明体以定势，离体立势，虽玄宰哲匠有所不能也。
>
> 又曰：循体成势，因变立巧——明文势无定，不可执一也。
>
> 举桓谭以下诸子之言——明拘固者之有所谢短也。
>
> 终讥近代辞人以效奇取势——明文势随体变迁，苟以效奇为能，

---

① 黄叔琳：《文心雕龙辑注》，第286页。
② 黄侃：《文心雕龙札记》，第101页。
③ 同上。

是使体束于势，势虽若奇，而体因之弊，不可为训也。

《赞》曰：形生势成，始末相承——明物不能有末而无本，末又必自本生也。①

通过对《定势》全篇深入细致的分析，黄侃以一句话概括了刘勰的定势理论："凡若此者，一言蔽之曰：体势相须而已。"② 从黄侃对《定势》全篇的细致解析来看，刘勰的论述确是紧紧围绕着体与势的关系展开的，黄侃总结出"体势相须"这四个字，确实十分精准，正是他"尝取刘舍人之言，审思而熟察之矣"的结果。

接着，黄侃还以小学训诂来佐证，他说："势之为训隐矣。不显言之，则其封略不憭，而空言文势者，得以反唇而相稽。"③ 认为只有弄清"势"这个字的含义，才能从根本上解决对文势问题的争议，于是黄侃考证"势"之释义为：

《考工记》曰：审曲面势。郑司农以为审察五材曲直、方面、形势之宜。是以曲、面、势为三，于词不顺。盖匠人置槷以县，其形如柱，剶之平地，其长八尺以测日景，故势当为槷，槷者臬之假借。《说文》：臬，射埻的也。其字通作艺。《上林赋》：弦矢分，艺殪仆。是也。本为射的，以其端正有法度，则引申为凡法度之称。《书》曰：汝陈时臬事。《传》曰：陈之艺极。作臬、作槷、作埶，藝即埶之后出字。一也。④

黄侃引证《考工记》《说文》《上林赋》《尚书》及《左传》，指出"势"字通"槷"字、"臬"字。"槷"字义谓"其形如柱，剶之平地，其长八尺以测日景"，"臬"字义谓"射埻的"。黄侃认为后世言形势、气势等，就是在"臬"字原始义上的引申：

言形势者，原于臬之测远近、视朝夕，苟无其形，则臬无所加，是故势不得离形而成用。言气势者，原于用臬者之辨趣向，决从违，

---

① 黄侃：《文心雕龙札记》，第106页。
② 同上。
③ 同上书，第107页。
④ 同上。

苟无其梟，则无所奉以为准，是故气势亦不得离形而独立。①

黄侃认为在"梟"字字义的引申上，有一点是非常重要的，这就是"梟"字在原始义上，是与形不可分离的。"苟无其形，则梟无所加"，所以黄侃认为引申为"势"字之后，这层含义仍然是"势"字的重要内涵，即"势不得离形而成用"。具体到文势，黄侃认为：

> 文之有势，盖兼二者之义而用之。知凡势之不能离形，则文势亦不能离体也；知远近朝夕非梟所能自为，则阴阳刚柔亦非文势所能自为也；知趣向从违随乎物形而不可横杂以成见，则为文定势，一切率乎文体之自然，而不可横杂以成见也。②

黄侃指出"文势"兼有"形势""气势"二者之义，"知凡势之不能离形，则文势亦不能离体也"；梟、槷等所具有的指示"远近朝夕""趣向从违"的作用，都不是"自为"而是"随乎物形"的，所以"为文定势，一切率乎文体之自然，而不可横杂以成见也"，文势也是随乎文体的。从这个意义上讲，黄侃认为其他两种文势观"拘一定之势，驭无穷之体"，显然没有认识到势与体的具体对应关系，"惟彦和深明势之随体"，是三种文势观中最为恰切的："善言文势者，孰有过于彦和者乎？"与其他两种文势观相比是不可同日而语的："视夫专标文势妄分条品者，若山头之与井底也。视徒知崇慷慨者，相去乃不可以道里计也。"③

6.《情采》篇

黄侃对《情采》篇旨意把握得十分精准。一方面，他看出刘勰《情采》篇暗含救弊补偏的良苦用心，他在《札记》中说：

> 舍人处齐梁之世，其时文体方趋于缛丽，以藻饰相高，文胜质衰，是以不得无救正之术。此篇旨归，即在挽尔日之颓风，令循其本，故所讥独在采溢于情，而于浅露朴陋之文未遑多责，盖揉曲木者未有不过其直者也。
>
> 然自义熙以来，力变过江玄虚冲淡之习而振以文藻，其波流所

---

① 黄侃：《文心雕龙札记》，第107页。
② 同上。
③ 同上。

荡，下至陈隋，言既隐于荣华，则其弊复与浅露朴陋相等，舍人所讥，重于此而轻于彼，抑有由也。①

认识到刘勰《情采》篇中宣扬"为情而造文"，"所讥独在采溢于情"，是有深层原因的。这是刘勰为救正齐梁文风缛丽之弊，而不得不矫枉过正，蕴含了救弊补偏的良苦用心。

另一方面，黄侃又指出刘勰实际上对文与质的关系是持中和态度的，他细察《情采》原文后曰：

> 虽然，彦和之言文质之宜，亦甚明憭矣。首推文章之称，缘于采绘；次论文质相待，本于神理；上举经子以证文之未尝质，文之不弃美，其重视文采如此，曷尝有偏畸之论乎？②

黄侃将《情采》篇中刘勰文质并重的根本思想及救弊补偏的良苦用心，这两方面的意旨都深刻地揭示出来了，确实是十分敏锐的。

7.《熔裁》篇

黄侃在《熔裁》篇札记中主要阐述了此篇的主旨及意义，他说：

> 作文之术，诚非一二言能尽，然挈其纲维，不外命意修词二者而已。意立而词从之以生，词具而意缘之以显，二者相倚，不可或离。意之患二：曰杂，曰竭。竭者，不能自宣；杂者，无复统序。辞之患二：曰枯，曰繁。枯者，不能求达；繁者，徒逐浮芜。枯竭之弊，宜救之以博览；繁杂之弊，宜纳之于熔裁。舍人此篇，专论其事。
>
> 寻熔裁之义，取譬于范金制服；范金有齐，齐失则器不精良；制服有制，制谬而衣难被御；洵令多寡得宜，修短合度，酌中以立体，循实以敷文，斯熔裁之要术也。
>
> 然命意修词，皆本自然以为质，必知骈拇悬疣，诚为形累，凫胫鹤膝，亦由性生。意多者未必尽可訾謷，辞众者未必尽堪删剟；惟意多而杂，词众而芜，庶将施以炉锤，加之剪截耳。
>
> 又熔裁之名，取其合法，如使意郁结而空简，辞枯槁而徒略，是乃以铢黍之金，铸半两之币，持尺寸之帛，为逢掖之衣，必不就矣。

---

① 黄侃：《文心雕龙札记》，第109页。

② 同上。

或者误会熔裁之名，专以简短为贵，斯又失自然之理，而趋狭隘之途者也。①

黄侃这段解析可谓切中了《熔裁》篇旨，他指出刘勰立《熔裁》篇特针对繁辞杂意、"意多而杂，词众而芜"的弊病，但同时又不是"使意郁结而空简，辞枯槁而徒略"，不是"专以简短为贵"，这一理解是精准到位的。

另外，黄侃对"三准"问题也有重要的见解。刘勰在《熔裁》篇提出了"三准"：

> 凡思绪初发，辞采苦杂，心非权衡，势必轻重。是以草创鸿笔，先标三准：履端于始，则设情以位体；举正于中，则酌事以取类；归馀于终，则撮辞以举要。然后舒华布实，献替节文，绳墨以外，美材既斫，故能首尾圆合，条贯统序。若术不素定，而委心逐辞，异端丛至，骈赘必多。

有关"三准"的内涵，学者们争论不已，黄侃认为：

> 亦设言命意谋篇之事，有此经营。总之意定而后敷辞，体具而后取势，则其文自有条理。舍人本意，非立一术以为定程，谓凡文必须循此所谓始中终之步骤也，不可执词以害意。舍人妙达文理，岂有自制一法，使古今之文必出于其道者哉？②

指出"三准"就是谋篇安章的准则，特别强调刘勰所谓"三准"并不是千篇一律的程式与准则，而是指一种谋篇安章所宜遵循的步骤。

（二）黄侃对创作论"阅声字"部分的理论研究

《文心雕龙》创作论除前七篇集中探讨了神、性，风，势，会、通等问题之外，还以《声律》第三十三至《练字》第三十九等七篇，分论声律、章句、对偶、比兴、夸饰、用典、用字等具体的修辞技巧，这一部分被刘勰自称为"阅声、字"部分，事实上是对六朝声偶文学修辞技巧的一次全面总结。刘勰虽然反对六朝文风讹滥，但并没有因噎废食，并未抹杀

---

① 黄侃：《文心雕龙札记》，第111页。
② 同上。

六朝一系列声偶文学之修辞技巧，而是抱着中和的态度，加以肯定赞扬和正确引导。黄侃对刘勰的这种观点有准确的把握，他在解析《序志》"古来文章，以雕缛成体"一段话时指出："此与后章'文绣鞶帨，离本弥甚'之说，似有差违，实则彦和之意，以为文章本贵修饰，特去甚去泰耳，全书皆此旨。"① 并且黄侃对刘勰这种折中的态度大加赞赏。这是因为黄侃此时正卷入了一场骈散之争，他欲在这场骈散之争中表现他的中和立场，对骈散的评价都力图不偏不倚。这样一来，刘勰对六朝声偶（以骈文为主体）的中和评价便成为黄侃急需的最有力的凭借。因此，黄侃在对"阅声、字"部分的札记中，便着力于揭示刘勰对各种骈文修辞技巧的中和评价。

如黄侃在《丽辞》篇札记曰：

> 惟彦和此篇所言，最合中道。一曰高下相须，自然成对。明对偶之文依于天理，非由人力矫揉而成也。次曰岂营丽辞，率然对尔。明上古简质，文不饰瑑，而出语必双，非由刻意也。三曰句字或殊，偶意一也。明对偶之文，但取配俪，不必比其句度，使语律齐同也。四曰奇偶适变，不劳经营。明用奇用偶，初无成律，应偶者不得不偶，犹应奇者不得不奇也。终曰迭用奇偶，节以杂佩。明缀文之士，于用奇用偶，勿师成心，或舍偶用奇，或专崇俪对，皆非为文之正轨也。舍人之言，明白如此，真可以息两家之纷难，总殊轨而齐归者矣。②

黄侃概括了《丽辞》篇的主要内容，认为刘勰在奇偶问题上"最合中道"，主要体现在以下几个观点：对偶是"依于天理"的自然需要；最早的上古时期的对偶都不是刻意经营的结果，而是"率然成对"自然形成的；对偶不必拘泥于字句，但求"偶意"即可；特别是刘勰主张"奇偶适变""迭用奇偶"，黄侃认为较之那些"缀文之士，于用奇用偶，勿师成心，或舍偶用奇，或专崇俪对"要高明得多，真可以平息骈散两家之纷争。

在《夸饰》问题上，黄侃也是持中和立场的，基本态度是"去夸而不

---

① 黄侃：《文心雕龙札记》，第212页。
② 同上书，第159页。

去饰"①，他认为刘勰的观点正是这样："舍人有言：'夸饰在用，文岂循检'。其于用舍之宜，言之不亦明审矣哉？"②夸张的运用是必然的，写作难道只是循规蹈矩吗？显然刘勰是提倡使用夸饰的。黄侃认为刘勰所批评的乃是泛滥无益的夸饰："古文有饰，拟议形容，所以求简，非以求繁，降及后世，夸张之文，连篇积卷，非以求简，只以增繁，仲任所讥，彦和所诮，固宜在此而不在彼也。"③ 基于相同的中和态度，黄侃对刘勰的观点表示赞同。

在《事类》问题上，黄侃也与刘勰的基本观点相同，认为用事对于文章来讲十分重要，文章之事正需要才学相资："今之訾謷用事之文者，殆未之思也。且夫文章之事，才学相资，才固为学之主，而学亦能使才增益。故彦和云：'将赡才力，务在博见。'然则学之为益，何止为才裨属而已哉？"④

唯一出人意料的是，黄侃对刘勰的声律论持反对态度。作为音韵学家，黄侃十分重视声韵问题，但是他认为"声韵之学"与"声律之文"是有区分的："夫言声韵之学，在今日诚不能废四声，至于言文，又何必为此拘忌？"⑤ 作为一门学问来研究的话，自然不能不涉及声律问题，但是对于作文来讲，就不必拘忌于声律论了。黄侃坚持中道，既不过分执于声律论，也不尽废之，他赞同钟嵘的自然声律观，认为：

> 详文章原于言语，疾徐高下，本自天倪，宣之于口而顺，听之于耳而调，斯已矣。典乐教胄子以诗歌，成均教国子以乐语，斯并文贵声音之明验。观夫虞夏之籍，姬孔之书，诸子之文，辞人之作，虽高下洪细，判然有殊，至于便籀诵、利称说者，总归一揆，亦何必拘拘于浮切，斯斯于宫徵，然后为贵乎？
>
> 至于古代诗歌，皆先成文章，而后被声乐，谐适与否，断以胸怀，亦非若后世之词曲，必按谱以为之也。自声律之论兴，拘者则留情于四声八病，矫之者则务欲蠲废之，至于佶屈聱吃而后已，斯皆未为中道。善乎钟记室之言曰："文制本须讽读，不可蹇碍，但令清浊通流，口吻调利，斯为足矣。"斯可谓晓音节之理，药声律之拘。《庄

---

① 黄侃：《文心雕龙札记》，第173页。
② 同上。
③ 同上书，第176页。
④ 同上书，第184页。
⑤ 同上书，第115页。

子》云："市南宜僚弄丸，而两家之难解。"惟钟君其足以与此哉。①

这就决定了他对刘勰提倡声律论持否定态度。

在黄侃之前，纪昀曾称赞刘勰《声律》篇："即沈休文《与陆厥书》而畅之，后世近体遂从此定制。齐梁文格卑靡，独此学独有千古。钟记室以私憾排之，未为公论也。"② 认为刘勰的《声律》篇本于沈约一派，为近体诗文的形成提供了条件，具有独有千古的重要价值。而钟嵘因求誉沈约遭拒，为抱私憾而排抑声律说。纪昀扬刘抑钟的倾向是很明显的，他的这一观点也颇具影响力。因而黄侃特别在《札记》中对纪说进行了考辨。

对于纪昀提出的刘勰声律论是"即沈休文《与陆厥书》而畅之"的观点，黄侃表示赞同。他在《札记》中详细对比刘、沈二家之说，认为刘勰所谓"凡声有飞沉，响有双叠；双声隔字而每舛，叠韵杂句而必睽；沉则响发而断，飞则声飏不还；并辘轳交往，逆鳞相比；迕其际会，则往塞来连，其为疾病，亦文家之吃也"一段，"此即隐侯所云'前有浮声，后须切响；（一简之内，音韵尽殊），两句之中，轻重悉异'者也。"③ 刘勰所言"异音相从谓之和，同声相应谓之韵"，即"沈约云：十字之文，颠倒相配。正谓此耳"。④

但是正是由于黄侃对沈约倡导的永明声律论持反对态度，因而对与沈约一派的刘勰《声律》篇自然也予以否定，对纪昀的扬刘抑钟也就非常不满。他大力批判纪昀对刘勰的称赞，斥其："盖以声韵之学与声律之文并为一谈，因以献谀于刘氏。元遗山诗云：少陵自有连城璧，争奈微之识碔砆。纪氏之于《文心》亦若此矣。"⑤ 指责纪昀献谀于刘勰，不识《文心雕龙》的真正价值。

与纪昀相反，黄侃排抑刘勰而大赞钟嵘。他继承了纪昀考证钟嵘与沈约个人恩怨的思路，从史传中寻找材料来考证刘、钟二人与沈约的关系。他得出的结论是，刘勰倡导声律论是为取誉沈约而不得已之举："彦和生于齐世，适当王沈之时，又《文心》初成，将欲取定沈约，不得不枉道从人，以期见誉。观《南史》舍人传，言约既取读，大重之，谓深得文理，

---

① 黄侃：《文心雕龙札记》，第115页。
② 同上。
③ 同上书，第117页。
④ 同上。
⑤ 同上书，第115页。

知隐侯所赏，独在此一篇矣。"①"嗟乎！学贵随时，人忌介立，舍人亦诚有不得已者乎！"②

而至于钟嵘，黄侃力驳纪昀说其"以私憾排之（沈约）"之论，大赞钟嵘：

> 当其时，独持己说，不随波而靡者，惟有钟记室一人，其《诗品》下篇诋诃王谢沈三子，皆平心之论，非由于报宿憾而为之。《南史》嵘传：嵘尝求誉于约，约拒之，及约卒，嵘品古今诗为评，言其优劣云云，盖追宿憾，以此报之也。今案记室之言，无伤直道，《南史》所言，非笃论也。③

在此基础上，黄侃作出"若举此一节而言，记室固优于舍人无算也"的结论。

可以看出，黄侃上述抑刘扬钟的标准是：是否因与沈约的个人恩怨而屈从其声律论，以此来判定二人高下自然是不合适的。并且在论述过程中，同为《南史》所载，对钟嵘"盖追宿憾，以此报之"之说，黄侃通过细案"记室之言，无伤直道"，而诋《南史》"非笃论也"。对刘勰与沈约交接的记载，黄侃则捕风捉影，不核以《文心雕龙》理论实际便据以立论，这样论证不免自相矛盾，难以服人。范文澜就指出："《南史》喜杂采小说家言，恐不足据以疑二贤也。"④

事实上，黄侃抑刘扬钟，出人意料之外，又在情理之中，根本上还是基于其欲求中和的立场，故坚持自然声律观。问题的关键是：刘勰《声律》论固然是在研求声律的原则与方法上受到沈约的影响，但是否刘、沈自觉追求声律和谐，并主张通过遵守一定的方法原则以达到声律的和谐，就不再是自然声律观，黄侃也不得不承认推崇自然声律之钟嵘所谓的"清浊通流，口吻调利"，"盖亦有寻讨之功焉，非得之自然也"⑤。黄侃以是否遵循人为总结出来的原则和方法来判别是否"自然"，来评定高下，这一批评标准本身就是狭隘和偏颇的。

另外，对于不限于骈文修辞技巧的《章句》《比兴》《练字》等篇，

---

① 黄侃：《文心雕龙札记》，第115页。
② 同上。
③ 同上。
④ 范文澜：《文心雕龙注》，第556页。
⑤ 黄侃：《文心雕龙札记》，第117页。

黄侃也有卓见。作为著名的小学家，黄侃对于章句、练字之类的问题有精深的见解，对《章句》《练字》篇的论述都较为深入。《章句》篇札记是《文心雕龙札记》中篇幅最长者，黄侃不仅"释舍人之文"，同时又"加以己意"，共从九个方面全面阐述了有关章句的问题。

> 今释舍人之文，加以己意，期于夷易易遵，分为九章说之：一释章句之名，二辨汉师章句之体，三论句读之分有系于音节与系于文义之异，四陈辨句简捷之术，五略论古书文句异例，六论安章之总术，七论句中字数，八论句末用韵，九词言通释。①

与刘勰"章句"即分章造句的解释不同，黄侃认为广义的章句包括句读，因而大加发挥，从学术史的角度辩护章句的意义，大谈章句划分的方法原则，并节录顾炎武、王念孙、俞樾等人对古书文句异例的研究。事实上，这几项内容刘勰都未曾论及，黄侃所论的九方面问题中只有第一、六、七、八、九项是基于刘勰《章句》篇原文的。在这几项中，黄侃较为深入地探讨了"六论安章之总术"，但他是将《章句》篇与《熔裁》及《附会》篇相结合来解析的，因而有待于将这三篇的札记并观。②

对《练字》篇，黄侃亦脱离刘勰原文，而就"练字"问题自陈己见。但可贵的一点是，黄侃对《练字》篇主旨理解得十分准确。《练字》篇易使人望文生义，误解为是讲锻句炼字的，范文澜在注《练字》篇时即云："好句必须要好字，名篇佳什，读之快心，不知作者几经锻炼，得之匪易。《神思篇》云'捶字坚而难移'，欲字之坚，大抵不惮多改，或庶乎近之。"③范氏以为"练字"是要求作者锻句炼字，使文章"捶字坚而难移"，以达到"好句好字""读之快心"的程度，显然，这是将"练字"理解成修辞上的用字精警了。但从《练字》篇的实际来看，并没有让人锻句炼字、推敲用字之精的意思。黄侃以为所谓"练字"是指"求字之不妄"④，即从小学角度讲的用字之准确，这才符合刘勰的本意。

另外，黄侃也基于其经学功底，对《比兴》篇有精到的见解，这集中表现在黄侃对刘勰论比兴之分的注释上。刘勰在《比兴》篇中论比兴之

---

① 黄侃：《文心雕龙札记》，第 125 页。
② 详见本书本章第五节"黄侃研究《文心雕龙》的方法"中"重视篇章联系的整体研究法"一段。
③ 范文澜：《文心雕龙注》，第 627 页。
④ 黄侃：《文心雕龙札记》，第 186 页。

分曰：

> 故比者，附也；兴者，起也。附理者切类以指事，起情者依微以
> 拟议。起情故兴体以立，附理故比例以生。比则畜愤以斥言，兴则环
> 譬以托讽。盖随时之义不一，故诗人之志有二也。

黄侃对此段有一条较长的注解，云：

> 《周礼·大师》先郑注曰：比者，比方于物也。《诗》孔《疏》
> 引而释之曰：诸言如者，皆比辞也。兴者，托事于物也。孔《疏》
> 曰：兴者起也，取譬引类，起发己心，诗文诸举草木鸟兽以见意者，
> 皆兴辞也。后郑注曰：比，见今之失，不敢斥言，取比类以言之。
> 兴，见今之美，嫌于媚谀，取善事以喻劝之。成伯玙《毛诗指》说：
> 物类相从，善恶殊态，以恶类恶，谓之为比，《墙有茨》比方是子者
> 也；以美喻美，谓之为兴，叹咏尽致，善之深也。听关雎声和，知后
> 妃能谐和众妾；在河洲之阔远，喻门闱之幽深；鸳鸯于飞，陈万化得
> 所，此之类也。案后郑以善恶分比兴，不如先郑注谊之确。且墙茨之
> 言，《毛传》亦目为兴，焉见以恶类恶，即为比乎。至钟记室云：文
> 已尽而意有余，兴也；因物喻志，比也。其解比兴，又与诂训乖殊。
> 彦和辨比兴之分，最为明晰。一曰起情与附理，二曰斥言与环譬，介
> 画憭然，妙得先郑之意矣。①

首先要说明黄侃此段有二处值得商榷。一是黄侃认为郑玄是"以善恶分比
兴"，但事实上郑玄所言"比，见今之失，不敢斥言，取比类以言之。兴，
见今之美，嫌于媚谀，取善事以喻劝之"，乃是互文见义。郑玄是从比兴
的政教功用着眼，强调比兴的美刺之用。二是黄侃认为钟嵘"解比兴又与
诂训乖殊"，但其实钟嵘仍是沿着儒家传统诗学对兴的解释，也就是说，
郑众、郑玄、钟嵘其实都坚持的是汉儒的比兴观。黄侃认为刘勰辨比兴之
分"一曰起情与附理，二曰斥言与环譬"，正是"妙得先郑之意矣"。黄
侃此言道出了刘勰的比兴观与汉儒比兴观的一脉相承，这一点是颇有识见
的。但是也应看到，刘勰在汉儒比兴观的基础上，对比兴的认识又有新的
突破，如认为兴是"起情"，就已经超越了郑众"比者，比方于物也。兴

---

① 黄侃：《文心雕龙札记》，第 170 页。

者，托事于物也"的认识，而这是黄侃未曾提及的。

（三）黄侃对创作论其余篇章的理论研究

除去创作论前七篇及阅声字部分，创作论尚有《隐秀》《指瑕》《养气》《附会》及《总术》五篇。其中，黄侃将《附会》篇与《熔裁》及《章句》联系解析，而将《养气》篇看成是补《神思》篇之未备，有待于将几篇札记合而观之。今重点评述黄侃对《隐秀》《指瑕》《总术》等篇的研究。

黄侃在《隐秀》篇札记中上承纪昀，对《隐秀》补文进行了辨伪。《四库全书总目提要》卷 195《文心雕龙》提要特别提到了《隐秀》篇补文真伪问题的由来：

> 是书自至正乙未刻于嘉禾，至明弘治、嘉靖、万历间，凡经五刻，其《隐秀》一篇皆有阙文。明末，常熟钱允治称得阮华山椠本，抄补四百余字，然其书晚出，别无显证，其词亦颇不类。①

根据《四库总目》的介绍，可知《文心雕龙》明清时期的刻本中《隐秀》篇皆有阙文，直至明末，钱允治从阮华山处得宋椠本，抄补了四百余字，才补全了《隐秀》篇。这抄补的四百余字为：

> 始正而末奇，内明而外润，使玩之者无穷，味之者不厌矣。彼波起辞间，是谓之秀。纤手丽音，宛乎逸态，若远山之浮烟霭，变女之靓容华。然烟霭天成，不劳于妆点；容华格定，无待于裁熔。深浅而各奇，秾纤而俱妙，若挥之则有余，而揽之则不足矣。
>
> 夫立意之士，务欲造奇，每驰心于玄默之表；工辞之人，必欲臻美，恒溺思于佳丽之乡。呕心吐胆，不足语穷；锻岁炼年，奚能喻苦？故能藏颖词间，昏迷于庸目；露锋文外，惊绝乎妙心。使酝藉者蓄隐而意愉，英锐者抱秀而心悦。譬诸裁云制霞，不让乎天工；斫卉刻葩，有同乎神匠矣。若篇中乏隐，等宿儒之无学，或一叩而语穷；句间鲜秀，如巨室之少珍，若百诘而色沮：斯并不足于才思，而亦有愧于文辞矣。
>
> 将欲征隐，聊可指篇：《古诗》之《离别》，乐府之《长城》，词怨旨深，而复兼乎比兴。陈思之《黄雀》，公幹之《青松》，格刚才

---

① （清）永瑢等：《四库全书总目》卷 195，第 1779 页。

劲，而并长于讽谕。叔夜之《赠行》，嗣宗之《咏怀》，境玄思澹，而独得乎优闲。士衡之疏放，彭泽之豪逸，心密语澄，而俱适乎壮采。

　　如欲辨秀，亦惟摘句："常恐秋节至，凉飙夺炎热"，意凄而词婉，此匹妇之无聊也。"临河濯长缨，念子怅悠悠"，志高而言壮，此丈夫之不遂也。"东西安所之，徘徊以旁皇"，心孤而情惧，此闺房之悲极也。

但是这抄补的四百余字是否是《隐秀》原文，成为后世学者争讼不已的公案。

　　最早提出抄补部分为伪的是纪昀，上述《四库总目》的观点可能即出自纪昀，而他在评点《隐秀》篇时，提出了更为具体的辨伪例证，其云：

　　　　癸巳（1773）三月，以《永乐大典》所收旧本校勘，凡阮本所补悉无之，然后知其真出伪撰。此一页词殊不类，究属可疑。"呕心吐胆"，似摭玉溪《李贺小传》"呕出心肝"语，"锻岁炼年"，似摭《六一诗话》周朴"月锻季炼"语，称渊明为彭泽，乃唐人语，六朝但有征士之称，不称其官也。称班姬为匹妇，亦摭钟嵘《诗品》语。此书成于齐代，不应述梁代之说也。且《隐秀》三段，皆论诗而不论文，亦非此书之体，似乎明人伪讬，不如从元本缺之。[①]

纪氏辨伪的理由有三：第一，《永乐大典》旧本未载抄补的四百余字；第二，"呕心吐胆""锻岁炼年""称渊明为彭泽"及"称班姬为匹妇"等为后世用语；第三，补文论诗而不论文，与全书体例不符。

　　黄侃在《文心雕龙·隐秀》篇札记中说：

　　　　自"始正而末奇"，至"朔风动秋草""朔"字，纪氏以《永乐大典》校之，明为伪撰，然于"波起辞间"一节，复云纯任自然，彦和之宗旨，即千古之定论，是伪为伪书所绐也。[②]

可见，黄侃是接受并认同纪昀之辨伪的，并且，他又在纪昀的基础上，增加了几条至关重要的辨伪理由：

---

　　①　黄霖：《文心雕龙汇评》，第 134 页。
　　②　黄侃：《文心雕龙札记》，第 191 页。

详此补亡之文，出辞肤浅，无所甄明，且原文明云："思合自逢，非由研虑"，即补亡者，亦知"不劳妆点，无待裁熔"，乃中篇忽羼入驰心、溺思、呕心、煅岁诸语，此之矛盾，令人笑诧，岂以彦和而至于斯？

至如用字之庸杂，举证之阔疏，又不足诮也。

案此纸亡于元时，则宋时尚得见之，惜少征引者。惟张戒《岁寒堂诗话》引刘勰云："情在词外曰隐，状溢目前曰秀。"此真《隐秀》篇之文。今本既云出于宋椠，何以遗此二言？然则赝迹至斯愈显，不待考索文理而亦知之矣。[①]

黄侃在此对补文提出了三点质疑：第一，"出辞肤浅"，特别是中篇"驰心、溺思、呕心、煅岁诸语"与全篇标举的自然之旨相矛盾；第二，用字庸杂，举证阔疏；第三，未载宋张戒《岁寒堂诗话》所引《隐秀》篇："情在词外曰隐，状溢目前曰秀"二语。

但是黄侃的辨伪理由遭到了坚持《隐秀》补文为真的周汝昌、詹锳的反对。对于黄侃提出的第一项，周汝昌认为"其实，只要平心静气地读读补文，可以看出他是说，隐秀应为立意之士、工辞之人所刻苦以求之事，而此人工，可侔天巧。这正是彦和的理论主张的一贯性"[②]。认为刻苦研练与自然之旨并不矛盾，刘勰正是要求作家通过锤炼以达到自然的境界。黄侃提出的第三项，周汝昌认为张戒在《岁寒堂诗话》里"情在词外曰隐，状溢目前曰秀"不是援引的《文心雕龙》原文，而是根据《隐秀》篇字句意旨，加以提炼加工后的引用，所以不见于补文中。可以说，目前为止，对《隐秀》篇补文的证真证伪都只停留于一种推测，要想彻底解决这一疑问，还有待于发现更为可靠的版本依据。

《指瑕》篇的理论较为简明，主要论述写作上应注意避免的种种毛病。黄侃将此篇所指之瑕，归纳为六类："一，文义失当之瑕；二，比拟不类之瑕；三，字义依稀之瑕；四，语音犯忌之瑕；五，掠人美辞之瑕；六，注解谬误之瑕。"[③] 这一总结是清晰准确的。

《总术》作为创作论的最后一篇，本身的理论含量有限，主要是起到

① 黄侃：《文心雕龙札记》，第 191 页。

② 周汝昌：《〈文心雕龙·隐秀〉篇旧疑新议》，载《神州自有连城璧：中华美学特色论丛八目》，山东画报出版社 2005 年版，第 121 页。

③ 黄侃：《文心雕龙札记》，第 195 页。

总结和重申作用，强调掌握创作方法的重要性。对这一主旨，黄侃认识得非常清楚，他说：

> 此篇乃总会《神思》以至《附会》之旨，而丁宁郑重以言之，非别有所谓总术也。篇末曰：文体多术，共相弥纶，一物携贰，莫不解体，所以列在一篇，备总情变。然则彦和之撰斯文，意在提挈纲维，指陈枢要明矣。自篇首至知言之选句，乃言文体众多。自此以下，则明文体虽多，皆宜研术，即以证圆鉴区域、大判条例之不可轻。①

指明《总术》是对《神思》以至《附会》十八篇创作论的总结，起"提挈纲维，指陈枢要"的作用。接下来，黄侃又"取全文而为之销解"，沿着刘勰的思路，以自己的语言，重申了掌握创作方法的重要性。

二　黄侃对《文心雕龙》枢纽论、文体论的理论研究

黄侃《文心雕龙札记》共三十一篇，除《神思》到《总术》共十九篇创作论之外，黄侃还研究了《原道》到《辨骚》五篇枢纽论；《明诗》《乐府》《诠赋》《颂赞》《议对》和《书记》六篇文体论；加之《序志》一篇。对这几部分黄侃亦不乏精彩之见。

（一）黄侃对《文心雕龙》枢纽论的理论研究

《原道》是枢纽论的首篇，也是整部《文心雕龙》的开篇，牟世金先生曾说："若不知'原道'之'道'为何物，便无'龙学'可言。"② 这个最重要的问题同时也最富争议，争论的焦点在于刘勰所原之"道"的思想渊源到底是儒家、道家还是佛家？最早对这一问题提出比较有影响看法的是纪昀，他将刘勰的"原道"与儒家"文以载道"说相附会，他在评《原道》篇题时说："文以载道，明其当然；文原于道，明其本然，识其本乃不逐其末，首揭文体之尊，所以截断众流。"③在评"道沿圣以垂文，圣因文而明道"一段时，明确指出："此即载道之说。"④纪氏附会载道说，有其必然的原因，根源于其作为封建王朝文学侍从的立场，从而认定刘勰所原之道就是维护封建社会的儒家孔孟之道。

黄侃对纪昀这种以封建卫道者身份强解《文心雕龙》的思路非常反

---

① 黄侃：《文心雕龙札记》，第203页。
② 牟世金：《〈文心雕龙〉研究的回顾与展望》，《文心雕龙学刊》第二辑，第44页。
③ 黄叔琳：《文心雕龙辑注》，第23页。
④ 同上书，第26页。

感，他在解析《原道》篇时，坚持从原文出发，指出刘勰之原道并非"文以载道"，他说：

> 《序志》篇云：《文心》之作也，本乎道。案彦和之意，以为文章本由自然生，故篇中数言自然，一则曰：心生而言立，言立而文明，自然之道也。再则曰：夫岂外饰，盖自然耳。三则曰：谁其尸之，亦神理而已。寻绎其旨，甚为平易。盖人有思心，即有言语，既有言语，即有文章，言语以表思心，文章以代言语，惟圣人为能尽文之妙，所谓道者，如此而已。此与后世言文以载道者截然不同。①

黄侃认为从《原道》篇原文看，刘勰表明的意旨是"文章本由自然生"，所以篇中数言自然，刘勰并没有后世"文以载道"的观点。

那么，刘勰所原之道到底是儒、道、佛哪一家呢？黄侃在澄清了刘勰并非"文以载道"之后，着力探讨了刘勰道的思想渊源。他援引并分析了《淮南子·原道》篇、《韩非子·解老》篇和《庄子·天下》篇中有关"道"的学说，指出这是刘勰论道的渊源之所在：

> 详淮南王书有《原道》篇，高诱注曰：原，本也。本道根真，包裹天地，以历万物，故曰原道，用以题篇。此则道者，犹佛说之"如"，其运无乎不在，万物之情，人伦之传，孰非道之所寄乎？《韩非子·解老》篇曰：道者，万物之所然也，万理之所稽也。理者，成物之文也；道者，万物之所以成也。道，公相。理，私相。故曰：道，理之者也。物有理，不可以相薄。物有理不可以相薄，故理之为物之制。万物各异理，而道尽稽万物之理，故不得不化。不得不化，故无常操。无常操，是以死生气禀焉，万智斟酌焉，万事废兴焉。《庄子·天下》篇曰："古之所谓道术者果恶乎在？曰：无乎不在。"案庄、韩之言道，犹言万物之所由然。文章之成，亦由自然，故韩子又言圣人得之以成文章。韩子之言，正彦和所祖也。道者，玄名也，非著名也，玄名故通于万理。而庄子且言道在矢溺。②

黄侃认为《淮南子·原道》篇、《韩非子·解老》篇和《庄子·天下》篇

---

① 黄侃：《文心雕龙札记》，第3页。
② 同上。

都是认为"道"的范围至广，"无乎不在"，特别是《韩非子·解老》说得最为明白，认为道是"万物之所然"，即万物生成的根源与规律。黄侃认为"韩子之言，正彦和所祖也"。表面上看，黄侃似乎将刘勰之道溯源到老庄道家，但实际上，从他所援引的经典原文及说明来看，黄侃是强调一种无所不包、不专属于哪家的道才是刘勰道的思想渊源。黄侃在解释"道沿圣以垂文，圣因文而明道"时说得更明确：

> 物理无穷，非言不显，非文不传，故所传之道，即万物之情，人伦之传，无小无大，靡不并包。纪氏又傅会载道之言，殊为未谛。①

黄侃说明了刘勰所原之道，不分儒、道、佛，而是"万物之情，人伦之传，无小无大，靡不并包"。

关于《征圣》篇，纪昀有一个很有代表性的评语，认为"此篇却是装点门面，推到究极仍是宗经"②。黄侃不同意纪昀的观点，其云：

> 此篇所谓宗师仲尼以重其言。纪氏谓为装点门面，不悟宣尼赞《易》、序《诗》、制作《春秋》，所以继往开来，唯文是赖。后之人将欲隆文术于既颓，简群言而取正，微孔子复安归乎？③

指出刘勰设置此篇的目的是"宗师仲尼以重其言"，特别是孔子之名乃"隆文术于既颓，简群言而取正"的利器，刘勰正可借重孔子之名来纠正宋齐以来的文风讹滥，这一思路是值得进一步深入探究的。

并且黄侃拈出了刘勰在《征圣》篇最重要的观点，即"衔华佩实"，他指出"此彦和《征圣》篇之本意"，并特别指出刘勰所谓的"衔华佩实"，华辞兼言，与孔子的"文质彬彬"一样是合于中道，强调文质并重的：

> 文章本之圣哲，而后世专尚华辞，则离本浸远，故彦和必以华实兼言。孔子曰：质胜文则野，文胜质则史，文质彬彬，然后君子。包咸注曰：野如野人，言鄙略也。史者，文多而质少；彬彬者，文质相

---

① 黄侃：《文心雕龙札记》，第9页。
② 黄叔琳：《文心雕龙辑注》，第29页。
③ 黄侃：《文心雕龙札记》，第10页。

半之貌。审是，则文多者固孔子所讥，鄙略更非圣人所许，奈之何后人欲去华辞而专崇朴陋哉？如舍人者，可谓得尚于中行者矣。①

在《宗经》篇的札记中，黄侃着重探讨了刘勰论文为什么要宗经的问题，他总结"文宜宗经"的原因有：

> 《汉书·儒林传序》：夫六艺所载，政教学艺耳，文章之用，隆之至于能载政教学艺而止。挹其流者，必掸其原，揽其末者，必循其柢。此为文之宜宗经一矣。经体广大，无所不包，其论政治典章，则后世史籍之所从出也；其论学术名理，则后世九流之所从出也；其言技艺度数，则后世术数方技之所从出也。不睹六艺，则无以见古人之全，而识其离合之理。此为文之宜宗经二矣。杂文之类，名称繁穰，循名责实，则皆可得之于古。彦和此篇所列，无过举其大端。纪氏谓强为分析，非是。若夫九能之见于《毛诗》，六辞之见于《周礼》，尤其渊源明白者也。此为文之宜宗经三矣。文以字成，则训故为要；文以义立，则体例居先，此二者又莫备于经，莫精于经。欲得师资，舍经何适？此为文之宜宗经四矣。谨推刘旨，举此四端，至于经训之博厚高明，盖非区区短言所能扬榷也。②

黄侃认为文之宜宗经有四层原因：其一，文章之最大作用在于载政教学艺，而追溯政教学艺之本都在六艺的记载中；其二，经书是后世子、史等各部书籍的源头；其三，各种文体皆源于经；其四，经书可为文章创作中字词之训故及立义之体例提供楷式。从黄侃所总结的宗经四因看，他显然是站在经学家的角度，来看待宗经问题的。如推崇经书是后世子、史等各部书籍的源头，从经书中可以识学术之离合；又强调经书中的字词训故及立义体例；最后还盛赞"经训之博厚高明，盖非区区短言所能扬榷也"，都明显打上了经学家的色彩。

但实际上，从《文心雕龙·宗经》篇的原文来看，刘勰并不是从思想内容上宗经，而是从文章创作的角度，认为经书"极文章之骨髓"，应学习经书在文辞写作上的优长。黄侃所推的四点"刘旨"，只有第三项是符合《宗经》篇，其他几项都是《宗经》篇没有涉及的。

---

① 黄侃：《文心雕龙札记》，第12页。
② 同上书，第13页。

黄侃对《正纬》《辨骚》两篇较少理论上的发覆。其《正纬》篇解题考证了纬学的来源发展，可贵的是揭示了刘勰《正纬》篇创作的背景："刘氏生于齐世，其时纬学犹未尽衰，故不可无以正其失。"并赞扬刘勰对纬学的批判得力："所献四净，泂为剀明。"①《辨骚》篇的解题中，黄侃考证了楚辞这一文体的来源与发展，其中他对"骚"体（即楚辞体）是否属于单独一种文体有较为中肯的意见：

> 自彦和论文，别骚于赋，盖欲以尊屈子，使《离骚》上继《诗经》，非谓骚赋有二。观《诠赋》篇云：灵均唱骚，始广声貌。是仍以《离骚》为赋矣。②

黄侃认为刘勰单立《辨骚》篇是"欲以尊屈子，使《离骚》上继《诗经》"，并没有将骚、赋分成两种文体的意思，从《诠赋》篇的论述来看，刘勰还是将《离骚》归于赋体的。这可以说是对那些将《辨骚》篇视为文体论第一篇者的有力驳斥。

（二）黄侃对《文心雕龙》文体论的理论研究

黄侃有关《文心雕龙》文体论部分的札记仅限《明诗》《乐府》《颂赞》《议对》《书记》五篇。黄侃曾在《神思》篇札记中表示，其根据《文心雕龙》上下两篇不同的特点，运用不同的研究方法。下篇创作论"为提挈纲维之言"，因而黄侃"不避骈枝，为之销解"③，侧重于理论研究；而上篇文体论"为辨章众体之论"，因而黄侃表示"诠解上篇，惟在探明征证，权举规绳而已"④，即以探明文体论各篇所征引的作家作品、总结各种文体的写作要点为研究重点，理论研究相对较少。但在这五篇札记之外，黄侃却于《宗经》篇及《总术》篇札记中，论及了刘勰文体论的几个十分重要的问题。

第一，黄侃在解析《宗经》篇刘勰将各种文体的源头上溯到五经时，深入探寻了其内在标准，他认为：

> "论、说、辞、序，则《易》统其首"。谓《系辞》《说卦》《序卦》诸篇为此数体之原也寻其实质，则此类皆论理之文。

---

① 黄侃：《文心雕龙札记》，第18页。
② 同上书，第21页。
③ 同上书，第91页。
④ 同上。

　　"诏、策、章、奏，则《书》发其源"。谓《书》之记言，非上告下，则下告上也。寻其实质，此类皆论事之文。

　　"赋、颂、歌、赞，则《诗》立其本"。谓《诗》为韵文之总汇，寻其实质，此类皆敷情之文。

　　"铭、诔、箴、祝，则《礼》总其端"。此亦韵文，但以行礼所用，故属《礼》。

　　"纪、传、移①、檄，则《春秋》为根"。纪传乃纪事之文，移檄亦论事之文耳。②

黄侃通过细心的体会，指出刘勰主要是按照文章的内容是论理、论事、敷情、行礼所用，还是纪事来分类宗经的。不过正如黄侃所说"彦和此篇所列，无过举其大端"，这只是一个不太严格的大概标准，像"纪、传、移③、檄，则《春秋》为根"这一类，黄侃就指出"纪传乃纪事之文，移檄亦论事之文耳"。

　　刘勰在枢纽论中将各种文体溯源五经，这对其整个文体论来说都是具有指导作用的。在具体论述每种文体时，刘勰也将其源头乃至创作体要追源到五经上。因此，探寻刘勰将各种文体溯源五经的内在标准是很有必要的。黄侃可以说是最早对刘勰将各种文体溯源五经之内在标准进行研究的学者，他的解释也具有很大的合理成分。

　　第二，黄侃探讨了刘勰的文笔观。"文笔之辨"是齐梁时期一个重要的理论焦点问题。刘勰在《序志》篇表明其文体论就是以"论文叙笔"为顺序，但在《总术》篇中，刘勰又明确批评颜延之提出的"言""笔"之分，对近代以来的文笔之分似乎也不以为然，那么，刘勰到底对齐梁的"文笔之辨"持何态度？他是持怎样的文笔观呢？这些都是刘勰文体论中较为重要的问题。刘勰在《总术》篇开篇即探讨了文笔之分问题，云：

　　　　今之常言，有"文"有"笔"，以为无韵者"笔"也，有韵者"文"也。夫文以足言，理兼《诗》《书》，别目两名，自近代耳。颜延年以为："笔之为体，言之文也；经典则言而非笔，传记则笔而非言。"请夺彼矛，还攻其盾矣。何者？《易》之《文言》，岂非言文？

---

①　通行本黄叔琳《文心雕龙辑注》作"铭"，黄侃校为"移"。
②　黄侃：《文心雕龙札记》，第14—15页。
③　通行本黄叔琳《文心雕龙辑注》作"铭"，黄侃校为"移"。

若笔为言文，不得云经典非笔矣。将以立论，未见其论立也。予以为：发口为言，属翰曰笔，常道曰经，述经曰传。经传之体，出言入笔，笔为言使，可强可弱。《六经》以典奥为不刊，非以言笔为优劣也。昔陆氏《文赋》，号为曲尽，然泛论纤悉，而实体未该。故知九变之贯匪穷，知言之选难备矣。

黄侃在《札记》中对此段进行了集中而细致的辨析：

此一节为一意，论文笔之分。案彦和云：文笔别目两名自近代。而其区叙众体，亦从俗而分文笔，故自《明诗》以至《谐隐》，皆文之属；自《史传》以至《书记》，皆笔之属。《杂文》篇末曰：汉来杂文，名号多品；《书记》篇末曰：笔札杂名，古今多品。详杂文名目猥繁，而彦和分属二篇，且一曰杂文，一曰笔札，是其论文叙笔，囿别区分，疆畛昭然，非率为判析也。《谐隐》篇曰：文辞之有谐隐，譬九流之有小说。是彦和之意，以谐隐为文，故列《史传》前。

书中多以文笔对言，惟《事类》篇曰"事美而制于刀笔"，为通目文翰之辞。《镕裁》篇"草创鸿笔，先标三准"，为兼言文笔之辞。《颂赞》篇"相如属笔，始赞荆轲"，为以笔目文之辞。盖散言有别，通言则文可兼笔，笔亦可兼文。刘先生云：笔不该文，未谛。审彼三文，弃局就通尔。

然彦和虽分文笔，而二者并重，未尝以笔非文而遂屏弃之，故其书广收众体，而讥陆氏之未该。且其驳颜延之曰：不以言笔为优劣。亦可知不以文笔为优劣也。其他并重文笔之辞，曰："文场笔苑，有术有门。"本篇赞。曰："文藻条流，托在笔札。"《书记》篇赞。曰："藻耀而高翔，固文笔之鸣凤也。"《风骨》篇。曰："裁章贵于顺序，文笔之同致也。"《章句》篇。斯皆论文与论笔相联，曷尝屏笔于文外哉？案《文心》之书，兼赅众制，明其体裁，上下洽通，古今兼照，既不从范晔之说，以有韵无韵分难易，亦不如梁元帝之说，以有情采声律与否分工拙，斯所以为笼圈条贯之书。①

黄侃主要指出了三点：第一，刘勰在论文体时，从俗而分文笔。按照有韵为文，无韵为笔的"常言"，《文心雕龙》自《明诗》以至《谐隐》，皆文

---

① 黄侃：《文心雕龙札记》，第204页。

之属；自《史传》以至《书记》，皆笔之属。① 第二，在《文心雕龙》中，文笔散言有别，通言则文可兼笔，笔亦可兼文。第三，刘勰文笔并重。刘勰虽分文笔，而将二者并重，既"未尝以笔非文而遂屏弃之"，亦"不以文笔为优劣"。虽然刘勰从俗而分文笔，但其重一切文章之美的观念，使其超越了文笔之分。从上引黄侃的论述中可以看出，他是根据原文，并经过深入思考得出的这些结论，应该说是切实可信的，他是较早对刘勰文笔观作出如此清晰准确之阐释的学者。

第三，黄侃结合《颂赞》篇对文体论"原始以表末，释名以章义，选文以定篇，敷理以举统"四项体例予以示例。刘勰在《序志》篇自述："若乃论文叙笔，则囿别区分：原始以表末，释名以章义，选文以定篇，敷理以举统。"指明了其文体论的四项体例。黄侃对此加以详尽的解释，他指出这四项体例"谓《明诗》篇以下至《书记》篇每篇叙述之次第"②。并且，还举《颂赞》篇来加以示例：

> 自"昔帝喾之世"起，至"相继于时矣"止，此原始以表末也。"颂者，容也"二句，释名以章义也。若"夫子云之表充国"以下，此选文以定篇也。"原夫颂惟典雅"以下，此敷理以举统也。③

黄侃首次举具体篇章为实例，对文体论的体例加以明确的说明。

第五节 《文心雕龙》研究方法探索者

黄侃不仅在研究角度上实现了由传统校注向理论研究的转变，从而令学术界对《文心》的研究作出"革命性之调整"，同样可贵的是，黄侃在《文心雕龙札记》中运用了一些切实可行的研究方法，为后世学者积累了经验。

---

① 但黄侃在《颂赞》篇札记中说："彦和分序文体，自《明诗》以下凡二十篇，韵文之属十又一，'明诗'尽'谐隐'加以'封禅'一首是也。"将"封禅"也归入文类，与此处之说前后矛盾。
② 黄侃：《文心雕龙札记》，第215页。
③ 同上。

一　忠实原文的理论研究法

黄侃以对《文心雕龙》的理论研究著称于世，需要注意的是，其理论研究有自己的特色，即基于原文概括义理。众所周知，黄侃是一位讲求考据的朴学家，他在解析《文心雕龙》理论时，打上了朴学家的印记，都是立足于原文，以还原刘勰本旨为理论目标，与空言义理者迥异。

如黄侃在解析《原道》篇时，坚持从原文出发，征举篇中数言自然处，表明刘勰意旨是"文章本由自然生"①；其对风骨内涵的探讨也是建立在对《风骨》篇中所有带有风骨字句的条分缕析上；在解析《定势》篇时，也是立足于原文，从篇题分析到赞词，仔细审思了每一段落乃至每一字词的含义；论刘勰文笔观时，也枚举书中以文笔对言之处；凡此种种，不一而足，充分证明黄侃对《文心雕龙》的理论研究是忠实于原文，力图还原刘勰本旨的。

身为讲求考证的朴学家，黄侃在《文心雕龙札记》中还以小学训诂来佐证其理论研究。如上文所述黄侃在《定势》篇札记中就引证了《考工记》《说文》《上林赋》《尚书》及《左传》等对"势"字的训诂，从而解决了有关文势问题的争议，显示了刘勰文势观的优长，切实地做到了训诂为义理服务。

二　联系具体作品的实证法

黄侃向来注重理论与作品的结合，在《文心雕龙札记》中也特别重视联系具体作品来证实刘勰的理论，这鲜明地体现在他将《文心雕龙》与《文选》并读上。《文心雕龙》是六朝时期的文论巨典，《文选》是六朝编选的文学总集，二书一重理论，一重作品，正是"笙磬同音"②，不可分离。黄侃在研究过程中，正是将两书紧密结合。他在《文心雕龙札记》中屡屡征引《文选》，如将《文心·诠赋》篇对赋体的分类与《文选》的赋体小类作比较；将《文心》对作家作品的批评与《选》文相互印证；在阐释刘勰《体性》篇"八体"时列举《文选》篇章，等等，目的都是以具体可感的作品来证实刘勰的理论。

不仅征引《文选》，黄侃还广泛引证与《文心雕龙》相关的各种文学作品。这集中体现在他在文体论部分札记中征引了大量具体作品上。《文

① 黄侃：《文心雕龙札记》，第3页。
② 黄侃：《文选平点》，第4页。

心雕龙》基于作品立论，特别是文体论，刘勰"选文以定篇"论及了大量的文学作品，黄侃意识到这一点，他认为要想更深入地理解《文心雕龙》文体论，就有必要将刘勰所选论的作品都征引出来。基于这种考虑，征录作品成了《札记》的一项体例，黄侃在《札记·题辞及略例》中特别表明了其征录作品的体例及标准。根据黄氏自叙，其引录标准是很宽泛的，凡是与《文心雕龙》相关的文学作品，不管是否被《文心雕龙》提及都予收录。《札记》仅涉及《明诗》《乐府》《诠赋》《议对》《书记》等五篇文体论，但征引文学作品的数量就已达到二十余篇，对其他未征引的作品，黄侃也都标明了存佚出处。

　　在研究《文心雕龙》创作论部分的理论时，黄侃也注意联系具体作品，来加深对刘勰理论的深入认识。如黄侃论《情采》篇时，认识到刘勰《情采》篇中宣扬"为情而造文"，"所讥独在采溢于情"[1]，这是刘勰为纠正齐梁文风缛丽之弊，而不得不矫枉过正。为了能更好地理解刘勰的良苦用心，黄侃结合了南朝的具体文学实际，他指出：

　　　　然自义熙以来，力变过江玄虚冲淡之习而振以文藻，其波流所荡，下至陈隋，言既隐于荣华，则其弊复与浅露朴陋相等，舍人所讥，重于此而轻于彼，抑有由也。

　　　　综览南国之文，其文质相剂，情韵相兼者，盖居泰半，而芜辞滥体，足以召后来之谤议者，亦有三焉：一曰繁，二曰浮，三曰晦。繁者，多征事类，意在铺张；浮者，缘文生情，不关实义；晦者，窜易故训，文理迂回。此虽笃好文采者不能为讳。爱而知恶，理固宜尔也。[2]

通过黄侃对南朝文风讹滥之处的介绍，确实使我们更深刻地理解了《情采》"此篇旨归，即在挽尔日之颓风，令循其本"[3]。

　　又如《指瑕》篇中，刘勰指摘晋末以来在用字上存在"依希其旨"、含义模糊的弊病，云：

　　　　若夫立文之道，惟字与义：字以训正，义以理宣。而晋末篇章，

---

①　黄侃：《文心雕龙札记》，第109页。
②　同上。
③　同上。

依希其旨，始有"赏际奇至"之言，终无"抚叩酬即"之语；每单举
一字，指以为情。夫"赏"训锡赉，岂关心解；"抚"训执握，何预
情理；《雅》《颂》未闻，汉魏莫用；悬领似如可辩，课文了不成义。
斯实情讹之所变，文浇之致弊。而宋来才英，未之或改，旧染成俗，
非一朝也。

刘勰在此举了"赏际奇至""抚叩酬即"二例，为了加深对这种晋宋以来
"情讹之所变，文浇之致弊"的用字习惯的了解，黄侃在《札记》中特别
又举了大量晋代以来用字用词的实例：

案晋来用字有三弊：一曰造语依稀，如赏抚二字之外，戒严曰纂
严，送别曰瞻送，解识曰领悟，契合曰会心。至如品藻称誉之词，尤
为模略，如：嵇绍劲长，高坐渊箸；王微迈上，卞壶峰距；王恭亭亭
直上，王忱罗罗清疏，叩其实义，殊欠分明，而世俗相传，初不掸
究。二曰用字重复，容貌姿美，见于《魏书》，文艳博富，亦载《国
志》，此皆三字稠叠；两字复语，尤难悉数。三曰用典饰滥，呼征质
曰周郑，谓霍乱为博陆，言食则糊口，道钱则孔方，称兄则孔怀，论
婚则宴尔，求莫而用为求瘼，计偕而以为计阶，转相祖述，安施失
所，比喻乖方，斯亦彦和所云文浇之致弊也。①

在此段中，黄侃不仅举了在"赏抚二字"之外若干造语依稀的实例，还
举了用字重复及用典饰滥的例证，这就使我们对刘勰所云的"文浇之致
弊"有了具体切实的理解。

三　重视篇章联系的整体研究法

黄侃在《札记》中不仅逐一解析每篇之理论，还重视篇章间的联系，
将不同篇章结合并观，从而将刘勰的理论融会贯通。这种整体研究法典型
体现在：一是，将《熔裁》《章句》《附会》三篇合观；二是，将《神思》
与《养气》并读。

黄侃将《熔裁》第三十二、《章句》第三十四、《附会》第四十三合
观，认为此三篇共同论述了安章之术的问题。他在解析《章句》篇时云：
"舍人此篇，当与《熔裁》《附会》二篇合观，又证以《文赋》所言，则

---

① 　黄侃：《文心雕龙札记》，第 197 页。

于安章之术灼然无疑矣。"① 黄侃指出这三篇在内容上有紧密的关联:"统之,安章之术,以句必比叙,义必关联为归。命意于笔先,所以立其准。删修于成后,所以期其完。首尾周密,表里一体,盖安章之上选乎。"② 其中,《熔裁》篇是"命意于笔先,所以立其准",确立了安章的准则,《章句》揭示以"句必比叙,义必关联"为要点的安章之术,而《附会》是"删修于成后,所以期其完",即完成文章的最后修改。黄侃认为刘勰通过这三篇全面地介绍了安章之术。

《熔裁》篇,黄侃认为是"命意于笔先,所以立其准",确立了安章的准则:"然临文安章,每苦杌陧,操末续颠,势所不免,是故《熔裁》篇说安章要在定准,准则既定,奉以周旋,则首尾圆合,条贯统序,文成之后,与意合符,此则先定章法,后乃献替节文,亦安章之简术也。"③ 所谓安章准则是指刘勰在《熔裁》篇提出的"三准":

> 凡思绪初发,辞采苦杂,心非权衡,势必轻重。是以草创鸿笔,先标三准:履端于始,则设情以位体;举正于中,则酌事以取类;归馀于终,则撮辞以举要。然后舒华布实,献替节文,绳墨以外,美材既斫,故能首尾圆合,条贯统序。若术不素定,而委心逐辞,异端丛至,骈赘必多。

黄侃认为"三准""亦设言、命意、谋篇之事,有此经营",就是谋篇安章的准则。按照此"三准"来谋篇,就可以"总之意定而后敷辞,体具而后取势,则其文自有条理"。但是黄侃也进一步指出所谓"三准"并不是千篇一律的程式与准则,而是指一种谋篇安章所宜遵循的步骤:"舍人本意,非立一术以为定程,谓凡文必须循此所谓始中终之步骤也,不可执词以害意。舍人妙达文理,岂有自制一法,使古今之文必出于其道者哉?"④

《熔裁》确定了安章之准则后,就进入到具体的创作中,黄侃指出讨论具体安章之术的是《章句》篇的一段文字,具体如下所示。

> 句司数字,待相接以为用;章总一义,须意穷而成体。其控引情理,送迎际会,譬舞容回环,而有缀兆之位;歌声靡曼,而有抗坠之

---

① 黄侃:《文心雕龙札记》,第141页。
② 同上书,第142页。
③ 同上书,第141页。
④ 同上书,第111页。

节也。寻诗人拟喻，虽断章取义，然①章句在篇，如茧之抽绪，原始要终，体必鳞次。启行之辞，逆萌中篇之意；绝笔之言，追媵前句之旨；故能外文绮交，内义脉注，跗萼相衔，首尾一体。若辞失其朋，则羁旅而无友，事乖其次，则飘寓而不安。是以搜句忌于颠倒，裁章贵于顺序，斯固情趣之指归，文笔之同致也。②

黄侃对此进行归纳总结道：

此文所言安章之法，要于句必比叙，义必关联。句必比叙，则浮辞无所容；义必关联，则杂意不能羼。章者，合句而成，凡句必须成辞。集数字以成辞，字与字必相比叙也；集数句以成章，则句与句亦必相比叙也。字与字比叙，而一句之义明；句与句比叙，而一章之义明。知安章之理无殊乎造句，则章法无紊乱之虑矣。③

指出刘勰在《章句》篇所论的安章之法的要点在于："句必比叙，义必关联。"

遵循《熔裁》的安章准则、按照《章句》的安章之术而创作成篇后，还需要修改润色，黄侃认为指导最后修润之术的是《附会》篇：

循玩斯文，与《熔裁》《章句》二篇所说相备，然《熔裁》篇但言定术，至于术定以后，用何道以联属众辞，则未暇晰言也。《章句》篇致意安章，至于章安以还，用何理以斟量乖顺，亦未申说也。二篇各有首尾圆合、首尾一体之言，又有纲领昭畅、内义脉注之论，而总文理定首尾之术，必宜更有专篇以备言之，此《附会》篇所以作也。附会者，总命意修辞为一贯，而兼草创、讨论、修饰、润色之功绩者也。④

黄侃还进一步探讨了附会的重要性及其要点所在：

凡篇章立意，虽有专主，而枝分条别，赖众理以成文，操毫时既

---

① 此句据中华书局 2006 年版《文心雕龙札记》校补。
② 黄侃：《文心雕龙札记》，第 141 页。
③ 同上。
④ 同上书，第 200 页。

有牵缀之功，脱稿后复有补苴之事。文不加点，自古所稀，易句改章，文士常习，是以舍人复有《附会》之篇，以明修润之术，究其要义，亦曰总纲领、求统绪、识膝理、会节文而已。大抵文既成篇，更有增省，必须俯仰审视，细意弥缝，否则删者有断鹤之忧，补者有赘疣之诮，尺接寸附，为功至烦，故曰改章难于造篇，易字艰于代句，此已然之验也。①

他指出修改是文章创作中不可或缺的重要环节，并且难度有甚于创作，因此说《附会》篇是非常有意义的。而究《附会》篇要义，黄侃认为可以用"总纲领、求统绪、识膝理、会节文"来概括。

《熔裁》《章句》《附会》各具旨意，分别从不同角度论述了文章创作中几个不同方面的问题。但是黄侃通过运用整体研究法，将三篇结合并观，从而揭示了三篇间的联系，加深了对这三篇及整个刘勰创作论的理解，这样的研究是很有意义的。

另外，黄侃还将《养气》篇与《神思》篇合观，他在解《神思》篇"陶钧文思，贵在虚静"一句时，指出"此与《养气》篇参看"。在《养气》篇的题解中着重揭示了两篇的联系：

养气谓爱精自保，与《风骨》篇所云诸气字不同。此篇之作，所以补《神思》篇之未备，而求文思常利之术也。

《神思》篇曰："枢机方通，则物无隐貌，关键将塞，则神有遁心，是以陶钧文思，贵在虚静，疏瀹五藏，澡雪精神。"又云："秉心养术，无务苦虑，含章思契，不必劳情也。"《文赋》亦曰：应感之会，通塞之纪，来不可遏，去不可止，或竭情而多悔，或率意而寡尤，虽兹物之在我，非余力之所勠。以二君之言观之，则文思利钝，至无定准，虽有上材，不能自操张弛之术；但心神澄泰，易于会理，精气疲竭，难于用思；为文者欲令文思常赢，惟有弭节安怀，优游自适，虚心静气，则应物无烦，所谓明镜不疲于屡照也。

然心念既澄，亦有转不能构思者，士衡云："理翳翳而愈伏，思乙乙其若抽"，虽使闭聪塞明，一念若兴，仍复未静以前之状，故彦和云"意得则舒怀命笔，理伏则投笔卷怀"，亦惟听其自然，不复强

---

① 黄侃：《文心雕龙札记》，第142页。

思以自困，若云心虚静者，即能无滞于为文，则亦不定之说也。①

黄侃首先揭示所谓"养气"就是"爱精自保"的意思，此篇创作的目的，就是"补《神思》篇之未备，而求文思常利之术也"。黄侃进一步指出刘勰《神思》篇上承陆机《文赋》，暗含了一个如何解决文思通塞的问题。从二人之言观之，这是一个没有定准的问题，两人给出的答案也只是强调要"弭节安怀，优游自适，虚心静气"，但这也不能从根本上解决文思的通塞。黄侃认为只有像刘勰在《养气》中云："意得则舒怀命笔，理伏则投笔卷怀"，听其自然、不强思以自困，才是对文思通塞问题的正确态度。

黄侃将《养气》与《神思》篇并观对后世的影响很大，不少学者都沿袭他的思路，甚至将《养气》篇看作《神思》篇的附属，这就过分强调了两篇的联系，正如牟世金先生所指出的："文思的通塞，的确和作者精神的盛衰有关，但《神思》和《养气》两篇所论，也有其各不相同的旨意。"②

四　参照其他六朝文论的比较研究法

《文心雕龙》具有鲜明的集大成性，综合吸收了六朝时期的很多文论著作，对此，刘勰在《序志》篇特加说明："及其品列成文，有同乎旧谈者，非雷同也，势自不可异也。有异乎前论者，非苟异也，理自不可同也。同之与异，不屑古今；擘肌分理，唯务折衷。"这就决定了我们在研究《文心雕龙》时也要能参照其他六朝文论，这样才能更深刻地了解《文心雕龙》的理论渊源与创新。黄侃在《文心雕龙札记》中对此有充分的认识，他说刘勰"品列成文"一段"此义最要"，指出刘勰确实在辨别"同异是非"的基础上"多袭前人之论"，但是"同异是非，称心而论，本无成见，自少纷纭。故《文心》多袭前人之论，而不嫌其钞袭，未若世之君子必以己言为贵也"③，显然已经认识到了《文心雕龙》的集大成性。因而，在《札记》中黄侃较早地运用了比较研究的方法，将《文心雕龙》与其他六朝文论相对比，考察其相互之间的关系。

比如在《声律》篇札记中，黄侃就将刘勰《声律》篇与陆机《文赋》、钟嵘《诗品》及沈约的声律论等相比较。他指出刘勰声律论是"即

①　黄侃：《文心雕龙札记》，第 198 页。
②　陆侃如、牟世金：《文心雕龙译注》，第 501 页。
③　黄侃：《文心雕龙札记》，第 198 页。

沈休文《与陆厥书》而畅之";刘勰所谓"左碍而寻右"说又与陆机《文赋》"既音声之迭代,若五色之相宣"① 之说同;特别在对比了刘勰与钟嵘的声律论后,表示钟高于刘,排抑刘勰,而大赞钟嵘。

仅在一篇《声律》札记中黄侃就对比了三家文论,除此之外,在整部《札记》中黄侃拿来与《文心雕龙》作比较研究的六朝文论就更多了,而其中他认为对《文心雕龙》影响最多最深的两部六朝文论是挚虞的《文章流别论》和陆机的《文赋》,因而在《札记》中,特别注意考察《文心》与《文章流别论》和《文赋》的关系。

黄侃认为刘勰《文心雕龙》在不少地方吸收了挚虞的《文章流别论》,如《明诗》有"四言正体,五言流调"的说法,黄侃注曰:"挚虞《文章流别论》曰:雅音之韵,四言为正,其余虽备曲折之体,而非音之正也。"② 指出刘勰有关四言诗与五言诗地位的看法受到了挚虞影响。在《章句》篇中,刘勰在论韵文每句字数时,更不限于四言诗、五言诗,而是集中地论到了从二言诗到七言诗的起源问题,黄侃指出此段论述更是本之《文章流别论》:"若夫有韵之文,句中字数,则彦和此篇所说,大要本之挚虞。"③ 观刘勰所论如下:

> 至于诗、颂大体,以四言为正;唯"祈父""肇禋",以二言为句。寻二言肇于黄世,《竹弹》之谣是也;三言兴于虞时,《元首》之诗是也;四言广于夏年,《洛汭》之歌是也;五言见于周代,《行露》之章是也。六言、七言,杂出《诗》《骚》,而体之篇,成于两汉。情数运周,随时代用矣。

而挚虞的《文章流别论》是这样说的:

> 古之诗有三言,四言,五言,六言,七言,九言。古诗率以四言为体,而时有一句二句杂在四言之间。后世演之,遂以为篇。古诗之三言者,"振振鹭,鹭于飞"之属是也,汉郊庙歌多用之。五言者,"谁谓雀无角,何以穿我屋"之属是也,于俳谐倡乐多用之。六言者,"我姑酌彼金罍"之属是也,乐府亦用之。七言者,"交交黄鸟止于

---

① 黄侃:《文心雕龙札记》,第117页。
② 同上书,第29页。
③ 同上书,第143页。

桑"之属是也，于俳谐倡乐多用之。古诗之九言者，"泂酌彼行潦挹
彼注兹"之属是也，不入歌谣之章，故世希为之。夫诗虽以情志为
本，而以成声为节，然则雅音之韵，四言为正，其余虽备曲折之体，
而非音之正也。①

通过对比二人的论述可见，刘勰举的五言之始《行露》正是挚虞提到的
"谁谓雀无角"，刘勰说"六言、七言，杂出《诗》《骚》"，挚虞所举的诗
句正是《诗经》中的句子。特别是联系上述刘勰在《明诗》篇中已经继承
了挚虞"四言为正"的观点，则刘勰对挚虞这段各言诗体起源的论述确是
承继颇多，黄侃"此彦和说所本"②的判断应该说是正确的。
　　黄侃还将挚虞的赋论与《文心雕龙·诠赋》篇对读，"以虞所论为最
明畅综切，可以与舍人之说互证"③。他在《诠赋》篇札记中征引了现存
《文章流别论》关于赋的论述，其言曰：

　　赋者，敷陈之称也；古诗之流也。前世为赋者，有孙卿、屈原，
尚颇有古诗之义，至宋玉则多淫浮之病矣（黄侃注：谓《高唐》《神
女》《登徒子好色》）。《楚辞》之赋，赋之善者也。故扬子称赋莫深
于《离骚》。贾谊之作，则屈原俦也。
　　古之作诗者，发乎情，止乎礼义。情之发，因辞以形之；礼义之
旨，须事以明之，故有赋焉，所以假象尽辞，敷陈其志。
　　古诗之赋，以情义为主，以事类为佐；今之赋，以事形为本，以
义正为助。情义为主，则言省而文有例矣；事形为本，则言富而辞无
常矣。文之烦省，辞之险易，盖由于此。
　　夫假象过大，则与类相远；逸辞过壮，则与事相违；辩言过理，
则与义相失；丽靡过美，则与情相悖。此四过者，所以背大体而害政
教，是以司马迁割相如之浮说，扬雄疾辞人之赋丽以淫。④

在经过与《诠赋》对比之后，黄侃指出："观彦和此篇，亦以丽词雅义，
符采相胜，风归丽则，辞翦美稗为要，盖与仲治同其意旨。"⑤从上引挚虞

---

①　郭绍虞主编：《中国历代文论选》，上海古籍出版社 2001 年版，第 191 页。
②　黄侃：《文心雕龙札记》，第 143 页。
③　同上书，第 57 页。
④　同上。
⑤　同上书，第 58 页。

赋论,其在叙述"赋"的发展时,指斥其逐渐偏离本旨,趋于淫邪,而产生了"背大体而害政教"的"四过",《文心雕龙》所谓的"丽词雅义""风归丽则"确与挚虞意旨相同。

黄侃还指出"《颂赞》篇大意本之《文章流别》""仲治论颂,多为彦和所取"①,刘勰在辨析"颂"体时,确实全面吸收了《流别》的观点。《流别》云"颂者,美盛德之形容""其称功德者谓之颂""故颂之所美者,圣王之德也""古者圣帝明王,功成治定,而颂声兴"②,指出颂是称颂圣王功德的文体,并且"奏于宗庙,告于鬼神"③。《文心》沿用其说,称"颂者,容也。所以美盛德而述形容也","容告神明谓之颂"。《流别》继而选定"颂"体之代表作为:

> 昔班固为《丰安戴侯颂》,史岑为《出师颂》《和熹邓后颂》,与《鲁颂》体意相类,而文辞之异,古今之变也。扬雄《赵充国颂》,颂而似雅;傅毅《显宗颂》,文与《周颂》相似,而杂以《风》《雅》之意,若马融《广成》《上林》之属,纯为今赋之体,而谓之颂,失之远矣!④

列举并称赞了班固之《丰安戴侯颂》、史岑之《出师颂》《和熹邓后颂》和扬雄之《赵充国颂》为典范之作;对傅毅《显宗颂》,则略有贬抑;于马融的《广成颂》《上林颂》,更严厉指责:"纯为今赋之体,而谓之颂,失之远矣!"挚虞的品藻,基本上均为刘勰沿承,《颂赞》篇云:"若夫子云之表充国,孟坚之序戴侯,武仲之美显宗,史岑之述熹后,或拟《清庙》,或范《駉》《那》,虽浅深不同,详略各异,其褒德显容,典章一也。"所标举的篇目均与《流别》相同。而评"马融之《广成》《上林》,雅而似赋,何弄文而失质乎",不仅参考挚虞将《广成》《上林》归入颂体⑤,连评语也与之一致。

至于《文赋》与《文心雕龙》的关系就更为密切了,刘勰多次引用《文赋》,但欲加以超越的理论目标是很明显的,所以刘勰在《总术》篇中批评《文赋》在论文体时"号为曲尽;然泛论纤悉,而实体未该",在

---

① 黄侃:《文心雕龙札记》,第70页。
② 郭绍虞主编:《中国历代文论选》,第190页。
③ 同上。
④ 同上。
⑤ 当时的文体论多将"马融《广成》"当作"赋"体,如皇甫谧《三都赋序》。

《序志》篇中批评"陆赋巧而碎乱"。黄侃对《文赋》及《文心》都有比较深入的研究，他客观地指出《文赋》受辞赋体裁的限制，因而在论文体时"未能详备"，论理也"势不能如散文之叙录有纲"①，刘勰对《文赋》的批评"皆疑少过"②，其实刘勰在很多方面都是上承陆机。在这种认识下，黄侃在《札记》中着力于揭示《文心》对《文赋》的承袭之处。

首先，黄侃指出刘勰在论文体时"视其经略，诚恢廓于平原"③。如刘勰在论"颂"体的写作要点时云："原夫颂惟典雅，辞必清铄。敷写似赋，而不入华侈之区；敬慎如铭，而异乎规戒之域。揄扬以发藻，汪洋以树义。"黄侃就指出这一说法同于陆机：

> 陆士衡《文赋》云：颂优游以彬蔚。李善注云：颂以襄述功美，以辞为上，故优游彬蔚。案彦和此文敷写似赋二句，即彬蔚之说；敬慎如铭二句，即优游之说。④

又如刘勰在《定势》篇中总结了章、表、奏、议等文体的风格倾向，黄侃亦表示："《典论·论文》与《文赋》论文体所宜，与此可以参观。"⑤

其次，《文赋》探讨"为文之用心"，重点在创作论上。黄侃特别指出《文心雕龙》创作论受陆机《文赋》影响之处，如认为《神思》篇即深受《文赋》影响，曰：

> 半折心始者，犹言仅乃得半耳。寻思与文不能相傅，由于思多变状，文有定形；加以研文常迟，驰思常速，以迟追速，则文歉于意，以常驭变，则思溢于文。陆士衡云：恒患意不称物，文不逮意。与彦和之言若重规叠矩矣。⑥

指出《神思》篇"暨乎篇成，半折心始"即是《文赋》"恒患意不称物，文不逮意"之意。另外，黄侃还指出更重要的一点是，刘勰《神思》篇上承陆机《文赋》，暗含了一个如何解决文思通塞的问题。

---

① 黄侃：《文心雕龙札记》，第214页。
② 同上。
③ 同上书，第211页。
④ 同上书，第71页。
⑤ 同上书，第108页。
⑥ 同上书，第93页。

五　以中和的批评态度识刘勰的折中之旨

"唯务折衷"的中和思想是《文心雕龙》一项根本的思想方法。最早揭示这一点的，便是黄侃，他在《风骨》篇札记中说："大抵舍人论文，皆以循实反本、酌中合古为贵，全书用意，必与此符。"① 揭示"酌中"是贯穿于整部《文心雕龙》论文的指导思想。在解析《征圣》篇"衔华佩实"时，黄侃更明确地称赏刘勰华实兼言，文质并重，这与孔子的"文质彬彬"一样合于中道，"如舍人者，可谓得尚于中行者矣"②。他在解析《序志》"古来文章，以雕缛成体"一段话时说："此与后章'文绣鞶帨，离本弥甚'之说，似有差违，实则彦和之意，以为文章本贵修饰，特去甚去泰耳，全书皆此旨。"③ 指出刘勰创作《文心雕龙》虽有救弊补偏之目的，鲜明地针对六朝文风讹滥，但他只是要求"去甚去泰"而已，这一折中之旨是其全书的指导思想。

值得注意的是，陈允锋在评价黄侃"衔华佩实"之解时说："从方法论上说，刘勰'华实'并重的主张与他的'惟务折衷'的观念有关。因此，要探得《文心雕龙》的理论要义，研究者也必须具有'尚中行'的思辨方式。《札记》中的许多精深之论，就与黄侃的这种方法有密切关系。"④ 指出黄侃之所以能深得刘勰折中之旨，在于他本身就具有"尚中行"的思辨方式。此评可谓一语中的。黄侃此时正卷入了一场骈散之争，他欲在这场骈散之争上表现他的中和立场，对骈散的评价都力图不偏不倚。这样一来，刘勰论文的折中之旨便成为黄侃急需的最有力的凭借。黄侃乃是出于一种现实论争的需要，而以中和的批评态度识刘勰的折中之旨。他在《札记》中多次明确指出刘勰所坚持的折中之旨，除上述《风骨》《征圣》《序志》篇几条外，又指出刘勰在《情采》篇中对情与采、文与质的关系也是持中和态度的：

> 虽然，彦和之言文质之宜，亦甚明憭矣。首推文章之称，缘于采绘；次论文质相待，本于神理；上举经子以证文之未尝质，文之不弃美，其重视文采如此，曷尝有偏畸之论乎？⑤

① 黄侃：《文心雕龙札记》，第99页。
② 同上书，第12页。
③ 同上书，第212页。
④ 张少康、汪春泓、陈允锋、陶礼天：《文心雕龙研究史》，第154页。
⑤ 黄侃：《文心雕龙札记》，第109页。

特别在"阅声、字"部分的札记中，黄侃着力于揭示刘勰对奇偶、夸饰、事类等各种骈文修辞技巧的中和评价，并予以格外赞赏①。

综上所述，黄侃在研究《文心雕龙》时坚持了忠实原文的理论研究法、联系具体作品的实证法、重视篇章联系的整体研究法、参照其他六朝文论的比较研究法，并能以中和的批评态度识刘勰的折中之旨。这几项研究方法，越来越被研究者们重视。王运熙先生在其《文心雕龙探索》中表明他在研究时"主观上力图统观全书，探究刘勰的思想体系，把他提出的理论原则同他对作家作品的批评联系起来考察，把他的理论批评同南朝其他文论联系起来考察，阐明刘勰文学思想的原来面貌"②，与黄侃所坚持的研究方法是相一致的；石家宜专门以整体研究的思路撰写了《文心雕龙系统观》《文心雕龙整体研究》等专著；而与其他六朝文论的对比研究更是近年"龙学"研究的热点和重点。这些足以证明，黄侃所坚持的几项研究方法是科学有效的，对现代科学的《文心雕龙》研究具有重要的借鉴意义。

第六节　黄侃的"龙学"地位与影响

一　现代"龙学"的开创者和奠基人

《文心雕龙札记》的意义与价值被众多学者所肯定，早已成为龙学史上的经典之作，黄侃在龙学史上的地位也得到一致认可。具体说来，黄侃及其《文心雕龙札记》在龙学史上的地位可集中概括为以下几点。

第一，黄侃是现代"龙学"的开创者。黄侃在现代"龙学"史上的这一肇端意义是牟世金先生首先指出的，其云：

　　（黄侃）把《文心雕龙》作为一门学科搬上大学讲坛，这是有史以来的第一次。此外，不仅刘师培、范文澜、刘永济等，都先后在各大学开设此课，日本铃木虎雄也于大正乙丑（一九二五）春，"在大

---

① 详见本章第四节之"黄侃对创作论'阅声字'部分的理论研究"部分。
② 王运熙：《文心雕龙探索·初版自序》，上海古籍出版社 2005 年版，第 2 页。

学课以《文心雕龙》"了。这说明从黄侃开始，《文心雕龙》研究就是一门独立的学科：龙学。①

需要注意的是，牟先生所谓的"龙学"，不是指广义上所有关于《文心雕龙》的研究，而是指在现代学科体系下"一门独立的学科"。虽然在黄侃之前，已有学者在大学讲坛上讲授《文心雕龙》，但都没有像黄侃那样能够"把《文心雕龙》作为一门学科"地去全面彻底地讲授。而自黄侃之后，《文心雕龙》渐渐地成为大学讲坛上独立的一门课，这无疑大大促进了《文心雕龙》的传承与研究，其意义是非同寻常的。因而黄侃被认为是现代"龙学"的开创者。

第二，《文心雕龙札记》是"现代科学的《文心雕龙》研究的奠基之作"②。

首先揭橥这一点的是台湾学者李曰刚，他在《文心雕龙斠诠》中说：

> 民国鼎革以前，清代学士大夫多以读经之法读《文心》，大则不外校勘、评解两途，于彦和之文论思想甚少阐发，黄氏《札记》适完稿于人文荟萃之北大，复于中西文化剧烈交绥时，因此《札记》初出，震惊文坛，从而令学术思想界对《文心雕龙》之实用价值、研究角度，均作革命性之调整。故季刚不仅是彦和之功臣，尤为我国近代文学批评之前驱。③

这段话言简意赅地道出了《札记》的价值所在，即黄侃在新旧学术体系交替之际，适应学术发展的时代需要，突破了明清时期专于《文心》校勘、注释的传统，开始转向阐发《文心》之义理。牟世金先生也指出："虽然黄书也有校注，却以阐发文论思想为主，这确是研究角度的一大转变，一个新的开始。"④ 而这一研究方法、研究角度的转变适应了现代"龙学"发展的需要，令学术界对《文心》的研究作出"革命性之调整"，由传统的校勘、注释转为现代意义上的理论研究。正是从这个意义上讲，《札记》被誉为"现代科学的《文心雕龙》研究的奠基之作"⑤。

---

① 牟世金：《"龙学"七十年概观（上、中）》，《社会科学战线》1987年第3、4期。
② 张少康、汪春泓、陈允锋、陶礼天：《文心雕龙研究史》，第148页。
③ 李曰刚：《文心雕龙斠诠》，台湾"国立编译馆"中华丛书编审委员会1982年版前言。
④ 牟世金：《"龙学"七十年概观（上、中）》，《社会科学战线》1987年第3、4期。
⑤ 张少康、汪春泓、陈允锋、陶礼天：《文心雕龙研究史》，第148页。

二 黄侃及其《札记》对范文澜《文心雕龙注》的影响

黄侃及其《文心雕龙札记》对现代"龙学"的发展产生了重要的影响。黄侃先后在北京大学、武昌高等师范学校等高校讲授《文心雕龙》，聆其教诲而走上"龙学"之路者多矣，时至今日，黄侃曾经任教的北京大学、武汉大学、南京大学等仍然是"龙学"重镇，这不得不说是踵武黄侃之足迹。海峡两岸很多卓有成就的"龙学"大家皆师出黄门，大陆地区最值得注意的是现代"龙学"另一位奠基人——范文澜就是在黄侃的影响下创作了现代"龙学"史上又一部经典之作——《文心雕龙注》的。

范文澜《文心雕龙注》被誉为"《文心雕龙》注释史上划时期的作品"①。但金毓黻早在1943年就指出范注是承袭《札记》而来，"范君因（黄侃）先生旧稿，并用其体而作新注"，"用先生之注释及解说，多不注所出，究有攘窃之嫌"，"余疏注《史传》一篇，虽不得见黄先生之《札记》，然有范注可参，盖已包而有之，但不知某者为先生之说，致其美意不彰，为可惜耳"。② 诚如金氏所言，范文澜曾在北大师从黄侃学习《文心雕龙》，他的《文心雕龙注》从体例、研究方法到具体的理论、校注，无不受其师《文心雕龙札记》的影响，范注与《札记》间存在着一种很深的承继关系。

第一，范注之作缘于《札记》的启发。范文澜的《文心雕龙注》出版于1929年，是在其1922年至1926年执教南开时创作的《文心雕龙讲疏》（以下简称《讲疏》）的基础上增订而成的。范文澜1914年考入北大本科国学门，受业于黄侃学习《文心雕龙》。1917年范氏在北大毕业，辗转五年后执教于南开大学，讲授中国文学史、文论名著（分为《文心雕龙》《史通》《文史通义》三种）、国学要略等，为传道授业、释疑解惑，而作《讲疏》。其《自序》有云："予任南开学校教职，殆将两载，见其生徒好学若饥渴，孜孜无怠意，心焉乐之，亟谋所以厌其欲望者。会诸生时持《文心雕龙》来问难，为之讲释征引，尤恐惑迷，口说不休，则笔之于书，一年以还，竟成巨帙，以类编辑，因而名之曰《文心雕龙讲疏》。"③ 以此而言，《讲疏》之作，乃出于范氏授课教学的需要。其实，更深层的动因

① 户田浩晓：《文心雕龙小史》，载王元化选编《日本研究〈文心雕龙〉论文集》，齐鲁书社1983年版，第24页。
② 金毓黻：《静晤室日记》，第5162页。
③ 范文澜：《文心雕龙讲疏》，《范文澜全集》（第3卷），河北教育出版社2002年版，第5页。

则是受黄侃《札记》的启发。《讲疏自序》又云:

> 曩岁游京师,从蕲州黄季刚先生治词章之学,黄先生授以《文心雕龙札记》二十余篇,精义妙旨,启发无遗,退而深惟曰:"《文心雕龙》五十篇,先生授我者仅半,殆反三之微意也。"用是耿耿,常不敢忘,今兹此编之成,盖亦遵师教耳。①

可见,范氏在从学黄侃之时,既深受其《札记》义理的启发,又有感于《札记》之不全,于是大有续作之意。到范氏执教南开,虽已时隔五年,但此志未泯,"用是耿耿,常不敢忘",加以授课教学之需迫在眉睫,《讲疏》之作,时机已然成熟。所以,范氏创作《讲疏》乃近应时需,远遂己志,既为授课教学之直接需要,更有补全《札记》、以申师教之深意。因此,范氏《讲疏》的创作,究其深层动因乃是受《札记》的影响和启发。而范注是在《讲疏》基础上修订而成的,其成书亦自然与《札记》密切相关。

第二,范注承袭了《札记》的体例。黄侃在《札记》的《题辞及略例》中列了三项略例,分别是:补苴黄叔琳注、采录孙诒让《札迻》及李详《文心雕龙补注》、征引文章。这三项体例均被《文心雕龙讲疏》继承,范文澜《讲疏》自序中说:"黄注有未善,则多为补正。"②《札记》引孙诒让《札迻》和李详《补注》之处,也基本上被《讲疏》沿用。特别对征引文章这一体例,范文澜格外重视,他在《讲疏·自序》中表示:"窃本略例之义,稍拓其境宇,凡古今人文辞,可与《文心》相发明印征者,耳目所及,悉采入录,虽《楚辞》《文选》《史》《汉》所载,亦间取之,为便讲解计也。"③ 表明他正是要继承《札记》征引文章的体例,而扩大征引的范围。

与《讲疏》相较,范注在内容上自然是大为扩充,但其体例则沿袭《讲疏》,正如王运熙先生所指出:"体例上,《讲疏》与《注》基本相同"④,故《讲疏》直承《札记》的补苴黄注、引用前注、征引文章这三

---

① 范文澜:《文心雕龙讲疏》,《范文澜全集》(第3卷),河北教育出版社2002年版,第5页。
② 范文澜:《文心雕龙讲疏》,《范文澜全集》(第3卷),第6页。
③ 同上。
④ 王运熙:《范文澜的〈文心雕龙讲疏〉》,载《文心雕龙探索》,上海古籍出版社2005年版,第317页。

项体例，也便均被范注沿袭。范注共列十项例言，其第二项云："黄注流传已久，惜颇有纰缪，未厌人心。聂松岩谓此注及评，出先生客某甲之手，晚年悔之已不可及，今此重注，非敢妄冀夺席，聊以补苴昔贤遗漏云耳。"① 说明范氏仍志在补苴黄注。例言第七项云："古人文章，每多训诂深茂，不附注释，颇艰读解，兹为酌取旧注，附见文内，以省翻检。"② 可见，范注继承并发展了《札记》引用前注的体例，除采录孙诒让和李详的校注之外，还广集旧注。至于《札记》征引文章这一体例，尤为范注继承发扬。范注十项例言中有多项都是在阐明这个体例，分别如下所示。

> 五、昔人颇讥李善注文选，释事而忘意。文心为论文之书，更贵探求作意，究极微旨，古来贤哲，至多善言，随宜录入，可资发明。其架空腾说，无当雅义者，概不敢取，籍省辞费。③

此条表明范注要将古来贤哲论文之"善言"，随宜录入，以资发明。

> 六、刘氏所引篇章，亡佚者自不可复得，若其文见存，无论习见罕遇，悉为抄入，便省览也。惟《京都大赋》《楚辞》众篇及马融《广成颂》、陆机《辨亡论》之类，或卷帙累积，或冗繁已甚，为刊烦计，但记出处，不复迻录。④

此是说明范注将广泛征录《文心》提及的文章，虽习见者亦抄入，唯除卷帙过繁者。

> 八、古来传疑之文，如李陵《答苏武书》、诸葛亮后出师表等篇，本书虽未议及，而昔人雅论，颇可解惑，删要采录，力求简约，至时贤辨疑，亦多卓见，因未论定，则暂捐勿载。⑤

此则表明范注收录往哲的一些辨疑文章，如《明诗》篇征录杨慎《丹铅总录》、丁福保《全汉诗绪言》中关于李陵、苏武诗真伪的见解等。综合上

---

① 范文澜：《文心雕龙注》，第 4 页。
② 同上。
③ 同上。
④ 同上。
⑤ 同上。

述这几条例言，我们可以看出范氏是十分重视征引文章这一体例的，其引文的范围也极为宽泛，既囊括《文心》所涉及的文学作品，也包含古往今来可与《文心》相发明的理论篇章，正如其第三项例言所说："敬就耳目所及，有关正文者，逐条列举，庶备参阅。"①范注沿承了《札记》征引文章这一体例，而确实做得更为出色，征引详赡已成为其最显著的特点。需要特别指出的是，范注不仅沿承了《札记》补苴黄注、引用前注、征引文章这三大体例，而且也大量袭用了《札记》在这三方面的具体内容。

第三，范注因循《札记》重理论研究的思路。范氏十分推崇《札记》对《文心》义理的解释，称其"精义妙旨，启发无遗"②，他的《讲疏》之作，"盖遵师教耳"③，对《札记》运用的新研究方法也大力秉承，故《讲疏》十分注重对《文心》义理的阐发。范氏在《自序》中说：

> 读《文心》，当知崇自然、贵通变两要义，虽谓为全书精神可也。讲疏中屡言之者，即以此故。又每篇释义，多陈主观之见解，虽鄙语浅见，无当宏旨，惟对从游者言，则汩汩不能自已，因亦不复删去也。④

范文澜不仅探讨了《文心》"全书精神"之所在，并对每一篇进行释义，阐发自己的理论见解。可见，范氏十分注重《文心》之义理研究，而其研究也达到了相当的高度。范氏最初命名其著作为"讲疏"，而不称"注"，一则由于其书是授课教学的讲义，再则即因其志并非专为《文心》作注，而是欲效《札记》之体例：兼校兼注，但重在阐发义理。

第四，范氏增订修改了《讲疏》，而更名为"注"，盖一缘范注乃大量地增加了注释的条数和内容；二由范注并未把对《文心》义理的阐述单析出来，而是散于注释之中。以形式论，范注全篇皆为注释，称"注"自然更为"名正言顺"；但稽考其实，范注乃蕴义理的解析于注释之中，远非一般的为古书作注。正如有的研究者所指出："以'注'为'论'成了范

---

① 范文澜：《文心雕龙注》，第4页。
② 范文澜：《文心雕龙讲疏》，《范文澜全集》（第三卷），河北教育出版社2002年版，第5页。
③ 范文澜：《文心雕龙讲疏》，《范文澜全集》（第三卷），第6页。
④ 同上。

注的重要特色。"① 范注之所以被称为"《文心雕龙》注释史上划时期的作品"②，正因其对《文心雕龙》的注释由明清时期的传统模式向现代"龙学"的重要转变。而范注这一研究方法、研究角度的转变正是直接受黄侃《札记》的影响。陈允锋即已指出："范注的出现，标志着《文心雕龙》注释由明清时期的传统型向现代型的一大转变，即在继承发展传统注释优点的基础上，受其业师黄侃《文心雕龙札记》的影响，对《文心雕龙》的理论意义、思想渊源及重要概念术语的内涵进行了较为深刻清晰的阐释。"③

第五，在具体的理论见解上，范注也多受黄侃《札记》影响：或直承其观点，或在其基础上略作发挥。黄侃的理论见解多集中在《札记》的题解中，范注对这些题解格外重视，并予以充分吸收。《札记》关于《风骨》《通变》《定势》《比兴》《事类》《总术》六篇的题解被范注全篇转引；对黄侃在这几篇题解中的理论见解，范氏都极表赞同，并直接袭用在注释中。另外，范氏还部分沿用了《札记》关于《体性》《情采》《熔裁》《章句》《丽辞》《隐秀》《指瑕》《附会》等9篇的题解。《札记》共28篇题解，范注引用者已逾半数，则《札记》之精义妙旨对范注启发之大，由此可见一斑。

第六，范注还吸收了《札记》大部分的校注。范文澜对黄侃之校十分推崇，吸收颇多，《札记》共计24校，范注沿用了20校。范注对《札记》在补苴黄注、引用前注、征引文章等方面的承袭情况，已如上述。除此之外，黄侃还对《文心》的疑难词句进行考据训诂或义理阐释，有220余注，这其中范注直接全文袭用了近百注，已超过五分之二，若再加上部分沿用、化用的情况，则《札记》被范注采用的注释比重已达到七成以上，可见范注对《札记》注释内容吸收幅度之大。

综上可见，范注与《札记》之间确实存在着非同寻常的承继关系。无论从体例、研究方法还是具体的内容上，《札记》都带给范注以极大的影响，可以说，黄侃的《文心雕龙札记》乃是范文澜创作《文心雕龙注》重要的学术基础；没有《札记》，就没有范注。而范注被誉为"《文心雕龙》

---

① 陈允锋：《评范文澜的〈文心雕龙注〉》，载中国《文心雕龙》学会编《文心雕龙研究》（第五辑），第352页。

② 户田浩晓：《文心雕龙小史》，载王元化选编《日本研究〈文心雕龙〉论文集》，第24页。

③ 陈允锋：《评范文澜的〈文心雕龙注〉》，载中国《文心雕龙》学会编《文心雕龙研究》（第五辑），第352页。

注释史上划时期的作品"①，早已成为享誉学林的经典之作，从范注对《札记》的承袭来看，就足以见出《札记》对现代"龙学"具有深远的影响。

三 黄侃对台湾"龙学"的影响

至于台湾"龙学"，更是由黄侃门生及再传弟子直承《文心雕龙札记》开创发展起来的。刘渼在《台湾近五十年来〈文心雕龙〉学研究》中指出：

> 台湾《文心雕龙》研究始于政府播迁来台时，当时来自大陆的学者有一批是黄侃门生及再传弟子，如潘师重规、高师明、李师曰刚、华师仲麐、李中成等，重视发扬黄氏之学，特别是黄侃《文心雕龙札记》开启现代《文心雕龙》研究之门，故台湾《文心雕龙》研究直承于此。②

潘重规《唐写〈文心雕龙〉残本合校》是20世纪六七十年代台湾学者最重要的《文心雕龙》校勘成果。潘以前虽已有多家唐写本校记，但多未见原卷，遂造成脱漏疑义。潘重规有感于此，乃亲赴英国摄得原残卷复印件相校，共得577条，比赵万里《唐写本文心雕龙残卷校勘记》多出一百条。

李曰刚所撰的《文心雕龙斠诠》煌煌160多万言，发覆订讹，钩深致远，为台湾地区最重要的校注本。华仲麐《〈文心雕龙〉要义申说》及李中成《文心雕龙析论》也都是较为重要的"龙学"专著。

徐复观先生早年求学湖北国学馆时亦曾跟随黄侃学习过《文心雕龙》，他曾在回忆黄侃的文章中提到："我们约了七八个同学，私自请他教《广韵》和《文心雕龙》。……他并把在武高油印的《文心雕龙札记》分送给我们。时间大概都没有超过一年。"③ 徐复观后在"龙学"上也取得了不小的成就，他虽然不完全同意黄侃的见解，但叹服《札记》的成就："我年来讲《文心雕龙》，虽不完全同意黄先生《札记》上的见解，但他考证之精，文词之美，使我始终是以感激的心情去阅读。而他在《文心雕龙札记》中破除自阮元以来有关六朝文与笔问题的偏颇之见……表示了他卓越

---

① 户田浩晓：《文心雕龙小史》，载王元化选编《日本研究〈文心雕龙〉论文集》，第24页。
② 刘渼：《台湾近五十年来〈文心雕龙〉学研究》，万卷楼图书有限公司2001年版。
③ 徐复观：《关于黄季刚先生》，载张晖《量守庐学记续编》，第29页。

的成就。"①可见其研究《文心雕龙》也在一定程度上受到了黄侃的启蒙与滋养。

　　综上可见，黄侃及其《文心雕龙札记》对大陆及台湾现代"龙学"的发展都具有重大而深远的影响，在20世纪龙学史上占有重要的地位，可以毫不夸张地说，黄侃是现代"龙学"的开创者，百年"龙学"奠基人。

---

① 徐复观：《关于黄季刚先生》，载张晖《量守庐学记续编》，第30页。

第五章　现代"选学"的引路人

黄侃一生致力于"选学",他平生批点《文选》达十余遍,其研究成果集中体现在《文选平点》一书中。他对《文选》的研究既有传统的校勘、评点,更有深入的理论探讨。首先,在校勘上,黄侃在充分吸收和辨正前人成果,广求善本对校、详考群书他校、用李善注本校、细研文本理校、以小学助校勘,充分运用各种校勘方法,秉承乾嘉校勘原则,共独立校得八百余条,取得了不小的校勘成绩。其次,他对《文选》的解评,内容更为丰富,在总结前人成果的基础上,黄侃不仅对《文选》正文进行了分章断句、字词训诂、文史考证、义理解析、文学批评、参证《文心雕龙》及自抒感慨,还对李善注及其他旧注进行了较为深入的研究,由此取得了大量重要的成果。可以说,黄侃实现了文献研究与文学研究的结合,开始了从"传统选学"向"现代新选学"的转变,可谓现代"选学"的引路人,更对 20 世纪"选学"的传承与发展起到了承上启下的关键作用。

第一节　黄侃评点《文选》的概况

一　黄侃对《文选》的评点及其整理出版情况

黄侃素重《文选》,一生屡加批点,曾自言:"余观书之捷,不让先师刘君,平生手加点识书,如《文选》盖已十过。"[①]据黄延祖《文选平点重辑叙》云:

> 从公元一九一四年至一九一九年间任教于北京大学用《文心雕龙》课及门诸子时,平点《文选》一部,门下诸生竞相传录。(见骆

---

① 黄侃:《黄侃日记》,第 315 页。

鸿凯《文选学》后记及所藏迻录本）。后还教武昌高等师范学校和南京中央大学，复手批《文选》数部。①

今检《黄侃日记》，仅明确记录了壬戌（1922 年）夏黄侃居母丧期间手批《文选》之始末。壬戌五月初八，黄母辞世，黄侃生性纯孝，一度悲伤欲绝，课业暂停。黄母七七之后，黄侃始重新校书，此时尤于校评《文选》格外用心，欲以此排遣丧亲之痛，其《日记》云：

> 七七日后，间翻古籍，计校《阁帖》大王书三卷，为行可校彭元瑞选《南宋四家律诗》五卷，又自校叶刻《沈下贤集》，为审伯校钱坫《说文斠诠》、尤本《文选注》。《选》注校评，颇有苦心，亦以此度悲忧穷戚之日月而已。②

此次评点的具体起讫时间，黄焯在《文选平点后记》中有明确交代：

> 壬戌之夏，先从父寓居武昌，间取《文选》平点一过，每卷后皆记温寻时日，以六月廿四日启卷，至七月六日阅毕，方盛夏苦热，乃于是书全文及注遍施丹黄，且复籀其条例，而为时则未及半月，盖其精勤寨疾也如此。③

其后，黄侃特将此评点本赠予门生吴靓，以表对吴生不远千里悼唁，并留居相伴百日的感激。壬戌手批本扉页题曰：

> 东阳吴生靓字伯阳，有美质。从余数年，极其敬礼。余之待之亦与他门下生殊。今年五月（指一九二二年）侃受罚于天，慈亲弃我。吴生于数千里外奔丧唁我，依庐绸缪三月。中元既度，始有归心。苟曰有情，是亦情之至也。余悲忧穷戚之中，何以酬生厚爱。爰取是本，助生高明。他时或如余仲林著书时引何曰，梁茝林《旁证》亦载林云，则又侃之幸而非所敢望也。黄侃题记。④

---

① 黄侃：《文选平点》，第 7 页。
② 同上书，第 170 页。
③ 同上书，第 657 页。
④ 同上书，第 8 页。

黄侃哲嗣黄延祖回忆："据先母云，先祖母辞世时先君一恸几绝，幸吴生前来料理一切。后为留吴生多住几日，作此批本为谢。"① 此壬戌手批本后由吴靓还归黄家，据黄延祖言："先君殁后，吴生疑别的批本无存，而交付先兄念田，即今所存之唯一先君手批本。"②

但实际上，今存黄侃手批本并非仅壬戌一本，湖北省图书馆还存有一部黄侃手批乾隆三十七年叶氏海录轩朱墨套印本《文选》。③

除手批本外，黄侃评点《文选》还有多部过录本。据先生长女黄念容回忆"凡所批注，积满书眉，虽未写定，而门人传钞服习者众"④。据考黄焯、潘重规、林尹等均有过录本。先生弟子陆宗达《我所见到的黄季刚先生》载：

> 在一九二二年，黄先生在武昌，他的一位老学生到南方看望他，季刚先生很想留他多住几天，便应允为他亲笔批点一部《文选》。书买来后，季刚先生每晚评批，同时让侄儿黄焯往另一部上录。⑤

可知黄焯曾据壬戌手批本过录一部。

潘重规《黄季刚遗书影印记》文谓：

> 民国十六年，重规肄业国立中央大学，先师南下，开设讲席，重规得厕门墙。先师首命圈读十三经注疏，故得过录先师圈点十三经白文。……谈经之余，课以《文选》，并命过录手批本。⑥

黄延祖《文选平点重辑叙》也介绍了潘重规的一部庚午移录本："姊夫潘重规先生之移录本虽写明庚午，已较晚（一九三零年），但随后还可将先君不时之批注移录。"⑦ 从时间上推测，二人所述应为一本。

又据台湾学者陈新雄所记，林尹亦有一部过录本，而陈氏又据以转

---

① 黄侃：《文选平点》，第8页。
② 同上。
③ 据黄建中《黄季刚先生著作分类录》著录湖北省图书馆存黄侃手批《文选》二部，参见中国海峡两岸黄侃学术研讨会筹备委员会编《中国海峡两岸黄侃学术研讨会论文集》，华中师范大学出版社1993年版，第9页。
④ 黄侃：《文选平点》，第2页。
⑤ 陆宗达：《我所见到的黄季刚先生》，载程千帆、唐文《量守庐学记》，第113页。
⑥ 潘重规：《黄季刚先生遗书影印记》，载程千帆、唐文《量守庐学记》，第34页。
⑦ 黄侃：《文选平点》，第8页。

录，其曰："笔者随侍先师林景伊先生二十七年，见先师过录季刚先生手批《说文》《文选》二书，尝借录一过。"①

黄侃评点《文选》的成果，到20世纪70年代，终于在其子侄的努力下面世，至今已经过了三次整理出版。

（1）1977年台北文史哲出版社出版黄念容辑《文选黄氏学》。据黄延祖《文选平点重辑叙》："姊夫潘重规先生之移录本虽写明庚午，已较晚（一九三零年），但随后还可将先君不时之批注移录，故先姊所存先君之《文选》批注必更翔实，还可能另有笔录。"② 知其底本系为黄侃之婿潘重规的庚午过录本。据柯淑龄介绍，先是"此本曾于一九五七年由黄念容发布于新加坡南洋大学之语文学报，但流传不广，文字多舛误。此次出版经潘重规详加校订文字"。③

（2）1979年台湾石门图书公司影印出版潘重规辑《黄季刚遗书》十四册，其中第十一至十四册为《评点昭明文选》。此本与黄念容《文选黄氏学》底本相同，亦为庚午移录本。需要注意的是，此系影印潘重规过录本，而不是黄侃原手批本。潘氏过录本的底本是清同治八年金陵书局翻刻汲古阁本，为李善注本，黄侃原手批底本无法确考，但可以肯定的是，亦应系李善注本。

（3）1985年上海古籍出版社出版黄焯辑《文选平点》。此本黄焯在1961年便已整理完成，据其《后记》云底本为壬戌手批本，又据《例言》云系黄侃手批于"湖北崇文书局翻刻鄱阳胡氏刻本"上。除据此本外，黄焯还另有补充修正，黄延祖曾将黄焯整理的《文选平点》与黄侃原批本对比，发现"将《文选平点》对比此《文选》批本，内容较多。考先从兄耀先尝亲聆先君之讲授，多年整理先君遗稿，对先君之批注，必有出处，虽未一一注明，然所列先君批注当甚确无疑"④。如吸收了黄侃手批叶树藩刻《文选》的内容，黄焯在《例言》中说明："凡评语中所附何焯评语，系就黄先生在叶树藩刻《文选》何评句旁加圈者录之，其于何评无圈者不悉录也。"⑤ 另外《文选目录校记》中"其所写严、杨二目，别见四明林氏翻刻胡刻本《文选》目录中，今故增入此本选目之内。"⑥ 黄焯还移录

---

① 转引自魏素足《〈文选〉黄氏学研究》，博士学位论文，台湾师范大学，2005年。
② 黄侃：《文选平点》，第8页。
③ 柯淑龄：《黄季刚之生平及其学术》，博士学位论文，台湾文化大学，1983年，第785页。
④ 黄侃：《文选平点》，第8页。
⑤ 黄焯：《文选平点·例言》，《文选平点》，第1页。
⑥ 同上。

了个别黄侃在叶刻本中的按语，如《文选》谢宣远《张子房诗》“苟慝暴三殇”句，有黄侃评曰：“殇关畏厌溺，苏轼杨慎皆未之知。”① 黄焯加按曰：“此评叶刻本案语。”②

据黄延祖比较，黄念容整理的《文选黄氏学》与黄焯整理的《文选平点》有所不同，“台北版所列批注条目较上海版约多一倍”③，盖因上海版所据之壬戌手批本“较早（一九二二年），且为时间不长，心情不佳下所批。恐非最完善者”④，而台北版底本系为黄念容、潘重规伉俪所藏，据黄延祖推测：“姊夫潘重规先生之移录本虽写明庚午，已较晚（一九三零年），但随后还可将先君不时之批注移录，故先姊所存先君之《文选》批注必更翔实，还可能另有笔录。”⑤ 不过至于文句圈点符识及所标录的字的旧音，均为上海版所特有。

21 世纪初，先生哲嗣黄延祖在武汉大学人文科学基金资助下，组织人力对先生著述进行全面整理，主持编辑《黄侃文集》，共计收录先生著作十余种，《文选平点》也在其中。此次整理将黄念容《文选黄氏学》与黄焯《文选平点》重辑为一：批注条目合并，至于字的旧音及文句圈点符识，悉依上海版。并将骆鸿凯《文选学》中所引黄侃平点之《文选》条目，为《文选黄氏学》与《文选平点》所无者，也予迻录⑥。此本是目前为止收录黄侃《文选》评点最全的版本。笔者今即主要据此本来研讨黄侃的“选学”，若引用他本处皆有说明。

二 《文选平点》的体例

据 1985 年版《文选平点》出版说明云：“其以‘平点’名者，‘平’即‘平定’之意，‘评’为后出字而意义相同。”⑦ 可知“文选平点”即评点《文选》之意。黄焯在《例言》中进一步说：“今依方望溪、姚姬传二

---

① 黄侃：《文选平点》，第 206 页。
② 同上。
③ 同上书，第 8 页。
④ 同上。
⑤ 同上。
⑥ 据黄延祖《文选平点重辑叙》云：“在重辑时参考了骆鸿凯先生所著《文选学》一书（中华书局一九三六年版）。骆先生为先君及门弟子，论学悉依师法。凡书中所引先君平点之《文选》条目，而《文选黄氏学》与《文选平点》所无者，概行移录。”重辑本确实迻录了骆书中的资料，但未臻其全。
⑦ 黄侃：《文选平点》，第 2 页。

氏《史记》《汉书》平点之例，录为专册。"① 透露出黄侃对《文选》的评点体例仍明清评点之旧，集校勘、评点、圈识、抄纂等于一体，在形式上与传统的评点模式相一致，可谓继续了明清以来的评点传统。

黄侃读书有定法，以"钞、校、翻、点、撰为每日之程课"②。例如，其1928年7月3日日记载功课为："临书（汉简）、校书（《经典释文》二卷）、点书（经疏二卷、《新唐书》一卷、《全文》五卷）、翻书（随意，然宜关于实学者）、撰作（随意）、钞诗（七言诗选以为式者钞完）。"③ 1928年8月19日日记载功课为："钞《古诗存目》，校《经典释文》，点全上古至隋文、《全唐诗》，翻群书属于目录、金石者，临汉晋简牍，撰拟宋子京文，读《河岳英灵集》。"④ 可见，抄、校、翻、点、撰、临等乃是黄侃治学读书的基本方法。

黄侃手批《文选》便综合运用了其一贯的读书法，含校勘、标点、解评、圈识、抄纂等多项内容。具体而言，黄侃读书必先校书，校勘是其手批《文选》之首要工作；其次是句读标点和章节层次划分；最重要的是随文评语，虽然比较零散，但内容十分丰富，学术含量较高，黄侃对《文选》的研究成果主要就是集中在这些解评中。此外，黄侃还对《文选》进行了圈识。圈点标识计有：连圈（圈）、坐圈（单圈）、重圈、句顶圈、尖圈五种。据《文选平点例言》每种圈识所代表的意义如下所示。

　　1. 凡诗文，句之特佳者，于其旁加连圈。如班孟坚《西都赋》"是故横被六合"四句，俱于句旁施连圈。

笔者按：此类在《文选平点》中但称"圈"，其《例言》称："凡施连圈者，今标明某句至某句圈，如遇文句过长，但摘录句首或句末三、四字以为断限。"⑤

　　2. 仅词工者，但加坐圈。如"红尘四合，烟云相连"二句，只于每句施一圈是也。

---

① 黄侃：《文选平点》，第1页。
② 黄侃：《黄侃日记》，第301页。
③ 同上书，第327页。
④ 同上书，第358页。
⑤ 黄侃：《文选平点》，第13页。

笔者按：此类在《文选平点》中称"坐圈"，其《例言》称："施单圈者则注明坐圈。"①

3. 其有精义坚深，句调足资后人模拟者，每字加两圈，或在句末施重圈。如沈休文《宋书·谢灵运传论》"欲使宫羽相变，低昂舛节"八句，每字加两圈。宋玉《九辩》"悲哉，秋之为气也"四句，每句加连圈，并于句末加一重圈如◎。

笔者案：此处一种标识、两种标准：一为，"精义坚深"，如沈休文《宋书·谢灵运传论》类；一为，"句调足资后人模拟者"，宋玉《九辩》类是也。

4. 诗文承接处特为奇警者，则于句顶施圈。如郭景纯《游仙诗》"阊阖西南来，潜波涣鳞起"二句，又"燕昭无灵气，汉武非仙才"二句，俱在"阊"字、"燕"字顶上施圈。文如邱希范《与陈伯之书》"暮春三月"四句，傅季友《为宋公修张良庙教》"过大梁者"四句，俱在"暮"字、"过"字顶上施圈是也。

5. 又于诗中摹写物色者，于句末加尖圈如△。如陶渊明《拟古诗》"日暮天无云"二句，谢玄晖《晚登三山还望京邑》"白日丽飞甍"六句，皆于句末施尖圈是也。②

另外，黄侃还抄纂了他感兴趣的相关学术资料，如将五臣所注之旧音抄入李善注本中。所谓"旧音"，"乃六臣本音及汲古阁本音不在善注中者，称为旧音，或旧注音"。黄侃抄录这些旧音，是因他认为：

> 五臣注既简陋，亦必不能为音，今检核旧音，殊无乖缪，而直音反切间用，又绝类《博雅音》之体，纵命出于五臣，亦必因仍前作，观其杜撰故实，岂肯涉猎群书，袭旧为之，宁非甚便。

黄侃以为五臣所注之音乃是因袭隋曹宪《博雅音》之体，可能代表了隋代的语音，是难得的音韵学资料，所以"凡遇旧音，黄先生极加珍视，兹悉

---

① 黄侃：《文选平点》，第13页。
② 同上。

载入"。

可以说，黄侃对《文选》的校勘、标点、解评、圈识、抄纂等都具有一定的学术价值，限于篇幅，本书仅将研究的重点放在黄侃对《文选》的校勘和解评上。

第二节　黄侃对《文选》的校勘

黄侃以清胡克家翻刻宋尤袤刻李善注本《文选》为底本进行校勘，对《文选》正文及李善注均有校，共得一千九百余条，其中有一半以上是吸收了前人特别是清人的成果，尤以对《文选考异》的吸收为多。不过黄侃更着力于对前人校勘的辨正，有纠谬补遗之功。在充分吸收和辨正前人成果之后，黄侃广求善本对校、详考群书他校、用李善注本校、细研文本理校、以小学助校勘，充分运用各种校勘方法，秉承乾嘉校勘原则，共独立校得八百余条，取得了不小的校勘成果。

一　黄侃对前人校勘《文选》的吸收与辨正

黄侃每研读原典，必先阅读前人的相关著述，从而达到对已有研究成果心中有数。其校勘《文选》也是这样，首要的工作是对前人校勘成果进行吸收与辨正。

（一）对《文选考异》的吸收与辨正

《文选考异》是清代嘉庆时期胡克家在校刻尤袤本《文选》时形成的校勘成果，参与校勘的有顾广圻等清代著名校勘学家，对后世"选学"有较大影响，是后世校勘《文选》必须参考的重要著作。黄侃评点《文选》以胡克家本为底本，其校勘也以《文选考异》为基础。

《文选平点》对"《文选考异》中有所论述的条目，标以▽号"①，共计有一千二百余处。这其中有几十个条目，只是表示《平点》与《考异》皆对此处出校而已，并不代表黄侃就因袭《考异》，正如黄延祖重辑序所言"这并不表示全文照引胡氏所述，而是表示胡氏有所述，读者可对比细细揣摩"。如《两都赋序》"有陋雒邑之议"一句被加以标识，《平点》校语为："陆佐公《新刻漏铭》注引'雒'作'洛'。"乃是据李善注引的《文选》原文校。《考异》校曰："袁本、茶陵本'雒'作'洛'。案：二

---

① 黄侃：《文选平点》，第10页。

本不著校语，详赋正文及注俱用'洛'字，其《后汉书》所载赋亦作'洛'，盖善自作'洛'也。"乃据别本、《两都赋》正文及善注、《后汉书》校定"雒"作"洛"。两书的校勘结论虽然相同，但所用方法、依据各异，并无直接的联系。另有七十多条目，是黄侃与《考异》意见不同，对《考异》补充辨正之处。

但毋庸讳言，除上述之外的一千一百余条几乎都是黄侃吸收《文选考异》处，这其中有近五十条确切标明了系吸收《考异》，余者虽未标明，但其校勘结论与依据多与《考异》相合，吸收《考异》的可能性是很大的。这类条目多直接下断语："某当作某""某上（下）脱某""某当删"等，其所下断语正与《考异》合，却未写明任何校勘依据，应即吸收《考异》成果。黄侃更多的校语模式为："依（据）注及别本，某当作某"，也是沿袭《考异》。如《西都赋》"条支之鸟"条，黄侃校曰："据注及别本，'支'当作'枝'。"① 而《考异》此校为："袁本、茶陵本'支'作'枝'，是也。注中字各本皆作'枝'，《后汉书》亦是'枝'字。"② 显而易见，《平点》不仅校勘结论与《考异》同，其所据为"注及别本"，《考异》所据正是李善注及袁本、茶陵本，黄侃系承袭《考异》无疑。黄侃吸收了《考异》一千余处成果，占其校《文选》总数的一半还多，可见《文选考异》对《平点》的影响之巨。

这里需要说明的一点是，如此大量地吸收前人成果看似有悖于今日的学术规范，但其实黄侃之校、评本为教学讲授，免不了要利用前人成果以方便学生研习，黄延祖《重辑本序》表示：

> 先君平点《文选》，本为讲授而作的札记，后人整理成书，为的是使读《文选》者有所参考。但多年以来有人认为应将前人已作的解说文句删去，特别是胡克家《文选考异》中所述者。但是这种观点施于教学用书是极端荒谬的，如果教师在讲课中只能讲自己的所得而不讲前人之已得，则学生是没法听下去的。重辑时断然拒绝了这样的意见，使《文选平点》成为可读之书。③

可见，今本《文选平点》为方便读者阅读，而保留了作为教学札记的原始

① 黄侃：《文选平点》，第13、6页。
② 胡克家：《文选考异》，载（梁）萧统编《文选》，上海古籍出版社1986年版，第25页。
③ 黄侃：《文选平点》，第10页。

状态，没有删除其大量吸收《考异》之处，我们不应以不符现行学术专著体例来苛责黄侃。

我们更应该注意的是黄侃补充和辨正《文选考异》的七十余条。《文选考异》的实际校勘者是顾广圻，顾氏提倡以不校为校，其校勘未下结论、存疑待考者甚多，黄侃对此积极提出个人观点，多有补遗。如《闲居赋》"张钧天之广乐，备千乘之万骑"句，《考异》对后一句中"之"产生疑问，但又无考校依据。故校曰："何云'之'字疑。今案：各本皆同，《晋书》亦作'之'，无以考也。"黄侃则大胆提出自己的看法，以为："下'之'字足句，古人多有之，不足疑。"① 再如《舞赋》"击不致筴，蹈不顿趾"句，《考异》校曰："茶陵本'筴'作'爽'。案：此无可考也。袁本校语仍云善作'筴'，与尤所见同。"② 黄侃认为："别本'筴'作'爽'，是也。用'筴'则致字不可解。"③ 其意见均可备一说，值得重视。

对《考异》已有的结论，黄侃也会补充其论证。如江文通《诣建平王上书》"照景饮醴而已"句，《考异》以为："袁本、茶陵本无'而已'二字，是也。《梁书》无。"④ 黄侃赞同这一结论，而补充其论据曰："此下'而下'之误衍也。"⑤ 认为"而已"系其下句"而下官抱痛圆门"中"而下"二字之误衍。

黄侃不仅补充《考异》，更着力于对《考异》的纠谬辨正。如《剧秦美新》"昔帝缢皇，王缵帝，随前踵古，或无为而治，或损益而亡"句，《考异》校"或损益而亡"曰：

> 何校云"亡"当从五臣本作"已"。袁本云善作"亡"。茶陵本云五臣作"已"。何据二本校语。今案：善注无明文，二本所载向注于此云"其后纠乃亡之"，是五臣仍作"亡"，其作"已"者，后人以意改，未可从也。⑥

---

① 黄侃：《文选平点》，第 148 页。
② 胡克家：《文选考异》，载（梁）萧统编《文选》，第 805 页。
③ 黄侃：《文选平点》，第 167 页。
④ 胡克家：《文选考异》，载（梁）萧统编《文选》，第 1791 页。
⑤ 黄侃：《文选平点》，第 460 页。
⑥ 胡克家：《文选考异》，载（梁）萧统编《文选》，第 2157 页。

以"损益而亡"为是。黄侃则认为"当从别本作'损益而已'"①，他从文意上做了细致的分析："'损益而已'，正所以斥莽之纷纭改作也。'亡'字误，损益未即致亡，且与'帝缵皇，王缵帝'意不合。"②并从押韵上寻求佐证："又'治'、'已'为韵。"③黄侃的辨正有理有据，有力地冲击了《考异》的结论。

黄侃还运用小学辨正《考异》。自清代以来，小学便成为校勘之利器，《文选考异》便充分运用了小学。黄侃之小学集清人之大成，故能青出于蓝，利用其小学知识纠正了《文选考异》不少讹误。如《吊屈原文》"彼寻常之污渎兮，岂能容夫吞舟之巨鱼？横江湖之鳣鲸兮，固将制于蝼蚁"句，此处善作"蝼蚁"，李善注中"蝼蚁"凡三见，《史记》《汉书》皆作"蝼蚁"。但《考异》认为"蝼"与"鱼"韵较协，故校改"蝼蚁"为"蚁蝼"④。黄侃则指出"'蚁'与'鱼'韵不误"⑤，否定了顾氏的校勘依据。

总之，黄侃十分推重《文选考异》，其一半以上的校选成果均与《考异》相同；但同时黄侃更着力于对《文选考异》的补充辨正，往往能切中《考异》之弊，有纠谬补正之功。

（二）对其他前人校勘《文选》的吸收与辨正

除《文选考异》外，黄侃还广泛参借了其他前贤特别是清代选学家的成果。据其《文选平点叙》云：

> 汪韩门、余仲林、孙颐谷、胡果泉、朱兰坡、梁茝林、张仲雅、薛子韵、胡枕泉诸家书于文义有关者，并已参核。其掫拾琐屑，支蔓牵缀之辞，以于文之工拙无与，只可谓之《选》注，不可谓之《选》学，故不遑备录也。⑥

黄侃所举皆清代重要的选学家，其中汪师韩（韩门）、余萧客（仲林）、孙志祖（颐谷）、朱珔（兰坡）、张云璈（仲雅）、薛传均（子韵）俱见于张之洞《书目答问》所列之"文选学家"下。至于胡绍煐《文选笺证》、

---

① 黄侃：《文选平点》，第551页。
② 同上。
③ 同上。
④ 胡克家：《文选考异》，载（梁）萧统编《文选》，第2594页。
⑤ 黄侃：《文选平点》，第648页。
⑥ 同上书，第5页。

梁章钜（茝林）《文选旁证》更为士林推服。可见，清代重要的选学家，黄侃并已参核，他还特别指出吸收的是"诸家书于文义有关""可谓之《选》学"者，自当言之不诬。然今本《文选平点》并没有反映这部分内容，《平点》对清代各选学家的吸收以校勘为主。今将黄侃引用诸家校勘略加梳理，胪列于下。

1. 潘耒

潘耒（1646—1708），字次耕，江苏吴江人。曾受学顾炎武等大儒，淹贯群籍，工诗文，通史学。著《遂初堂集》，曾校订《文选》若干卷。

黄侃在校《选》时，有三处吸收潘说：傅长虞《赠何劭王济》"然自恨暗劣，虽原其缱绻，而从之末由"句，黄校云："'其'当改'共'，潘耒说。"① 《求通亲亲表》"伏惟陛下，咨帝唐钦明之德"句，黄校云："潘耒'咨'改'资'。"② 《为曹公作书与孙权》"亦犹姻媾之义，恩情已深"句，黄校云："'犹'意改'由'，从潘耒说。"③

2. 何焯

何焯（1661—1722），初字润千、屺瞻，晚号茶仙，世称义门先生，江苏长洲人。学问殚洽，通经史百家之学。生平无所著作，殁后，其弟子始裒其点校诸书之语为《义门读书记》五十八卷。何焯于《文选》用力亦勤，曾多次评点，其批阅本被门人学者传抄转录。余萧客《文选音义》、孙志祖《文选考异》、胡克家《文选考异》、梁章钜《文选旁证》等著作都引录了何焯校语。何氏殁后，其对《文选》的评点经后人整理印行，今共有三种著作集中收录了何焯的《文选》评点：乾隆三十四年刻蒋维钧辑《义门读书记》卷四十五至卷四十九，乾隆三十七年叶树藩海录轩朱墨套印何评《文选》，乾隆四十三年于光华《重订文选集评》本。

今查黄侃所吸收何焯校语，有如下几处：王粲《从军诗》第四首"许历为完士，一言独败秦"句，何焯校"'完'当作'军'"，黄侃以为"不当辄改"④。任昉《启萧太傅固辞夺礼》"昉启"，黄校云："何焯据下文别本校语，'昉'改'君'。"⑤

3. 汪师韩

汪师韩（1707—?），字韩门，浙江钱塘人，雍正十一年进士。汪氏长

---

① 黄侃：《文选平点》，第 257 页。
② 同上书，第 441 页。
③ 同上书，第 487 页。
④ 同上书，第 293 页。
⑤ 同上书，第 462 页。

于经学，于"选学"著有《文选理学权舆》一书。此书共八卷：卷一《撰人》、卷二《注引群书目录》、卷三《选注订误》、卷四《选注辨论》、卷五《选注未详》、卷六卷七《前贤评论》、卷八《质疑》。《权舆》以辨析《文选》注评为主，涉及《文选》校勘处甚少。

黄侃未直接利用《权舆》中的校《选》成果，而是从《权舆》对选注的辨析中敏锐发现校勘的依据。如陆机《汉高祖功臣颂》"绛侯质木，多略寡言"句，李善注引了"《论语摘辅》"①一书来注释"多略"，黄侃以为此书名有误，应为《论语摘辅像谶》，而其依据便是："'像谶'二字，依《文选理学权舆》所列增。"② 查汪氏《文选理学权舆》卷八"纬谶"条下谓："至于谶与纬异，而《唐志》有《论语纬》十卷，则谶亦可称纬。谶有十，而见于选注者凡八，曰《论语比考谶》、曰《论语撰考谶》、曰《论语阴嬉谶》、曰《论语纠滑谶》、曰《论语摘辅像谶》、曰《论语素王受命谶》、曰《论语崇爵谶》、曰《论语摘衰圣承进谶》，其所阙二者之名，不可知也。"③ 则知黄侃正是依据汪氏《权舆》对《文选》注引《论语》谶书的考证，而校出此处讹误的。

4. 孙志祖

孙志祖（1737—1801），字诒谷，号约斋，浙江仁和人，乾隆三十一年进士。孙氏精研《文选》，仿朱熹《韩文考异》之例，参稽众说，校订毛晋汲古阁刊本之错谬，成《文选考异》四卷。又"复合前贤评论及朋侪商榷之说，附以管窥"④，补正《文选》李善注，为《文选李注补正》四卷。又依照汪师韩《文选理学权舆》卷八《前贤评论》之例，抄录自唐至清中期著作中有关《文选》的条目而成《文选理学权舆补》一卷。

黄侃曾手批《文选理学权舆补》和《文选李注补正》，今藏于台湾师范大学总馆之典藏组。⑤ 因而《文选平点》中涉及孙志祖的条目相对较多。校勘上有若干处本自孙说。如任昉《为范始兴作求立太宰碑表》"昔晋氏初禁立碑，魏舒之亡，亦从班列。而阮略既泯，故首冒严科，为之者竟免刑戮，致之者反蒙嘉叹"句，黄侃校曰："何焯说，'故'下疑有脱文，

---

① （梁）萧统：《文选》，第 2108 页。
② 黄侃：《文选平点》，第 538 页。
③ 汪师韩：《文选理学权舆》卷 8，《丛书集成初编》本，第 179 页。
④ 转引自屈守元《文选导读》，巴蜀书社 1993 年版，第 111 页。
⑤ 据魏素足《〈文选〉黄氏学研究》第三章"'文选'黄氏学之论述依据"，博士学位论文，台湾师范大学国文学系，2005 年。

案此衍文也，孙志祖说，当在魏舒上。"① 正引孙说。

5. 朱珔

朱珔（1769—1850），字兰坡，安徽泾县人，嘉庆七年进士。与梁章钜为一时"选学"名家，著有《文选集释》二十四卷，注重名物考订，诠释补正。黄侃吸收朱珔如：《魏都赋》"虽自以为道洪化以为隆"，黄侃校曰："'化以为隆'依朱珔说改作'以为化隆'。"②

6. 梁章钜

梁章钜（1775—1849），字茞林、闳中，晚号退庵。福建长乐人，嘉庆进士，著作甚丰。有《文选旁证》四十六卷，为清代"选学"的重要著作。

《文选平点》吸收《文选旁证》之校有：颜延之《车驾幸京口三月三日侍游曲阿后湖作》"蕴盼觌青崖，衍漾观绿畴"，黄侃校曰："'盼'改'眄'，梁章钜说。"③《齐故安陆昭王碑文》"虽邓训致劈面之哀"句，黄侃校曰："'劈'当作'劙'，梁章钜说是也。《后汉书·耿秉传》所谓'梨面'，杜甫诗'花门劙面请雪耻'，正本此文。"④

除了吸收前代选学家的成果，黄侃还广泛搜集其他校勘学家有涉《文选》校语，如邵长蘅、段玉裁、王念孙、阮元、严可均等人之说，确可谓参稽众说。

但黄侃对前贤校勘并不轻信、盲从，而是纠谬订误，多有辨正。其中纠正何焯校最多，将近十条。像《东都赋》"由数期而创万代"句，黄侃校曰："《后汉书》'代'作'世'，是也，与'位'韵。抄本正作'世'。何焯云'代'《后汉书》作'世'，李善避太祖讳之。案善不避讳。"⑤《后汉书》"代"作"世"，何焯认为李善为避太祖李世民之讳而作"代"。黄侃则在校《选》的过程中发现李善不避讳，"凡避讳者皆五臣也"，据以反驳何焯此校；黄侃并举出作"世"与上文"位"押韵，以及日本古抄本正作"世"，以充分的证据纠正何校之误。除此之外，黄侃对汪中、孙志祖、朱珔等人的校勘亦有所辨正。

---

① 黄侃：《文选平点》，第 452 页。
② 同上书，第 71 页。
③ 同上书，第 222 页。
④ 同上书，第 642 页。
⑤ 同上书，第 10 页。

二 黄侃校勘《文选》的方法

黄侃在校勘《文选》时，能综合运用各种校勘方法，既注重版本依据、他书征引，同时又不废理校，善于以小学校勘，尤以本校法为重。

（一）广求旧本对校

民国时期，一些重要的《文选》版本如敦煌写本、宋刻六臣本被发现并印行，日本古抄本也传入中国。黄侃对这些此前罕见的版本格外留意，利用这些旧本进行对校。据1985年版上海古籍出版社《文选平点前言》，黄侃校勘《文选》用以对校的版本有："杨守敬抄日本卷子本，罗振玉影印日本残卷子本已与此本校，又五臣六臣皆宜对校。"① 今将黄侃所据各本梳理如下所示。

1. 日本古抄无注本二十一卷

日本古抄无注本二十一卷系19世纪80年代初期，杨守敬在日本访得。据其《日本访书志》记载，共得无注系统《文选》古抄本两种：其一为卷子本《古钞文选》一卷。此本最早著录于日本学者森立之的《经籍访古志》，为温故堂旧藏，后为森立之所得，杨氏复从森氏得之。② 森立之认为"此本无注文，而首冠李善序，盖即就李本单录出者"。杨守敬对此提出质疑，并举十余例证"其本在善未注之前"③。又据森立之著录，此本"卷中朱墨点校颇密，标记旁注及背记所引有陆善经、善本、五臣本、《音决钞》《集注》诸书及'今按'云云"。其标记旁注之陆善经注、《音决钞》《集注》等皆中国早已失传之旧本，亦具有珍贵的价值。

另一本为古抄无注《文选》残本二十卷。原为三十卷，缺一、二、三、四、十一、十二、十三、十四、十七、十八等十卷。杨氏考证"此无注三十卷本，盖从古钞卷子本出，并非从五臣、善注本略出"，"必从古卷抽出也"，"可以深信其为六朝之遗"。④ 故杨氏十分推重此本的校勘价值，

---

① 黄焯：《文选平点叙》，载黄侃《文选平点》，第5页。
② 参见杨守敬《日本访书志》，载《新世纪万有文库》，辽宁教育出版社2003年版，第195页。
③ 同上书，第196页。
④ 杨氏对日本古抄无注本《文选》底本的判定，引起后世学者的争议。屈守元赞成并进一步举例佐证杨氏，深信此本"即属渊源于隋唐者"；台湾学者游志诚则认为"所谓日本古钞无注三十卷本，当在集注本之后"；傅刚以为"这也许两种可能都有，但不管怎么说……抄本底本的时代早于刻本是肯定的"；穆克宏更认为"亦可能是古人手抄五臣注《文选》，而略去注释者"。以上诸说，皆非定论，日本古抄无注本《文选》底本到底是李善未注之前的隋唐旧本，还是从李善本或五臣本录出者，尚待进一步研究。

云："今中土单行善注原本已不可得，尚何论崇贤以前。"他亲用此本校勘，"今为出其异同，别详"，并冀以深切希望，云："世有深识之士，为之疏证，当又为治'选学'者重增一公案也。"

正如杨氏所愿，当他将此日本古抄无注本《文选》带回国后，确实引起了国内学者的重视，在学者间流布传抄①，黄侃便以之作为校勘之资。据屈守元所知：

> ……影写的卷子本，有一部为武昌徐行可（恕）先生所得，蕲春黄季刚（侃）先生曾经借校。黄先生校此书的时间，大概在一九二二年前。后来（1922—1923 年间）巴县向宗鲁（承周）先生又从徐氏假得校录。除旁注、标记一一传录以外，又录杨、黄两氏的校语。……一九三八年冬，我从宗鲁先生处借得他的详校本，临写一过。②

由此可知，黄侃于 1922 年前从徐行可处借校了日本古抄本。先此，"傅增湘先生曾于 1914 年 10 月和 11 月两次以古抄本与胡克家刻本对校，并以胡刻本为底本过录了古抄本异文"③。之后，向宗鲁过录徐本后又有详校，高步瀛《文选李注义疏》也参校了古抄本卷一。则先后校古抄本者计有：杨守敬、傅增湘、黄侃、向宗鲁、高步瀛。

黄侃对此日本古抄本的校勘价值评价很高，据屈守元说，黄侃在徐行可所藏卷子本卷六（相当于李注本卷十二）之末跋云：

> 《海赋》多出十六字，不但六臣所无，何、余、孙、顾所未见，即杨翁藏此卷子于箧衍数十年，殆亦未发见矣。岂徒《神女》玉王互伪，证存中之妙解；《西京》戈弋不混，验屺瞻之善雠乎？且崇贤书在，北海解亡，此编原校引书，独有臣君之说，是则子避父讳，其为北海之作，焯尔无疑。陆善经见之，此卷子引之。逸珠盈碗，何珍如

---

① 两种日本古抄无注本的原本，据文选学家屈守元推测："杨氏观潮楼（观海楼）藏书，后入故宫博物院"，"后又见日本阿部隆一的《中国访书志》，谓在台北故宫博物院见此书。"（屈守元：《跋日本古钞无注三十卷本〈文选〉》，载俞绍初、许逸民主编《中外学者文选学论集》，中华书局 1998 年版，第 430 页）

② 屈守元：《文选导读》，第 112 页。

③ 据傅刚在国家图书馆所见，傅刚：《文选版本研究》，北京大学出版社 2000 年版，第 261 页。

是！行可能藏，侃能校，皆书生之幸事也。季子侃题记。①

黄侃发现"《海赋》多出十六字，不但六臣所无"，说明古抄本的一些异文，是李善、五臣本皆未有的，另外古抄本还能解决一些《文选》校勘上聚讼已久的争端，因而他十分珍视，极赞其"逸珠盈碗，何珍如是！行可能藏，侃能校，皆书生之幸事也"。

黄侃用古抄本对校《文选》之成果，今部分保存在《文选平点》中②，见于黄侃对李善《上文选注表》及《文选》之卷一、卷二、卷九、卷十、卷十一、卷十二六卷的评点中，共有校语约百条；另据古抄本标记校得异文二条③、据古抄本旁注校得异文六条，再结合上引黄氏于徐行可藏本卷后识语，可以发现，黄侃不仅仅是校录异文，还以古抄本来佐证已有校勘，更试图解决一些"选学"中的争议问题。

如《西京赋》"建玄弋"，何焯在《义门读书记》中以理校法推测：

> 杜牧诗："已建元戈收相土，应回翠帽过离宫。"疑即用此，今刻作元弋者，恐非。《史记·天官书》："杓端有两星：一内为矛，招摇；一外为盾，天锋。"晋灼曰："外，远北斗也，一名玄戈。"④

何说已得到余萧客、许巽行、孙志祖、胡绍煐、朱珔等人的赞同，不过多以理校，并未找到版本依据，而黄侃在对校日本古抄本时，发现"'玄弋'何焯改为'玄戈'。今见日本抄本，竟与之同"，这正为何焯的校勘提供了有力的版本依据，难怪黄侃要在徐行可藏本卷后识语中，激动地说"《西京》戈弋不混，验屺瞻之善雠乎"。

黄侃同时提到的"且崇贤书在，北海解亡，此编原校引书，独有臣君之说，是则子避父讳，其为北海之作，焯尔无疑。陆善经见之，此卷子引之"，也是"选学"中的一个存疑问题。北海为李善之子李邕。据《新唐书·文艺传》：

> 始善注《文选》，释事而忘意。书成以问邕，邕不敢对。善诘之，

---

① 屈守元：《文选导读》，第 127 页。
② 台北所印《文选黄氏学》及《黄季刚先生遗书》中之《评点昭明文选》均无对古抄本的校勘。
③ 黄侃称为"评"。
④ 何焯：《义门读书记》卷 45，中华书局 1987 年版，第 861 页。

邕意欲有所更，善曰："试为我补益之。"邕附事见义，善以其不可夺，故两书并行。①

但李邕注今未见有传本，《新唐书》此则记载是否可信，李邕是否真补益过《文选》李善注，是否存有佚文，一直是"选学"中一个存疑问题。《四库全书总目提要》卷一百八十六《文选注》条从李善注《文选》时李邕尚未出生否定了《新唐书》之说。黄侃在对校古抄本时，注意到在古抄本卷一《西京赋》"榆地络"上之标记云："榆，陆曰：臣君曰：以善反。申布也。""以善反"为李善注文，但此处不言"臣善"，而言"臣君"，黄侃以为说明此条注解乃出自李邕，邕因避父讳而将"善"改为"君"。由这条佚文，黄侃证《新唐书》记载是可信的，李邕确补益过乃父之注，且有佚文被陆善经注所引，保留在日本古抄本中。黄侃仅由"善"作"君"，便认定"其为北海之作，焯尔无疑"，不免武断。并且，杨守敬《日本访书志》据原本引此条标记，乃作"臣善"。颇疑"善""君"形近，黄侃或误认"善"为"君"。虽然黄侃此条并非确论，但其利用古抄本标记来解决"选学"疑难之思路是值得发扬的。

2. 罗振玉影唐写本《文选集注》残卷

《文选集注》原为日本金泽文库之物，后陆续散出。②原书为一百二十卷，集唐代各家之注，除李善注与五臣注外，还有陆善经注及佚名的《文选音决》和《文选抄》③。1918年罗振玉收集影印了十六卷，以《唐写文选集注残本》之名编入《嘉草轩丛书》。此十六卷为：卷四十八、卷五十九、卷六十二、卷六十三、卷六十六、卷六十八、卷七十一、卷七十三、卷七十九、卷八十五、卷八十八、卷九十一、卷九十三、卷九十四、卷一百零二、卷一百一十六。

1985年版《文选平点》篇首之《文选目录校记》载有与《文选集注》相关之校语，从中可见，黄侃已经对《集注》本进行了初步的检核，如第三十卷题下案"此卷据原写本印"④、第五十八卷蔡伯喈《郭林宗碑文》题下又云"唐本已下迄《褚渊碑文》之半，罗抄补，非影抄。《褚渊碑

①　欧阳修：《新唐书》卷202，中华书局1975年版，第5745页。
②　参见傅刚《文选版本研究》，第135页。
③　《文选音决》和《文选抄》，最早著录于日本藤原佐世《日本国见在书目》，皆作公孙罗撰。后世学者对此提出疑义，尚无确论。详见傅刚《文选版本研究》，第138—139页。
④　黄侃：《文选平点》，第33页。

文》后半，影抄后有缺"①，对《集注》的版本进行考辨。黄侃还通过对《集注》的检核，辨正了罗振玉对《集注》目次的校勘，如第四十七卷袁彦伯《三国名臣序赞》题下，黄侃案："唐本有，缺前半，迄此篇。后题'卷第九十四'。罗云有前后题，非。"② 可见，黄侃已经对《集注》本作了颇为细致的检核，为其对校作了充分准备。可惜的是黄侃有关《集注》本之校语仅存录在《文选平点》篇首之《文选目录校记》中，而在《文选平点》正文中则并未见及。

另外，黄侃"又闻《鸣沙石室古籍丛残》卅卷中（罗振玉印，六册三十元）有唐永隆写本《文选》卷二，又唐写本，又卷第廿五，又隋写本。凡《文选》四种，拟乞行可买之，以供校雠。"③ 但《文选目录校记》及《文选平点》都未见有相关校语。

3. 五臣本

黄侃校勘的底本是李善注本，他十分注重与五臣本的对校，据尤袤《文选注考异》录存了五臣本异文。尤袤在锓板《文选》时，校录了善本与五臣本异同，据尤刻本袁说友跋："《文选》以李善本为胜，尤公博极群书，今亲为雠校，有补学者。"但清嘉庆间胡克家翻刻尤袤本时，未得此校本。后光绪丙申（1896）武进盛宣怀得皕宋楼藏影宋抄本，重雕为《文选注考异》一卷，收入《常州先哲遗书》。

《黄侃日记》详细记录了其过录尤袤《文选注考异》中五臣本异文的过程。据1922年9月13日日记载"夕，行可来……又常州先正遗书（盛宣怀刻）尤本《文选考异》一卷见示"④，14日黄侃"过录《文选考异》于林翻胡本"⑤，16日"夕，仍过录文选考异"⑥。黄侃还在校录过程中，细心发现"其所出正文，有与胡本绝殊者。然则胡之影尤，已多误也"⑦。可见，黄侃对尤袤《文选注考异》应是完整校录、细致研究过的。据现在选学家考证胡刻本底本乃尤本之后期印本，黄侃对校过程中发现尤本正文有与胡本绝殊者，已经发现了些许端倪。

但在今本《文选平点》中，仅卷一至卷十四存有黄侃过录的尤袤《文

① 黄侃：《文选平点》，第55页。
② 同上书，第50页。
③ 黄侃：《黄侃日记》，第170页。
④ 同上。
⑤ 黄侃：《黄侃日记》，第171页。
⑥ 黄侃：《文选平点》，第176页。
⑦ 同上书，第171页。

选注考异》，并且篇章、条目多有遗漏。

4. 六臣本

1919 年商务印书馆影印宋刊建州本六臣注《文选》，收入《四部丛刊》初编。黄侃从徐行可处得见此本，即给予高度重视。1922 年 9 月 13 日日记云："行可近购《四部丛刊》中有影宋本六臣注卅册，余略一展视，疑即尤本之所出①，它日当假来校核，有此则无庸以重价买茶陵矣。"② 今查《文选平点》，确有若干六臣本校语。经检核，正与《四部丛刊》中有影宋六臣注本相符，知其所言不诬。

综上可见，黄侃确如其前言所说，用"杨守敬抄日本卷子本，罗振玉影印日本残卷子本已与此本校，又五臣六臣皆宜对校"③。可见其十分重视旧本的校勘价值，广求旧本以对校。但同时黄侃并不盲从旧本，他认为："旧本必须多见，一概阿之，以改今本，则嗜古者之愚。藏书家之所用自矜异，非学问之要矣。"④ 黄侃产生这样的感慨，是在其用傅云龙纂喜庐景日本延喜十三年（后梁乾化三年）2 月 5 日良峰众树刊本对校时。据《黄侃日记》载，民国十一年 9 月 13 日"夕，行可来，以《纂喜庐丛书》（德清傅云龙懋元刻）景日本延喜本《文选》第五残卷……见示"。⑤ 黄侃随即用此本对校，今本《文选平点》存录了几条校语。如在《文选目录校记》第二十卷曹子建《送应氏诗》二首题下注："曹诗第二首，又孙诗一首，据傅云龙纂喜庐景日本延喜十三年（后梁乾化三年）二月五日良峰众树刊之本校。"⑥ 在《平点》正文载孙子荆《征西官属送于陟阳候作诗》"吉凶如纠缲说"条校云："日本延喜残刊叶子本'缲'作'缠'。"⑦

经过这样一番仔细的对校，黄侃发现此本其实问题颇多，民国十一年 9 月 18 日日记中录其校勘记云：

> 过录傅云龙景日本延喜十三年良峰众树刊叶子本《文选》残卷于林翻胡本之书题馀纸。其字体小，殊置之不辨，惟昵作眤，似出六朝俗书；孙子荆诗迫逆作迫送，必为讹字；缲作缠，亦未是。至孙子荆

---

① 黄侃认为尤本自六臣本录出，这是四库馆臣的说法，现代学者倾向否定这一说法。

② 黄侃：《黄侃日记》，第 170 页。

③ 黄侃：《文选平点》，第 3 页。

④ 黄侃：《黄侃日记》，第 178 页。

⑤ 同上书，第 170 页。

⑥ 同上书，第 199 页。

⑦ 同上。

称名，或本旧题；尤本左传序尚题杜预也。所最奇侅者，孙诗之后即题"文选卷之五终"。今善注分昭明原卷，此在卷廿，则昭明必为卷十。又善本卷廿孙诗之后，尚有数首，而此遽然终卷，是分卷、卷序悉与昭明不合，恐此未必是《昭明文选》也。①

虽然景日本延喜本确实很早，"延喜本上下有墨框而无纵栏，盖初改卷为叶，尚存卷子旧式也"②，但黄侃经过仔细比勘，发现此本存在的种种讹误，特别是卷次上，由此判定此本"恐此未必是《昭明文选》也"，自然校勘价值不大，所以黄侃感慨旧本不可尽从。

（二）详考群书他校

《文选》所录诗文又别见于其他经史子集中，故可据他书以校《文选》正文。另外，《文选》李善注还广征博引，其所注引的文句亦应据原书校正。这些都属于他校的范围。黄侃校《文选》时便充分利用了他校法，主要表现在据他书校《文选》正文，以及覆校《文选》善注所引原文两大方面。

1. 详考出处，开列书单

在据他书校《文选》正文方面，黄侃首先据严可均《全上古三代秦汉三国六朝文》编目和杨守敬《古诗存目录》标识《文选》诗文又见何书何卷。据黄焯所撰 1985 年版《文选平点》的《例言》：

> 凡平点分为六卷。首列选目，于篇目下标明此篇又见何书何卷。文目下所注者，系据蒋礑校写严可均《全文》编目。其注诗目下者，系依徐行可移录杨守敬《古诗存》（序称《古诗辑存》）目录未定稿。黄先生平点本，系据湖北崇文书局翻刻鄱阳胡氏刻本，而其所写严杨二目，别见四明林氏翻刻胡刻本《文选》目录中，今故增入此本选目之内。③

查黄焯所整理的《文选平点》首列有《文选目录校记》，据上述例言，系黄侃标识于四明林氏翻刻胡刻本《文选》目录之上，而被黄焯增入此评点本的。此目录体例正符合黄焯所述，"于篇目下标明此篇又见何书何卷"④，

---

① 黄侃：《黄侃日记》，第 178 页。
② 同上。
③ 黄侃：《文选平点》，第 1 页。
④ 据中华书局 2006 年版《文选平点》之《例言》："参见之书文以小字列入相应之文标题下"，可知 1985 年版《文选平点》首列的《文选目录校记》为中华书局重辑本分入相应各篇标题之下。

如首篇班孟坚《两都赋》下标明："《后汉书》（后省称《后汉》）。诗《明堂》，《太平御览》五百卅三（后省称《览》）；《辟雍》《灵台》，《览》五百卅四。《全文后汉》廿四。"① 黄侃于"第一卷"目下注明："凡文题下所载他书征引皆据蒋斧校写严可均《全文》编目刻本迻写。"② 于第十九卷"诗甲"目下注明："凡题下所载他书征引皆据徐行可迻录杨守敬《古诗存》（序称《古诗辑存》）目录未定稿。"③

　　黄侃选用这两部书是有道理的。严可均《全上古三代秦汉三国六朝文》是严氏积二十七年之力，罗织而成的先唐文总集，可谓收罗完备，考证精审。是书的一大特点为于"各篇之末，注明见某书某卷，或再见、数十见，亦备细注明，以待覆检"，这就为后人检索每篇文章出处提供了方便。《古诗辑存》是杨守敬患明冯惟讷《诗纪》"所录多不注出典，亦间有舛误"，故欲"仿乌程严铁桥（可均）《全上古三代秦汉晋六朝文》之例，以《古诗纪》为蓝本，各著所出，缺者补之，伪者删之"④ 而成，光绪戊子（1888）初稿成，光绪三十一年（1905）覆校。但未见其成书，仅存此目录。母庚才、刘瑞玲整理《古诗存目录》前言认为："《古诗辑存》确有成书，遗憾的是不知稿本现存何处。今天我们所见到的仅是《古诗存目录》而已。"⑤ 黄侃所据之《古诗存目录》系徐行可借抄杨守敬本，其1922年3月2日日记云："行可来，久谈。以杨惺吾先生所辑《古诗存目》六册（少三国一册）见示。"⑥ 黄侃并在日记中评论是书曰："杨书即据冯惟讷《古诗纪》为底本，而疏其出处（亦不完全）。涂改纠错，殊不可理（此其第二次本）。昔年杨欲端尚书为之刊木，端辞之，盖知其书未佳也。先师刘君曾劝杨先刊目录，不知其书实未成也。"⑦ 黄侃据所见指出杨书仅备目录，实未成书，并直言杨书"涂改纠错，殊不可理"，"其书未佳"。但是此书据冯惟讷《古诗纪》为底本，而注其出处，确为后人提供了翻检之便。因此黄侃对此书还是较为重视的，其1928年8月18日日记载："行可寄来宜都杨氏《古诗辑存目》六厚册，是其手抄本，世间绝无者。"⑧ 并手自抄录。利用严可均《全上古三代秦汉三国六朝文》编目和

---

①　黄侃：《文选平点》，第1页。

②　同上。

③　黄侃：《黄侃日记》，第9页。

④　吴天任：《杨惺吾先生年谱》，台北艺文印书馆1974年版，第52页。

⑤　黄侃：《黄侃日记》，第116页。

⑥　同上。

⑦　同上。

⑧　同上书，第357页。

杨守敬《古诗存目录》二书，黄侃便可将《文选》诗文又见何书何卷更为全面准确地标识出来了。

黄侃还开列了校《文选》正文应用书目略表。

经：《石经尚书》《尚书注疏》《石经左传》《石经毛诗》

史：《史记》三家注、《汉书》及注、《后汉书》及注、《三国志》及注、《晋书》及音义、《宋书》《南齐书》《梁书》《南史》《北史》《战国策》《后汉纪》《华阳国志》《方舆胜览》《名胜志》

子：《北堂书钞》《群书治要》《初学记》《白帖》《事类赋》《太平御览》《说苑》《搜神记》《卮林》《世说新语》及注

集：《艺文类聚》《文苑英华》《玉台新咏》旧本、《乐府诗集》《古文苑》《古乐府》《楚辞》本书注、《蔡邕集》《阮籍集》《嵇康集》《陆云集》《鲍照集》《谢朓集》《陶潜集》《江淹集》《王献之书洛神赋残字》《李怀琳七仙帖》《颜真卿书东方画赞碑本》《文镜秘府论》①

据此，校《选》所需之基本典籍便一目了然了。可以说，黄侃利用严可均《全上古三代秦汉三国六朝文》编目和杨守敬《古诗辑存》目录，标注《文选》诗文出处，并开列了校《文选》正文应用书目四十九部，为全面他校提供了指导。

2. 实际他校并不全面

但是在实际校勘中，黄侃并没有检覆他所开列的四部群籍，按照他所标识的又见何书何卷来全面他校。虽然黄念容在《文选黄氏学叙》中云："凡萧《选》之文，见于诸史与本集及宋以前书，皆取以互校。"②但黄侃实际取用他校的书很有限：史部见引最多，有《史记》《汉书》《后汉书》《三国志》《晋书》《宋书》《梁书》《南史》等最基本的史籍。子书仅见引《太平御览》《说苑》。集部引书有《艺文类聚》《玉台新咏》《楚辞》《陶潜集》。并且所校数量也很少，仅四十校左右，像《太平御览》《说苑》《艺文类聚》都仅有几校。黄侃虽然已标明各篇诗文出处，并未据以检覆校对。如傅武仲《舞赋》，黄侃据严可均《全上古三代秦汉三国六朝文》编目，查明其见于《艺文类聚》四十三、《初学记》一五、《古文苑》

---

① 黄侃：《文选平点》，第57页。
② 黄念容：《文选黄氏学叙》，载黄侃《文选平点》，第2页。

《后汉书》四十三；曹植《美女篇》，黄侃据杨守敬《古诗辑存》目录，标注其见于《玉台新咏》二、《北堂书钞》百卅六、《艺文类聚》十八、《初学记》十九、本注廿一《秋胡诗》《太平御览》三百八十一、《乐府诗集》六十三，皆有众多出处，但查《文选平点》，并无一处相关校语。其他篇章的情况亦如是，虽明确地标识出处，但实际校勘中并无相应校语。毋庸讳言，黄侃对《文选》正文的他校并不充分。

3. 覆校《文选》善注所引原文

黄侃对《文选》的他校还体现在覆校《文选》善注所引的原文上，如《归田赋》"感老氏之遗诫，将回驾乎蓬庐"句，李善注引《老子》曰："驰骋田猎，令人心发狂。"黄侃就对校了《老子》："今本'田'作'畋'。"① 像这样的他校有十余校。另外黄侃还校正了近十处李善注引书名作者的讹误，如《宋孝武宣贵妃诔》"修诗贲道，称图照言"句，李善注引："世本曰：史皇作图。宋忠曰：史皇，黄帝臣也。图，谓画物象也。"黄校云："'忠'当作'衷'。"② 指出《世本》注者应作"宋衷"。黄侃还利用了清代的辑佚成果来他校。如利用马国翰《玉函山房辑佚书》，《射雉赋》"捷悬刀，骋绝技"句，李善注引薛君《韩诗章句》曰："骋，施也。"黄侃校曰："马辑薛君韩诗章句，施作驰。"③ 还利用了严可均《全上古三代秦汉三国六朝文》，如王延寿《鲁灵光殿赋》"神仙岳岳于栋间，玉女窥窗而下视"句，李善注引李尤《函谷关铭》曰："玉女流眄而下视。"黄侃校曰："'铭'当作'赋'，严氏《全后汉文》赋下，李尤别有《函谷关铭》。"④

黄侃运用他校总计近八十处，在其校勘总数中所占比重并不大，对他校的运用还很有限。但其利用严可均《全上古三代秦汉三国六朝文》编目和杨守敬《古诗辑存》目录标注《文选》诗文又见何书何卷，并开列了校《文选》正文应用书目四十九部，为全面他校提供了指导，至今仍对《文选》的校勘有一定的参考价值。

（三）利用李善注本校

本校一直是《文选》校勘的一项重要方法，特别是利用李善注本校，向为校家所重。善注释事明典，凡字有所本，必穷其出处，旁征博引古籍达一千五六百种，这对《文选》正文的校勘无疑是重要的资源。至于李善

---

① 黄侃：《文选平点》，第 146 页。
② 同上书，第 628 页。
③ 同上书，第 92 页。
④ 同上书，第 109 页。

对字词的注音、训释及对文义的阐释等，也都可以为《文选》校勘服务。胡克家《文选考异》就充分利用善注本校，取得了大量信实可靠的成果。黄侃在校勘《文选》中，亦十分重视利用善注本校，是其运用最为充分的校勘方法。

1. 全面利用李善注校勘

黄侃将李善注作为重要的校勘依据，颇为全面地利用了李善注校勘：或以李善注引他书校，如谢灵运《拟魏太子邺中集诗八首》"夜听极星阑，朝游穷曛黑"句，李善注："《毛诗》曰：子兴视夜，明星有烂。"黄校："依注，'阑'作'烂'。"① 或据李善所注事典校，如《王文宪集序》"郭璞誓以淮水"句，李善释其出典为："王氏家谱曰：初王导渡淮，使郭璞筮之，卦成，璞曰：吉无不利。淮水绝，王氏灭。"可见此句是用了"王导渡淮，使郭璞筮之"一事，文中"誓"字有误。黄侃校曰："'誓'据注作'筮'。"② 或据李善注对文句义理的阐释校，如扬雄《剧秦美新》"宜命贤哲作《帝典》一篇，旧三为一袭，以示来人，摛之罔极"一句，李善注曰："言宜命贤智作《帝典》一篇，足旧二典而成三典也。谓《尧典》《舜典》。"黄校："'旧三'据注当作'旧二'二字，自来皆未校正，言'旧二'典，为此一袭因而成三也，作'旧三'，则不可通。"③ 黄侃利用李善注校得的这类成果有近三十条，皆不见于《文选考异》，可补《考异》之遗。

2. 利用李善注引《文选》本校

黄侃在校勘的过程中，充分利用了李善注的各种体例，特别是充分利用李善注引《文选》所载文章这一体例来本校，取得不少成果。李善注《文选》将很大精力放在释字词文句的出处上，所谓："诸引文证，皆举先以明后，以示作者必有所祖述也。"④ 其中不少地方直接引录的便是见载于《文选》的文章。如：江文通《从冠军建平王登庐山香炉峰》"中坐睤蜿虹"一句，李善注便引《西京赋》："睤蜿虹之长鬐。"而李善注引中"蜿"字与张衡《西京赋》本文"睤宛虹之长鬐"之"宛"字有异，正可备校《西京赋》本文。李善注引《文选》篇章不少，这便为校《文选》正文提供了重要资源。像颜延之《三月三日曲水诗序》一篇李善注便引了近十篇《文选》篇章，有多处注引文字与本文有异，李善所注引《文选》

① 黄侃：《文选平点》，第365页。
② 同上书，第533页。
③ 同上书，第552页。
④ （梁）萧统：《文选》，第1页。

的校勘价值由此可见一斑。

但历来校《选》者虽多，似乎都忽视了李善注引《文选》所载文章的价值，旨在还原善注本的《文选考异》，也只是偶加利用。黄侃则在《文选平点》中，首次大规模地利用李善注引《文选》所载文章以作本校。如其校《西京赋》就利用了多处李善注引：《西京赋》"是以多识前代之载"句，黄侃校曰："颜延年《陶征士诔》（李善）注引'代'作'世'。""天启其心"句，黄校："陆佐公《石阙铭》注引'其心'作'之心'。""状巍峨以岌嶪"句，黄校："王元长《三月三日曲水诗序》注引'岌嶪'作'嶪岌'。""瞰宛虹之长鬐"句，黄校："江文通《从冠军建平王登庐山香炉峰诗》注引'宛'作'蜿'。""濯灵芝以朱柯"句，黄校："张景阳《七命》注引作'擢灵芝之朱柯'。""所恶成创痏"句，黄校："沈休文《恩幸传论》注'创'作'疮'。""睢盱拔扈"句，黄校："陈孔璋《为袁绍檄豫州》注引'拔'作'跋'，刘孝标《广绝交论》注引亦作'跋'，任彦升《齐竞陵文宣王行状》引亦作'跋'。""洪涯立而指麾"句，黄校："陆士衡《前缓声歌》注引'涯'作'崖'。"①

3. 覆校李善注所引《文选》

利用李善注引的《文选》可以本校《文选》正文，但另一方面，李善注引的《文选》字句本身也存在讹误，需要覆校原文。黄侃校《文选》的另一个重点就是覆校李善注所引《文选》，共计一百一十余校，在黄校总数中所占比例最重。

其中有十余校是校正作者篇名，如鲍明远《玩月城西门解中》"客游厌苦辛，仕子倦飘尘"，李善注引："陆机《答张士然诗》曰：飘飘冒风尘。"黄侃便指出："'机'，改'云'。"②《叹逝赋》"昵交密友，亦不半在"，李善注引："《长笛赋》曰：密友近宾。"黄校曰："《长笛赋》改嵇康《琴赋》。"③

更多的校勘是对李善注引《文选》之字句进行覆校。赋如《芜城赋》"东都妙姬，南国丽人"，李善注引曹子建诗曰："南国有佳人，华容若桃李。"黄侃校曰："本诗'华容'作'容华'。"④诗如应吉甫《晋武帝华林园集诗》"玄泽滂流，仁风潜扇"，李善注引《典引》曰："仁风翔于海

① 黄侃：《文选平点》，第16—24页。
② 同上书，第351页。
③ 同上书，第152页。
④ 同上书，第106页。

表。"黄侃校曰:"原文'于'作'乎'。"① 文如《七发》"凌赤岸,篲扶桑,横奔似雷行",李善注引《曹子建表》曰:"南至赤岸。"黄侃校曰:"原表,'至'作'极'。"②

本校法是黄侃最重视的校勘方法,他基于对《文选》及李善注的精熟,大规模利用李善注所引见载于《文选》的文字与《文选》原文互校,具有首创性,可以说为《文选》校勘又辟蹊径,其所校录的大量异文,也为后世校《选》者积累了宝贵的资源。

(四)细研文本理校

黄侃读书精审细致,其校《文选》通过细研文本而理校出不少成果。理校《文选》,需要校者对文学作品有透彻的理解力,从字句到全篇、从文气到文义,都要能以意逆志,体会作者之用心。黄侃文学功底深厚,熟精选理,因而总能敏锐发现舛误之处,如《陶征士诔》"睦亲之行,至自非敦"句,黄侃敏锐感到"至自非敦"于义难解,他以为:"或当言出于自然,非由敦迫也。当作'自至非敦',言由安而行之,不由勉强也。"③

理校还需要以广博的知识为基础,黄侃研经阅史,涉猎广博,故能游刃有余地综合运用文史知识来校勘。如陈孔璋《檄吴将校部曲文》开篇:"年月朔日子,尚书令或,告江东诸将校部曲及孙权宗亲中外",表示整篇檄文乃"尚书令或"对东吴的训话。据李善注引《魏志》曰:"荀彧,字文若,颍川人也,太祖进彧为汉侍中,守尚书令。"但黄侃却发现:"此篇中事多在彧薨后,恐尚书令彧之'彧'字,为后人以意沾之耳。又疑此'或'本作'或',犹称何人,称某,称某甲耳。"④ 黄侃对史实的精熟可见一斑,并且将之运用到《文选》校勘中,故能发人所未发。

黄侃涉猎广博,文学功底尤为深厚,因而其对《文选》的理校,往往能得出较为中肯的结论。特别对一些《文选》校勘中的难点,通过理校提出了全新的认识。今试举其中有代表性的两例。

1. 校定谢玄晖《和王主簿怨情》末句为"故人心不见"

谢玄晖《和王主簿怨情》末句应为"故人心不见"还是"故心人不见",向来众说纷纭。李善本作"故人心不见",五臣本作"故心人不见",本集两说并存。是非的判定,有待于对诗意的深入理解。谢朓全

① 黄侃:《文选平点》,第194页。
② 同上书,第417页。
③ 同上书,第625页。
④ 同上书,第511页。

诗为：

> 掖庭聘绝国，长门失欢宴。相逢咏麋芜，辞宠悲班扇。花丛乱数蝶，风帘入双燕。徒使春带赊，坐惜红妆变。生平一顾重，宿昔千金贱。故人心尚尔，故人心不见。

诗的前四句，分举王昭君、陈阿娇、古乐府中的弃妇、班婕妤四个最有名的怨妇典故，再转为景语，以"数蝶""双燕"这样和谐美好的春景，来反衬自己的落寞失宠。此八句的情景交替句句指向"怨情"，诗意是比较明朗的。但接下来，谢朓用了一个较难理解的典故，诗意便转为迷离，致使全诗诗意之结穴的尾句，无从理解了。于是便出现了对末句几种不同的理解，分别支持"故人心不见""故心人不见"两种不同的文本。

其中，支持"故心人不见"这一文本的，以五臣和胡克家《文选考异》为代表。五臣对"平生"二句的理解是："平生谓少年日，宿昔衰老时也。少年日顾颜色以相重，衰老恩移，则千金之躯忽见捐弃，亦犹时君不顾旧臣有功不录也。"因而解释末句意思曰："'故人心尚尔'谓君心不回也，'故心人不见'谓妇人之心恋于夫也、忠臣之志恳于君也。"这一充满政治色彩的解释，显然与谢诗艳丽伤感的诗境是背道而驰的，无怪乎胡克家《文选考异》讥讽"其义甚谬"。

胡克家《文选考异》则认为：

> 上句"故人心尚尔"，承"生平一顾重"言之，谓辞宠之未尝易操也。此句"故心人不见"，承"宿昔千金贱"言之，谓相逢之遽已贬价也，此情之所为怨也。传写下句涉上倒两字，绝不可通，非善如此。①

《考异》非常坚决地断定作"故人心不见""绝不可通"。但按"故心人不见"文本，其对诗意的阐释并未比五臣明晰。其大意或谓，"生平一顾重""宿昔千金贱"分别代表了"辞宠"与"贬价"，而末句正是承此二句而来，在"辞宠"与"贬价"的对比中，便产生了无限的怨情，看似有理。但具体落实到"故人心尚尔"何以便"谓辞宠之未尝易操也"；"故心人不见"又如何"谓相逢之遽已贬价也"，实让人百思不得其解。

---

① （清）胡克家：《文选考异》，载（梁）萧统编《文选》，第1418页。

黄侃不同意两家对诗意的阐释，他认为两家都将谢朓的诗意复杂化了，特别是在"生平、宿昔"的理解上出了偏差。二句意思并不是一正一反，而是"生平、宿昔，一意；一顾重、千金贱，一意，此复语耳"①，意思是一致的，都是用楚成王千金换夫人子眢一顾典，表示曾经倍受君王宠爱。这样末二句意思也就不复杂了："末二句一问一答，云故人心岂当如生平宿昔乎。今则不见此心矣。"② 即上承"生平、宿昔"两句，一问君王对我的宠爱之心犹在吗？一答君王对我的宠爱之心已不在。因此，黄侃认为"故人心不见"这一文本为是。

按照黄侃的解释，不仅后四句不再晦涩，整个诗意也能融会贯通，浑然一体。君王曾有的宠爱之心已不见，正好接续诗前八句所烘托的"怨情"。黄侃对诗意的理解无疑较五臣、胡克家《文选考异》为胜。其校订文本为"故人心不见"，也便更具说服力了。

2. 校定陶渊明《杂诗》（结庐在人境）末二句为"此还有真意，欲辩已忘言"

陶渊明《杂诗》（结庐在人境）末句，李善本作"此还有真意，欲辩已忘言"，陶渊明本集作"此中有真意，欲辩已忘言"。对于这一异文，黄侃是联系上下文义来校勘的，陶诗全篇为：

> 结庐在人境，而无车马喧。问君何能尔？心远地自偏。采菊东篱下，悠然望南山。山气日夕佳，飞鸟相与还。此还有真意，欲辩已忘言。

黄侃仔细研读了李善对"此还"的注解，以为如果结合上句"飞鸟相与还"观之，"此还"当不误。李善是用"楚辞曰：狐死必首丘。夫人孰能反其真情"③ 来注释"此还"的。而狐死首丘，乃是一种天性，这与"飞鸟相与还""夫鸟之飞，必还山集谷也"④ 是一个道理。因此，黄侃认为"观注引狐死首丘说之，则仍即上'飞鸟'之还也"⑤，陶渊明正是借此表达他返回自然和"飞鸟相与还"一样是返其真情。所以，黄侃认为此处用"此还"即指上"飞鸟"之还，诗意是相承的。

---

① 黄侃：《文选平点》，第 355 页。
② 同上书，第 356 页。
③ （梁）萧统：《文选》，第 1391 页。
④ 同上。
⑤ 黄侃：《文选平点》，第 346 页。

（五）黄侃以小学助校勘

黄侃为小学名家，在文字、音韵、训诂上功力深厚，在校勘《文选》过程中，他便充分利用了小学知识，取得左右逢源的效果。

1. 黄侃以文字学校勘

《文选平点》中不乏黄侃利用文字学的精彩校勘。比如《招魂》"倚沼畦瀛兮遥望博"一句，黄侃校"畦"字衍，应作"倚沼瀛"，便是颇为成功的一例。黄侃具体的校语为：

> 畦，即瀛也。详《蜀都赋》，刘注引王逸曰："瀛，泽中也。班固以为畦。"是王本本无"畦"字。然作"畦"者，古字假借，以"畦"为"洼"。"瀛"，又"洼"之后出字耳。沼、畦、瀛三字联文，虽古不避复语，而此讹羡，既有明征，不得用彼之例矣。①

黄侃此校主要根据《蜀都赋》刘逵注。《蜀都赋》"其沃瀛则有攒蒋丛蒲"，刘逵注"《楚辞》曰：倚沼畦瀛。王逸云：瀛，泽中也。班固以为畦"②，说明了班固将"瀛"解作"畦"。黄侃据此推测："是《楚辞》本作'倚沼瀛'，而孟坚解之为畦，录者并书畦瀛，遂至文不比类。"认为《招魂》原文本作"倚沼瀛"，但后人将班固的注文混入正文，所以才出现了"倚沼畦瀛"之讹。那么，"瀛"何以能解为"畦"，两字之间有何关系呢？这就需要从文字学上加以解释了。黄侃指出"畦"者假借为"洼"，而"瀛"字又是"洼"之后出字。可知"畦"即"瀛"字，两字重复。将"畦""瀛"两字的关系解释得清晰明白，为此处校勘提供了内在依据。黄侃此校也得到今人姜亮夫的基本赞同③。

黄侃以文字学校勘更突出表现在他充分利用字书上，特别是《说文解字》，可谓黄侃校《选》之利器。《说文解字》是黄侃毕生精研之书，凭借对《说文》的精熟，黄侃能够对《文选》注引的《说文》内容敏锐地予以校正。《文选平点》中直接利用《说文》的校勘有十余处，或纠正注引《说文》原文之误，如《东京赋》"迄上林，结徒营"，李善注引《说文》曰："营，市居也。"黄侃指出："'市'当作'帀'。"④或据注引《说文》纠《文选》正文之讹，如《吴都赋》"夤缘山岳之岊"，刘逵注：

---

① 黄侃：《文选平点》，第411页。
② （梁）萧统：《文选》，第182页。
③ 参见姜亮夫《楚辞通故》（第四辑），齐鲁书社1985年版，第766页。
④ 黄侃：《文选平点》，第36页。

"《许氏记字》曰：岊，陬隅而山之节也。"黄侃校曰："'岊'当作'峃'，据引《说文》，字当如此。又刘注引《许氏记字》，即《说文》。"① 再如《西京赋》"风骞骜于薎标"，李善注引《说文》曰："骞，飞貌也。"黄侃校曰："据注引《说文》，'骞'当作'骞'。"②

2. 用音韵学校勘

黄侃在校勘《文选》时也充分运用了音韵学。或纠正《文选》注中所标反切之误，如《西都赋》"增盘崔嵬"，李善注："王逸《楚辞注》曰：嵬，高也，才迴切。"黄侃指出"才迴切"中"'才'字误"③。或据《文选》注音纠正文之讹，如《吴都赋》"鱼鸟聱耴"，李善曰："聱耴，众声也。埤苍云：聱，不听也，鱼幽切。耴，牛乙切。"黄侃校曰："'耴'据音当作'耴'，从耳，乙声，非'辄'所从之'耴'字也。"④

由于《文选》所载文体中多为韵文，讲求押韵，故利用押韵也是校勘《文选》颇为有效的一种方法。黄侃便利用押韵，发现了一些错讹，如王仲宣《赠蔡子笃诗》：

> 翼翼飞鸾，载飞载东。我友云徂，言戾旧邦。舫舟翩翩，以溯大江。蔚矣荒涂，时行靡通。慨我怀慕，君子所同。悠悠世路，乱离多阻。济岱江行，邈焉异处。风流云散，一别如雨。人生实难，愿其弗与。瞻望遐路，允企伊伫。烈烈冬日，肃肃凄风。潜鳞在渊，归雁载轩。苟非鸿雕，孰能飞翻？虽则追慕，予思罔宣。瞻望东路，惨怆增叹。率彼江流，爰逝靡期。君子信誓，不迁于时。及子同寮，生死固之。何以赠行？言授斯诗。中心孔悼，涕泪涟洏。嗟尔君子，如何勿思！⑤

黄侃指出"烈烈冬日，肃肃凄风"一句有误。因为"'风'与下不韵"⑥，查此诗所押韵，"东、邦、江、通、同"一韵，"阻、处、雨、与、伫"一韵，"轩、翻、宣、叹"一韵，"期、时、之、诗、洏、思"一韵，而"风"字与其上下句韵皆不协，故黄侃疑其有误，是很有道理的。

---

① 黄侃：《文选平点》，第58页。
② 同上书，第19页。
③ 同上书，第6页。
④ 同上书，第58页。
⑤ （梁）萧统：《文选》，第1102页。
⑥ 黄侃：《文选平点》，第239页。

3. 据训诂学校勘

黄侃在校《文选》时也运用了训诂知识，如利用《尔雅》《小尔雅》这类训诂书来解决文本问题。如《西京赋》"群窈窕之华丽，嗟内顾之所观"，李善注引《小尔雅》曰："嗟，发声也。"① 黄侃据《小尔雅》校正曰："'嗟'当作'羌'，据注引《小雅》当如此，注同。"②

综上所述，黄侃在校勘《文选》时，综合运用了对校、本校、他校、理校等各种方法，尤以本校法运用最多，并十分重视小学在校勘中的作用。当然，黄侃常常是综合运用各种方法进行校勘的，如其对张茂先《情诗》的校勘，张诗原文为：

> 清风动帷帘，晨月照幽房。佳人处遐远，兰室无容光。襟怀拥灵景，轻衾覆空床。居欢惕夜促，在戚怨宵长。拊枕独啸叹，感慨心内伤。③

黄侃校"襟怀拥灵景"之"灵"字作"虚"。他的具体根据是："'灵'五臣作'虚'，疑是也。言徒想其形容，正承'兰室无容光'而言。如作'灵'，善当有注。《玉台》亦作'虚'。"④ 在这则校勘中，黄侃首先对校了五臣本，进而运用理校，认为作"虚"字"言徒想其形容"，更符合上文。而其联系"兰室无容光"句及以善注为佐证，属于本校的范围。最后旁引《玉台新咏》，则是他校。在这则校勘中，黄侃便综合运用了四种校勘方法。

从黄侃对《文选》的实际校勘中可以总结出他在校《选》时坚持了如下校勘原则与思想。

第一，多闻阙疑，反对妄改。黄侃认为"书籍流传，自多歧互，何浅人之不惮烦而屡改古籍耶？"⑤ 在校《文选》时，他力避主观臆断，特别是在校定与李善注相悖的异文时，格外慎重，一般皆存疑，作"不当辄改"。如陶渊明《杂诗》"远我达世情"，陶本集"达"作"遗"，但黄侃

---

① （梁）萧统：《文选》，第55页。
② 黄侃：《文选平点》，第18页。
③ （梁）萧统：《文选》，第1369页。
④ 黄侃：《文选平点》，第336页。
⑤ 黄侃：《黄侃日记》，第66页。

认为此处善注曰:"缠子,董无心曰:无心,鄙人也,不识世情。"李善既以"不识世情"释此句义,则应"然按李注,不当辄改"①。

第二,校必有据,孤证不立。如《东京赋》"罔然若醒,朝罢夕倦"句,黄侃已经意识到"此处羡一字"②,但因"无本可斠"②而存疑待考。《七发》"凌赤岸,篲扶桑,横奔似雷行"句,黄侃校曰:"汪中说,郭璞《江赋》'鼓洪涛于赤岸,沦余波于柴桑'正承用此文,然则'扶桑'乃'柴桑'之误。案汪所举孤证,不足以改此文。"③虽然参借了汪中说,但因汪所举为孤证,故"不足以改此文"。在校勘依据不足,仅有孤证的情况下,黄侃只是客观地保存异文,很少妄下断语。在与《文选》其他版本对校,或以别书他校时,黄侃都是仅存录异文,而不下断语,其校语多为"别本作某""某书作某""据注及别本作某"等形式,仅在有足够依据的情况下,才作"某易某""某改某""某当作某"。

第三,重视旧本,但不盲从。黄侃在校勘《文选》时,广搜旧本,对校了日本古抄无注本、《四部丛刊》影宋六臣本等。这些旧本由于时代早,无疑具有重要的校勘价值。但通过实际的校勘,黄侃意识到旧本不可尽信。如其运用了傅云龙纂喜庐景日本延喜十三年(后梁乾化三年)良峰众树刊本《文选》对校,虽然此本时代很早,但通过仔细对校,黄侃发现实则未必是《昭明文选》,校勘价值不大,所以感慨道:"旧本必须多见,一概阿之,以改今本,则嗜古者之愚。藏书家之所用自矜异,非学问之要矣。"表明重视旧本,但不盲从的态度。

上述黄侃的校勘原则与思想是与清代乾嘉时期的校勘思想相一致的,不妄改古书、重视旧本、孤证不立等校勘原则,乾嘉诸老如钱大昕、顾广圻等皆奉为圭臬。可见,黄侃依旧走的是乾嘉朴学的路子,其校勘思想与清代朴学家一脉相承。

三 黄侃校勘《文选》的得失

据笔者统计,黄侃对《文选》的校勘共计1920余条,除去与前人成果雷同之处,有800余条为独立校得,其规模数固然无法与胡克家《文选考异》、梁章钜《文选旁证》相比,但亦具有多方面的价值。

第一,保存了一些稀见版本的异文。黄侃广搜古本对校,并皆以死校

---

① 黄侃:《黄侃日记》,第346页。
② 同上书,第39页。
③ 黄侃:《文选平点》,第417页,"柴桑""扶桑"互讹,此据上海古籍出版社本第196页改。

法客观存录异文，故《文选平点》中保存了一些《文选》稀见版本的异文。其中尤为珍贵的如日本古抄本。此本后归北京故宫博物院，今存台湾"故宫"。先后以此本对校者计有：杨守敬、傅增湘、黄侃、向宗鲁、高步瀛。杨氏自称其亲用此本校勘，但其校语不知所存。傅校本今存国家图书馆，向校本据屈守元先生言亦不知所终。高步瀛《文选李注义疏》仅对校了古抄本卷一、卷二，数量有限。可见，古抄本原本既不易得，校本亦罕有流通，今存于《文选平点》中的黄侃所校的近百条异文，便具有了重要的参考价值。

第二，辨正了前人校勘中的讹误。黄侃对何焯、汪中、孙志祖、朱珔等人的校勘均有辨正，特别是对胡克家《文选考异》，有七十余条补充与辨析，其说多信实有据，不可忽视。

第三，解决了一些疑难问题。黄侃格外关注《文选》校勘中的疑难纷争，对不少问题均有卓见。如关于《神女赋》玉、王互讹问题就发表了可贵的意见。最早提出宋玉《神女赋》玉、王互讹的是宋代沈括。其《梦溪补笔谈》卷一云：

> 自古言楚襄王梦与神女遇，以《楚辞》考之，似未然。《高唐赋序》云："昔者先王尝游高唐，怠而昼寝，梦见一妇人曰：'妾，巫山之女也，为高唐之客，朝为行云，暮为行雨，故立庙号为朝云。'"其日先王尝游高唐梦神女者，怀王也，非襄王也。又《神女赋序》曰："楚襄王与宋玉游于云梦之浦，使玉赋高唐之事。其夜王寝，梦与神女遇……王异之，明日以白玉。玉曰：'其梦若何？'对曰：'晡夕之后，精神恍惚，若有所喜……见一妇人，状甚奇异。'玉曰：'状何如也？'王曰：'茂矣美矣，诸好备矣。盛矣丽矣，难测究矣。……瑰姿玮态，不可胜赞……'王曰：'若此盛矣，试为寡人赋之'。"
>
> 以文考之，所云"茂矣"至"不可胜赞"云云，皆王之言也，宋玉称叹之可也，不当却云"王曰：'若此盛矣，试为寡人赋之'"。又曰"明日以白玉"，人君与其臣语，不当称"白"。又其赋曰："他人莫睹，王览其状……望余帷而延视兮，若流波之将澜。"若宋玉代王赋之若王之自言者，则不当自云"他人莫睹，王览其状"；既称"王览其状"即是宋玉之言也，又不知称"余"者谁也。
>
> 以此考之，则"其夜王寝，梦与神女遇"者，"王"字乃"玉"字耳；"明日以白玉"者，"以白王"也。"王"与"玉"字误书之耳。前日梦神女者，怀王也；其夜梦神女者，宋玉也。襄王无预焉，

从来枉受其名耳。①

沈括所见的是一个襄王梦神女的版本，他认为襄王梦神女的版本有三处不通：第一，若是"王曰茂矣美矣"云云，后当为宋玉言，不当又另起云"王曰若此盛矣"，致接连二个"王曰"；第二，人君与其臣语，不当称"白"；第三，"王览其状"是第三人称，下文"望予帷"云云为第一人称。若宋玉此段为代言，则与"王览其状"矛盾，若宋玉为引叙则与"望予帷"龃龉，故应是"玉览其状"。因而，沈括认为此本"玉""王"互讹，应按宋玉梦神女来修正文本。

随后，宋代姚宽在其《西溪丛语》卷上也附合沈说。沈、姚的玉梦说，引起了明清学者的注意，明代张凤翼《文选纂注》即暗袭沈、姚之说，云："明是玉梦，非王梦也，作王梦解者殊未体贴本文。"清代何焯首先声援此说，从此，玉梦说大昌，余萧客《文选音义》、许巽行《文选笔记》、汪师韩《文选理学权舆》、胡克家《文选考异》、梁章钜《文选旁证》等大多数选学家均赞同此说，玉梦说得到了普遍的认同，甚至成为理校法的成功范例。

明清学者只有少数站在王梦说一边，如冯浩、赵曦明等。其中赵氏的论据较为充分，其说见于孙志祖的《文选考异》：

> 二赋高唐之末曰："王将欲见之"云云。《神女》之起曰"其夜王寝，果梦与神女遇"，上下紧相承接，岂得欲见者是襄王，入梦者反不是襄王，而是宋玉。《容斋五笔》所载其谬固有不待辨而可明者。
>
> "调心肠"以下复加"王曰"者，既答而复言。《语》《孟》中皆有之。乃张凤翼不悟其非，攘为己说，改第二第三第五第六四王字为玉字，第三第四第五三玉字为王字，义门老眼亦极口称之，不管二赋文理承接云何，其可怪也。"白"以告语，为义上下可通，即如"锡"为上锡下之词，而"师锡帝曰"，下亦用之于上矣。梦是王梦，赋是王使宋赋，所以少陵诗曰："侍臣书王梦，赋有冠古才。"②

赵曦明的理由有三：第一，《神女赋》与《高唐赋》是文理相连的姊妹篇。《高唐赋》之末曰："王将欲见之"，是楚襄王欲见高唐神女；《神女

---

① （宋）沈括：《梦溪补笔谈》卷1，《文渊阁四库全书》本。
② （清）孙志祖：《文选考异》卷2，清嘉庆四年顾修辑刻《读画斋丛书》本。

赋》开篇即言"其夜王寝，果梦与神女遇"，正与《高唐赋》上下紧相承接，也应当是襄王梦见神女。第二，"调心肠"以下复加"王曰"者，既答而复言，《论语》《孟子》中皆有这类用法。第三，"白"以告语，为义上下可通，即如"锡"为上锡下之词，而"师锡帝曰"，下亦用之于上矣。其后两点显然是驳斥沈括的。

黄侃在对《神女赋》的评点中站在了王梦说一边。首先他表示赞同赵曦明："侃所说竟与赵曦明同，今夜览孙志祖《文选考异》见之，为之一快。壬戌七夕记。"①在评点中黄侃援引并补充了赵说：第一，"赵曦明说此篇与上篇'王将欲往见'，上下紧相承接。"第二，"'王曰：若此盛矣'，此'王曰'乃更端之词，赵曰：《语》《孟》中皆有之。"第三，"'明日以白玉'句，上告下亦可称'白'，'白'犹报也。沈存中、姚宽之误，皆由不解此'白'字耳。赵举'锡'字为例，侃曰'赣'亦是也。"②

黄侃认为通过对两个"王曰"，及"白"字用法的考证，已经驳回了沈括两项最重要的依据："前一'白'字，此一'王曰'，是疑误之由。若知'白'本上下通文，等于'诏'、'赣'；'王曰'更端常例，证在《易》《书》，则宜僚弄丸，两难俱解。"③

除补充赵曦明提出的这两点之外，黄侃还对沈括所说的人称问题予以反驳："'望余帷而延视兮'，'余'者，宋玉代襄王自余也。下同。"④这样就将沈括提出的三点理由都驳斥了。

另外，黄侃还驳斥了其他玉梦说的观点："若以先王所幸，襄王不应梦，则宋玉应梦之耶。不知昔者先王，宋玉固未尝实指其为怀王，然则朝云之庙盖已远矣。"对于有的玉梦说者提出怀王所幸，襄王不应梦的观点，黄侃认为若真为怀王所幸，则宋玉亦不应梦，何况黄侃认为《高唐赋》中的先王并未实指为怀王。

黄侃还对玉梦说发难，指出"若作玉梦神女，则'试为寡人'及'王见其状'不可通"⑤，如果是宋玉梦神女，襄王怎么会让宋玉"试为寡人赋之"为自己代言赋神女呢，又怎么会有"王见其状"襄王览神女之状之言？而"'王览其状'句若作'玉览其状'，何云'试为寡人赋之'"，即

---

①　黄侃：《文选平点》，第74页。
②　同上书，第73页。
③　同上。
④　同上。
⑤　同上。

便"王览其状"句作"玉览其状",是宋玉梦到神女,览神女之状,那也仍与"试为寡人赋之"为襄王代言赋神女相矛盾。

最后,黄侃对《神女赋》的思路予以理顺,他认为:"盖梦与神遇者王也,以状告玉者,亦王也。自下玉赋,乃承王之命,因王之辞而赋之。"① 黄侃指出:"诸校勘之家皆于此未能照了,故所说多误。"②

综上,黄侃从几个方面有力地驳斥了玉梦说,为王梦说提供了新的论证。但黄侃在跋日本古抄本时,却发现古抄本作玉梦:"《神女》玉王互讹,证存中沈括之妙解。"表示赞赏沈括的玉梦说。对这一前后矛盾的现象,杨明师有较为切实的判断,他认为:"据屈(守元)先生说,黄氏借阅古抄本,大概在1922年前。《文选平点》中赞同赵曦明的话,则写于1922年(壬戌)七夕。黄氏发表相互矛盾的意见,孰先孰后,以何者为定,不易判断。笔者以为《文选平点》所述当在后,应是其定见。"③

但毋庸讳言,黄侃的校勘尚存在很多不足之处。

第一,校勘不全。黄侃校勘《文选》总计一千九百二十余处,在数量和规模上,远远不及胡克家《文选考异》、梁章钜《文选旁证》。事实上,黄侃并不以全面校勘为旨归,其对《文选》的校勘,并非逐字逐句通校,而是就其所见讹误,校改于旁,显然是以拾遗补阙、纠谬订讹为目的。另外,《文选平点》校勘不全还体现在用日本古抄本、五臣本、六臣本等对校时都有始无终,并不完整。黄侃批阅《文选》多次,今本《文选平点》仅就其中两个过录本整理,或不能全面存录黄校。屈守元先生谓"《文选平点》并不能反映季刚先生对《文选》的校勘成就",盖非虚言。

第二,偶见矛盾。《文选平点》中有些校勘自相矛盾,如《羽猎赋》"章皇周流,出入日月,天与地杳",应劭注曰"杳,合也",黄侃校曰:"'杳'当从《汉书》颜本作'杳','杳'者'曶'之借,望远合也。作'杳'失韵,应注亦当本作'杳'。"④ 认为"杳"应作"杳"。但黄侃继之又云:"作'杳'亦可,此用《天问》,上与'月'韵,不当辄改。"⑤ 两种结论,自相矛盾,表明黄侃认识的时移不定。

第三,间有臆断。虽然黄侃明确表示反对主观臆断,主张多闻阙疑,

---

① 黄侃:《文选平点》,第73页。
② 同上。
③ 杨明:《是谁梦见了巫山神女——关于宋玉〈神女赋〉的异文》,《汉唐文学研赏集》,上海古籍出版社2010年版,第176页注4。
④ 黄侃:《文选平点》,第87页。
⑤ 同上。

但亦偶有臆断之处在所。如上述其据日本古抄本标记内陆善经注引中有"臣君"二字，便认定此条注解原出自李邕，就不免武断。

第四，多雷同《考异》。黄侃与《考异》雷同之校计有一千一百余处，占其校勘总数的一半还多。《文选考异》作为清代《文选》校勘的代表，黄侃认同并吸收其成果，本无可厚非，并且黄侃之校、评本为教学讲授，并非有意发表，为方便讲授而抄录前人成果，更不宜苛责。只是超过半数的校勘都雷同《考异》，这不免大大降低了黄校的价值。

第五，仅存异文，缺少判断。古书最忌妄改，擅改古书，不仅会产生新的讹误，而且会改变古书原貌。因而顾广圻提倡"书必以不校校之"，但这并非让人们真的"不校"，"毋改易其本来，不校之谓也。能知其是非得失之所以然，校之之谓也"①。古书固不可妄改，但校勘者的是非判断亦不可或缺。所以段玉裁云："校书之难，非照本改字，不讹不漏之难也，定其是非之难。"② 黄侃在校勘《文选》时，多采用死校法，无论是用他本对校、别书他校，还是用李善注本校，皆客观存录异文，而不下断语。这固然是黄侃校勘态度严谨的表现，但也说明他对《文选》的校勘尚未达到"能知其是非得失之所以然"的高度，不能像《文选考异》那样擘肌分理，定其是非。这可以说是黄侃校勘《文选》最大的不足。

总体来说，黄侃广集民国初年的《文选》版本，综合运用各种校勘方法，对历代特别是明清的《文选》校勘，进一步拾遗补阙，纠谬辨正，无论在材料还是方法上，均较明清《文选》校勘又前进了一步。其独立所校八百余条，更是近代《文选》校勘史上一项不容忽视的重要成果。

第三节　黄侃对《文选》的解评

黄侃对《文选》的解评，内容十分丰富。在总结前人成果的基础上，他不仅对《文选》正文进行了分章断句、字词训诂、文史考证、义理解析、文学批评，还参证了《文心雕龙》，并抒发了被《文选》选文触发的感慨，另外对李善注及其他旧注也进行了较为深入的研究，黄侃对《文选》的解评取得了大量重要的成果。

---

① 顾广圻：《思适斋序跋》，上海古籍出版社 2007 年版，第 186 页。
② 段玉裁：《与诸同志论校书之难》，载《经韵楼集》，上海古籍出版社 2008 年版。

一　考辨前人

黄念容在《文选黄氏学叙》中指出黄侃"批语有搴择众家，有独抒己见。搴择者识具别裁，独创者意深玄览"①。黄侃对《文选》的解评与其校勘一样，是建立在对前人成果的吸收与辨正之基础上的。

（一）吸收前人

1. 方回

方回（1227—1305），元代文学家。字万里，别号虚谷。徽州歙县人。宋景定进士，知严州，降元。著有《瀛奎律髓》《文选颜鲍谢诗评》等。

黄侃在解评中吸收了方回《文选颜鲍谢诗评》中的观点。如谢灵运《述祖德诗》"高揖七州外，拂衣五湖里"句中之"七州"，李善注谓："舜分天下为十二州，时晋有七，故云七州也。"《文选平点》曰："七州者，玄所都督之七州也。注谬，而近世曾国藩亦承之而不考矣。此方虚谷说。"②

2. 杨慎

杨慎（1488—1559），字用修，号升庵，明代记诵之博，著作之富，推慎为第一。杨慎博览群书，喜为杂著。其考证诸书异同者，则皆以丹铅为名，有《丹铅馀录》十七卷、《续录》十二卷、《摘录》十三卷、《总录》二十七卷等，其中不乏有关《文选》的札记。黄侃便吸收了其中的精彩之见，如《客从远方来》"着以长相思，缘以结不解"句，黄侃评曰："被着以相思，'思''丝'音同，以为隐语，后来吴声歌曲以'碑'为'悲'，以'莲'为'怜'，即本于此。"③ 这一说法便本之杨慎。④

3. 何焯

何焯于《文选》用力甚勤，曾多次校评，在有清一代影响甚巨。黄侃在校勘时就吸收了何校，对何评更是给予了相当高的评价："余仲林云，义门当士大夫尚韩愈文章不尚《文选》学，而独加赏好，博考众本，以汲古为善，晚年评定多所折衷，士论服其该洽。以今观之，清世为《文选》之学精该简要，未有超于义门者也。"⑤

何焯评点见于乾隆三十四年刻蒋维钧辑《义门读书记》卷四十五至卷

---

① 黄侃：《文选平点》，第 2 页。
② 同上书，第 186 页。
③ 同上书，第 326 页。
④ 杨慎：《丹铅总录》卷 11，《文渊阁四库全书》本。
⑤ 黄侃：《文选平点》，第 4 页。

四十九，乾隆三十七年叶树藩海录轩朱墨套印何评《文选》，乾隆四十三年于光华《重订文选集评》及余萧客《文选音义》、孙志祖《文选考异》、胡克家《文选考异》、梁章钜《文选旁证》等著作的引录。据《文选平点》之例言及实际征引情况，黄侃所征引的何评，主要来自叶树藩刻《文选》何评和《义门读书记》。黄焯在《文选平点例言》中云："凡评语中所附何焯评语，系就黄先生在叶树藩刻《文选》何评句旁加圈者录之，其于何评无圈者不悉录也。"①则知黄侃曾圈点过叶树藩刻《文选》何评，今本《文选平点》中所附的何焯评语即据以过录。而黄侃在《文选平点叙》中称："叶树藩本补注不尽可信，惟何义门评语关于考订者特有可取尔。"②可见他格外重视何评中的考订部分。黄侃还吸收了《义门读书记》中的何评，据其《文选平点叙》言："何评校文，自有《读书记》，校注仅见余、孙、胡、梁称引，叶刻未刻其校注之文，所谓何评，殆录《读书记》耳。"③

今检《文选平点》全书，共吸收何焯评语近三十条。其中有关于考订者，如颜延年《皇太子释奠会作诗》"缨笏币序，巾卷充街"句中的"巾卷"，黄侃便吸收了何焯的考订："'巾卷'，何焯引《宋书·礼志》国子太学生冠葛巾服单衣以为朝服，执一卷经以代手板，此所谓'巾卷'也。"④还有关于义理辞章者，如黄侃评《子虚赋》曰"何焯说，《子虚》《上林》从《高唐赋》而铺张之"⑤；评《长杨赋》曰"何云，此文拟《难蜀父老》"；评《封禅文》曰："何焯云，文效《书》而不袭谟诰，颂效《诗》而不袭雅颂。案此评独造单微。"⑥

4. 金姓

金姓（1702—1782），字雨叔，号海住，浙江仁和人。著有《史汉评林订误》《静廉斋诗集》等。黄侃释鲍照《升天行》"家世宅关辅，胜带宦王城"句之"胜带"云："'胜带'，犹言胜衣耳。金姓说。"⑦又解《西征赋》"国灭亡以断后，身刑辕以启前。商法焉得以宿，黄犬何可复牵"句意云："国灭二言言商君李斯先以刑死、秦国后亦灭亡也。本金

---

① 黄侃：《文选平点》，第11页。
② 同上书，第5页。
③ 同上书，第4页。
④ 同上书，第197页。
⑤ 同上书，第80页。
⑥ 同上书，第544页。
⑦ 同上书，第313页。

姓说。"①

5. 赵曦明

赵曦明（1705—1787），字敬夫，江苏江阴人，有《读书心得》《江上孤忠录》《中隐集》等著作。其对《文选》的评论保存在孙志祖的《文选考异》里。其中有关《神女赋》为襄王梦神女的考证得到黄侃的赞赏和借鉴。

6. 余萧客

余萧客（1732—1778），字仲林，别字古农，江苏吴县人。精"选学"，著有《文选纪闻》三十卷、《杂题》三十卷、《音义》八卷。

黄侃吸收了余氏《文选纪闻》中的考证。如夏侯孝若《东方朔画赞》"大人来守此国"，李善注："此国，谓乐陵也。其父为乐陵郡守，史传不载，难得而知也。"黄侃引余萧客说来补充善注："颜真卿集十二碑阴记，夏侯孝若父庄为乐陵太守。余萧客说。"② 另如《上文选表》"居肃成而讲艺"句，黄也征引余说："'肃成'，魏文帝事，出王沈《魏书》。余萧客说。"③

7. 张云璈

张云璈（1747—1829），字仲雅，号简松居士，晚年号三影阁主人，浙江钱塘人。著有《选学胶言》，集校勘、训诂、考证与辞章于一体，征实与课虚并重，在选学史上占有相当地位。名列张之洞《书目答问》所列清代"文选学家"中。黄侃在解评中吸收张云璈处并不多，唯《文选序》"议稷下"句，黄侃评曰："见曹子建《与杨德祖书》注引《七略》。张云璈说。"④

8. 朱珔

朱珔（1769—1850），字兰坡，安徽泾县人，嘉庆七年进士。著有《文选集释》二十四卷。黄侃在校勘中吸收了朱珔之校，在解评中也征引其说。如对鲍照《苦热行》"郛气昼熏体，菵露夜沾衣"句"菵"的训释，黄侃引朱说曰："'菵'即《尔雅》之'蒵春草'，《中山经》之'芒草'，《淮南·万毕术》之'莽草'。今俗谓之'水莽草'。朱珔说。"⑤

---

① 黄侃：《文选平点》，第99页。
② 同上书，第540页。
③ 同上书，第2页。
④ 同上书，第1页。
⑤ 同上书，第311页。

（二）辨正前人

黄侃在吸收前人观点的同时，更着力于对前人注释评点的辨正。其中尤以对杨慎、顾炎武、何焯等大家的辩驳为多。

1. 杨慎

杨慎自恃博洽，常批评人"读书不详考深思"，对前人成说每每提出新见，如《丹铅总录》卷十三中就对阮籍《咏怀诗·平生少年时》中"赵李相经过""赵李"的旧注提出新说。

> 阮籍《咏怀诗》"西游咸阳市，赵李相经过"，颜延年以为赵飞燕、李夫人。刘会孟谓安知非实有此人，不必求其谁何也。不详诗意。咸阳赵李谓游侠近幸之俦，《汉书·谷永传》小臣赵李从微贱专宠，成帝常与微行者，籍用赵李字正出此。若如颜延年说赵飞燕、李夫人，岂可言经过。如刘会孟言当时实有此人，唐王维诗亦有"日夜经过赵李家"岂唐时亦实有此人乎？乃知读书不详考深思，虽如延年之博学，会孟之精鉴，亦不免失之，况下此者耶。①

杨慎否定了颜延年的赵飞燕、李夫人说，认为似赵飞燕、李夫人这等宠妃岂能与诗中的主人公"相经过"？他还引王维的诗反驳了刘辰翁（会孟）的"实有此人"说。提出了"赵李"应据《汉书·谷永传》解为"游侠近幸之俦"。

黄侃则认为：

> 杨慎以《汉书·谷永传》《外戚传》之赵李说之，顾炎武亦然。然于"相经过"三字仍不切，不如旧注之安，盖此不过以赵李譬歌者，不谓身入宫掖与之绸缪也。②

首先需要辨明的是，黄侃认为杨慎、顾炎武皆据《汉书·谷永传》《外戚传》立说，这一点是不确切的。其一，杨慎只取《汉书·谷永传》"成帝性宽而好文辞，又久无继嗣，数为微行，多近幸小臣，赵李从微贱专宠，皆皇太后与诸舅夙夜所常忧，至亲难数言，故推永等使因天变而切谏，劝上纳用之"一段立说，并未涉及《外戚传》。实际上，杨慎对《汉书·谷

---

① （明）杨慎：《丹铅总录》卷13，《文渊阁四库全书》本。
② 黄侃：《文选平点》，第229页。

永传》这段话的理解是有偏差的。他认为赵李指的是："小臣赵李从微贱专宠，成帝常与微行者"，代指"游侠近幸之俦"。但细案《汉书·谷永传》原文，"性宽而好文辞""又久无继嗣""数为微行""多近幸小臣""赵李从微贱专宠"显然是并列的几件事，杨慎不仅将"小臣"二字误属下与"赵李"相连，并与前面的"数为微行"强行拼合。其二，顾炎武的看法是与杨慎不同的，《日知录》卷27载：

> 文选注阮嗣宗《咏怀诗》"西游咸阳中，赵李相经过"，颜延年注："赵，汉成帝后赵飞燕也；李，武帝李夫人也。"按：成帝时自有赵李。《汉书·谷永传》言"赵李从微贱专宠"。《外戚传》"班倢伃进侍者李平，平得幸，亦为倢伃。"《叙传》"班倢伃供养东宫，进侍者李平为倢伃，而赵飞燕为皇后。自大将军（王凤）薨后，富平定陵侯张放、淳于长等始爱幸，出为微行，行则同舆执辔。入侍禁中，设宴饮之会，及赵李诸侍中皆引满举白，谈笑大噱。"史传明白如此，而以为武帝之李夫人，何哉？①

顾氏也引了《汉书·谷永传》，他对原文的理解没有像杨慎那样出现偏差，他认识到"赵李"是指成帝的宠妃，"赵"指赵飞燕，"李"顾氏引《外戚传》说明是李平。因而，顾炎武认为颜延年注"赵"为赵飞燕是正确的，但是"李"不是李夫人而应是李平。

黄侃没有详辨杨、顾二说的异同，这是他的未尽之处。但是他感到杨、顾之说于"相经过"三字仍不切，却是很敏锐的，可惜黄侃没有具体展开说明原因，笔者臆测盖谓无论是杨氏所谓的"游侠近幸"还是顾氏所考的帝王宠妃，都不可能与阮诗中的主人公"相经过"，即有任何交往。因而黄侃认为还是颜延年的旧注比较妥当。颜延年旧注为："赵，汉成帝赵后飞燕也；李，武帝李夫人也。并以善歌妙舞幸于二帝也。"②今观阮籍原诗为：

> 平生少年时，轻薄好弦歌。西游咸阳中，赵李相经过。娱乐未终极，白日忽蹉跎。驱马复来归，反顾望三河。黄金百溢尽，资用常苦多。北临太行道，失路将如何？

---

① （清）顾炎武撰，张京华校释：《日知录》，岳麓书社2011年版，第1090页。
② （梁）萧统：《文选》，第1071页。

上言"轻薄好弦歌",下言"娱乐未终极",颜延年此处以赵飞燕、李夫人注"赵李",正是因为她们"并以善歌妙舞幸于二帝也",即都能歌善舞,这样才与上句的"弦歌"与下句之"娱乐"更相符合。

至于杨慎"若如颜延年说赵飞燕、李夫人,岂可言经过"的反对意见,黄侃指出诗中只是借赵飞燕、李夫人来比喻歌者,不是说要身入宫廷与赵飞燕、李夫人相往来,这便有力地反驳了杨慎。《四库总目提要》谓杨慎"详于诗事而略于诗旨","求之宇宙之外而失之耳目之内"①,从黄侃所辨此条来看,杨慎确是一味胶柱鼓瑟地解释出典,而不立足于诗意本身。

2. 顾炎武

顾炎武首开清代考据之风,一生精见汇于《日知录》内,其中不乏对《文选》的考证。顾氏以考据精详著称,《四库全书总目》称其"每一事必详其始末,参以证佐而后笔之于书""引据浩繁,而抵牾者少",然所驳"或当或否,亦互见短长"②。黄侃就指正了其对《文选》考证的若干不当之处,上述"赵李"考即为一例。

又如《日知录》卷二十一梁徐悱《登琅邪城诗》"甘泉警烽候,上谷抵楼兰"条下云:"'上谷'在居庸之北,而'楼兰'为西域之国,在玉门关外,即此一句之中文理已自不通,其不切'琅邪城'又无论也。"③徐悱《登琅邪城诗》全题为《古意酬到长史溉登琅邪城诗》,整首诗如下:

> 甘泉警烽候,上谷拒楼兰。此江称豁险,兹山复郁盘。表里穷形胜,襟带尽岩峦。修隍壮下属,危楼峻上干。登陴起遐望,回首见长安。金沟朝灞浐,甬道入鸳鸾。鲜车驾华毂,汗马跃银鞍。少年负壮气,耿介立冲冠。怀纪燕山石,思开函谷丸。岂如霸上戏,羞取路傍观。寄言封侯者,数奇良可叹!

顾炎武精于地理之学,据其考证,"上谷"与"楼兰"的实际地理位置相距甚远,故而他批评"上谷抵楼兰"句文理不通,并且与诗题中的"琅邪城"更是遥不可及。

---

① (清)永瑢等:《四库全书总目》卷119,第1029页。
② 同上。
③ (清)顾炎武:《日知录》卷21,清乾隆刻本。

黄侃辨析了顾氏此条之失云："《登琅邪城》乃到溉之作，徐悱酬之，自题古意耳。然到诗必有勠力神州之意，故徐诗亦有壮气封侯之说，非咏'琅邪城'也。《日知录》讥其不切琅邪，失其旨矣。"① 黄侃可能是根据徐悱的诗题全称《古意酬到长史溉登琅邪城诗》推测，先有到溉《登琅邪城诗》之作，其诗中应表现了"勠力神州"的建功立业之心；徐诗乃为酬答到诗而作，故有"壮气封侯"之句，表示对到溉的激励，而不是在咏"琅邪城"也。顾炎武讥刺诗中地理与"琅邪城"不符，是没有看到这一点。

应该指出，黄侃认定徐悱诗系酬答到溉《登琅邪城》而本身非咏"琅邪城"也，这一推断缺乏根据。到溉是否真有《登琅邪城》诗已不可考②，但说徐诗非咏琅邪城则不严密。徐悱此诗被《文选》收录到游览类，而非赠答类，凡入选游览类的诗作，均实地描摹游览处的景致。徐诗应无例外，诗中"此江称豁险，兹山复郁盘。表里穷形胜，襟带尽岩峦。修隍壮下属，危楼峻上干"几句，应系登琅邪城后，对所见景致的真实描写。但诗的后半部分即转入抒情，如黄侃所说是对到溉"壮气封侯"的激励，这才是徐诗主旨所在。抓住了这一点，就能解释顾炎武提出的地理不切"琅邪"的矛盾。因为徐悱此诗中的部分地理概念并非实指，而是借汉代典故来激励到溉勇立军功。如被顾氏所诟病的首句"甘泉警烽候，上谷拒楼兰"，顾氏误引为"上谷抵楼兰"，又按实际的地理位置来解释，故指出"上谷"（今河北省怀来县）是不可能抵达玉门关外的西域古国"楼兰"（今新疆自治区罗布泊）的，更不切合南朝梁境内的"琅邪城"（今江苏东海县治）。事实上，此句乃是借汉代典故来喻指南朝，其中的地名并非实指。黄侃就敏锐地意识到这一点，他指出"楼兰泛用以指戎狄"③，首句意为"甘泉烽火报告边警，上谷坚城抵拒戎狄"，应该是借此来比喻琅邪城重要的军事地理位置。黄侃还进一步指出"凡诗中地理皆可作如是观"④，此诗中涉及的汉代地理概念还有很多，如"长安""金沟"（金谷水）、"灞水""浐水""鸳鸯殿"等，都是借用汉代典故而非实指。诗中特别写到"怀纪燕山石"，用窦宪勒功燕然山的典故，"思开函谷"打开函谷关这一军事要塞，"岂如霸上戏"不要像汉文帝时的驻军霸上的刘礼那样带军等同儿戏；显然是借用汉代几个著名的抵御西北（特别是匈奴）

---

① 黄侃：《文选平点》，第 225 页。
② 参见逯钦立《先秦汉魏晋南北朝诗》梁诗卷 17，录到溉四首，均与登琅邪城无涉。
③ 黄侃：《文选平点》，第 225 页。
④ 同上。

的典故，来激励到溉为南朝勇立军功。若像顾炎武解"上谷""楼兰"那样将其中的"燕山""函谷""霸上"等都理解为实指，则此诗就全然不可通了。不难看出，顾炎武以实学解诗，力求着实诗中字句，难免胶柱鼓瑟。黄侃以文学解诗，在揣摩诗意大旨基础上，诠释字句，其理解更符合诗意。

3. 何焯

黄侃虽然称赞过"清世为《文选》之学，精该简要未有超于义门者也"①，并吸收了何焯不少校勘和考订，但对其不足之处也认识得非常清楚。他在《文选平点叙》中指出何焯最大的不足在于"评文则未为精解"②，即对《选》文的解读评赏没有什么高见。具体说来，明显体现为以时文八股评《选》文上："义门论文，不脱起承转合、照应点伏之见，盖缘研探八股过深，遂所见无非牛耳。"另外，还存在三种弊端："义门论文，亦有精语，而有三蔽未祛，一曰时代高下之见，二曰俗文门法之见，三曰体裁朦涵之见，惜也精研数十年，而所得仅此也。"③ 在具体的解评中，黄侃共辨正何评近二十处，分以下几个方面。

第一，订补何评考证之阙。江淹《颜特进侍宴》"荣重馈兼金，巡华过盈瑱"句，何焯云"巡华未详所出"，表示不晓句中"巡华"二字的出处。黄侃对此予以颇为详尽的补充，曰：

> 五臣"荣重馈"作"承荣重"。"巡"与"循"通，读循省之循，犹言循省荣华之遇。六朝造语多未必合训，当以意求之。《文心雕龙》云："字以训正，义以理宣。而晋末篇章，依希其旨：始有'赏际奇至'之言，终无（当作有，此无即下抚字误也）'抚叩酬即'之语。悬领似如可辩，课文了不成义。"按此巡华亦其方物也。何焯云，巡华未详所出，案"巡华"与别本上之"承荣"对，亦一意耳，初无所出。④

黄侃认为"巡"与"循"通，"巡（循）华"就是"循省荣华之遇"之意，据五臣本上句中的"荣重馈"为"承荣重"，"巡华"正与"承荣"意思相同。黄侃还进一步从六朝好造奇字的背景上深入分析了"巡华"一

---

① 黄侃：《文选平点叙》，载《文选平点》，第 4 页。
② 同上。
③ 同上。
④ 黄侃：《文选平点》，第 383 页。

词的由来，他引用了《文心雕龙·指瑕》篇言六朝遣词用字好尚新奇、故意思依稀可明却不合乎训诂的一段话，指出"巡华"正属此"未必合训，当以意求之"的一类，本来就没有什么严格的出处，何焯没有考虑到六朝造语的这一特点，难怪无法训释出此词了。

第二，指摘何评理解之误。如陆机在《答贾长渊》中自言与贾谧"年殊志比"，何焯谓机与谧款密，黄侃斥其"大缪"。黄侃认为"细为绅绎赠诗，始知此诗兀傲风刺，兼而有之"①。陆机此诗是对贾谧使潘岳代撰赠诗《为贾谧作赠陆机》的回复，贾谧在赠诗中多有侮慢之言，如谓"南吴伊何，僭号称王""伪孙衔璧，奉土归疆"等处，贬抑孙吴为伪政权。对此，陆机在回诗中，赞颂孙吴"吴实龙飞"，讳饰东吴降晋为"三江改献"，而"我求明德，济同以和"句则隐含对"时谧多无礼于太子"的讥刺，可谓不卑不亢，"兀傲风刺，兼而有之"。所以"此诗意存讥讽，款密乃空言耳"②，所谓"年殊志比"只是空言而已，并不像何焯所说代表陆机与贾谧款密。

第三，斥责何评观念之陋。何焯在评点《文选》时，处处以封建诗学为指导，这些陈腐之论，遭到黄侃的严厉斥责。如阮籍《咏怀诗》"如何金石交，一旦更离伤？"何焯云："此盖托朋友以喻君臣。"③黄侃云："此种解法实可憎厌。"④再如谢惠连《七月七日夜咏牛女》：

> 落日隐櫚楹，升月照帘栊。团团满叶露，析析振条风。蹀足循广除，瞬目晒曾穹。云汉有灵匹，弥年阙相从。逝川阻昵爱，修渚旷清容。弄杼不成藻，耸辔骛前踪。昔离秋已两，今聚夕无双。倾河易回斡，款颜难久惊。沃若灵驾旋，寂寥云幄空。留情顾华寝，遥心逐奔龙。沈吟为尔感，情深意弥重。

何焯评其"不为高格，后半尤秽亵"⑤，黄侃反驳云："殊无秽亵之语，何若读《诗》，敢谤《蔓草》《溱洧》之篇否。"

---

① 黄侃：《文选平点》，第249页。
② 同上。
③ （清）何焯：《义门读书记》卷45，中华书局1987年版，第900页。
④ 黄侃：《文选平点》，第226页。
⑤ （清）何焯：《义门读书记》卷45，第932页。

二 分章断句

黄侃对《文选》的批语"有的搴择众家，有的独抒己见"①，在对前人成果吸收与辨正的基础上，更发表了自己的见解，这些"独创者意深玄览"②无疑具有更高的价值。

黄侃将小学看作治一切学问的基础，重视文学与小学的关系③，其评点《文选》，首重对《选》文的章句训诂。对于常被人忽视的分章断句问题，他却十分重视，在其《文心雕龙札记》中《章句》篇札记是篇幅最长者，其开篇即云："凡为文辞，未有不辨章句而能工者；凡览篇籍，未有不通章句而能识其义者也；故一切文辞学术，皆以章句为始基。"④

事实上，句读反映了对文义的理解，句读之误，往往根源于对文义的理解不够准确。黄侃在评点中立足于对文义的精准理解，纠正了不少以往《文选》句读之误，例如《招魂》有一段帝与巫阳之对话：

> 帝告巫阳曰："有人在下，我欲辅之。魂魄离散，汝筮予之！"巫阳对曰："掌梦！上帝其命难从！若必筮予之，恐后之谢，不能复用巫阳焉。"乃下招曰……⑤

此段李善、五臣注本都如此点断，黄侃则以为当于"不能复用"后断，"巫阳焉"属下句。黄侃认为解决此处句读的关键在于正确理解帝与巫阳此段对话的意思，他感到二人对话的焦点在于对屈原的招魂是"筮而招"还是"不筮而招"上。帝命巫阳"筮而招"，而巫阳表示宜"不筮而招"，黄侃推测巫阳坚持"不筮而招"的主要原因是："不筮而招，所以招之天地四方也。筮而招，恐有非龟筮能知者，则卜筮之职废矣。""不筮而招"可以在更广的范围内招屈原之魂，"筮而招"未必能准确卜筮出屈原魂魄所在，容易让后人对卜筮产生怀疑，以至于废弃不用卜筮；⑥基于这种文义理解，黄侃指出："'若必'以下又巫阳之辞，据补注引一本，'不能复

---

① 黄侃:《文选平点》，第 2 页。
② 同上。
③ 参见本书第三章第三节"黄侃的文学思想"。
④ 黄侃:《文心雕龙札记》，第 124 页。
⑤ （梁）萧统:《文选》，第 1541 页。
⑥ 黄侃:《文选平点》，第 411 页。

用'者不能用卜筮，非不能用巫阳。"①"不能复用"是指后人对卜筮产生怀疑，以至于不能复用卜筮，而并非帝在此次招魂中不能复用巫阳。因而黄侃认为："细审注文，'巫阳焉'三字当下属为句。"而如果"巫阳焉"三字属下，则"焉""乃"两虚字连用，似有不伦。黄侃对此也作出解释："'焉'犹'因'也（《远游》'焉乃逝以徘徊'，亦'焉乃'连用）。"②《招魂》此节向称难解，黄侃的理解与句读未必为定论，可备一说。至于以"巫阳焉"三字属下，始于王念孙，见其《读书杂志余编》下卷，又见于王引之《经传释词》卷二"焉"字条。

　　除了理解文义，黄侃也综合运用各种方法来句读，如从语法角度着眼，像《报任少卿书》"然陵一呼劳，军士无不起，躬自流涕，沫血饮泣，更张空拳，冒白刃，北向争死敌者"句，黄侃便感到此句语法不通：

> 　　"起躬"犹"起身"也，"躬自流涕"则不词。"自"盖衍文。旧以士无不起为句，则自沫血饮泣以下四句均无主格，末句"者"字独立不住。宜以"士无不起躬流涕"为句，直冠下四句，"自"为衍文。③

黄侃认为此句衍一"自"字，遂造成现在的句读语法不通：其一，"躬自流涕"不词；其二，"沫血饮泣"以下四句为"者"字结构，没有句子独立性，是名词性的宾语结构，需要有主语和谓语才成为完整的句子，旧以"士无不起"为句，"士"已为此句主语，则"躬自流涕"后的者字结构就没有主谓，了不成句了。因而，黄侃重新校整了此句为："然陵一呼劳军，士无不起躬流涕，沫血饮泣，更张空拳，冒白刃，北向争死敌者。"

　　另外，黄侃也从押韵角度考虑句读，《典引》"故夫显定三才昭登之绩，匪尧不兴，铺闻遗策在下之训，匪汉不弘厥道。至于经纬乾坤，出入三光"句，黄侃便认为："'兴'、'弘'为韵，'厥道'当属下。"④

　　至于对《选》文的划段分章，黄侃亦有精辟之见，他在解评曹丕《典论·论文》时有一段关于汉晋文段落划分的重要观点：

> 　　古文分段，有极难处。大氐汉晋之文可以分句读，而不可以分段

---

① 黄侃：《文选平点》，第 410 页。
② 同上。
③ 同上书，第 480 页。
④ 同上书，第 555 页。

读，唐宋之文则段落甚为了然矣。即如此文，如用分段之法，则篇末一语，直是畸零。"然融等已逝"之语，正承与物迁化之意，以见著论不朽之难。虽欲划分，其如神理不相接何。①

黄侃认为《典论·论文》末句"融等已逝，唯幹著论，成一家言"一句，按照分段之法，所论为独立的一层意思，是应独立为一段的，但此句其实正承上段"与物迁化之意"。前一段段末云："而人多不强力，贫贱则慑于饥寒，富贵则流于逸乐，遂营目前之务，而遗千载之功，日月逝于上，体貌衰于下，忽然与万物迁化，斯志士之大痛也。"曹丕惋叹能够以文章成不朽者甚眇，大多数人都与物迁化。接下来的"融等已逝，唯幹著论，成一家言"可以说正是承此意而来，以建安七子一时俱陨、与物迁化，只有徐幹著《中论》得成一家言的实例，来证明以著论成不朽之难度与重要性。因此，黄侃感到如果将此句独分一段，就会造成与上文"神理不相接"。显然，黄侃对《典论·论文》末句不宜独立成段的认识，是基于对全篇义理的深入理解。黄侃也欲以此例来说明"汉晋之文可以分句读，而不可以分段读"，这是其基于实践得出的认识，对指导《选》文的划段分章有重要的意义。

三　字词训诂

《文选》的研读尤需小学基础，阮元在《文选旁证序》中云："读此书（《文选》）者，必明乎《仓》《雅》《凡将》《训纂》、许、郑之学，而后能及其门奥。"② 故而黄侃在解评《文选》时，特重字词训诂，是其解评中最主要的内容，多能补正以往《选》注训诂的遗漏与疏忽。

黄侃以小学名家，在中国训诂学史上承前启后，上集传统训诂学之大成，下开现代训诂学之端倪。他将传统训诂学理论化、系统化，是初步建立起训诂学理论体系的第一人。③ 他在训诂学理论的建设上卓有建树，提出的很多理论均被现代训诂学教材所遵从。以其训诂理论为指导，黄侃对《文选》的训诂也独具特色。

（一）依文立义

黄侃指出训诂有小学训诂（即说字之训诂）与经学训诂（即解文之训诂）之分，其区别在于："小学家之说字，往往将一切义包括无遗，而经

---

①　黄侃：《文选平点》，第 585 页。

②　（清）阮元：《揅经室续集》卷 3《梁中丞文选旁证序》。

③　参见许嘉璐《黄侃先生的小学成就及治学精神》，载程千帆、唐文《量守庐学记》，第 59 页。

学家解文，则只取字义中一部分。"小学训诂（即说字之训诂）多指专门的字书辞书所进行的训诂。而经学训诂（即解文之训诂）则是指"在一定的语言环境，对字（词）义、文义，甚至章旨、修辞手段等进行解释的训诂。不仅经学家解经，扩而广之，子、史、集部书之注释也都属解文训诂"。①

黄侃进一步指出两种训诂基于用处的不同具有不同的要求："小学之训诂贵圆，经学之训诂贵专"，这是因为两者"一则（小学训诂）可因文义之联缀而曲畅旁通；一则（经学训诂）宜依文立义而法有专守故尔"。②这句话指出了经学训诂（即解文之训诂）的原则"依文立义"，即注意"从上下文，从词与词的配搭中解释词义，根据语境的不同而灵活地释词，甚至有时要适当地改造辞书中词的储存意义，以达到切合文意的要求"③。

《文选》字词训诂即属于经学训诂，其训贵专，必须坚持"依文立义"的原则，从不同的上下文语境出发来释词，才能切合文意。但《文选》中的一些故训混淆了小学训诂（即说字之训诂）与经学训诂之分，往往以说字训诂来训释《文选》，一味地套用字书辞书，不能"依文立义"，自然也就不能准确地训释字词。对于这样的《选》注故训，黄侃都力辨其谬。如谢灵运《拟魏太子邺中集诗》"既作长夜饮，岂顾乘日养"，李善注引《广雅》曰："养，乐也。"乃利用字书之训诂。黄侃则认为字书之训不合乎此处文义，"养训乐，非也"，"当读养生之养"④。"长夜饮"句是说邺下文人终一整夜来宴饮，若如李善注将"养"训"乐"，"乘日养"指白日作乐，上下句意不免重复，并且与"既作……岂顾……"间的转折关系不协。黄侃认为"养"训"养生"，结合上下文语境，指既然用一整夜来宴饮欢笑，还哪里顾得上白日追求养生之道，应该说黄训更切合文义。

由于黄侃对小学训诂与经学训诂有明确的区分，因而在训诂中便能坚持"依文立义"的原则。不固执字书之训诂，而务求最切合文义之训。面对含有多种意义的字，黄侃便着力训释其在不同语境下的具体含义，如他对《文选》中不同的"焉"字分别训释为：

---

① 王庆元：《试释黄侃论辞书训诂与文义训诂的区别——兼谈〈尔雅郝疏笺识〉的训诂学价值》，《武汉大学学报》（哲学社会科学版）1997 年第 3 期。
② 黄侃著、黄焯辑：《文字声韵训诂笔记》，第 219 页。
③ 王庆元：《试释黄侃论辞书训诂与文义训诂的区别——兼谈〈尔雅郝疏笺识〉的训诂学价值》，《武汉大学学报》（哲学社会科学版）1997 年第 3 期。
④ 黄侃：《文选平点》，第 364 页。

①《离骚经》皇天无私阿兮，览人德焉错辅《平点》注：焉，犹因也。①

②《离骚经》驰椒丘且焉止息《平点》注：焉，言之间也。②

《离骚经》乃遂焉而逢殃　《平点》注：焉，言之间也。③

③《酒德颂》俯观万物，扰扰焉如江汉之载浮萍。《平点》注：焉，乃也。④

另如对《文选》中的"时"字，黄侃训释为：

①《东都赋》及帝图时，意亦有虑乎神祇　《平点》注：时，是也。

②《离骚经》吾独穷困乎此时也　《平点》注：时，时人。

③《离骚经》时暖暖其将罢兮　《平点》注：时，时世也。

黄侃训释了同一字词在不同语境下的具体含义，这正是坚持了"依文立义"的原则。

（二）结合文字、音韵来训诂

文字、音韵、训诂相结合，是黄侃小学研究的突出特点，他在对《文选》的训诂中也强调要结合文字学、音韵学，注重形训、声训。如训释《招魂》"何为兮四方些"中的"些"字，就是从形、声两个方面入手，谓："些即呰之变形，而嗟嗞之声变也。"⑤ 黄侃尤其重视声训，以"因声求义"为最有效的训诂方法。如邹阳《上书吴王》"壤子王梁、代，益以淮阳"句，其中"壤子"一词不易理解，李善曰："此言文帝之时，梁王揖、代王参、淮阳王武"，"然参、揖皆少，故云壤也"，至于为什么"少"就要被称为"壤"，李善注引"晋灼曰：《方言》，梁、益之间所爱讳其肥盛曰壤也"⑥，认为"壤子"是对少年壮盛之子的称呼。黄侃则提出了不同的看法："'壤'即'帑'之对转音，亦作怒子，犹通言儿子、

---

① 黄侃：《文选平点》，第 393 页。
② 同上书，第 391 页。
③ 同上书，第 392 页。
④ 同上书，第 537 页。
⑤ 同上书，第 411 页。
⑥（梁）萧统：《文选》，第 1763 页。

孺子耳。"① 黄侃正是运用了声训的方法，而得出了不同于旧注的独特解释。

（三）注重对俗语的训诂

黄侃在解评《文选》时，还注重对俗语的训诂，这集中体现在对任昉《奏弹刘整》的解评中。《奏弹刘整》是《文选》中格外特别的篇章，与其他《选》文"事出于沈思，义归乎翰藻"不同，任昉在《奏弹刘整》中，首先引录了控告刘整的刘寅妻范氏及家奴、婢女等人的列辞，而这几段列辞所用的都是民间口语。李善对这几段列辞阙而不注，历代也鲜有加注者。

黄侃作为一个语言学家，格外注重《奏弹刘整》中的俗语材料，特将"可考当时语言风俗者以△识之"，共列：

> 列、许、刘氏、叔郎、侵夺分前、入众、婢姊妹弟、息、货、第二庶息、田上、经、便、斟哺食、展送、箔、准、偷车栏夹杖龙牵、打、屋中、查、摄检、使、乞大息、准、文、贴、别火食、私钱、赎、规、不迴、亡夫、充、雇借上广州、夫直、壂、停住、还、车栏子、道、偷、仍、打我儿、尔时、相骂其、往津阳籴门米、遇见、登时、捉取、度钱②

等五十多条，并对其中的十余条专门释以今语，现胪列于下：

> 米未展送《平点》注："展送"亦当时语，犹今言"发送"也。
> 突进房中屏风上取车帷准米去《平点》注："准"，今言"当"也。
> 婢采音偷车栏、夹杖、龙牵《平点》注："夹杖"，盖"靷"也。"龙牵"，盖"鞦"也。
> 婢采音举手查范臂《平点》注："查"，即"叉"也。
> 分财以奴教子乞大息寅《平点》注："乞"，今言"给"也。
> 整规当伯还《平点》注："规"，规度也，犹今言"打算"尔。
> 准雇借上广州四年夫直《平点》注："夫直"，今言"工夫钱"也。

---

① 黄侃：《文选平点》，第 455 页。
② 同上书，第 466—468 页。

去年十月十二日忽往整墅《平点》注：“墅”，今所谓“瞳屋”。

失车栏子夹杖龙牵等《平点》注：“子”，语尾词，犹今言“卓子”“倚子”矣。

整闻声仍打迻《平点》注：“仍”，今语“就”也。

诸所连逮纮，应洗之源《平点》注：“诸所连逮纮”，今所谓“干证”也。

“应洗之源”，今所谓“事由”也。

如法所称，整即主《平点》注：“主”，即今所谓“正犯”也。

婢采音不欸偷车龙牵《平点》注：“欸”，今云“招伏”。

其宗长《平点》注：“宗长”，今云“族长户人”。①

黄侃还考察了其中几条六朝俗语的历史习用情况，如训“整兄寅以当伯（按：男仆名）贴钱七千”句中的“贴”曰：“卖也，唐人犹有此言。”释“苟奴登时欲捉取”之“登时”曰：“今犹有此语。”②黄侃对《奏弹刘整》中俗语的训诂具有独创性和多方面的意义，不仅有利于对文章本身的理解，也为其研究六朝的语言风俗提供了珍贵语料。

四　文史考证

作为乾嘉学派传人，黄侃特重实证考据之学，这在《文选平点》中有明显体现，他对《选》文之真伪和一些疑难争议问题都有精审的考辨。

（一）《选》文辨伪

在黄侃的考证中，较为突出重要的内容是对《选》文的辨伪。《文选》中有些文章之真伪素有争议，如司马相如《长门赋》、李陵《答苏武书》、赵景真《与嵇茂齐书》、孔安国《尚书序》等，这些皆成为黄侃考证的重点。如他认为《长门赋》“此文假托，非长卿也。《南齐书·陆厥传》：‘《长门》《上林》殆非一家之赋’，盖自来疑之矣”③。

对于李陵《答苏武书》之真伪，黄侃的考证要更为详细。其于《答苏武书》篇题下评曰：“此及《长门赋》皆作伪之绝工，几于乱真者，过于《尚书序》矣。”④ 指明此文为伪作，并举出其辨伪的理由：其一，“任立

---

① 黄侃：《文选平点》，第466—468 页。
② 同上书，第 222 页。
③ 同上书，第 149 页。
④ 同上书，第 477 页。

政达言且为不易，纵有此书，谁为致之。"①从汉代的政治社会背景来看，汉朝与匈奴两地通书是不可能的。其二，"《太平御览》四百八十九引此篇，谓出《李陵别传》。详别传之体盛于汉末，亦非西汉所有也（西汉人有别传者，惟东方朔及陵，皆后人所为)。"②《太平御览》载《答苏武书》出自《李陵别传》，但西汉尚无别传这一文体，恐系后人伪作。其三，"《类聚》三十八有苏武报李陵书，全是丽辞。恐苏李往复诸书，尚未必一时所伪托，取《汉书》苏武传读之，便知此书之伪，较然明白。"③苏武报李陵书亦系伪作。

黄侃又细研文章，从文句上寻找作伪之痕迹，他发现《答苏武书》中李陵追述兵败一段与司马迁《报任安书》文句极其相似，他认为即是从此化出。《答苏武书》此段为：

> 昔先帝授陵步卒五千，出征绝域，五将失道，陵独遇战。而裹万里之粮，帅徒步之师，出天汉之外，入强胡之域。以五千之众，对十万之军，策疲乏之兵，当新羁之马。然犹斩将搴旗，追奔逐北，灭迹扫尘，斩其枭帅。使三军之士，视死如归。陵也不才，希当大任，意谓此时，功难堪矣。匈奴既败，举国兴师，更练精兵，强逾十万。单于临阵，亲自合围。客主之形，既不相如步马之势，又甚悬绝。疲兵再战，一以当千，然犹扶乘创痛，决命争首，死伤积野，余不满百，而皆扶病，不任干戈。然陵振臂一呼，创病皆起，举刃指虏，胡马奔走；兵尽矢穷，人无尺铁，犹复徒首奋呼，争为先登。当此时也，天地为陵震怒，战士为陵饮血。单于谓陵不可复得便欲引还。而贼臣教之，遂便复战。故陵不免耳。④

而在《报任安书》中，司马迁是这样叙述李陵兵败事件的：

> 且李陵提步卒不满五千，深践戎马之地，足历王庭，垂饵虎口，横挑强胡，仰亿万之师，与单于连战十有余日，所杀过半当。虏救死扶伤不给，旃裘之君长咸震怖，乃悉征其左右贤王，举引弓之人，一国共攻而围之。转斗千里，矢尽道穷，救兵不至，士卒死伤如积。然

---

① 黄侃：《文选平点》，第 477 页。
② 同上。
③ 同上。
④ （梁）萧统：《文选》，第 1848 页。

陵一呼劳，军士无不起，躬自流涕，沫血饮泣，更张空拳，冒白刃，北向争死敌者。①

可以看出，两者对事件过程乃至一些细节的论述都是一致的。有些语句如"然陵振臂一呼"与"然陵一呼劳""兵尽矢穷"与"矢尽道穷"等更是如出一辙。黄侃由此认定"此段即从司马子长《报任安书》中一段化出，少卿岂能见子长书耶"②，确实是辨此文之伪的强有力证据。

黄侃并推测《答苏武书》之作者"正殆建安以后人所为，而尤类陈孔璋，以其健而微伤繁富也。刘知幾以为齐梁人作，则非也"。③

另外，赵景真《与嵇茂齐书》的作者亦存在争议，据李善注云：

　　嵇绍集曰：赵景真与从兄茂齐书，时人误谓吕仲悌与先君书，故具列本末。赵至，字景真，代郡人，州辟辽东从事。从兄太子舍人蕃，字茂齐，与至同年相亲。至始诣辽东时，作此书与茂齐。干宝《晋纪》以为吕安与嵇康书。二说不同，故题云景真，而书曰安。④

可知，此篇作者存在二说：一据《嵇绍集》，为赵景真与其从兄茂齐书；二据干宝《晋纪》，为吕安与嵇康书。黄侃是赞同第二种说法的，其云：

　　窃疑此延祖（嵇绍）讳言也。如非嵇吕往还，何得有"平涤九区，恢维宇宙"之议？干生之言，得其实矣。《思旧赋》注引干宝晋纪：太祖徙吕安远郡，遗书与康。太祖恶之，追收下狱，康理之，俱死。魏氏春秋言安亦至烈，有济世志力。⑤

同时，黄侃还细研《与嵇茂齐书》文本加以证明，首先他以为文中的许多语句与吕安之身世更为符合。如"夫以嘉遁之举，犹怀恋恨，况乎不得已者哉"句，黄侃曰："如景真归就州辟，未即为不得已。"⑥认为赵景真归就州辟不至于言"不得已"，吕安被晋太祖所迫徙于远郡才与"不得已"

---

① （梁）萧统：《文选》，第1858页。
② 黄侃：《文选平点》，第477页。
③ 同上。
④ （梁）萧统：《文选》，第1940页。
⑤ 黄侃：《文选平点》，第502页。
⑥ 同上。

相合。再如"至若兰茝倾顿，桂林移植，根萌未树，牙浅弦急，常恐风波潜骇，危机密发，斯所以怵惕于长衢，按辔而叹息也"句，李善注云："喻身之危也。根萌未树，故恐风波潜骇，牙浅弦急，故惧危机密发也。"黄侃认为此句"风波潜骇二句，非安不得为此言也"①，乃暗示了吕安将面临迫害的命运。至于"蹴昆仑使西倒，蹋太山令东覆，平涤九区，恢维宇宙，斯亦吾之鄙愿也"一句，正与《魏氏春秋》载"安亦至烈，有济世志力"② 相符。最后，黄侃还从文中某些细节入手，文中有"又北土之性，难以托根，投人夜光，鲜不按剑"一句，黄侃认为："景真乃代郡人，宁得云'北土之性，难以托根'耶。"否定了作者为赵景真。同时，黄侃还从嵇、吕往还角度加以考证，如认为此篇文末寄语"各敬尔仪，敦履璞沈，繁华流荡，君子弗钦"等话"此坚其乃心王室也"，似吕安勉励嵇康忠于魏朝。但《与嵇茂齐书》文中有一段描写嵇生的话似与嵇康之生平有很大出入，为吕安与嵇康书之说的重要反证，文谓：

> 吾子植根芳苑，擢秀清流，布叶华崖，飞藻云肆，俯据潜龙之渊，仰荫栖凤之林，荣曜眩其前，艳色饵其后，良俦交其左，声名驰其右，翱翔伦党之间，弄姿帷房之里，从容顾眄，绰有余裕，俯仰吟啸，自以为得志矣，岂能与吾同大丈夫之忧乐者哉！

对此，黄侃细考曰："惟此节不似叔夜生平，无以详知也。然叔夜本高门，姬侍盖亦所有，未足为病；且其笃信导养，以安期彭祖为可求，然则弄姿帷房，信有之乎，更观'酒色令人枯'之篇，是又与荒淫者异趣矣。"③

　　自清代阎若璩《尚书古文疏证》、惠栋《古文尚书考》出，古文《尚书》之伪已成定谳。面对收入《文选》中的《尚书序》，黄侃又从文学角度加以补充，指出其遣词造句不合西汉。如"睹史籍之烦文，惧览之者不一"句，曰："此二句不似西汉。《匡谬正俗》称，晋宋时书皆云'惧览之者不一'，《史通·自叙》篇同。"④ 另外，如"芟夷烦乱，翦截浮辞，举其宏纲，撮其机要""以阐大猷""于是遂研精覃思，博考经籍，采摭群言，以立训传，约文申义，敷畅厥旨，庶几有补于将来"等句，黄侃皆

---

① 黄侃：《文选平点》，第 503 页。
② 同上。
③ 同上。
④ 同上书，第 524 页。

认为"不似西汉"①。

（二）解析争端

《文选》年世绵缈，积存许多疑难问题，不少争议之处聚讼纷纭，已然成为千古公案，对此黄侃多有精审独到的考辨，尤以对《洛神赋》主旨的考证最具代表性。

有关《洛神赋》主旨，向来存在"感甄"和"寄心文帝"两说。"感甄说"源出于尤刻本《文选·洛神赋》李善的题下注，其云：

> 《记》曰："魏东阿王，汉末求甄逸女，既不遂。太祖回与五官中郎将。植殊不平，昼思夜想，废寝与食。黄初中入朝，帝示植甄后玉镂金带枕，植见之，不觉泣。时已为郭后谗死，帝意亦寻悟，因令太子留宴饮，仍以枕赉植。植还，度轘辕，少许时，将息洛水上，思甄后，忽见女来，自云，我本托心君王，其心不遂，此枕是我在家时从嫁前与五官中郎将，今与君王。遂用荐枕席，欢情交集，岂常辞能具。为郭后以糠塞口，今披发，羞将此形貌重睹君王尔！言讫，遂不复见所在。遣人献珠于王，王答以玉珮，悲喜不能自胜，遂作《感甄赋》。后明帝见之，改为《洛神赋》。"②

对于此段文字之讹，清初何焯已从子建未有求甄妃之事、文帝示枕赉枕之非礼、甄妃荐枕之俚俗、兄弟不和难有宴饮之欢等方面进行了颇为详尽的考证。何焯在驳斥"感甄说"的同时，提出了"寄心文帝"说，云："植既不得于君，因济洛川，作为此赋，托辞宓妃以寄心文帝，其亦屈子之志也。"③

黄侃在《文选平点》中对何焯之说表示赞同，称"何焯解此文独得之"④。对于赋中描写洛神飘忽难寻，人神不得交接的两段话，即"扬轻袿之猗靡兮，翳修袖以延伫。体迅飞凫，飘忽若神。陵波微步，罗袜生尘"及"悼良会之永绝兮，哀一逝而异乡。无微情以效爱兮，献江南之明珰。虽潜处于太阴，长寄心于君王。忽不悟其所舍，怅神宵而蔽光"，黄侃评

---

① 黄侃：《文选平点》，第 525 页。
② （梁）萧统：《文选》，第 895 页。
③ （清）何焯：《义门读书记》，第 883 页。
④ 黄侃：《文选平点》，第 183 页。黄侃此条谓："洛神，子建自比也。何焯解此文独得之。"认为何焯以洛神比君王，此与何说不符，何焯所谓"寄心文帝"乃以洛神比君王，非子建自比。

曰："此当与《责躬》《应诏》《赠白马王》诸诗,《求通亲》《求自试》二表,《六国论》及《陈思王传》参看,其旨自明,感甄之谤于此雪矣。"① 曹植这几篇诗文俱见录于《文选》,为其后期的代表作,均表现了他见弃于君王的无奈与不甘;若再结合表现时代背景的曹冏《六代论》(黄侃所谓《六国论》未见,疑即《六代论》)和曹植传记,知人论世,更可见曹植后期深受魏文帝的打压,政治上极不得志。黄侃说与这些材料参看,《洛神赋》旨义自明,并非"感甄",不难推想,黄侃意谓《洛神赋》主旨是表现曹植对见弃于魏文帝的无奈与痛苦。在评《洛神赋》末段"命仆夫而就驾,吾将归乎东路。揽騑辔以抗策,怅盘桓而不能去"时,黄侃更直接地说:"缠绵如此而文帝不寤,可为陨涕。"② 认为《洛神赋》的主旨就在"寄心文帝"。

　　需要注意的是,黄侃另专门撰有一篇《曹子建洛神赋识语》,发表在《甿言》第一期谈荟栏,更为集中地辨析了《洛神赋》主旨问题。今录此篇识语如下:

> 　　赋序明言:"感宋玉对楚王神女之事",寻审篇句,大都写放宋生,而加以英词丽藻耳。篇首"睹一丽人",即仿《神女》之"梦一妇人"也;与御者问答,即仿宋玉与王问答也;"翩若惊鸿"诸语,即仿"耀乎若白日初出照屋梁"诸语也;"秾纤得中"诸语,即仿"秾不短,纤不长"诸语也;"披罗衣之璀璨"诸语,即仿"振绣衣,被袿裳"诸语也;"忽焉纵体"已下,即仿"宜高殿以广意"已下也;"越北沚,过南冈"已下,即仿"摇珮饰,鸣玉鸾"已下也;"背下陵高"已下,即仿"回肠伤气"已下也。其摹拟之迹明白可寻如此。盖宋玉《高唐》《神女》《登徒》之后,效者甚众。相如则赋《美人》、平子则赋《定情》,伯喈则赋《静情》,子建此篇特踔为之,如其《七启》之摹仿枚、傅诸人也。好事者必求其事以实之,于是造为"感甄"之言,使甄后幽灵,蒙冥婚之诮;贤王秉礼,有犯上之嫌。徒助游谈,大违名教,甚无谓也。
>
> 　　今记李注所引记文,匡正其失。《记》云:"魏东阿王汉末求甄逸女,既不遂,太祖回与五官中郎将,植殊不平。"案魏武定邺,在建安九年,甄后见纳,即在次年。《魏志·陈思王植传》:"十九年徙封

---

① 黄侃:《文选平点》,第184页。
② 同上。

临淄侯。太祖征孙权、使植留守邺，戒之曰：吾昔为顿丘令，年二十三，汝今年亦二十三矣。"是则冀州初平，陈王年方舞勺，纵复筋骸成就，玄服已加，以魏武之精明，岂得纵使稚儿与兄争色？作《记》者不案年岁，不审事情，横造事实，以诬往哲，其谬一也。《记》又云："黄初中入朝，帝示植甄后，玉镂金带枕，植见之，不觉泣。"

又"令太子留宴饮，仍以枕赉植"。案甄后卒于黄初二年六月，而陈思王传黄初二年监国，谒者灌均希指，奏植醉酒悖慢，劫胁使者，有司请治罪，帝以太后故，贬爵安乡侯。其年改封甄城侯，三年立为甄城王。其年朝京师而传不载，寻《洛神赋》自称君王，则在封王后也。四年上《应诏》《责躬疏》，疏曰："臣自抱衅归藩，刻肌刻骨，追思罪戾"。又云："前奉诏书，臣等绝朝。"据此诸文，是黄初三年，正当谗人交构，骨肉相嫌，文帝苛待同生，几兴粟布之谤；陈王束身思过，惟忧刀锯之加。宁有便殿晤言，示之亵物，帝则炫妻于弟，远类越人之让兄；王则对存念亡，不讳陈平之盗嫂？又复特召太子，示以秽闻，赐之遗珍，慰其妄念，此之渎乱，理绝恒情。曾以文帝、陈王乃有斯事，于理则悖，于事又乖，出自齐东，戾然谳矣。其谬二也。

《记》又曰："遂作《感甄赋》，后明帝见之，改为《洛神赋》。"案植传，景初中，撰录植前后所著赋、颂、诗、铭、杂论凡百馀篇，副藏内外，是则植文篇录，正在景初之年，传示人间，非独魏明亲见。子建身居下国，救过不遑，转蓬之叹，言之晰矣。曾不持躬防患，率尔以君后之名，着之篇题，狎昵之词；加于长上，此当在不敬之科，非直削藩远窜而已！且甄后非他，明帝之母，假令子建果有此篇，明帝上讳尊亲，定从芟削，何止改其题号，仍付杀青？岂谓爱其丽词，遂忘先恶，传之后祀，来者可诬乎？其谬三也。

又题之于篇，若表之于里，表里同度，衣裳乃成；题篇同符，旨意自见。今令子建以感甄为目，而文中但咏洛神，文则讳莫如深，题则直而不隐，如此歧互，岂合文情！盖闻相如窃赀卓氏，而文君不入篇题；伯喈一赋青衣，而张超因之腾诮。借令子建系怀佳侠，追念古欢，亦不显其姓名，自贻讥骂，明矣。而《记》言如此。其谬四也。

总是四谬，而陈王心迹，于以显明。或谓洛神乃思君之辞，此又好作腐谈，求之恍忽。夫闲情所寄，涉笔成篇，古今文人，类有斯作。何必指《楚辞》之荃芷尽属怀王，疑《风》诗以蓁苓远思佛国哉？陈启源以为《毛诗》"西方美人"谓佛也。今谓《洛神赋》但为陈王托恨遣怀之词，进不为思文帝，退亦不因甄后发，庶几言情守礼，两俱得之。①

黄侃首先以主要篇幅驳斥了"感甄说"之误，对李善题下注之真实性深表怀疑，在评班孟坚《两都赋》时就指出："凡题下注皆有可疑，而《洛神赋》题下注尤谬。"② 在这篇识语里他共举出四谬。前两条坚持了何焯观点，而论证更为详尽。首条考排年齿，指出甄后见纳于曹丕时，曹植尚年幼。次条细列从黄初二年至四年曹植履历，证明适值兄弟关系最为恶化之时，足证"便殿晤言，示之袭物"之诳。继之，黄侃对"遂作《感甄赋》，后明帝见之，改为《洛神赋》"进行考辨，前人考证鲜有注意此句者，黄侃则从中指出两点谬误。一甄妃为明帝之母，曹植不敢率题《感甄赋》之篇题以犯上，明帝也不能容此篇存在以讳亲；二题为《感甄》，文为洛神，表里歧互，不合文情。黄侃正是从以上四点来驳李善注所引这篇《记》之谬误，其考证文史结合，确实可信，从而在根本上动摇了"感甄"说成立的依据。正如黄侃所作的《洛神赋》一诗所言："东路言归造感甄，寓辞惝恍反疑真。洛灵纵有惊鸿影，岂是君王梦里人！"③ "感甄"说之妄显而易见。

同时，黄侃也对"寄心文帝"说提出了批评，指责"此又好作腐谈，求之恍忽"。最后，黄侃提出他对《洛神赋》主旨的理解："今谓《洛神赋》但为陈王托恨遣怀之词，进不为思文帝，退亦不因甄后发，庶几言情守礼，两俱得之。"指出《洛神赋》的主旨只是"陈王托恨遣怀之词"，既不应索隐甄妃，也不必附会文帝，这样的理解表现出黄侃论文通达，不作腐谈，与传统的牵合政教的做法异趣。

但综观黄侃对《洛神赋》主旨的所有言论，有一点颇令人困惑，这就是他在《文选平点》中对何焯"寄心文帝"说表示肯定，但在《洛神赋识语》中却又提出批评，前后产生矛盾，大概这两种观点分别代表了黄侃不同阶段的认识。

五　义理解析

黄侃在解评《文选》时注重训诂、考证等实学，但并不因此而忽略义

---

① 黄侃：《文选平点》，第 654 页。
② 同上书，第 3 页。
③ 黄侃：《黄季刚诗文钞》，第 256 页。

理、词章，而是征实与课虚并重兼美。通过解释句意、梳理文脉、揭示主旨，而"有得于作者之旨趣"①，对《选》文进行义理解析。

（一）解释句意

黄侃对《文选》中的难句多有索解，如曹植《洛神赋》"陵波微步，罗袜生尘"，形容洛神轻盈的体态，素称名句，但是细思洛神走在水面上，却为何会罗袜生尘，不禁令人费解。李善注曰"陵波而袜生尘，言神人异也"，释义含糊。五臣注曰"步于水波之上如尘生也"，仍不透彻。黄侃更进一步指出："上正意，下比辞。言履若若平地。"他认同五臣注的思路，认为"陵波微步"与"罗袜生尘"之间是比喻关系，指洛神体态轻捷如飞凫，细步踏波，溅起微澜细沫，好像在平地行走时罗袜扬起的烟尘一样，极写洛神行走水上而能如履平地。黄侃的释义较为明晰，不过稍嫌迂曲。今人对罗袜何以生尘仍有多种解释，其中"指陵波洛水的女神，袜履之间水气空濛，有如薄雾"②，似更符合原文意境。

又如陶渊明《归去来》"既自以心为形役，奚惆怅而独悲"一句，讲过去违心出仕做官，但这是令人惆怅悲伤之事，前面加上表示疑问的"奚"字，颇难索解。黄侃指出："此言心为形役，悲亦何益，惟有归耳。"③联系下文"悟已往之不谏，知来者之可追。实迷途其未远，觉今是而昨非"，陶渊明表示要决然辞官，回归田园，何必为过去违心出仕而惆怅悲伤？黄侃的解释很通达。

（二）梳理文脉

黄侃还划分层次、归纳段意，以梳理文章脉络。如屈原《离骚》篇幅长、寄意深，文脉难寻。黄侃便将《离骚》划分层次，归纳段意如下：

"帝高阳之苗裔兮"至"字余曰灵均"…………已上世系生日名字。

"纷吾既有此内美兮"至"夕揽洲之宿莽"……以上素志。

"日月忽其不淹兮"至"夫唯捷径以窘步"…已上格君。

"惟党人之偷乐兮"至"反信谗而齐怒"………已上遇谗。

"余固知謇謇之为患兮"至"伤灵修之数化"…已上言伤君悔遁，非为己私。

---

① 黄念容：《文选黄氏学叙》，载黄侃《文选平点》，第 2 页。

② 郑伟：《罗袜何以生尘》，载黄松主编《书品》2011 年第 3 辑，中华书局 2011 年版，第 76 页。

③ 黄侃：《文选平点》，第 523 页。

"余既滋兰之九畹兮"至"哀众芳之芜秽"……已上言己身斥退，
众贤亦沮。

"众皆竞进以贪婪兮"至"恐修名之不立"……已上志与众殊。

"朝饮木兰之坠露兮"至"愿依彭咸之遗则"…已上引古自励。

"长太息以掩涕兮"至"虽九死其犹未悔"……已上言守死不悔。

"怨灵修之浩荡兮"至"夫孰异道而相安"……已上言忠邪异路，
而邪终不可为。

"屈心而抑志兮"至"及行迷之未远"…………已上思复归正国。

"步余马于兰皋兮"至"唯昭质其犹未亏"……已上言复退保身，
自下文明，不烦笺也。①

使《离骚》文脉清晰，一目了然。

另外，对《文赋》《与山巨源绝交书》《为曹公作书与孙权》《奏弹刘
整》等篇章亦有分段释义，使之文脉昭然，堪为读者津逮。

（三）揭示主旨

《文选》的很多篇章，作者出于主客观的原因，无法或没有明确表
达思想，致使文章主旨隐约不明，黄侃贵能立足文本，从字里行间体察
作者的真实用意，探究文章的本旨，曲得作者之用心，这正是黄侃义理
解析的最重要之特色与贡献所在。具体体现在对以下几类文章主旨的解
析上。

首先，中国古代诗教素有"主文而谲谏"②的传统，于汉尤盛，故
《文选》所录汉文多隐含讽谏之旨，黄侃于此多有揭示。如评贾谊《过秦
论》言："此文讽汉，而托言过秦耳。"③评司马长卿《封禅文》曰："依
类托寓""封禅亦托以讽谏"④。谓司马长卿《难蜀父老》讽刺汉廷"劳中
国以事远夷"⑤。

其次，禅代易主、政权交替时，往往政治极端黑暗，文士在政治高压
下被迫为文，每每隐约其旨，义在文外。黄侃于此也着力予以彰显。如王
莽篡汉立新时，扬雄上《剧秦美新》，多被认为是其名节上的"白圭之

---

① 黄侃：《文选平点》，第388—392页。
② 《诗大序》，载郭绍虞主编《中国历代文论选》，第63页。
③ 黄侃：《文选平点》，第576页。
④ 同上书，第544页。
⑤ 同上书，第514页。

玷"。黄侃则认为子云言"剧秦而不剧汉，文旨已明"①，谴责秦朝的暴虐，而不谴责汉朝，暗含新莽政权仅可与秦相埒，不能与汉同日而语。黄侃认为文中"独秦屈起西戎，邠荒岐雍之疆"句乃言"莽并秦之基业而无之"②；"况尽汛扫前圣数千载功业，专用己之私而能享佑者哉"句表示"正訾莽之尽改汉制也。长卿之文，讽而已耳，子云则直攻讦之矣"；"必有不可辞让云尔"句是"婉而成章"别有寄意；"受命甚易，格来甚勤"句言新莽"明不如秦"③；"昔帝缰皇，王缵帝，随前踵古，或无为而治，或损益而亡。岂知新室委心积意，储思垂务，旁作穆穆，明旦不寐，勤勤恳恳者，非秦之为与"句言新莽与秦"言异术而同亡也"④。从字里行间，揣测出扬雄的真实意旨是以秦喻新，暗含了对新莽政权的憎恶。

又如，魏晋交替之时，司马氏政权统治黑暗，文人名士遭到严酷迫害，人人自危，三缄其口，噤若寒蝉。向秀作《思旧赋》怀念嵇康，迫于这种压力"刚开头却又煞了尾"⑤，言辞也极尽闪烁。黄侃细入毫发，从遣词用字间，捕捉作者之曲心还在吊魏。他批点"于时日薄虞渊，寒冰凄然"句云"日薄虞渊，暗慨魏之将亡"；用太阳即将落山来比喻曹魏将亡，但事实上向秀此句可能仅仅是烘托一个凄凉的气氛而已；批点"经山阳之旧居"句说"山阳乃汉献降居之国，知此，则此篇为吊魏而作，而嵇吕之死魏，不待烦言矣"⑥。山阳是嵇康旧居，向秀曾与嵇康等人一同作竹林之游的地方，黄侃认为山阳也是汉献帝降居之国，暗含向秀吊魏之意，不免有些迂曲附会。不过，黄侃认为赋中"叹黍离之愍周兮，悲麦秀于殷墟"二句，"乃微辞也"是有道理的。《黍离》是周大夫在西周亡后，过故宗庙宫室，见尽为禾黍而作。《麦秀》是商朝宗室箕子过殷商故都废墟，感宫室毁坏，皆生禾黍而作。二诗都表达了亡国之痛，暗含向秀吊魏之情。

再如，一直与司马氏政权保持不合作态度的阮籍，却撰写了劝司马昭受封晋公的《为郑冲劝晋王笺》，成为其名节上受人诟病的污点。黄侃则为阮公正名曰："此文讽刺至明，不识当时何以竟用之也。后人梦梦，且以是为阮公罪，是但观劝进之题，初不一究其文义也。何焯云，许以桓

---

① 黄侃：《文选平点》，第 550 页。
② 同上。
③ 同上书，第 551 页。
④ 同上。
⑤ 鲁迅：《为了忘却的记念》，载《鲁迅散文全集》，哈尔滨出版社 2013 年版，第 390 页。
⑥ 黄侃：《文选平点》，第 151 页。

文，讽以支许，巧于立言，案此论精微。"① 据《晋书》本传，阮籍为在司马氏的政治高压下全身远害，保持人格的独立，经常以醉酒作为避祸的手段，他本来也想用醉酒来躲避写劝进文，但没有成功，情非得已，被迫写下这篇劝进文。黄侃认为细究文义，讽刺至明，如文中称"今大魏之德，光于唐虞；明公盛勋，超于桓文。然后临沧州而谢支伯，登箕山而揖许由，岂不盛乎！"将司马昭比作齐桓公、晋文公，子州支伯、许由，表面看来是对他的推许。然而齐桓、晋文功勋再大，终究没有僭越周天子之位；子州支伯不接受舜让的天下，许由也不屑于替尧做天子。这对于想要代魏自立的司马氏不正是一种微妙的讽刺吗？黄侃认为此文暗含讽刺、不足为阮籍罪的观点，应该是正确的。

　　另外，有关魏、蜀、吴三国政权之扬抑，亦是魏晋文人不敢直言的敏感话题。左思《三都赋》、陆机《辩亡论》都有涉于此。黄侃立足文本，着力揭示二人的思想倾向。左思《三都赋》序中云："余既思摹二京而赋三都。"黄侃认为"太冲摹京（案指张衡《两京赋》）以赋都，意实扬汉以抑吴魏"，但"惟玄晏序乃有异说，赋文又甚隐约，故说者真疑太冲誉邺下而贬二方矣"②。左思写成《三都赋》后，求誉于皇甫谧，皇甫谧（号玄晏先生）为其作《三都赋序》，末段称："故作者先为吴蜀二客，盛称其本土险阻竭碕，可以偏王，而却为魏主述其都畿，弘敞丰丽，奄有诸华之意。"认为左思虽盛称吴蜀两国，却以魏国的政权作为正统。后人多尊此论，但黄侃以之为"异说"。他对比了《蜀都赋》《吴都赋》《魏都赋》的具体文本后，分析道："《蜀都》无一贬词，非仅为下篇留余步，实亦太冲之微旨。"③ 特别是《蜀都赋》之"斯盖宅土之所安乐，观听之所踊跃也。焉独三川，为世朝市"一句，说蜀都乃是安居的乐土，享受的乐园，争名夺利之地不仅有古称三川的东都洛阳，蜀都也是天下之名利场。黄侃认为这便暴露出："此言正统不必在中原，自金行南宅，盖信此言为非谬。"④ 黄侃以为左思《三都赋》"扬汉以抑吴魏"的观点，与众不同，并不被今天的研究者采纳，还需要进一步的研究。

　　黄侃对陆机《辩亡论》上下篇的主旨也有精到的归纳，指出"上篇主颂诸主，下篇扬其先功，而皆致暗咎归命之意"⑤。上篇颂扬孙坚、孙策、

---

① 黄侃：《文选平点》，第 473 页。
② 同上书，第 47 页。
③ 同上书，第 48 页。
④ 同上书，第 54 页。
⑤ 同上书，第 595 页。

孙权创立王业的过程；下篇称扬陆氏先祖的功业，而上下篇皆将东吴灭亡的原因归咎到孙皓（降晋后被封为归命侯）身上。但是，由于陆机祖、父世为吴国将相，陆氏家族与孙吴政权血肉相连，出于对吴主的尊敬和对国破家亡的哀挽，陆机对孙皓的批判并不是直接激烈的，而是如黄侃指出的"初无深责归命之辞，文特忠厚"①"暗咎归命而仍不显言"②。黄侃特别指出了这些地方，如《辩亡论》上篇叙孙皓的统治初期为"元首虽病，股肱犹存"，称"元首"孙皓为"病"。上篇最后分析道吴国仍然固有山川之险，晋朝的军队也不如曹操、刘备的人数众多，为何会走向失败呢？"彼此之化殊，授任之才异也"，即在于孙权和孙皓的政治教化不同，使用的人才各异，指斥孙皓政教失德，用人不当。《辩亡论》下篇的最后，陆机总结国家兴亡的经验教训为"天时不如地利，地利不如人和"，关键还是在君主如何用人，吴国的先王能安百姓、致人和、选贤任能、聚拢人心，"是以其安也，则黎元与之同庆；及其危也，则兆庶与之共患。安与众同庆，则其危不可得也；危与下共忠，则其难不足恤也"，人民愿意同君主同甘共苦，化解危难。这段话明则称赞吴国先主，实则斥责孙皓滥杀无辜，亲昵小人，致使人人忧恐，上下离心，终致亡国。

除以上大端，黄侃别有胜解的篇章还有很多，如认为陆机《吊魏武帝文》并非其自言的"见魏武帝遗令，忾然叹息，伤怀者久之"，而是"此文消辱武帝，亦云尽酷，特托云伤怀耳"③；又如谓陆机《答贾谧》"细为绅绎赠诗，始知此诗兀傲风刺，兼而有之，未识贾谧喻其旨否"④，均属谛论。

六　文学批评

黄侃曾作诗称赞《文选》"八代名篇此尽储，正如乳酪取醍醐"⑤，认为《文选》所收皆八代名篇，文苑英华，这无异于从整体上肯定了《选》文的艺术价值。他在解评《文选》时，即格外注重从遣词造句、篇章布局、艺术风格、文学源流等方面对《选》文进行文学批评。

（一）遣词造句

黄侃虽然整体上肯定《选》文的艺术价值，但并没有在具体的解评中

---

① 黄侃：《文选平点》，第595页。
② 同上。
③ 同上书，第649页。
④ 同上书，第249页。
⑤ 同上书，第653页。

盲目褒赞，反而多有批评之词。如对一些《选》文使用"代语"就多次提出批评，所谓"代语"是指不直言而用他词指代的遣词方式，黄侃对代语的使用极为不满："六朝好用代语，而自颜彪益多，其用字上非故训，下异方言，大抵'赏、抚'之类，须以意摸索之也。"①所谓"赏、抚"，出自《文心雕龙·指瑕》篇，刘勰云：

> 晋末篇章，依希其旨：始有"赏际奇至"之言，终无②"抚叩酬即"之语；每单举一字，指以为情。夫"赏"训锡赉，岂关心解？"抚"训执握，何预情理？《雅》《颂》未闻，汉魏莫用；悬领似如可辩，课文了不成义：斯实情讹之所变，文浇之致弊。而宋来才英，未之或改；旧染成俗，非一朝也。

"赏、抚"指"赏际奇至""抚叩酬即"这类"悬领似如可辩，课文了不成义"的遣词。这种遣词用语从晋末造端，一直弥漫到宋齐，正是六朝追新逐奇、文风讹滥的表现。

黄侃认为《文选》中的"代语""须以意摸索之"，正是刘勰所指摘的这类弊病。故其在解评中特别注意指出《选》文使用"代语"之处，并反复强调勿效代语、代语不可为式。如谢混《游西池》"有来岂不疾，良游常蹉跎"，"有来"一词令人费解。黄侃根据李善注引陆云《岁暮赋》"年有来而弃予，时无算而非我"，指出"有来"即代"年"字。又如任昉《齐竟陵文宣王行状》"有客游梁朝者，从容而进曰：未见好德，愚窃惑焉！"以"客游梁朝"代指萧子良门下客，用司马相如、枚乘等客游梁孝王故事，黄侃斥其"不可效"③。又如班固《典引》"昔姬有素雉、朱乌、玄秬、黄穬之事耳"，姬指周，素雉代白雉、朱乌代赤乌、玄秬代黑黍、黄穬指大麦，黄侃评云："此类代语已开'赪茎素毳，虬户铣溪'之端，宜勿效也。"④"赪茎、素毳"见颜延之《三月三日曲水诗序》，李善注云："赪茎，朱草也；素毳，白虎也。""虬户、铣溪"见《唐诗纪事》卷九云：初唐徐彦伯作文，多变易求新，以"虬户"代龙门，"铣溪"代金谷，当时号为"涩体"。

刘孝标《广绝交论》"日月联璧，赞尧禹之弘致；云飞电薄，显棣华

---

① 黄侃：《文选平点》，第652页。
② 据黄侃《文心雕龙札记》校为"有"。
③ 黄侃：《文选平点》，第646页。
④ 同上书，第556页。

之微旨"也使用了代语，据李善注：

> 日月联璧，谓太平也；云飞电薄，谓衰乱也。王者设教，从道汙隆，太平则明亹亹微妙之弘致，道衰则显棣华权道之微旨。……易坤灵图曰：至德之萌，日月若联璧。《周易》曰：定天下之吉凶，成天下之亹亹者，莫善于著龟。王弼曰：亹亹，微妙之意也。郑玄周礼注曰：致，至也。汉书，高祖歌曰：大风起兮云飞扬。淮南子曰：阴阳相薄为雷，激而为电。《论语》曰：棠棣之华，偏其反而。何晏曰：逸诗也。棠棣之华，反而后合。赋此诗以言权反而后至于大顺也。①

根据李善注，"日月联璧"语出《易·坤灵图》，谓太平也；"云飞电薄"语出刘邦《大风歌》和《淮南子》，谓衰乱也。此类代语如果不加注解，真是让人如坠云雾，正如黄侃所批评的"代语过晦，非释不明，未可则效"②。

黄侃还对《选》文之句法予以解析赏评、抑扬褒贬。从其评语来看，黄侃格外强调句法的规范性，如沈约《恩幸传论》"逮于二汉，兹道未革，胡广累世农夫，伯始致位公相；黄宪牛医之子，叔度名动京师"句，黄侃便指责："胡广、黄宪兼举名字，分嵌二句中。虽有所本，不可为式。"③胡广字伯始，黄宪字叔度，沈约征引他们的事迹来说明在汉代寒门子弟尚可平步青云，但在用典时，将他们的名和字分嵌二句，来叙述同一个事典。这种用法本于刘琨《重赠卢谌》"宣尼悲获麟，西狩泣孔丘"。但黄侃认为此种做法不可为式，盖因这种两句合用一典的句法并不规范，在诗文中比较少见，不值得效仿。另外，黄侃还强调句法要在继承的基础上创新，对《选》文陈陈相因、不加变革的句法明确提出批评。如范晔《宦者传论》"府署第馆，基列于都鄙；子弟支附，过半于州国。南金、和宝、冰纨、雾縠之积，盈牣珍藏；嫱媛、侍儿、歌童、舞女之玩，充备绮室"句，黄侃便指斥："此种长句皆袭《过秦》，宜有以变。"④

（二）篇章布局

黄侃留意《选》文的结构布局，常点出句与句之间的照应关系。如袁宏《三国名臣序赞》中云：

---

① （梁）萧统：《文选》，第 2368 页。
② 黄侃：《文选平点》，第 605 页。
③ 同上书，第 571 页。
④ 同上书，第 566 页。

　　　　诜诜众贤，千载一遇。整辔高衢，骧首天路。仰挹玄流，俯弘时
　　务。名节殊涂，雅致同趣。日月丽天，瞻之不坠。仁义在躬，用之不
　　匮。尚想重晖，载挹载味。后生击节，懦夫增气。

袁宏盛赞三国名臣的功业和德行，如日月在天不坠，其仁义在身不匮，值
得后辈的景仰学习。其中的"尚想重晖，载挹载味"即是指后辈对三国名
臣的追慕，而之所以用"重晖""挹""味"，据黄侃的说法："'重晖'
承'日月'言，'挹味'承'仁义'言。"① 揭示了上下句的对应关系。
　　南北朝时期，骈文兴盛，骈文的结构严整，语句之间联系密切，互为
照应。如备受时人推崇的《文选》选公文类作品最多的任昉之作即是如
此，其为范云上表请求为竟陵王萧子良立碑的《为范始兴作求立太宰碑
表》内有一段可为代表，文曰：

　　　　然则配天之迹，存乎泗水之上；素王之道，纪于沂川之侧。由是
　　崇师之义，拟迹于西河；尊主之情，致之于尧禹。故精庐妄启，必穷
　　镌勒之盛；君长一城，亦尽刊刻之美。况乎甄陶周召，孕育伊颜？②

据李善注，"配天"句指在泗水边汉高祖庙前有碑纪功，"素王"句指在
沂水南有孔子旧庙排列了汉、魏以来所立的七个碑；"崇师"句指子夏在
孔子去世后，到魏国的西河授徒讲学，彰显了崇敬师长的品德；"尊主"
句指伊尹希望其君主太甲能做尧舜那样的君主，显示了尊重君主的感情。
四句分别用了四个独立的典故，但是其实之间有着密切的联系，黄侃指
出："'崇师'承上'素王'句，'尊主'承'配天'句。"③ 子夏崇师和
孔庙立碑都是讲崇敬师长，伊尹尊主和高祖庙前立碑都是讲对主上的尊
重。而这四句征引用典所要表达的意思，据黄侃揭示，又"下启'精庐'、
'君长'一联。"④ "精庐"句指讲读之所建立，都要立碑纪念，正是出于
崇敬师长；"君长"句指一城的长官，也会刻石纪功，正是由于对主上的
尊重。这六个密切联系的句子为了突出一个中心即基于崇师尊主的感情，
要为师长主上立碑，"况乎甄陶周召，孕育伊颜"？竟陵王萧子良生前正是

---

　　① 黄侃：《文选平点》，第542页。
　　② （梁）萧统：《文选》，第1749页。
　　③ 黄侃：《文选平点》，第452页。
　　④ 同上。

像周公、召公、伊尹、颜回一样令人崇敬尊重的师长主上，当然理应立碑纪念了。黄侃对此段各句间的照应关系解析得非常清楚。

从黄侃有关篇章布局的评语中可以看出，他十分赞赏文章结构上的参错，如曹丕《与钟大理书》乃子桓得钟繇之玉玦，而与之示谢书。曹丕开篇即举古代名玉："晋之垂棘，鲁之玙璠，宋之结绿，楚之和璞，价越万金，贵重都城，有称畴昔，流声将来。"但继之，曹丕仅续以"垂棘""和璧"二典来表示美玉之珍贵，文谓："是以垂棘出晋，虞虢双禽；和璧入秦，相如抗节。"而舍弃了"玙璠""结绿"两事。黄侃认为曹丕这样做"承上而惟举垂棘和璧，文乃参错，可以为式"①，对这种结构上的灵活参错表示赞赏。

反之，对于字句上的重复造成结构上的相犯，黄侃则明确表示批评。如卢谌《赠刘琨并书》有"譬彼樛木，蔓葛以敷。妙哉蔓葛，得托樛木"之句，用蔓葛得托樛木来比喻自己与刘琨的关系。然而在此句之后，卢谌又有"绵绵女萝，施于松标。禀泽洪干，晞阳丰条。根浅难固，茎弱易雕；操彼纤质，承此冲飙"一段，以女萝施于松标，喻己依靠刘琨，这便与前句重复了。黄侃指摘"此段惜与樛木蔓葛犯复耳"②，对此表示遗憾。另如《三国名臣序赞》有"鸟择高梧，臣须顾眄"一句，黄侃指出"鸟择高梧，惜与篇首相犯"③，因篇首已有"潜鱼择渊，高鸟候柯"，此句便有重复之嫌了。

（三）艺术风格

黄侃对不少作家作品的艺术风格进行了品评，如谓班叔皮《王命论》"文则浩浩洋洋，风骨遒上"④；曹子建《与吴季重书》"此篇笔意过纵，未为粹美"⑤；孔稚珪《北山移文》"此篇殊多俗致"⑥；颜延之《宋文皇帝元皇后哀策文》"此文实不悟其佳处，意窘词枝，总由无情耳"⑦。

黄侃还总结了作家风格，如他读了任昉《为卞彬谢修卞忠贞墓启》"遂使碑表芜灭，丘树荒毁，狐兔成穴，童牧哀歌。感慨自哀，日月缠迫"句，总结道："彦升之文，善于序情，仰同季友；近世汪中，沾溉其一二，

---

① 黄侃：《文选平点》，第 491 页。
② 同上书，第 261 页。
③ 同上书，第 541 页。
④ 同上书，第 582 页。
⑤ 同上书，第 493 页。
⑥ 同上书，第 507 页。
⑦ 同上书，第 631 页。

业已名家矣。"① 又读任昉另一篇《启萧太傅固辞夺礼》"饥寒无甘旨之资，限役废晨昏之半。膝下之欢，已同过隙；几筵之慕，几何可凭"句，感慨道："此言昉亦预人伦也。孤儿读此，不禁擗摽长号矣。"② 从具体作品中，总结出任昉善于序情的特点。

（四）文学源流

黄侃在解评《文选》时，还十分具有史的意识，常从文学史的角度，梳理《选》文之源与流。

一方面，黄侃向上追溯了一些《选》文在体式、题材上的源头。如他指出左思《蜀都赋》"峻岨塍埒长城，豁险吞若巨防"句"拟子虚赋'吞若云梦者八九'句法，而实不安"③；宋玉《对楚王问》"似《卜居》《渔父》而不尽用韵"④，是在考察句法、体式之源。而其评《登徒子好色赋》"此与《神女赋》同旨，然已劝百而讽一矣。其源出于《汉广》《行露》"⑤；诗歌中的"招隐"类，"招隐之名，出于淮南之《招隐士》，然则彼文正此中所云反招隐耳，故谓招其来隐为招隐者，殊为士衡辈之误也"⑥，则是考察题材的源头。

另一方面，黄侃又往下梳理了一些《选》文在体式、题材上之流脉。《文选》中一些名篇，被后世争相仿效，沾概者多矣，黄侃便对一些名篇的仿作予以梳理。如他指出《过秦论》"此论覆焘无穷"⑦，对效仿了《过秦论》的篇章多加以说明。像干宝《晋纪总论》，黄侃认为就是受《过秦论》孳乳的，只是"摹拟过杂过多，未能熔炼，是此文之病，特大体骏健耳"⑧。相对来讲，还是曹冏的《六代论》"此文最善效《过秦》"⑨ 模仿得比较成功。

经过黄侃的溯源与清流，某些文学史上特定体式、题材之源流发展便被勾勒出来。如黄侃评任昉《齐竟陵文宣王行状》"清猷与壶人争旦，缇幕与素濑交辉"句云："庾徐惯用此调，降及初唐，遂成俗响。"⑩ 同时评

---

① 黄侃：《文选平点》，第 462 页。
② 同上。
③ 同上书，第 54 页。
④ 同上书，第 516 页。
⑤ 同上书，第 182 页。
⑥ 同上书，第 213 页。
⑦ 同上书，第 575 页。
⑧ 同上书，第 560 页。
⑨ 同上书，第 586 页。
⑩ 同上书，第 646 页。

王仲宝《褚渊碑文》"风仪与秋月齐明，音徽与春云等润"句云："此又子山句调所本。"① 这便梳理了初唐王勃《滕王阁序》名句"落霞与孤鹜齐飞，秋水共长天一色"一类句式之源流。再如黄侃评班彪《北征赋》："此体上本《九章》，虽庾信《哀江南》，颜介《观我生》，江总《修心》皆其支与流裔也。"② 评潘岳《西征赋》："何焯云，子山《哀江南赋》体源于此，庾赋今事，故有关系能动人，此善变者也。侃云，皆自《遂初》出，彼又本《九章》。"③ 昭示了从屈原《九章》—刘歆《遂初赋》—班彪《北征赋》—潘岳《西征赋》—庾信《哀江南赋》—颜之推《观我生赋》—江总《修心赋》的发展过程。

　　黄侃在解评中特重在文学史上发挥了关键作用的作家作品。如评宋玉《九辩》曰："赋句至宋玉而极其变，后之贾生枚马皆由此而得度尔。"④ 评任昉《为卞彬谢修卞忠贞墓启》云："彦升之文，善于序情，仰同季友；近世汪中，沾溉其一二，业已名家矣。"⑤ 评班固的《汉书》"述"谓："四言颂赞断宜以班氏为宗，士衡、彦伯皆于是出。"⑥ 指出了宋玉、任昉、班固等人在文学史上的重要作用。

七　参证《文心》

　　黄侃注重理论与作品的结合，他强调要想深入理解《文选》，必须参酌刘勰《文心雕龙》、梁元帝《金楼子》等六朝文论著作。他在评《文选序》时明确指出："此序，选文宗旨、选文条例皆具。宜细审绎，毋轻发难端，《金楼子》论文之语，刘彦和《文心》一书，皆其翼卫也。"⑦ 特别是《文心雕龙》，黄侃认为于研读《文选》格外重要，他在《文选平点叙》中首言："《文心》与《文选》'笙磬同音'"，又曰：

> 读《文选》者，必须于《文心雕龙》所说能信受奉行，持观此书，乃有真解。若以后世时文家法律论之，无以异于算春秋历用《杜预长编》，行乡饮仪于晋朝学校，必不合矣。开宗明义，吾党省焉。⑧

① 黄侃：《文选平点》，第 635 页。
② 同上书，第 93 页。
③ 同上书，第 96 页。
④ 同上书，第 408 页。
⑤ 同上书，第 462 页。
⑥ 同上书，第 572 页。
⑦ 同上书，第 1 页。
⑧ 同上书，第 4 页。

认为研读《文选》开宗明义的第一要事就是结合《文心雕龙》之理论。黄侃自己在解评《文选》时，正是“于《文心雕龙》所说能信受奉行”，引用《文心雕龙》计十余处。

首先，黄侃结合《文心雕龙》文体论来阅读《文选》。他揭示了《文心雕龙》分类选文对《文选》之影响，其在评《文选》赋类时指出："《文心雕龙》‘若夫京殿苑猎，述行叙志，并体国经野，义尚光大’，‘至于草区禽族，庶品杂类，则触兴置情，因变取会’，据此，是赋之分类，昭明亦沿前贯耳。"① 《文心雕龙·诠赋》将赋分为“体国经野，义尚光大”之“鸿裁”和“触兴置情”之“小制”两大类。前者包含“京殿苑猎，述行叙志”即描述京都、宫殿、苑囿、畋猎及述行、序志等赋作；后者囊括描写草木、禽兽及百般杂物的赋作。《文选》在编排时，也在赋类下又细分出小类，计为：京都、郊祀、耕藉、畋猎、纪行、游览、宫殿、江海、物色、鸟兽、志、哀伤、论文、音乐、情等十五类。不难看出，《文选》的分类与《文心雕龙》是十分类似的。黄侃据此认定，在赋之分类上，“昭明亦沿前贯耳”，继承了刘勰，这一观点是言之有据的。

其次，黄侃将《文心雕龙》对作家作品的批评与《选》文相互印证。刘勰在《文心雕龙》中评论了先秦至宋齐近三百位作家，涉及三十多类文体的近四百种作品。这样丰富的作家作品评论，无疑为研究《文选》提供了最为权威可靠的参考。黄侃已经意识到这一点，他在解评《文选》时积极参借刘勰的相关评论。如关于扬雄《剧秦美新》，《文心雕龙·封禅》评曰：“观《剧秦》为文，影写长卿，诡言遁辞，故兼包神怪；然骨掣靡密，辞贯圆通，自称‘极思’，无遗力矣。”黄侃认为“诡言遁辞”之评“得此文之真矣”②。

但黄侃对刘勰的评语也并非全部赞成，如向秀《思旧赋》“昔李斯之受罪兮，叹黄犬而长吟。悼嵇生之永辞兮，顾日影而弹琴”一句，刘勰在《指瑕》篇中指斥此处将嵇康“方罪于李斯”是比拟不伦。黄侃则不以为然曰：“此言叔夜胜于李相，所谓志远；非以叹黄犬偶顾影弹琴也。刘舍人《指瑕》之篇，讥其不类，殆未详绎其旨也。”③ 认为向秀之意不是将二人相类比，而是称赞嵇康比李斯“志远”。李斯“叹黄犬而长吟”贪恋

---

① 黄侃：《文选平点》，第3页。
② 同上书，第575页。
③ 同上书，第151页。

的是尘世之功名享受，而嵇康"顾日影而弹琴"则表现了清远之志。向秀在《思旧赋》序中提到"嵇志远而疏"，清高玄远、离尘脱俗，特举了"临当就命，顾视日影，索琴而弹之"作为最好的说明，这种清远是被六朝人所称道的人生境界。向秀并举李、嵇二人临刑前的不同表现，暗含了将李斯作为反例，来突出和褒赞嵇志清远之意。刘勰斥向秀将嵇康"方罪于李斯"，确实是没有深入体会其良苦用心。黄侃此处对刘勰的指摘是正确的。

另外，黄侃还利用《文心雕龙》所揭示的六朝文学背景来研读《选》文。如黄侃在理解江淹拟作颜延之《侍宴》中"荣重馈兼金，巡华过盈瑱"一句时，便借助于《文心》，其云：

> "巡"与"循"通，读循省之循，犹言循省荣华之遇。六朝造语多未必合训，当以意求之。《文心雕龙》云："字以训正，义以理宣。而晋末篇章，依希其旨：始有'赏际奇至'之言，终无'抚叩酬即'之语……悬领似如可辩，课文了不成义。"按此巡华亦其方物也。何焯云，巡华未详所出。案巡华与别本上之"承华"对，亦一意耳，初无所出。①

黄侃在此引述了刘勰《文心雕龙·指瑕》篇语。《指瑕》篇集中指摘了六朝文风讹滥而产生的种种弊端，此段正是指责遣词造句上的追新逐奇，刘勰指出晋末以来的篇章往往自创一些"依希其旨"的新词代语，笼统看来似乎略识其意，仔细推敲则完全不合诂训。黄侃认为此诗中的"巡华""亦其方物"，并不合训，当以意求之，作"循省荣华之遇"解。若不了解六朝追新逐奇的文学背景，像何焯那样考"巡华"之出处，自然是徒劳无功。可见，《文心》确是研读《文选》之津梁，黄侃所见良是。

八 《选》注研究

（一）善注研究

《文选》素有李善注和五臣注两大系统，随着不同时代学术的递变而升降，宋学盛则五臣重，朴学兴而崇贤升。有清以来，随着朴学的兴盛，李善注的地位远远高过了五臣注。黄侃作为乾嘉学派传人，亦对李善注给予高度评价，其手批本即系善注本，其解评不仅限于《文选》正文，还特

---

① 黄侃：《文选平点》，第 383 页。

别对善注予以细致圈点，进行了颇为全面的研究。

1. 圈识

首先，黄侃对李善注以不同符号进行了圈识。据黄焯《文选平点例言》云："凡李注中所标符号有七，今不能具载。但于每种举注文一二条明之，余可仿此推知也。"① 这七种标识分别如下所示。

　　○如于李注条例用连尖圈，如《两都赋》序"或曰赋者古诗之流"，注云："诸引文证，皆举先以明后，以示作者必有所祖述也，他皆类此"，以上数语字旁皆施尖圈；又"以兴废继绝"二句，注云："然文虽出彼而意微殊，不可以文害意，他皆类此"，每句之旁亦施尖圈是也。

　　○凡于古字通用或音义相同者，如《西都赋》"桑麻铺棻"，注云："棻与纷古字通"；又"杳窱而不见阳"，注云："窈与杳同"，即在注文"棻与纷古字通"及"窈与杳同"二句字旁加点，句末加圈是也。

　　○李注于旧音义择善而从者，亦施连点，如《子虚赋》"楂梨梬栗"，注云："然诸说虽殊，而木一也。今依苏音"；又"勺药之和具而后御之"，注引或说及晋灼，因云"和调之言，于义为得"，即在"诸说虽殊"三句与"和调之言"句，句旁加连点是也。

　　○凡注文有举异文或加驳正者，用连圈，如《西京赋》"缭垣绵联"，注云"今并以亘为垣"；《东京赋》"咸池不齐度于鞰咬"，注云："咬或作蛟，非也"，即在"今并以亘为垣"及"咬或作蛟，非也"句旁施连圈是也。

　　○凡注文有举正或本之误者，亦用连圈，如《子虚赋》"衡兰芷若"，注云："芷若下或有射干，非也"，又"其北则有阴林，其树楩楠豫章"，注云："本或林下有巨字，树下有则字，非也。"即在注文"芷若下或有射干，非也"与"本或林下有巨字，树下有则字，非也。"数句之旁加连圈是也。

　　○于文义未详者用＝，如《西都赋》"许少施巧，秦成力折"，注云："许少、秦成，未详"；《西京赋》"重以虎威章沟"，注云："虎威、章沟，未闻其意。"即在"许少、秦成，未详"与"虎威、章沟，未闻其意。"二句旁标以双杠如＝是也（此类于正文亦施＝，今

① 黄侃：《文选平点》，第13页。

悉不录，以赌正文可知也。）

　　〇于有疑误者用——如《东都赋》"有殷宗中兴之则焉"，注云："谓盘庚为宗，班之误欤？"《魏都赋》"靺昧任禁之曲"，注云："靺、昧皆东夷之乐，而重用之，疑误也。"即在"谓盘庚为宗"二句及"靺、昧皆东夷之乐"三句旁加一直杠如——是也。又，凡文中偶有疑误处，李注已加说明或举正者，悉于其旁注△。如目录中之赋乙赋丙诗乙诗丙。文中如魏都赋之靺、昧，长杨赋首句之明年皆是，兹于字旁所施之△，省去不录。以此类符识极少，且检李注而可知也。①

据这些标识可见，黄侃将李善自著体例皆标识出来。除此之外，李善注还有很多潜在的义例，黄侃也尽力钩沉，对善注中凡于古字通用或音义相同者、于旧音义择善而从者、凡注文有举异文或加驳正者、凡注文有举正或本之误者、于文义未详者、于有疑误者六项潜在体例逐一标识。通过这一系列的标识，黄侃无疑将李善注的体例彰显于外，精熟于心。

　　2. 辨伪

　　《文选》李善注在流传过程中窜入了他人注释，对此胡刻《文选考异》专予说明。黄侃亦注意到此点，他在评班固《两都赋》题下注时云："文题下注非李氏文，凡题下注皆有可疑，而《洛神赋》题下注尤谬。"② 指出《文选》中一些题下注非李善原注。除《两都赋》《洛神赋》之外，黄侃还谓范晔《宦者传论》题下注"必非崇贤之笔③；沈约《恩幸传论》题下注"不类崇贤之辞"④；扬雄《剧秦美新》之题下注"非崇贤之语"，等等。不只题下注，黄侃还指出《文赋》之注"此篇注多非李善之旧"⑤。

　　但对于辨伪的理由，黄侃很少展开，唯对扬雄《剧秦美新》题下注、陆机《文赋》注的辨伪略加说明。扬雄《剧秦美新》题下注批评扬雄曰：

　　　　王莽潜移龟鼎，子云进不能辟戟丹墀，亢辞鲠议；退不能草玄虚室，颐性全真；而反露才以耽宠，诡情以怀禄，素餐所刺，何以加焉！抱朴方之仲尼，斯为过矣。

----

① 黄侃：《文选平点》，第13—14页。
② 同上书，第3页。
③ 同上书，第566页。
④ 同上书，第570页。
⑤ 同上书，第158页。

黄侃认为此段对扬雄事新莽的指责过于严苛,李善不可能有此论调:"此注非崇贤之语,以是责子云,则卓茂名德,窦融功臣,张纯通侯,皆有仕莽之嫌,何止区区一郎吏乎。"①

而黄侃之所以认为《文赋》注多非李善之旧,乃因其感到其注多处"不谛""未畅""未是"。如"彼榛楛之勿翦,亦蒙荣于集翠",李善注言"以珠玉之句既存,故榛楛之辞亦美",黄侃便指正曰:"翠即翠鸟,言恶木而有珍禽萃之,则榛楛恶木亦蒙禽之荣而不见划伐也。"②《文赋》此句运用比喻来说明文章中若有出色的秀句,则其他平庸的文辞也随之生辉。"榛楛"是恶木喻庸词是没有疑义的,关键是秀句的喻体"翠"所指何物,从李善对整句的解释来推测,他似认为"翠"是"珠玉",这显然与上句中的"榛楛"不太对应,黄侃以"翠"为"翠鸟",集萃于"榛楛"恶木之上,确实更为合理。今各家注本多采纳黄说。

黄侃对扬雄《剧秦美新》题下注、陆机《文赋》注的指摘是中肯的,这些注确有不合理之处,但据以就认定其非李善之旧注则不免过于轻率了。

3. 补充

李善注以淹博著称,但仍难免有种种未详未尽之处,如多处标以"未详""未闻""史传不载",等等。黄侃于此格外留意,上述其圈点善注标识之第八项即为"于文义未详者用＝"。不只是标识,黄侃更进一步补充善注未详之处。

首先,黄侃补充了善注考释事典上的不足。如王融《永明九年策秀才文》"文条炳于邹说",善注"邹说未详",黄侃引五臣注以补之曰:"邹说盖邹衍之说,本良注。"③ 干宝《晋纪总论》"是以目三公以萧杌之称,标上议以虚谈之名",善注"萧杌,未详",黄侃补充道:"萧杌盖犹潘岳题阁道为谣之类。"④

另外,黄侃还补充了李善注未尽之语典,如指出郭璞《江赋》"磴之以瀿瀷,渫之以尾闾"句来自"嵇康《养生论》'或益之以畎浍,渫之以尾闾'"⑤。

4. 辨正

明清以来,李善注成为选学家、考证家辨正之焦点,杨慎、顾炎武、

---

① 黄侃:《文选平点》,第550页。
② 同上书,第161页。
③ 同上书,第434页。
④ 同上书,第561页。
⑤ 同上书,第121页。

何焯等均对善注有所指摘辨正，对此，黄侃并不完全认同，以为"后人专扬崇贤之短"①，有炫博之嫌。如何焯对善注的辨正，沈约《应王中丞思远咏月》"方晖竟户入，圆影隙中来"，李善注引《说文》曰："隙，壁际也。""何焯云，《说文》'间'字下云：'隙'也，注当引此。"② 黄侃批评道："今谓注但取义明，非求炫博。今之补助李注者不悟，余波所及，皆彼之遗，而欲持布鼓过雷门，宝燕石骄周客，一何可笑。"③ 这就不仅仅针对何焯，更是对所有率意指摘善注者的批评。

在充分意识到前人之弊的基础上，黄侃自己以更加客观严谨的态度来辨析善注，对善注之训诂、释事、义理等各方面予以辨析，共计有六十余处。

首先，黄侃指出不少善注训诂之误。如鲍照《苦热行》"含沙射流影，吹蛊痛行晖"，李善释"行晖，行旅之光晖也"。黄侃辨正曰："'行晖'犹言行人之影耳，此殆与短狐射影一类。"④ 黄氏认为上下句都是指含沙射影之类的事情，上句的"流影"既指人影，下句的"行晖"释为"行旅之光晖"显然是不对应的，故应释为"行人之影"为切。再如范晔《逸民传论》"汉室中微，王莽篡位，士之蕴藉义愤甚矣"句，对"蕴藉"一词，李善注引《东观汉记》曰："桓荣温恭有蕴藉，明经义。"并引文颖曰："谓宽博有余也。"观正文中"士之蕴藉义愤甚矣"，"蕴藉"显为动词，李善训以"宽博有余"这一形容词，讹误无疑。故黄侃指出："蕴藉，犹怀蓄也。注非。"⑤ 又如《过秦论》"据亿丈之城，临不测之溪以为固；良将劲弩，守要害之处，信臣精卒，陈利兵而谁何？"句中之"谁何"，李善注："谁何，问之也。……《广雅》曰：何，问也。"黄侃表示异议，他认为："'谁何'即谯让之意。'谁'与'乿'、'谯'同，'何'与'诃'、'呵'同。"⑥ 另如嵇康《养生论》"岂惟蒸之使重而无使轻，害之使暗而无使明，熏之使黄而无使坚，芬之使香而无使延哉"句中之"延"，李善注引《方言》曰"延，年长也"。黄侃云："此四句只承豆熏辛齿麝言。'延'当为'脡'，生肉酱也，嵇盖用以为'膻'耳。注非。"⑦ 考原句中"重"与"轻"，"暗"与"明"，"黄"与"坚"均反义词，则

---

① 黄侃：《文选平点》，第 16 页。
② 同上书，第 357 页。
③ 同上。
④ 同上书，第 311 页。
⑤ 同上书，第 567 页。
⑥ 同上书，第 575 页。
⑦ 同上书，第 590 页。

"延"亦应与"香"反义。李善注以"年长"这一"延"在字书中的基本义，显然是不符合句中语境的。黄侃释为"脡"，更为妥帖。另，黄侃对善注所训虚词亦有辨析，如司马迁《报任少卿书》"而事乃有大谬不然者夫，仆与李陵，俱居门下，素非能相善也"中的"夫"，李善以为："夫，语助也。《论语》子曰：有是夫。"黄侃则认为："'夫'字属下。注以'夫'字上属，非。"①

其次，黄侃订正了李善解释事典时的谬误。如孙子荆《征西官属送于陟阳候作诗》："三命皆有极，咄嗟安可保？"李善注引《养生经》"黄帝曰：上寿百二十，中寿百年，下寿八十"来解释"三命"。黄侃表示异议："此忧乱之诗，故有'三命'以下之文。'三命'当引《白虎通》说之，引《养生经》与咄嗟不保之意不合，白虎通又本《援神契》。"② 黄侃以为李善所引《养生经》上寿、中寿、下寿与诗意不符。他提出当引《白虎通》上及《孝经·援神契》。观《孝经·援神契》有云："命有三科，有受命以任庆，有遭命以谪暴，有随命以督行。受命，谓年寿也。遭命，谓行善而遇凶也。随命，谓随其善恶报之。"③《白虎通·寿命篇》沿袭这种说法，云："命有三科以记验，有寿命以保度，有遭命以遇暴，有随命以应行。"④ 二书所表达的人生归三命的思想，无疑更符合诗意，正是"三命皆有极"之所本。又如嵇叔夜《幽愤诗》"曰余不敏，好善暗人"句，李善以为"谓与吕安交也"。黄侃指摘道："谓吕巽也，注谬，仲悌心旷而放，非不可交之人。"⑤ 再如鲍照《苦热行》"戈船荣既薄，伏波赏亦微"句，李善注引范晔《后汉书》曰："交趾女子征侧反，拜马援为伏波将军，击交趾，斩征侧，振军旅还京师，朝见，位次九卿。"以马援拜伏波将军事释"伏波赏亦微"。然马援"朝见位次九卿"与"赏亦微"明显不符，黄侃指出："《后汉书·马援传》，援谓孟冀曰，昔伏波将军路博德开置七郡，裁封数百户。"⑥ 显然此处鲍照乃用路博德事。

再次，黄侃对善注义理进行辨析。李善注以"释事"为主要特征，但并非释事而忘义，善注中阐释义理的内容每每可见。黄侃读《选》特重义理，故于善注义理谬误处，指摘最多。黄侃长于创作，故能凭借对古体诗

---

① 黄侃：《文选平点》，第480页。
② 同上书，第199页。
③ 转引自（唐）孔颖达《礼记正义》卷46。
④ 冯友兰：《中国哲学史新编》（中），人民出版社2004年版，第312页。
⑤ 黄侃：《文选平点》，第233页。
⑥ 同上书，第312页。

艺术特点的把握，更准确地理解诗意。如颜延之《车驾幸京口侍游蒜山作》"周南悲昔老，留滞感遗甿"一句，李善解析此句诗意为："昔老，谓司马谈也。遗甿，自谓也。言帝方卜征以登封，而己岩耕以谢职，不获预观盛礼，所以悲同昔人。"① 以"周南""留滞"二句分指"司马谈"与诗人自己，表示自己不能随帝封禅，与司马谈同悲。黄侃以为李善恰恰将诗意理解反了，他指出："此反喻也，言己幸于周南留滞之人也。'周南'二句即反映'从驾'，'周南'、'留滞'一事而分用，句法与'宣尼悲获麟'二句同。"② 认为此句句法实与刘琨《重赠卢谌》"宣尼悲获麟，西狩泣孔丘"同，乃二句合用一典，表示己可从驾侍游，幸于司马谈。无独有偶，曹丕《善哉行》"高山有崖，林木有枝。忧来无方，人莫之知"一句也运用了很特别的艺术手法，李善解此句："言高山之有崖，林木之有枝，愚智同知之。今忧来仍无定方，而人皆莫能知之。"③ 黄侃予以辨析曰："'高山有崖'，特以齐句，'有崖'无义，注非。此言高山之木有枝，以兴人无知耳，取同音之字以为喻，其风古矣。昔之隐书，皆此类也。"④ 黄侃从"兴"及谐音双关等艺术方法入手释义，确较善注更为合理。

黄侃还联系篇章主旨、上下文意，指出善注不周之处。如阮瑀《为曹公作书与孙权》有一段与孙权交涉荆州问题云：

> 荆土本非己分，我尽与君，冀取其余，非相侵肌肤，有所割损也。思计此变，无伤于孤，何必自遂于此，不复还之。高帝设爵以延田横，光武指河而誓朱鲔，君之负累，岂如二子？是以至情，愿闻德音。

李善注"荆土本非己分，我尽与君，冀取其余"为："言荆州之土，非我之分，今尽以与君，实冀取其余地耳"，曹操表明荆州可与孙权，但取荆州以外之地。但接之李善注"思计此变，无伤于孤，何必自遂于此，不复还之"句时，却曰："言我尚冀君之余地，何必荆州之土，不复还我哉！"二注虽合字表，但显然前后矛盾，到底曹操要求孙权还荆州与否，善注淆乱不通。故黄侃指出李善此注有误，他认为此句："谓权因此自遂其心，不复还念（不转念），注非。"⑤ 后黄焯又加案详解黄侃之意曰："焯案此

---

① （梁）萧统：《文选》，第 1053 页。
② 黄侃：《文选平点》，第 221 页。
③ （梁）萧统：《文选》，第 1285 页。
④ 黄侃：《文选平点》，第 298 页。
⑤ 同上书，第 487 页。

书意欲与孙氏结好，'不复还之'与下'愿闻德音'相应，注以为何必荆
州之土不复还我，殊非。此书前后并无欲还荆州之意也。"黄侃是从整篇
文章之主旨为劝降出发，认识到"何必自遂于此，不复还之"不是指还荆
州，而是指还念归降，如此文意方通。

　　黄侃不仅纠正李善对个别句意的误解，更指摘其对某些诗文整体义旨
的把握上存在偏差。如郭璞《游仙诗》，李善注的解析为：

　　　　逸翮思拂霄，迅足羡远游。善注曰：逸、迅、思拂霄及远游，以
　　喻仙者愿轻举而高蹈。
　　　　清源无增澜。安得运吞舟？善注曰：清源不能行运吞舟之鱼，以
　　喻尘俗不足容乎仙者。
　　　　珪璋虽特达，明月难暗投。善注曰：珪璋、明月，皆喻仙也。言
　　珪璋虽有特达之美，而明月皆喻难暗投，以喻仙者虽有超俗之誉，非
　　无捕影之讥。
　　　　潜颖怨青阳，陵苕哀素秋。善注曰：言世俗不娱求仙，而怨天施
　　之偏。又叹浮生之促，类潜颖怨青阳之晚臻，陵苕哀素秋之早至也。
　　　　悲来恻丹心，零泪缘缨流。善注曰：悲俗迁谢，故恻心流涕。

显然，李善确是按"游仙"来解此诗，以为郭璞句句皆在表达"游仙"之
旨。而其实郭璞的《游仙诗》"坎壈咏怀，非列仙之趣也"，这一点钟嵘
早已指出。黄侃从这一角度，更深入地理解此诗，指出其主旨为："此伤
年暮无知音之辞。《离骚》：'老冉冉其将至，恐修名之不立'，《思玄》
曰：'既夸丽而鲜双，非是时之攸珍'。"[1] 而李善未明其旨，"此物此志
也，注未了"[2]。

　　从上述诸例证可见，黄侃对李善注的辨析皆能立足文本，信实有据，
与专扬崇贤之短、有意炫博者不可同日而语。但亦存在辨析不当处，如
《吊魏武帝文》"故前识所不用心，而圣人罕言焉"，李善征引《老子》
曰："'前识'者，道之华。"黄侃指出："'前识'谓前世之识者，非《老
子》之所谓'前识'。"[3] 以为李善征引语词与文中所用语词，词同而义不
符。黄侃所言固不差，然此正是李善征引之特点，李善反复在注中申明其

① 黄侃：《文选平点》，第 211 页。
② 同上。
③ 同上书，第 650 页。

所征引"文虽出此，而意微殊，亦不以文害意也"①，黄侃不应不察。

（二）旧注探微

《文选》所收篇章均是历史上的名篇佳作，在被《文选》收录以前就已广为流播，并为名家所注释，如《二京赋》有薛综注，《子虚赋》《上林赋》有张揖、司马彪、郭璞等注，《咏怀诗》有颜延之、沈约等注，《楚辞》有王逸注，《典引》有蔡邕注，《演连珠》有刘峻注。李善在注《选》文时，不夺前人之美，对于这些前代旧注均予以保存。这些旧注具有很高的研究价值，黄侃在批点的过程中，也对这些旧注有所留意，进行了多方面的探讨。

1. 分辨旧注与善注

李善在注释有旧注的《选》文时，为区分己注与旧注，于己注皆标明"善曰"。但由于流传日久，善注与旧注时相混杂，难于分辨。胡克家《文选考异》中便将分辨旧注与善注作为其校勘的一项重要内容。黄侃也意识到这一问题，在评《西京赋》薛综注时云："综注与善，今刻本时亦相乱，凡有旧注者，皆然。"②黄侃对《幽通赋》《西京赋》《东京赋》《甘泉赋》《鲁灵光殿赋》《三都赋序》等篇相混杂的旧注与善注都进行了辨别。其中，不少条目是《文选考异》所遗漏的。例如《西京赋》"娄敬委辂，斡非其议"句注为：

> 善曰：《汉书》，娄敬脱挽委辂曰：臣愿见上言便宜。又说上曰：陛下都洛阳，不如入关中。言娄敬贫乏人，不合干上，妄议其说，允合帝心。《汉书音义》应劭曰：辂，谓以木当胸以挽辇也。辂，胡格切。斡，音干。薛君韩诗章句曰：斡，正也。谓以其议非而正之。③

黄侃注意到此注存在混乱甚至矛盾之处，主要是对"斡非其议"的理解，前面释为"不合干上妄议"，句末则释为"谓以其议非而正之"，很明显，症结在于前将"斡"训为"干"，后把"斡"解作"正"。如果同为李善所注，不可能出现这样明显的前后矛盾。所以黄侃认为："此注前后异义，疑'善曰'二字当在《汉书音义》上，盖薛注训'斡'为'干'，训'斡非其议'为'不合干上妄议'，李注训'斡'为'正'也。"④黄侃对薛

① （梁）萧统：《文选》，第2页。
② 黄侃：《文选平点》，第16页。
③ （梁）萧统：《文选》，第51页。
④ 黄侃：《文选平点》，第17页。

综注与李善注的这一辨别细致谨严，具有说服力。

2. 旧注订误

黄侃还在解评中纠正了一些旧注之讹误。例如班固《典引》“既感群后之说辞，又悉经五繇之硕虑矣”一句，蔡邕注“繇，占也”，“五繇”出自“王者巡狩，预卜五年，岁习其祥，习则行，不则修德而改卜。言天下已举五卜之占而习吉也”，指“五卜之占”。黄侃指出此注大非，他认为：“繇，道也。五道，谓五经之道也。”①

九 自抒感慨

黄侃在解评《文选》时还多有借题发挥，自抒感慨之处，虽仅只言片语，确能从中映射出黄侃的思想与人格。

（一）排满兴汉

黄侃生当清朝统治之下，他坚守华夷之辨，排满兴汉的思想根深蒂固，这在评《文选》中屡有表露。如其评《陈情事表》云：

> 出处之际宜慎，固也；然诸夏废兴，臣僚改隶，素非显厚，何得责以守忠？扬雄李密并蒙诟诮，此后人奴于一姓之鄙见也。惟置身虏廷，若李陵卫律之辈，乃真罪通于天耳。②

可见黄侃是将中国传统的忠君爱国思想，放置在民族主义立场上的，指责“置身虏廷”、臣服外族才是最大的不忠。而所谓虏廷、外族，黄侃的矛头直指满清政府。又如刘孝标《辨命论》中有一段云：“遂覆瀍洛，倾五都，居先王之桑梓，窃名号于中县，与三皇竞其萌黎，五帝角其区宇，种落繁炽，充仞神州。”列举晋室衰微，北方异族入主中原之事。孝标所述正触黄侃痛处，使之不禁感慨：“假使孝标生于邲特、爱新之世，惟有蹈东海而死耳”，表明元代、清朝神州之沦丧远甚于晋世，黄侃生当清朝统治下，内心之痛远深于孝标。

（二）抨击军阀混战

辛亥革命胜利后，袁世凯窃取了革命果实，黄侃为之奔走呼号的排满兴汉革命虽然胜利了，但中国从此却又陷入了军阀混战的泥淖，这不禁让黄侃痛心疾首。他在评王仲宣《从军诗》“军人多饫饶，人马皆溢肥，徒

---

① 黄侃：《文选平点》，第556页。
② 同上书，第443页。

行兼乘还，空出有馀资"句时云："何焯曰：如此与作贼何异云云。侃谓义门惜不生今世，不然，定不议论仲宣。劫天子称贼，夺天子亦称贼，由此言之，凡兵无非贼者。"① 显然是在讽刺袁世凯窃取革命成果，同时也包含了对军阀争权夺利、祸国殃民的强烈谴责。又黄侃在读到《五等论》"然后国安由万邦之思治，主尊赖群后之图身"后不禁感叹："万邦思治，则国安。不思，则不安。古今一轨。其如彼不思者何哉。"② 表达了对军阀混战的无奈，对国泰民安的祈盼。

（三）感叹身世

《文选》中还有一篇刘孝标的《广绝交论》激起了黄侃强烈的身世感叹，引发了他的共鸣。据《广绝交论》题下注引刘璠《梁典》曰：

> 刘峻见任昉诸子西华兄弟等流离不能自振，生平旧交，莫有收恤。西华冬月着葛布帔练裙，路逢峻。峻怆然矜之，乃广朱公叔绝交论。到溉见其论，抵几于地，终身恨之。③

此文乃刘孝标有感于任昉身后旧交零落，诸子流离，故作此篇以讽。文中直接将矛头指向了受任昉生前提携的到溉、到洽兄弟不能照拂任昉遗孤：

> 藐尔诸孤，朝不谋夕，流离大海之南，寄命嶂疠之地。自昔把臂之英，金兰之友，曾无羊舌下泣之仁，宁慕郈成分宅之德。

李善注曰："此谓到洽兄弟也。"④此段伤感悲愤的文字触动了黄侃少年往事，黄侃的父亲黄云鹄为清朝大员，可谓门庭显赫，不幸的是黄侃十三而孤，虽然未像任昉之子东里等一般仰人鼻息，但必然深谙门庭衰落后的世态炎凉，因而黄侃此处十分感慨地评道：

> 侃幼遭天罚，晚豫人伦，追维当年，恭承遗训，既班丧布，亦甘负薪，虽成书永愧于龙门，而仰人则殊于东里，然交道死生之际，家门荣悴之形，则又何能无慨乎。⑤

---

① 黄侃：《文选平点》，第292页。
② 同上书，第599页。
③ （梁）萧统：《文选》，第2379页。
④ 同上。
⑤ 黄侃：《文选平点》，第606页。

又当黄侃读到任彦升《启萧太傅固辞夺礼》"饥寒无甘旨之资，限役废晨昏之半。膝下之欢，已同过隙；几筵之慕，几何可凭"之句时，不免又勾起自身早孤之悲，感慨道："孤儿读此，不禁擗摽长号矣。"①

（四）哲学思想

黄侃在解评《文选》过程中还有对自己哲学思想的表露。如刘孝标《辩命论》宣扬命由天定之说，黄侃并不赞成，他在解评中针锋相对地提出了偶然说。黄侃在《辩命论》题下即注："先师刘君，亦信定命之说，著文数篇。侃谓归之于命，尚有忿狷，若明其偶然，斯无所归咎。"② 明确反对刘孝标以及后世刘师培所坚持的定命之说，而提出偶然说。刘孝标首先在文中将命归之自然，言："夫通生万物，则谓之道；生而无主，谓之自然"，黄侃认为"此又为定命之说安一根蒂，即古言富贵在天"，但"终不如并此自然而亦谓之偶然耳"。孝标继言："命也者，自天之命也"，黄侃责难："天复谁命之哉？"黄侃认为所谓"自然"、所谓"命"皆不过是偶然。继而，刘孝标在文中举了种种圣贤遇挫之实例，黄侃则以为"此皆偶然耳"③。刘孝标在文末总结道："然所谓命者，死生焉，贵贱焉，贫富焉，治乱焉，祸福焉。此十者，天之所赋也。"黄侃针锋相对云："此皆偶然，亦有人力，非天命也。"④

无独有偶，在评《答宾戏》"枝附叶着，譬犹草木之植山林，鸟鱼之毓川泽，得气者蕃滋，失时者零落，参天地而施化，岂云人事之厚薄哉"一段时，黄侃也坚持他的偶然说："此犹不能抉命运之蔽蒙也。然得气失时皆属偶然，则不谢功于天地矣。"⑤ 可见，认为命运并非天定而是偶然，乃是黄侃一贯的哲学思想。

第四节　黄侃的"选学"地位与影响

近代是中国学术由传统向现代的转型时期，从唐朝即成为一门学问的"选学"，经过千余年的发展，也面临着向"现代新选学"的转型。正如

---

① 黄侃：《文选平点》，第 462 页。

② 同上书，第 601 页。

③ 同上。

④ 同上书，第 602 页。

⑤ 同上书，第 521 页。

陆宗达先生所云：

> 《选》学自唐朝始，即成为《选》学，千余年来绵绵不绝，至有清一代，更蔚成大观，但是由于种种局限，研究者都难以从文学和语言学方面找到新角度，一般是停留在对资料本身的研究上，"新《选》学"就是要在前人研究的基础上，用新思想，新方法来重新认识它，选取新角度来继续挖掘它。①

那么，与"传统选学"相比，"现代新选学"的新思想、新方法、新角度体现在什么地方？所谓"现代新选学"主要新在哪儿呢？许逸民认为表现在以下两个方面。

> 第一表现在它有着整体性的研究形式，包括《文选》自身及相关联的问题，都力图从历史的广阔背景中寻求答案；第二表现在它具有较高的理论造诣，以文学批评为武器来探讨《文选》的产生及对当时与后世的影响。而这两方面的研究，又是与"基础研究"连成一体的。②

王立群在《现代〈文选〉学史》中也说：

> 传统《文选》学与现代《文选》学的区别，要在批评模式相距甚远。传统《文选》学以文献整理为研究模式，现代《文选》学以文学批评为研究模式。传统《文选》学为单一的文献研究，现代《文选》学熔文献研究与文学研究为一炉，变单一为多元，变局部为整体。③

学者们普遍认为所谓"现代新选学"主要是指研究模式上从单一的文献研究转向文献研究与文学研究相结合，并且更加注重研究的理论性、系统性和整体性。按照这样的标准，骆鸿凯的《文选学》被认为是"新选学"的代表。许逸民说："骆鸿凯先生完成于本世纪三十年代的《文选学》，无疑

---

① 陆宗达：《昭明文选译注序》，载陈宏天、赵福海、陈复兴主编《昭明文选译注》，吉林文史出版社1994年版，第1页。
② 许逸民：《再谈"选学"研究的新课题》，载《文选学论集》，时代文艺出版社1992年版，第15页。
③ 王立群：《现代文选学史》，中国社会科学出版社2003年版，第3页。

是中国'选学'研究的一个分水岭。正是这部著作第一次从整体上对《文选》加以系统、全面的评介。骆氏《文选学》出版以前可称为'传统选学'时期，以后即当视为新选学时期。"① 王立群也认为："骆鸿凯之《文选学》是 20 世纪传统国学向现代学科转化之重要标志。"②

事实上，"在骆鸿凯之前还有一人，即黄侃先生"③，骆鸿凯的《文选学》乃深受其师黄侃的影响，黄侃要比骆氏更早地实现文献研究与文学研究的结合，开始从"传统选学"向"现代新选学"的转变，可谓现代"选学"的引路人。

一　现代"选学"的引路人

据《文选平点叙》云：

> 汪韩门、余仲林、孙颐谷、胡果泉、朱兰坡、梁茝林、张仲雅、薛子韵、胡枕泉诸家书于文义有关者，并已参核。其摭拾琐屑，支蔓牵缀之辞，以于文之工拙无与，只可谓之《选》注，不可谓之《选》学，故不遑备录也。④

这寥寥数语透露出了一个极其重要的信息，即黄侃对《选》注和《选》学有明确的区分。《选》注是指"摭拾琐屑，支蔓牵缀之辞"，"于文之工拙无与"者；而《选》学则是"于文义有关者"。汪师韩（韩门）、余萧客（仲林）、孙志祖（颐谷）、胡克家（果泉）、朱珔（兰坡）、梁章钜（茝林）、张云璈（仲雅）、薛传均（子韵）、胡绍煐（枕泉）等清代选学家们的研究成果虽有"于文义有关者"，但更多的则"只可谓之《选》注，不可谓之《选》学"。不难理解，所谓《选》注正是指"传统选学"以校勘注释为主的文献研究，而《选》学则是指以文学批评为主的文学研究。黄侃对清代《选》学家的《选》注"不遑备录"，显然是不满于琐屑的文献研究，而欲转向更高层次的《选》学。在这一主导思想下，黄侃加重了对《文选》的文学批评，通过解释句意、梳理文脉、揭示主旨等对《选》文

---

① 许逸民：《再谈"选学"研究的新课题》，载《文选学论集》，第 15 页。

② 王立群：《周贞亮〈文选学〉与骆鸿凯〈文选学〉》，《文学遗产》2001 年第 3 期。

③ 陈延嘉：《黄侃——新文选学的伟大先驱者》，载中国海峡两岸黄侃学术研讨会筹备委员会编《中国海峡两岸黄侃学术研讨会论文集》，华中师范大学出版社 1993 年版，第 220 页。

④ 黄侃：《文选平点》，第 5 页。

进行义理解析，还从遣词造句、篇章布局、艺术风格、文学源流等方面对《选》文进行文学批评。黄侃《文选平点》在台湾出版时题为《〈文选〉黄氏学》，正是凸显出了他在研究角度上从《选》注向《选》学、从文献研究向文学研究的转变。正如其女黄念容所云：

> 盖先君娴习文辞，深于章句训诂之学，用能擘肌分理，达辞言之情。片言只字，皆根极理要，而探赜索隐，究明文例，曲得作者之匠心。既无文人蹈虚之弊，复免经生拘泥之累。①

黄侃兼具文学家和小学家之长，他对《文选》的解评既有章句训诂、考证订误等文献研究，又有义理解析、文学批评、参证《文心》等文学研究，实虚结合，形成了熔文献研究与文学研究为一炉的整体性研究模式。

黄侃不仅对《文选》本身进行了文献研究与文学研究相结合的全面整体探讨，对《文选》李善注及旧注进行了多角度的考察，另外还辨正并评价了多种前代选学著作，在《文选》与《文心雕龙》相互关系的研究上有肇始之功，对《文选》的分体、编次也有所涉及。可以说，黄侃对《文选》及其相关问题进行了全方位研究，富于系统性和整体性。

更重要的是，黄侃对《文选》的研究具有较高的理论深度，这集中体现在对《文选》选文范围和标准的深刻理解上。对这一问题，清代阮元曾有颇具影响的意见，他在《书梁昭明太子文选序后》中云："昭明所选，名之曰文，盖必文而后选也，非文则不选也。……必沉思翰藻，始名之为文，始入选也。"② 阮元援引六朝的文笔说，认为《文选》选"文"而不录"笔"，所选都是"沉思翰藻"富于文采的"文"。阮元的说法遭到章太炎的反对，他认为"此（《文选》）为裒次总集，自成一家，体例适然，非不易之定论也。若以文笔区分，《文选》所登，无韵者固不少。若云文贵其彣耶，未知贾生《过秦》、魏文《典论》，同在诸子，何以独堪入录？"③ 阮氏借重《文选》抬高骈偶文学，章氏排抑《文选》来宣扬泛文学观，二人都怀着各自的文论主张来理解《文选》，故都未能切中其实。黄侃则立足于对六朝文学思想的整体把握上来反观《文选》，他精熟《文心雕龙》、六朝文笔说，在《文心雕龙·原道》篇

---

① 黄念容：《文选黄氏学前言》，载黄侃《文选平点》，第2页。
② （清）阮元：《揅经室三集》卷2《书梁昭明太子文选序后》。
③ 章太炎：《国故论衡》，第51页。

札记中援引了阮、章两家观点而予以折中，从而认为六朝所谓之"文"："然则拓其疆宇，则文无所不包，揆其本原，则文实有专美"，在范围上至广，但对"文"之所以为"文"的本质有严格的要求。在此基础上，对《文选》选文范围和标准也有了更为深入的理解。他在《文心雕龙札记·总术》篇中援引并解释《文选序》道："案此昭明自言选文之例。据此序观之，盖以综缉辞采，错比文华，事出沉思，义归翰藻为贵，所谓集其精英也，然未尝有文笔之别。阮君补苴以刘彦和、梁元帝二家之说，而强谓昭明所选是文非笔耳。"①黄侃纠正了阮元、章太炎的偏颇，认为《文选》的选文标准是"综缉辞采，错比文华，事出沉思，义归翰藻"，但选文范围则未有"文笔之别"，既选"文"也选"笔"，显然更符合《文选》实际。

二 黄侃《文选平点》对骆鸿凯《文选学》的影响

黄侃这一从"传统选学"向"现代新选学"转化的研究思路与初步成果，被其高足骆鸿凯继承并发展。黄侃于1914年至1919年任教北大，授《文心雕龙》及《文选》等，其时已经开始手批《文选》，并在其学生中以手抄的形式流传。骆鸿凯恰于1915年至1918年在北京大学文科中国文学门学习，为黄门高足，应即于此时跟随黄侃学习《文选》，受他启蒙而涉足"选学"的。骆鸿凯为学重家法，一生恪守师说，"治学门径，大抵本于黄季刚先生"②。其《文选学》是于1928年至1929年间在武汉大学开设《文选》课时逐步撰写的，受黄侃影响的痕迹是十分明显的，仅直接标明引用"本师黄氏曰"者就多达七十余例，周勋初甚至在一文中指出骆鸿凯的《文选学》是其在听黄侃《文选》课的笔记上扩展而成："骆鸿凯在民国初期于北京大学读书时，黄侃正在该校讲授《文选》，《文选学》一书即是在听课的笔记上扩展而成，故多引用其师之说。"③

骆氏《文选学》被认为具有现代转型意义的内容很大程度上正是受黄侃的影响。据王立群研究，骆氏《文选学》对20世纪"现代新选学"的开创性贡献有五："对《文选》产生背景的探索，对《文选》编纂者的介绍，对《文选序》的研究，对《文选》学史的研究，对《文选》与《文心雕龙》相互关系的研究。"④ 其中，骆氏对《文选序》的研究、对《文

---

① 黄侃：《文心雕龙札记》，第208页。
② 马积高：《文选学后记》，载骆鸿凯《文选学》，中华书局1989年版，第576页。
③ 周勋初：《有关"选学"珍贵文献的发掘与利用》，《中国典籍与文化》2001年第4期。
④ 据王立群《现代〈文选〉学史》，第508页。

选》与《文心雕龙》相互关系的研究都有明确承袭黄侃之处。

骆鸿凯在《文选学·义例第二》中，围绕《文选序》，对《文选》选文范围和标准、《文选》之分体等进行了研究。其论《文选》之封域时，首举阮元《书文选序后》，次举章太炎《文学总略》，继而折中二论，并征引黄侃所言"窃谓文辞封略，本可弛张"，"然则拓其疆宇，则文无所不包，揆其本原，则文实有专美"，而断以己见："《文选》所录，独以沉思翰藻为宗，即斯意也。"① 可以明显看出，骆氏对《文选》选文范围和标准的理解完全是继承了黄侃。

有关《文选》的分体，学界有 37 类、38 类、39 类三说。《文选》目录标出的是 37 类文体，黄侃则于"书"类下列"移"类，并注曰"意补一行"，而成 38 类说。骆鸿凯也增列"移"类，次选文为 38 体，应该即是遵从黄侃之说。

在《文选》与《文心雕龙》相互关系的研究上，骆鸿凯更明显受到了黄侃的影响。黄侃在《文选平点叙》中开宗明义首言："《文心》与《文选》'笙罄同音'"，又曰："读《文选》者，必须于《文心雕龙》所说能信受奉行，持观此书，乃有真解。"② 骆鸿凯无疑秉承了其师这一基本观点，在《文选学·纂集第一》说：

> 昭明选文，或相商榷。而《刘孝绰传》载其兼东宫通事舍人，深被昭明爱接；《雕龙》论文之言，又若为《文选》印证，笙罄同音。是岂不谋而合，抑尝共讨论，故宗旨如一耶？③

综观《文选学》全书，特别注重结合《文心雕龙》的理论来研究《文选》。首先，骆氏揭示《文选》与《文心》在文体分类上的一致性，他在《文选学·体式第四》开篇即曰："《文选》分体凡三十有八，七代文体，甄录略备，而持校《文心》，篇目虽小有出入，大体实适相符合。"④ 他还在《文选学·读选导言第九》之《导言三》中列对照表仔细比较了二书的文体分类。黄侃更早就揭示了《文心》文体分类对《文选》的影响，在评《京都上》时指出："《文心雕龙》'若夫京殿苑猎，述行叙志，并体国经野，义尚光大'，'至于草区禽族，庶品杂类，则触兴置

① 骆鸿凯：《文选学》，第 18 页。
② 黄侃：《文选平点》，第 4 页。
③ 骆鸿凯：《文选学》，第 10 页。
④ 同上书，第 124 页。

情，因变取会'，据此，是赋之分类，昭明亦沿前贯耳。"① 骆氏无疑是继承并发展了黄侃的思路。其二，骆氏以《文选》篇目佐证《文心》"八体"之说。刘勰在《文心雕龙·体性》篇中将文章风格分为"典雅、远奥、精约、显附、繁缛、壮丽、新奇、轻靡"等"八体"。骆鸿凯在《文选学·读选导言第九》之《导言四》中专门征引《文选》中的篇目来印证"八体"，如"典雅"体的代表有"班固《幽通赋》"和"刘歆《让太常博士书》"②。而这完全是沿袭黄侃《文心雕龙札记》，黄侃在《体性》篇札记解析"八体"时就举证了《文选》篇章，对比二人所举篇目，完全相同，继承关系是显而易见的。其三，骆氏将《文心》对作家作品的批评与《选》文相互印证。他在《文选学·读选导言第九》之《导言七》中摘抄了《文心雕龙·才略》评文之言，附载于《文选》相关作家之名下，并作如下结语："右（《文心雕龙·才略》）列六代入《选》文家五十七人，约得萧《选》所载之半，宋齐才士，世近易明，不复甄序。观其品藻，字字珠玑。所举篇章，亦大率载于《文选》。详加研核，可以明《文选》诸家之优绌矣。"③ 而黄侃在解评《文选》时先已参借刘勰的相关评论。总之，骆鸿凯坚持了黄侃对二书关系的认定及具体的对比方法，并推而广之。

综上所述，作为从"传统选学"向"现代新选学"转化标志的骆鸿凯《文选学》乃是受黄侃影响，上承师说，可以说是对"文选黄氏学"的发扬，从这个角度讲，陈延嘉认为"新选学的开山祖师是黄季刚先生，而非骆鸿凯"，"（黄侃）能站在新的高度发展选学，成为新选学的先驱"④，实不为过。

三　黄侃在 20 世纪"选学"史上的地位

黄侃不仅促进了"传统选学"向"现代新选学"的转化，更对 20 世纪"选学"的传承与发展起到了守先待后的关键作用。傅刚《〈文选〉的流传及影响》指出：

> 《文选》一书及其所代表的文章风格，被视为封建社会的文学典范，因此在本世纪初的五四运动中，曾作为新文学革命的讨伐对象，

① 黄侃：《文选平点》，第 3 页。
② 骆鸿凯：《文选学》，305 页。
③ 同上书，第 315 页。
④ 陈延嘉：《继往开来的选学家黄侃》，《长春师范学院学报》1993 年第 4 期。

被声讨过，当时著名的口号是"桐城谬种"，"《选》学妖孽"，这造成了此后几十年里，几乎无人研究《文选》的局面。①

在此种情况下，黄侃丝毫不为所动，仍然坚持长期持久的《文选》研究。他曾赋诗肯定《文选》的价值曰："八代名篇此尽储，正如乳酪取醍醐。王杨尚恐难轻欶，莫逐违人海上夫。"② 旗帜鲜明地反击那些毁贬《文选》者。他一生圈点《文选》多达十余次，直到逝世前岁仍然温习《文选》，对《文选》的研究可以说自始至终从未间断。虽然黄侃生前并没有完整的成体系的选学专著问世，但是他常年以《文选》授徒，其评点本早在学生中传抄，门下诸生秉其志愿，治《选》者多矣。如黄念容、黄焯在整理其手稿时，就补充了个人观点；徐复对《文选》注释有所条辨；殷孟伦《如何理解〈文选〉编选的标准》继承发展了黄侃对《文选》选文标准的研究。③ 至于台湾"文选学"，更是经潘重规、林尹、高明等黄门弟子的提倡，由章黄学派传人发扬光大。章黄学派在"选学"上可谓贡献甚伟，而追溯其学术渊源都离不开黄侃的创始之功。

黄侃于新旧交替、"选学"式微的20世纪初期，仍然着力于"选学"的现代转型与传承发展，确实起到了承上启下的关键作用。许嘉璐认为："黄先生独于此时用力殷勤，探赜索隐，凌越前人，成一家言，不愧为本世纪选学研究之第一人。"④ 其时与黄侃一样"知选学者"尚有李详、高步瀛等大家，"本世纪选学研究之第一人"之称未免过誉。张连科以为黄侃《文选平点》与高步瀛《文选李注义疏》、骆鸿凯《文选学》共同代表了20世纪《文选》研究的最高学术水平。⑤ 穆克宏称黄侃《文选平点》与高、骆二书是20世纪《文选》学研究大厦的三块柱石⑥，则是公允之评。

---

① 傅刚：《昭明文选研究》，第711页。
② 黄侃：《文选平点》，第653页。
③ 参见殷孟伦《如何理解〈文选〉编选的标准》，《文史哲》1963年第1期。
④ 许嘉璐：《〈文选〉黄氏学训访探赜》，载赵福海等编《昭明文选研究论文集》，吉林文史出版社1988年版，第226页。
⑤ 参见张连科《20世纪〈文选〉研究述评》，《江西社会科学》1999年第12期。
⑥ 参见穆克宏《20世纪中国〈文选〉学研究的回顾与展望》，《福建师范大学学报》2002年第3期。

参考文献

一 黄侃著作

[1] 黄侃：《文心雕龙札记》，中国人民大学出版社 2004 年版。

[2] 黄侃：《文选黄氏学》，台北文史哲出版社 1977 年版。

[3] 黄侃：《黄季刚先生遗书》，台北石门图书公司 1980 年版。

[4] 黄侃著，黄焯编：《文字声韵训诂笔记》，上海古籍出版社 1983 年版。

[5] 黄侃著，湖北省人民政府文史研究馆校订：《黄季刚诗文钞》，湖北人民出版社 1985 年版。

[6] 黄侃：《文选平点》，上海古籍出版社 1985 年版。

[7] 黄侃：《文选平点（重辑本）》，中华书局 2006 年版。

[8] 黄侃：《黄侃日记》，中华书局 2006 年版。

二 研究黄侃之著作

[1] 武汉老龄科学研究院、武汉成才大学主编：《黄侃纪念文集》，湖北人民出版社 1989 年版。

[2] 中国海峡两岸黄侃学术研讨会筹备委员会编：《中国海峡两岸黄侃学术研讨会论文集》，华中师范大学出版社 1993 年版。

[3] 黄焯：《黄季刚年谱》，《蕲春黄氏文存》，武汉大学出版社 1993 年版。

[4] 郑远汉：《黄侃学术研究》，武汉大学出版社 1997 年版。

[5] 司马朝军、王文晖：《黄侃年谱》，湖北人民出版社 2005 年版。

[6] 程千帆、唐文：《量守庐学记》，三联书店 2006 年版。

[7] 张晖：《量守庐学记续编》，三联书店 2006 年版。

[8] 叶贤恩：《黄侃传》，湖北人民出版社 2006 年版。

三 龙学专著（按出版时间先后排序）

［1］（清）黄叔琳：《文心雕龙辑注》，中华书局1957年版。

［2］范文澜：《文心雕龙注》，人民文学出版社1958年版。

［3］刘永济：《文心雕龙校释》，中华书局1962年版。

［4］王利器：《文心雕龙校证》，上海古籍出版社1980年版。

［5］周振甫：《文心雕龙注释》，人民文学出版社1981年版。

［6］詹锳：《文心雕龙的风格学》，人民文学出版社1982年版。

［7］李曰刚：《文心雕龙斠诠》，台湾"国立编译馆"中华丛书编审委员会1982年版。

［8］中国文心雕龙学会：《文心雕龙学刊》第二辑，齐鲁书社1984年版。

［9］王元化：《文心雕龙创作论》，上海古籍出版社1984年版。

［10］张文勋：《刘勰的文学史论》，人民文学出版社1984年版。

［11］牟世金：《台湾文心雕龙研究鸟瞰》，山东大学出版社1985年版。

［12］周振甫：《文心雕龙今译》，中华书局1986年版。

［13］张少康：《文心雕龙新探》，齐鲁书社1987年版。

［14］甫之、涂光社：《文心雕龙研究论文选（1949—1982）》，齐鲁书社1988年版。

［15］詹锳：《文心雕龙义证》，上海古籍出版社1989年版。

［16］中国文心雕龙学会：《文心雕龙研究论文集》，人民文学出版社1990年版。

［17］林其锬、陈凤金：《敦煌遗书文心雕龙残卷集校》，上海书店出版社1991年版。

［18］王元化：《文心雕龙讲疏》，上海古籍出版社1992年版。

［19］陆侃如、牟世金：《文心雕龙译注》，齐鲁书社1995年版。

［20］牟世金：《文心雕龙研究》，人民出版社1995年版。

［21］杨明照主编：《文心雕龙学综览》，上海书店出版社1995年版。

［22］周振甫主编：《文心雕龙辞典》，中华书局1996年版。

［23］王运熙、周锋：《文心雕龙译注》，上海古籍出版社1998年版。

［24］李平：《文心雕龙综论》，中国文联出版社1999年版。

［25］杨明照：《增订文心雕龙校注》，中华书局2000年版。

［26］张光年：《骈体语译文心雕龙》，上海书店出版社2001年版。

［27］杨明：《刘勰评传》，南京大学出版社 2001 年版。

［28］石家宜：《〈文心雕龙〉系统观》，江苏古籍出版社 2001 年版。

［29］张少康、汪春泓、陈允锋、陶礼天：《文心雕龙研究史》，北京大学出版社 2001 年版。

［30］范文澜：《文心雕龙讲疏》，《范文澜全集（第三卷）》，河北教育出版社 2002 年版。

［31］吴林伯：《〈文心雕龙〉义疏》，武汉大学出版社 2002 年版。

［32］汪春泓：《文心雕龙的传播与影响》，学苑出版社 2002 年版。

［33］穆克宏：《文心雕龙研究》，鹭江出版社 2002 年版。

［34］王运熙：《文心雕龙探索（增补本）》，上海古籍出版社 2005 年版。

［35］戚良德：《文论巨典：〈文心雕龙〉与中国文化》，河南大学出版社 2005 年版。

［36］黄霖编：《文心雕龙汇评》，上海古籍出版社 2005 年版。

［37］戚良德编：《文心雕龙学分类索引》，上海古籍出版社 2005 年版。

［38］杨明：《文心雕龙精读》，复旦大学出版社 2007 年版。

［39］戚良德：《文心雕龙校注通译》，上海古籍出版社 2008 年版。

四　选学专著（按出版时间先后排序）

［1］（梁）萧统编，（唐）李善注：《文选》，上海古籍出版社 1986 年版。

［2］（梁）萧统编，（唐）李善等注：《六臣注文选》，浙江古籍出版社 1999 年版。

［3］（元）方回：《文选颜鲍谢诗评》，台湾商务印书馆《影印文渊阁四库全书》第 1331 册。

［4］（清）张云璈：《选学胶言》，台北广文书局 1955 年版。

［5］（清）梁章钜撰，穆克宏点校：《文选旁证》，福建人民出版社 2000 年版。

［6］高步瀛：《文选李注义疏》，中华书局 1985 年版。

［7］骆鸿凯：《文选学》，中华书局 1989 年版。

［8］屈守元：《文选导读》，巴蜀书社 1993 年版。

［9］陈宏天、赵福海、陈复兴主编：《昭明文选译注》，吉林文史出版社 1994 年版。

［10］俞绍初、许逸民主编：《中外学者文选学论集》，中华书局 1998 年版。

［11］穆克宏：《昭明文选研究》，人民文学出版社 1998 年版。

［12］傅刚：《〈昭明文选〉研究》，中国社会科学出版社 2000 年版。

［13］傅刚：《文选版本研究》，北京大学出版社 2000 年版。

［14］王立群：《现代〈文选〉学史》，中国社会科学出版社 2003 年版。

［15］范志新：《文选版本论稿》，江西人民出版社 2003 年版。

［16］范志新：《文选版本撷英》，贵州人民出版社 2004 年版。

［17］王立群：《〈文选〉成书研究》，商务印书馆 2005 年版。

［18］王书才：《明清文选学述评》，上海古籍出版社 2008 年版。

五　其他古籍及专著（按作者姓氏拼音排序）

［1］曹道衡：《魏晋文学》，安徽教育出版社 2001 年版。

［2］曹旭：《诗品笺注》，人民文学出版社 2009 年版。

［3］陈伯君：《阮籍集校注》，中华书局 1987 年版。

［4］陈平原：《中国现代学术之建立——以章太炎、胡适之为中心》，北京大学出版社 1998 年版。

［5］陈以爱：《中国现代学术研究机构的兴起——以北大研究所国学门为中心的探讨》，江西教育出版社 2002 年版。

［6］陈子展：《中国近代文学之变迁·最近三十年中国文学史》，上海古籍出版社 2000 年版。

［7］关爱和：《古典主义的终结——桐城派与"五四"新文学》，上海文艺出版社 1998 年版。

［8］郭在贻：《训诂学》，湖南人民出版社 1986 年版。

［9］郭延礼：《中国近代文学发展史》，山东教育出版社 1993 年版。

［10］郭绍虞主编：《中国历代文论选》，上海古籍出版社 2001 年版。

［11］（清）何焯：《义门读书记》，中华书局 1987 年版。

［12］胡朴安编：《南社诗选》，上海国学社 1924 年版。

［13］胡适：《五十年来中国之文学》，《胡适古典文学研究论集》，上海古籍出版社 1988 年版。

［14］黄节：《阮步兵咏怀诗注》，人民文学出版社 1984 年版。

［15］黄霖：《近代文学批评史》，上海古籍出版社 1993 年版。

［16］姜亮夫：《楚辞通故》，齐鲁书社 1985 年版。

［17］金毓黻：《静晤室日记》，辽沈书社 1993 年版。

［18］栗永清：《知识生产与学科规训——晚清以来的中国文学学科史探微》，中国社会科学出版社 2012 年版。

［19］刘师培：《刘申叔遗书》，江苏古籍出版社 1997 年版。

［20］刘师培：《中古文学论著三种》，辽宁教育出版社 1997 年版。

［21］刘学锴、余恕诚：《李商隐诗歌集解》，中华书局 2004 年版。

［22］柳亚子主编：《南社诗集》，中华书局 1939 年版。

［23］卢毅：《章门弟子与近代文化》，广西师范大学出版社 2009 年版。

［24］莫砺锋：《朱熹文学研究》，南京大学出版社 2000 年版。

［25］钱基博：《现代中国文学史》，上海书店出版社 2004 年版。

［26］钱玄同：《钱玄同日记》，中国人民大学出版社 1999 年版。

［27］钱仲联：《近百年诗坛点将录》，载舒位等编《三百年来诗坛人物评点小传汇录》，中州古籍出版社 1986 年版。

［28］孙玉蓉：《俞平伯年谱》，天津人民出版社 2001 年版。

［29］汪东：《寄庵随笔》，上海书店出版社 1987 年版。

［30］汪东：《汪旭初先生选集》，《近代中国史料丛刊续辑》，文海出版社 1998 年版。

［31］汪辟疆：《光宣诗坛点将录笺证》，中华书局 2008 年版。

［32］（汉）王逸：《楚辞章句》，上海古籍出版社 1987 年版。

［33］王利器：《往日印痕》，山西人民出版社 1997 年版。

［34］王水照编：《历代文话》，复旦大学出版社 2007 年版。

［35］王欣夫：《王欣夫说文献学》，上海古籍出版社 2000 年版。

［36］王学珍、郭建荣主编：《北京大学史料》，北京大学出版社 2000 年版。

［37］邬国平、王镇远：《清代文学批评史》，上海古籍出版社 1995 年版。

［38］吴云：《20 世纪中古文学研究》，天津古籍出版社 2004 年版。

［39］徐公持：《魏晋文学史》，人民文学出版社 1999 年版。

［40］许嘉璐：《未辍集》，中国社会科学出版社 2000 年版。

［41］许威汉：《训诂学导论》，北京大学出版社 2003 年版。

［42］（清）严可均校辑：《全上古三代秦汉三国六朝文》，中华书局 1958 年版。

［43］杨明：《欣然斋笔记》，中国出版集团东方出版中心 2010 年版。

［44］杨明：《汉唐文学辨思录》，上海古籍出版社 2005 年版。

［45］杨明、羊列荣编：《中国历代文论选新编·先秦至唐五代卷》，上海教育出版社 2007 年版。

［46］杨奎松：《中国近代通史（第 8 卷）：内战与危机（1927—1937）》，江苏人民出版社 2007 年版。

［47］杨守敬：《日本访书志》，辽宁教育出版社 2003 年版。

［48］姚永朴：《文学研究法》，凤凰出版社 2009 年版。

［49］（清）永瑢等：《四库全书总目》，中华书局 1965 年版。

［50］俞平伯：《读词偶得、清真词释》，人民文学出版社 2000 年版。

［51］张晖：《龙榆生先生年谱》，学林出版社 2001 年版。

［52］张少康：《文赋集释》，人民文学出版社 2002 年版。

［53］（清）张之洞编：《书目答问》，商务印书馆 1936 年版。

［54］章太炎：《章太炎全集》，上海人民出版社 1982 年版。

［55］章太炎：《国故论衡》，上海古籍出版社 2003 年版。

［56］章太炎著，马勇编：《章太炎书信集》，河北人民出版社 2003 年版。

［57］郑逸梅：《南社丛谈：历史与人物》，中华书局 2006 年版。

［58］周振甫译注：《诗品译注》，中华书局 1998 年版。

六　单篇学术论文（按发表时间排序）

［1］殷孟伦：《如何理解〈文选〉编选的标准》，《文史哲》1963 年第 1 期。

［2］舒芜：《"文白之争"温故录》，《新文学史料》1979 年第 2 期。

［3］张少康：《谈谈关于〈文赋〉的研究》，《文献》1980 年第 2 期。

［4］李一氓：《关于黄侃的词》，《读书》1981 年第 1 期。

［5］今朔：《黄侃的〈繢华词〉》，《读书》1981 年第 7 期。

［6］牟世金：《〈文心雕龙〉研究的回顾与展望》，《文心雕龙学刊第二辑》，齐鲁书社 1984 年版。

［7］王庆元：《黄季刚先生遗著知见录》，《武汉大学学报》1986 年第 1 期。

［8］吴调公：《〈文心雕龙〉学的奠基人——黄季刚先生——读〈文心雕龙札记〉》，《南京师大学报》1986 年第 1 期。

［9］王序平：《〈黄季刚诗文钞〉读后》，《文史杂志》1986 年第 5 期。

［10］周勋初：《论黄侃〈文心雕龙札记〉的学术渊源》，《文学遗产》1987 年第 1 期。

［11］陈延嘉：《黄侃——新文选学的伟大先驱者》，中国海峡两岸黄侃学术研讨会筹备委员会编《中国海峡两岸黄侃学术研讨会论文集》，华中师范大学出版社 1993 年版。

［12］陈延嘉：《继往开来的选学家黄侃》，《长春师院学报》1993 年第 4 期。

［13］程翔章：《黄侃词论略》，《黄冈师专学报》1994 年第 2 期。

［14］苏瑞：《黄侃先生对汉魏六朝词语的研究》，《古汉语研究》1995 年第 1 期。

［15］曾晓明：《黄侃〈文心雕龙札记〉与清代文论》，《社会科学家》1995 年第 1 期。

［16］沈祥源：《黄侃诗文概谭》，《武汉大学学报》1995 年第 6 期。

［17］王庆元：《试释黄侃论辞书训诂与文义训诂的区别——兼谈〈尔雅郝疏笺识〉的训诂学价值》，《武汉大学学报》1997 年第 3 期。

［18］冯学锋：《从〈文心雕龙札记〉看黄侃先生的修辞思想》，《黄侃学术研究》，武汉大学出版社 1997 年版。

［19］沈祥源：《黄侃的文学语言观和语言艺术》，《黄侃学术研究》，武汉大学出版社 1997 年版。

［20］程翔章：《拜伦〈赞大海〉、〈去国行〉、〈哀希腊〉三诗究竟为谁译》，《黄冈师专学报》1998 年第 8 期。

［21］王枫：《五四前后的刘师培》，《文史知识》1999 年第 5 期。

［22］张连科：《20 世纪〈文选〉研究述评》，《江西社会科学》1999 年第 12 期。

［23］张吉兵：《章门弟子与新文化运动》，《江汉论坛》1999 年第 12 期。

［24］杨光荣：《黄侃与现代训诂学》，《语文研究》2000 年第 2 期。

［25］周勋初：《有关"选学"珍贵文献的发掘与利用》，《中国典籍与文化》2001 年第 4 期。

［26］王立群：《周贞亮〈文选学〉与骆鸿凯〈文选学〉》，《文学遗产》2001 年第 5 期。

［27］穆克宏：《20 世纪中国〈文选〉学研究的回顾与展望》，《福建师范大学学报》2002 年第 3 期。

［28］汪春泓：《论刘师培、黄侃与姚永朴之〈文选〉派与桐城派的

纷争》，《文学遗产》2002 年第 4 期。

［29］周兴陆：《章太炎讲演〈文心雕龙〉》，《中华读书报》2003 年第 1 期。

［30］余国庆：《阐幽释微　画龙点睛——读〈文选平点〉札记》，《古籍整理研究学刊》2003 年第 5 期。

［31］周兴陆：《章太炎讲解〈文心雕龙〉辨释》，《复旦学报》2003 年第 6 期。

［32］吴广平：《宋玉〈神女赋〉梦主考辨》，《云梦学刊》2005 年第 3 期。

［33］陈平原：《在巴黎邂逅"老北大"》，《读书》2005 年第 3 期。

［34］戚良德、李婧：《论范文澜〈文心雕龙注〉对黄侃〈文心雕龙札记〉的承袭》，《山东大学学报》2007 年第 5 期。

［35］栗永清：《学科史视野下的中国古代文论研究——从黄侃在北京大学开设的课程谈起》，《东方丛刊》2008 年第 3 期。

［36］陈平原：《知识、技能与情怀——新文化运动时期北大国文系的文学教育》，《北京大学学报》2009 年第 6 期。

七　硕博学位论文

博士学位论文：

［1］柯淑龄：《黄季刚之生平及其学术》，博士学位论文，文化大学，1983 年。

［2］魏素足：《〈文选〉黄氏学研究》，博士学位论文，台湾师范大学，2005 年。

硕士学位论文：

［1］黄怡慈：《胡刻〈文选考异〉研究》，硕士学位论文，台湾彰化师范大学，2007 年。

后　　记

　　本书在我的博士论文基础上修订而成。回想 2008 年，考入复旦大学，师从仰慕已久的杨明先生，心中雀跃鼓舞、喜不自胜，至今引为生平第一乐事。初入校时，壮志满怀，豪气填膺。可叹，三年蹉跎，有违初心，多为无益之事，少读圣贤之书，至今悔恨不已。三年博士最大的成果仅一篇博士论文而已。个人并非出身章黄学派，为何选择"黄侃"为题呢？主要因为硕士期间师从山东大学戚良德教授学习《文心雕龙》，博士期间，跟随杨明师研读《文选》，对于黄侃的《文心雕龙札记》和《文选平点》较为熟悉。故不揣浅薄，计划对黄侃的文学创作和文学研究进行全面的探讨。论文用一年半的时间仓促草成，粗疏浅陋，感谢论文答辩时，刘永翔教授、蒋凡教授、曹旭教授、黄宝华教授、周建国教授、李若晖教授的指正，提出了很多宝贵的修改意见。可惜，限于学力，老师们的意见仍然没能充分吸收，比如几位老师指出《黄侃文学研究》这个书名，存在歧义，是对黄侃文学的研究，还是黄侃对文学的研究，所言甚是。事实上，论文包含了这两方面的内容，即黄侃的文学创作，和黄侃对文学的研究，总之是他有关文学的一切成果。临近出版，我终究还是难以想出一个更清晰醒目的名字。

　　2011 年，博士毕业之后，我有幸回到了祖籍山东的中国海洋大学任教。初登讲台，战战兢兢，诚惶诚恐，生怕误人子弟，唯有努力备课。加之生性疏懒，凡事拖延，不积极主动去申报项目，致使两三年来毫无科研业绩，自己越发灰心懈怠。感谢师友不弃，仍然不断鞭策鼓励，特别是海大文科处的老师们，督促我积极申报项目。

　　2013 年 11 月，《黄侃文学研究》申报国家社科基金后期资助项目获批。这不仅使我喜出望外，更让我重拾信心，感谢各位专家老师给予的这次机会。论文的修改，丝毫不比写作轻松。又正好赶上我怀孕生子的特殊时期，每天的工作时间有限，效率极低。特别是女儿出生后，需要时刻不离的照料。一边是嗷嗷待哺的婴儿，一边是亟待修订的书稿，都是我不能懈怠的责任，我尽力做到两者兼顾，但常常感到力不从心。由此，我才深刻明白了一个母亲想要做点事情的不易，唯有更加努力了！

修订之后的书稿，较之博士论文有了一定的改进，但终未能脱胎换骨，粗浅疏漏之处仍比比皆是。主要是学力所限，没有黄侃先生的博学广识，慎思明辨，焉能窥其涯涘。恳望各位师友同道，原谅笔者的浅陋无知，不吝赐教指正。

这部小书得以出版，要衷心感谢曾经帮助鼓励我的各位师友，感谢黄侃研究专家司马朝军教授对拙著的指正，可惜限于时间，未能一一遵行。感谢中国社会科学出版社吴丽平女士为此书出版付出的辛勤劳动。感谢我的父母对我不计回报的无私付出，他们为我操劳半生，而今还要继续为我照看幼女。感谢我的先生，对我在工作和生活上的照顾。感谢我的女儿雪菲，是她让我的生命产生了全新的意义，她让我感到了最大的幸福和美好！

李　婧

2015 年 6 月 26 日　于青岛